KB129664

우리의
소원은
전쟁

우리의 소원은 전쟁

장강명 장편소설

위즈덤하우스

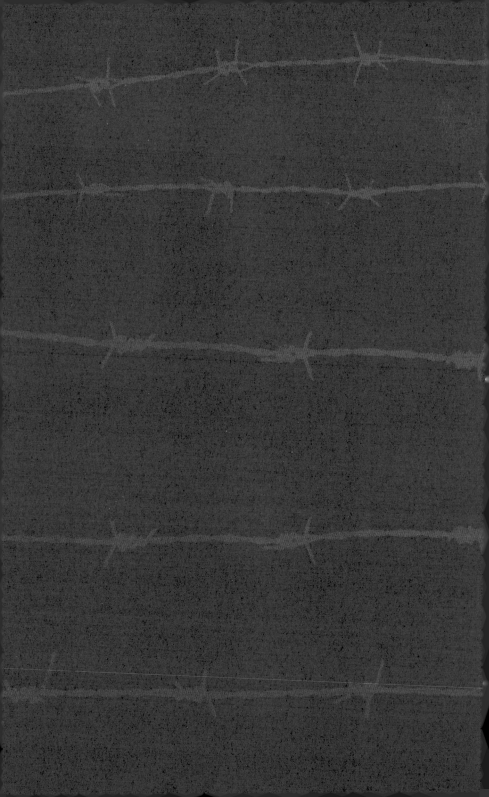

| 차례 |

… 일반적으로 국민들은 남과 북이 통일되면
누구나 자유롭게 왕래할 수 있다고 믿는다.

「통일 후 북한지역 주민의 남북한 경계선 이탈과
거주·이전의 자유 및 제한에 따른 법적 문제」, 최은석

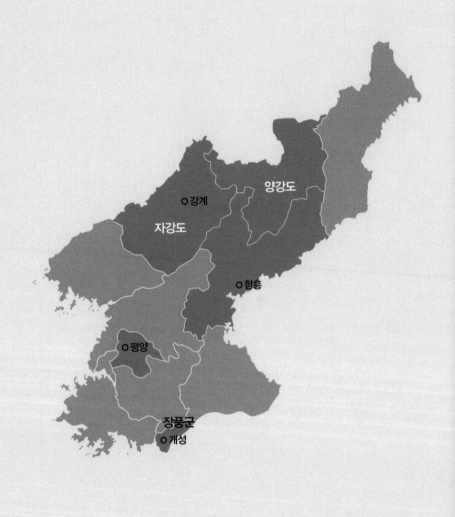

양강도

ㅇ강계

자강도

ㅇ함흥

ㅇ평양

장풍군
ㅇ개성

| 프롤로그 |

술과 이념은 처음에는 사람을 취하게 하지만 오래가지는 못한다.

베를린장벽이 무너질 때 서독의 전문가들은 동독의 엘리트층과 슈타지 같은 정보기관이 강하게 저항하지 않을까 우려했다. 그런데 그런 일은 없었다. 그들은 너무나 무기력하게 무너졌다.

소련이 무너질 때 미국의 전문가들은 붉은 군대의 강경파가 미국을 향해 핵공격을 감행할 가능성을 우려했다. 그런데 그런 일은 없었다. 그들은 소련 영토 안에서 쿠데타를 일으켰다가 무기력하게 진압되었다.

북한도 조용히 무너졌다. 구심점이 사라지자 김씨 왕조의 엘리트층들은 해외로 도피하거나 신분을 감추고 잠적하기에 바빴다. 그토록 외쳐왔던 김씨 왕조에 대한 충성도, 남조선에 대한 적개심도 모두 공허한 구호였음이 드러났다. 아무도 김씨 정권과 운명을 같이하려 들지 않았고, 누구도 무력도발을 시도하지 않았다.

취했다 깬 인간은 제 살길을 찾기 바쁘다.

그래도 남한 사람들은 서독의 사례를 보고 배운 것이 있었다. 장벽 양쪽의 사람들이 해머를 들고 장벽을 함부로 부수게 놔둬서는 안 된다는 것. 난민은 거지 떼의 다른 이름이라는 것. 그래서 그들은 휴전선을 유지했다. 이름만 '분계선'이라고 바꾸었다. 비무장지대도 그대로 두었고, 철조망도 지뢰도 제거하지 않았다.

북한 사람들도 동독의 사례를 보고 배운 것이 있었다. 기록을 남기면 엄청난 보복을 당한다는 것. 세절기로 자른 문서도 전문가들이 공을 들이면 복구할 수 있다는 것. 그래서 그들은 김씨 왕조 시절의 서류를 전부 불태워버렸다. 유엔 평화유지군이 그 땅에 들어오기 전에.

북한의 새 정권은 스스로 '통일과도정부'라는 이름을 붙였다. '통일'과 '과도'라는 단어에는 이런 메시지가 깔려 있었다.

'남한 정부와 북한 인민은 우리를 도와야 한다. 그리고 우리의 어설픈 일 처리는 눈감아 줘야 한다.'

통일과도정부의 구성원들은 자신들의 운명이 외부 세력에 달려 있음을 잘 알았다. 그들은 대량살상무기를 즉각 포기하며 핵과 관련해 모든 국제기구의 사찰을 받아들이겠다고 공표했다. 미국이 개입할 명분이 그렇게 상당 부분 사라졌다. 중국은 미국과 불필요한 마찰을 피하고 싶었다. 휴전선 위로 미군을 보내지 않고 압록강 아래로 인민해방군을 내려보내지 않기로 미국과 중국은 합의했다.

대한민국 정부는 그런 협상 과정에 제대로 참여하지도 못했지만, 그 결과에 대해서는 '한국 외교의 승리'라고 우겼다. 북한 전문가들이 가

장 이상적으로 여겼던 시나리오가 실현되었음은 분명했다. 김씨 왕조
가 평화적으로 무너졌고, 국지전이 발발하지 않았고, 대규모 난민이
발생하지 않았고, 중국 군대가 북한에 주둔하거나 북한 일부가 중국에
편입되지도 않았다.

그 대신 북한에는 유엔 평화유지군이 파견됐다. 평화유지군에는 네
덜란드, 핀란드, 인도, 태국, 말레이시아, 몽골, 그리고 남한 군대가 참
여했다. 남한 정부가 다국적군의 예산을 부담했다.

남한 정부는 '우리의 소원은 통일이지만, 갑작스러운 통일은 모두에
게 재앙'이라고 남북 국민들을 설득했다. 남한 정부는 '전면적이면서
도 점진적인 통합 과정을 걸쳐 최종적으로 분계선을 없애고 완전 개방
의 단계에 이를 것'이라고 설명했다.

그렇게 시간이 흘렀다.

김씨 왕조 시절의 북한은 불량 국가, 막장 국가였다. 김씨 왕조가 붕
괴된 뒤 북한은 좀비 국가가 되었다. 국가라는 탈을 간신히 쓴 약육강
식의 무정부 사회였다.

이제 많은 사람들이 북한을 멕시코, 콜롬비아, 온두라스에 비교했다.

치안이 제대로 유지되지 않는 나라.

엄청난 양의 마약을 만들어 수출하는 나라.

마약 카르텔이 부패한 정치인들과 결탁한 나라.

사람들이 끊임없이 국경을 넘어 이웃 나라로 불법 이민을 시도하는
나라.

선진국 옆에 붙어 있는 최빈국.

동북아시아의 악성 종양.

몇 년 전까지 통일 전문가들이 가장 이상적이라고 평가했던 시나리오가 현실이 되자, 아귀와 수라들의 축생도가 열렸다.

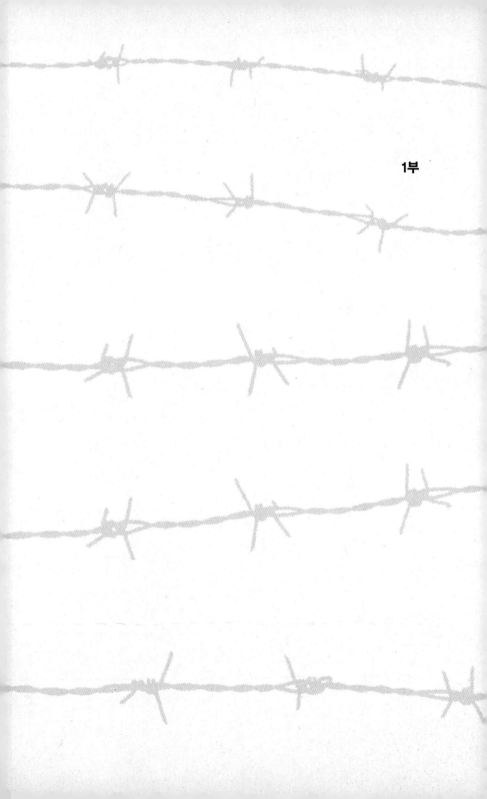

1부

1

5월이라지만 량강도의 공기는 차가웠다. 쌓인 눈도 채 녹지 않은 상태였다. 조선해방군 최고사령관실로 향하는 길에 총참모장은 조금 몸을 떨었다.

부관이 나와서 경례를 하고 총참모장의 권총을 받아 갔다. 몸수색을 하지는 않았다. 총참모장은 몸수색 없이 최고사령관을 만날 수 있는 몇 안 되는 사람 중 하나였다.

"최고사령관님께서 지금 통화 중이십니다. 잠시 기다려주십시오."

부관이 말했다. 총참모장은 지하 벙커의 복도에서 서서 기다렸다. 개인 무기를 다른 사람에게 맡길 때면 늘 마음이 편치 않았다. 총참모장은 부관이 만약 자신을 향해 총을 겨눌 경우 반격할 방법을 거의 무의식중에 궁리했다.

최고사령관 집무실이 있는 벙커는 이 근처에서 가장 공들여 만든 시설임에도 불구하고 미관상으로는 낙제점이었다. 인테리어라 할 만한 물건은 거의 없었고, 벽은 무미건조한 회색으로 칠해져 있었다. 그러나 토굴이나 다름없었던 조선인민군 시절의 숙소보다는 훨씬 나았다. 게다가 물자가 없어서, 자재가 없어서 이렇게 지은 것이 아니다. 최고사령관 집무실이 있는 벙커도 일반 병사 벙커와 다를 바 없다는 걸 보여주기 위해 일부러 꾸미지 않은 것이다.

조선인민군 시절과는 아무것도 비교할 수가 없었다. 병사들은 영양실조에 시달리지 않았고, 전력 공급이 끊길 경우를 대비해 식수용 우물을 파지 않아도 됐으며, 무기는 모두 작동되는 물건들이었고, 차량에는 기름이 가득했다. 외부에는 숨겼지만 조선해방군은 사실 돈이 아주 많았다. 마음만 먹으면 모든 벙커 내부를 최고급 대리석으로 시공할 수도 있었다. 조선민주주의인민공화국의 정치국원들을 모두 갈아치울 수도 있었다. 남조선의 대통령을 암살할 수도 있었다. 굳이 그래야 할 이유가 없을 뿐이었다.

그들은 벙커를 꾸미거나 남조선의 대통령을 죽이는 대신 무기와 차량을 사들였다. 그들이 보유한 무기 중에는 휴대형 지대공 유도미사일도 수십 기가 있었다. 러시아의 암시장에서 구입한 제품으로, 평화유지군이 헬기로 자신들을 공격할 경우를 대비한 것이었다.

총참모장이 보기에 이 벙커를 만들 무렵 자신들이 한 실수가 하나 있다면, 작명이었다. 북한 주민들에게 '해방'이라는 단어는 어감이 썩 좋지 않았다. 그 단어는 '남조선해방군'이라 불리는 미군을 떠올리게 했다.

그러나 그런 이름은 대단한 걸림돌이 되지 않았다. 괜찮은 근로조건과 높은 보수, 계약금을 준다는 소문에 북한 전역에서 입대 자원자들이 몰렸다. 직장을 구하지 못한 옛 조선인민군 병사들, '장마당 경제'에 적응하지 못한 농촌 지역 남성들, 도피 중이던 범죄자들이 다양하게 들어왔다. 조선해방군은 그들을 먹이고 입히고 훈련시켰다. 훈련의 질과 강도는 객관적인 기준으로 봐도 우수했다.

그들은 레이더와 도청 방지 시설을 갖추고, 소규모 발전소를 지었다. 량강도 일대 주민들의 환심을 사기 위해 의료 봉사를 하기도 했다. 그러나 비판 세력이나 위험 분자로 분류되면 민간인조차도 잔인하게 처형하고 그 사실을 공개했다.

개마고원 일대는 사실상 조선해방군의 자치 지역이나 다름없었다. 조선해방군의 노력, 통일과도정부의 무능함, 그리고 혹독한 자연환경이라는 삼박자 덕분이었다. 개마고원 일대는 평균 해발고도가 1,300미터나 되는, 세계적인 혹한 지역이다. 1950년, 미군 해병 제1사단이 전멸 위기를 맞은 곳이 이곳이었다. 조선시대 내내 함경도가 반역의 땅이었던 이유는 중앙정부가 이 지역을 제대로 장악할 수 없었기 때문이었다.

개마고원은 다시 반역의 땅이 되었다.

그 모든 일의 기획자이자 책임자가 눈앞의 방 안에 있었다.

"들어오라."

최고사령관이 복도에 붙은 인터폰 스피커를 통해 말했다. 총참모장과 부관은 최고사령관실로 들어갔다.

*

　최고사령관실 내부는 복도와 크게 다르지 않았다. 한 사람이 쓰기엔 다소 큰 듯한 콘크리트 방이었고, 조명이 조금 어두웠다. 그러나 이곳에는 눈길을 끄는 인테리어 두 가지가 있었다.

　하나는 책상 아래 깔린 호랑이 가죽이었다. 털과 문양이 멋진 호피였다. 가짜는 아니었다. 그러나 '진짜'도 아니었다. 백두산호랑이도, 사냥으로 잡힌 동물도 아니었다. 미국에서 애완용으로 키우던 벵골호랑이의 가죽이 암시장을 여러 단계로 거쳐 이곳까지 흘러든 것이었다.

　또 다른 인테리어는 책상 뒤에 놓인 거대한 유리 수조였다. 크기는 어른 두 명이 나란히 들어갈 수 있을 정도에 물 대신 연탄재 같은 물질로 채워져 있었다. 조금 자세히 본다면 그 사이로 드러난 두개골이나 갈비뼈, 척추 같은 형체로 그것이 사람의 유골임을 알 수 있었다.

　이것들은 진짜였다. 조선해방군은 비판 세력이나 위험 분자들을 서슴없이 처형했고, 그 시신을 화장했다. 유리 수조 속 유골들은 그 잔해였다. 몇몇은 산 채로 불에 타 죽었다. 특히 배신자는 예외가 없었다. 조선해방군은 '적과 내통하는 자, 밀고자는 반드시 산 채로 태워 죽인다'는 원칙을 철저히 지켰다. 최고사령관이 유독 잔인한 성격이어서가 아니었다. 그런 악명을 떨치는 게 그들의 사업에 유리했기 때문이다. 그 유골들을 모아 유리 수조에 넣어 자신의 방에 두는 것도 일종의 마케팅이었다.

　"용건은?"

최고사령관이 짧게 물었다. 고개를 끄덕이며 총참모장의 경례를 받았지만 답례를 하지는 않았다.

"눈호랑이 작전에 대해 말씀드리기 위해서입니다."

총참모장이 대답했다.

"진전이 있나?"

"있습니다."

총참모장이 대답을 하고 부관을 잠시 쳐다봤다.

"나가 있으라."

최고사령관이 턱짓으로 부관에게 지시했다. 부관은 경례를 하고 방을 나갔다. 총참모장의 권총을 가진 채였다.

총참모장은 문이 닫히는 걸 확인한 뒤 보고를 시작했다. 모르는 사람이 봤다면 그들이 신사업 아이템을 놓고 토론을 벌이는 기업인들 같다고 생각했을지도 모른다. 어떤 의미에서는 그것이 가장 정확한 관찰이었다.

조선해방군은 자신들이 '평화유지군이 강제로 해체한 조선인민군의 후신'이라고 주장했지만 실제로는 완전히 달랐다. 그들은 잔당 따위가 아니었다. 그들의 동기도 밖으로 알려진 것처럼 김씨 일가에 대한 충성심이나 남조선을 향한 증오심 같은 게 아니었다. 조선해방군은 군벌이면서 재벌이었다. 그들은 '량강도 기업'이라고 부르는 개마고원 일대의 마약 공장들을 절반 가까이 소유했다.

마약 사업은 1990년대 중반 고난의 행군 때 김정일이 지시한 게 시작이었다. 외화는 벌어야 했는데 밖으로 내다 팔 게 그것뿐이었다. 아편은 '백도라지 사업', 필로폰은 '빙두 사업'이라고 불렀다. 김정일 정권은 그 마약들이 민간에 퍼지는 게 두려웠고, 주된 수출 시장이 중국이었기 때문에 마약 공장들을 량강도와 함경도에 많이 세웠다. 함흥화학공업대학 교수들이 함흥의 나남제약과 청진의 청라제약으로 파견되어 마약 제조법을 개발하고 공정을 감독했다.

2000년대 들어 중국이 국경지대 마약 밀반입 단속을 대대적으로 강화했다. 그때부터 마약 공장 임직원들은 북한 사람들에게 마약을 팔기 시작했다. 함흥화공대 교수들은 뿔뿔이 흩어져 자기 공장을 따로 차렸다. 이것이 '량강도 기업'이다. 빙두는 그렇게 북쪽 국경지대에서 남쪽으로 내려갔고, 얼마 되지 않아 대유행이 되었다. 나중에는 단속하는 자들이 필로폰에 중독되어 있을 정도였다.

김씨 왕조가 무너지고 평화유지군이 북한에 들어왔을 때, 조선인민군 일부가 무기 반납을 거부하고 소모적인 저항을 벌였다. 최고사령관도 그들 중 하나였다. 육군 대좌(대령)였던 그에게는 남들보다 뛰어난 통찰이 있었다. 그 순간 북한에서 가장 값진 자원은 량강도 기업들이고, 그 마약 공장들이 자신의 부대 근처에 있다는 것. 그 공장들을 운영하는 데에는 무력이 필수적이라는 것.

최고사령관은 군사를 이끌고 량강도 기업들을 접수했고, 유통조직을 재편했다. 수익은 연구 개발과 무장 강화에 재투자했다. 그렇게 해서 '조선해방군'이라는 신생 대기업이 생겨났다. 그는 최고경영자였고, 총참모장은 사내 벤처를 이끄는 유능한 팀장이었다.

그들에게 눈호랑이 작전은 태양전지라든가 무인자동차 같은 차세

대 원천기술이었다. 위험하지만 성공하기만 하면 막대한 이윤이 보장되는.

그리고 총참모장은 지금 그 사업 파트너로 한 인물을 제안하는 중이었다. 그자의 이름은 최태룡이라고 했다.

"최태룡 말고도 다른 후보가 하나 더 있다고 하지 않았나? 백…… 뭐라든가."

최고사령관이 물었다.

"백상구입니다. 일명 '백고구마'로 알려져 있습니다. 최태룡과 백상구는 서로 경쟁 관계입니다."

총참모장이 대답했다.

"둘 중에 지금 우리와 거래를 하는 자는?"

"직접 거래는 하지 않습니다. 하지만 둘 다 저희와 간접적으로는 엮여 있습니다. 아시다시피 저희 판매조직은 평안도에서부터는 직접 물건을 팔지 않고 지역조직들에게 판매를 맡기는데, 남쪽으로 내려갈수록 감시가 심해지기 때문에 판매 단계도 복잡해집니다. 특히 공단 개발이 활발한 개성 주변에는 평화유지군도 많이 주둔하고 있습니다. 최태룡과 백상구는 장풍군에서 빙두를 파는 자들입니다. 그 동네에서는 백상구가 기존 강자이고, 최태룡이 갑자기 치고 올라온 신흥 조직이라고 합니다."

"최태룡은 어떤 자인가."

최고사령관이 물었다.

"야심이 많고 똑똑한 인물입니다. 똑똑하니까 황금 알을 낳는 거위는 조심스럽게 다뤄야 한다는 점도 이해하고 있습니다. 우리를 배신하면 어떻게 되는지도 잘 압니다."

총참모장이 대답했다.

"우리가 독자적으로 눈호랑이 작전을 펼치는 건 불가능한가."

"몇 가지 방안을 검토해봤지만, 장풍군 현지에서 도와줄 세력이 필요합니다. 장풍군에는 남조선군 외에도 말레이시아 부대가 머물고 있습니다. 인민보안부도 그놈들 눈치를 보느라 마음대로 움직이지 못합니다. 평화유지군을 포섭해볼까 생각도 해봤는데, 그것 역시 장풍군에서 누군가 다리를 놔주지 않으면 어렵습니다. 결국은 최태룡이나 백상구를 통해서 평화유지군과 접촉하는 수밖에 없습니다. 그 경우에는 최태룡이든 백상구든 우리가 진짜로 노리는 게 뭔지 궁금해할 겁니다."

"차라리 처음부터 끼워주고 이익을 나누는 게 낫다?"

"그게 최선이라고 생각합니다. 그리고 백상구보다는 최태룡이 더 적임자입니다."

총참모장이 대답했다.

"어느 한쪽을 끼워주면서 다른 한쪽을 그냥 놔둘 수는 없다. 작전이 시작될 때쯤에는 주변이 깨끗이 정리되어야 해. 그치들도 바보가 아니라면 금방 눈치를 채겠지. 상대 조직이 갑자기 커지는 모습도 훤히 보일 테고."

"백상구 조직을 미리 정리할 생각입니다. 그 둘이 어차피 앙숙이니 최태룡을 저희가 조금 도와주면 될 겁니다."

"최태룡이 눈호랑이를 독점 소유하겠다고 나서거나 인질로 삼을 경우 대책은 뭔가."

최고사령관이 물었다.

"최악의 경우 눈호랑이를 포기하면 됩니다. 눈호랑이를 폭파시키고, 최태룡도 함께 제거하는 겁니다."

최고사령관은 잠시 생각에 잠겼다. 몇 분 후에 그가 고개를 들고 말했다.

"실행하라. 최태룡에게는 조선해방군을 배신하면 어떤 결과가 올지 분명히 일러두라."

*

총참모장은 자신의 방으로 돌아와서 전화를 걸었다. 중국 기술자들이 주문제작을 의뢰받아 만든 특수전화기였다. 그 휴대전화에는 여러 종류의 도청 방지 장치가 달려 있었는데, 가격은 대당 만 달러가 넘었다.

같은 전화기를 최태룡도 갖고 있었다. 최태룡은 차 안에서 전화를 받았다.

그는 인간과 곰을 뒤죽박죽 섞어서 빚어놓은 듯한 분위기의 사내였다. 머리는 짧게 쳤고 이마는 원시인처럼 납작 눌려 있었다. 옆으로 길게 째진 칼자국이라고 해도 좋을 정도로 눈이 작았음에도, 그의 시선을 놓치는 부하는 없었다. 눈동자에서 강력한 빛이 뿜어져 나오는 듯했기 때문이다. 얼굴에는 개기름이 줄줄 흘렀다. 어깨는 딱 벌어졌지만 키는 별로 크지 않았다. 불룩 튀어나온 가슴과 배 때문에 셔츠는 터지기 직전이었다. 바지도 마찬가지였다. 그럼에도 불구하고 비만이라는 느낌은 별로 들지 않았다.

"최고사령관께서 눈호랑이 작전을 허가하셨소."

조선해방군 총참모장이 말했다.

"그러면 눈호랑이가 어디 있는지 이제 알려주시죠."

최태룡이 말했다. 목소리가 아주 걸걸했다.

"조만간 사람을 통해서 전달하지. 그때까지 준비 작업이나 해두시오. 사람도 필요할 거고, 장비도 갖춰야 할 것들이 있겠지. 세부사항은 그쪽에 맡기겠소."

"제일 중요한 준비 작업은 백고구마를 치는 겁니다. 그 일까지 허락받은 걸로 알겠습니다. 개성섬유봉제협회에는 우리도 설명할 텐데, 조선해방군에서도 협회 쪽에 한 말씀 해주셨으면 좋겠군요."

최태룡이 말했다.

개성섬유봉제협회는 개성을 근거지로 한 마약 유통조직의 가면이었다. 이 마약조직은 그런 협회 이름을 내세워 돈세탁과 조직 관리를 하고 있었다.

말하자면 북한 땅을 가로지르는 마약의 유통고리에서 조선해방군은 생산자 겸 현지 판매인, 개성섬유봉제협회는 중간 도매상, 백상구와 최태룡은 동네 마트 같은 역할을 담당하고 있었다. 그들은 때로는 협력하고 때로는 갈등하며 지금의 분업 체계를 완성했다.

조선해방군은 개마고원 일대를 장악했지만 그뿐이었다. 함흥 이남은 평화유지군이 지배하고 있었고, 여기서 마약을 판매하거나 운반하려면 정교한 점조직 네트워크를 운영할 힘이 있어야 했다. 적당한 은신처와 운송수단을 갖춘. 조선해방군은 각 도시마다 그런 파트너를 뒀고, 그중 가장 남쪽에 있는 협력업체가 개성섬유봉제협회였다. 백상구와 최태룡은 개성섬유봉제협회로부터 물건을 받는 하청업체였다.

최태룡은 지금 장풍군의 경쟁 소매업체인 백상구 조직을 제거하겠다고, 허락을 요청한 것이었다. 일상적인 상황이었다면 도매업체인 개성섬유봉제협회가 절대로 허락하지 않을 일이었다. 한 동네마다 소매상을 최소한 두 개씩 두고 서로 경쟁을 하게 만든다는 게 유통업체의 대원칙이므로.

하지만 지금은 일상적인 상황이 아니었다. 그들은 눈호랑이 작전을 위해 새로운 분업 시스템을 짜려는 중이었다.

"개성섬유봉제협회에는 우리도 얘기해두지. 그런데 백고구마를 없애는 일을 그리 서둘러야 하나? 개인적인 원한이 섞인 것 같은데."

"딱히 부정하지는 못하죠."

최태룡이 히죽 웃었다.

"뭐 좋은데, 선을 넘지는 마시오. 경쟁이 필요하다고 생각되면 우리든 섬유봉제협회든, 장풍군에 새 조직 세우는 건 일도 아니니까. 백고구마가 사라진 뒤에 당신한테 협상력이 생길 거라는 착각이 든다면 바로 접는 게 좋소."

총참모장이 말했다.

"아니, 전 이 작전에 정말이지 만족 그 자체입니다. 마진도 그 정도면 너그럽죠. 1할 5푼. 첫 이익 중 얼마는 조선해방군에 후원금으로 보내드릴까 하는데요?"

"닥쳐."

총참모장이 무미건조한 목소리로 말했다. 최태룡은 너털웃음을 터뜨렸다. 처음에는 15퍼센트로 시작하는 거지. 하지만 차츰 올려줄 수밖에 없을 거야. 너희들의 대안을 내가 하나씩 다 제거할 테니까.

"잘 들어. 조금이라도 딴마음을 먹었다간 네 놈 불알을 떼서 생으로 먹일 거야. 불알도 네 손으로 직접 떼야 할 거다. 네 놈은 네 불알을 최대한 천천히 씹어 먹고 싶어질 거야. 그 고깃덩어리를 다 삼키자마자 누군가 네 놈 몸에 휘발유를 끼얹고 불을 지를 테니까. 그 꼴을 네 가족들이 강간당하면서 보겠지."

총참모장이 말했다.

"제 몸에 불은 누가 지르는 겁니까? 계영묵? 아니면 조희순?"

최태룡이 물었다. 총참모장은 잠시 말문이 막혔다.

"그들이 전부가 아냐."

총참모장이 대꾸했다.

"그러면 박현길이요?"

총참모장은 대답하지 않았다.

"코딱지만 한 동네에 신천복수대 출신이 셋이나 나타나서 일자리를 달라고 하면 아무리 바보라도 의심을 할 수밖에 없지 않겠습니까. 제가 바보는 아닙니다. 바보가 아니니까 딴마음을 먹지도 않고요. 물보다 진한 게 피고, 피보다 진한 게 돈이죠. 우리는 한 몸으로 꽉 묶인 겁니다. 안 그래요? 전 제 불알이 떨어지는 것보다 그쪽 물건이 제때 도착 안 하는 게 더 겁이 난다니까요. 그러니까 걱정하지 마십시오. 제가 조선해방군 뒤통수를 칠 일은 없어요."

"눈호랑이 위치는 내일 알려주겠다."

총참모장의 말을 끝으로 통화는 종료되었다. 최태룡은 만 달러짜리 전화기를 양복 안주머니에 넣었다.

"알고 계셨습니까?"

앞자리에서 운전대를 잡고 있던 계영묵이 물었다.

최태룡이 되다 만 곰이라면 계영묵은 우두머리 늑대 같은 인상이었다. 구릿빛으로 탄 얼굴만 보면 나이를 짐작할 수 없었다. 놀랍도록 표정이 없어 눈빛이 날카로운 스무 살 청년이라고 해도 믿을 만했고, 몸매 관리에 엄청나게 성공한 중년이라고 소개를 받아도 속아 넘어갈 법했다. 키는 큰 편이었으나 호리호리하다는 느낌은 전혀 들지 않았다. 모든 신체 부위를 오랜 기간 단련한 것처럼 완벽하게 균형 잡힌 몸이었다. 그 몸에서는 경지에 오른 무도인만이 얻을 수 있는 단정하고 살벌한 위엄이 뿜어져 나왔다. 그러나 목소리만큼은 무척 부드러웠다. 거의 달콤할 정도였다.

그는 신천복수대 제101특작부대의 생존자였다.

"별 상관없어. 내가 딴마음을 먹기 전까지는 네 놈들 전부 다 믿을 만하다는 뜻 아닌가? 오히려 다른 부하들보다 낫지. 그보다 백고구마 녀석들을 어떻게 칠지 논의 좀 해보자. 분계선 가까이에 놈들 민경초소(GP)부터 시작해야지? 경계는 삼엄하지만 순서로 봐서는 거기서부터 시작해야 일이 빠르고 확실하게 끝나. 가능하겠나?"

최태룡이 말했다.

"거기 경비가 몇 명이나 있는 겁니까?"

계영묵이 물었다.

"넷? 다섯? 정확히는 몰라."

최태룡이 말했다.

"그 정도면 저희 세 명으로 충분합니다. 조희순이랑 박현길이를 데려가겠습니다."

"데려갈 사람이 하나 더 있다."

"누구 말씀입니까?"

계영묵이 물었다.

"평화유지군 헌병대장."

2

"자, 이번에 소개해드릴 장군은 누구냐. 정일이도 아니고 정은이도
아냐! 여기는 닭싸움장이지 돼지 치는 곳이 아니거든! 이름하여 흑암
장군이야! 저 볏 좀 봐. 볏 아래부터 날개까지가 아주 새까맣지? 저게
먹물로 칠해서 저렇게 새까맣게 된 게 아니야! 브라질에서 싸움닭 품
종을 들여와서 우리 오골계하고 교접을 붙였어. 어깨에 붙은 근육도
봐! 튼실하잖아? 말라깽이 북조선 피그미족보다 훨씬 낫지!"

　사회자의 말에 관중들이 발을 구르며 웃음을 터뜨렸다. 생맥주통을
등에 짊어진 청년들이 번쩍번쩍 빛나는 전구가 달린 야구 모자를 쓰고
관객들 사이를 돌아다녔다.

　투계장 안은 후끈했다. 남한의 이종격투기 경기장을 흉내 낸 무대
위에 현란한 조명이 떨어졌다. 일렉트릭 음악이 쿵쾅거리며 울려 퍼졌
고, 모든 사람이 소리를 질렀다. 핸즈프리 마이크를 귀에 건 사회자가

무대에 오른 수탉을 맛깔나게 소개하는 중이었다. 눈이 매서운 싸움닭은 고개를 까닥이며 주변을 둘러보았다. 키가 거의 1미터 가까이 되어 보였다.

"이 흑암장군과 맞붙을 싸움꾼을 소개해주갔어! 전적이 14전 14승, 상대를 죄다 삼계탕에도 넣지 못하게 고기 조각들로 갈아버렸지! 이 녀석 옆에 가면 닭똥 냄새가 아니라 피비린내가 난다고!"

무대 한쪽으로 스포트라이트가 쏟아졌다. 작지만 독하게 생긴 수탉이 철망 너머에서 조용히 살기를 뿜고 있었다.

"투계 조련사들이 얼마나 독한 놈들인지 알지? 그런데 이 녀석은 어지간한 조련사도 감당을 못해! 이 녀석이 첫 주인 눈을 쪼아서 멀게 해버렸대! 조련사들이 이놈이 무서워서 서로 피했는데 신천복수대 출신 주인이 와서 주먹으로 패니까 이놈이 그때서야 말을 듣더래! 훈련을 시킬 때도 언제 사람을 덮칠지 몰라 총을 겨누고 했다지? 그래서 이 녀석 이름도 신천이야, 신천복수!"

관객들이 자리에서 일어나 신천복수를 환영했다. 흑암장군이 소개될 때와는 비교도 되지 않는 열기였다. 그래서 굳은 얼굴의 사내는 더 눈에 띄었다.

사내는 쌀가마니를 깔아놓은 객석 세 번째 열에 서 있었다. 사내의 이름은 장리철이었다. 본명은 아니었지만, 그 이름을 쓴 지 벌써 3년이 넘어 이제는 익숙했다. 장리철의 뺨에 있는 가는 흉터는 사람들에게 굉장히 강한 인상을 주었다. 칼날 자국 같아 보이는 흉터는 오른쪽 눈 끝에서 시작해 아래로 똑바로 내려왔다.

셰퍼드 같은 인상의 사내였다. 미간이 좁고 눈매도 처져 있어서 썩 영리해 보이지는 않았다. 다만 짙은 눈썹과 긴 턱, 힘주어 다문 입 때문에 고지식하고 고집이 강할 것 같다는 느낌을 주었고 실제로도 그랬다. 그는 중키에 온몸이 근육질이었는데, 유난히 팔이 길어서 어딘지 네발 짐승처럼 보였다. 표정이 느긋하지 못하고 얼굴에 긴장을 잔뜩 드러낸 모양새가 꼭 주인을 놓친 대형견 같았다.

장리철은 다른 사람들과 달리 특작부대 이름을 딴 닭을 쳐다보고 있지 않았다. 그는 닭 주변에 있는 사람들의 얼굴을 살폈다. 조련사가 두 사람 있었는데 둘 다 아는 얼굴은 아니었다. 리철은 조련사 중 한 명이 닭 주인인지, 아니면 저 닭에 '신천복수'라는 이름을 붙인 주인은 따로 있는 건지 궁금해하는 중이었다.

'통일과도정부'가 들어선 지 몇 년 뒤부터 북한 곳곳에 투계장이 생겼다. 무슨 스포츠를 해도 결국엔 그놈의 '통일 리그'를 해야 한다, 그런데 무슨 경기를 해도 잘 먹고 자란 남조선 선수들이 삐쩍 곯은 북조선 선수를 이긴다, 그러니 우리는 남조선에 없는 스포츠를 좋아할 수밖에 없다, 이게 투계꾼들의 변명이었다. 특히 평양시 외곽에 있는 투계장들이 유명했다. 지금 장리철이 있는 곳도 그중 하나였다.

투계들의 싸움은 오래 걸리지 않았다. 큰 덩치에도 불구하고 흑암장군은 신천복수의 기세에 눌려 제대로 된 공격 한번 펼치지 못했다. 흑암장군에 돈을 걸었던 사람들은 탄식했고 신천복수에 돈을 건 관객들은 기쁨의 비명을 질렀다. 사회자는 다음 싸움을 준비했다.

"매일같이 인삼을 갈아 먹였더니 저렇게 근육이 붙더래! 저 닭이 먹은 인삼이 여기 있는 조선 인민들이 평생 먹은 인삼보다 더 많아! 무게 들고 놀라지나 마, 자그마치 3.5킬로그램이야! 지금 조명이 쏟아지는 데도 아주 의젓하잖아? 저게 바로 목계지덕이지!"

장리철은 신천복수 조련사 두 명의 얼굴을 머릿속에 단단히 입력한 뒤 환호성을 지르는 군중을 뚫고 투계장을 빠져나갔다.

진흙탕에 마구잡이로 주차한 사람들이 서로 차를 빼라며 시비를 벌이고 있었다. 허름한 점퍼를 입은 사람들이 욕을 하면서 차 주인들을 밀치고 지나갔다. 그 옆에서 악사가 아코디언을 연주하며 동전을 구걸했다.

인조고기밥을 파는 봉사매대(노점) 옆으로 피켓을 들고 서 있는 사람들이 잠시 장리철의 눈을 끌었다. 흰 셔츠와 청바지를 맞춰 입은 남조선 청년들이 시위를 하고 있었다. 평양시 안쪽만 구경할 수 있는 관광비자를 받고 와서는 택시를 타고 시 경계를 넘은 동물보호단체 회원들이었다.

남한 청년들은 피를 흘리는 닭 그림과 투계 뒤에 처참하게 살이 발라져 죽은 닭들의 사진을 들고 있었다. 이곳 투계장이 다른 곳에 비해 화끈하고 잔인하기로 이름이 난 것은 사실이었다. 닭 발톱에 면도날을 달고 싸우는 특별 경기를 밤마다 열었기 때문이다. 그러나 그렇다 해도, 그렇게 죽어가는 닭들의 수는 남한 사람들이 밤마다 먹는 닭유찜(치킨)의 양에 비하면 말 그대로 새 발의 피였다.

'여기서 사람이 굶어 죽어갈 때에는 거들떠도 안 보던 것들이……'

피켓을 들고 선 남한 청년들 옆을 지나가는 북조선 사람들의 얼굴에는 그런 말이 쓰인 듯 보였다. 대부분의 북한 사람들은 남한의 동물 보호운동가와 환경운동가, 여성운동가들을 예수쟁이보다 더 싫어했다. 예수쟁이들은 과자나 휴지라도 나눠 줬지만 남한의 사회운동가들은 잔소리만 해댔기 때문이다. 특히 그 자리에 있는 남한 여대생 한 명이 늘씬한 미인이었기 때문에 그 근처를 지나가는 북조선 투계꾼들의 심정은 더 불쾌해졌다. 투계장 안팎의 북조선 남자들 대부분은 그 남한 여대생보다 키가 작았다.

장리철은 남한 대학생들을 지나쳐 투계장 옆 가건물 쪽으로 걸어갔다. 투계를 보관하는 닭장과 조련사들을 위한 간이 휴게실이 있는 공간이었다.

"꺼지라."

리철보다 머리 하나는 클 것 같은 떡대 하나가 가건물 입구에 서 있다가 리철을 보고 말했다.

"안에 있는 사람한테 뭘 좀 물어보려고 왔소. 말썽은 일으키지 않을 거요. 원한다면 같이 따라 들어와도 되는데."

리철이 말했다. 문지기에게 뇌물을 찔러준다거나, 자신을 수의사라고 속인다거나 하는 유의 계책은 그의 머리에는 좀처럼 떠오르지 않았다.

"꺼지라고."

떡대가 험악한 표정으로 말했다.

리철은 떡대 앞으로 걸어갔다. 떡대가 겁 없는 불청객을 겁주기 위해 손을 들어 때리려는 시늉을 했다. 리철은 팔을 늘어뜨린 채로 떡대의 가랑이 사이를 세게 걷어찼다. 떡대는 1, 2초 정도 뭐라고 말을 하려는 듯이 멍하니 서 있다가 정신을 잃고 앞으로 고꾸라졌다. 리철은 떡대의 몸뚱이를 넘어 가건물 안으로 들어갔다.

가건물 안은 거대한 실내 주차장이었다. 투계 주인들이 가져온 개조 트럭에 이동식 닭장이 실려 있었다. 조련사들은 그 옆에 접이식 의자를 놓고 앉아 있거나 바닥에 깐 돗자리에 누워 있는 신세였다. 닭장 안에는 온갖 영양제와 보양식이 들어 있었지만 조련사들이 먹고 있는 음식은 밥만두나 두부밥 같은 길거리 음식이 대부분이었다.

장리철은 트럭 사이를 뛰다시피 걸으며 신천복수의 조련사를 찾았다. 신천복수를 실은 트럭은 가건물 깊숙한 곳에 있었다. 경기장에서 얼굴을 외워둔 두 조련사가 지폐를 세고 있었다. 리철이 다가가자 조련사들이 경계심 어린 눈으로 그를 쳐다보았다.

"불쑥 죄송합니다. 여쭤볼 게 있습니다."

리철이 말했다.

"닭 팔 생각 없고, 승부 조작도 안 해요."

조련사 중 한 명이 대꾸했다.

"닭 이름을 왜 '신천복수'라고 지었습니까? 아까 사회자는 닭 주인 분이 신천복수대 출신이라고 했는데 그게 사실입니까?"

리철은 그렇게 말하며 주머니에서 100위안(元) 지폐 석 장을 꺼내 보였다. 조선민주주의인민공화국의 통일과도정부는 공식 화폐로 북한 원을 고집했으나 그 지침에 따르는 사람은 거의 없었다. 김씨 왕조가 무너지기 몇 년 전부터 이미 장마당의 공식 통화(通貨)는 중국인민폐였다. 조금 규모가 있는 거래를 할 때는 달러를 썼다. 미덥지 않기로는 남한 돈도 북한 돈과 다를 바 없었다. 남한과 북한 화폐를 통합할 거라는 소문이 끈질기게 나돌았다. 어떤 비율로 통합하든 북한 원과 합치게 되면 남한 원도 가치가 크게 떨어질 거라는 게 북조선 사람들의 생각이었다.

조련사 중 나이가 조금 더 많아 보이는 쪽이 리철이 내민 지폐를 물끄러미 바라보다 손을 뻗어 돈을 채 갔다.

"잠깐만 기다리쇼."

나이 많은 조련사가 트럭 조수석을 향해 걸어가며 말했다. 조수석 문을 열고 안에서 뭔가를 찾던 조련사는 잠시 뒤 점퍼로 덮은 작은 물건을 꺼내왔다. 그는 리철 앞에서 왼손으로 점퍼를 치웠다. 그러자 오른손에 쥔 권총이 드러났다.

"정체가 뭐지? 여긴 왜 온 거지?"

조련사가 물었다.

리철은 나이 많은 조련사가 쥔 권총을 바라보았다. 조선인민군 장교와 특작부대원들에게 지급됐던 66식 권총이었다. 리철도 한때 들고 다녔다. 조선인민군이 해체되면서 엄청난 양의 총기가 암시장에 풀렸다. 14전 14승의 투계 조련사라면 돈을 아끼려고 가짜 총을 사지는 않았을 것이다.

66식은 소련제 토카레프를 개조한 물건이었다. 작고, 조작이 간편하고, 고장이 잘 나지 않는다. 안전장치는 따로 없다. 아무리 초보라 하더라도, 이 거리에서라면 총을 쏴서 표적을 놓치는 일은 벌어지지 않는다. 그냥 방아쇠를 당기기만 하면 된다. 가슴이든 배든 몸통 어딘가는 맞게 돼 있다.

하지만 사격 훈련은 꼭 명중률을 높이기 위해서 하는 것만은 아니다. 제대로 훈련받지 못한 사람 대부분은 방아쇠를 당기는 일 자체를 어려워한다. 살아 있는 표적을 겨냥하고 있을 때는 더욱 그렇다.

리철은 1초도 안 되는 순간에 양팔을 뻗어 조련사의 손목을 비틀고 총을 낚아챘다. 그는 그런 훈련을 수백 번도 넘게 받았다.

리철은 총이 장전돼 있는지를 확인한 뒤 나이 든 조련사의 머리를 겨눴다. 정석은 심장을 겨냥하는 것이지만, 눈앞에 총구를 들이대는 효과를 노렸다. 조금 전까지 권총을 들고 있던 조련사는 방금 무슨 일이 벌어진 건지 제대로 깨닫지도 못하고 어안이 벙벙한 상태였다.

옆에 있던 젊은 조련사가 먼저 정신을 차렸다. 그가 가슴팍에서 뭔가를 꺼내려 할 때 리철은 상대를 걷어찼다. 양손과 상반신은 목표를 향해 정확한 사격 자세를 유지한 채로. 명치를 얻어맞은 젊은 조련사는 트럭에 등이 세게 부딪혔다. 트럭 위에 놓인 이동식 투계 우리가 크게 흔들렸고, 막 사투를 끝내고 돌아온 수탉이 놀라 날개를 퍼덕이며 날아올랐다.

젊은 조련사는 가슴에서 칼을 든 손을 막 꺼내려던 참이었다. 장리철은 다시 한 번 조련사를 걷어찼다. 발길질의 충격에 칼은 바닥으로 떨어졌다. 리철은 칼을 차서 트럭 아래로 밀어 넣었다.

"돈은 얼마든지 드리겠습니다. 닭은 가져가지 말아주세요. 자식새끼들 굶기면서 키운 놈입니다."

늙은 조련사가 두 손을 들고 말했다. 젊은 조련사가 낭패라는 표정으로 일어났다. 리철은 총구를 젊은 조련사의 머리 쪽으로 돌렸다. 젊은 조련사도 두 손을 천천히 머리 위로 올렸다.

"닭에도, 돈에도 관심이 없습니다. 제가 알고 싶은 건 왜 이 닭에 신천복수라는 이름을 붙였느냐 하는 겁니다. 닭 주인이 정말 신천복수대 출신입니까?"

리철이 총을 든 채로 물었다.

"닭 주인은 접니다. 신천복수대는 소문으로만 들었지 저희랑은 상관 없어요. 그냥 악명 높은 부대니까 싸움닭 이름으로 어울릴 것 같아서 붙였을 뿐입니다. 이놈 전에 키우던 닭 이름은 저격여단이었어요."

늙은 조련사가 말했다.

리철은 맥이 탁 풀렸다. 그는 총에서 탄창을 분리한 다음 늙은 조련사에게 돌려주었다. 늙은 조련사는 주머니에서 리철에게 받은 100위안 지폐들을 꺼내 덜덜 떨리는 손으로 내밀었다.

"일없습니다(괜찮습니다)."

리철이 고개를 저으며 말했다. 그는 무척 단순한 사람이었다. 애초에 이야기를 듣기 위해 300위안을 쓸 생각이었고, 이야기의 내용이 실망스러웠던 건 조련사의 탓이 아니라고 생각했다.

인사를 하고 돌아서는 리철을 늙은 조련사가 불러 세웠다.

"저기, 헛소문인지도 모르지만⋯⋯."

"예?"

리철이 되물었다.

"개성 근처에 장풍군이라고 있는데, 거기 마약조직에 신천복수대원이 셋이나 있다는 얘기를 들었습니다. 개성공단 외곽에 신흥 마약조직이 많이 생기고 있는데, 그런 곳에서는 몸값을 비싸게 주고 특작부대 출신을 모집한다고 합디다. 아직 구역 정리도 안 됐는데 평화유지군이나 인민보안부 눈에 안 들키게 나와바리 다툼을 하느라 그런 살인 전문가들을 많이 필요로 한다는데…… 투계꾼들 말이라 얼마나 믿을 만한 소리인지는 모르겠지만…….”

나이 든 조련사가 말했다.

“고맙습니다.”

리철이 고개를 숙여 인사를 한 뒤 밖으로 나갔다.

급소를 차이고 기절했던 문지기가 정신을 차리고 가건물 입구에서 리철을 기다리고 있었다. 그 사내 말고도 두 사람 더 있었다. 모두 덩치가 컸다. 덩치들은 절연테이프를 감은 곤봉을 들고 서 있었다.

“내 용무는 다 봤다. 그냥 지나가게 해줘.”

리철이 말했다. 장리철은 그렇게 말하면 기도들이 정말로 자신을 지나가게 해줄지도 모른다고 생각했다. 경비원의 임무는 외부인이 가건물 안으로 들어오는 것을 막거나 쫓아내는 것이지, 안에 있던 사람이 밖으로 나가는 걸 막는 게 아니니까. 하지만 기절했다가 정신을 차린 덩치는 이렇게 대꾸했다.

“우리 용무는 이제부터인데.”

덩치는 곤봉을 들고 덤벼들었고, 몇십 분 전과 똑같은 방식으로 리철에게 가랑이 사이를 걸어차였다.

리철이 너무나 가볍게 곤봉을 피했기 때문에 다른 덩치들에게는 처음부터 동료가 몽둥이로 엉뚱하게 허공을 가른 것처럼 보였다. 덩치가 곤봉을 다 휘두르자마자 리철이 상대의 손목을 잡고 끌어당겨서 균형을 무너뜨리고 벌어진 다리 사이를 발등으로 올려 찍는 광경은 구식 몸개그의 한 장면 같았다.

옆에 서 있던 덩치 하나는 '쓰러진 동료가 멍청이'라고 잘못 판단했다. 그는 요란하게 고함을 내지르며 장리철에게 달려왔다. 리철이 보기에는 엉성하기 그지없는 공격이었다. 왼손, 왼발, 오른손, 오른발, 어떤 도구로도 받아칠 수가 있었다. 리철은 그냥 사내가 제풀에 쓰러지도록 슬쩍 옆으로 물러났다.

사내는 쓰러지지는 않았지만 전력으로 달리던 몸을 세우느라 허우적거렸다. 리철은 그의 목덜미를 뒤에서 잡아끌었고 사내는 완전히 무방비 상태로 뒤로 자빠졌다. 리철은 곤봉을 빼앗아 사내의 머리와 어깨, 배를 경쾌하게 두들겼다. 뼈가 부러질 정도로는 아니었다. 그냥 멍이 들고 살이 터질 정도로만, 아파서 한동안 일어나지 못할 정도로만 때렸다.

리철은 곤봉을 들고 마지막 상대를 쳐다보았다. 몸만 커다랄 뿐, 아직 얼굴에 애티가 남아 있는 소년이었다. 아이가 곤봉을 바닥에 버리고 손을 번쩍 들었다.

"저는 저 형들이 억지로 불러서 온 거예요."

소년이 겁먹은 목소리로 말했다. 리철은 고개를 끄덕였다.

"손전화(휴대전화) 있나?"

리철이 물었다. 소년이 울 것 같은 표정으로 주머니에서 전화기를 꺼내 리철에게 내밀었다.

"이거 인터넷 되나?"

리철이 물었다. 소년이 고개를 끄덕였다.

"지도 검색도 되나?"

리철이 다시 물었다. 소년이 고개를 끄덕였다.

"그러면 장풍군이 어디인지 찾아줘."

소년은 바쁘게 손가락을 움직여 황해북도 장풍군의 위치를 찾았다. 개성시와 철원군 사이의 땅이었다. 예전에는 '휴전선'이라 불렸던 분계선이 그대로 장풍군의 남동쪽 군 경계인 듯했다. 그 건너편은 대한민국 경기도 연천군이었다.

장풍군의 위치와 그곳까지 가는 경로를 암기한 장리철이 휴대전화를 소년에게 돌려주었다. 전화기는 그의 것이 아니니까 주인에게 돌려주는 게 당연했다.

"고맙다."

소년은 어리둥절한 표정으로 전화기를 받았다.

장리철은 곤봉을 집어 던지고 뒤를 돌아 투계장의 야외 주차장을 빠져나갔다. 걸인 악사가 아코디언으로 새 노래를 연주하기 시작했다.

*

"배속부대를 발표하기 전에, 내가 마지막으로 진짜 충고를 해줄게. 저기 교관들은 절대로 해주지 않는 이야기를. 이건 우리, 남쪽 사람들끼리 이야기니까, 절대 다른 데 가서 내가 이랬다고 말하지 마. 알았나?"

원치 않게 대위가 되어버린 30대 초반 사내들 앞에서 준장이 말했다. 대위들 중 몇몇은 장군의 집무실 소파에 앉아 있었고, 나머지는 그 주변에 서 있었다.

"예, 알겠습니다."

한 달 전에 군대에 다시 불려와 대위로 진급한 30대 초반 사내들이 열의 없이 대답했다.

강민준도 그중 하나였다. 그는 머리가 곱슬곱슬한 데다 피부가 희어서 주위에 있는 다른 군인들보다 다소 앳되어 보였다. 눈동자가 유난히 까매서 영리한 인상이었지만, 입술을 한쪽으로 삐죽 올리거나 어깨를 자주 으쓱하는 버릇 때문에 진중하다는 느낌은 주지 못했다.

어쨌든 강민준은 그 순간 준장의 말에 귀를 기울이고 있었다. 최근 한 달간 백번 넘게 했던 푸념을 속으로 한 번 더 되풀이하면서.

'이거 다 꿈 아닐까? 군필자라면 누구나 꾼다는 군대 다시 가는 악몽. 여기서 눈을 뜨면 땀을 뻘뻘 흘리며 침대에 누워 있고 뭐 그럴 수는 없을까? 정말 기가 막힌 일이지. 내가 싸이도 아니고…… 제대할 때 비상소집에 대한 설명을 듣기는 했지만, 평화유지군에 사람이 모자란다는 이야기는 들었지만, 장교가 더 먼저 소집될 거라는 루머도 알았지만, 설마 그 상황이 실제로 벌어질 줄이야. 평화유지군이고 나발이고, 진짜 미치고 펄쩍 뛸 노릇이다. 남한에서 1년 더 복무하라고 해도 돌아버릴 텐데 북한 땅에 배치된다니.'

키가 150센티미터 될까 말까 한 군무원이 종이컵과 주전자를 들고 방에 들어왔다. 북한 출신이었다. 군무원이 대위들한테 녹차 티백이 든 종이컵을 나눠 주고 주전자로 뜨거운 물을 부어주었다. 평화유지군 소속 한국군은 북한 사람들을 군무원으로 대거 채용했다. 일자리를 제공한다는 측면이기도 했고, 잡부로 부려먹기 위해서이기도 했다. 북한인 군무원들은 과거 한국 군대의 방위병 같은 취급을 받았다. 한국군 사병들은 내무실에 신참이 들어오면 '북한 군무원에게는 존댓말을 쓰지 말라'는 지시를 은밀히 내렸다.

군무원이 나가자 준장이 입을 열었다.

"그렇게 딱딱하게 있지 말고, 차 마시면서 편히 들어. 나도 자네들이랑 똑같아. 난 국방대학원 교수 하다가 왔어. 영어 잘한다고. 지금 젊은이들이 서울에서 시위하고 그러는 거 뉴스로 봤는데, 자네들도 여기 있어보면 알 거야. 평화유지군이랑 예비역 장교만으로는 기본적인 부대 운영도 안 돼. 결국에는 예비역 병들도 다 소집해야 돼. 카투사 먼저 부르겠지. 영어가 중요하니까. 그러니까 자네들도 그렇게 억울해할 거 없어."

대위들 몇 명이 그 말에 열없이 웃었다. 민준은 문득 '혹시 이러다 복무기간이 더 연장되는 건 아닐까?' 하는 걱정이 들었다.

유엔은 조선인민군은 해체하기로 결정했지만 차마 북한의 경찰인 인민보안부까지 해체할 수는 없었다. 기본적인 치안 유지를 위한 경찰 인력이 너무 모자랐다. 인민보안부는 형태는 유지하되 반인권범죄를 저지른 사실이 확인된 사람들을 걸러내는 작업을 하기로 했다. 전체

인원의 30~40퍼센트 정도가 걸러질 걸로 예상되었다. 유엔 조사관들은 "범죄 수사는 고사하고, 폭동과 약탈이 발생하는 사태를 막는 수준으로 사회를 꾸리기 위해 충원해야 할 치안 인력이 최소한 10만 명 이상"이라고 분석했다.

한국군은 5만 명이 파병되었다. 유엔 평화유지군의 지휘를 받는 형태였다. 그 5만 명은 남한에 주둔한 부대 인력을 쥐어짜듯이 재배치하면서 겨우 차출했다.

준장이 말을 이었다.

"내가 여기 있어보니 말이야, 평화유지군 중에 정작 다른 나라 사람들은 별로 사고를 안 일으켜. 군인 관련해서 사고가 나면 열에 아홉은 남한 군인이랑 관련된 거야. 여기 신문이랑 TV만 보면 인도 애들, 말레이시아 애들, 태국 애들만 사고 치고 남한 출신들은 아무 실수도 저지르지 않는 거 같지? 조선중앙통신이 잘 보도를 안 해서 그런 거야. 남북 양쪽 정부가 평화유지군 관련해서는 보도통제를 세게 하지. 남한 출신이 북한에서 사고 저지른 건 누굴 죽이거나 자기가 죽거나 하는 거 아니면 어지간해서는 기사로 못 쓰게 해. 자칫 잘못하면 독립운동이라도 일어날 판이니까. 여기 사람들 보기에는 자네들이 다 일제시대 순사 같은 존재인 거야."

북한에 파병된 다국적군은 2만 7,000명가량이었다. 얽히고설킨 이해관계 속에 겨우 구성된 부대였다. 우선 중국은 미국과의 합의는 인민해방군을 독자적으로 내려보내지 않겠다는 의미였다며, 다국적군에는 자신들이 참여해야 한다고 주장했다. 일본은 납북 일본인 문제 같은 이슈를 들고 나왔다. 그들은 특히 남한 정부가 핵개발에 참여한 북한 과학자를 은밀히 관리하려 한다는 의혹을 제기했다. 한국은 안보리 상임이사국은 평화유지군에 참여할 수 없다는 유엔 규정과 북한 주민들의 정서를 들어 중국과 일본에 맞섰다.

다국적군에 참여한 네덜란드, 핀란드, 인도, 태국, 말레이시아, 몽골 군대도 그런 역학 관계를 알았다. 자연스럽게 다국적군은 갑, 한국군은 을이 되었다. 평화유지군에서 철수하는 나라가 생기면 중국과 일본이 그걸 핑계로 현재 시스템의 문제점을 지적하고 평화유지군 참여를 다시 주장할 것임을 알았기 때문이다.

그래서 북한 땅에서는 인민보안부도, 한국군도 아닌 외국 군대가 가장 영향력이 막강했다. 북한에 군대를 보낸 국가들은 남한 정부에 이런저런 명목으로 돈을 요구하기도 했다. 평화유지군이 구성될 때쯤 한국은 인도와 태국, 말레이시아, 몽골에 대규모 투자 사업을 약속해야 했다. 몇몇 통일 반대론자들은 그 사업비도 사실상 통일비용이라고 주장했다.

준장이 말을 이었다.

"사실은 제일 문제가 많은 게 남한 출신들이야. 특히 조선민주주의 인민공화국에 온 지 1년쯤 된 부사관들, 사병들. 다 자네들 밑에서 일할 녀석들이야. 사고 종류도 아주 다양해. 다른 나라 애들이 사고 치는 건 다 단순해. 술 먹고 누구 패거나 강간하거나 그러는 거야. 그런데 남한 놈들 사고 치는 건 골치가 아파. 패는 놈, 맞는 놈, 사기당하는 놈, 사기 치는 놈, 돈 떼이는 놈, 돈놀이하는 놈, 약 하는 놈, 약 파는 놈, 다 있어. 장교 숙소 청소부랑 살림 차리는 놈, 그러다가 기둥서방한테 협박 당해서 군사기밀 팔아넘기고 자살하는 놈, 주체사상 공부하겠다고 인민군 잔당 찾아갔다가 인질로 잡히는 놈, 그놈 찾으러 간다며 무기 들고 탈영하는 놈……."

한국군 5만 명.

다국적군 2만 7,000명.

최소한으로 필요하다는 수치에서 2만 3,000명이 모자랐다. 그냥 사람이 모자라는 게 아니었다. 현장에서 다국적군과 소통을 할 수 있는 사람 수는 절대적으로, 압도적으로 부족했다. 한국군은 영어회화가 가능한 병사는 전부 북한으로 보냈다. 급기야 예비역 학사장교들을 비상 소집했다. 국가비상사태라면서.

그렇게 동원된 예비역 장교들이 한 달 동안 개성에서 군사교육을 다시 받고 평화유지군 휘하 한국군 부대에 통역 장교로 배치되었다.

강민준도 그중 한 사람이었다.

"왜 그런지 알아? 왜 말이 안 통하는 제3세계 군인들이 여기서 사고를 덜 치고, 남한 출신들이 훨씬 더 사고를 많이 치는지? 제3세계 군인들이 이곳의 실체를 더 정확히 파악하고, 여기 사람들을 더 똑바로 보기 때문이야. 여기가 어딘지 아나? 여긴 소말리아야. 더럽게 못 살고, 더럽게 못 배운 것들이 적대감에 사로잡혀서 평화유지군을 보는 곳이야. 적대감, 아니면 일확천금에 대한 기대감.

아까도 말했지만 북한 사람들한테 자네들은 일제시대 순사 같은 자들이야. 아니면 걸어 다니는 돈덩어리거나. 태국이나 말레이시아에서 온 친구들은 그걸 정확히 보는 거야. 아마 자네들도 북한이 아니라 소말리아에 파견되면 금방 그렇게 될 거야. 까맣고 말 안 통하는 놈들이 앞에서는 매일 거짓말만 하고, 뒤에서는 너희들 등칠 궁리만 하는데 바로 상황 파악되지.

그런데 자네들은 여기가 소말리아가 아니라고 생각해. 그래서 '같은 동포끼리 이럴 수 있소?' 하는 말에 마음이 약해지고, '고난의 행군 시절이 차라리 나았다'는 말에 쓸데없이 발끈한단 말이야. 전혀 그럴 필요가 없는데."

준장이 말했다.

현역 입대를 해야 하는 남한 젊은이들 사이에서는 '꿀임지', '헬임지'를 분류한 인터넷 문서가 돌았다. 문서는 서론에서 '무조건 남한에 배치되는 게 좋다, 있는 빽 없는 빽 다 써라, 남한 방공포병이 평화유지군 휘하 부대의 비전투병과보다 낫다'고 주장했다.

문서 본론은 개성공단을 비판하는 내용으로 시작했다.

개성공단에서는 사람들 만나고 도시 생활 할 수 있을 거 같다고 생각했다면 큰 오산이다. 일주일에 3일은 밤샘 근무한다. 낮에 하루 종일 북조선 토인들 공사 감독하고 저녁에 자재 정리하고 밤에 컴퓨터 작업해야 한다. 그거보다는 좀 추워도 그냥 철원에서 분계선 넘어오는 북한 사람 없나 감시하면서 멍하니 지내는 게 낫다. 발가락 한두 개 동상 걸려서 잘리는 게 북조선 토인들한테 칼빵 맞는 것보다는 낫다.

문서는 기왕 북한에서 근무하게 된다면 도시보다 시골이 낫다고 소개했다.

북한 근무라도 평안남도, 평안북도, 그리고 남한과 접하지 않은 황해남도 정도면 나쁘지 않다. 평양, 청진, 신의주도 그럭저럭 지낼 만하다. 도시에서 멀어질수록 식량 배급이나 받자는 노약자들과 얌전한 사람들 비율이 높다. 함경북도와 함경남도도 날씨가 우라지게 추워서 그렇지, 최악은 아니다. 자강도와 양강도에는 평화유지군이 주둔하지 않는다. 사실상 조선해방군이 점령하고 있는 땅이다.

문서에 따르면 최악은 황해북도였다. 특히 남북한 분계선을 따라 지어진 협력공단들 주변 지대가 이루 말할 수 없이 위험하다고 했다.

신분 확인이 안 돼 협력공단 안에 들어가지는 못하고, 공단에서 떨어지는 일감으로 먹고사는 무적자들이 공단 주변에 무허가 판자촌을 짓고 사는 곳. 온갖 너저분한 놈들이 남으로, 남으로 내려오다가 거기서 멈춘다. 여기서 근무한다는 것은 썩을 대로 썩은 북한 인민보안부와 사람 목숨을 파리 목숨으로 아는 신흥 폭력조직들을 앞뒤로 상대해야 함을 의미한다.

준장이 말을 이었다.
"그러니까 외국에 왔다고 생각해. 북한 사람들과 우정이 어쩌고 하는 얘기는 예능 프로에서나 나오는 이야기니까 꿈도 꾸지 마. 같은 민족이고 나발이고 다 헛소리야. 여기 주민들이 뭐가 억울하다, 뭔가 부탁할 게 있다, 제발 도와달라, 이러고 찾아오면 그냥 피해. 다 법대로 해. 차라리 술 마시고 사람 패는 게 나아. 그게 골치 아픈 사태로 이어질 가능성이 더 적어.

여기 사람들은 말도 다르고, 피부색도 다르고, 완전히 다른 나라 다른 인종이라고 생각해. 특히 여자들 조심해. 어떻게든 남조선 군인 엮을 생각만 하는 년들이야. 남한 방문 허가나 취업 허가 얻으려는 년들은 그중 나은 축이고, 부대에 알리네 어쩌네 하면서 돈 뜯으려는 년들이랑 자기 애인이 남조선 군인이라면서 다른 북한 사람들 등쳐먹으려는 년들이야. 가끔 여자랍시고 추파 던지는 것들 중에 여장 남자도 있어. 키 작고 빼빼 마르니까 잘 티가 안 나. 그런 놈들도 자네들한테 자기 임신했다고 책임지라고 할 거야. 남자도 가끔 임신할 수 있는 거 아니냐며."

신참 대위 몇 명이 억지로 짜낸 듯한 웃음을 터뜨렸다.

"남북 완전통일이 되고, 세계 몇 위의 경제대국이 되고, 그러면 뭐하겠나? 내 몸이 성해야지. 안 그래? 그러니까 딱 1년만 죽었다 생각하고, 봉사한다 생각하고, 스님처럼 살다가 가. 스님보다는 낫다. 여기 음식은 잘 나오니까. 군납 술도 있고 담배도 싸. 쉬는 날에는 그냥 숙소에서 자네들끼리 술 마시고 담배 피우고 휴대전화로 게임 해.

내가 뭐, 국가를 위해서 봉사하라는 얘기를 하는 게 아냐. 장교 월급이랑 위험수당이랑 1년 꼬박 모으면 그것도 꽤 큰돈이야. 그리고 자네들 회사에서 호봉도 2년 치 올려주잖나. 길게 보면 크게 낭비하는 시간은 아니야. 그러니까 앞으로 1년 동안 억울해도 화를 좀 다스리고, 스트레스를 북조선 인민들한테 풀 생각 말고, 장병들이나 동기들한테 풀 생각도 말고, 자기 몸 생각하면서, 남쪽에 있는 가족 생각하면서 신중하게 행동하라는 거야. 알겠습니까."

"예, 알겠습니다."

대위들이 대답했다. 반쯤은 지난 한 달간 받은 군사훈련 재교육 덕분에 '알겠습니까'라는 질문에 반사적으로 그렇게 답할 수밖에 없었고, 반쯤은 준장의 충고가 진정 어린 것이라고 받아들였기 때문이었다. 모두가 동의하는 감정은 아니었다. 민준은 뒤에서 동료 중 한 명이 들릴락 말락 한 목소리로 중얼거리는 것을 들었다.

"씨발, 난 유학 준비하다 끌려왔는데 호봉은 무슨 호봉이냐."

준장이 책상 위에 놓인 종이 뭉치를 들자 실내는 쥐 죽은 듯 조용해졌다. 몇몇 사람들이 침을 꿀꺽 삼키는 소리가 들릴 정도였다. 종이에는 훈련을 마친 신임 대위들이 가야 할 부대와 지명이 적혀 있었다.

준장이 종이를 들고 말했다.

"꿀임지니 헬임지니 하는 메모 돌아다니는 거 봤는데…… 그거 다 헛소리야. 어디 가나 다 똑같아. 군 생활 안 해본 사람들처럼 왜들 그래? 군 생활에 제일 영향을 미치는 건 자네들이 만나게 될 선임이지. 주로 소령이나 중령들이겠지. 그 다음에는 그 부대 부대장. 근무지가 도시냐 농촌이냐, 평안도냐 황해도냐, 이런 건 중요하지 않아. 그러니 어느 부대 배치되었다고 너무 좋아하지도 말고 너무 실망하지도 마. 가보기 전에는 모르는 거니까."

준장은 "그러면"이라고 말하더니 사람을 불러 한 장씩 종이를 나눠 줬다. 배속된 부대가 적힌 전출명령서를 받아든 대위들의 얼굴에 희비가 교차했다.

가나다 순서가 아니라 군번 순서인 것 같았다. 강민준은 꽤 후반부에 종이를 받았다.

희망부대.

장소는 황해북도 장풍군. 다른 장소라면 몰라도, 장풍군에 대해서만큼은 확실하게 기억하고 있었다. 남한 청년들 사이에 돌던 문서에는 이렇게 적혀 있었다.

개성 옆에 있는 작은 마을인데, 개막장 중의 개막장이다. 지난해 남북한을 통틀어서 시군구 단위로는 살인 사건이 가장 많이 발생했다. 멕시코나 엘살바도르의 시골 우범지대를 생각하면 된다. 장풍군에 배치되면 생명보험 꼭 들길. 어차피 뒈질 인생이라면 가족들에게 좋은 일이라도 하자.

3

"저거야?"

장풍군에 주둔한 한국군 희망부대의 헌병대장이 물었다. 눈은 쌍안경에 붙인 채였다. 쌍안경 저편에는 둔덕 같은 지형이 있었다. 쌍안경 없이 무심결에 봤더라면 인공 건조물인 줄 알아채지 못했을 것이다. 그를 포함해 사내 다섯 명이 장풍군 남동쪽 끝에 와 있었다.

"감쪽같죠. 미제 위장망을 둘렀어요. 위장망을 계절마다 바꿔요. 비싼 거예요."

밀고자가 말했다. 밀고자는 40대 초반의 남자였는데 한쪽 눈이 찌그러져 있었고, 그 눈을 쉴 새 없이 깜빡거렸다. 그래서 무슨 말을 해도 미덥지가 않았다.

최태룡은 헌병대장에게 엄청난 정보를 주었다. 백고구마 조직이 분계선 부근에 비밀기지를 세우고 지뢰밭을 건너 남한으로 마약을 운반

한다는 내용이었다. 밀고자가 그 정보 제공자였다. 사실이라면 그 정보만으로도 표창감이었다. 그런데 최태룡은 그것도 모자라 거대한 선물까지 얹어주었다. 아예 자기 부하들과 함께 그 기지를 공격해서 백고구마의 조직원을 쓸어버리고 확실한 공을 세우라는 것이었다. 사령부가 도저히 특진을 시켜주지 않을 수 없을 정도로 큰 공을.

그래서 헌병대장은 그날 소개받은 최태룡의 부하 세 사람과 밀고자와 나란히 엎드려 있었다. 둔덕처럼 보이는 벙커에서 500미터쯤 떨어진 장소였다. 그들은 얼굴에 위장크림을 두껍게 발랐다. 백고구마 일당의 초소에 가까이 가더라도 신분을 들키지 않기 위해서였다.

최태룡의 부하 셋은 이름이 각각 계영묵, 조희순, 박현길이라고 했다. 그들은 모두 상위 포식자 같은 분위기였다. 헌병대장이 보기에 계영묵은 우두머리 늑대 같아 보였고, 조희순은 머리는 다소 둔하지만 힘이 센 멧돼지, 박현길은 몸집은 작아도 빠르고 날렵한 표범 같았다.

"다른 GP들처럼 생기지 않았는데. 모양이 완전히 달라. 철거 작업할 때 북한 GP 나도 꽤 많이 봤는데."

헌병대장이 쌍안경을 눈에서 떼고 거의 속삭이는 듯한 목소리로 말했다.

"평화유지군에서 민경초소 싹 접수하고 지나간 다음에 최근에 지은 거예요. 백고구마 애들이 밤에 시멘트 포대 들고 가서 몰래몰래 조금씩 짓느라 고생깨나 했어요. 옛날 조선인민군 초소가 어떻게 생겼는지 알게 뭐예요. 땅 위로 솟은 부분은 별로 안 되지만 안에 들어가면 꽤 넓어요. 밑으로 많이 파서 만든 거예요. 그리고 목소리 그렇게 낮출 필요

없어요. 여기서 어지간히 큰 소리로 떠들어도 안 들려요. 가만히만 있으면 보이지도 않고. 나무랑 풀이 엄청 무성하잖아요."

밀고자가 대꾸했다.

"저기 감시 장비 엄청 많다며?"

조희순이 물었다.

"동작감지기인가, 뭐 그런 거 있어요. 움직이는 물체 확인하는 거. 그거랑 야시경이랑. 그런데 둘 다 제대로 작동 안 해요. 멧돼지니 고라니니 동물도 많고, 안에 있는 놈들이 그렇게 똘똘한 놈들도 아니고. 네 놈이 들어가 있으면 둘은 경계를 하고 나머지 둘은 쉬게 해줘야 하는데 그러지 않고 한나절 내내 네 놈이 다 경계를 하라고 하니 누가 그걸 하겠어요. 다 안 해버리고 말지. 그런 식으로 하다 만 거 많아요. 비싼 장비 샀다가 안 쓰고 버린 것도 많고. 애초에 경계가 걔들 제일 첫 번째 목적도 아니에요."

밀고자가 말했다.

"첫 번째 목적은 뭔데?"

계영묵이 물었다. 목소리가 아주 부드러웠다.

"운반꾼들이 도망치지 않는지 감시하는 거예요. 빙두 운반꾼을 대개 투계장에서 도박 빚 많이 진 애들로 뽑는단 말입니다. 빙두 봇짐 지고 남조선 한 번 갔다 오면 빚 탕감해주겠다고 하면서요. 닭쟁이는 그래도 제정신이잖아요. 뽕쟁이들보다는 훨씬 낫죠. 하여튼, 그런 닭쟁이들이 봇짐을 지고 분계선을 건너는 거예요. 그것도 제일 지뢰가 많이 묻힌 지대로다가. 지뢰가 별로 안 묻힌 곳은 감시가 심하거든요. 그러니까 중간에 겁먹고 안 가겠다는 놈들이 있어요. 가다가 멈춰 서서 걸음을 떼질 못하는 거예요. 갑자기 도망치려는 놈들도 있고. 그러면 뒤에서, 저 초소에서 위협사격을 합니다. 남조선으로 가다가 운이 없으면 지뢰를 밟아서 죽을 수 있지만, 도망치거나 돌아오면 아주 확실히 죽는다는 걸 알려주는 거죠."

"지뢰가 많은가?"

헌병대장이 물었다. 밀고자가 어이없다는 표정을 지었다. 비무장지대는 종전 선언 전에도 세계에서 지뢰가 가장 많이, 가장 촘촘하게 묻힌 지역이었다.

"많죠. 예전에는 공화국 군대나 남조선 군대나 지뢰 제거 작업도 하고 여기 불 질러서 나무 태우는 작업도 하고 그랬는데, 통일과도정부 들어선 다음에는 전혀 안 하죠. 그리고 공화국 인민이 분계선을 넘어오는 것보다는 오다가 지뢰 밟아 죽는 게 솔직히 남조선 입장에서도 나은 거 아닙니까? 평화유지군이 오기 전에 남조선 군대가 창고에 보관하고 있던 지뢰 몽땅 다 뿌렸다는 얘기도 들었어요. M14랑, 지랄 같은 거 그거 뭐냐, M16 도약식. 밟으면 튀어 오르는 놈."

"좆 까네."

평화유지군 헌병대장이 코웃음을 쳤다.

"진짜예요. 미국 TV에도 나왔어요. 중령님도 솔직히 여기 오신 지 얼마 안 됐잖아요. 통일과도정부 들어설 때 북조선이고 남조선이고 양쪽 군대가 다 미쳤었어요. 통제가 안 됐어요. 공화국 군대는 제 살길 찾느라 탈영하기 바빴고, 남조선 군대는 인민들 넘어오는 거 막느라 바빴고. 눈 돌아간 새끼들이 막 수백 명씩 손잡고 휴전선 넘어오고 그러는데 위에서는 무조건 막으라고 하면 중령님은 어떻게 하겠어요? 그때 여기서 일어났던 일들, 지금 남조선 사람들도 제대로 몰라요."

밀고자가 우겼다. 한쪽 눈을 깜빡이는 속도가 더 빨라졌다.

"됐고, 이제 어떻게 할 거야? 바로 가?"

우두머리 늑대인 계영묵이 밀고자의 말을 잘랐다.

"바로 가야지."

조희순이 말했다. 멧돼지처럼 흉포한 느낌인 사내.

"가시죠."

박현길이 말했다. 표범처럼 날렵한 몸짓의 사내.

"남조선 중령님도 같이 가셔도 돼요."

밀고자가 말했다.

"야, 이 피그미 새끼야, 너 대한민국 육군 중령이 우스워 보이지? 말뚝 두 개 좆같이 보여도 그 말뚝이 마음 독하게 먹으면 너희 사장 최태룡이 존나 괴롭혀줄 수 있어."

헌병대장이 으르렁거렸다.

"아, 누가 뭐래요? 뭐 말을 또 왜 그렇게 해요? 그리고 최태룡은 나랑 상관없어요. 저 양반들이랑 상관있지."

"말조심해, 이 새끼야. 저기까지 너 눈깔 하나 뽑고 가도 우린 상관없어."

박현길이 밀고자의 목을 움켜쥐었다. 밀고자는 버둥거리며 양쪽 눈을 정신없이 깜빡거렸다. 박현길이 손을 풀자 밀고자는 한참 캑캑거리다가 겨우 제 호흡을 되찾았다.

"한 시간이면 충분할 거요. 여기서 저기까지 가는 데 30분, 가서 처리하는 데 30분. 편히 기다리쇼. 일이 다 끝나면 저 위에 올라가서 고함을 칠 테니."

계영묵이 헌병대장에게 말했다.

"소리가 들릴까?"

헌병대장이 물었다.

"아니면 뭐 총을 쏘든지 수류탄을 던지든지 하겠소. 무기야 그 안에 많겠지. 소리가 나면 그쪽을 보시오. 지붕에서 손을 흔들 테니."

계영묵이 말했다.

"90분 기다리지. 그때까지 신호가 없으면 난 그냥 간다."

헌병대장이 말했다. 계영묵이 고개를 끄덕이고 몸을 돌렸다. 조희순과 박현길이 그 뒤를 따랐다. 박현길이 밀고자의 등을 밀어 앞장세웠다.

"잠깐."

헌병대장이 계영묵을 불렀다. 계영묵이 무표정한 얼굴로 평화유지군 중령을 보았다.

"한 놈도 남기지 않는 거 알지? 전부 다 죽이라고."

헌병대장이 말했다. 계영묵은 고개를 끄덕였다. 여전히 덤덤한 얼굴이었다. 그 태연함에 헌병대장이 끝내 짜증을 터뜨렸다.

"야, 너희들 제대로 할 수 있는 거 맞지?"

계영묵 대신 조희순이 대꾸했다.

"우리 신천복수대 출신이오. 60저격여단 101특작부대."

*

"앞에 다 왔어요. 닭쟁이 셋이랑 갑니다. 네, 네, 오늘은 4인 1조."

밀고자가 무전기에 대고 말했다. 무전기에서는 뭐라 알아듣기 힘든 응답 소리가 났다.

그들은 풀숲을 헤치고 걸었다. 백고구마 일당의 마약 초소가 있는 언덕 앞은 멀리서 볼 때는 초원 지대처럼 보였는데, 실제로는 수풀이 사람 키만큼 자라 있었다.

"저건 뭐야? 감시 카메라인가?"

계영묵이 멀리서 햇빛을 받아 반짝이는 물체를 가리켰다. 초소 너머로 멀리에 금속 재질의 막대기 같은 것이 땅에 꽂혀 있었다. 일행은 일순 긴장했다.

"무인기예요. 겉에 뺑끼칠한 게 벗겨져서 저렇게 보이나 봐요. 저기 저렇게 솟은 게 날개고, 반대쪽 날개는 부러졌든지 밑에 박혔든지 해서 안 뵈는 거고."

밀고자가 눈을 가느다랗게 뜨고 앞을 한참 보더니 말했다.

"무인기?"

조희순이 물었다.

"예, 작은 비행기요. 남조선으로 마약 팔려는 애들 중에 대가리 돌아가는 놈들은 저거 한 번씩 다 시도해봤어요. 빙두를 200그램, 300그램씩 무선조종으로 날리는 비행기에 실어 보내면 지뢰 걱정도 안 해도 되고 철조망 넘느라 애쓸 필요도 없고 좋잖아요. 그런데 잘 안됐어요."

"왜?"

"몰라요. 조종하기가 어려웠나 보지. 여기서 남쪽 민통선까지 20킬로미터는 가야 되잖아요. 중간에 바람도 심하게 불고, 남조선에서 방해전파를 쏜다는 얘기도 있고, 무슨 좋은 레이더를 새로 설치했다는 얘기도 있고. 왜 안됐는지는 잘 모르겠어요. 일단 요즘은 부품 구하기가 힘들어요. 북조선 토인 놈들은 무인기를 갖고만 있어도 불법이에요. 누가 팔지도 않고 수입도 못 하니까 자체 제작을 해야 하는데, 그 부품도 수입을 못 하게 하는 거죠. 그러니까 우리 같은 토인들은 목숨 걸고 걸어서 지뢰밭을 건너는 거고."

"너는 백고구마를 왜 배신하는 거야?"

박현길이 물었다.

"못하겠어서요. 이게 진짜 사람 할 짓이 아니에요."

"할 만하잖아. 투계장에서 아무리 빚을 많이 져도 남쪽 한 번 갔다 오면 다 탕감해주잖아."

박현길이 웃었다.

"전 빚져서 한 거 아닌데요."

밀고자가 항의했다.

"그러니까, 새끼야. 왜 그만뒀냐고. 넌 남쪽까지 한 번 갔다 오면 돈 꽤 받지 않았어? 만 달러? 2만 달러? 그리고 어차피 네가 앞장을 서진 않았잖아. 노름꾼들을 앞세우고 걸었잖아. 지뢰를 밟아도 그놈들이 먼저 밟지, 너는 아니잖아. 맨 앞의 놈이 죽고, 그 다음 놈도 죽고, 그래서 제일 마지막에 선 너까지 지뢰를 밟을 확률이 얼마나 되겠냐?"

조희순이 물었다.

"아, 왜 자꾸 사람 들볶아요? 내가 죽을까 봐 그런 게 아니에요. 지뢰 밟고 죽은 놈들이 자꾸 꿈에 나와서, 그게 못 볼 꼴이라서 그만두려는 거예요. 도약식 터지면 바로 죽으니까 상관없고, M14도 말이 발목지뢰지 밟으면 허벅지까지 날아가니까 상관없는데, 나무로 된 거 있어요. 진짜 발목만 잘리는 거. 그거 밟은 애들이 울면서 자기 버리지 말라고 하는데 가서 봇짐만 뺏어오고 피 흘리는 놈 내버려두고 가면 기분이 영 더러워요. 뒤에서 누가 계속 살려주시오, 살려주시오, 이렇게 말하는 거 들으면서 걸어본 적 있어요? 돌아올 때 보면 그 녀석들이 원래 자리에서 100미터나 200미터쯤 떨어진 데 있어요. 발목 잘린 채로 살아보겠다고 기어가다 죽은 거란 말입니다."

밀고자가 억울한 듯이 말했다.

"초소 나올 때 칼 한 자루씩 준다며. 그럴 때 쓰라고 주는 거 아닌가? 내버려두지 말고 숨통 끊어주라고."

조희순이 대꾸했다. 박현길도 같은 생각이었다.

"맨 앞 놈한테는 안 줘요."

밀고자가 웅얼거렸다. 조희순의 지적에 딱히 반박할 말은 없는 모양이었다.

그때부터는 백고구마의 마약 창고 겸 밀수출 기지까지 대화 없이 걸어갔다. 초소 앞으로 50미터쯤 남겨두었을 때 안에서 경계병 두 명이 나왔다. 경계병들은 초소로 걸어오는 네 사람에게 총을 겨누었다.

"손을 드세요. 여기서부터는 손을 들고 걸어야 해요."

밀고자가 말했다. 모두 손을 들었다. 밀고자와 계영묵 일행이 먼저 초소로 들어갔고, 총을 든 경비병이 뒤에서 따라왔다.

초소 안에서는 남한 최신가요가 작은 볼륨으로 나오고 있었다. 한가운데 놓인 책상 위에는 흰 가루가 든 작은 비닐 주머니들이 수백 봉지 있었다. 밀수꾼들에게 맡길 정제 필로폰이었다. 그 주머니들을 담을 백팩 네 개가 입구가 열린 채로 옆에 놓여 있었다. 백팩에 주머니를 넣는 것부터 밀수꾼의 일인 듯했다.

계영묵은 초소 안에 있는 경비병 중 한 명이 필로폰 중독자임을 알아차렸다. 눈에 핏발이 서 있고 분위기가 불안정했다. 다른 한 명은 장풍군에서 몇 번 마주친 적이 있는 얼굴이었다. 위장크림 때문인지 부주의 탓인지, 상대는 자신을 알아보지 못했다. 어쨌거나 대단한 위협은 못 되었다.

뒤에서 따라 들어온 경비병 둘은 여전히 총을 들고 있었다.

"손을 그대로 올리고 나란히 서."

총을 든 경비병 하나가 말했다. 밀고자와 계영묵 일행은 지시에 따랐다.

경비병 한 명이 소총을 어깨에 걸고 계영묵 일행의 몸을 수색하러 왔다. 다른 한 명은 여전히 총을 겨눈 자세였다. 계영묵이 조희순에게 눈짓을 보냈다. 조희순이 가볍게 고개를 끄덕였다.

조희순이 총을 들고 서 있는 경비병 쪽으로 밀고자를 떠밀었다. 경비병이 총을 쏘았다. 밀고자는 비명도 지르지 못하고 가슴에 바람구멍이 난 채로 죽었다. 밀고자의 몸을 방패 삼아 조희순은 총을 들고 있던 경비병에게 달려들었다. 허리띠 안쪽에 숨겨놓은 작은 칼을 빼 상대의 목을 그었다. 칼날이 짧았고 상대가 막판에 몸을 피해 공격이 아주 깔끔하지 못했다. 경동맥이 깊게 베이지 않고 살짝 틈이 벌어진 정도로 상처가 나는 바람에 피가 오히려 더 멀리 뛰었다.

계영묵은 소총을 어깨에 건 채 몸수색을 하러 걸어오던 경비병에게 달려가 주먹을 날렸다. 경비병은 코뼈가 부러지며 바로 전투불능 상태에 빠졌다.

박현길이 뒤춤에서 권총을 뽑아 멍한 표정을 짓고 있던 비무장 상태의 경비병 두 명에게 총알을 발사했다. 한 사람에게 두 발씩, 총 네 발. 모두 즉사했다.

코뼈가 부러진 채 바닥에 쓰러진 경비병의 머리에 계영묵이 총을 발사했다.

채 5분도 걸리지 않았다.

*

계영묵과 조희순, 박현길이 무자비한 살육극을 벌이는 동안 헌병대장은 풀숲에 엎드려 휴대전화 화면을 보고 있었다. 그는 어느 밀리터리 마니아가 블로그에 정리한 '신천복수대' 항목을 읽는 중이었다.

신천복수대: 조선인민군 60저격여단의 별칭. 북한의 실상이 알려지면서 북한군 특수부대의 허상도 많이 드러났지만, 적어도 60저격여단은 그런

'이름만 특수부대'에 해당되지 않는다. 29해상저격여단과 함께 엘리트 중의 엘리트라 할 수 있다.

헌병대장은 블로그 포스트를 쭉 읽어 내려갔다. '개개인 무력은 세계 최강'이니 '보름간 잠을 재우지 않는 지옥훈련'과 같은 문구가 보였다. 블로그 작성자는 60저격여단과 가장 특성이 비슷한 부대로 미 육군 특수부대인 그린베레와 국군 특전사를 들었다. 60저격여단은 전면 타격보다는 적지 후방 깊은 곳에서 게릴라전이나 요인 암살 작전을 벌이는 부대였고, 장교보다는 하전사(부사관과 병사) 위주로 구성돼 있었다. 남한 침투를 위한 부대였기 때문에 민간인으로 위장하는 훈련과 남한 사회에 대한 교육도 상당한 수준으로 받았다고 적혀 있었다.

지원자들로 구성한 부대인 건 맞지만, 6·25 전쟁 피해자 가족 위주로 구성돼 있다는 등의 얘기는 과거 북한군에 대한 실상이 알려지기 전 잘못 전해진 낭설일 뿐이다. 이 소문은 아마도 부대 이름이 '미군이 황해도 신천군에서 저지른 민간인 학살에 복수한다'는 데서 유래했기 때문으로 보인다. 실제로는 다른 특수부대의 정예군 중에서 재선발하는 식으로 대원을 충원했다. 군사대학 졸업생만 갈 수 있다거나, 광주에 파견된 적이 있다거나 하는 이야기도 잘못. 자칭 '신천복수대 장교 출신'이라는 탈북자들이 2000년대 초반에 퍼뜨린……

"어이! 어어이!"

사람을 부르는 소리가 났고 곧이어 하늘로 쏘는 총소리도 났다. 잘 들렸다. 평화유지군 헌병대장은 길게 자란 풀을 헤치고 백상구의 마약 창고로 갔다.

벙커에 들어온 헌병대장은 시체 다섯 구를 보고 자기도 모르게 숨을 참았다. 시체들은 피 웅덩이 속에 있었고, 벽 곳곳에 살점이 튀어 있었다. 피 웅덩이는 그때까지도 점점 커지는 중이었다. 조희순의 칼에 목이 베인 경비병의 시신 뒤로 경동맥에서 분수처럼 뿜어져 나온 핏방울 자국이 길게 이어져 있었다.

"뭐야, 이자도 죽었나?"

헌병대장이 밀고자의 시신을 보고 말했다.

"우리가 죽인 건 아니오."

계영묵이 대답했다.

"잘됐네. 어차피 내가 혼자서 저 넷을 다 쓰러뜨렸다고 하면 아무도 믿지 않을 테니. 나랑 같이 저놈들을 공격하다가 이 친구가 희생된 걸로 하면 되겠어. 이의 없지?"

헌병대장이 물었다.

"그러시든가."

계영묵이 대답했다.

"탄환을 분석하면 저자들이 당신 총에 맞아 죽은 게 아니라는 사실이 금방 밝혀질 텐데."

박현길이 말했다. 그는 죽은 시체를 뒤져 열쇠를 찾아 벙커 한쪽 벽에 붙은 철문을 열었다. 철문 뒤로는 조금 큰 옷장 정도의 공간이 있었다. 안에는 마약을 담은 비닐봉지가 무릎 높이로 쌓여 있었다. 조희순이 휘파람을 불었다. 수십 킬로그램은 되어 보였다. 필로폰은 유통 단계마다 마진이 엄청나게 붙는 물품이다. 북중 국경 근처에서는 1킬로그램에 한국 돈으로 800만 원 정도 하는 것이 평양이나 개성에서는 수천만 원이 된다. 서울의 소비자가격은 1회 투약분 0.03그램이 대략 10만 원이었다. 아직 분계선을 넘지 않았다는 점을 감안해도 창고 안에 있는 필로폰의 가격은 최소한 수억 원어치 이상이었다.

"총을 어떻게 쏜 거지? 우리 편 총알은 모두 두 자루에서 나간 건가?"

헌병대장이 물었다.

"내가 가진 총에서 나온 총알로 여기 바닥에 있는 이자가 죽었고, 저 친구가 쏜 총에 저 뒤의 두 놈이 죽었지."

계영묵이 시신 세 구와 박현길을 순서대로 가리키며 설명했다.

"그러면 총 두 자루 다 여기 놓고 가. 위에다 보고하려면 필요하니까. 저 불쌍한 친구가 당신 총으로 교전을 벌이다 죽었고, 내가 저 뒤의 두 놈을 죽인 걸로 해야겠어."

헌병대장이 말했다.

"당신이 당신 권총을 안 쓰고 다른 총을 썼다고 보고한다고?"

계영묵이 물었다.

"적당히 둘러대야지. 총이 여기 있는 걸 봤다든가, 저 죽은 친구한테 받았다든가."

헌병대장이 말했다.

"내 칼에 죽은 사람은 어떻게 하게?"

조희순이 창고 문을 반쯤 닫고 물었다.

"그 칼도 놓고 가. 칼은 나중에 생각해봐야겠어. 동선을 좀 따져보고."

헌병대장이 말했다.

조희순이 계영묵을 쳐다보았다. 박현길도 계영묵을 쳐다보았다.

계영묵이 입을 열었다.

"협상합시다. 총이랑 칼을 넘겨주는 대신 저 가방 네 개 중 세 개는 우리가 들고 가는 걸로. 안에 물건 꽉 채워서."

헌병대장은 몇 초쯤 말이 없다가 "그러지"라며 고개를 끄덕였다.

계영묵과 조희순, 박현길은 가방에 비닐봉지를 몇 개씩 더 넣으려 했지만 잘 되지 않았다. 이미 터지기 직전까지 꽉 채워져 있었다. 박현길이 가방을 등에 메려다 조금 휘청거리고는 투덜거렸다.

"엄청 무겁네."

가방을 멘 최태룡의 부하들은 천천히 몸에서 무기들을 꺼냈다. 전직 조선인민군 특작부대원들과 현직 한국군 중령 사이에 묘한 긴장이 흘렀다.

"우리는 셋이고, 예비 화기를 한 정씩은 갖고 있거든. 그러니 이상한 생각은 하지 마쇼."

계영묵이 말했다.

"엉뚱한 걱정 하지 말고 빨리 가기나 해."

헌병대장이 웃음을 터뜨렸다.

"동무는 완전히 노났구만. 남조선으로 연결된 마약 밀매 경로를 발견하고 밀매꾼을 넷이나 사살했다, 빙두도 수레 하나 분량 압수했다, 이걸 보고하면 어떻게 되는 거지? 특진? 훈장? 남조선에도 로력영웅 같은 훈장이 있나?"

조희순이 물었다.

"노난 건 내가 아니라 그쪽이지. 마약 창고도 발견했고, 증거도 충분하고, 평화유지군이 백고구마 조직을 덮칠 텐데 이제 최태룡이 장풍군을 다 접수하는 거 아냐? 너희들도 남한으로 마약 파는 루트가 따로 있지?"

헌병대장이 물었다.

"그런 건 없소. 우리 사장님은 제대로 된 사업을 하고 싶어 하시는 분이오. 아주 야심이 크시지. 남조선에서는 정주영, 이병철이 더 나올 일이 없지만 공화국에서는 가능하거든. 빙두 사업 같은 건 여태까지 손 댄 적도 없고 앞으로도 손댈 일이 없소."

계영묵이 말했다.

"그러면 너희들이 조금 전에 여기서 저지른 일은 뭐야? 왜 백상구의 부하들을 죽인 거지?"

헌병대장이 따졌다.

"백고구마가 있는 한 제대로 된 사업을 할 수가 없으니까. 그쪽이 폭력을 행사하면 우리도 방어를 해야 하고, 그러다 보면 군비 경쟁이 벌어지지. 이참에 백고구마 조직을 다 정리하고 나면 그 다음에는 우리랑 볼 일 없을 거요."

"그러면 가방에 든 그 빙두도 놓고 가든가."

헌병대장이 말했다.

"이건 우리 몫이지. 사장님이랑 상관없이. 당신도 남은 가방 하나는 챙길 거 아냐?"

계영묵이 물었다.

"좆 까."

헌병대장이 대꾸했다.

"아무튼 우리는 갑니다. 위에 보고를 해도 우리가 떠날 시간은 주고 보고하시오. 여기서 벌어진 일은 이제 우리는 모르는 거요."

계영묵이 헌병대장에게 눈인사를 하고 벙커를 나갔다. 조희순과 박현길이 그 뒤를 따랐다.

최태룡의 부하들이 떠나자 헌병대장은 몸을 한번 떨었다. 그는 시체들 사이를 오가며 총을 쏘거나 칼을 휘두르는 시늉을 했다. 탄도와 피가 튄 방향에 맞는 시나리오를 짜기 위해서였다. 그러다 밖에 나가서 속에 든 걸 게우고 돌아왔다.

시체들을 둘러보던 헌병대장은 책상 위에 남은 배낭을 들고 한 번 더 벙커를 나왔다. 그는 분계선 쪽으로 30미터가량 걸어가서 수풀 사이에 마약 봉지를 담은 백팩을 숨겼다. 지뢰를 밟지 않을까 하는 두려움으로 온몸에 땀이 흘렀다.

벙커로 돌아온 헌병대장은 다시 거짓 보고를 위한 동선을 짜기 시작했다.

4

장풍군에 도착했을 때 장리철의 주머니에는 중국돈 987위안과 북한 원 몇 장이 있었다. 며칠간 일을 하지 못한 상태였다. 그는 그 돈으로 인조고기밥과 순대를 사 먹고 쪽방촌에 가서 하루 단위로 돈을 지불하는 방을 빌렸다. 협력공단이 있는 근처에는 날품팔이들이 사는 쪽방촌과 그들이 끼니를 때우는 노점이 있기 마련이었다.

다음 날 새벽에는 인력사무소로 나갔다. 협력공단 주변에는 공사가 끊임없이 진행되고 있었다. 일용직 근로자가 늘 필요했고, 그래서 사람들이 남쪽으로 몰려들었다. 리철은 머리가 썩 좋은 편은 아니었다. 그 대신 육체노동이라면 뭐든지 자신 있었다. 인력사무소에서는 리철에게 어떤 기술이 있는지, 주민등록은 되어 있는지, 안전모와 안전화는 갖고 있는지를 물었다.

주민등록이 되어 있지 않은 그는 협력공단 밖의 공사장을 소개받았다. 오전에는 자재를 나르다 오후에 시스템 동바리 세우는 법을 배웠다. 동바리 설치 작업이 은근히 재미있어서 그는 약간 당황했다. 그래도 특정 근육만 너무 쓰지 않도록 조심하며 일을 했다. 오래 일하면 허리를 다치기 쉬울 것 같았다. 오후 3시쯤 일이 끝났고, 현장에서 돈을 받았다. 일당은 185위안이었는데 소개비와 식대, 안전모와 작업화 대여비, 인력사무소에서 작업장까지 타고 온 승합차 차비 등을 제외하고 90위안을 받았다. 잡부 일당은 계속 떨어지고 있었다. 일하려는 사람이 일자리보다 훨씬 많았기 때문이다. 그게 공화국의 인민들이 열심히 배우고 있는 시장경제였다.

정산을 마친 다음에는 다른 사람들을 따라 함바집에 갔다. 주변 여러 공사장이 함께 쓰는지 규모가 엄청나게 컸다. 배식대 앞에 늘어선 건설노동자들이 300~400명은 되어 보였다. 반찬뿐 아니라 밥도 마음대로 덜 수 없었고, 그릇에 담긴 정량을 받았다.

장리철은 자기 몫의 밥과 반찬을 받아 자리로 가면서 다른 사람들의 식판을 관찰했다. 그러지 않으려 해도 눈이 저절로 돌아갔다. 군대에 있을 때 그의 별명은 '군견'이었다. 그런 별명이 붙은 주된 이유는 우직하고 집요한 성격 덕분이었지만, 어느 정도는 식탐 때문이기도 했다.

함바식당의 메뉴는 쌀밥과 어묵무국, 햄달걀부침, 김치, 그리고 마늘종무침이었다. 그런데 몇몇 사람의 식판에는 햄달걀부침이 네 개가 올라 있었다. 리철의 식판에는 세 개뿐이었다. 또 어떤 사람들의 어묵무국에는 어묵이 쏠쏠히 들어 있는 반면, 자신의 국은 무 위주였다.

"똑같이 일했는데 왜 사람마다 반찬 양이 다른 거요?"

자리를 잡자마자 장리철은 불쑥 물었다. 그 테이블에 있던 사람들은 어리둥절한 표정으로 고개를 들었다. 리철이 누구를 향해 말하는 건지, 질문 내용이 정확히 무슨 뜻인지 몰랐기 때문이다. 일용직 노동자들은 장리철의 얼굴을 흘끗 살피고는 아무 대꾸 없이 식사를 계속했다. '별 이상한 놈 다 본다'는 분위기였다.

"고기를 더 많이 받은 사람은 무슨 경력이라도 더 있는 거요?"

장리철은 무뚝뚝한 얼굴로 한 번 더 물었다. 따지는 건지 궁금해서 묻는 건지 말투로만은 구분하기 어려웠다. 그는 자신의 감정을 표현하는 데에도, 남의 마음을 파악하는 데에도 무척 서툰 남자였다.

"원래 인력업체를 통해 온 일꾼 것은 적소. 수수료인 셈이지요."

리철의 맞은편 왼쪽에 앉아 있던 중년 남자가 조용한 목소리로 대답했다. 50대 중후반 정도로 보이는 몸집이 작은 남자였다. 말투나 얼굴에서 풍기는 분위기는 건설 노동자라기보다 대학 교수에 가까웠다. 작업복을 입고 얼굴이 먼지로 덮여 있어도 어딘지 고상한 기운이 있었다. 예의 바른 남자의 태도에 리철은 조금 놀랐다. 예의 바른 인간을 만난 게 그야말로 몇 년 만이었다. 이런 게 예의구나, 하는 느낌이었다.

"수수료요?"

리철이 물었다.

"인력사무소랑 이 식당이랑 서로 끈이 있는 거요. 인력사무소에서는 이 끼니가 14위안짜리라고 하지만 실제로 식당에 주는 돈은 사람당 7위안도 안 될 겁니다. 그래 놓고는 품삯에서 저녁값으로 14위안을 제하지요."

리철은 고개를 끄덕였지만 속은 끓어올랐다. 왜 이 식당에서 직접

파는 식권과 자신이 인력사무소에서 받은 식권의 색이 다른지 겨우 알
수 있었다. 식권함 앞에 서 있던 식당 아주머니가 작은 쇠똑딱이로 내
던 소리가 무슨 용도였는지도. 장리철이 가장 싫어하는 유의 야바위
짓거리였다. 식대를 처음부터 7위안이라고 밝히고, 품삯을 7위안 낮은
가격으로 매겼어도 되는 일 아니었나. 왜 이런 식으로 이중가격을 책
정한단 말인가. 장리철은 항의하고 싶었지만 그런 야바위 짓을 기획한
자가 이 식당 안에 있을 것 같지는 않다는 생각이 들었다. 리철은 조용
히 식사를 시작했다.

숟가락과 젓가락으로 설거지를 하다시피 식판을 싹싹 비웠지만 배
가 부르다는 느낌은 들지 않았다. 여덟 시간 동안 육체노동을 한 몸이
었고, 식사도 부실했다. 리철은 평소에도 남들보다 식사량이 많은 편
이었다. 리철은 노신사라고 해야 할 것 같은 건너편 남자가 햄달걀부
침에는 손도 대지 않고 식사를 마치는 걸 감탄스럽게 보았다. 노신사
는 자기 가방에서 주섬주섬 반투명 플라스틱 통을 꺼내더니 햄달걀부
침을 그 통으로 옮겨 담았다.

그때 누군가 뒤에서 리철이 있는 쪽을 향해 고함을 쳤다.

"이 간나야, 그 반찬통 치우지 못해?"

노신사의 얼굴이 굳어졌다. 낭패감과 수치심이 그 얼굴에 너무 또렷
하게 떠올랐다. 그 광경을 볼 수밖에 없었던 리철이 미안함을 느꼈을
정도였다. 리철은 고개를 뒤로 돌려 고함을 친 사람을 확인했다.

어깨가 너무 넓어 땅딸보처럼 보이는 남자가 리철과 노신사를 향해
성큼성큼 걸어오고 있었다. 식사를 하던 주변 사람들이 모두 조용해졌

다. 땅딸보는 우람한 몸집에 얼굴이 일그러져 있었다. 젊은 사람들 중에 그런 사람들이 종종 있었다. 고난의 행군 시기에 영양불량인 어머니 밑에서 태어나 오랫동안 제대로 먹지 못한 아이들이 얼굴이 일그러지는 병에 걸렸다. 그러나 노신사를 향해 걸어오고 있는 남자는 어쨌든 지금은 잘 먹고 다니는 것 같았다. 몸이 탄탄했다.

"반찬 싸 가는 거 안 된다고 도대체 몇 번을 말해야 하나?"

얼굴이 일그러진 사내는 쇳소리 같은 목소리를 냈다. 성대나 비강에도 뭔가 문제가 있는 걸까? 수백 명의 눈길이 노신사가 있는 쪽을 향하고 있었다.

노신사는 눈을 감았다 뜨더니 품위를 유지하려 애쓰며 젓가락으로 반찬통에 있던 햄달걀부침을 다시 식판으로 옮겼다. 그러나 그 일을 다 마치기 전에 얼굴이 일그러진 사내가 노신사 앞으로 오더니 반찬통을 손바닥으로 쳤다. 반찬통이 쨍그렁 소리를 내며 멀리 날아갔고 노신사가 집에 가져가려던 음식들은 바닥에 떨어졌다.

"그렇게 남는 잔반 긁어모아다 장마당에 팔려는 거 누가 모르는 줄 아나? 그러면 식당 장사는 어떻게 하나?"

얼굴이 일그러진 사내가 말했다. 노신사는 항의하지 않았다. 리철이 대신 입을 열었다.

"돈 내고 배식 받았으면 끝이야. 그걸 먹어서 밥통에 넣어가든 반찬통에 싸 가든 식당에서 왜 그런 것까지 참견하지?"

주변이 물이라도 끼얹은 듯이 조용해졌다.

"뭐?"

얼굴이 일그러진 사내는 대꾸할 말도 생각나지 않는 모양이었다. 그는 기가 막힌 표정으로 리철을 바라보았다.

얼굴이 일그러진 사내가 장리철이 있는 쪽으로 걸어왔다. 리철은 다른 사람들이 바짝 긴장하는 것을 몸으로 느꼈다. 아무래도 단순한 식당 지배인은 아닌 모양이었다. 그렇다고 대단한 완력의 소유자처럼 보이지도 않았다. 그냥 '우람하다'고 할 정도였다. 장리철은 상대가 제대로 된 군사훈련을 받은 적이 없다는 사실을 한눈에 알아차렸다. 자신과 격투를 벌이게 되면 1분을 못 넘길 게 분명했다.

리철이 상대의 정체를 궁금해하는 동안 얼굴이 일그러진 사내는 테이블을 돌아 리철 앞에 섰다.

사내가 리철의 식판을 툭 쳤다. 리철은 바로 반격하지는 않았다. 사내가 한 번 더 리철의 식판으로 손을 뻗었을 때 리철은 상대의 손목을 낚아채다시피 잡았다.

사내의 얼굴이 더욱 일그러지고 붉어졌다. 그는 리철의 손아귀에서 자기 손을 풀어내려 했지만 잘되지 않았다. 단순히 힘의 문제가 아니었다. 손을 잡힌 각도가 아주 나빴다. 얼굴이 일그러진 사내는 손을 빼내기 위해 무릎을 다소 굽혔다. 그러자 리철은 그만큼 손을 뒤틀었고, 사내는 엉거주춤하게 무릎을 굽힌 채로 서 있어야 했다. 리철은 무덤덤한 표정이었다. 멀리서 식사를 하던 사람들은 아예 자리에서 일어나 이 구경거리를 지켜보고 있었다.

"야, 이 새끼야…… 이거 빨리……."

쩔쩔 매던 사내가 체면을 구기고 입을 열자 리철이 갑자기 손을 놓왔다. 얼굴이 일그러진 사내는 두어 걸음 물러나 손목을 문질렀다. 장리철이 자리에서 일어난 것과 얼굴이 일그러진 사내가 덤벼든 것은 거의 동시였다.

사내의 몸놀림이 둔한 게 평소에 운동을 하지 않아서인지, 아니면 발등과 발바닥에 철판이 박힌 무거운 안전화를 신고 있어서인지는 알 수 없었다. 어쨌든 리철에게는 거대한 샌드백이 때리기 딱 적당한 속도로 다가오는 것 같았다. 리철은 왼팔을 끊듯이 내질렀고, 거기에 정통으로 배를 얻어맞은 젊은 사내는 하다 만 트림 같은 소리를 토해내고는 앞으로 고꾸라졌다.

리철은 상대가 기절한 것을 확인하고는 발을 옮겼다. 빈 식판과 수저를 퇴식구에 가져다놓는 일은 그냥 생략하기로 했다.

"이보시오, 이 사람이 누구인지 알고 있소?"

노신사가 다급히 리철에게 다가와 물었다. 노신사는 몸을 약간 떨고 있었다.

"완장 찼다고 위세 부리기 좋아하는 허풍쟁이지요. 이런 놈들 지겹게 봤습니다."

리철이 대답했다.

"최태룡 몰라요? 이자가 최신주라고, 최태룡의 조카입니다. 양아들이기도 하고요."

노신사가 말했다.

"최태룡도, 최신주도, 둘 다 모르는 사람입니다."

"바로 장풍군을 뜨는 게 좋습니다. 날 도와준 건 고맙지만, 당신 지금 아주 큰 곤경에 빠진 거예요. 이자의 패거리들이 당신을 찾아갈 거요."

"올 테면 오라지요. 무섭지 않습니다."

리철이 대답했다. 노신사는 리철에게 최태룡과 최신주에 대해 조금 더 설명해주었다. 리철은 뚱한 표정으로 그 이야기를 다 듣고는 노신사에게 고개를 숙여 꾸벅 인사하고 식당을 빠져나왔다.

*

장리철은 함바집 근처에서 그날 묵을 숙소를 구했다.

장풍개발촉진지구 외곽의 빈민가에서 하루 단위로 묵을 수 있는 잠자리는 세 종류로 고시텔, 벌집, 합숙소였다. 모두 불법이었다.

고시텔은 남조선에서 건너온 형태라고 들었다. 신용거래가 발달하지 않은 북한에서는 방에 들어가기 전에 그날 치 숙박비를 내야 했다. 수도요금은 샤워실 이용 시간당 얼마라는 식으로 따로 돈을 받았지만 조명은 밤새 켜놓고 있어도 공짜였다.

벌집은 고시원과 구조는 비슷했지만 샤워실이 없고 종종 방 하나를 위아래로 나눠 따로 투숙객을 받곤 했다. 그런 방에서는 허리를 쭉 펴고 설 수가 없었고, 가끔은 나무 판으로 만든 2층이 무너져 내리곤 했다. 창문 대신 두꺼운 비닐을 붙여서 여름에는 한증막이 따로 없었고 겨울에는 찬 공기가 술술 들어왔다.

리철이 택한 곳은 합숙소였다. 남한 사람들이 봤더라면 옛 군대 내무실이나 지방의 허름한 찜질방을 떠올렸을 공간이었다. 조명은 적당히 어두웠고, 장판을 깔아놓은 마루 위에 한 번도 빨지 않은 듯한 이불과 베개가 있었다. 거기서 남자들이 다닥다닥 붙어 잤다. 신발과 간단한 물품을 넣을 수 있는 사물함은 유료였다. 그 이용료마저 아까운 사람들은 가방을 껴안고 잤다.

장리철이 그곳을 택한 이유는 돈을 아끼기 위해서만은 아니었다. 최신주가 똘마니들을 모아 습격을 해올 경우 고시텔이나 벌집에 있으면 꼼짝없이 당할 우려가 있기 때문이었다.

노신사의 설명에 따르면 최신주의 조무래기들은 그냥 동네 불량배인 것 같았다. 최신주로부터 용돈을 조금 받는 대신 그를 대장으로 추켜세우고, 최신주라는 이름을 허가증 삼아 다른 사람들에게서 푼돈을 뜯는 듯했다. 말만 들어도 어떤 놈들인지 그림이 그려졌다. 몰려다니며 갈취나 일삼는 자들일 것이다. 무술 비슷한 것을 조금이라도 아는 놈은 없을 것이다.

장리철이 궁금한 것은 단 한 가지였다.

"그놈들이 무기도 씁니까?"

"접는 칼이나 단검 같은 물건을 들고 다니는 자들이 있소. 총은 잘 모르겠지만."

노신사가 대답했다.

"이 친구가 저를 공격하러 몇 명이나 데려오겠습니까?"

리철이 물었다.

"모르겠소. 네댓 명? 많으면 일곱 명이나 여덟 명쯤 올지도 모르오."

리철은 고개를 끄덕였다. 그 정도 수라면 신경 쓰이지 않았다. 그는 매사를 군대식으로 생각하는 습관이 든 사내였다. 동네 불량배들이라 해도 분대 규모의 병력을 거느리려면 리더십이 필요하다. 리철의 눈에 최신주는 아무리 든든한 큰아버지가 있다 하더라도 분대장조차 될 수 없는 남자였다. 그런 남자가 함바집에서 당한 수모를 설욕하기 위해 사람을 끌어모은다? 거기에 응할 녀석들은 건달 중에서도 아주 머리가 나쁜 치들이나 용돈이 정말 궁한 치들일 것이다. 오합지졸이다. 두세 명만 흠씬 패주면 나머지는 알아서 도망갈 것이다.

장리철은 다른 대비를 하지는 않았다. 다만 합숙소를 찾는 중에 길거리 쓰레기 더미에서 쇠지레를 주워서 소매에 숨겼다. 길이가 20센티미터 정도 되었다.

무기로서 적당한 물건은 아니었다. 들고 휘두르기에는 지나치게 무거웠다. 원하는 지점에서 스윙을 멈추기 어려울 것 같았다. 그러나 리철은 다른 무기를 구할 생각은 하지 않았고, 합숙소 주변의 지형지물을 파악하는 데에도 그다지 공을 들이지 않았다.

반쯤 자포자기하는 심정으로 살아온 지 몇 년 되었다. 김씨 왕조 말기부터 조선민주주의인민공화국은 감당할 수 없는 비바람이 쉬지 않고 몰아치는 혼란의 바다 같은 곳이 되었다. 리철은 자신이 낡은 뗏목 하나에 의지해 그 바다 위에 떠 있다는 느낌을 자주 받았다. 어떤 때에는 밧줄을 동여매고 뗏목이 나가는 방향을 조정하기도 했지만, 어떤 때에는 그저 매사를 되는 대로 놔두기도 했다. 빙두에 손을 대지 않는 정도가 고작이었다.

그는 쇠지레를 겨드랑이에 끼고 형광등 아래 누워 최신주가 언제 공격해올지에 대해 생각했다.

최신주가 자신을 찾는 것은 전혀 어려운 일이 아닐 터였다. '눈가에 흉터가 있는 신참'이라는 정보로 충분하다. 사람을 서넛 시켜서 벌집촌과 합숙소들을 훑으면 되겠지. 리철 본인이 누군가를 공격한다면 새벽녘을 택할 것이다. 상대의 위치를 파악한 뒤 근처에서 기다리고 있다가. 새벽 3시에서 4시 사이에. 조용하고 신속하게. 야습의 기본이다.

하지만 이것은 군인의 사고방식이다. 정치인들은 좀 다르게 행동할 것이라고 리철은 상상했다. 정치인에게는 작전의 목적이 상대를 무력화시키거나 굴복시키는 데 있지 않으리라. 자신의 명예를 높이고 상대에게 망신을 주는 게 목적이라면, 반드시 주변에 관객이 있어야 한다. 최신주는 어쩌면 자정 전에 리철을 건물 앞으로 끌고 나와서, 사람들 앞에서 두들겨 패려 들지도 모른다.

최신주는 군인인가, 정치인인가? 최신주는 그냥 놈팽이, 건달이다. 그가 어떤 식으로 행동할지는 예측할 수가 없다. 휘하에 사람이 모이는 대로 바로 찾아올 수도 있고, 며칠 뒤에 술을 마시다 문득 오늘 일이 생각나 쳐들어올 수도 있다. 그렇다고 스물네 시간 대비 태세를 갖출 수도 없는 노릇이다. 그냥 마음 편히 먹고 무시해버리는 게 낫다.

어쩌면 최신주가 리철의 생각보다 뛰어난 인물일 수도 있고, 단순히 운이 좋아서 전술적으로 굉장히 유리한 시간대나 접근 방식을 택할 수도 있다. 그럴 경우에는…….

그럴 경우에는, 리철은 그냥 덤덤히 자기 운명을 받아들일 셈이었다. 그는 그런 식으로 체념하는 데 익숙했다.

그는 미친 나라에서 태어났다. 미친 나라에서 살아남으려면 항상 주변의 모든 사람을 의심하고, 언제라도 주변의 모든 사람을 배신할 준비가 되어 있어야 했다. 가끔 그런 경쟁과 전투에는 아무런 한계가 없어 보였다. 극한상황에 이르면 대부분의 사람들은 옳고 그름에 대해 생각하기를 포기한다. 한번 그렇게 황폐해진 내면에 어떤 덕성이 다시 깃들기란 매우 어렵다.

어린 리철에게 가치 기준을 제공하고 그를 도덕적으로 재무장시킨 것은 아이러니하게도 군대였다. 비록 그 가치와 도덕이 군대만의 질서, 군대만의 논리와 섞여 있기는 했지만. 리철은 규칙과 명령을 따랐고, 복종 속에서 편안해졌다. 그는 무리에 속해 있는 한 마리 개와 같았다. 시키는 대로 열심히 짖고, 뛰어다녔다.

그러다 김씨 왕조가 무너지고, 조선인민군도 해체됐다. 새로운 무법천지가 왔다. 리철은 다시 정신적 공황 상태에 빠졌다. 이제 무엇을 따라야 하나? 무엇이 금지되었나? 지금 북조선에서 돈을 버는 자들은 다 사기꾼들이다. 뇌물을 가장 많이 쓰는 자가 남쪽 기업이나 공무원과 일할 기회를 얻는다. 힘 좀 쓴다는 녀석들은 모두 조직폭력단에 가입해서 다른 사람들을 갈취하고 있다…….

합숙소 입구가 소란스러워졌다. 사람들이 웅성대는 소리가 들렸다. 최신주 일당이 온 듯했다.

리철은 쇠지레를 꺼내 들고 자리에서 일어났다. 그러나 합숙소에 리철을 찾아온 사람은 최신주 일당이 아니었다. 리철이 전혀 예상하지 못한 상대였다.

5

상대는 젊은 여성이었다. 20대 초반 정도로 보였다. 색 바랜 체크무 늬 남방은 소매를 두 단 걷어 접은 상태였고, 아래로는 허벅지 부근이 해지기 직전인 청바지를 입고 있었다. 운동화는 밑창이 살짝 벌어져 있었다. 여자는 키는 중간 정도였지만 몸이 호리호리하고 팔다리가 길 어서 실제보다 커 보였다. 목이 무척 길고 희었는데, 약간 웨이브가 있 는 머리카락이 그 목을 다 덮고 어깨 바로 밑까지 내려왔다.

조각 같은 미인이라고 하기에는 얼굴이 길어 다소 말상이었고 앞으 로 약간 튀어나온 턱 때문에 고집스러워 보이는 데가 있었다. 특히 경 험이 많지 않은 젊은 남자들이라면 상대를 꿰뚫어보는 듯한 여자의 눈 빛을 부담스러워할 터였다. 여자의 얼굴에는 웃음기라고는 전혀 없 는데, 거의 침통하다고 해야 할 정도였다. 사람의 인상을 계절에 비유 한다면 그녀는 아마 2월 말 정도에 해당할 것이었다.

말하자면 하루 벌어 하루 먹고사는 노가다 품팔이들의 성기를 세우기보다는 도리어 풀 죽게 만드는, 그런 여자였다. 걸어 다닐 때에도 어딘지 기품이 흘렀다. 다만 붉고 도톰한 입술과 사뿐하게 걷는 다리의 움직임만큼은 육감적이라 할 만했다.

미인이건 아니건, 어쨌든 젊은 여자가 합숙소에 들어온다는 것 자체가 기이한 일이었으므로 모든 사람의 눈이 그리 쏠렸다. 여자는 주눅 드는 기색 없이 신발을 들고 마루에 올라오더니 누워 있는 사람들을 살폈다.

젊은 여자는 리철과 눈이 마주치자 똑바로 걸어왔다.

"오늘 맛나식당에서 최신주와 싸우신 분이죠?"

여자가 물었다.

"그 밥집 이름이 맛나식당이었습니까?"

리철이 되물었다.

"저는 은명화라고 해요. 선생님이 저희 아버지를 도와주셨다고 들었어요."

그 말에 리철은 유심히 상대의 얼굴을 살폈다. 과연 여자는 낮에 만난 노신사와 분위기가 닮아 있었다. 고상한 기운도 유전으로 물려받을 수 있는 모양이었다.

여자가 말을 이었다.

"최신주가 사람을 모아 이 근처를 뒤지고 있어요. 그걸 알려드리러 왔습니다. 지금 골목 아래쪽에서부터 눈썹에 흉터가 있는 남자를 찾고 있어요. 제가 몇몇 가게에 계신 분들한테 엉뚱한 방향으로 알려주라고 부탁했지만, 곧 여기로 들이닥칠 거예요. 이렇게 한가하게 계실 때가 아니에요. 빨리 도망치셔야 해요."

은명화가 말했다.

"일단 여기는 다른 사람들이 자는 곳이니, 나가서 이야기하면 어떻겠습니까?"

리철이 말했다. 그들은 합숙소 앞으로 나왔다. 2층짜리 건물들 사이로 공터가 있었고, 몇몇 남자들이 모닥불 앞에서 술을 마시고 있었다. 합숙소에도 들어가지 못한 부랑자들이 옆에서 노숙 중이었다.

"싸움을 잘하시는 분이라는 건 알아요. 하지만 최신주 일당이 생각보다 사람을 많이 데려왔어요. 열 명쯤 되는 것 같아요."

은명화가 말했다.

"알려주셔서 감사하지만, 딱히 저한테 책임감을 느끼실 필요는 없습니다. 최신주인가 뭔가 하는 녀석은 그냥 밥을 먹고 있는데 옆에서 소리를 지르는 게 짜증 나서 때려줬을 뿐입니다."

"꼭 선생님만을 위해서는 아니에요. 최씨 일가는 장풍군을 사실상 지배하는 사람들이에요. 그리고 선생님은 이곳에 연고가 없는 홀몸이시죠. 그자들에게는 적당한 표적이에요. 최신주는 예전에도 이런 적이 있어요. 떠돌이 한둘을 골라 시비를 걸고 다른 사람들 앞에서 죽을 정도로 두들겨 패는 거죠. 그렇게 겁을 줘서 마을 사람들이 자기들에게 감히 대들지 못하게 하는 거예요. 지난번에 폭행을 당한 사람도 건장한 남자였어요. 하지만 다시는 걸을 수도, 말을 할 수도 없게 됐어요. 최신주 일당이 그렇게 사람을 잡고 나면 이곳 분위기는 흉흉해질 거고 그 피해는 여기 사람들이 입게 돼요."

은명화가 말했다.

"장풍군을 지배하는 사람이 왜 식당에서 시끄럽게 소리나 지르고 다니는 거죠?"

리철의 물음에 은명화가 고개를 숙였다.

"진짜 실력자는 최태룡이에요. 최태룡이 최신주를 아끼거나 중요한 일을 맡기지는 않아요. 최신주는 그냥 자기 큰아버지를 믿고 이곳저곳을 돌아다니며 으름장을 놓고 약한 사람들을 괴롭히는 양아치죠. 패거리를 몰고 다니면서. 어쨌든 최태룡의 조카잖아요. 게다가……."

"게다가?"

"최신주가 그 식당에 우연히 간 게 아니에요. 저희 아버지를 괴롭히러 간 거예요. 저에게 구애를 했는데 제가 거절했거든요. 그 복수를 하러 간 거죠."

은명화가 눈을 내리깔고 말했다. 급식소에서 망신을 당할 때 노신사의 얼굴에 어렸던 수치심이 그녀의 얼굴에도 똑같이 드러났다.

"최신주 일당은 그냥 동네 건달들이라는 얘기군요. 최태룡의 직속 부하들이 아니라. 그자들이 무기를 들고 있습니까?"

장리철이 물었다.

"두어 명이 곤봉 같은 걸 들고 있었어요."

"총을 가져온 자도 있습니까?"

"총은 안 가져온 거 같아요. 아무리 최신주라지만 총이 인민보안부 눈에 띄면 곤란할 테니까요."

"그렇다면 저는 도망치지 않겠습니다. 그냥 여기서 그놈들을 기다리겠습니다."

장리철의 말에 은명화는 잠시 말을 잃었다.

"어쩌자는 거죠? 열 명을 상대로 싸우겠다는 건가요? 총이라도 있으세요?"

은명화가 물었다. 리철이 뭔가 대답을 하려 할 때 골목 저쪽에서부터 사람들이 양옆으로 물러나는 것이 보였다.

"몸을 숨기십시오, 저자들 눈에 띄어서 좋을 건 없을 테니까요."

리철이 은명화를 재촉했고, 그녀는 재빨리 건물 뒤로 달아났다.

*

최신주 일당은 모두 열한 명이었다. 제대로 훈련도 되지 않은 건달들이 험악한 표정을 짓느라 너무 애를 쓰고 있어서 리철은 피식 웃고 말았다.

공터에서 서로 마주 보고 선 남자들 가운데 태연한 사람은 리철과 최신주 두 명뿐이었다. 여전히 일그러진 모습이었지만 그래도 최신주의 얼굴은 풀려 있었다. 빙두 때문이었다. 만취 상태는 아니었지만 분명히 마약에 취해 있는 상태였다. 장리철은 소매춤에 숨겨놨던 쇠지레를 바닥에 내려놓았다.

최신주는 옆에 있던 근육질의 사내에게 턱을 움직여 신호를 내렸다. 부하들에게 한꺼번에 다구리를 치라는 명령을 내리지 않고 한 사람만 내보내 일대일 대결을 붙인 점이 리철의 마음에 들었다. 일장 연설을 늘어놓거나 쓸데없이 겁을 주지 않고 바로 본론에 들어갔다는 점은 더욱 만족스러웠다.

근육질 사내는 영화를 보며 권법을 익힌 자 같았다. 그는 리철 앞에서 어설프게 이소룡 흉내를 내었다. 그자가 발차기를 했을 때 리철은 고개만 뒤로 젖혀 공격을 피한 뒤 발이 빠질 때 그 발목을 잡았다. 상대방이 놀라기도 전에 리철은 그 발을 잡고 뒤로 한 걸음 물러났다. 이소룡 흉내를 내던 자는 졸지에 다리 찢기를 하는 형국이 되었다. 리철은 한 걸음 더 물러났다. 발을 잡힌 남자의 얼굴은 사색이 되었다. 그는 균형을 잃고 질질 끌려왔다.

리철은 한 손으로는 건달의 발목을 잡고 다른 손으로 그 건달의 무릎을 잡아 미는 듯이 들어올렸다. 상대의 허벅지 근육이 천천히 늘어나 찢어질 때까지.

"아! 아악! 아아악!"

건달이 미친 듯이 비명을 질렀다. 리철은 양팔에 힘을 주어 밀어 올렸다. 건달의 다리뼈가 엉덩이 관절에서 빠져나오는 것이 느껴졌다. 그는 건달의 다리를 내팽개쳤고, 건달은 바닥을 기며 짐승처럼 울부짖었다.

당황한 최신주의 모습이나 허벅지가 찢어진 건달 주변에 모인 다른 동료들의 모습을 보고 리철은 상대 패거리가 예상보다 더 오합지졸임을 깨달았다. 다른 녀석들이 양쪽에서 어깨를 부축해 일으켜 세우자 다리를 다친 건달은 고통을 참지 못해 흐느꼈다. 부상자와 양쪽에 붙은 양아치, 그리고 길을 트는 역할을 하며 그 앞에 선 자까지 모두 네 명이 골목 쪽으로 향했다.

"야, 이 새끼들아! 한 녀석 다쳤는데 뭘 그렇게 많이 붙어! 너 이 새끼야, 안 돌아와?"

최신주가 소리를 버럭 질렀지만 부상자와 다른 세 사람은 그 말을 무시하고 건물 사이로 사라졌다. 이제 최신주 일당은 일곱 명이 되었다.

그중에 가장 덩치가 큰 사내가 앞으로 나섰다. 사내는 리철보다 머리 하나는 더 컸다. 스테로이드를 복용하는지 팔에 알통이 볼록 나와 있었고, 가슴도 떡 벌어져 있었다. 그러나 리철은 그 외모에 대단한 인상을 받지 못했다. 전체적으로 지나치게 크고 두꺼워서 둔해 보였다. 리철이 조심스레 몸의 위치를 바꾸는데도 아무런 반응이 없는 걸로 봐서는 맨손 격투에 대해 아는 바가 없음이 분명했다. 그저 생김새로 겁주고 근육으로 밀어붙이는 스타일인 것 같았다.

덩치 큰 사내가 주먹을 휘두를 때 리철은 살짝살짝 몸을 움직이며 피했다. 약이 오른 덩치는 리철을 향해 뛰어와 그를 껴안으려 했다. 손발을 묶은 뒤 완력으로 겨루려는 속셈이었다. 리철은 허리를 숙여 달려오는 덩치의 왼쪽으로 몸을 피하면서 팔꿈치로 덩치의 등을 찍고 무릎 뒤쪽을 발로 걷어찼다. 덩치가 앞으로 무너지듯이 넘어졌을 때 리철은 거의 반사적으로 덩치의 정수리를 내리쳐서 그를 죽일 뻔했다. 간신히 주먹을 거둔 리철은 대신 덩치의 목뒤를 손바닥으로 때려서 좀 더 자세를 자신에게 유리하게 만들었다. 그리고 덩치의 팔을 낚아채 등 뒤로 꺾었다.

덩치 큰 사내는 여태까지 싸움이란 근육의 문제라고 생각했을 것이다. 그래서 근육을 키우는 데 골몰했으리라. 그러나 싸움은 뼈와 관절의 문제이기도 했다. 사람의 관절은 매우 약하고, 뼈는 움직일 수 있는 방향이 제한돼 있다. 엉뚱한 방향으로 당길 경우 그 주인을 고문하는 도구가 된다. 푸는 방법을 알지 못하면 제아무리 근육이 두껍다 해도 별 수 없다.

장리철은 덩치 큰 사내의 오른팔을 등 위로 잡아당겼다. 리철은 덩치 큰 사내가 몸을 돌리지 못하도록 무릎으로 단단히 사내의 몸을 위에서 눌렀다. 상대는 처음에는 이를 악물고 버텼으나 이윽고 입에서 비명이 터져 나왔다. 리철은 주위 사람들이 그 비명 소리를 충분히 들을 수 있게 적절히 힘을 주다가 마지막 순간에 사내의 팔을 완전히 꺾어버렸다.

이제는 최신주 무리에서 바닥에 쓰러진 동료를 일으키려 나서는 사람조차 없었다. 리철은 성큼성큼 최신주 앞으로 다가섰다. 최신주는 간신히 제정신을 차리고 몸을 돌려 도망치려 했으나 리철의 손이 더 빨랐다. 그는 최신주의 뒷덜미를 잡고 아래로 잡아끌어 꿇어앉혔다. 리철은 한 손으로 상대의 뒷덜미를 잡은 채 다른 손바닥으로 최신주의 코를 내리쳤다. 장풍군의 실력자 큰아버지를 둔 버르장머리 없는 추남 도련님은 그 한 방에 쌍코피를 흘리는 신세가 되었다.

"이거 놔!"

"가만히 있어. 목이 부러지고 싶지 않으면."

발버둥 치던 최신주는 장리철의 한마디에 금세 풀이 죽었다. 그는 무릎을 꿇은 채로 훌쩍훌쩍 울기 시작했다. 리철은 최신주의 얼굴을 서너 대 더 때렸다. 최신주의 얼굴은 곧 어느 쪽이 원래부터 일그러져 있었고 어느 쪽이 조금 전에 맞아서 부어오른 건지 알 수 없는 상태가 되었다.

최신주가 그날 두 번째로 정신을 잃었을 때 리철은 상대의 뒷덜미를 잡고 있던 손을 놓았다. 최신주의 졸개 두 명이 멀찍이 떨어져서 그 광경을 보고 있었다. 여차하면 도망칠 자세였다. 리철은 양손을 펼쳐서 그들을 공격하지 않겠다는 뜻을 보였다. 그때서야 똘마니들이 겨우 바닥에 쓰러진 최신주 옆으로 왔다. 그중 한 사람이 최신주를 업었다. 어이없을 정도로 별것 없는 싸움이었다. 쇠지레는 필요하지도 않았다.

*

졸개들이 최신주를 데리고 가자 은명화가 뒤에서 천천히 걸어왔다.

"적어도 오늘 밤에는 다시 오지 못할 겁니다. 미리 경고해주신 덕분에 잘 대처할 수 있었습니다."

리철이 말했다. 은명화는 복잡한 표정이었다.

"지금 저나 선생님이나 안심할 상황은 아닌 것 같아요."

"겨우 저런 양아치가 온 동네를 휘젓고 다녀도 큰아버지가 최태룡이라고 하면 다들 꼼짝 못하는 겁니까? 최태룡이 얼마나 대단한 자입니까?"

장리철이 물었다.

"최태룡은 김씨 왕조가 무너지기 전부터 개성 외곽에서 사업을 했었어요. 태국 기업이랑 손을 잡고 상점을 여러 개 내서 텔레비전도 팔고 손전화도 팔았죠. 그러다 통일과도정부 들어서자마자 거래처를 남한 기업들로 바꿔서 초고속 인터넷과 와이파이 설치 사업을 벌였어요. 그게 크게 성공했죠. 지금은 겉으로는 태림건설과 태림물산이라는 회사 대표예요. 장풍협력공단에 인력중개업소도 두 곳 운영하고, 군부대 관급 공사도 맡아 해요. 평화유지군의 공사에는 꼭 북조선 업체를 참여시켜야 하거든요. 그런 공사들 중에 알짜는 다 최태룡이 가져가고 있죠. 최태룡은 한국군 장교들이랑 사이도 좋고, 군무원들하고도 끈끈해요. 거꾸로 한국군 입장에서도 이 동네 치안을 유지하려면 최태룡과 사이가 좋아야 하고요."

은명화가 설명했다.

"통일시대를 앞두고 성장하는 공화국의 신흥 기업인이라는 거군요. 진짜 모습은 어떤데요?"

리철이 물었다.

"실제 정체는 조직폭력단 두목이에요. 이 근처 불법 벌집 건물 여러 개와 환전업소, 큰 술집 하나를 소유하고 있어요. 수면 위아래 모습이 정확히 분리되는 건 아니에요. 예를 들어서 이곳 사람들에게 제일 큰 문제는 일자리예요. 그 일자리 대부분은 장풍협력공단에서 나오는데 그 통로를 최태룡이 쥐고 있어요."

"일자리가 나오는 통로라고요?"

"이곳 사람들이 제일 바라는 건 정식 근로계약을 맺고 공단 입주기업에 고용되는 거예요. 보름짜리, 한 달짜리, 석 달짜리 단기인력 채용 공고가 수시로 뜨죠. 장기계약 공채는 경쟁률이 몇백 대 일이 넘어요. 그런데 실제로는 다 짜고 치는 고스톱이에요. 연줄이나 뒷돈 없이는 채용되기 어려워요. 뒷돈을 주고 싶어도 연줄이 없을 수도 있죠. 그럴 때에는 태림물산을 찾아가야 해요. 인력사무소를 통해 일거리를 받는 사람도 많죠. 법으로는 중개업체를 통해 일을 하려 해도 협력공단 안에서 하려면 주민등록이 있어야 돼요.

그런데 주민등록을 꺼리는 사람들이 많잖아요? 혁명계급 출신이라든가, 반대로 수용소 지역에서 살다 나왔다든가, 탈영을 해서 수배 중이라든가. 그런 사람들은 최태룡이 운영하는 인력사무소를 이용하는 수밖에 없어요. 최태룡의 인력사무소는 가짜 서류를 만들어서 사람들을 공단 안으로 들여보내줘요. 다른 인력사무소들도 가짜 신분증명 서류를 만드는 걸 몇 번 시도했어요. 그랬다가 단속에 걸려서 금방 문을 닫았죠. 하지만 태림건설의 중개업체들은 괜찮아요. 공단 직원들과 평화유지군 군무원들에게 엄청나게 뇌물을 먹이고 있겠죠."

리철이 고개를 끄덕였다. 은명화는 말을 이었다.

"아예 불법적인 일자리들도 많아요. 근로계약서 없이 몰래 공단에 들어가서 입주기업에서 아르바이트를 하는 거예요. 입주기업들도 그런 식으로 사람을 많이 채용하죠. 최저임금보다 싸게 사람을 고용할 수 있고, 산재보험이니 안전교육이니 하는 성가신 짐을 피할 수 있으니까요. 아마 장풍협력공단에서 일하는 북조선 사람들 셋 중 하나가 이런 아르바이트일 거예요. 그런 아르바이트라도 하려면 공단 안으로는 어떻게든 들어가야 하는데, 이것도 태림건설이 해결해줘요. 주로 자기네 버스 화물칸에 사람을 숨겨주는 방법을 쓰죠. 그때마다 돈을 받으니까, 아르바이트를 하는 사람들은 한번 공단 안에 들어가면 며칠이고 창고 같은 데서 잠을 자면서 밖으로 나오지 않고 버티려고 해요. 공단 근처에서 구걸을 하거나 노점을 하면서 살아가는 사람도 많아요. 이런 사람들에게는 최태룡의 조직 제일 아래에 있는 자들이 자릿세를 뜯어가요."

"혹시 최태룡이 마약도 팝니까?"

리철이 물었다.

"마약이요?"

"남북협력공단이 들어선 지역들에 신흥 마약조직들이 많이 생겨난다고 들었습니다. 그 마약조직들이 전직 특작부대원들을 고용한다고요."

"돈만 되면 뭘 팔아도 일없다 그건가요? 선생님은 좀 다를 줄 알았는데······."

은명화의 얼굴에 혐오와 경멸의 감정이 서렸다. 장리철은 자신이 실수를 했음을 깨달았다.

"제가 팔겠다는 게 아닙니다. 그런 조직에 채용되고 싶다는 얘기도 아니고요. 저는 사람을 찾고 있습니다. 특작부대 출신들을요."

리철이 설명했다. 그 말에 겨우 은명화의 표정이 풀렸다.

"여기서 최태룡이 빙두를 판다는 걸 모르는 사람은 아무도 없어요. 하지만 그 이야기를 입 밖으로 꺼내는 사람도 아무도 없어요. 평화유지군은 북조선 상황에 되도록 간여를 하지 않으려 하죠. 이곳 사람들이 서로 무슨 나쁜 짓을 벌여도 신경도 쓰지 않죠. 자기들 일거리가 늘어나지 않기만을 바랄 뿐. 그나마도 증거가 없는 정보라면 확인하는 작업을 인민보안부에 넘깁니다. 대부분은 거기서 유야무야되고요. 하지만 평화유지군도 절대로 봐 넘기지 않는 문제가 셋 있어요. 첫째는 자기들 부대원이 죽거나 다치는 문제, 둘째는 총기 문제, 마지막이 마약이에요. 여기서 마약을 파는 조직이 바로 얼마 전까지 둘 있었어요. 하나는 백상구라는 사람의 조직, 또 하나가 최태룡 조직이었죠."

"조직이 둘 있었다고요? 지금은 아니란 말입니까?"

"저기, 솔직히 이런 얘기들을 제가 잘 알지는 못해요. 저도 다른 데 있다가 장풍군에 돌아온 지 얼마 되지 않았거든요. 그리고 누가 특작부대원 출신이라고 이마에 써 붙이고 다니는 것도 아니잖아요. 분위기가 무서워 보이는 사람이다, 하는 정도죠. 백상구 조직은 남조선으로 마약을 팔았는데 얼마 전에 그 루트를 들켰어요. 평화유지군이 관련자들을 잡아들이고 있고, 백상구는 잠적 상태예요. 부하들도 도망갔죠. 특작부대원이 있었어도 지금은 찾기 어려울 거예요. 최태룡 조직은……."

은명화는 잠시 말을 끊었다가 다시 이었다. 무언가를 결심한 눈빛이었다.

"최태룡 조직에 대해서는 저보다 훨씬 더 잘 아는 사람들을 소개해 드릴 수 있어요. 대신에 그분들도 선생님한테 뭔가를 요구할지 몰라요. 괜찮으시겠어요?"

"저는 상관없습니다."

장리철이 대답했다.

"그리고 저도 묻고 싶은 게 있어요."

"뭡니까?"

"저희 아버지는 맛나식당에서 뭘 하고 계셨던 거죠? 제 말은, 최신주에게 무슨 트집을 잡힌 거죠?"

은명화가 물었다.

"배식으로 받은 반찬을 반찬통에 옮겨 담고 계셨습니다. 최신주는 그 반찬들을 식당 밖으로 가져가면 안 된다고 하더군요."

은명화는 고개를 숙이더니 눈을 슬며시 비볐다.

"그 반찬들을 어디서 가져오시는 건지 늘 궁금하기는 했어요."

리철은 아무런 말도 하지 않았다. 잠시 뒤 은명화가 고개를 들었다.

"혹시 손전화를 갖고 있나요?"

"없습니다."

"오늘은 어디서 묵을 거죠?"

"합숙소에 하룻밤 숙박비를 냈으니까 여기서 자려고 합니다."

"내일 아침 8시에 이 장소에서 만나는 건 어때요? 시계는 있나요?"

"합숙소에 시계가 걸려 있습니다."

리철이 말했다.

"혹시 무슨 일이 생겨서 내일 못 오게 된다면 이리 연락하세요."

은명화가 메고 있던 손가방에서 수첩을 꺼내 종이를 한 장 뜯더니 거기에 자기 휴대전화 번호를 적어주었다. 리철은 머리를 숙이며 그

메모를 받았다.

은명화가 몸을 돌려 합숙소가 있는 반대 방향으로 걸어갈 때 리철은 비로소 은명화가 입은 옷이나 가방, 신발을 천천히 관찰할 수 있었다. 운동화는 무척 오래 신은 듯, 뒤축이 거의 다 닳아 있었다. 여자가 몸에 걸친 것들 중에 고급품이 하나도 없어 보인다는 사실에 그는 약간 놀랐다. 그때까지 상대가 굉장히 상류층 사람인 듯한 느낌을 받았던 것이다.

6

강민준은 교육장에서 종일 멍하니 앉아 있다가 하루 일과가 끝날 무렵 "헌병대에 통역 장교가 필요하니 가서 일을 도와주라"는 말을 들었다. 자신이 헌병대로 배치된 것인지, 아니면 잠시 파견 형태로 차출이된 것인지는 알 수 없었다. 헌병대장은 강민준을 정식으로 부임한 사람으로 취급했다.

강민준이 행정계에 찾아가서 파견 신고를 할 때 평화유지군 희망부대 헌병대장의 반응은 이러했다.

"애들이 지금 여기서 뭐 하고 있는지 안 보이나……? 지금 이 판국에 신고는 무슨…….

"예…… 예! 대위 강민준! 죄송합니다."

놀란 민준이 차렷 자세를 취하며 대답했다. 컴퓨터 자판을 두드리고 있던 행정병 하나가 그를 힐끗 보았다. 민준은 그 병장이 속으로 무슨 생각을 하고 있는지 환히 들여다볼 수 있었다. '어디서 또 어리바리한 새끼 하나 들어왔구나'라는 생각일 것이다. 민준의 눈에는 헌병대장이나 자신을 쳐다본 병장이나 모두 스트레스에 시달릴 대로 시달려 정신이 살짝 돌아버리기 직전인 사람들로 보였다.

"신고는 됐고, 당신은 사회에서 뭐 하다 왔어?"

헌병대장이 물었다.

"예! 게임 기획자를 하다가 왔습니다!"

민준이 대답했다.

"게임? 당신 게임 회사 다녔어?"

"예, 그렇습니다!"

헌병대장은 얼굴을 구겼다.

"하, 진짜 여기가 어떤 덴데, 무슨 게임하는 오타쿠 새끼를 보내면 어떻게 하냐……. 아오, 진짜, 바빠 죽겠는데, 씨발, 이거……."

오만상을 찌푸린 헌병대장에게 민준은 '나더러 뭐 어쩌라고, 누구는 뭐 여기 오고 싶어서 왔나?'라고 대꾸하고 싶은 마음을 꾹 참았다.

"강 대위, 지금 존나 바쁘니까 요점만 이야기할게. 잘 들어, 알았어?"

헌병대장이 말했다.

"예, 알겠습니다!"

"대답 집어치우고 그냥 듣기만 해. 설명할 시간도 없으니까. 쪽팔리게 사병처럼 소리 지르지 말고, 그냥 편하게 말해. '다나까' 같은 거 필요 없어. 일단 여기는 존나 바빠. 존나 바쁘고 존나 신경 쓰이는 사람이 많아서, 아무튼 사람들하고 관계를 잘 맺어야 해. 북한 새끼들이나 다른 나라 평화유지군 새끼들이나. 관계가 진짜 중요……. 아, 씨발, 그건 됐고, 지금 사단 본부에서 당신을 통역 장교로 보낸 거지?"

"예, 그런데요……."

민준이 대답했다.

"영어 잘해?"

"아니, 뭐, 그냥 조금 합니다……."

민준의 목소리가 작아졌다.

"응? 당신 영어 못해? 제일 영어 잘하는 놈으로 보내달라고 로비했는데."

"아니, 뭐, 그냥 간단한 회화 정도는 합니다."

"통역은?"

"동시통역 말고 순차통역이라면 어떻게 조금……."

민준의 목소리는 더 작아졌다.

헌병대장은 고개를 들고 연극적인 자세로 하늘을 향해 크게 한숨을 쉬었다. 민준도 옆에 나란히 서서 함께 큰 한숨을 내쉬고픈 기분이었다.

"강 대위, 지금부터 내가 하려는 얘기는 전부 극비사항이야. 절대로 밖에 나가서 하면 안 돼? 알겠어?"

헌병대장이 물었다. '그렇게 시작하는 이야기치고 대단한 걸 들어본 적이 없는데'라고 생각하면서도 강민준은 고개를 끄덕였다.

"그래, 절대 비밀이다. 그리고 자화자찬을 해야 돼서 내 입으로 하기 쪽팔린 이야기지만, 어차피 들어야 하는 이야기니까 내가 지금 이 자리에서 한꺼번에 브리핑을 해줄게. 지금 북한산 마약 때문에 한국이 아주 난리인 건 알지?"

"예, 알고 있습니다."

민준이 대답했다. 아닌 게 아니라, 남북이 엉성한 국가연합 상태가 된 뒤 남한으로 북한산 마약이 물밀듯이 내려왔다. 남한으로 유학이나 근로연수를 받으러 와서 종적을 감추는 불법 체류자만큼이나 심각한 문제였다. 아마 이보다 더 큰 문제는 북한에 대한 재정 지원 이슈밖에 없을 것이다. 불법 체류자와 북한산 마약은 아무리 단속을 해도 '유통량'이 점점 늘어나기만 했다.

그 많은 사람들과 마약이 어디로 어떻게 넘어오는지는 수수께끼였다. 남북분계선 감시는 예전보다 더 삼엄해졌다. 과거 남한 당국은 휴전선과 해안선을 넘어오는 군인, 간첩만 막았다. 북에서 남으로 넘어오는 물자는 없었다. 이제 남한은 히스테리에 가까운 태도로, 북에서 오는 모든 것을 통제하려 했다. 별의별 것들이 들어오고 있으니까. 위조지폐며 냉장 보관된 인체 장기며 옛 조선인민군의 총기 같은 것들까지.

북한 사람들은 '남조선에 가는 게 김씨 왕조 시절보다 더 어려워졌다'고 푸념했다. 뗏목을 타고 넘어오거나, 제3국을 경유해 한국에 들어오는 루트 같은 것은 사라졌다. 그렇게 들어온들 곧바로 조선민주주의인민공화국으로 추방될 뿐이다. 민준은 남한의 해안 경비 예산이 김씨 왕조가 건재했던 시절보다 줄기는커녕, 오히려 다섯 배 가까이 증가했다는 뉴스 보도를 본 적도 있었다.

"양강도 공장에서 필로폰을 만들어. 그게 점조직을 타고 남쪽으로 내려와. 돈은 그 반대 방향으로 흐르지. 남쪽에서 북쪽으로. 통일과도정부가 들어서고 몇 년도 안 돼 전국적인 유통망이 생겼어. 이전까지는 고인 물 안에서 썩은 물이 이리저리 움직였다면 이제는 거대한 강줄기가 생겼다고 보면 돼. 도시마다 마약을 들여오고 내보내는 중간 두목들이 있고, 그 아래는 철저하게 점조직으로 구성돼 있어. 그리고 장풍은 아주 큰 돈줄기가 흐르는 지역 중 하나야. 분계선을 넘어 남한으로 가는 주요 통로니까, 여러 돈줄기들이 여기서 합쳐지는 거지."

헌병대장이 설명했다.

"예……."

"그 마약을 단속하는 게 여기 평화유지군 일인데, 여기에 부대 두 개가 있어. 하나가 우리 희망부대고, 또 하나가 말레이시아 부대야. 그런데 우리랑 걔들이랑 서로 좀 의견이 달라."

"아, 어떻게요?"

슬슬 상대의 성격을 파악한 강민준이 추임새를 넣었다. 오만한 인간들은 자아도취적이고, 자아도취적인 인물들은 무의미한 추임새를 좋아한다.

"말레이시아 애들은 출입국관리소나 검문소의 남한 인력들이 매수됐다고 생각해. 아무리 감독이 철저하다고 해도 매일 남북을 오가는 공사 인력이며 차량이 워낙 많다 보니까, 거기에 구멍이 뚫렸다고 보는 거지. 실제로 몇몇 사례가 없는 건 아냐. 남한 건설 회사 직원이라는 놈들이 현장 감독한다고 개성이나 장풍에 왔다가 내려갈 때 운반책이 되는 거야. 콘돔에 필로폰을 넣고 그걸 삼키거나 항문에 넣거나 해서. 그러다가 콘돔이 터져서 마약 과다복용으로 죽는 새끼들도 끊임없이 나오고. 자동차를 개조해서 트렁크 아래에 눈으로는 식별 불가능한 비밀서랍을 만들기도 하지."

"아아, 그렇군요."

강민준은 다시 무의미한 추임새로 상대의 기분을 맞춰주었다.

"우리는 아무래도 한국군이니까, 관점이 조금 달라. 뭔가 다른 루트가 있다, 그렇게 생각하는 거지. 그래서 내가 여기 밑바닥을 잘 아는 끄나풀을 하나 만들었어. 철저히 나 혼자 수사했지. 공을 오래 들였어. 내 사비로 밥 사주고 술 사주면서. 그렇게 1년쯤 지나니까 고백을 하더라고. 자기가 마약 가방 들고 남한 여러 번 왔다 갔다 했대. 누굴 매수하거나 힘들게 바닷가까지 가서 배를 타지 않고, 그냥 비무장지대를 걸어간다는 거야. 철조망 넘고 지뢰밭 건너서. 솔직히 처음엔 믿기지가 않았지. 내 눈으로 확인할 때까지는 보고도 하면 안 되겠다 싶었어. 그래야 되는 거 아냐? 이런 수사는 보안이 생명이잖아. 안 그래?"

"당연히 그렇죠."

민준이 고개를 끄덕였다.

"내가 그 끄나풀에게 말했지. 새끼야, 나는 네 말 못 믿겠다, 그게 정말이면 나한테 증거를 보여줘라. 그렇게 실랑이를 한참 했어. 이리저리 협박도 하고 구슬리기도 하고 그랬지. 그래서 그 끄나풀이 결국에는 자기도 마약 일에서 손 뗀다고, 나한테 마약 창고 겸 월경 전초기지를 보여주겠다고 하더라고. 그래서 둘이 같이 갔어. 북한 놈들이 워낙 거짓말을 잘하니까, 위에 보고하기 전에 먼저 내 눈으로 확인을 해야겠다 싶었거든."

"그런데요?"

"그 끄나풀이 뭔가 착각을 했어. 내 의도도 오해했고, 상황도 잘못 파악했고. 나는 그냥 그 기지를 멀리서 보고 이런저런 단서들을 확인할 생각이었지, 안에 쳐들어갈 마음까지는 없었거든. 그런데 거기를 들어가게 됐어. 끄나풀이 나를 믿을 만한 동료라면서 데려간 거지. 어느 정도 기지에 접근해서 살펴본 다음 돌아가려 하니까 끄나풀이 놀라더라고. 어딜 돌아가느냐면서. 기지 안에서는 이미 망원경으로 우리를 살피고 있다는 거였어. 그래서 안에 들어갔지. 안에 네 명이 있더라고. 처음에는 분위기가 좋았는데, 끄나풀이랑 그 넷 사이에 말다툼이 벌어졌어. 갑자기 끄나풀이 총을 꺼내 들었고, 그중 한 녀석을 쏴버렸지. 그 다음부터는 기억도 제대로 안 나. 나도 거기 탁자에 놓여 있던 총으로 다른 녀석들을 쐈고, 끄나풀은 놈들의 총에 맞아 죽었어."

"4대 2로 총격전을 벌였는데 하나도 다치지 않고 돌아오셨다고요?"

민준은 깜짝 놀랐다.

"그렇지, 그거야. 정말 기적적인 일이 벌어진 거지. 당신도 권총 사격 많이 해봤을 거 아냐. 움직이는 표적을 권총으로 쏴서 맞춘다는 게 가능해? 그냥 여섯 사람이 서로 마구 총질을 해댄 거야. 그런데 세 놈은 그날따라 총이 안 맞았고, 두 놈은 자기가 쏜 총이 잘 맞긴 했는데 남이 자신한테 쏜 총도 잘 맞았고, 나는 내가 쏜 총은 잘 맞고 남이 나한테 쏜 총은 안 맞은 거지."

"정말 대단하십니다. 존경스럽습니다."

민준이 잊지 않고 추임새를 넣었다.

"그건 존경받을 일이 아니야. 그냥 운이 좋았던 거니까. 하지만 부대에 돌아와서 외상 후 스트레스 장애니 뭐니 헛소리 하지 않고 지금까지 정상 복무를 한 건 자랑스러운 일이라고 생각해. 내가 특진을 하고 훈장을 받아도 그날 총격전 때문에 받는 게 아니라 그 이후에 벌어진 일 때문에 받는 거라고 봐, 나는."

"그럼요. 그런 엄청난 일이 있었는데 저는 전혀 몰랐네요."

민준이 맞장구를 쳤다.

"아직 외부에는 발표하지 않았어. 어쨌든 사람이 다섯이나 죽고 마약도 반 톤 가까이 발견됐으니까 공식 조사를 해야 한다는 게 상부 방침이야. 그것도 희망부대가 아니라 말레이시아 부대가 조사를 해야 한다, 그러고 있어. 멍청한 새끼들."

*

강민준은 쉴 새 없이 맞장구를 치고 적절하게 추임새를 넣어가며 희망부대 헌병대장의 이야기를 들었다.

희망부대는 수사를 비공개로 진행했다. 폭발력 있는 사안이라고 생각한 것이다. 그것부터가 헌병대장으로서는 억울한 일이었다. 헌병대장은 거의 공적 조서나 다름없는 공식 사건보고서를 사단 본부에 써냈다. 희망부대 사단 본부는 헌병대장을 영웅으로 대접했고 그의 보고서를 영어로 번역해 평화유지군 사령부로 보냈다.

평화유지군 사령부의 반응은 조금 달랐다. 사령부의 눈에는 보고서 자체에 빈틈이 너무 많아 보였다. 희망부대가 자체적으로 벌인 추가 조사 내용에도 평화유지군 사령부는 여전히 만족하지 않았다. 결국 장풍군에 주둔하고 있는 말레이시아 부대의 헌병 장교가 희망부대에 와서 헌병대장에게 '추가 인터뷰'를 실시하기로 했다.

말레이시아 부대에는 김일성종합대학에서 영어를 배운 북한 출신 군무원이 있기는 했다. 그러나 그 군무원은 업무가 너무 과중해서 파견 조사에 따라올 수가 없었다. 말레이시아군에서는 "조사를 맡게 된 담당자가 영어와 중국어에 능통하니, 둘 중 하나를 잘하는 통역자만 한국 쪽에 있으면 된다"고 연락이 왔다. 희망부대 사단 본부에는 마침 보직이 결정되지 않은, 갓 재임관한 신참 대위가 있었고, 그 대위가 어렸을 때 괌에서 자라 영어를 좀 한다고 했다. 그게 강민준이었고, 이게 강민준이 헌병대에 오게 된 경위였다.

거기까지 이야기하고 나서 헌병대장은 열이 뻗치니 머리를 좀 식혀야겠다며 밖으로 나갔다. 강민준에게는 먼저 사건보고서 한글판과 영문판을 읽어놓으라고 했다.

오후 9시였다. 헌병대 행정계 사무실에는 강민준 외에도 까까머리 병사 세 명이 더 있었다. 각각 병장, 상병, 일병이었다. 병사들은 컴퓨터 앞에 앉아 워드프로세서 작업 중이었다. 강민준은 병사들의 컴퓨터 화면을 흘끗흘끗 훔쳐보다가 물었다.

"너희들은 지금 뭘 하고 있는 거니?"

병사들이 서로 얼굴을 쳐다보았다. 병장이 입을 열었다.

"대장님이 번역하라고 시키신 게 있어서 말입니다."

"그거 혹시 내일 수사관이 물을 수도 있는 질문이랑 답이니? 그걸 미리 다 영작을 해놓는 거니?"

"예, 그렇습니다."

병장이 대답했다.

"내가 뭐 딴죽을 걸려는 건 아닌데, 수사관이 그렇게 물으리라는 보장이 없잖아."

"그래서 상황별로 여러 가지 시나리오를 짜고 있지 말입니다."

병사들도 썩 편한 심기는 아닌 듯했다.

"그런데 이거 다 비밀이라고 하지 않았나? 비공개 수사 중이라고…… 아까 대장님이 그러시던데. 밖에 나가서 절대로 얘기하면 안 된다고."

"저희한테도 신신당부하셨습니다."

병장이 대답했다.

"그냥 이거 다 안 해도 되는 일들 아닌가? 내가 내일 통역만 잘하면."

"예, 그렇습니다."

대답하는 상병의 입꼬리가 한쪽으로 살짝 올라갔다.

"밥은 먹었니?"

민준의 질문에 병장이 "먹긴 먹었습니다"라고 대답하는 순간, 코미디 영화처럼 일병의 배에서 꼬르륵 소리가 났다. 일순 침묵이 흘렀다가 누가 먼저랄 것도 없이 네 남자의 입에서 동시에 웃음이 터져 나왔다.

"뭐야, 미친놈아."

상병이 일병의 어깨를 치며 낄낄댔다.

"아니, 저는 밥 못 먹었지 말입니다. 아까 근무 서고 있는데 갑자기 대장님이 부르셔서…… 그리고 저 성균관대 다니긴 하지만 국문학과라서 영어는 하나도 못합니다."

일병이 멋쩍어하며 변명했다.

"그럼 수능은 어떻게 치고 들어갔냐?"

"그때 배운 건 다 까먹었지 말입니다."

병사들이 겨우 긴장이 풀려 잡담을 하는 모습을 강민준은 허탈하게 바라보았다. 여기 대장이라는 자가 어떤 인간인지 바로 감이 왔다. 그런 인간 밑에서는 일하고 싶지 않다는 게 민준의 솔직한 바람이었다.

"그럼 우리 뭐 좀 먹고 하자. 나도 제대로 먹질 못해서 배고프거든. 여기 어디 식당이나 매점 있나? 이 시간에도 문을 여나?"

"저, 대위님, 그보다 더 괜찮은 게 있는데요."

병장이 머뭇거리며 말했다.

"어, 그래. 뭔데?"

민준이 물었다.

"부대 밖에 햄버거 가게가 있거든요. 북한식 햄버거. 여기 말로는 고기겹빵. 전화하면 만들어서 위병소까지 가져다줍니다. 거기 아주머니가 스쿠터 타고 들고 오시는데요, 위병소에서 기다리라고 하고 거기까지만 차로 가서 돈 드리고 받아오면 됩니다. 초병이랑 운전병들한테 버거 하나씩 돌리고요."

"그거 맛있나?"

"괜찮습니다. 다랑어버거나 광어버거 드셔본 적 없죠?"

"어…… 다랑어버거 하나 시키고 소고기버거 같은 평범한 것도 하나 시키지 뭐. 너희들도 두 개 먹고 싶은 사람은 두 개 시켜. 그게 하나에 얼마씩이니? 음료수도 파나?"

병사들의 얼굴이 갑자기 확 밝아졌다. 일병이 햄버거 가게와 위병소, 그리고 운전병이 있는 내무실로 잽싸게 전화를 걸었다.

젊은이들이 긴장을 풀고 햄버거를 기다리면서 잡담을 하는 동안 민준은 사건보고서를 읽고 병사들이 번역하던 자료를 훑어보았다. 그는 사건보고서가 잘 이해가 되지 않았지만, 수사관과 헌병대장이 서로 묻고 답하는 내용만 충실히 통역을 하기로 마음먹었다. 가상 답변들은 큰 도움이 될 것 같지 않았다. 번역의 질이 문제가 아니라, 수사관이 그런 질문을 던질 것 같지 않았다.

군용 차량이 오자 일병과 상병이 건물 밖으로 나가서 햄버거와 음료수를 받아왔다. 햄버거는 독특하게 맛있었다. 햄버거를 많이 먹어보지 못한 사람만이 만들 수 있는, 햄버거와 비슷하게 생긴 창의적인 음식이었다. 케첩과 잘게 썬 양배추가 듬뿍 들어 있고 설탕을 뿌린 달걀 프라이도 있다는 점에 민준은 크게 만족했다. 다랑어버거도 나쁘지 않았다.

"대장님은 언제 오시는 거지?"

빵을 입에 쑤셔 넣으며 민준이 물었다.

"저희도 모르겠는데요."

병사들이 고개를 저었다.

"어제는 새벽 1시에 오셨지 말입니다."

상병이 말했다. 상병은 전날도 그때까지 같은 일을 했다고 말했다.

병장과 일병은 민준이 헌병대로 오기 몇 시간 전부터 번역 작업에 투입이 되었다고 했다.

"어디서 주무시다 오시는 건가?"

민준이 물었다.

"부대 밖으로도 많이 다니십니다. 순찰도 하시고 정보 파악도 하시고……."

"혼자서?"

"예."

병사들은 찜찜한 표정이었다.

"너희 대장 좀 또라이지?"

병사들은 한동안 답을 못하고 머뭇거렸다. 30초쯤 그러고 있다가 병장이 입을 열었다.

"존나 미친 상또라이지 말입니다."

"여기 오면 다 그렇게 되는 건가?"

"그건 저희도 잘 모르겠습니다. 저희들끼리는 북한에서 근무하는 것보다는 손가락 한두 개 자르고 남한 교도소에 갇히는 게 낫겠다는 이야기 많이 합니다."

"여기 이 사건은 다 진짜 있었던 일들이야? 무슨 제이슨 본인가, 끄나풀을 심고 마약조직에 잠입해서 혼자서 세 사람을 사살하게……."

민준이 넌지시 떡밥을 던졌다.

"대장님이 북한 인맥이 있는 건 사실입니다. 아무래도 대민 접촉이 많으니까 말입니다. 저희가 회식을 할 때면 무슨 건설업자 같은 사람들이 돼지를 부대 안으로 끌고와서 직접 돼지를 잡아 바비큐를 해줍니다. 다 대장님 인맥입니다."

병장이 대답했다.

"헌병대가 민간인들이랑 만날 일이 많다고?"

"저희가 여기서 하는 일이 경찰 비스무리한 거니까요. 인민보안원은 순경이고 저희는 경찰 간부 같다고 할까요."

민준은 고개를 끄덕였다. 그때 문이 확 열리고 헌병대장이 들어오는 바람에 민준과 병사들은 깜짝 놀랐다.

"뭘 그렇게 먹고 있어?"

헌병대장이 퉁명스럽게 물었다.

"아, 대장님. 제가 너무 배가 고파서 애들 시켜다 뭐 먹을 것 좀 가져오게 했습니다. 혹시 몰라서 대장님 것도 시켰는데 하나 드실래요?"

민준이 태연하게 대처했다.

"북조선 피그미족 길거리 음식? 그거 뭘로 만들었을지 참 궁금하지 않냐? 됐고, 보고서 읽어봤어?"

헌병대장이 말했다.

"예, 보고서는 다 읽고 이 친구들이 가상 질문 답변 만드는 거 감독하고 있었습니다. 그런데 안 되겠는데요. 이 친구들 번역 너무 안 좋아요."

"뭐?"

헌병대장이 눈을 치켜떴다. 민준은 눈치 없는 척 굴며 말을 이었다.

"예를 들면……"

민준이 미리 준비한 듯이 정연하게 영작문의 오류를 앞에서부터 차례차례 지적해나가자 헌병대장의 태도도 점차 달라졌다. 특히 민준의 유창한 발음에 깊은 인상을 받은 것 같았다.

"지금 제가 말씀드린 건 다 문법 이야기인데, 사실 전체적으로 톤 앤 매너도 문제입니다. 문법은 틀린 데가 없어도, 어디는 학자처럼 이야기하고 어디는 개그맨처럼 이야기하면 이상하잖습니까. 신뢰를 못 주죠. 그 말레이시아 수사관이 영어를 얼마나 잘하는지는 모르겠는데, 그래도 의사소통이 가능한 수준이면 뭔가 이상하다고 생각할 거예요."

민준은 되는 대로 지껄였다. 다행히 헌병대장은 잠자코 듣는 눈치였다.

"그래서?"

"차라리 제가 혼자 준비하는 게 낫겠습니다. 아니면 저 두 사람은 내무실로 보내고요, 병장 한 사람만 남아서 저를 도우면 될 것 같습니다. 내일 나올 수 있는 질문을 전부 한국어로 리스트를 만들고, 제가 영어로 답을 궁리하는 거죠. 아니면 이 친구가 만든 질문을 보시고 대장님이 한국어로 답을 대충 들려주시면 제가 어울리는 영어 표현을 찾아놓겠습니다."

"아주 열정적인데?"

헌병대장이 비꼬는 투로 말했다.

"제가 말레이시아 사람들 싫어해서요. 개인적으로 사연이 좀 있습니다."

민준은 비꼬는 뉘앙스라고는 조금도 느껴지지 않게 대답했다.

존나 미친 상또라이 헌병대장도 결국 민준의 말에 따랐다. 상병과 일병은 내무실로 돌아가면서 경례를 할 때 묘한 표정으로 민준을 바라 보았다.

남은 세 사람은 역할극을 시작했다. 병장이 민준에게 한국어로 질문을 던지면 민준이 보고서를 보며 영어로 대답했다. 헌병대장은 질문과 답변 양쪽에 끼어들었다. 불쑥 추가 질문을 던지거나 민준이 답할 때 이런 이야기도 꼭 넣으라는 식이었다. 헌병대장이 자기 답변의 정합성에는 신경 쓰지 않고 그 내용을 표현하는 언어의 유창함에만 집착하는 모습에 민준은 우습다 못해 안쓰러워질 지경이었다. 어쨌거나 그들에게 질문을 하러 오는 사람은 네이티브 스피커가 아니라 말레이시아 군인인데.

헌병대장이 화장실에 가려고 잠시 자리를 비웠을 때 병장이 민준에게 물었다.

"대위님, 말레이시아 사람이랑은 무슨 악연이 있으십니까?"

"……그 얘길 정말 믿었니?"

그들은 자정께 일을 마쳤다. 헌병대장은 답변의 '완성도'를 더 높이고 싶어 했지만 그로서도 딱히 질문거리가 더 생각나지 않았다.

행정계에서 나왔을 때 헌병대장은 민준에게 담배를 피우냐고 물었다. 민준은 가끔 피운다고 대답했고, 헌병대장에게 담배를 한 개비 얻었다. 함께 담배를 피우면서 헌병대장은 민준에게, 게임 회사 직원이라고 해서 오타쿠인 줄 알았는데 의외로 사교성이 있다며 칭찬인 듯 아닌 듯한 말을 던졌다.

대부분의 사람들은 게임 개발자들을 오해했다. 사람들은 게임 회사 직원들은 사회성이 떨어진다고 지레짐작했다. 실은 게임 회사야말로 어느 회사보다 더 인간관계가 중요했다. 대작 게임에는 대작 영화만큼 이나 많은 돈과 많은 인력이 투입됐다. 티격태격하는 프로그래머, 시나리오 작가, 디자이너들 사이의 갈등을 조정해서 타협안을 만들어내는 게 기획자의 주 업무였다. 기획자는 다그치는 투자자나 성미 급한 유저들의 심기도 늘 살펴야 했다. 그런 노력의 결과는 유치한 돈의 액수나 동시접속률 같은 수치로 즉각 알 수 있었다. 그리고 강민준은 상당히 유능한 기획자였다.

*

다음 날 희망부대로 찾아온 말레이시아 헌병 수사관을 본 헌병대장과 강민준은 할 말을 잊고 잠시 입을 벌렸다. 사실 말레이시아 헌병 장교를 본 한국군 거의 대부분이 몇 초간 주춤했다.

"미셸 롱 대위입니다."

말레이시아 헌병 장교가 말했다.

여군이었고, 상당한 미모의 소유자였다. 서울 한복판이었어도 충분히 젊은 남자들의 눈길을 끌 만한 외모였다. 더구나 여기는 북한 땅이고, 그것도 군대다. 롱을 보는 병사들의 표정은 소리만 내지 않았다 뿐이지 탄식이나 다름없었다. 롱은 동남아시아 사람처럼 보이지도 않았다. 화교인 것 같았다.

롱 대위는 차가운 타입의 미녀였고, 말투나 동작도 몹시 딱딱했다. 남자들의 시선을 의식하고 방어적인 태도를 취하다 보니 그렇게 된 것 아닐까, 민준은 생각했다.

롱의 영어는 대단히 유창했다. 유창한 영어는 동양인에게 권위를 부여한다. 게다가 영국 악센트가 있어 더 권위 있게 들렸다.

"대위님은 영어를 굉장히 잘하시네요. 영국 악센트가 되게 멋있습니다. 실례지만 영어는 어디서 배우셨습니까?"

행정계로 가는 길을 안내하면서 민준이 롱에게 물었다.

"영국이요."

롱이 한 단어로 대답했다.

"아, 영국 어디서 배우신 건가요?"

"옥스퍼드요."

민준은 롱에게 더 말을 걸지 않았다.

조사실 책상 앞에 앉은 뒤에도 롱의 고압적인 태도는 바뀐 게 없었다. 롱은 먼저 헌병대장과 강민준에게 이번 사안에 대한 철저한 보안을 당부했다. 분계선 지대에서 마약조직의 전초기지가 발견되었다는 뉴스 자체가 밖으로 새어 나가면 안 된다는 것이었다. 강민준은 전날 밤 희망부대에서 이 조사를 위한 야근을 했던 한국군 병사들을 생각하며 어정쩡하게 고개를 끄덕였다. 그 병사들이 그리 기밀을 잘 지킬 거라는 생각은 들지 않았지만, 될 대로 되라는 심정이었다.

민준이 브리핑을 시작한 지 몇 분 안 되어 롱이 바로 말을 잘랐다.

"죄송하지만 대위님, 지금 그 자료를 처음부터 끝까지 다 읽으실 건가요? 저도 읽고 온 보고서입니다만."

"죄송합니다. 저희로서는 롱 대위님이 사전조사를 얼마나 해오실지 알 수가 없었기 때문에 가급적 충실하게 전체 개요부터 설명을 드리려 했습니다. 그러면 어떻게 진행할까요? 롱 대위님이 궁금하신 걸 물어보시면 저희가 답하는 식으로 할까요?"

민준이 대답했다. 그의 귀에는 자기 영어 발음이 그날따라 유난히 후지게 들렸다. 민준은 턱 주변 근육을 풀려고 쩝쩝, 하고 입맛을 다셨다가 자신이 뭘 하는지 깨닫고 급히 입을 다물고 헌병대장의 눈치를 살폈다.

"네, 중령님께 여쭙고 싶은 것들이 많습니다. 중령님께서 영웅적인 공로를 세우신 데에 개인적으로 감탄하고 있고, 존경스러운 마음까지 듭니다. 그러나 평화유지군 사령부에서는 이 사건을 보다 큰 차원에서 보고 있습니다. 강원도 산간 지역이 아닌, 개성과 서울 근처 평야 지역에서도 육로를 이용해 마약을 밀수하는 현장이 확인된 거니까요. 접경 지역 치안 관리를 어떻게 해야 하는지, 비무장지대 감시는 어떻게 강화해야 하는지를 배울 수 있고 배워야 하는 중요한 사건입니다. 꼬치꼬치 질문을 던져 성가시게 해드릴 수밖에 없는 점, 미리 사과드립니다."

롱은 긴 문장을 말하면서 한 번도 머뭇거리거나 단어를 잘못 사용하지 않았다. 표정도 싸늘했다. 롱의 말을 민준이 통역하자 헌병대장은 "아임 오케이, 테이크 유어 타임"이라고 대답했다. 미리 준비한 대사인 것 같았다.

"그러면 녹음기를 켜겠습니다."

롱이 보이스 레코더를 꺼내 책상 위에 올려놓았다. 헌병대장은 눈살을 찌푸렸지만 항의를 하지는 않았다.

"먼저 사망한 제보자에 대해 여쭤볼게요. 언제, 어떻게 이 제보자를 처음 알게 되셨죠? 어떻게 이 사람이 중령님께 마약 수송에 대한 비밀을 털어놓을 생각을 하게 된 거죠?"

롱 대위의 질문을 민준이 통역했다. 헌병대장은 첫 질문부터 말문이 막혀버린 듯했다.

"제보자에 대해서는 다른 제보자에게서 제보를 받았소. 그런 다음에 이곳 마약조직을 털어야겠다는 생각으로 공을 들였지. 제일 처음에 제보해준 사람에 대해서는 말할 수 없소. 자칫 정보가 새어 나가기라도 하면 그 사람이 다칠 테니까."

헌병대장의 반말 섞인 대답을 민준이 다시 통역했다. 그러나 롱도 만만치 않았다.

"이 질문을 하루 종일 되풀이해서 드릴 수도 있습니다, 중령님. 그 제보 과정이 중요해요. 지금 백상구 조직에 대한 추적이 막다른 골목에 이른 상황이니까요. 백상구는 중간 간부 두어 명과 함께 잠적해버렸고, 우리가 그리는 조직도에는 빈칸이 너무 많아요."

"추가 정보는 내가 첫 정보원에게 계속 물어보고 있소. 그놈들을 잡으려고. 그래서 내가 매일 악몽에 시달리는데도 후방 근무를 지원하지 않고 여기 남아 있는 거요. 어차피 수사도 우리 부대가 하잖소?"

"중령님, 정보원을 공유하자는 게 아닙니다. 백상구 조직은 저희도 처음부터 알고 있었어요. 사령부 직속으로 마약수사만 전담으로 하는 팀이 있습니다. 저도 그 팀 일원이에요. 백상구를 잡는 건 저희로서는 큰 관심사가 아니었어요. 그 자리를 다른 자가 대체하면 달라질 게 없으니까요.

점조직들이 어떻게 서로 정보를 교환하고, 어떻게 해서 마약을 남한으로 수송하는지를 파악하는 게 저희 목표예요. 저희는 이 부분을 너무 몰라요. 그런데 갑자기 중령님이 생각지도 못한 마약 기지와 운송 루트를 발견하신 거예요. 저희 안에서도 의견이 분분해요. 발견된 마약의 양은 애매하고, 사람이 맨몸으로 첨단감시망을 뚫고 지뢰밭을 건넌다는 얘기도 쉽게 믿기지 않으니까요. 어떤 사람들은 이게 마약조직이 평화유지군의 눈을 엉뚱한 곳으로 돌리기 위해 펼치는 큰 작전의 일부라고 음모론을 펼쳐요."

"그런 말도 안 되는 소리를……."

"중령님, 혹시 제보자와 어떻게 친해지셨나요? 뇌물을 제공하거나 업무상 편의를 봐주셨나요?"

"그런 적 없어. 사람을 어떻게 보고 그런 질문을 하는 거야?"

"중령님이 해준 게 없는데 제보자가 왜 보복의 우려를 무릅쓰고 조직의 핵심 비밀을 중령님에게 털어놨을까요?"

오전 내내 그런 식의 조사가 이어졌다. 전날 준비한 가상 질문들은 아무 쓸모도 없었다.

그들은 점심을 좀 늦게 먹었는데, 밥을 먹는 동안 헌병대장은 웃음 띤 얼굴로 '찢어 죽일 말레이시아 쌍년' 어쩌고 하는 이야기를 민준에게 늘어놓았다. 한국어로, 옆에 앉은 롱이 알아듣지 못하게. 민준은 헌병대장에게 '씨발'이라는 단어는 외국인들도 거의 다 안다고 말해주려다 포기했다.

점심을 먹고 돌아왔을 때 헌병대장이 롱에게 물었다.

"계속 이런 식으로 할 건가? 난 당신이 나를 조사하는 게 아니라 심문하는 것처럼 느껴지는데."

그리고 이어진 롱의 답변에 강민준은 입을 떡 벌렸다.

"중령님과 인터뷰를 마치고 나면 현장에 나가서 사건 관계자들을 직접 만날 생각입니다. 강민준 대위는 아직 보직 발령 전인 걸로 알고 있습니다. 강 대위가 저와 함께 다니면서 통역도 맡아줄 예정입니다."

"네? 제가요?"

민준이 롱의 말을 한국어로 미처 통역할 생각도 못하고 물었다.

"지금쯤 전자공문이 와 있을 겁니다. 희망부대에서 사령부 마약수사팀으로 단기 파견을 오는 형식입니다. 생활하시는 건 이곳 장교 숙소에서 하시고요, 활동은 저와 함께하게 됩니다."

롱이 대답했다. 민준에게는 이틀 사이 두 번째 파견이었다. 민준은 롱의 말을 한국어로 옮긴 뒤 헌병대장에게 물었다.

"어떻게 하죠?"

"뭘 어떻게 하긴 어떻게 해. 명령인데 까라면 까야지. 저 씨발년 따라가."

헌병대장은 뚱한 목소리로 대답했다.

대부분의 사람들은 식후에는 너그러워졌다가 먹은 게 다 소화가 되

116

고 나면 다시 신경이 날카로워지기 마련이다. 헌병대장은 오후 5시쯤 폭발했다. 시작은 롱이 헌병대장에게 '마약 기지에서 벌어진 총격전에서 어떻게 적을 일격필살로 사살할 수 있었느냐'고 묻는 데서 시작되었다.

"정말 기적적인 일이 벌어진 거요. 당신도 권총 사격 많이 해봤을 거 아니요. 움직이는 표적을 권총으로 쏴서 맞춘다는 게 가능합니까? 그냥 여섯 사람이 서로 마구 총질을 해댄 거요. 그런데 그중 세 사람은 그날따라 총이 안 맞았고, 두 사람은 자기가 쏜 총이 잘 맞긴 했는데 남이 자신한테 쏜 총도 잘 맞았고, 나는 내가 쏜 총은 잘 맞고 남이 나한테 쏜 총은 안 맞은 거요."

"솔직히 말씀드리면, 설득력이 상당히 떨어지는 이야기입니다. 저는 중령님의 사격술 평가에 대해 자료를 요청해서 받았어요. 권총 사격 점수는 영관급 평균 이하더군요."

"그러니까 기적이 벌어졌다는 거요. 그리고 연습 때는 온 정성을 기울여 권총 사격을 하지 않았어요. 중령이 일선에서 총격전을 벌여야 할 상황이 오지 않게 만드는 전략 전술을 배우는 데 힘을 쏟았소."

"하지만 수사는 독자적으로 하셨잖습니까?"

"그건 좀 다른 이야기지. 뚜렷한 결과가 나올 때까지 보고를 해봤자 행정업무만 늘어날 것 같았고, 정보원들에게 신뢰를 주는 문제도 있었고. 상황이 내가 생각한 것보다 빠르게 움직였지만."

"중령님, 혹시 마약을 하신 적이 있으신가요?"

롱 대위의 질문이 너무 갑작스러웠던 바람에 헌병대장이 그 말뜻을 이해하는 데에는 몇 초 정도 걸렸다. 그 몇 초가 지나자 헌병대장은 불같이 화를 냈다.

"야, 이거 그대로 통역해. 순화하지 말고, 그대로 옮겨. 잘 들어, 이 동남아 쌍년아. 북한이 왜 망했는지 알아? 공산주의라서 망한 거야. 공산주의는 망할 수밖에 없어. 왠지 알아? 사람이 뭘 열심히 해도 보상을 안 해주기 때문이야. 그런데 누가 나서서 일을 하겠냐? 어? 아무리 군대라지만 꼭 이런 식으로 해야 돼? 내가 씨발……."

헌병대장은 거기까지 이야기하더니 갑자기 문을 열고 집무실 밖으로 나가버렸다. 미셸 롱은 눈 하나 깜빡이지 않고 녹음기의 정지 버튼을 눌렀다. 강민준은 상대가 남자들을 경계해서 쌀쌀맞은 분위기를 연출하는 게 아니라는 사실을 깨달았다. 그냥 본디 모습이 뼛속까지 차분하고 냉정한 인간인 것이다.

"저, 제가 잠깐 나가서 좀 달래드리고 올게요."

민준이 자리에서 일어나려고 하자 롱이 말렸다.

"그러지 마세요. 지금 대위님이 나가서 위로하면 중령님은 자기 행동이 옳았고, 분개해도 될 만한 상황이었다고 여기게 될 겁니다. 그러면 이후에 제가 질문하기 어려워져요. 대위님은 여기 계시기 바랍니다. 이건 요청이 아니에요. 어차피 중령님은 여기로 돌아오게 될 겁니다. 제가 피조사자에게 주도권을 뺏기면 안 돼요."

"정말로 중령님을 의심하시는 건 아니죠?"

"현 단계에서는 아무리 낮은 가능성이라도 배제하지 않으려 하고 있습니다. 평화유지군 장병 중에 마약에 손을 댄 사람이 많아요. 한국군 장교라고 예외는 아니고요. 다들 호기심 정도는 있잖아요? 특히 한국은 김씨 왕조 붕괴 전까지는 마약 관리를 꽤 잘해온 나라였으니까, 약물에 대해 사람들이 품고 있던 환상도 역으로 그만큼 크죠. 반면에 북한은 1990년대부터 세계 최대의 필로폰 생산국이었어요."

"그래요?"

처음 듣는 이야기에 민준은 놀랐다.

"필로폰에 관한 한 그래요. 코카인은 콜롬비아, 아편은 아프가니스탄, 필로폰은 북한. 세계적인 마약 생산국이자 수출국들이죠. 2000년대에 이미 중국에서 유통되는 마약 대부분을 북한이 공급하고 있었어요. 외교 문제를 우려해서 중국이 마약사범의 국적을 발표하지 않았기 때문에 사람들이 모르고 있었을 뿐이지. 필로폰 복용 경험이 있는 국민 비율이 가장 높은 나라도 북한일 거예요. 국경도시 몇 곳에서는 마약을 해보지 않은 사람을 찾는 게 더 어려워요. 심지어 빙두가 마약인지 모르는 사람도 많아요. 무슨 강장제처럼 여기고, 한 달에 한두 번 하는 정도는 해롭지 않다고 생각해요. 여자들끼리 모여서 명절 음식을 만들기 전에 힘내자고 필로폰을 복용할 정도예요."

"감기약 대신 쓰고 혼수품으로도 준다는 얘기는 들어봤습니다."

"그러니 북한에 온 남한 군인들이 얼마나 놀라겠어요? 어떤 문제는 저 같은 제3자에게 더 잘 보여요. 자존심 센 북한 사람들은 남한 사람들과 만나서 조금 친해지면 은근히 자기 필로폰 경험담을 꺼내요. 술실력 자랑하듯이. 그렇게 중독성이 높지도 않고, 복용하면 초인적인 집중력과 체력이 솟아나고, 섹스도 다른 차원이 되고, 그런 이야기들."

롱은 '섹스'라는 단어를 말할 때에도 표정이 흔들리지 않았다.

헌병대장은 15분 정도 뒤에 돌아왔다. 나갈 때와는 딴판인 표정이었다.

"내가 좀 흥분했습니다. 계속합시다."

그러나 헌병대장은 끝까지 제보자와 정보원에 대해서는 함구했다. 오후 8시가 되어서야 롱은 "오늘은 이만하지요"라며 자리에서 일어섰다.

"내일도 또 이렇게 심문을 할 겁니까."

헌병대장이 불쾌한 표정도 감추지 않고 물었다.

"아니요. 내일은 사건 현장을 가보려 합니다. 시간이 남으면 제보자가 살았다는 집에도 가볼 생각입니다. 강민준 대위님이 동행할 겁니다. 중령님과는 며칠 뒤에 다시 뵙겠습니다. 강 대위님, 저랑 얘기 좀 할까요?"

민준은 헌병대 중령에게 경례를 붙이고 허둥지둥 롱을 따라 나갔다.

*

"원래 이렇게 강도 높게 조사를 하시나요?"

밥을 먹으며 민준은 롱 대위에게 물었다.

희망부대에는 장교 식당이 따로 없었다. 배식 시간이 지난 뒤에 밥을 달라고 하자 설거지를 하던 북한 출신 군무원들이 불만 섞인 얼굴로 밥을 펐다. 저녁 식사 자리에 헌병대장은 합석하지 않았다.

"사람에 따라 다르지요. 오늘은 좀 밀어붙여야 한다고 생각했습니다."

롱이 대답했다.

"헌병대장은 많이 놀란 것 같던데요."

"그래도 결정적인 말은 한 게 없잖아요? 저희한테는 헌병대장이 한 이야기보다 아직 하지 않은 이야기가 더 중요합니다."

"보는데 조마조마하더라고요. 다음에는 더 세게 몰아붙이시겠네요."

민준이 그렇게 말하자 롱이 빤히 쳐다보았다. 민준은 은근히 가슴이 두근거렸다.

"강 대위님, 혹시 대장과 친하신가요?"

"어제 처음 만났는데요. 그리고 그 사람 제 스타일 아닙니다."

"제 생각에는 중령님은 장풍에서 필로폰을 복용한 적이 있습니다. 그래서 마약 경험을 묻자 그렇게 욕을 하고 뛰쳐나간 거고요. 내일은 아닙니다만, 언젠가 그걸로 다시 압박할 겁니다."

"예……"

기가 질린 민준이 고개를 끄덕였다. 그러다 민준은 퍼뜩 생각이 나서 물었다.

"헌병대장이 욕한 것도 다 알아들으셨군요? 제가 일부러 통역하지 않았는데……"

"점심 먹으면서 한 이야기도 다 들었어요."

롱이 갑자기 너무나 또박또박 한국어로 "말하는 건 잘 못하지만 듣는 건 어느 정도 합니다"라고 말하는 바람에 민준은 기겁을 했다.

"어머니가 한국 분이셨어요. 아버지는 화교이셨고요. 한국어를 어느 정도 하기 때문에 마약수사팀에도 낄 수 있었던 겁니다."

롱이 영어로 설명했다.

"아니, 한국어 너무 잘하시는데요? 정말 통역이 필요하신가요?"

무조건 맞장구를 치고 상대를 칭찬하는 민준의 습관이 또 발동되었다.

"그리 잘하지 못합니다. 조금 어려운 내용이 나오면 못 알아듣고, 긴 대화도 못 해요. 그리고 제가 여자이고 한국어를 못한다고 여기기 때문에 오히려 사람들이 제 앞에서는 더 속내를 털어놓는 면도 있습니다. 헌병대장이 오늘 그랬던 것 아닌가요?"

"한국어 그렇게 잘하신다는 말씀을 안 하셨으면 저도 깜빡 속아 넘어갔겠는데요."

"저희는 이제 한 팀이니까요. 식사를 마치면 제 방에 잠깐 들렀다 가세요. 장교 숙소에 방을 받았습니다."

"네?"

민준은 화들짝 놀랐다.

"복사하면 안 되는 자료들이 있어요. 저희 팀에서 내부 참고용으로 작성한 문서들. 오늘 밤에 빌려줄 테니 내일 아침까지 읽어오세요. 접경지대 필로폰 밀매 흐름에 대해 좀 알 수 있게 될 겁니다."

"아아, 예……."

　같은 시각, 평화유지군 한국군 중령이자 필로폰 상습 투약자인 헌병대장은 최태룡의 직통 번호로 전화를 걸고 있었다.

　최태룡은 전화를 한참이나 받지 않았다. 겨우 연결이 되었을 때에도 말소리가 잘 안 들렸다.

　"어디야? 왜 이렇게 시끄러워?"

　헌병대장이 물었다.

　"현장 감독 나왔는데. 중요한 공사가 있어서."

　최태룡이 대답했다.

　"지금 좀 만나야 돼. 급한 일이 생겼어."

　헌병대장이 말했다.

　"지금? 무슨 소리를 하는 거야. 안 돼. 지금 난 장풍에 있지도 않아. 무슨 일인데?"

　최태룡이 물었다.

　"씨발, 전화로는 얘기 못해. 아무튼 급한 일이야. 만나서 이야기해야 돼."

　"내일 우리 회사로 와. 오전에. 오전 내내 사무실에 있을 테니. 아니면 어디 좋은 데서 점심 같이 먹을까? 단고기 어때?"

　통화 품질이 영 좋지 않았다. 최태룡의 목소리가 몇 번 끊겼다. 옆에서 공사 장비가 돌아가는 소리가 들렸다.

　"밥 먹을 시간은 없을 것 같아. 오전에 갈게. 10시쯤."

약속 시간을 잡은 뒤 헌병대장은 바로 전화를 끊었다. 그리고 최태룡을 압박할 수단을 고민하기 시작했다.

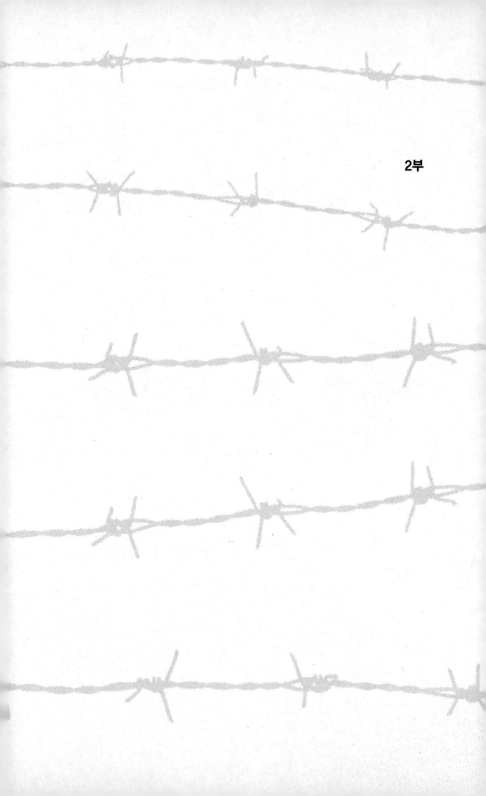

2부

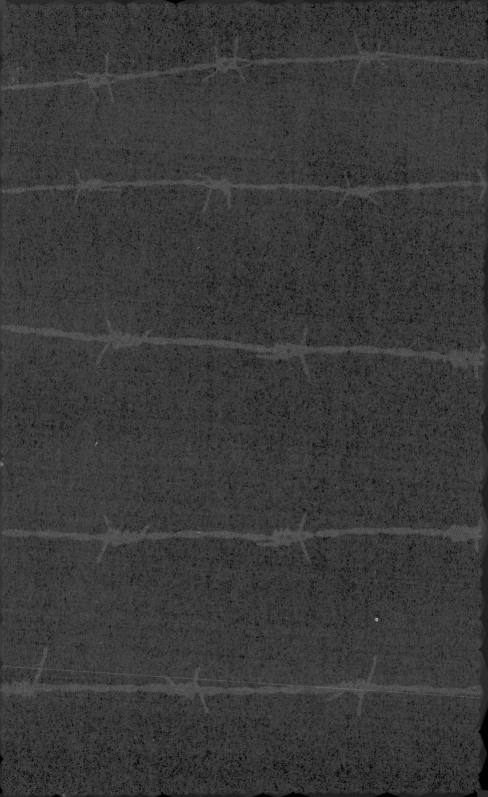

은명화는 오전 7시 40분에 장리철이 밤을 보낸 합숙소 앞에 도착했다. 리철도 일찍 일어나 건물 밖에서 은명화를 기다리고 있던 참이었다. 하지만 리철은 상대가 오토바이를 몰고 올 거라고는 생각 못 했다.

은명화는 250시시짜리 중고 야마하 오토바이를 타고 왔다. 크지는 않지만 작지도 않은 물건이었다. 덮개 없이 엔진이나 부품이 그대로 드러나 마치 경주용 오토바이처럼 보였다.

"제가 시간을 잘못 잡았어요. 아침 시간에는 그분들이 여기까지 올 수 없대요. 그래서 선생님을 그분들이 계신 곳으로 데려가려고요."

은명화가 헬멧을 벗자마자 말했다.

"오토바이를 타시는 줄은 몰랐습니다."

리철이 말했다.

"빌렸어요. 빨리 타요. 교통 체증이 시작되면 골치 아파지니까."

리철은 엉거주춤 오토바이 뒷좌석에 올라탔다.

"그렇게 빼지 말고 저한테 바싹 몸을 붙이세요. 팔로 제 허리를 감아요."

은명화가 자리에 앉아 말했다. 리철은 주저하다가 양손으로 은명화의 옆구리를 붙잡았다. 은명화가 한숨을 쉬었다.

"그게 더 불편해요. 그냥 저를 안으세요. 이상한 생각 안 할 테니. 우리 시간 없어요."

리철은 상대가 시키는 대로 따랐다.

리철은 은명화의 오토바이 운전 실력에 감탄했다. 무리하게 속도를 내거나 앞선 차량을 앞지르려고 하지 않으면서도 기회를 보면 놓치지 않았다. 자연스럽게 교통 흐름을 탔고, 기계를 조작하는 솜씨도 매끄러웠다. 운전 솜씨에서 삶에 대한 어떤 자세 같은 게 드러날 수 있다는 사실을 리철은 미처 몰랐었다.

"여기예요."

은명화가 오토바이를 세운 곳은 장마당 한쪽 구석에 있는 작은 햄버거 가게 앞이었다. '장풍버거 — 혁명적인 맛!'이라는 간판이 붙어 있었다. 길 쪽으로 난 창이 주문 카운터였고, 30대 중반으로 보이는 여성이 바쁘게 주문을 받고 있었다. 인기가 많은 집인 듯, 손님들이 길에서 줄을 서서 차례를 기다리고 있었다.

"이 고기겹빵 집이요?"

어리둥절해진 리철이 묻자 은명화는 고개를 끄덕이고 가게 안으로 들어갔다. 카운터 안쪽으로는 두 평 정도 될 것 같은 공간에 등받이 없는 의자가 세 개 있었다. 아침 시간이라 그런지 가게 안에서 식사를 하는 사람은 없었다. 주방에서는 중년 여성이 고기를 굽고 있었다.

"커피를 드릴까요? 아니면 탄산음료?"

리철이 등받이 없는 의자에 앉자 은명화가 물었다.

"커피가 좋겠습니다."

리철이 대답하자 은명화가 익숙한 동작으로 커피머신에서 커피를 내려왔다. 블랙커피에 익숙하지 않은 리철은 설탕을 찾아 두리번거렸다. 그는 각설탕 두 개를 커피에 넣었다.

리철은 커피를 마시며 카운터와 주방에 있는 두 여성을 살폈다. 두 사람 역시 아닌 척하면서 리철을 관찰하고 있었다. 은명화는 리철 옆에서 커피를 마셨다. 리철은 은명화에게 아무것도 묻지 않았고, 은명화도 아무 말도 하지 않았다.

한 시간 정도 지나자 손님 줄이 마침내 없어졌다. 마지막 손님에게 종이봉투를 건넨 카운터 담당이 창을 닫고 블라인드를 내렸다.

"끝났니? 그럼 이제 시작할까?"

고기를 굽던 중년 여성이 물었다. 카운터 담당은 "네, 언니"라고 말하더니 주방에서 작은 접이식 의자를 꺼내왔다.

"오래 기다리시게 해서 죄송합니다. 저는 문금옥이라고 해요."

카운터 담당이 말했다. 한때는 미인 소리를 꽤 들었을 용모였다. 염색 흔적이 남아 있는 머리카락을 등 중간까지 길게 길렀는데, 그런 헤어스타일이 더는 자신에게 어울리지 않는다는 사실은 모르는 듯했다. 귀에 단 귀걸이나 머리띠도 그녀보다는 열 살 정도 어린 여자에게 어울릴 법했다. 전반적으로 그녀의 모습은 부자연스러웠는데, 꼭 꾸밈새를 너무 어리게 해서만은 아니었다. 밝고 발랄한 분위기의 액세서리와 상반되는 표정 때문이었다. 문금옥은 억지웃음을 짓고 있었다. 눈 밑에는 검은 그늘이 깊었다.

"저는 박우희라고 합니다. 아침 식사 안 하셨죠? 어떤 걸로 드시겠어요?"

주방에 있던 여성이 리철에게 물었다. 박우희는 머리를 모두 뒤로 넘겨 묶었는데, 이마 양쪽 부분에 흰머리가 몰려 나 있어서 독특한 인상을 주었다. 몸은 마르지도 뚱뚱하지도 않았고, 여자치고는 키가 꽤 큰 편이었다. 미간에는 깊은 주름이 있어서 뭔가를 골똘히 고민하는 듯 보였다. 나이는 40대 후반이나 50대 초반 정도인 듯했다. 눈을 감고 들으면 남자로 착각할 정도로 목소리가 낮았다. 말투는 부드러웠지만 결코 호락호락한 느낌은 아니었다. 말이나 행동에 절도가 있었고, 의연하면서도 심지가 강한 사람 같았다. 그리고 문금옥처럼 박우희의 얼굴에도 감출 수 없는 비통함이 드리워져 있었다.

"장리철이라고 합니다. 저는 아무거나 일없습니다. 남는 재료로 적당히 만들어주십시오."

장리철은 태어나서 식사를 사양해본 일이 한 번도 없었다.

"그러면 다랑어버거를 드셔봐요. 우리 가게에서 제일 인기 많은 겹빵이에요."

박우희가 그렇게 말하고는 철판 위에 빵과 고기를 올렸다. 은명화가 주방에서 달걀과 잘게 썬 양배추, 케첩, 포크 등을 꺼내와 철판 옆 받침대에 올려놓았다. 문금옥은 주머니에서 휴대전화를 꺼내 들었다.

"여기서 장사하는 여자들끼리만 가입한 대화방이 있어요. 정보력이 아주 대단해요. 장풍에서 벌어지는 일이라면 인민보안부도 우리만큼은 모를걸요. 그 대화방이 어제부터 장리철 선생님 이야기로 아주 난리예요. 맛나식당에서 최신주를 한 방에 때려눕히셨다면서요? 최신주의 졸개들과 10대 1로 싸워서 이기셨다면서요?"

문금옥이 물었다. 그리고 쓸쓸한 미소를 지어 보였다.

"열 명 중에 실제로 저에게 덤빈 사람은 둘뿐이었습니다."

리철이 말했다.

"그 둘이 여기서 아주 유명한 건달이었어요. 그놈들 반병신이 됐다고 속으로 웃는 상인들 많아요."

문금옥이 말했다. 옆에서 은명화가 나지막이 웃음을 터뜨렸다가 황급히 표정을 수습했다. 처음으로 그녀가 제 또래의 여성처럼 보이는 순간이었다.

북한에서도 시골 지역과 달리 도시, 특히 장마당이 일찍부터 생긴 곳은 여성들의 지위가 매우 높았다. 김씨 왕조 말기부터 그런 현상이 두드러졌다. 남자들은 공장이든 기업소든 정부에 등록된 직장에 다녀야 했다. 경제가 돌아가지 않으니 직장에 나가봤자 하릴없이 시간만 죽이다 오기 일쑤였고, 배급도 제대로 나오지 않았다. 그 시간에 여자들은 장마당에서 물건을 팔고, 먹을거리를 구해왔다. 북한 여자들이 남편을 '낮전등'이나 '풍경화'라고 부르기 시작한 것도 이때부터였다. 아무 쓸모가 없다는 의미였다.

여자들은 그렇게 시장경제에 대한 감각을 일찍부터 익혔고, 김씨 왕조 붕괴 이후 갑작스러운 개방 물결에도 남자들보다 훨씬 유연하게 적응했다. 가게를 내거나 작은 사업을 시작하는 여자들이 적지 않았다.

게다가 북한 남자들과 달리, 북한 여자들에게는 '남조선 남자를 만난다'는 선택지가 있었다. 남한의 농촌 총각과 북한 젊은 여성을 연결시켜주는 중개 회사들이 많았고, 그중 몇몇 업체는 남한 정부의 지원을 받기도 했다. 북한의 젊은 남자들이 대표적인 반통일정책이라고 꼽는 사업이었다.

아무리 현실적인 성격이라 해도, '서울 남자'와 사귀는 꿈을 꾸지 않는 북한 여자는 없으리라. 취업 허가나 유학 비자 아니면 관광 초청을 받아서 남조선으로 간다. 드라마처럼 우연히 멋진 남한 남자와 마주친다. 그리고 사랑에 빠져 프러포즈를 받는…….

박우희가 다랑어버거와 감자튀김을 가져왔다.

"변변찮지만 한번 드셔보세요."

갓 구운 빵과 기름통에서 꺼낸 지 얼마 안 된 튀김에서 좋은 냄새가 났다. 맛도 훌륭했다. 전날 함바집에서 먹은 저녁 식사와는 하늘과 땅 차이였다. 요리는 일자무식인 리철이지만 모든 재료가 이렇게 바삭하게 씹는 맛이 나려면 대단한 정성과 솜씨가 필요하다는 정도는 알았다. 우걱우걱 햄버거를 먹는 리철을 보고 문금옥이 "천천히 드세요"라며 희미하게 웃었다.

장리철은 햄버거를 먹으면서 세 여자의 관계가 어떻게 되는지 파악해보려 했다. 박우희가 리더임은 묻지 않아도 알 수 있었다. 그러나 그

이상의 추리는 리철의 사고 능력을 벗어난 일이었다. 리철은 무엇보다
도 박우희와 문금옥이 왜 그렇게 울적한 얼굴인지 궁금했다.

"식사 마치시면 말씀드릴게요."

그런 리철을 보고 박우희가 속마음이라도 읽은 듯 말했다.

"마실 걸 드시겠어요? 따뜻한 차 드릴까요?"

장리철이 접시를 비웠을 때 은명화가 물었다.

"커피를 한 잔 더 마실 수 있을까요?"

리철이 요청했다. 은명화가 아까와 똑같은 방식으로 커피를 내려왔
다. 리철은 이번에도 각설탕을 두 알 넣었다. 그는 사람들이 커피에 설
탕을 넣지 않고 쓰게 마시는 이유를 도무지 이해할 수 없었다.

박우희가 입을 열었다.

"최태룡 조직에 대해 궁금해하신다고 들었어요. 전직 특작부대원들
을 찾으신다고요."

"그렇습니다."

리철이 대답했다.

"이유를 여쭤봐도 될까요? 누군가에게 복수를 하기 위해서인가요?"

"그런 건 아닙니다. 만나서 뭔가를 물어야 할 일이 있습니다."

"돈과 관련된 일인가요?"

"아닙니다. 개인적인 일입니다."

"저희도 사람을 찾고 있어요. 최태룡 조직과 관련이 있는 일이에요.
만약 저희 일을 도와주신다면, 저희도 선생님의 일을 돕겠어요."

박우희가 말했다. 그녀의 얼굴에 서려 있던 우울한 빛이 한층 더 깊

어졌다.

"누구를 찾고 계신가요?"

장리철이 물었다.

"제 아들, 그리고 이 사람의 남편이요."

박우희가 문금옥을 가리키며 말했다.

*

"원래 장풍군 마약 시장을 장악하고 있던 자는 백상구예요. 여기 사람들은 백고구마라고 불렀죠. 얼굴이 고구마처럼 생겼다고."

박우희, 문금옥, 은명화, 그리고 장리철은 장풍버거의 작은 실내 공간에 다닥다닥 붙어 앉은 상태였다. 박우희는 처음부터 차근차근 이야기하기로 마음먹은 듯했다.

"양계 사업을 했다고 들었습니다."

리철이 말했다.

"남조선에서 양계 사업을 지원했어요. 남조선 당국 지원금은 항상 그런 식으로 와요. 공화국 인민들은 뭔가를 공짜로 받는 데 익숙해져 있다, 그러니 일을 해서 돈을 벌게 유인해야 한다는 게 그 사람들 생각이죠. 특별한 기술이 없는 농민들이 집에서 할 수 있을 일을 찾다 보니 닭을 키우게 한 거죠. 북조선 인민들에게 단백질 공급도 할 수 있어 좋고. 병아리는 지금도 농가에서 육계 사업을 하겠다고 신청만 하면 처음 한 번은 공짜로 나눠줘요.

하지만 병아리만 받는다고 닭을 잘 키울 수 있는 게 아니에요. 사료도 필요하고, 닭들이 병에 걸리지 않게 약도 먹여야 해요. 특히 닭장이 정말 중요해요. 키우는 닭이 몇천 마리가 넘어가면 이것저것 갖춰야 할 설비가 많아요. 여름에 환기를 안 해주거나 겨울에 난방을 제대로 안 하면 몇백, 몇천 마리가 하룻밤 새 죽어요. 그 정도가 되면 사료 주는 장치도 갖춰야 해요."

박우희가 말했다.

"그런데 수천, 수만 마리를 한꺼번에 키우면 확실히 한 마리 키우는 데 드는 비용이 내려가거든요. 몇십 마리, 몇백 마리 단위로 키워서는 이문이 남질 않아요. 그러니까 처음부터 돈을 빌려서 환기 장치며 온도 조절 장치가 달린 큰 계사(鷄舍)를 지어요. 그 돈을 빌려주고, 계사를 짓는 걸 백상구가 했어요."

문금옥이 끼어들었다. 은명화가 문금옥의 손을 잡고 덧붙였다.

"여기 농민들은 다 큰 빚을 지고 그 일을 시작하는 거죠. 백상구는 남조선 당국에서 돈을 빌려서 사업을 시작하고, 농민들은 백상구에게 돈을 빌려서 닭을 키우고. 그럴 바에야 남조선에서 직접 농민들에게 돈을 빌려줬다면 좋았을 것을."

박우희가 다시 말을 이었다.

"사람들은 백상구에게 빚이 있고, 백상구 말을 안 들으면 사료를 제때 가져다주지 않거나 성계를 사가지 않으니 꼼짝할 수가 없었죠. 빙두를 숨겨놓으라거나 어디로 배달하라는 지시도 거절할 수 없었어요. 백상구가 이 일대 마약 유통망을 그렇게 다 장악했어요."

"최태룡은요?"

장리철이 물었다. 박우희가 대답했다.

"최태룡도 시작은 백상구와 비슷했어요. 남조선 당국 지원금을 받아서 사업을 벌인 거예요. 장풍군에는 남북협력공단이 생긴 지 얼마 되지 않았어요. 개성공단 땅값이 비싸지면서 장풍군도 개발이 된 거예요. 공단이 생기니까 공단 주변에 이곳 같은 시장도 생기고 벌집촌도 들어서고, 사람들도 모여들었죠.

최태룡은 처음에는 인력사무소를 세웠고, 곧 건설 회사를 만들어서 작은 공사 하청을 받다가, 나중에는 직접 공사 계약을 하는 방식으로 몸집을 불렸어요. 그러면서 물밑으로는 빙두 사업에도 뛰어든 거죠. 장풍군 농촌 지역은 백상구가, 도시 지역은 최태룡이 갈라먹는 구도로 정리가 됐어요. 양쪽 모두 서로를 탐탁지 않게 여기고는 있었는데, 직접적으로 맞부딪힐 일은 오랫동안 없었죠. 서로 하는 사업 내용이 달랐으니까.

그러다가 올해 초에 두 조직이 처음으로 세게 붙었어요. 남조선에서 공화국의 IT기업을 지원한다는 이야기를 듣고 최태룡이 사업을 하나 벌였거든요. 젊은 여자아이들을 데려다 인터넷 방송을 하는 거였죠. 몸캠이라고 아시나요?"

"처음 들어봅니다."

장리철이 고개를 저었다. 그는 세상 물정에 그다지 밝지 못했다. 자신과 관련된 일이 아니면 애초에 흥미가 생기지 않았다.

"이런 거예요. 최태룡의 회사 지하에 큰 스튜디오가 있었어요. 칸막이를 친 구획이 여러 개 있고, 한쪽 벽이 뚫린 방에 젊은 에미나이들이 몸이 비치는 얇은 옷을 입고 들어가요. 거기에 동영상 카메라를 달아 놓는데, 칸막이 안을 일반 가정집처럼 꾸며서 카메라 저쪽에서 보면 여자들이 자기 집에 있는 것처럼 보여요. 거기서 여자들이 음란한 짓거리를 하면 남조선 남자들이 그 인터넷 방송을 보면서 돈을 내는 거예요. 남조선에도 그런 방송이 많다고 들었어요. 하지만 남조선에는 남조선 법이 있어서 어느 수위 이상은 할 수 없대요. 그 수위를 넘는 걸 공화국에서는 할 수 있는 거죠. 또 북조선 여자들은 동남아시아나 중국 여자들과 달리 말이 통하잖아요? 아직까지는 남조선 남자들한테 공화국 에미나이가 신기하기도 하고. 그래서 꽤 짭짤하게 돈이 됐어요. 이게 백상구의 심기를 거스르게 됐어요."

"어떻게 말입니까?"

박우희의 설명에 장리철이 물었다.

"백상구가 장풍협력공단 근처에 유흥주점을 여러 개 운영하고 있었어요. 그런데 거기서 일하는 여자애들이 최태룡의 스튜디오로 옮겨 간 거예요. 인터넷 방송에서 인기를 얻으면 남조선 기획사에 스카우트될 수도 있다는 허황된 꿈을 품은 애들이 많았어요.

백상구가 처음에는 최태룡에게 사람을 보내서 우리 애들 몇 명이 그리 갔는데 돌려달라고 요구했죠. 최태룡은 거절했어요. 자기들이 끌고 온 게 아니라 다 제 발로 걸어온 애들이라면서요. 그러자 백상구가 그 여자애들 중 하나를 납치해서 옷을 다 벗기고 고문해서 죽인 다음 시체를 최태룡의 회사 앞 길거리에 던져넣었어요. 백상구 아래서 일하던 여자애들은 다음 날 다 원래 일하던 술집으로 돌아갔죠.

　그렇게 여자애를 끔찍하게 죽인 사람이 누구인지 저희는 다 알았어요. 머리를 빡빡 밀고 검은 베레모를 쓰고 다니는 백상구의 경호원이었는데, 80해상저격여단 출신이라고 했어요. 하지만 인민보안부에서는 죽은 여자가 밤길에 운이 없어서 불량배를 만난 거라고 결론을 내렸죠. 평화유지군은 아예 신경도 쓰지 않았고. 평화유지군은 북조선 사람이 죽는 데에는 관심이 없어요."

　박우희가 말했다.

　"80해상저격여단이라는 부대는 없습니다. 다른 해상저격여단도 검은 베레모를 쓰지는 않고요."

　리철이 지적했다.

　"저희로서는 알 수 없죠. 어쨌거나 무서운 사람들이었고요. 경호원 말고도 백상구 밑에는 특작부대 출신이 많다고 했어요. 그래서 최태룡도 전직 특작부대원들을 모집했어요. 장풍군은 사실 개성만큼 돈이 많이 모이는 곳은 아니거든요. 범죄조직도 큰 조직은 전부 개성에 있고, 암흑가에 빠질 특작부대원들도 이미 그쪽으로 다 갔어요. 이제는 다른 조직 사람을 웃돈을 주고 데려와야 하는 상황인 거예요. 나쁜 돈이 흐르는 물길에도 상류가 있고 하류가 있달까. 여기는 그냥 시궁창이에요. 그러니 최태룡도 쓸 만한 사람 구하는데 한동안 곤란을 겪었죠.

　그 사이에 백상구 일당들이 최태룡의 스튜디오를 습격해서 생방송 중에 여자들이 있는 칸막이를 다 때려 부순 일도 있었어요. 일자리를 찾는 여자들이 자기네 술집으로 오지 않고 너도나도 몸캠을 찍으려고

만 하니까 그게 마음에 들지 않았던 거예요. 최태룡으로서는 직접 스튜디오를 운영하는 게 여자들의 근태 관리를 할 수 있고 컴퓨터나 방송 장치를 분실할 우려도 없어서 좋았는데, 그런 장면이 방송을 탔으니 사업을 더 할 수 없게 됐죠. 남조선 남자들이 최태룡의 인터넷 방송을 믿지 않게 됐으니까요. 손해도 손해였거니와 망신도 크게 당했죠. 그러던 차에 최태룡이 신천복수대 출신 특작부대원 세 사람을 영입했다는 소문이 나돌았어요."

박우희가 말했다.

"신천복수대요?"

장리철이 조용히 되물었다. 그의 가슴속에서 무언가가 천천히 올라왔다.

"네, 그렇게 들었어요. 그런 부대도 없나요?"

"아니오. 있습니다. 혹시 그 세 사람이 어느 대대인지도 아시나요?"

"그건 모르겠는데요."

"각각 이름은 어떻게 됩니까?"

"계영묵, 조희순, 박현길이라고 해요. 계영묵은 태림건설 부장, 조희순은 태림물산 부장, 박현길은 태림건설 차장 직함을 달았어요."

모르는 이름이었다. 그들도 자신처럼 이름을 바꿨을 거라고 리철은 생각했다.

"그자들이 한꺼번에 나타났나요? 어느 날 갑자기?"

"네. 아마 최태룡이 개성의 다른 조직에서 스카우트해온 것 같아요. 어쨌든 그자들이 온 지 얼마 안 되어 검은 베레모를 쓰고 다니던 백상구의 경호원이 죽었죠. 발가벗은 시체가 백상구의 한 술집 앞에 내던 져져 있었어요. 성기가 잘려 있었어요. 얼마 뒤에는 최태룡의 스튜디 오를 습격했던 백상구 조직의 행동대원 네 사람이 살해당했어요. 당시 웹캠에 얼굴이 찍힌 자들이었죠. 다 옷이 벗겨져 있었는데 둘은 온몸 이 멍투성이였어요. 맞아 죽은 것 같았어요. 한 사람은 목이 잘려 죽었 어요. 또 한 사람은……."

박우희가 말을 멈췄다.

"상반신은 알아볼 수 있었는데 하반신은 불에 타 있었어요. 허리 아 래로 휘발유를 뿌리고 산 채로 불을 지른 거예요. 그러다 불이 위로 옮 겨 붙으려 할 때 소화기로 그걸 끈 거죠."

문금옥이 대신 말했다.

"다들 누가 사람을 더 잔인하게 죽이는지 경쟁하는 것 같아요. 자신 들에게 맞서면 어떤 꼴이 되는지 보여주려는 거죠."

박우희가 가라앉은 목소리로 말했다.

"박우희 선생님의 아드님이나 문금옥 선생님의 남편 분은 이 일과 어떤 관련이 있는 겁니까?"

리철이 물었다. 문금옥이 박우희를 바라보았다. 박우희는 입술을 질 끈 깨물었다가 말했다.

"제 아들과 금옥이의 남편은 최태룡 밑에서 일하는 사람들이었어 요."

*

"이상하게 생각하지 마세요. 제 아들이나 금옥이의 신랑이 폭력조직의 일원이었다는 이야기는 아니에요. 둘 다 태림건설의 직원이었어요."

박우희가 황급히 덧붙였다.

"태림건설에 들어간 지 오래된 사람들도 아니었어요."

문금옥이 말했다. 박우희가 이야기를 계속했다.

"제 아들은 두 달 전에, 금옥이의 남편은 지난달에 태림건설에 입사했어요. 이전에도 태림건설 일을 하기는 했었죠. 정식 직원은 아니지만 그렇다고 완전히 일용직은 아닌 상태였거든요. 일주일이나 보름 단위로 계약을 하기도 하고, 그렇지 않을 때에도 태림건설의 인력소개소에서 잡부들에게 연락을 돌릴 때 제일 우선순위에 있었어요.

처음에는 태림건설에서 일하게 됐다고 뛸 듯이 좋아했죠. 일을 열심히 하면 현장기사가 될 수 있을 거라고 기대했죠. 하지만 얼마 못 가서 제 아들이 맡은 일이 이전과는 다른 업무라는 걸 눈치챌 수 있었어요. 엄마들은 그런 걸 알아요. 제 아들은 싹싹한 아이였어요. 하루 일과를 마치고 와서는 지금 선생님이 앉아 계신 그 자리에서 남은 재료로 만든 햄버거를 먹으면서 그날 공사장에서 있었던 일들을 이야기하곤 했어요. 하지만 지난달부터는 그런 얘기를 일절 하지 않더라고요.

그런데 한번은 말없이 식사를 하다 '엄마, 이제 내가 돈 많이 벌어서 엄마 편히 살게 해줄게' 하고 불쑥 말한 적이 있었어요."

"제 남편은 다정한 성격은 아니지만 근무 중에라도 제가 문자를 보

141

내거나 전화를 하면 잘 받았거든요. 그런데 지난달부터는 전화가 안 터지는 데서 일하게 됐다며 낮에는 전화를 받지 않았어요. 저는 거짓 말이라고 생각했죠. 왜냐하면 그런 곳에서 일한다면 전화기를 아예 꺼 놨을 텐데, 그러지는 않았으니까요. 그리고 저한테 문자메시지를 보내 지 말고, 할 말이 있으면 저녁에 돌아왔을 때 직접 말하라고 이야기하 기도 했어요. 자기 전화기를 누가 감시한다고 생각했던 것 같아요.

몇 번은 날씨도 맑은 날에 물에 젖은 차림으로 돌아오기도 했죠. 한 번은 낮에 흙탕물에 몸이 온통 다 젖어서 옷을 갈아입으러 집에 돌아 오기도 했어요. 그때 남편을 태우고 왔던 게 신천복수대 출신이라던 박현길이에요. 곱상하게 잘생긴 남자더만요. 그런데 그 사람 앞에서는 제가 남편한테 어쩌다 이렇게 물에 빠진 생쥐 꼴이 됐느냐고 물어도, 너무 부자연스럽게 대화를 피하는 거예요. 그때 이 사람이 뭔가 밖으 로 드러내면 곤란한 일을 하고 있다, 그리고 저 박현길이라는 사람은 무서운 사람이다, 하고 직감했어요.

왜 그때 제대로 물어보지 않았는지 후회가 돼요. 너 또 뭔가 나쁜 일 꾸미는 거 아니냐고. 만약 남편이 답을 못한다면 그 상황을 어떻게 감 당해야 할지 알 수 없었기 때문에, 그게 두려워서 궁금증을 억눌렀던 것 같아요."

문금옥은 거기까지 말하고는 갑자기 울음을 터뜨렸다. 은명화가 말 없이 티슈를 꺼내 문금옥에게 건네고 그녀를 다독였다. 밖에서 누군가 가게 문을 두드렸다. 은명화가 문가로 나가 "오늘은 내부 수리 중이라 아침 장사만 한다"며 손님을 되돌려 보냈다.

"무슨 일이 있었던 겁니까?"

장리철이 물었다.

"꼭 열흘 전에 제 아들과 금옥이 신랑이 함께 실종됐어요. 인민보안부에 실종 신고를 했더니 도리어 제 아들과 금옥이의 남편이 태림건설 돈을 횡령해서 도망쳤다고 하더군요. 둘이서 회사 금고를 털었대요. 인민보안부에서 저희 가게와 금옥이의 집에 찾아와 물건을 뒤지고 신권호와 정덕진이 어디로 도망쳤느냐고 닦달해댔어요."

박우희가 대답했다.

"하지만 그 인간이 그럴 사람은 아니에요! 저를 놔두고 그렇게 도망을 칠 사람은 아니에요!"

문금옥이 소리쳤다.

"아까 남편 분에게 '너 또 뭔가 나쁜 일 꾸미는 거 아니냐'고 말씀하셨다고 했죠? 혹시 남편 분이 전과가 있었나요?"

장리철이 물었다. 문금옥은 한동안 망설이다 입을 열었다. 눈가는 화장이 번져 엉망이었지만 마음은 어느 정도 가라앉힌 듯했다.

"남편이 손재주가 좋았어요. 협력공단 철책에 개구멍을 파서 도둑질을 하다 걸린 적이 있어요. 남북협력공단들이 처음 생길 때만 해도 보안이 지금처럼 삼엄하지는 않았거든요. 그때 이 근처 사람들은 협력공단에 있는 물건을 훔쳐오는 게 나쁜 일이라고 여기지도 않았어요. 이전에 공화국 기업소에 다니던 사람들도 다 했던 일이잖아요. 화장실에 새 휴지가 걸려 있으면, 어차피 누군가 통째로 뜯어서 자기 집에 가져가게 돼요. 그냥 놔두느니 먼저 본 내가 가져오는 게 낫다는 거죠. 전선이나 배관을 훔치는 일도 비일비재했어요."

문금옥은 거기서 말을 멈췄다. 리철이 "그런데요?"라고 물었다.

"점점 남북협력공단 외벽이 꼭 옛날 휴전선처럼 모양새가 살벌해지고 감시가 심해졌어요. CCTV가 달리고, 날카로운 날이 달린 철조망이 서고, 경비견이 여러 마리 오고, 고압 전류가 흐르고……. 훔치는 사람들도 점점 교활해졌죠. 사다리나 담요를 동원해서 철조망을 넘고, 쥐약을 개에게 먹이고, 고장 난 CCTV나 개구멍 정보를 서로 사고팔기도 했어요. 제 남편이 그런 개구멍을 팠다가 걸렸어요. 남편이 직접 만든 건 하나밖에 없는데, 덤터기를 썼대요. 이미 몇 년 된 얘기예요."

리철은 문금옥의 남편 이야기를 곧이곧대로 믿지는 않았지만 일단 고개를 끄덕이며 말했다.

"최태룡이 이 동네 실력자라니, 인민보안부가 태림건설의 꼭두각시처럼 움직였을 거라고는 생각합니다. 그래도 두 남자가 금고를 털어서 달아났다고 할 때에는 뭔가 내세우는 증거가 있었을 것 같은데요."

"증인이 있었어요. 금고가 있던 현장사무소에서 일하던 남자 직원이었어요. 자기가 놔두고 간 물건이 있어서 밤에 사무실에 돌아오다가 제 아들과 금옥이의 남편이 함께 금고를 차로 옮기는 모습을 우연히 목격했대요. 벽에서 뜯어낸 금고를 질질 끌어서 지프차에 싣더라는 거예요. 바로 신고를 해야 했지만 너무 무서워서 그냥 보고만 있었대요."

"순 꽝포(거짓말)죠. 사실은 최태룡의 부하예요. 현장사무소에서 일하는 것도 아니고. 그냥 건달이에요."

박우희의 이야기에 문금옥이 끼어들어 말했다. 박우희가 문금옥의 손을 잡고 이야기를 계속했다.

"그 지프차도 회사 차량인데, 제 아들이 훔친 거라고 했어요. 그 차는 개성으로 가는 도로에서 빈 채로 발견되었어요. 인민보안부에서 하루인가 이틀인가 조사하고 다시 태림건설한테 넘겨줬죠. 그러니까 인민보안부의 이야기를 정리하면, 잘 살고 있던 남자 둘이 가족들한테 다음 주에 뭐할지, 다음 달에 어디 놀러 갈지 이야기하다가 갑자기 어느 날 저녁에 회사 금고를 뜯어내서 차에 싣고 내뺐다는 거예요. 그리고 10킬로미터 정도 가다가 도로 한가운데서 차를 버리고 다른 차로 갈아탔다는 거예요."

불가능한 이야기는 아니라고 리철은 생각했다. 금고를 털어 달아날 생각을 했다면, 그런 계획을 품고 있다는 사실을 주변 사람에게 내색할 필요가 없다. 다음 주에 뭘 먹을지, 다음 달에는 어디로 여행 갈지를 말하며 안심시키는 게 나을 것이다. 어떤 남자들은 어머니나 아내를 우습게 버리기도 한다. 특히 더 젊은 여자와 새 인생을 시작하려 할 때. 먼저 훔친 차로 금고를 옮기고, 감시가 덜한 장소에서 미리 준비한 차로 갈아타는 것은 차량 추적을 피하기 좋은 방법이다.

리철은 이런 말을 하지는 않았다. 그는 대신 다른 걸 물었다.

"금고 속에는 뭐가 들어 있었습니까?"

"다른 업체들에 줘야 할 공사 대금이 들어 있었대요. 5만 달러 정도."

문금옥이 대답했다.

"5만 달러라면 가족을 버릴 정도의 돈이라고 생각하시나요?"

박우희가 장리철의 표정을 살피며 물었다.

"저는 100달러에 딸을 파는 사람도 봤습니다."

리철이 대답했다.

"만약 제 아들이 정말로 최태룡의 돈 5만 달러를 훔쳐서 달아났다면, 지금 제가 이렇게 살아 있지 않을 거라고 생각해요."

박우희가 가방에서 손수건을 꺼내더니 눈에 댔다.

"제 아들이 지금 살아 있을 거라고도 생각하지 않아요. 아마 최태룡의 부하들이 죽여서 어딘가에 파묻었겠죠. 금옥이의 남편과 같이. 하지만 어미된 사람으로서는 굳이 그걸 확인하고 싶은 거예요. 실낱같은 가능성에라도 희망을 걸고 싶은 거예요. 만약에 죽었다면 시체라도 한 번 만져보고 싶어요."

박우희가 어금니를 꽉 깨문 채 말했다. 끝내 눈물은 보이지 않았다. 강한 여자였다.

2

태림건설 임원 회의실에는 ㄷ자 테이블이 있었다. 최태룡은 문에서 가장 멀리 떨어진 가운데 자리에 앉아 있었다. 한쪽으로 그의 두 아들이 앉았다. 다른 한쪽에는 계영묵과 조희순, 박현길이 자리를 잡았다.

얼굴이 엉망진창이 된 최신주는 최태룡의 눈치를 보다가 사촌들 옆에 앉았다. 그러나 사촌들에게 너무 가까이 가지는 않았다. 최태룡의 두 아들도 최신주에게 호의 섞인 눈길을 보내지는 않았다.

"네 입으로 솔직하게 털어놔라. 또 무슨 사고를 친 건지. 조금이라도 꽝포를 쳤다간 대갈통을 까부술 테니 그리 알고."

최태룡이 최신주에게 말했다.

"이건 제 개인적인 문제예요."

최신주가 대답했다. 최태룡이 장남에게 턱짓을 했다. 최태룡의 장남은 아버지의 신호를 받고는 자리에서 일어나 최신주에게 가더니 사촌

동생의 뒷머리를 잡고 그대로 책상에 갖다 박았다. 이마가 벌게져서 일어난 최신주는 소리를 지르며 항변했다. 말을 하는 도중에 아파서라기보다는 분해서 눈물이 흘러나왔다.

"떠돌이였어요! 어떤 떠돌이 녀석과 재수 없게 마주친 것뿐이에요! 그게 전부라고요!"

"무슨 일이 있었는지는 들었다. 네놈이 식당에서 그 떠돌이에게 시비를 걸었고, 얻어터졌고, 그 떠돌이가 묵는 합숙소에 양아치들을 데리고 가서 또 얻어터졌지. 우리 가족 얼굴에 똥칠을 하겠다고 작정한 거냐?"

최태룡의 물음에 최신주는 대답하지 않았다. 그는 최태룡이 평소에는 자신을 없는 사람 취급하고 제대로 된 일도 주지 않으면서 왜 이런 때에만 '가족의 수치'라고 몰아세우는지 알 수가 없었다. 최신주는 그게 자기의 안면기형 탓일 거라고 생각했다.

"이게 왜 너의 개인적인 일이 아닌지 이유를 알려주지. 우선 너는 내 아들이야. 지금은 너 같은 새끼는 굶어 죽도록 놔뒀어야 했다고 생각하지만 어쨌든 네 아버지가 죽을 때에는 그런 사실을 몰랐단 말이야. 그래서 너를 내가 입양해왔어. 그리고 네가 내 자식이라고 호적에 올라가 있는 한 나 외에는 누구도 너를 건드리면 안 돼. 그건 곧 나를 건드리는 거야.

둘째로 그 떠돌이라는 자가 의심스러워. 너는 잘 모르겠지만 여기 계 부장과 조 부장이 얼마 전 백고구마에게 멋지게 한 방을 먹였다. 그래서 평화유지군이 움직이게 됐어. 평화유지군이 백고구마의 무기고를 찾아내서 털고 간부 두 놈을 체포했지. 백고구마는 끔찍하게 아끼던 첩이랑 세 살짜리 애새끼도 버리고 도망쳤어. 그 첩년은 내가 직접 찾아가서 귀여워해줬다. 소문 퍼지라고 한 일이었으니까 지금쯤 당연히 백고구마의 귀에도 그 얘기가 들어갔겠지.

이런 상황에서 백고구마는 무슨 생각을 할까? 이 최태룡에 대한 원한으로 부글부글하지 않을까? 혹시 수중에 있는 돈을 탈탈 털어 아주 유능한 해결사를 고용할 생각을 한 건 아닐까? 그 떠돌이는 백고구마가 고용한 암살자 아닐까?"

최태룡이 말했다.

"처음 보는 얼굴이었어요."

"당연히 처음 봤겠지. 백고구마가 네가 얼굴 아는 놈을 고용했을 것 같으냐?"

최태룡이 탁자를 내리쳤다.

"그놈도 저를 모르는 눈치였어요! 그놈이 저한테 먼저 덤빈 것도 아니었고, 제가 그놈에게 시비를 건 것도 아니었어요! 그냥 다 우연이었다고요. 저를 갖고 노는 에미나이가 있어요. 남조선에 갔다 오더니 콧대가 높아져서, 남자 알기를 우습게 아는 년이에요. 그년 애비를 함바집에서 우연히 마주쳤는데, 그 애비라는 놈이 식권으로 장난질을 치고 있기에 제가 그러면 안 된다고 제지한 거예요. 그런데 떠돌이 놈이 갑자기 저희 싸움에 끼어들어 저에게 한 방 먹이고는 도망갔어요. 그래서 친구들을 모아서 떠돌이 놈이 묵고 있는 곳을 찾아갔는데, 그놈이 너무 강했어요. 그게 전부예요.

그놈이 정말 무슨 해결사라면 저를 그렇게 곱게 보내주지도 않았겠죠. 그 녀석은 저한테 아무것도 묻지 않았다고요. 그냥 이곳저곳 떠돌아다니면서 기분 나쁠 때 아무나 붙잡고 행패를 부리는데, 공교롭게 싸움 실력이 좋은 녀석 같았어요."

최신주가 말했다.

"계 부장, 어떻게 생각해?"

최태룡이 계영묵에게 물었다.

"식당에서 싸움이 벌어진 계기만 빼면 제가 들은 얘기랑 일치합니다. 그리고 백상구의 지시를 받는 자라면 처음부터 사장님을 찾아오거나 두 아드님을 노렸을 것 같습니다."

"얼굴 병신 조카 따위를 두들겨 패서 무슨 소용이 있겠어요?"

최신주가 거들었다. 최태룡은 대꾸를 하는 대신 한참 동안 최신주를 똑바로 쳐다보았다. 최신주가 큰아버지의 얼굴을 제대로 쳐다보지 못하고 이리저리 눈을 피하고 있을 때 최태룡이 말했다.

"신주야, 너 이리 와봐라."

최신주는 엉거주춤한 포즈로 그에게 걸어왔다. 최태룡은 자기 앞에 선 최신주를 한참 관찰했다. 그러더니 냅다 조카의 따귀를 후려갈겼다.

"큰아버지, 다른 사람들 앞에서 이게 무슨……."

얼굴이 벌게진 최신주가 항의했다. 그 말이 미처 끝나기도 전에 최태룡이 그의 배를 발로 찼다. 바닥에 엉덩방아를 찧은 최신주는 이번에는 아무 말도 하지 않았다.

"너 요즘도 빙두하지? 제일 최근에 빙두한 게 언제야?"

최태룡이 쓰러진 최신주를 걷어차며 물었다.

"안 해요."

최신주가 큰아버지의 발길질을 팔로 막으며 대답했다.

"아니긴 뭐가 아냐, 이 종간나 새끼야! 네 아버지가 생각나서 빙두를 한 건가? 따라가려고? 이 새끼야, 네 애비가 왜 돼졌는지 알아? 내가 그 새끼를 안 패서 그렇게 돼진 거야. 내가 문명적으로, 신사적으로 대해줘서 빙두를 못 끊은 거야."

씩씩거리며 조카를 걷어차던 최태룡이 발길질을 멈췄다. 최신주가 슬그머니 고개를 들자 최태룡은 한숨을 내쉬고는 말했다.

"조 부장!"

"네."

"이 간나 새끼 어디 좀 끌고 가서 패줘라. 다시는 빙두 생각 못 하게. 병신 만들지만 말고 아주 흠씬 혼을 좀 내줘라. 기절하는 건 괜찮다."

"그러죠."

조희순이 고개를 숙이고 자리에서 일어났다.

"큰아버지, 내 다시는 빙두 안 하겠소! 큰아버지! 아버지! 한 번만 살려주시오!"

최신주가 얼굴이 새파랗게 질려서는 최태룡의 바짓가랑이를 잡고 늘어졌다. 조금 전까지, 최태룡에게 얻어맞으면서도 얼마간 여유가 있던 것에 비하면 딴판인 태도였다.

조카가 질질 끌려가는 걸 보면서 최태룡은 담배를 꺼내 물었다. 북한의 최고급 담배인 '금수강산'이었다. 계영묵이 라이터를 꺼내 최태룡이 문 담배에 불을 붙이고 테이블 한구석에 놓여 있던 재떨이를 앞으로 가져왔다.

조희순이 최신주의 멱살을 잡고 회의실 문을 열었을 때 문밖에는 마침 평화유지군 헌병대 중령이 서 있었다. 헌병대장은 조희순이 최신주를 질질 끌고 갈 수 있도록 옆으로 한 걸음 물러났다.

"뭐야?"

끌려가는 최신주를 보며 헌병대장이 최태룡에게 물었다.

"세상 어느 집안에나 말 안 듣는 말썽쟁이 자식이 하나씩은 있는 거 아니겠어. 우리 집안에는 저 녀석이야."

최태룡이 환영의 의미로 한 손을 들어 올리며 말했다. 최태룡 옆에 앉아 있던 계영묵이 옆자리로 옮겨 앉았다. 헌병대장은 조금 전까지 계영묵이 앉아 있던 자리에 털썩 앉고는 테이블에 놓인 금수강산 담뱃갑에서 주인 허락 없이 담배를 한 개비 꺼내 물었다. 최태룡이 헌병대장의 담배에 불을 붙여주었다.

"며칠 전까지는 일개 건설업자는 만나줄 수도 없을 것처럼 바쁜 척하더니…… 무슨 일이야? 왜 전화로는 얘기를 못해?"

최태룡이 담배 연기를 뿜으며 물었다.

헌병대장이 최태룡의 두 아들과 계영묵, 박현길의 얼굴을 쳐다보았다.

"계영묵 부장이나 박현길 차장하고는 초면이 아닐 거고, 저기는 내 자식들이고, 여기 못 믿을 사람이 누구 있나?"

최태룡이 말했다. 헌병대장은 담배를 한 모금 길게 빨더니 용건을 말했다.

"말레이시아 군인을 하나 죽여줬으면 해서."

*

　평화유지군 한국군 부대에서 잡일은 거의 대부분 북한 출신 군무원에게 맡겼다. 그건 일자리 정책이기도 했다. 영어 통역 능력이 있는 북한 사람은 드물어도, 운전을 할 줄 아는 사람이야 많았다. 문제는 차량이었다. 강민준으로서는 이해할 수 없는 불합리하고 부조리한 이유로 배차가 되지 않았다. 민준과 롱 대위, 그리고 운전을 맡은 북한 출신 젊은 군무원은 두 시간가량 그들이 탈 차를 기다렸다.

　오전 11시가 넘어서야 운전병이 구형 소나타를 행정계 앞으로 끌고 왔고, 군무원이 차 열쇠를 넘겨받았다. 그때야 그들은 겨우 출발할 수 있었다. 목적지는 총격전이 벌어진 분계선 근처 백상구의 마약 기지였다. 민준이 조수석에, 롱은 뒷좌석에 앉았다.

　가뜩이나 출발도 늦었는데 길까지 막혔다. 제일 우측 차선은 잡상인들이 점거하다시피 했고, 그 옆 차선에는 리어카와 달구지 같은 것들이 다녔다. 20년은 되어 보이는 고물차도 한 대 길바닥에 퍼져 있었다. 이제는 사라진 북한 평화자동차가 만든 승용차 '휘파람'인 것 같았으나, 차가 하도 낡아서 확실치는 않았다.

　도로 밖 풍경은 썰렁하기 그지없었다. 민준은 북한에 와서야 김동인이 조선을 상징하는 풍경으로 쓴 「붉은 산」이 어떤 광경을 가리키는지 알게 되었다. 남한에서는 한 번도 그런 정도의 민둥산을 본 적이 없었던 것이다. 처음 재소집 명령을 받고 분계선을 넘어 개성훈련소로 향할 때에는 외계 행성에 착륙한 듯한 기분이 들었다. 나무라고는 한 그루도 찾아볼 수 없는 시뻘겋고 거대한 흙더미 아래를 지나다 보니 자신이 지구에 있다는 생각이 안 들었다. 비탈과 골짜기의 벗은 모습은 어떤 의미에서는 경이롭기까지 했다.

"대한민국 정부가 북한 지역 산림녹화사업에 매년 수십 억 원을 쓰고 있다는 사실을 알고 계신가요?"

롱 대위가 뒷좌석에서 영어로 물었다.

"그런가요? 몰랐습니다. 돈을 더 들여야겠네요. 여기는 묘목도 안 심겨 있으니 말입니다."

민준이 대답했다.

"나무 한 그루를 심는 비용이 남한보다 북한이 훨씬 더 비싼 건 아시나요?"

롱이 다시 물었다.

"그것도 몰랐습니다. 추워서 그런가 보죠? 아니면 토양이 척박해서?"

"산림녹화사업 예산의 절반이 중간에 사라지기 때문이죠. 북한 고위 공무원들이 이리저리 예산을 전용하거나 착복을 하고, 하위 공무원과 용역업체들이 또 제 몫을 챙기고요. 북한 하위 공무원들의 청렴도는 안 좋은 쪽으로 세계 1위일 거예요. 그나마도 나무를 심어놓으면 북한 주민들이 밤에 몰래 뽑아가거나 주변에 소금을 뿌려 말려 죽이죠. 아직까지 나무로 땔감을 때는 집들이 많고, 또 나무가 잘 자라면 그 지역에는 산림녹화사업을 하지 않을 거라고 사람들이 우려하거든요. 그러면 손쉽게 돈을 벌 수 있는 일자리가 사라질 거라고 생각하는 거죠."

민준은 쓴웃음을 지었다. 북한과 북한 사람들을 자신과 연관 지어 생각해본 적이 없는데도, 외국인이 그런 말을 하자 발끈하는 마음이 일었다. 사실 전날부터 그런 반발심을 느끼고 있었다. 민준은 롱의 말에 대꾸하는 대신 군무원에게 말을 걸었다.

"이 차에 오디오 없나요? 요즘 젊은 분들 좋아하는 음악 좀 들읍시다. 롱 대위님, 음악 좀 틀어도 괜찮죠?"

롱은 썩 반기는 표정은 아니었지만 딱히 반대하지도 않았다. 군무원이 주머니에서 메모리스틱을 하나 꺼내더니 카스테레오에 꽂았다. 남한에서 한창 인기몰이 중인 걸그룹의 노래가 나왔다. 난해한 가사와 공격적인 힙합 스타일을 개성으로 삼은 걸그룹이라 북한 청년들에게 인기 있을 것 같지 않았는데, 꼭 그렇지도 않은 듯했다.

"그런데 말 놓으십시오, 대위님. 제가 불편합니다."

"그래요? 난 이게 편한데요."

민준이 심드렁하게 대꾸했다. 군무원은 잠시 민준의 눈치를 살피다가 히죽 웃더니 "대위님은 다른 분하고 다르십니다"라고 말했다.

"그래요? 다른 사람들은 어떤데요?"

"다른 남측 장교님들은 다들 뭐랄까……. 화가 나 있으십니다. 그리고 억울해하십니다. 그걸 저희한테 풀려고 하십니다. 저희가 평화유지군더러 북조선에 와달라고 한 것도 아닌데 말입니다."

군무원이 무슨 이야기를 하는지는 민준도 재깍 이해했다. 실제로 그랬다. 그의 동기들 대다수가 사회에서도 저런 인간들이었을까 싶을 정도로 괴상하게 행동했다. 아마도 '군대 두 번 왔다'는 분통과 억울함, 그리고 군복만 입으면 성격이 변하는 한국 남자들 특유의 습성 때문인 것 같았다.

몇몇은 그런 울화를 북한 출신 군무원들에게 노골적으로 터뜨렸다. 일제시대에 일본군 장교들이 조선인 부하를 그렇게 대하지 않았을까. 북한 군무원들 자체가 한국 장교들 앞에서 지나치게 비굴하게 굴기도 했고, 또 남한 기준으로는 북한 사람들이 일을 하는 모양새나 밥 먹듯이 거짓말을 늘어놓는 행태를 도저히 좋게 봐줄 수 없었다. 먼저 북한에 온 선배 장교들이나 외국인 군인들이 북한 사람들을 막 대하는 태도를 보고 배운 측면도 있었다. 민준은 다시 한 번 씁쓸하게 웃었다.

민준은 군무원에게 장풍 근처 정세에 대해 물었고, 군무원은 반대로 민준에게 남한 정치에 대해 물었다. 민준은 북한 군무원이 남한 정치에 대해 하는 이야기를 들으며 우스꽝스러움과 위화감을 동시에 느꼈다. 남한의 하릴없는 늙은이들이 술집에서 늘어놓는 정치인 욕과는 기묘하게 달랐다. 개별 정치인의 성격이나 습관, 인맥에 대해서는 엄청나게 해박하면서도 결론은 항상 엉뚱했다.

민준은 잠시 뒤에 그 이유를 알아차렸다. 이 북한 청년은 의회민주주의나 삼권분립과 같은 원칙에 대해 기이할 정도로 무지했다. 여야 합의라든가 당정 협의와 같은 개념은 전혀 이해하지 못했다. 여당이 정권을 잡고 있지만 야당을 신경 쓰지 않을 수 없다든가, 입법부와 행정부가 갈등을 일으킬 수 있다든가 하는 건 청년의 상상력 밖이었다.

정책 결정은 몇몇 힘 있는 인물들이 각자의 상황에 따라 아무런 규칙 없이 정하는 걸로 알고 있었다. 그게 김씨 왕조 시대 조선민주주의인 민공화국의 정치였다.

군무원이 실컷 자신이 구상하는 통일 시나리오와 이를 위해 남한 정치인들이 각자 맡아야 할 역할을 역설하는 동안, 그들이 탄 차량은 3킬로미터 정도 앞으로 나아갔다. 고통스러울 정도로 더딘 속도였다. 가끔은 폐지며 빈 병, 깡통 같은 고물을 산더미처럼 싣고 가는 옆 차선의 리어카들과 나란히 갔다.

그때쯤에서야 그들은 왜 그토록 길이 막혔는지 이유를 알게 되었다. 부랑자들이 차로를 점거하고 승용차 안에 탄 사람들을 상대로 구걸을 하고 있었다. 걸인 무리들이 집단으로 길을 막고 집단 동냥을 하는 일이 종종 있다고 했다. 무허가 톨게이트인 셈이었다.

구걸하는 이들의 연령대는 다양했다. 꼬부랑 노인도 있었고 열 살쯤 되어 보이는 소년 소녀도 있었다. 꾀죄죄한 천 쪼가리를 걸친 사람들이 민준과 롱이 탄 차의 창문을 두드리고 두 손을 모아 돈을 달라는 시늉을 했다.

"거지 새끼들, 일을 해야지, 일을. 대가리 속이 썩었어. 김씨 왕조 때 아주 버릇이 잘못 들었어요."

군무원이 욕을 퍼부었다. 아무리 경적을 울리고 사이렌을 켜도 걸인들은 물러날 줄을 몰랐다. 롱과 민준은 어찌할 바를 몰라 남한 걸그룹의 노래를 들으며 차 안에서 잠자코 있었다.

그때 경광등을 단 흰색 오토바이 두 대가 왔다. 콧수염을 기른 백인 부사관 두 명이 유엔 평화유지군의 상징인 하늘색 헬멧을 쓰고 오토바이를 타고 있었다. 백인 군인들은 오토바이를 세우더니 긴장된 표정으로 주변을 둘러보았다. 부대 마크가 잘 보이지 않아 어느 나라 군인들인지는 알 수 없었다.

평화유지군이 오자 도로 위의 분위기가 사뭇 달라졌다. '백두혈통이 이끄는 태양민족'에 대한 교육을 받고 자라온 북한 주민들의 인종차별 의식은 묘한 데가 있었다. 동남아시아 국가 출신 평화유지군을 대할 때는 노골적으로 무시하면서도 크게 저항하지는 않았다. 그러나 네덜란드나 핀란드 군인 앞에서는 필요 이상으로 허둥지둥하거나 반대로 신경질적인 반응을 보이곤 했다. 백인 앞에서 콤플렉스를 느끼는 것인지 아니면 그들을 보면 '원쑤'인 미군이 연상되는지 알 수 없었다.

백인 부사관 두 사람이 걸인들에게 도로 밖으로 나가라는 손짓을 했다. 어린 부랑자들은 얼른 눈치를 채고 지시에 따랐다. 하지만 정신이 온전치 못해 보이는 사람이나 노인들은 지금이 무슨 상황인지 모르는 것 같았다. 노인 하나는 도리어 백인 부사관을 향해 걸어갔다. 살짝 맛이 간 듯한 거지 노인은 양팔을 벌리고 부사관에게 뭐라고 떠들어대고 있었다. 군인이 가까이 오지 말라는 시늉을 했지만 노인은 무시했다. 옆에 서 있던 동료 군인이 노인에게 소총을 겨누었다.

차에 앉은 민준은 멀뚱멀뚱 밖을 내다보면서 '설마 저거 진짜로 총을 쏘려는 건 아니겠지?'라는 생각을 하고 있었다. 밖으로 나가 통역을 해줄까 하는 마음도 잠시 들었지만, 괜히 나섰다가 엉뚱한 곤경에 빠지지 않을까 꺼려지는 마음이 더 컸다. 총을 겨눈 군인이 안전장치를 풀 때까지만 해도 그런 심정이었다.

"저거, 정말 총 쏘려는 건 아니겠죠?"

"에이, 설마……. 사람도 이렇게 많은데……. 그냥 겁이나 좀 주고 말겠죠."

민준의 질문에 군무원이 자신 없는 목소리로 대답했다. 민준은 백미러로 롱의 얼굴을 살폈다. 롱은 짜증과 무심함이 반씩 섞인 싸늘한 표정을 짓고 있었다.

상대가 더 다가오자 백인 부사관은 소총 개머리판으로 걸인의 머리를 후려갈겼다. 쓰러진 노인을 다른 군인이 신속히 길 밖으로 끌어냈다. 민준은 백인 군인들 역시 겁을 먹었을 거라고 생각했다. 부랑자들 중에 누군가가 칼을 꺼내 덤빈다 해도 이상하지 않은 상황이었다.

백인 부사관 하나가 하늘을 향해 총을 쏘았다. 공포탄인지 실탄인지는 알 수 없었다. 부랑자들이 흩어지기 시작했다.

*

"말 같은 소리를 해. 우리더러 평화유지군 전체를 적으로 돌리라고? 이건 위험하고 말고의 문제가 아냐. 조선놈 백 명을 죽여도 평화유지군 장교는 한 명도 못 죽여."

최태룡이 코웃음을 쳤다.

"백고구마 부하가 벌인 짓이라고 하면 되잖아. 아니면 동네 또라이 하나가 그냥 습격한 걸로 꾸며도 되고. 그 여자 예뻐. 예쁘니까 밤길 걷다가 납치당해서 시체로 발견될 수도 있는 거야."

헌병대장이 말했다.

"그 말레이시아 대위가 얼마나 예쁜지 모르겠지만, 부대 밖에서 혼자 밤길을 걷지 않는 건 알아. 게다가 무장을 하고 있을 거 아냐. 말이 되는 소리를 해."

"자네 부하들 실력 좋던데. 그 정도도 못하나?"

헌병대장이 계영묵과 박현길을 가리키며 우겼다.

그때 마침 조희순이 문을 열고 들어왔다. 조희순이 입고 있는 셔츠에는 피가 몇 방울 튀어 있었다. 조희순은 헌병대장에게 목례를 하고 건너편 자리에 앉았다.

"중령, 당신이 잘 모르는 얘기를 해줄게. 말레이시아 대위가 장풍에서 죽으면 평화유지군이 여기 인민보안부를 족칠 거야. 그러면 인민보안부 애들이 우리를 족치겠지. 그러면 우리가 범인을 만들어서 놈들한테 갖다 바쳐야 돼. 설사 우리가 그 계집을 죽이지 않았다 해도 그래. 그런 게 여기 인민보안부와 우리의 관계야. 인민보안부가 곤란한 상황에 빠지면 무조건 우리가 도와야 하는 거야. 그래야 우리가 곤란한 상황에 빠져도 인민보안부가 우리를 도와줘. 범인은 한 명으로는 안 되고 최소한 두세 명은 만들어야 할 거야. 그래야 인민보안부 체면도 서고, 죽은 장교 체면도 서고, 평화유지군 체면도 서.

남조선 법정은 살인범한테도 관대하지. 사람 하나 죽인다고 사형당하는 경우는 없다며? 공화국은 그런 거 없어. 특히나 평화유지군 장교를 죽였다면 바로 사형이야. 여기서는 재판받고 형 집행할 때까지 시간도 짧아. 1, 2년 옥살이 하고 나올 녀석 찾는 것도 쉬운 일이 아닌데 사형당할 사람을 둘이나 만들어내라고? 턱도 없어. 우리는 오히려 그 말레이시아 군인이 어디서 다치지 않게 지켜야 할 처지야."

최태룡이 말했다.

"그러게 애초에 욕심을 정도껏 부렸어야지. 혼자서 백고구마 부하들을 셋이나 쏴 죽였다고 거짓 보고를 하니까 의심을 받는 거 아뇨."

최태룡의 첫째 아들이 입을 열었다. 최태룡의 둘째 아들이 형의 말에 싱긋 웃었다.

"눈호랑이 작전."

헌병대장이 말했다. 잠시 아무도 말을 하지 않았다.

"그게 뭔데? 무슨 소리야?"

최태룡이 물었다.

"눈호랑이 작전 말이야. 나도 눈호랑이 작전이 뭔지 알아."

헌병대장이 말했다.

"내가 뭐라고 반응을 해야 하는 거야, 지금? 혹시 우리가 뭔지 모르는 이야기로 우리를 협박하는 거야?"

"최태룡 사장, 연기 그만해. 방금 속이 철렁 내려앉았잖아. 잘 생각해 보라고. 내가 눈호랑이 작전을 망치는 거랑 그 말레이시아 년이 장풍에서 강도를 당해 죽는 거랑 어느 게 당신한테 더 사업상 불이익이 될지. 말레이시아 년이 어디 있는지 위치가 궁금하거나 어디로 유인해달라고 요청할 일이 있으면 나한테 전화하고."

헌병대장은 자리에서 일어났다. 그는 회의실 문을 열고 나가면서

"잘 생각해봐, 눈호랑이 작전"이라고 한 번 더 강조했다.

*

"이거 아무래도 현장에 도착하면 식사 때를 넘기겠는데……. 대위님, 적당한 데서 식사를 하고 가시는 게 어떻겠습니까?"

강민준이 죽을상을 지으며 말한 게 효과가 있었는지, 롱도 고개를 끄덕였다.

그들은 '평양냉면·단고기'라는 간판이 붙은 2층 건물 옆에 차를 세웠다. 민준은 롱이 단고기가 뭐냐고 물으면 거짓말을 해야겠다고 생각했다. 그 주변에는 걸인들이 없었는데 식당이 도로에서 다소 떨어져 있기 때문인 것 같기도 했고, 주차장을 지키는 험악한 인상의 사내들 때문인 것 같기도 했다.

식당 주차장에는 고급 차들이 가득했다. 벤츠와 BMW도 몇 대 있었다. 군무원이 그중 한 대를 보고 말했다.

"황동오 이 새끼, 일은 안 하고 만날 단고기만 처먹으러 다니는구나."

"누구 아시는 분이 있나 봐요?"

민준이 물었다.

"예. 저 BMW 주인이요."

군무원이 짧게 대답했다.

"뭐 하는 사람인데요?"

"헌병대 군무원이에요. 저 새끼는 차가 세 대예요. 마누라한테 한 대

주고, 자기는 부대 안으로는 허름한 똥차를 몰고 오고, 부대 밖에서 거드름 피울 때에는 BMW를 끌고 다녀요. 부대 앞에 유료 주차장이 있단 말입니다. 거기서 차를 바꿔 타요. 고작 점심 먹으러 오면서 차를 바꿔 탄 것 좀 보세요."

군무원이 대답했다.

"헌병대 군무원이라고요? 그러면 그 헌병대장 밑에서 일하는 거예요?"

"네, 저 새끼가 그 헌병대장이랑 아주 딱친구(단짝)예요."

그들은 육개장과 만두를 먹었다. 음식 맛은 나쁘지 않았다. 롱도 익숙하게 국밥을 먹었다. 사실 민준은 기름과 조미료를 덜 쓰고 심심하게 만드는 북한 요리가 남한 음식보다 낫다고 생각했다.

두세 숟갈 정도 밥을 먹었을 때 옆 테이블에서 만두를 먹던 중년 사내가 민준과 롱을 향해 걸어왔다. 허름한 점퍼 차림이기는 했지만 정신이 이상한 사람 같지는 않았다. 그의 정체를 궁금해하던 민준 앞에 사내가 와서 섰다.

"15호 관리소에 있었습니다."

사내가 민준에게 말했다.

"네?"

민준이 밥을 먹다 말고 사내를 쳐다봤다.

"요덕 정치범수용소 말입니다. 혁명화구역에 있었습니다."

"야, 저리 안 꺼져?"

군무원이 사내를 매섭게 노려보며 말했다.

"군복 차림으로 있으면 종종 일어나는 일이에요. 눈길 주지 마세요."

롱이 덤덤한 말투로 민준에게 말했다. 롱의 말을 듣고 민준은 시선을 밥그릇으로 고정했지만 사내는 끝까지 민준을 물고 늘어졌다.

"아내와 딸과 함께 끌려가서 다 죽고 저만 남았습니다."

"어……. 선생님, 그러면 보상위원회에 가서 말씀을 하시지요. 그 반인권……."

민준이 더듬거리며 대답했다.

"무슨 보상위원회요?"

사내가 물었다.

"그…… 반인권범죄피해자보상심의위원회요."

민준은 간신히 위원회 이름을 기억해냈다.

"그 위원회가 어디에 있습니까?"

"그…… 왜 광고판 같은 거 여기저기에 세워져 있지 않나요? 전화번호랑 같이."

"가봤습니다. 가봤는데, 제가 요덕에 없었다고 합니다."

사내가 대답했다.

"아니, 아까는 위원회를 모르는 것처럼 말씀하셨잖아요?"

"아내가 강간을 당해 죽었습니다. 굶어서 배가 부풀었는데 보위원이 임신한 걸로 오해해서 때려죽였습니다."

"미친놈, 저리 안 꺼지네?"

군무원이 숟가락으로 식탁을 세게 내리치며 사내를 위협했다.

"저, 선생님, 그게 저한테 말씀하실 문제가 아닌 것 같습……."

"딸아이를 찾고 싶습니다. 딸을 찾게 도와주십시오."

사내가 갑자기 무릎을 꿇더니 민준의 한쪽 다리를 잡았다.

"미친놈이 어디서 수작질이야? 이 새끼 이거, 순 거짓말이에요. 보상금 타먹으려고 거짓말하는 거예요."

군무원이 사내와 민준을 번갈아보며 말했다. 그는 민준에게 빨리 먹고 밖으로 나가자는 눈짓을 해보였다. 민준이 자리에서 일어나자 사내는 더욱 필사적으로 매달렸다. 민준은 간신히 사내를 떨치고 차로 돌아왔다. 화장실에 가고 싶었지만 사내를 또 마주칠까 두려워 그냥 참기로 했다.

*

"저 새끼가 어떻게 눈호랑이 작전을 아는 거지?"

최태룡이 눈에 살기를 품고 말했다. 하지만 말투는 더없이 부드러웠다.

"꽝포예요. 아는 건 하나도 없으면서 그냥 눈호랑이 작전이라는 단어를 주워섬기면서 구라 치는 겁니다."

최태룡의 둘째 아들이 말했다.

"그건 당연하지. 눈호랑이 작전이 뭔지 안다면 저렇게 입 밖으로 꺼낼 리가 없어. 문제는, 저 새끼가 애초에 눈호랑이 작전이라는 말을 어디서 들었느냔 말이다. 눈호랑이 작전에 대해 아는 사람이 누가 있지?"

최태룡이 물었다.

"저희 여섯 사람뿐인데요. 조금 전까지는 그런 줄 알았습니다."

최태룡의 첫째 아들이 말했다.

"얘들아, 차분히 생각을 해보자꾸나. 눈호랑이 작전에 대해 아는 사람이 우리 여섯 명이 전부는 아니지. 장풍군이 세상 전부인 것처럼 착각해서는 안 돼. 당연히 조선해방군이나 개성섬유봉제협회에도 눈호랑이에 대해 아는 자들이 몇 있다. 그러니까 평화유지군이 조선해방군이나 개성 조직을 상대로 정보수집 활동을 벌이다가 눈호랑이 작전에 대해 들을 수도 있을 거야. 그 정보가 흘러 흘러 헌병대장의 귀에까지 닿을 수도 있겠고. 그렇지?"

최태룡이 물었다.

"그렇죠……."

둘째 아들이 신음하듯이 대답했다. 그는 아버지가 가장 무서워지기 직전에 가장 부드러워진다는 사실을 알고 있었다. 이런 때 바보 같은 대답은 용납되지 않는다.

최태룡의 장남은 아버지의 미끼를 물지 않았다.

"하지만 저 중령 녀석은 그걸 우리랑 연관시켰습니다. 우리를 협박했고요. 깊이 아는 것 같지는 않지만 분명히 뭔가 알고 있어요."

"어쩌면 저자에게 그 정보를 전해준 자는 더 많이 알고 있을지도 몰라. 그렇지?"

최태룡이 물었다.

"맞습니다."

두 아들이 동시에 대답했다. 계영묵과 조희순은 가만히 있었다. 이

것은 일종의 경영 수업이었다.

"그게 누굴까? 너희들 중에 눈호랑이 작전에 대해 외부인에게 말한 사람은 없니? 술김에 실수로라도 말이다."

"없습니다."

두 아들이 입을 모았다.

"저희도 없습니다."

계영묵이 대답했다.

"황동오일 가능성이 있어요."

최태룡의 둘째 아들이 말했다.

"황동오? 그 못생긴 군무원 말이냐?"

"눈호랑이 작전에 대해 들었을 가능성이 있는 자들이 둘 있어요. 작업을 하느라 인부 두 명을 불렀잖아요. 그중 한 명이 남북협력공단으로 이어지는 개구멍을 혼자서 여덟 개나 팠다는 놈이었어요. 그 인부 놈이 개구멍 때문에 감옥에 갔다 나왔을 때 황동오가 인력사무소들에 전화를 돌려서 앞으로 그놈한테 일자리를 주는 업체는 부대 공사는 받을 생각 말라고 으름장을 놨죠. 그 뒤에 저희가 눈호랑이 작전에 필요한 사람을 구할 때 그 개구멍 전문가 생각이 났고, 그래서 그자가 어디에 사는지 알아보려고 황동오에게 연락을 했어요. 죽은 인부들이랑 헌병대장 사이의 연결고리는 황동오예요."

둘째 아들이 설명했다.

"황동오가 헌병대장이랑 아주 친합니다. 헌병대장은 그 못생긴 녀석을 자기 수족이라고 여길 테지만, 제가 보기에는 황동오가 헌병대장을 앞세워서 이것저것 해먹는 게 몇 배 더 많아요. 앞에서만 굽실거릴 뿐이죠. 군무원들의 정체를 제대로 아는 한국군 장교는 드물어요."

장남이 끼어들었다.

"어쩌면 황동오가 개구멍 전문가를 따로 만났을 수도 있어요. 태림건설이 너를 왜 찾은 거냐고 물으면서 뜯어먹을 거리를 살폈을 수도 있죠. 그때 눈호랑이 작전 이야기를 들었을지도 몰라요."

둘째가 말했다.

"일리 있는 이야기다. 일단 황동오를 족쳐보자."

최태룡이 말했다. 최태룡의 아들들은 아버지가 처음부터 그 답을 준비하고 있었다는 인상을 받았다.

"오늘 저녁에 황동오를 찾아가겠습니다. 눈호랑이 작전에 대해서 너무 상세히 알고 있는 것 같으면 그냥 그 자리에서 죽이고 적당히 사고사로 위장해버릴까요?"

계영묵이 물었다.

"아니, 평화유지군에 관련된 사람을 한꺼번에 두 명 이상 죽일 수는 없을 거야. 너무 티가 나니까. 지금 우리 형편에는 딱 한 명만 죽이는 게 나아. 그게 누구겠니?"

최태룡이 아들들에게 물었다. 두 아들은 서로 얼굴을 바라보았다.

"헌병대장……이요?"

둘째가 되물었다.

"그래. 너희들도 이걸 교훈으로 삼거라. 거래 관계에 있는 상대를 이런 식으로 몰아붙이면 안 돼. 헌병대장은 지금 우리에게 선택지를 안

준 거야. 우리 입장에서는 말레이시아 대위를 죽이든지 한국군 중령을 죽이든지 어차피 평화유지군 장교를 죽인다는 부담은 똑같은데, 말레이시아 대위를 죽이면 헌병대장에게 그것까지 약점으로 잡히겠지. 헌병대장을 죽이면 여러 가지 골칫거리를 한 번에 정리할 수 있는 셈이고. 우리 말고 누가 더 눈호랑이 작전에 대해 알고 있는지, 그게 황동오가 맞는지, 맞는다면 어디까지 아는 건지 파악하는 건 물론 중요해. 하지만 그것과 상관없이 헌병대장은 이참에 제거하자. 서두르는 편이 좋겠지. 가능하면 죽이기 전에 심문을 할 수 있으면 좋겠지만, 몸에 이상한 상처라도 남으면 곤란하고."

최태룡이 말했다.

"오늘 중에 처리하겠습니다."

계영묵이 말했다.

"헌병대장을 제거하고 나서 최신주를 공격했다는 떠돌이의 소행으로 꾸미면 어떨까요. 백상구가 그 떠돌이를 보냈고, 그 떠돌이가 헌병대장에게 복수를 한 걸로 보이게 한다면."

첫째 아들이 제안했다.

"좋은 생각이다. 가짜 목격자를 한 사람 만들어두면 좋겠다. 그 떠돌이도 평화유지군이나 인민보안부보다 우리가 먼저 찾아내는 게 낫겠다. 내일 오후에 중요한 손님들이 오시는 건 다들 잊지 않았겠지. 그 손님들 맞이하는데 행여 차질이 생기면 안 돼. 여태까지 준비 작업이었다면 눈호랑이 작전의 진짜 시작은 내일부터다."

최태룡이 말했다.

"눈썹 아래로 흉터가 길게 있는 놈 찾는 게 어렵지는 않을 겁니다. 그런 자를 발견하면 바로 연락하라고 지시하겠습니다. 헌병대장은 제가 알아서 처리하고 황동오에게는 조희순과 박현길을 보내겠습니다."

계영묵이 말했다.

"황동오는 제 아내를 굉장히 아껴요. 가뜩이나 못생긴 녀석이 나이가 열 살 넘게 차이 나는 어린 여자애랑 결혼을 했는데, 밤길에 걸어 다니지 말라고 자동차까지 한 대 사줬어요. 그 여자애를 황동오 앞에서 두들겨 패면 다 실토할 거예요."

최태룡의 둘째 아들이 조희순과 박현길을 향해 말했다.

"두들겨 팰 수도 있고, 예뻐해줄 수도 있지. 황동오가 더 보기 싫어하는 쪽으로 하지."

조희순이 웃었다.

3

"제가 여러분의 아들과 남편을 찾는 일을 도와드리고, 그 대신 제가 최태룡 조직에 있는 전직 신천복수대원들을 찾는 일을 여러분이 도와주신다. 그 거래 자체는 좋습니다. 하지만 제가 어떻게 도와드려야 할지는 잘 모르겠군요. 저는 이 동네에 아는 사람도 없고, 여러분 가족의 이야기를 누구한테 물어야 할지도 모릅니다."

장풍버거에서 여자들의 이야기를 듣던 장리철이 말했다.

"착한 분이시네요. 불공정거래가 될까 봐 염려해주신다는 거죠? 걱정하실 것 없어요. 만나야 할 사람들의 목록은 이미 만들어놨어요. 저희끼리 찾아가면 대화가 안 되는 사람들이죠."

박우희가 대답했다. 그녀의 목소리는 다시 건조해져 있었다.

"제가 할 일은 사람들에게 겁을 주거나 윽박지르는 건가 보군요."

"하지만 저희가 제공할 정보는 다른 데서 구할 수 없는 종류라고 말쐺드릴 수 있어요. 아까 장풍에서 장사하는 여자들끼리만 가입한 대화 방이 있다고 말씀드렸죠? 그 연락망을 이용해서 저희는 최태룡의 행적을 거의 실시간으로 파악할 수 있어요. 우리 회원들이 그자의 차를 보는 대로 위치를 공유하기로 하면 되니까요. 언제 퇴근했는지, 어느 식당에 갔는지, 언제 식당을 나와서 집으로 향하는지도 바로바로 알 수 있죠. 그 차는 대개 계영묵이라는 자가 운전해요. 신천복수대 중대장 출신이고, 최태룡의 보디가드를 맡기도 해요."

리철은 박우희가 그냥 작은 분식집 주인이라고 만만히 볼 상대가 아님을 깨달았다. 원래부터 단단했던 여인이 이런 가게를 열게 된 걸까. 모든 여자들이 자식과 관련된 문제라면 이렇게 단단해지는 걸까. 아니면 이 거리의 여자들은 모두 이 정도로는 단단한 걸까.

"아주 막강하고 단단한 연락망이에요. 손전화가 보급될 무렵에 시작한 모임인데 지금까지 밖으로 들킨 적이 단 한 번도 없어요. 죽는 한이 있더라도 이 대화방에 대해서는 절대 남자들에게 얘기하지 말자, 그렇게 다들 서약했죠. 백고구마나 최태룡 같은 자들, 최신주 같은 동네 건달들, 건달만도 못한 인민보안원들에 맞서려면 우리 여자들이 믿을 수 있는 건 우리 정보력뿐이니까요. 장풍군 여성 상인이 아닌 다른 사람한테 대화방의 존재를 말하는 거 자체가 이번이 처음이에요. 도와주세요, 선생님."

문금옥이 말했다.

"저는 얼굴에 흉터가 있습니다. 이곳저곳 들쑤시고 다니면 금방 티가 날 겁니다. 최태룡 조직도 나름의 정보망이 있을 거고, 눈썹 밑으로 칼자국이 있는 남자는 보는 즉시 보고하라고 지시를 내릴지도 모릅니다. 어쩌면 이미 그런 지시를 내렸을지도 모르죠."

장리철이 말했다.

"그 점은 저희도 생각해둔 게 있어요."

문금옥이 말하더니 자기 가방에서 화장 도구들을 꺼냈다.

"남자들은 화장으로 사람 얼굴이 어디까지 바뀔 수 있는지 짐작도 못하죠. 특히 북조선 남자들은."

은명화가 말했다.

장리철은 문금옥이 자신의 얼굴에 색조 화장을 하고 브러시로 뺨을 쓰는 동안 민망한 기분으로 앉아 있었다. 문금옥은 화장을 마친 뒤 리철에게 손거울을 내밀었다.

"어때요? 아직도 흉터가 보여요?"

"감쪽같군요."

리철은 솔직하게 감상을 말했다. 그런 리철에게 박우희가 "이걸 써봐요"라며 뿔테 안경을 내밀었다.

"아들이 쓰던 거예요."

박우희가 말했다. 리철은 안경을 받아 썼다.

"앞머리도 아래로 내려야지. 그러면 완전히 딴사람처럼 보일 거야."

문금옥이 다시 리철의 얼굴에 달라붙었다. 불과 10여 분 만에 리철의 인상은 꽤나 변했다.

"아주 미남자가 되었네. 근사해요."

박우희가 말했다.

"이제 얼굴에 칼자국이 있는 남자를 찾는 사람들은 허탕을 치겠죠. 흉터가 있어서 오히려 더 잘된 거예요."

은명화가 말했다.

"미남 아저씨, 이제 저희를 도와주실 건가요?"

문금옥이 물었다.

장리철은 잠시 대답을 망설였다. 그는 자신의 역할이 어디까지인지 궁금했다. 여자들이 자신에게 요구하는 폭력 수위가 어느 정도인지도 알 수 없었다.

"정말 아드님이 죽었다고 생각하시나요? 거기에 최태룡 조직이 관련돼 있다고 생각하시고요?"

리철이 물었다.

"네, 그래요."

박우희가 답했다. 여전히 목소리에 아무런 물기가 없었다.

"범인을 찾으면 어떻게 하실 겁니까?"

"제 아들이 죽었다는 사실을 확인하고, 아들의 시신이 어디에 있는지를 알아낼 거예요."

"그런 다음에는요?"

"이유를 물어보겠어요. 왜 그런 일을 저질렀는지. 저는 그 이유를 알고 싶어요. 제가 납득할 수 있는 이유건 그렇지 않건 간에."

"그러고 난 뒤에는요?"

"평화유지군에 넘기려 해요. 그러니 아주 꼼짝 못할 증언이나 증거가 필요해요."

박우희는 슬쩍 장리철의 눈을 피하며 말했다. 그녀가 장리철에게 처음으로 한 거짓말이었다. 박우희는 범인을 평화유지군에 넘길 마음이 조금도 없었다.

"제가 없었더라면 어떻게 하시려 했습니까?"

장리철이 물었다.

"총을 두 자루 샀어요. 금옥이랑 같이 장풍군 외곽으로 나가 사격 연습도 했어요. 선생님을 만나지 않았더라면 이걸 들고 저희가 직접 사람들을 찾아다닐 생각이었어요. 총 없이 갔을 때 저희를 만나주지 않거나 거짓말만 늘어놓던 자들을."

*

"일단 상대가 저희 존재를 눈치채고 대응을 하기 전에 최대한 빨리 움직이는 게 좋을 것 같습니다."

리철이 말했다.

"동감이에요. 저희가 모아놓은 돈이 있어요. 일단 여길 나가면 손전화를 하나 사세요."

박우희가 말했다.

"오토바이를 운전할 줄 아시나요?"

은명화가 물었다.

"모릅니다."

"그러면 제가 운전할게요."

은명화가 말했다. 리철은 은명화가 왜 박우희와 문금옥을 돕는지 궁금했지만 당장은 묻지 않기로 했다.

"총은 혹시 필요하지 않으세요? 빌려드릴까요?"

문금옥이 물었다. 장리철의 세계에서는 총을 빌려주겠다는 제안은 절체절명의 위기 상황이나 부모 자식 사이만큼 강한 신뢰를 의미했다. 리철은 떨떠름한 웃음을 지으며 "필요하면 말씀드리겠습니다"라고 말했다.

장풍버거에서 나온 리철은 은명화가 운전하는 오토바이를 타고 장마당 외곽에서 중고 휴대전화를 샀다. 장리철은 은명화에게 단체통화를 거는 법을 배웠다. 리철이 서툴게 액정화면을 누르는 모습을 보고 은명화가 말했다.

"설마 스마트폰을 처음 써보시는 건 아니겠죠."

"이렇게 생긴 전화기는 처음입니다. 전화를 거는 용도로도 처음 써봅니다."

"다른 용도로는 어떻게 쓰셨던 거죠?"

"자동차 유리창을 깨는 데 쓴 적이 있습니다."

은명화는 한숨을 내쉬고는 자기 휴대전화를 바쁘게 조작했다. 리철은 엄두도 못 낼 빠른 손놀림이었다.

"꽝포 증인을 먼저 만나러 가요. 사라진 두 사람이 금고를 옮기는 걸 봤다는 사람이요. 지금 그자가 묵는 하숙집 주인아주머니랑 얘기했어요. 집에서 혼자 술을 마시고 있대요."

은명화는 오토바이를 몰고 장풍군 읍내로 나왔다가 좁고 복잡한 골목으로 들어갔다. 길이라기보다는 무허가 건물들 사이에 난 틈 같은 공간이 길게 이어졌다. 비포장에 제대로 배수도 되지 않아 온통 질척거렸다. 길 양쪽으로는 쓰레기가 수북했다. 쓰레기 사이에서 뛰어노는 아이들은 은명화의 오토바이가 자기 바로 앞을 지나가도 놀라지도 않았다. 리철은 자신의 위치가 어디쯤일지 가늠하려 했으나, 골목길이 이상한 각도로 몇 번 꺾이는 바람에 결국 포기하고 말았다.

그렇게 20분 정도를 달려 도착한 곳은 2층짜리 빌라 앞이었다. 은명화가 오토바이를 세우자마자 침울한 인상의 주인아주머니가 기다렸다는 듯 철문을 열고 나왔다.

"뒤를 좀 들어주실래요?"

은명화가 오토바이 앞부분을 들며 말했다. 빌라 안에는 시멘트 바닥으로 된 가로세로 1미터를 간신히 넘을 듯한 작은 마당이 있었다. 은명화는 물을 담은 대야 앞에 위태롭게 오토바이를 세웠다.

"위에 있어."

주인아주머니가 손가락으로 2층을 가리키며 은명화에게 작은 목소리로 속삭였다. 2층으로 향하는 계단은 건물 밖으로 나 있었는데, 경사가 무척 가팔랐다.

"같이 올라가죠."

은명화가 호흡을 가다듬으며 말했다.

"아니, 저 혼자 가는 게 낫겠습니다. 그쪽은 얼굴이 알려져 있으니까요. 제가 가서 꽝포 증인에게 따지겠습니다."

리철이 대야 옆에 놓여 있던 수건을 집어 들며 말했다.

"뭘 따져야 하는지는 알아요?"

은명화가 물었다.

"박 선생의 아드님과 문금옥 선생의 남편이 사라지던 날 진짜로 그 사람들을 봤느냐, 금고를 차에 싣는 걸 봤느냐, 그걸 물으면 되는 거죠?"

리철이 은명화에게 뿔테 안경을 맡기며 말했다. 은명화가 고개를 끄덕였다.

"그런데 위에 있는 저 녀석은 얼마나 나쁜 자입니까? 문명적으로 대해줘야 할 인간입니까?"

리철이 계단을 올라가려다 말고 멈춰 서서 물었다.

"악질 양아치예요. 설사 우희 언니의 아들이나 금옥 언니의 남편이 금고를 터는 걸 진짜로 봤다고 해도 저치가 쓰레기라는 사실은 변함이 없어요."

은명화가 대답했다.

"저 새끼가 작년에 사귀던 여자가 있었는데 말대꾸를 한다고 반나절을 두들겨 팼어요. 여자가 너무 맞아서 그 다음에 정신이 좀 이상해졌어. 며칠 뒤에 사라져서 지금은 어디 있는지도 몰라요. 그날 인민보안부에 신고를 했다고 나도 죽도록 맞았어요. 그런데 인민보안부 놈들은 저 새끼가 최태룡 똘마니라고 제대로 조사하지도 않았지. 아주 나쁜 새끼예요. 하숙비도 제대로 안 내는데 내가 한 달에 한 번씩 저 방 청소도 하고 빨래도 해줘야 돼요."

주인아주머니가 작은 목소리로 속사포처럼 쌓인 화를 쏟아 냈다.

"알겠습니다."

장리철이 고개를 끄덕였다.

"내가 문 열어줬다는 얘기는 절대 하면 안 돼요."

계단을 올라가는 리철의 손목을 잡고 하숙집 주인아주머니가 속삭였다.

계단은 한 단의 폭이 발을 딛기가 힘들 정도로 좁았다. 자칫 부주의하면 내려오다 굴러떨어지기 십상이겠다 싶었다. 서너 계단을 오르자 2층 방 안에서 TV 소리가 들렸다. 낄낄거리는 남자 웃음소리도 들렸다.

리철이 문을 두드렸다.

"뭐야?"

속옷 상의에 반바지 차림인 남자가 문을 벌컥 열며 물었다. 리철은 상대가 자신을 제대로 훑어보기도 전에 사내의 배에 주먹을 날렸다. 리철은 고꾸라지는 사내의 머리를 붙잡아 수건을 입에 쑤셔 넣고 방 안쪽으로 밀고 가며 다시 한 번 배에 주먹을 날렸다. 사내가 비명을 질렀지만 제대로 소리가 나지 않았다.

장리철은 사내의 배를 때리며 재빨리 집 안을 살폈다. 주인아주머니의 말대로 다른 사람은 없었다. 거실은 엄청나게 더러웠다. 오토바이를 타고 지나온 골목길이 차라리 더 깨끗해 보일 지경이었다. 쓰레기가 발목까지 차 있었다. 거실의 앉은뱅이책상에는 담배꽁초가 그득한 종이컵 옆으로 『투계는 과학이다』라는 얇은 책자가 놓여 있었다. 거실 옆으로 부엌과 작은 방, 화장실이 있었다.

리철은 화장실에도 사람이 없다는 사실을 확인한 뒤 사내의 배에 연속으로 세 차례 더 주먹을 날렸다. 사내가 견디지 못하고 똥을 쌌다. 반바지 아래로 똥물과 대변 덩어리가 줄줄 흘렀다.

배를 세게 얻어맞은 사람은 괄약근이 풀리기 마련이다. 이런 장면이 익숙한 장리철은 눈앞에 벌어진 광경에 별로 당황하지 않았다. 그로서는 좋은 신호였다. 보통 사람들은 남들이 보는 앞에서 알몸이 되거나 배설을 하게 되면 급격히 전의를 상실한다.

장리철은 손으로 배를 감싸 쥐고 웅크리는 사내를 식탁 의자에 앉혔다. 남조선 예능 프로그램이 나오던 TV에서 패널들이 웃음을 터뜨렸다. 사내는 리철에게 맞설 의지가 전혀 없어 보였다. 사내는 훌쩍훌쩍 울기 시작했다. 장리철은 군대에서 배운 대로 읊었다.

"잘 들어라. 나는 아주 노련한 고문 전문가다. 어떻게 때리면 사람이 죽는지, 어떻게 때리면 의식을 잃지 않으면서 죽도록 고통스럽게 되는지 아주 잘 안다. 여기서 맨손으로 너를 죽이는 건 나한테는 일도 아니다. 내 말이 무슨 뜻인지 알겠나? 알겠으면 고개를 끄덕여라. 소리는 내지 말고."

수건을 입에 문 사내가 고개를 끄덕였다.

"잘했다. 지금부터 네 입에서 수건을 빼겠다. 여기서 소리를 질러봤자 어차피 아무도 듣지 못할 테고 아무도 신경 쓰지 않을 테지만, 그래도 네가 소리를 지르면 나는 너를 아주 아프게 때릴 거다. 네가 배를 막으면 머리를 후려칠 거고, 머리를 막으면 배에 몇 대 먹이겠다. 알겠으면 고개를 끄덕여라."

사내가 열심히 고개를 끄덕였다. 리철은 천천히 사내의 입에서 수건을 뺐다. 사내는 연신 기침을 하고 눈물을 흘렸다. 리철은 사내의 머리를 잡고 침으로 젖은 천을 상대의 머리와 얼굴 위에 덮어 눈을 가렸다. 자신을 때리는 공격자가 어디에 있는지, 어떤 표정을 짓고 있는지 알 수 없으면 인간은 두려움에 빠지게 된다.

"나는 사람을 심문하는 훈련도 수천 시간 동안 받았다. 목소리가 얼마나 떨리는지만 들어도 상대가 거짓말을 하는지 아닌지 안다. 이제부터 내가 묻는 말에만 정확히 대답해라. 답변이 늦거나 나를 속이려 들면 배나 머리를 아주 아프게 때리겠다. 알겠나?"

"예, 예."

얼굴에 수건을 덮은 사내가 겁에 질려 대답했다. 리철은 주머니에서 휴대전화를 꺼내어 은명화가 가르쳐준 대로 단체통화를 걸었다. 박우희와 문금옥, 은명화가 모두 전화를 받자 리철은 휴대전화를 켠 채로 식탁에 내려놓았다.

"너는 얼마 전 인민보안부에 가서 태림건설의 직원 두 사람이 회사 금고를 터는 장면을 목격했다고 진술했다. 하지만 그 말은 거짓말이었다. 그렇지?"

사내가 답을 머뭇거리자 리철은 그의 머리를 때렸다. 의자에서 굴러 떨어진 사내의 배를 리철이 세게 걷어찼다. 사내는 뭐라고 제대로 알아들을 수 없는 신음 소리를 내며 배를 움켜쥐고 바닥에서 몸을 뒤틀었다. 신음 소리 뒷부분은 "제발⋯⋯" 같았다. 리철은 사내를 일으켜 다시 의자에 앉히고 얼굴에 다시 수건을 씌웠다.

"너는 태림건설 직원 두 사람이 금고를 훔치는 장면을 목격했다고 거짓말을 했다. 왜 그랬나?"

"어쩔 수가 없었어요. 부장님이 와서 그렇게 말하라고 시켰어요."

사내의 얼굴을 덮은 수건이 눈물, 콧물, 침으로 축축해졌다.

"어느 부장이 지시를 했지?"

"조희순 부장님이요."

"조희순은 신천복수대 출신인가?"

"예."

"그걸 어떻게 알지? 자기가 신천복수대 출신이라는 증거를 댔나?"

"김정일훈장을 받았다며 보여준 적이 있어요. 김정일은 개자식이어도 김정일훈장은 의미 있는 거라고. 김정일훈장을 두 번 이상 받은 단체는 세 곳밖에 없다고 했어요. 무슨 광산이랑 무슨 옷 공장이랑 신천복수대라고……. 신천복수대는 정예 중에서 최정예가 가는 곳이라고 했어요. 특작부대원 중에서 다시 선발을 해서 데려오는 곳이라고."

김정일훈장을 두 차례 이상 받은 단체는 세 곳이다. 3월5일청년광산, 강계은하피복공장, 그리고 신천복수대. 그게 신천복수대원들의 자랑이었다.

"어느 대대인지는 아나? 혹시 101특작부대인가?"

"그런 건 모릅니다."

"조희순은 어떻게 생겼나?"

"중키에…… 온몸이 근육이에요. 눈도 무섭게 생겼고, 어깨도 넓어요. 머리는 짧게 깎았고, 매일 딱 달라붙는 옷을 입고 다녀요. 광대뼈가 좀 나왔고…….”

아무 도움도 안 되는 정보를 늘어놓는 사내에 짜증이 치밀어 리철은 또 주먹을 날릴 뻔했다. 사내는 어떤 사물을 두 문장 이상 묘사해본 경험이 태어나서 한 번도 없는 게 분명했다.

“금고를 털었다는 태림건설 직원 두 사람은 원래 무슨 일을 했나?”

“몰라요. 저는 태림물산 소속이에요. 태림건설 일은 잘 몰라요. 태림물산에는 밖에서 일하는 애들이 많고, 태림건설에는 안에서 일하는 사람들이 많았어요.”

“안이라는 건 공사장 안을 말하는 건가?”

“네. 그 사라진 두 사람은 건축기사였어요. 둘 다 교도소 현장에서 일했을 거예요. 증축 공사를 하고 있어요. 요즘 태림건설에서 일 좀 하는 사람들은 거의 다 거기에 붙어 있어요.”

“왜 조희순이 너한테 그런 거짓 증언을 시킨 거지? 그 태림건설 직원 두 사람은 지금 어디 있나?”

“이유는 몰라요! 그 두 사람은 다 죽었어요. 조 부장님이 죽였을 거예요. 둘이 금고에 손을 댄 건 분명해요. 그날은 아니었더라도. 그래서 조 부장님이 죽였는데 가족들이 실종신고를 하고 인민보안부며 평화유지군에까지 투서를 보내고 하니까 귀찮아져서 저한테 증언을 시킨 거예요. 정말이에요.”

사내가 단숨에 이야기를 하고는 숨이 모자라는지 헐떡였다.

“죽은 걸 어떻게 그렇게 확신하나?”

“그 사람들이 죽는 걸 동영상으로 봤다는 형님들이 있어요. 조 부장님이 휴대전화로 몇 명한테만 보여줬대요. 금고를 털다가 걸린 놈들의 최후라면서. 무슨 공사장 앞에서 찍은 동영상이었는데 그 둘은 맞아서 이미 반쯤 죽어 있는 상태더래요. 누가 그 두 사람한테 페인트 시너를 뿌렸는데, 카메라를 들고 있는 사람은 아무래도 조 부장님이고 페인트 시너를 뿌린 건 다른 사람 같더래요. 카메라를 들고 있던 사람이 거기에 피우고 있던 담배를 던지니까 불이 확 붙는데 거기서 동영상이 끝났다고 했어요."

그때 식탁에 올려놓은 휴대전화에서 갑자기 여자 울음소리가 들렸다. 박우희나 문금옥이 사내의 이야기를 듣다가 참지 못하고 울음을 터뜨린 것 같았다. 당황한 리철은 전화기를 꺼버렸다. 앉아 있는 사내는 어리둥절해하는 것 같았다. 리철이 얼른 말을 돌렸다.

"또 한 대 얻어맞고 싶은 거냐? 조희순이 그 둘을 죽였다 하더라도, 죽이는 장면을 왜 굳이 동영상으로 만들어서 다른 사람에게 보여주지?"

"전에도 그런 적 있었어요! 저도 조 부장님이 백고구마 조직의 누군가를 불태우는 동영상을 본 적이 있어요. 그렇게 태운 시체들 뼈만 모아서 한곳에 보관한다고 들었어요……."

사내가 말끝을 흐리더니 다시 흐느끼기 시작했다.

"저도 이제 그렇게 죽을지도 몰라요……."

"당연하지. 조희순이 부하 중에 누가 똥을 싸고 울면서 조직에 대해 불었는지 찾아낼 거다. 이제 네가 사는 길은 장풍군을 떠나는 것뿐이다. 북쪽에 올라가면 희토류 광산들이 있어. 거기서는 일손이 항상 모자라기 때문에 너 같은 쓰레기도 받아준다. 희토류 광산에서 오래 일하면 고자가 된다고 하지만 너 같은 쓰레기는 어차피 여자를 만날 일도 아이를 낳을 일도 없기 때문에 아무 상관이 없다. 자, 이제 일어나라."

"일어나면 때리려고 그러시는 거죠?"

사내가 울면서 물었다.

"안 일어나도 때릴 거다. 제대로 맞는 편이 낫다. 뒤탈도 적고."

사내가 벌벌 떨면서 일어났다. 미리 한 걸음 물러나 자세를 잡고 있던 리철은 사내의 얼굴에서 수건이 아래로 떨어지는 순간 번개같이 왼팔을 날렸다. 사내의 오른쪽 관자놀이를 정확히 타격하는 깔끔한 훅이었다. 머리에 충격을 받은 남자는 정신을 잃고 아래로 무너졌다. 리철은 상대의 몸을 받아 바닥에 눕히고 집을 빠져나왔다.

아래에서는 주인아주머니와 은명화가 초조한 얼굴로 리철을 기다리고 있었다.

"잔뜩 겁을 줬으니 한동안은 조용할 겁니다. 혹시 저자가 선생님을 해코지하려 들거든 은명화 동무에게 연락을 주십시오."

리철이 주인아주머니에게 말했다. 아주머니는 난감한 표정이었다.

"금옥 언니가 충격을 많이 받은 것 같아요. 저자가 말한 내용이 전부 사실일까요?"

은명화가 물었다.

"저런 양아치들 중에는 허세 부리기 좋아하는 놈들이 많습니다."

리철이 얼버무렸다.

"그래요. 확인하기 전까지 단정 지을 필요는 없겠죠."

은명화가 말했다.

"이제 어떻게 해야 합니까?"

리철이 물었다.

"인력사무소에 가서 우희 언니 아들과 금옥 언니 남편이 정확히 무슨 일을 했는지 알아봐야겠어요. 최태룡의 부하들이 그 두 사람에게 누명을 씌운 이유와 뭔가 연관이 있을 거예요. 교도소 공사장은 엄청 크고, 들락거리는 사람이 많아요. 인력사무소장이라면 그날그날 공사가 어디서 있고 어떤 사람이 얼마나 필요한지 알 테니 우희 언니 아들이 어떤 일을 했는지도 알 거예요.

태림건설에서 운영하는 인력사무소가 두 곳 있는데, 그중 한 소장에게 이미 여러 차례 물어봤지만 매번 답을 피했죠. 그 사람 말고 다른 소장은 아주 악질이라서 접촉해볼 생각도 안 했어요. 태림건설에서 받아가는 알선 수수료 외에도 자기 몫으로 돈을 따로 챙기고, 일자리를 소개해주지 않겠다고 협박해서 여자도 자주 건드려요. 그자를 찾아가려해요."

"좋습니다."

장리철이 고개를 끄덕였다. 철이 든 이후로 리철의 삶은 대부분 지시를 받고 폭력을 쓰거나 그런 폭력을 행사하기 위해 훈련을 받는 시간으로 채워져 있었다. 장리철은 과거에 하던 일로 돌아왔고, 그래서 기분이 약간 편안해졌다. 어떤 관점에서는 자신과 최태룡의 부하들 사이에 큰 차이는 없다는 생각이 희미하게 떠올랐다가 사라졌다. 리철은 애초에 추상적인 사고에 깊이 빠질 수 있는 사람이 아니었다. 그의 사고 활동은 그보다는 상대의 급소를 파악하고 뼈와 힘줄이 물리법칙에 따라 어떻게 움직일지를 계산하는 일에 더 적합했다.

"두들겨 패면 다 털어놓을 겁니다. 아무리 독한 놈이라도 다 똑같습니다."

장리철은 이렇게 말하면서 혼란스러운 생각을 털어버렸다.

은명화는 잠시 어이가 없다는 표정을 지었다. 그녀는 이 폭력에 깊은 아이러니가 있다는 사실을 알았고, 한번 그 생각에 빠지면 자신이 쉽게 빠져나올 수 없다는 사실도 알았다. 그녀는 그런 추상적인 생각 자체를 시작하고 싶지 않았다. 그녀는 혼란스러운 생각에 사로잡히기 전에 말했다.

"그자는 지금 교도소 공사장에 있을 테니, 바로 찾아갈 수는 없어요. 근처에 태림건설뿐 아니라 다른 회사 직원들도 많을 테니까요. 퇴근 시간까지 기다려야 해요. 일단 장풍버거에 돌아가서 두 언니들이랑 같이 뭘 좀 먹어요. 점심 식사 때가 됐네요."

장리철은 물론 그 제안을 사양하지 않았다.

4

황동오는 군무원 대상 특별정훈교육시간에 조희순의 전화를 받았다.

"어디야? 좀 봐야겠는데."

조희순이 말했다.

"지금 말입니까?"

황동오가 전화기를 막고 부대 교육장 밖으로 나가면서 숨죽이며 작은 목소리로 물었다. 황동오는 그렇게 나이가 많지도 않은데 머리는 벌써 반 이상 벗겨진 상태였다. 키는 땅딸막했고, 피부는 거친 데다 거무튀튀했다. 눈은 단춧구멍처럼 작고 뻐드렁니마저 심하게 나와 있었다. 사람들은 웬만해선 그를 그냥 이름으로 부르지 않았다. 앞에 별로 재미도 없는 수식어를 넣어 '못생긴 황동오'라고 불렀다.

"응, 당장."

조희순이 대답했다.

"지금 당장은 곤란한데요. 특별정훈교육을 받고 있거든요. 다른 시간은 농땡이를 칠 수 있어도 지금은 안 돼요. 특별정훈교육시간은 사단 차원에서 출석을 관리합니다."

못생긴 황동오가 사정했다. 거짓말은 아니었다. 이 정신교육은 남한 정부가 조선민주주의인민공화국에서 합법적으로 직접 북한 사람들에게 체제 선전을 할 수 있는 유일한 시간이었다. 남북협력공단에서 남한 기업인이 따로 이런 일을 했다간 당장에 입주 자격을 박탈당하고 쫓겨난다.

한편으로는 황동오 자신이 그런 정신교육을 빼먹지 않고 열심히 듣는 사람이기도 했다. 한국 표준어에 관한 수업은 강의 전체를 몰래 녹음해가며 열심히 들었다. 황동오는 머리에서 조선민주주의인민공화국의 문화어를 모두 지워버리고 남한 표준어를 남한 사람처럼 발음하려고 애썼다. 하지만 그 외에 인터넷 교육은 전문가가 아닌 강사가 쓸모없는 내용을 가르친다는 인상을 받았고, 마약과 담배의 위험성을 강조하는 게 전부였던 보건교육은 안 듣느니만 못했다. 경제학 기초처럼 거의 한마디도 이해할 수 없었던 과목도 있었다. 대한민국 현대사 강의 때에는 뒷자리에서 수군대는 소리가 들렸다. 최악은 여성인권 강연이었다. 젊은 남자 군무원들이 쉬는 시간에 모여 '여성인권 강사를 찾아가 혼쭐을 내줘야 한다'는 논의를 진지하게 했을 정도였다. 물론 황동오는 그런 이들 근처에는 얼씬도 하지 않으려 했다.

"지금 우리가 어디 있는지 알면 그런 소리 못할 텐데."

전화기 저편에서 조희순이 웃었다.

"어디 계신데요, 부장님?"

추남으로 이름난 황동오는 최대한 공손하게 물었다.

"너희 집에 있어. 소파가 되게 크네. 역시 군무원들은 뒤로 봉투 들어오는 게 많으니까 이런 좋은 가구도 살 수 있는 거구만. 거실에서 갑자기 꼴리면 침대까지 갈 것도 없이 여기서 떡을 치면 되겠다. 네 마누라가 너보다 열세 살이 어리다며? 지금 우리 옆에서 과일 깎고 있어."

못생긴 황동오는 하마터면 비명을 지를 뻔했다. 다리가 후들거려서 제대로 서 있기조차 힘들었다. 이제 정신교육 따위는 문제가 아니었다.

"잘못했습니다, 부장님. 지금 바로 가겠습니다."

황동오는 목소리를 가다듬고 빌었다.

"천천히 와도 되긴 해. 여기서 기다리는 게 점점 좋아지려는 참이야."

조희순이 웃었다.

황동오는 주차장으로 가서 차를 꺼내 곧장 집으로 향했다. BMW로 갈아타지 않고, 부대 안에서 타고 다니는 허름한 준중형차 그대로 집까지 갔다. 그는 역대 최단 시간 주파 기록을 세우며 부대 주변 상습 정체구간을 통과했다. 가속페달과 브레이크를 헷갈리지 않으려 이를 악무는 동시에 한 손으로는 미친 듯이 경적을 울려댔다.

황동오의 집은 장풍군에 막 형성되어가는 교외 지역에 있었다. 혹은 백고구마와 최태룡의 세력권이 경쟁하는 경계였던 지역에 있었다고 말해도 좋으리라. 김정일 별장에서 멀지 않은 곳이었다.

장풍군 일대에서 어느 정도 돈이 있고 정신이 제대로 박힌 사람들이라면 모두 자기 가족을 교외에 두고 싶어 했다. 남북협력공단 주변과 장풍군 시내의 더러운 거리와 악취 나는 이해관계는 정신과 육체 양쪽에 다 치명적으로 해로웠다. 조선민주주의인민공화국에서는 누구도 깨끗한 동시에 안전할 수 없다. 어느 한쪽을 충분히 누리려면 다른 한쪽을 포기해야 했다. 황동오는 못생겼고, 겁이 많고, 신중한 사람이었다. 그는 더러워져서 안전해지는 길을 택했다. 수단 방법을 가리지 않고 돈을 모았고, 그 돈으로 교외에 단독주택을 지었다. 아직 태어나지 않은 자기 아이들과 강아지를 키우고 살 집이었다. 그는 자기 집에 CCTV나 경보기 같은 온갖 보안장치를 설치했다.

하지만 최태룡의 부하들이 찾아왔을 때 그런 보안장치들은 아무런 소용이 없었다. 황동오는 충분히 더럽지 않았던 것이다.

운전을 하는 내내 황동오의 머릿속에는 불길한 장면들이 떠올랐다. 주로 아내의 몸과 관련이 있었다. 낯선 남자들 앞에서 옷이 벗겨져 있거나 피를 흘리는 모습이었다. 그래서 미친 사람처럼 집 안에 달려 들어갔을 때, 눈앞에 펼쳐진 광경에 황동오는 꽤 놀랐다.

군무원의 아내는 드레스를 입고 피아노를 치고 있었다. 그의 집 거실에는 그랜드피아노가 있었다. 아내는 피아노소나타를 연주하고 있었다.

군무원 아내의 연주를 조희순이 소파에 앉아 듣고 있었다. 조희순은 담배를 피우고 있었다. 소파 앞에 놓인 탁자에는 망고 껍질과 씨앗이 지저분하게 놓여 있었는데, 조희순은 그 과일 껍질을 재떨이로 썼다. 담배꽁초가 수북이 쌓여 있었다. 조희순은 순한 남한 담배를 흉내 내어 만든 '금수강산 라이트'를 피우며, 황동오 아내의 피아노 연주를 들으며 웃고 있었다.

그 옆에는 박현길이 앉아 있었다. 박현길도 담배를 피우고 있었지만, 그는 황동오 아내의 피아노에는 관심이 없었다. 박현길은 볼륨을 '0'으로 맞춘 채 TV를 보고 있었다. 상급자인 조희순의 라이브 음악 감상을 방해할 수 없어서인 것 같았다. 박현길은 웃고 있지 않았다.

"빨리 왔네. 거기 앉아."

조희순이 거실에 들어온 황동오를 보고 놀란 기색도 없이 말했다. 황동오는 조희순이 턱으로 가리킨 자리에 앉았다. 더운 날씨도 아닌데 등에서 땀이 비 오듯 흘러내렸다.

조희순이 물고 있던 담배를 과일 껍질에 비벼 껐다. 그리고 과일 바구니에 들어 있는 망고 하나를 집어 들었다. 그는 바구니 옆에 있던 과도로 망고를 깎았다. 그는 미끈하게 과일 껍질을 깎았다. 칼을 쓰는 손놀림은 엄청나게 빠르면서도 부드러워서, 마치 껍질을 벗기는 기계 같았다. 과일의 형태와 관계없이 칼날이 껍질 아래를 파고드는 속도는 일정했고, 벗겨진 껍질의 두께도 경탄할 정도로 균일했다.

"난 망고 처음 먹어봐. 이런 과일이 있다는 건 들어서 알고 있었지만 직접 본 건 처음이야."

조희순이 말했다.

"저도 선물을 받은 겁니다. 마음에 드시면 싸드리겠습니다."

황동오가 땀을 흘리며 대답했다. 설이나 추석 때가 아니더라도 그의 집으로는 수시로 과일 상자가 배달되었다. 그 정도는 뇌물이라고 할 수도 없었다. 문자 그대로 성의 표시였다.

"사람 살이 썩기 시작할 때 감촉이 딱 이래. 물컹한데 또 탱탱해. 맛은 당연히 다르지만."

조희순이 말했다.

"그렇군요."

황동오가 과한 동작으로 고개를 끄덕였다. '썩기 시작한 사람 살을 먹어본 적이 있느냐'는 질문은 당연히 할 수 없었다.

"당신 부인이 연주하는 음악 말이야, 저건 누가 작곡한 거지?"

조희순이 망고를 먹기 좋게 잘라 접시에 올리며 물었다. 박현길이 그랜드피아노 쪽으로 잠시 눈길을 돌렸다가 다시 TV를 보았다.

"슈베르트입니다."

"슈베르트. 이름은 들어본 적 있어. 어느 나라 사람이지?"

"아마…… 오스트리아일 겁니다."

"죽었나?"

"예?"

"슈베르트 말이야. 죽은 사람이냐고."

"예, 죽었습니다."

"안됐네. 음악 좋은데."

그 순간 황동오의 아내가 피아노 연주를 마쳤다. 조희순이 박수를 쳤다. 황동오의 아내는 겁먹은 표정으로 자리에서 일어나 피아노 옆에 섰다.

"화장실을 다녀와도 괜찮을까요?"

여자는 남편을 쳐다보았다. 황동오는 애원하는 표정으로 조희순을 바라보았다.

"우리가 부인 오줌도 못 누게 하겠습니까. 그런데 문을 열고 볼일을 보시죠. 괜히 어디에 전화를 건다거나 문자를 보낸다거나 하면 골치 아파지니까."

조희순은 박현길에게 황동오의 아내를 따라가라는 손짓을 했다. 화장실 문 앞에서 박현길이 여자를 감시했다. 황동오의 아내는 화장실 문을 연 채로 용변을 보았다. 이제 피아노 연주 대신 물방울 떨어지는 소리가 집 안에 울렸다.

괴로운 표정을 짓고 있는 황동오에게 조희순이 휴대전화를 건넸다. 황동오는 어리둥절한 얼굴로 조희순의 전화기를 받았다. 전화기는 동영상 재생 모드로 되어 있었고, 화면 한가운데 재생 버튼이 있었다.

"틀어봐."

조희순이 말했다. 황동오는 삼각형 버튼을 눌렀다.

흐느끼고 울부짖는 소리가 들렸다. 처음에는 여자의 비명인가 했는데 화면에 나온 사람은 남자였다. 밤이었고, 장소는 외진 공사장 같았다. 누군가가 손전등으로 남자의 벗은 몸을 비추고 있었다. 화면이 정신없이 흔들렸다가 균형을 찾았다. 황동오는 남자의 손과 발에 노끈이 묶여 있는 것을 보았다. 남자는 그 끈 외에는 몸에 실오라기 하나 걸치고 있지 않았다.

"한 번만……."

화면 속에서 벗은 남자가 흐느꼈다. 남자를 촬영 중인 사람이 낄낄 웃으며 뭐라고 말했다. 누군가가 화면 밖에서 남자에게 물을 끼얹었

194

다. 남자가 새된 소리로 비명을 질렀다.

"그러게, 중요한 물건은 잘 챙겼어야지."

이번에는 촬영 중인 사내의 말이 들렸다. 조희순과 비슷한 목소리였다. 누군가가 칼을 들고 벗은 남자에게 다가가 노끈을 잘랐다. 몸이 풀린 남자는 도망치려 했으나 다리가 꼬여 몇 걸음 가지도 못하고 쓰러졌다. 카메라는 쓰러진 남자에게 다가갔다. 알몸인 남자는 게처럼 손과 발로 바닥을 기며 화면으로부터 멀어지려 했다.

카메라를 들고 있는 사내는 담배에 불을 붙이고 몇 모금 빨더니 그 담배를 땅바닥을 기어가고 있는 남자에게 던졌다. 벌거벗은 남자의 몸이 순식간에 화염에 휩싸였다.

몇 분 전에 남자의 몸에 뿌려진 액체는 물이 아니었다. 페인트 희석제였다.

비명 소리는 아주 짧았다. 불길이 기도를 따라 몸 안으로 들어가면서 성대를 녹이고 폐를 태웠기 때문이다. 사람 모양을 한 불덩어리가 땅바닥에서 소리 없이 춤을 추었다. 나중에는 그 몸부림에 의지와 고통이 담긴 것인지, 아니면 단순히 근육이 쪼그라들면서 생기는 움직임인지 분간하기 어려워졌다. 황동오는 화면을 외면하고 싶었지만 그랬다가는 조희순이 자신을 가만두지 않을 걸 잘 알았다.

불길이 조금 수그러들었을 때 동영상이 끝났다. 휴대전화 화면은 저절로 동영상 목록 모드가 되었다. 황동오는 조희순의 휴대전화에 그런 불길 영상이 최소 열 개 이상 더 있는 것을 보았다.

"다 봤습니다."

황동오는 두 손으로 공손히 조희순에게 휴대전화를 내밀었다. 그러고 나서야 자기 옆에 화장실에 다녀온 아내가 창백한 얼굴로 서 있음을 알아차렸다. 아내가 조희순의 전화기 화면을 얼마나 자세히 봤는지는 알 수 없었다. 그러나 아내가 산 채로 타죽는 사람이 내지르는 비명을 들었고, 그 비명이 터져 나온 화면 속 상황도 파악했다는 사실은 명백했다. 황동오는 자기 얼굴도 아내처럼 식은땀으로 범벅이 되어 있음을 깨달았다.

조희순과 박현길은 태연한 얼굴이었다.

"길게 묻지 않을게. 눈호랑이 작전에 대해서 들은 적 있나? 아니면 503호에 대해서. 아는 대로 불어."

조희순이 말했다.

황동오의 뇌가 핑핑 돌아갔다. 이 질문의 답에 자신과 아내의 목숨이 걸려 있음을 그는 정확히 이해했다. 눈호랑이 작전에 대해서는 아는 게 조금 있다. 503호라는 말은 처음 듣는다.

어떤 대답을 해야 저들을 만족시키고 우리 목숨도 부지할 수 있을까?

저자들은 뭘 원하는 걸까?

일종의 함정 취조일까? 눈호랑이나 503호에 대해 조금이라도 아는 척 말하면 오히려 위험해지는 걸까?

아니면 정말로 눈호랑이 작전이 궁금해서 묻는 질문일까? 저자들도 그게 뭔지는 모르고, 최태룡이 자신들에게 알려주지 않으니 내게 물어보는 걸까?

기밀 누설자를 찾는 걸까? 아니면 기밀을 누설할 가능성이 있는 자를 미리 제거하려는 걸까?

황동오는 눈을 질끈 감고 입을 열었다.

"503호는 뭔지 모릅니다. 눈호랑이에 대해서는 그런 계획이 있고, 최태룡 사장님이 그 계획을 추진하시려 한다는 것만 압니다. 작전의 내용은 모릅니다. 최 사장님 아드님 두 분 중 한 분이 거기에 미지근한 반응이셨는데, 최 사장님이 강력히 추진하셨습니다. 아드님 두 분과 두 차례 이상 상의를 하셨던 걸로 봐서 굉장히 중요한 사업인 것 같습니다. 최 사장님도 그 사업이 위험하다는 사실은 알고 계시고, 그럼에도 추진하려고 하십니다. 굳이 하지도 않아도 되는데 위험을 무릅쓰려 하시는 걸로 봐서 성공하면 이익이 막대한 사업입니다."

황동오가 말을 마치자 조희순이 자리에서 일어나 다가왔다. 황동오는 자신이 제대로 말한 것인지 아닌지 가늠할 수가 없었다.

"그런 얘기를 어디서 들었어?"

조희순이 물었다.

"최 사장님이 말씀하시는 걸 엿들었습니다. 최 사장님이 희망부대에 오셔서 평화유지군들 수고한다고 바비큐 파티를 여신 적이 있습니다. 그때 한창 태림건설 임원들이랑 남조선 군인들이랑 술을 마시다가 최 사장님이랑 두 아드님이 행정계 사무실로 들어가셨습니다. 그 사무실에서 언쟁이 벌어졌는데 그걸 엿들었습니다."

"그걸 누구한테 또 떠벌렸지?"

"헌병대장님께 말씀드렸습니다. 최 사장님이 사무실에 들어가실 때부터 대장님이 청진기를 주시면서 저더러 사무실 안에서 벌어지는 이야기를 엿들으라고 시키셨습니다."

"그게 전부다 이거지?"

"예, 정말입니다. 행정계 사무실이 꽤 크고 최 사장님이나 아드님이나 큰 소리로 말씀하신 것도 아니라서 내용이 거의 들리지 않았습니다. 몇 마디 엿들은 걸로 추측한 겁니다."

황동오는 자신이 추리해서 헌병대장에게 보고한 내용은 더 설명하지 않았다. 아마 불법적인 일일 거고, 무력이 필요한 일일 거고, 사람이 다칠 수 있는 것일 테고, 계영묵, 조희순, 박현길 같은 자들이 그 일에 깊숙이 연결돼 있을 거라는. 그렇지 않으면 사업에 '작전'이라는 이름을 붙일 리가 없다는.

그러니 눈호랑이 작전을 폭로하겠다며 최태룡을 압박하면 상당한 성과를 거둘 수도 있을 거라는 추리도 가능하다. 혹시 헌병대장이 이미 최태룡을 압박한 건가? 그 후폭풍이 이렇게 되돌아온 건가?

"낮말은 새가 듣고 밤말은 쥐가 듣는다지. 이런 쥐새끼 같은 자식."

조희순이 황동오의 목을 붙잡아 일으켰다. 황동오는 처음에는 저항 없이 조희순에게 몸을 맡겼으나 상대가 점점 손으로 목을 죄어오자 자기도 모르게 조희순의 손등과 손목을 때리게 되었다.

조희순의 손은 꿈쩍도 하지 않았다.

조희순의 손은 거대한 집게기계 같았다. 황동오의 목에 가해지는 힘이 점점 더 강해졌다. 얼굴이 붉어진 황동오는 죽을힘을 다해 상대의 손등을 손톱으로 할퀴었다. 그는 버둥거리며 조희순을 걷어차려 했지만 발이 닿지 않았다. 관자놀이 아래를 지나는 혈관이 터질 것 같았다. 머릿속에서 실 여러 가닥이 끊어지는 듯한 기분이 들었다. 그러다 어느 순간 몸이 붕 뜨는 기분이 들면서 정신이 나른해졌다.

'이렇게 죽는 거구나'라고 생각하는 순간 조희순의 손이 풀렸다. 뇌에 산소가 다시 공급되었다. 황동오는 바닥에 쓰러져 토악질에 가까운 기침을 했다. 조희순은 황동오가 정신을 차리고 몸을 반쯤 일으킬 때까지 가만히 기다렸다.

황동오가 침을 닦고 생각이라는 걸 할 수 있는 상태가 될 때까지 기다렸다가 조희순은 다음 행동을 개시했다. 눈 깜짝할 사이에 탁자를 밟고 뛰어오르더니 무협 영화의 배우처럼 황동오의 아내를 발로 차버린 것이었다.

황동오의 아내는 가냘픈 여자였다. 조희순의 발차기에 맞고는 문자 그대로 몸뚱이가 날아올랐다가 내동댕이쳐졌다. 바닥에 나뒹구는 아내의 모습을 황동오는 무기력하게 바라보았다.

"눈호랑이 작전은 잊는 거다, 알았지? 넌 그런 이야기를 들은 적도 없고, 그게 뭔지도 모르는 거야."

조희순이 말했다.

"예, 알겠습니다."

황동오는 머리를 조아렸다. 조희순은 박현길에게 고개를 끄덕였고, 두 사람은 황동오의 집을 나섰다.

황동오는 옳은 답을 고른 것이었다.

"그게 뭔지는 전혀 모르던데? 그냥 눈호랑이 작전이라는 단어 하나만 듣고 이것저것 꿰맞춘 것 같아. 그걸 헌병대장에게 알려줬고, 헌병대장이 그걸로 우리 사장을 뜯어먹으려 했던 거지. 헌병대장은 영 대가리가 안 돌아가는 놈이니."

조희순은 태림건설로 돌아가는 길에 계영묵에게 전화를 걸어 말했다.

"아니면 다급했나 보지. 말레이시아 헌병이 자기를 조사하니까."

계영묵이 대꾸했다.

"어떻게 할까? 이 군무원 녀석도 없애는 게 나을까?"

조희순이 물었다. 그의 전화기도 도청 방지 장치가 달린 만 불짜리였다. 태림건설과 태림물산에서 만 불짜리 전화기를 쓰는 사람은 모두여섯 명이었다. 헌병대장이 찾아왔을 때 회의 중이던 그 멤버였다. 최태룡과 두 아들, 계영묵, 조희순, 그리고 박현길. 태림건설, 태림물산의다른 임원들은 만 불짜리 전화기 존재 자체도 알지 못했다. 눈호랑이작전의 관계자들만이 도청당할 우려 없이 마음 놓고 통화를 할 수 있는 그런 전화기가 필요했다.

"그건 안 되지. 헌병대장을 죽이고 군무원까지 없애면 너무 연관성이 드러나 보이잖아. 헌병대장은 사고에 휘말린 것처럼 해야 하는데."

계영묵이 말했다.

"그도 그렇네."

"게다가 그 군무원은 태림건설에 계속 필요해. 헌병대장이 없어지면 오히려 중요성이 더 커진다고 봐야지. 눈호랑이 작전이 크긴 하지만, 태림건설도 계속 군대 사업을 해야 하잖아. 이제 일감을 누가 따다줄 거야?"

"계 상사 정말 건축쟁이 다 됐구나야. 누가 보면 진짜 태림건설 직원인 줄 알겠어."

조희순이 놀렸다. 상사는 계영묵이 조선인민군에 있을 때 계급이었다. 조선해방군에서는 계영묵도 조희순도 모두 영관급 장교였다. 하지만 그들은 여전히 서로를 상사라고 불렀다. 계영묵은 웃으며 "닥쳐"라고 말하고 전화를 끊었다.

조희순의 농담에는 뼈가 있었다. 계영묵은 자신이 조선해방군의 작전을 위해 태림건설에 위장 취업했을 따름이라고는 좀처럼 생각하지 않았다.

어느 정도는 최태룡 때문이었다. 그의 밑에서 일한 지 얼마 되지 않아 계영묵은 최태룡에게 호감을 품게 되었다. 전혀 예상하지 못했던 일이었다.

처음에는 최태룡이 늘 지시를 간결하고 효율적으로 내리는 모습을 보며 '밑에서 일하긴 편하겠군'이라고 생각했다. 최태룡이 아랫사람에게 딱히 살갑게 굴진 않아도, 위세를 부리거나 모멸감을 주지 않는 점도 마음에 들었다. 그는 자신의 잘못을 알아차리면 즉시 실수를 인정했으며, 원하는 결과가 나오지 않았더라도 자신의 지시대로 행동한 것이었다면 부하에게 책임을 묻지 않았다. 아들이나 부하들의 의견 앞에서 자존심을 세우지도 않았다. 유능한 장교 느낌이었다.

그를 근접 수행하면서, 계영묵은 최태룡이 엄청나게 부지런한 사람이라는 데 놀랐다. 차차 그 업무들의 성격을 이해하면서부터는 최태룡이 모든 일을 대단히 성실하게 처리한다는 데에도 깊은 감명을 받았다. 계영묵은 최태룡이 일하는 태도에서 무인 정신과 비슷한 기상을 느꼈다. 다가오는 위험요소를 두려워하지 않되 과소평가하지도 않고, 때로는 위험을 무릅쓰고 나아가며, 졌을 때에는 패배를 인정하고, 미래의 위험을 줄이기 위해 자신과 조직을 한계까지 밀어붙이며 단련하는 것. 좋은 기업가와 좋은 군인의 자질은 겹치는 면이 많았다.

그렇게 최태룡을 달리 보게 되면서, 최태룡이 하는 일에도 관심이 생겼다. 최태룡도 계영묵을 각별히 대하는 것 같았다. 계영묵이 조선해방군이 보낸 감시자라는 사실을 알고 난 뒤에도 그랬다. 때로는 노골적으로 조선해방군 너머, 먼 미래의 이야기를 꺼내기도 했다.

한번은 최태룡은 이렇게 말한 적도 있었다.

"계영묵이, 우리 길게 한번 잘해보자. 같이 자본주의의 더러운 돈 한번 시원하게 벌어보자."

'자본주의의 더러운 돈'이라는 말은 일종의 농담이었다. 최태룡처럼 자본주의를 좋아하는 사람은 없었다. 아니, 자본주의에 대한 최태룡의 태도는 '숭배'에 가까웠다. 최태룡은 계영묵에게 자본주의의 장점에 대해 길게 설명한 적도 있었다.

"세상에 좋은 게 다 한정돼 있잖아. 어차피 그 좋은 걸 모든 사람이 다 누리진 못해. 그런데 한번 가져보라고, 시도는 해보라고 기회를 주는 게 자본주의야. 세상이 사람들한테 다 덤벼봐, 그러는 거야. 얼마나 좋아. 이기면 되잖아. 그 기회를 두 번, 세 번도 줘. 진다고 바로 돼지는 것도 아니잖아. 세상에 이런 체제가 어디 있나? 사회가 끝없이 싸울 기회를 주겠다는데 난 싸우는 게 싫소, 그러니까 우리 다 같이 싸우지 맙시다, 이게 말이 돼? 끝없이 싸울 기회라는 건 끝없이 이길 기회라는 말인데 말이야, 왜 안 싸워?"

계영묵도 최태룡의 생각에 동의했다. 자본주의는 솔직해서 좋았다. 지상낙원이니 뭐니 하는 헛소리는 하지 않았다. 자본주의는 가능할 것 같아서 좋다고도 생각했다. 이전까지 계영묵을 둘러싼 세계는 오래갈 수 없는, 근본적으로 작동이 불가능한, 부품이 몇 개 빠진 기계 같은 것이었다. 신천복수대도 그랬고 조선인민군도 그랬고 김씨 왕조도 그랬다.

조선해방군은 어떨까. 그의 미래를 맡기기에 조선해방군이 과연 태림건설보다 나은 조직일까.

아직 결론은 내리지 못한 상태였다. 그런 고민 때문에라도 헌병대장을 직접 죽이고 싶지는 않았다.

아무리 평화유지군이 무능력하다 해도 자기네 군인, 그것도 장교가 죽은 걸 대충 넘길 리는 없다. '눈썹 아래 흉터가 있는 남자'를 범인으로 몰고 가는 일이 그리 수월하지만은 않으리라고 계영묵은 예상했다. 헌병대장이 죽는 순간에 그 근처에 있고 싶지도 않았다. 확실한 알리바이를 만들고 싶었다.

'조선해방군을 퇴사하고 태림건설의 정직원이 되자'는 결심이 섰을 때 후환을 남기고 싶지 않았다.

계영묵은 땅꼬마에게 전화를 걸었다. 땅꼬마는 중고 휴대전화 가게에서 산 대포폰을 들고 있었다. 거기에는 아무런 전화번호도 저장되어 있지 않았기 때문에 땅꼬마는 처음에 발신자가 누군지 몰랐다. 계영묵이 사용한 것도 대포폰이었다. 땅꼬마는 계영묵이 자신에게 직접 전화를 걸었다는 사실에 화들짝 놀랐다.

"어디냐."

계영묵이 물었다.

"지금 부대 정문에 있습니다. 헌병대장이 아직 부대 안에 있습니다."

"나오면 제대로 쫓아갈 수 있겠어?"

"예, 오토바이를 한 대 빌렸습니다. 헌병대장은 십중팔구 마사지 가게에 갈 겁니다. 헌병대장이 요즘 허리가 안 좋아서 수시로 마사지를 받고 있는데, 단골이 어디인지 압니다. 퇴폐 영업도 하는 곳입니다."

땅꼬마가 대답했다.

"뭘 해야 하는지는 알지?"

계영묵이 상냥한 목소리로 물었다.

"맡겨주십시오. 꼭 잘 해내겠습니다."

땅꼬마가 대답했다. 땅꼬마는 계영묵에게 '형님'이라는 말을 쓸지 말지 망설이다가 참았다. 그 호칭으로 계영묵을 불렀다가 호되게 혼이 나지 않을까 두려웠다.

"처음이지?"

"잘할 수 있습니다."

계영묵은 대답하지 않고 전화를 끊었다. 희미한 불신감을 비치는 게 소년을 더욱 자극하리라 여겼다.

계영묵은 한 달쯤 뒤에 땅꼬마를 직접 죽일 생각이었다.

눈호랑이 작전 현장에서. 최근에 그가 죽인 다른 여러 사람들처럼.

땅꼬마에게 고통을 줄 생각은 없었다. 뒤에서 목을 꺾어버리거나 총으로 머리를 쏘는 편이 좋으리라. 적어도 땅꼬마는 계영묵에게 잘못한 일이 없다.

계영묵은 다른 부하에게 전화를 걸었다. 태림건설 과장 직함을 달고 있는 부하였다. 계영묵은 명료하게 지시했다.

"눈썹 아래로 흉터가 났다는 그 자식을 찾아라. 부하들을 전부 동원해. 태림건설 직원들에게도 그 남자를 보면 알리라고 해. 최신주를 때려눕혔다는 합숙소부터 시작해라. 쪽방촌 근처에서 먹고 잘 수 있는 곳은 한 곳도 빼놓지 말고 뒤져라. 산 채로 잡으면 좋지만, 꼭 그러지 않아도 돼. 생포하려고 위험을 무릅쓸 필요는 없다."

장풍군은 큰 도시가 아니고, 이방인이 머물 수 있는 곳은 빤하다. 눈썹 아래 칼자국이 있는 남자를 찾는데 시간은 그리 오래 걸리지 않을 거라고 계영묵은 예상했다. 최악의 경우에는 아무나 잡아서 얼굴 흉터를 만들어 넣고, 그 다음에 죽여서 인민보안부에 넘기면 되리라.

*

헌병대장이 마사지 가게에서 나왔을 때 땅꼬마는 기회를 한 번 놓쳤다. 헌병대장은 건물 뒤로 들어가서 담배를 피우며 오줌을 눴다. 마사지 가게에 화장실이 없든지, 아니면 다른 손님이 화장실을 쓰고 있었던 모양이었다.

그때 헌병대장을 불러 세우고 칼로 찔렀어야 했다. 그러나 땅꼬마는 그러지 못했다. 아직 해가 완전히 지지 않았고, 조금 떨어진 거리에는 행인들이 많았다. 땅꼬마가 망설이는 사이 헌병대장은 용변을 다 보고 거리로 나왔다. 땅꼬마는 입술을 깨물었다.

그대로 헌병대장이 부대 안으로 돌아간다면…… 그래서 이 기회를 놓친다면…… 상상하기도 싫었다.

땅꼬마의 키는 작지 않았다. 오히려 그 반대였다. 북한 남자들의 평균 키보다는 훨씬 컸다. 태림건설의 폭력배들이 처음에 땅꼬마를 주목한 것도 그 덩치 때문이었다. '땅꼬마'라는 별명은 반어적인 호칭이었다.

"요즘 태어나는 애들은 다 저 정도 키는 돼요. 굶어본 적이 없잖아요. 저 정도 키는 남조선에 가면 그냥 땅꼬마야, 땅꼬마."

누군가 소년을 보고 그렇게 말했고, 그때부터 소년의 호칭은 땅꼬마가 되었다.

태림건설의 폭력배들은 땅꼬마가 행운아라고 했다. 고난의 행군 이후에 태어나서 굶주림을 경험하지 않았고, 징집될 나이가 되자 조선인민군이 해체되었으니 얼마나 운이 좋으냐는 것이었다. 땅꼬마는 그 말을 들을 때마다 부끄럽다는 듯이 웃으며 고개를 끄덕였다. '장마당 세대'는 고생을 안 하고 자라 정신력이 강하지 않다는 비난도 흔쾌히 인정했다. 앞선 세대의 질투심이나 열등감을 자극하고 싶지 않았다.

헌병대장은 부대가 있는 방향으로 걷지 않았다. 그는 부대 반대 방향으로 한 블록을 걸어갔다. 옷은 군복 차림이었다. 뒤에서 자신을 미행하는 사람이 있다는 사실은 전혀 눈치채지 못한 분위기였다.

땅꼬마는 헌병대장이 밥을 먹거나 술을 마시러 갈 거라고 예상했다. 그러나 헌병대장이 들어간 곳은 병원이었다. 의사 한 사람이 운영하는 작은 의원이었다. '어디가 아픈가?' 하고 땅꼬마는 생각했다. 땅꼬마는 평화유지군 부대 안에 군의관과 의무실이 있다는 걸 알았다. 당연히 평화유지군 군의관의 실력이나 의무실의 시설이 조선민주주의인민공화국 의원 수준보다는 훨씬 뛰어날 터였다. 그런데 왜? 땅꼬마는 영문을 모른 채로 의원 밖에서 헌병대장이 나오기를 기다렸다.

헌병대장이 장풍군 뒷골목의 의원을 찾은 것은 평화유지군 의무실에서는 처방을 받을 수 없는 수면주사인 프로포폴을 맞기 위해서였다. 북한의 병원에도 이제 기초 의약품이 제대로 공급되었고, 전신마취를 하는 병원에는 프로포폴이 있다.

헌병대장은 이즈음 잠을 제대로 못 이루고 있었다. 밤에 장교 숙소 침대에 누워 몇 시간이고 눈을 감고는 있었지만 피로가 풀리지 않았다. 허리 통증 때문인 것 같기도 했고, 몇 번 복용했던 필로폰의 부작용인가 걱정도 됐다. 백상구의 마약 기지 습격사건에 대해 의심하는 눈초리가 많아지는 데 대한 우려, 빌어먹을 업무 환경에 대한 스트레스 탓도 있을 터였다.

헌병대장은 '밤에 통 잠을 자지 못하는데 좋은 방법이 없겠느냐'고 군무원인 황동오에게 하소연을 했고, 황동오는 처음에는 그 얘기를 오해했다. 빙두를 구해오라는 지시로 받아들였던 것이다. 헌병대장은 마약을 원하는 게 아님을 명확히 알려야 했다. 헌병대장의 설명을 들은 황동오는 프로포폴 주사를 맞을 수 있는 의원을 소개해주었다. 수면주사를 맞고 나면 단 두어 시간을 눈을 붙여도 숙면을 취할 수 있었다.

*

땅꼬마는 그런 사정을 몰랐다. 소년은 왜 헌병대장이 그렇게 오랫동안 안 나오는지 의아해하며 의원 밖에서 초조하게 서성였다.

땅꼬마는 저녁을 먹지 못해 배가 고팠지만 참았다. 장마당 세대는 굶주림을 모른다는 비난은 부당했다. 2013년에 대홍수가 있었고, 사람들은 그때를 '2차 고난의 행군' 또는 '3차 고난의 행군'이라고 불렀다. 땅꼬마는 당시 상황을 똑똑히 기억했다. 땅꼬마가 살던 동네에서는 배급이 끊겼고, 근로자 한 달 월급으로는 장마당에서 한 주먹 분량의 쌀도 살 수가 없었다. 마을 사람들은 집 안에 있는 물건을 전부 내다 팔고, 거리낌 없이 남의 재산을 훔쳤다. 사흘 굶고 도둑이 되지 않는 사람은 아무도 없었다.

땅꼬마의 아버지도 그때 죽었다. 굶어 죽은 게 아니라 공개 처형을 당했다. 그해에는 특별히 집단농장 수확물을 농장원들이 직접 집에 가져가도 좋다는 허가가 내려졌다. 농민들은 탈곡하지 않은 볏단을 받아갔다. 몇몇 사람들은 집에서 볍씨를 말린 뒤 판자에 대고 쳐서 낟알을 거뒀다. 상당수 농민들은 농장 간부에게 볏단을 맡기고 콤바인으로 탈곡을 해달라고 부탁했다. 그 간부는 사기를 쳐서 쌀알을 절반 가까이 횡령했다. 그러자 사람들이 간부의 집으로 몰려가 돌을 던지며 항의했고, 간부는 폭동이 일어났다며 국가안전보위부를 불렀다.

농장 간부의 집에 돌을 던졌던 소년의 아버지는 체포되어 국가안전보위부에 끌려갔다. 그가 받은 혐의는 국가반란죄였다. 농장 간부가 증인이었다. 형이 확정된 땅꼬마의 아버지는 일주일 뒤 공개 처형을 당했다. 그날 그는 몸이 만신창이가 되어 처형 장소까지 제대로 걸어오지도 못했다. 보위원들이 양쪽에서 땅꼬마 아버지의 팔을 잡고 질질 끌고 왔다. 구덩이도 보위원들이 직접 팠다.

어린이였던 땅꼬마는 보위원들이 판결문을 읽는 동안 울면서 아버지와 눈을 마주치려 애썼다. 어머니는 넋이 나가 아들이 무엇을 하는지 알아차리지도 못했다. 여동생은 너무 어렸다. 구덩이 앞에 무릎을 꿇은 아버지는 땅꼬마를 쳐다보기는 했으나 아들을 알아보지 못했다. 아버지는 눈동자가 텅 비어 있었다.

보위원은 소가죽으로 싼 방망이로 아버지의 뒷머리를 때렸다. 둔탁한 소리와 함께 땅꼬마의 아버지는 앞으로 엎어졌다. 방망이에 피가 묻어났지만 양이 많지는 않았다. 사람이 죽는데 고작 저 정도의 피밖에 나오지 않는다니, 싶을 정도의 양이었다. 보위원 중 젊은 쪽이 아버지의 시체를 구덩이에 밀어 넣었다. 마을 사람들은 그 구덩이에 돌을 하나씩 던졌다. 그중에는 얼마 전 농장 간부의 집에 돌을 던졌던 사람도 있었다.

농장 간부도 그 자리에 와 있었다. 그는 보위원이 판결문을 낭독할 때 열정적으로 박수를 치고 얼굴이 벌게질 때까지 김씨 왕조를 찬양하는 구호를 외쳤다. 소년은 농장 간부의 얼굴과 이름을 기억해두었다.

여동생은 그해 겨울을 넘기지 못했다.

김씨 왕조가 무너지고 북한에 통일과도정부가 들어섰을 때, 조선인민군이 해체되고 평화유지군이 들어왔을 때, 땅꼬마는 순진한 희망을 품었다. 새 정권이 아버지의 죽음을 재조사하지는 않더라도, 적어도 김씨 왕조에 충성했던 농장 간부와 보위원들에게 적절한 처벌은 내릴 거라고 기대했던 것이다. 정말이지 얼토당토않은 생각이었다. 반인권범죄피해자보상심의위원회는 땅꼬마 아버지의 사례는 아예 조사조차 할 의향이 없었다.

그들은 다른 문제들을 조사하기 위해 만들어진 조직이었다. 남조선 정부가 여론에 따라 갈팡질팡하며 파고들었다 덮곤 하는 김씨 왕조 권력층의 범죄 문제, 국군 포로 문제, 일본이 열을 올리는 납북 일본인 문제, 또는 미국인들이 듣고 싶어 하는 정치범수용소 문제 같은 것들. 형식적이나마 재판을 받고 처형된 북조선 인민 한 사람의 억울한 사연 따위에는 눈곱만큼도 관심이 없었다.

정말 어이가 없었던 것은, 집단농장 간부는 이름을 바꾼 국가 소유의 농장 간부가 됐고, 국가안전보위부의 지도원들 역시 이름을 바꾼 새 공안조직의 직원으로 계속 일한다는 현실이었다. '김씨 왕조에 조금이라도 충성했던 사람을 다 잘라낸다면 새 정부에서 일할 사람이 누구겠느냐, 그 포악했던 시절에 김씨 왕조에 저항했던 사람들은 다 수용소로 끌려가 죽지 않았느냐'고 사람들은 말했다. '70년이 넘는 기간 동안 억울한 일이 한두 가지였나, 집집마다 원통한 사연 하나쯤은 있지 않은가, 그걸 다 들춰내면 새 출발을 어떻게 한단 말인가'라고도 말했다.

'그 농장 간부와 보위원 놈들을 진작 죽였어야 했다'고 땅꼬마는 생각했다. 통일과도정부가 들어서기 전에 그랬어야 했다. 이제는 그들을 죽이기가 더 어려워졌다. 농장 간부는 돈을 모아 경호원을 거느리게 됐고, 보위원 출신들은 평화유지군의 협조자가 되어 쉽게 건드릴 수 없는 존재가 됐다.

그래서 땅꼬마는 태림건설의 폭력조직에 가담했다. 아직 정식 '입사'는 하지 못했지만, 조직의 밑바닥에서 막내 취급을 받으며 하잘것 없는 일거리를 수행하고 있었다. 여기서 헌병대장을 제대로 죽이면 능력을 인정받고 단숨에 신분이 몇 단계 상승하리라. 땅꼬마는 그렇게 믿었다.

*

헌병대장은 세 시간이 지난 뒤에야 의원에서 나왔다. 밤이었고, 후미진 뒷골목에 행인은 거의 없었다. 조금만 뒤를 밟으면 헌병대장을 공격하기 적당한 장소가 나올 거라고 땅꼬마는 생각했다.

헌병대장이 깊은 잠을 자는 동안 땅꼬마는 자신이 표적을 놓친 게 아닌가 하는 생각에 공포에 떨었다. 땅꼬마는 원시 종교를 만들어낸 고대인 같은 논리에 빠졌다. 강하게 다짐하고 각오를 굳힐수록, 간절히 바라고 소망할수록, 자신의 바람이 실현될 것 같았다.

'헌병대장이 내 눈앞에 모습을 드러내기만 한다면, 그것만 이뤄진다면, 절대 주저하지 않겠습니다. 제발 도와주세요.'

헌병대장은 마취약의 효과가 덜 풀린 채 비틀거리는 걸음으로 병원에서 나왔다. 땅꼬마는 누군가가 자신의 소원을 들어줬고, 자신을 시험하고 있다고 그 상황을 받아들였다.

땅꼬마는 헌병대장을 쫓아갔다.

수면주사를 맞지 않았더라도 걷다 보면 방향감각을 잃게 마련인, 구불구불한 골목길을 따라갔다. 좁은 골목길이었다. 가로등의 간격이 점점 뜸해졌다. 그토록 막강한 권력의 상징이었던, 평화유지군 휘장이 달린 옷을 입은 사내가 땅꼬마 앞에서 휘적휘적 걷고 있었다.

땅꼬마는 어떻게 해서 헌병대장을 불러 세울까 고민하고 있었다. 뒤에서 칼을 찌르지 말고 정면에서 찌르라는 지시를 받았다. 헌병대장이 길거리에서 붙은 시비 끝에 죽은 것처럼 위장해야 했기 때문이다.

'저기요, 라고 불러야 하나? 야, 라고 하는 게 나을까? 어차피 곧 죽일 놈인데 그냥 이 새끼야, 라고 부를까?'

그때 헌병대장의 모자가 벗겨져 땅에 떨어졌다. 헌병대장은 군모를 주우려고 몸을 돌리다 뒤에서 쫓아오던 땅꼬마와 눈이 마주쳤다. 평화유지군 중령의 눈은 흐리멍덩했다. 땅꼬마는 무언가를 생각할 겨를도 없이 헌병대장에게 달려가 품에서 꺼낸 칼로 그의 가슴을 찔렀다.

칼날이 적당한 속도로 쑥 들어갔다. 덜 녹은 고기를 썰 때 같은 느낌이었다. 헌병대장은 자신한테 무슨 일이 일어난 건지 모르는 듯했다. 땅꼬마도 자신이 무슨 일을 저지른 건지 정확히 알지 못했다. 두 사람은 몇 초간 더러운 길 위에서 그렇게 얼어붙은 듯이 서 있었다.

상대가 쓰러지지 않았으므로 땅꼬마는 칼을 뽑아 다시 찔렀다. 이번에는 헌병대장의 입에서 "흡" 또는 "헛"으로 들리는 짧은 한숨이 나왔다. 헌병대장은 아직도 쓰러지지 않았다. 처음에 칼을 꽂았던 상처에서 피가 쏟아졌다. 옆이 터진 수도관에서 물이 쏟아져 나오는 것 같았다.

'아버지가 죽을 때에는 이렇게 피가 많이 나오지 않았는데.'

사람의 피로 손이 미끄러워지자 땅꼬마는 당황했다. 그는 칼을 뽑아 세 번째로 상대의 가슴에 꽂았다. 사람을 확실하게 죽이려면 칼날을 찌른 뒤 비틀어야 한다는 말을 들은 기억이 났다. 땅꼬마는 손잡이를 돌리다 칼을 놓쳤다. 칼날이 상대의 갈비뼈 사이에 끼었던 것이다.

칼을 놓친 땅꼬마는 겁을 먹고 한 걸음 물러났다. 헌병대장이 왜 쓰러지지 않는지 이해가 되지 않았다. 땅꼬마는 헌병대장의 얼굴을 쳤다. 이제 헌병대장은 무방비 상태에서 급습을 당한 피살자에서 길거리 싸움을 벌이다 칼에 찔려 죽는 피해자의 모습에 좀 더 가까워졌다. 얼굴을 얻어맞은 헌병대장은 뒤로 넘어가려는 것처럼 주춤하다가 오히려 앞으로 넘어졌다. 땅꼬마는 자기도 모르게 헌병대장의 몸을 받았고, 헌병대장의 피를 꼼짝없이 옷에 뒤집어썼다. 형편없는 실수의 연속이었다. 땅꼬마는 헌병대장을 바닥에 내동댕이치고 몇 걸음 물러났다. 그리고 다시 다가와 죽어가는 사람의 몸을 발로 걷어찼다. 그러다 문득 자신의 지문이 묻었을지 모를 칼을 회수해야 한다는 데 생각이 미쳤다.

땅꼬마는 피범벅이 된 웃옷을 벗어 그걸로 칼을 뽑았다. 다행히 골목은 충분히 어두웠고, 밤인 걸 감안해도 기이할 정도로 지나가는 사람이 없었다. 땅꼬마는 대로로 나가려다 길을 잃었고, 다른 곳보다 조금 낮은 담장을 봤을 때 충동적으로 그 담벼락을 넘었다.

담벼락 안쪽은 슬레이트 지붕이 있는 허름한 단독주택이었다. 사람이 집에 아직 들어오지 않았는지 건물에 빛이라고는 조금도 없었다. 땅꼬마는 어둠에 눈이 익을 때까지 숨을 죽이고 쪼그리고 앉아 있었다.

마당 한쪽에서 우물을 발견한 땅꼬마는 끈이 달린 양동이로 물을 길어 몸을 씻었다. 얼음같이 차가운 물이었다. 첫 살인의 흥분과, 헌병대장이 모자를 떨어뜨렸을 때부터 그때까지 이어진 기적 같은 행운에 달떠 있던 소년의 몸은 그래도 완전히 식지 않았다. 땅꼬마는 몇 번이나 위에서 올라오는 신물을 참았다.

몸에 묻은 피를 씻어내고 빨랫줄에 걸려 있던 옷가지를 훔쳐 입은 소년은 다시 담을 넘은 뒤 인민보안부의 긴급신고 번호로 전화를 걸었다. 칼은 손잡이를 잘 닦아 길모퉁이에 버렸다.

긴급신고 상담원은 한참 동안 전화를 받지 않았다. 조선민주주의인민공화국의 공공서비스가 대부분 그러했다. 남조선의 어설픈 복제들이었다. 그러나 지금은 불평할 시간이 아니었다.

마침내 상담원이 연결됐을 때 땅꼬마는 토하듯 내뱉었다.

"남조선 군인이 죽었어요."

"네?"

전화선을 타고 오는 무의미한 헛소리와 과로에 지쳐 있던 상담원은 깜짝 놀랐다. 아이러니하게도 땅꼬마는 정말로 살인을 목격한 사람이었고, 정신적으로 큰 충격을 받은 상태여서, 그의 목소리는 무척 호소력 있게 들렸다.

"남조선 군인이 칼에 찔려 죽었어요. 눈썹 아래 흉터가 있는 남자와 다투더니 주먹다짐을 하다가 칼에 찔렸어요. 눈썹 아래 칼자국이 난 남자가 칼로 찔렀어요."

"거기가 어디신가요?"

상담원의 긴장한 목소리.

"장풍군이요. 장풍군 골목…… 어딘지는 모르겠어요!"

땅꼬마는 전화를 끊었다. 그 정도면 충분할 것이었다.

5

"그래도 끝까지 희망을 가져야겠죠? 장리철 선생님 말마따나 그런 양아치 집단에는 허세 부리기 좋아하는 놈들이 많으니까. 명화 말마따나 확인하기 전까지 단정 지으면 안 되는 거니까."

문금옥은 눈두덩이가 부어 있었다. 그런 얼굴로 그녀는 억지로 웃으며 무의미한 말들을 늘어놓았다. 그러면 은명화가 그 말에 맞장구를 치며 토닥여줬고, 문금옥은 잠시 뒤에 똑같이 무의미한 이야기를 반복했다. 박우희는 주방에서 그들이 먹을 밥을 볶았다.

장리철과 은명화, 박우희, 문금옥은 장풍버거에 있었다. 박우희는 아예 가게 문을 닫았다. 창문에 '내부 수리로 휴업합니다'라는 종이를 써 붙였다. 장리철과 은명화가 가짜 증인을 심문하고 돌아오자 박우희는 "일단 밥이나 먹자"며 주방으로 들어갔다.

장리철은 훌쩍거리는 문금옥보다 차분한 박우희의 모습에 오히려 놀랐다. 아들을 잃는 게 남편을 잃는 것보다 덜 고통스럽지는 않을 텐데…….

"약쟁이 녀석, 우리 앞에서는 그렇게 우겨대더니 몇 대 맞으니까 진실을 말하네. 다 장리철 선생 덕분이에요."

박우희가 주방에서 볶음밥을 내오며 말했다. 문금옥이 눈을 문지르고 수저와 반찬을 테이블 위에 놓았다. 네 사람은 식사를 시작했다. 밥을 먹으며 박우희가 말했다.

"장마당 여성 동무들 단체대화방에 인력사무소장에 대해 물어봤어요. 그 악질 소장은 요즘은 건설 현장에서 일찍 나와서 자기 사무소로 돌아갔다가 거기서 퇴근하는 경우가 많대요. 그 사무소에서 경리를 하는 동무가 우리 대화방 식구야. 소장이 그 사무실에 들어오면 우리한테 알려주기로 했어요."

"소장이 왔다는 연락을 받고 출발하면 늦지 않을까요? 건설 현장 근처에서 기다리고 있다가 퇴근하는 걸 잡는 게 낫지 않겠습니까?"

장리철이 물었다.

"괜찮을 거예요. 한번 사무소에 들어오면 두어 시간 있다가 퇴근한다니까. 만약 사무실에서 놓치면 그 악질의 집으로 찾아가면 돼요. 집주소도 알아요. 건설 현장은 너무 커서 그자가 어디에 있을지 알기도 어렵고, 여기서 멀기도 멀어요."

박우희가 대답했다.

"건설 현장 주변에는 들락거리는 차도 많고 사람도 많아서 접근하기 힘들어요. 인력사무소는 건설 현장 밖에 있으니까 그 악질이 혼자 있으면 가서 덮칠 수 있어요."

은명화가 덧붙였다.

"건설 현장이 얼마나 큽니까?"

장리철이 물었다.

"굉장히 커요. 이 근처에서 하는 공사 중에 가장 큰 공사예요."

박우희가 대답했다.

"공사장은 장풍군이 아니라 토산군에 있어요. 거기에 토산교도소가 있고 토산희망교도소라는 곳도 있어요. 토산희망교도소는 남조선의 민영교도소예요. 두 곳 다 공사 중인데, 거기에 태림건설을 비롯해서 여러 업체들이 참여해요. 남조선 건설사 몇 곳이 컨소시엄으로 건물을 짓고, 그 아래 북조선 중견업체들이 같은 현장에서 지도를 받으며 일하는 거죠. 태림건설 사무실은 어디에 있는지 알지만 태림건설 사람들이 그 공사장 어디에서 일하는지는 정확히 몰라요. 우희 언니 아들이나 금옥 언니 남편이 무슨 일을 했는지도 그래서 모르는 거고요."

은명화가 덧붙였다.

"한 지역에 교도소가 왜 두 개나 있는 거죠? 그리고 민영교도소라는 게 뭡니까?"

장리철이 다시 질문했다. 박우희와 문금옥은 서로 얼굴을 마주 보았다. 은명화가 다시 입을 열었다.

"토산군뿐 아니라 이곳저곳에서 교도소 공사를 많이 하고 있어요. 남조선 언론이 공화국에 와서 열심히 취재해가는 게 교도소라서요. 제일 인기 있는 건 아직도 김씨 왕조 권력층의 문란한 사생활 이야기들이지만."

사실 은명화가 보기에 남조선 언론들은 더 이상 기쁨조, 섹스 파티, 당 간부 자녀들의 탈선 같은 뉴스에 예전처럼 열을 올리고 있지는 않았다. 실체 없는 허풍이 많은 데다 모자이크 화면에 상상으로 그린 그림밖에 없었기 때문이었다. 북한의 최고 호화 연회장이라 봤자 남한 시청자들이 보기에는 하품 나오는 수준이었다. 은명화는 그런 이야기는 건너뛰었다. 사회적인 문제에는 묘하게 시야가 좁아 보이는 장리철이 그런 맥락을 이해할 수 있을 것 같지 않았다. 과연 장리철은 엉뚱한 질문을 던졌다.

"남조선 사람들은 왜 그런 데 관심이 있는 겁니까?"

"그들이 보기에는 그런 게 굉장히 자극적인 거죠. 정치범수용소 실태, 고문 경험담 증언 같은 거요. 그 사람들이 왜 그런 이야기에 끌리는지는 몰라요, 편하게 살아와서 그런가. 아무튼 한동안 북한 교도소 이야기가 남한 TV에 많이 나왔어요. 그런 프로그램들을 보고 남조선 사람들이 충격을 많이 받았죠. 그 결과, 지금 남조선에서 제일 우선 지원하는 사업이 교도소 개선 사업이에요. 지금 교도소에 있는 죄수들이 전부 양심수나 정치범은 아니잖아요. 무작정 풀어줄 수는 없죠. 그런데 여기 교도소 시설이 형편없이 낡았고 사람이 바글바글하니 남조선 기준으로 교도소 수준을 맞추려면 건물을 엄청나게 많이 지어야 하죠. 통일과도정부도 그게 괜찮은 장사라는 점을 알아차렸고요. 토목공사는 많이 벌이면 벌일수록 좋은 거 아닙니까. 일자리가 생기고, 남한 자본도 들어오고, 또 높은 자리에 있는 사람들이 뒤로 빼돌릴 돈도 많아지죠."

　장리철은 은명화의 이야기를 들으며 열심히 생각하는 것 같았다. 그런 거시적인 관점에서 세상을 본 적이 없었던 게 분명했다. 은명화는 속으로 한숨을 쉬고 설명을 이어나갔다.

　"토산교도소가 원래 있던 교도소인데 지금 확장 공사를 하고 있고, 옆에 짓는 토산희망교도소가 민영교도소예요. 이건 다 지어지면 남조선의 교회 재단이 운영할 거예요. 일종의 시범사업으로 보시면 돼요."

　"시범사업이요?"

　"남조선 여론도 몇 년 전하고는 많이 달라요. 북한에 그동안 들어간 돈이 몇십 조네, 국가 예산의 몇 퍼센트네, 세계적으로도 대외 원조가 이렇게 많은 경우는 없네, 하면서 비판적으로 보는 시각이 많아졌습니다. 그래서 요즘은 남조선 정부가 이전과는 다른 방식으로 대북 원조를 접근하고 있어요."

　"남조선 사람들에게 필요하지만 피하고 싶은 시설들을 공화국에 짓자는 거예요. 그러면서 북조선에 돈을 주겠다는 거죠. 그러면 남북이 다 좋은 거 아니냐."

　박우희가 거들었다. 장리철은 천천히 고개를 끄덕였다. 그러나 다른 사람들의 눈에는 장리철이 지금 오가는 이야기를 제대로 알아듣는 것 같지는 않았다.

　"화력발전소, 쓰레기매립지, 화장장, 납골당, 방사성폐기물처리장, 정신병원…… 그런 걸 공화국에 짓자는 거죠. 발전소나 방폐장은 엉성하게 지으면 안 되니 북조선 건설 회사들이 손대게 놔두기에는 아직 조심스럽지만, 교도소는 괜찮잖아요? 기껏 사고가 나봤자 안에 있던 죄수들이 탈옥하는 것뿐이잖아요."

"남조선 죄수들이 공화국에 온단 말입니까?"

장리철이 어이가 없다는 표정으로 물었다.

"죄수들만 오는 게 아니에요. 죄수의 가족들도 함께 오는 거예요. 여기에 면회를 와서 먹고 자고 돈을 쓰고 가는 거죠. 저는 나쁘지 않다고 봐요. 어차피 공사비도 전부 남조선에서 대는 걸요. 그게 남조선 정부 돈도 아니라서 남한 사람들도 불만이 없죠. 남조선 교회들이 어떻게든 공화국에서 사업을 벌이려고 경쟁을 하고 있어요. 토산희망교도소도 남한의 큰 교회 한 곳이 짓는 거예요."

할 말을 찾지 못한 리철은 잠자코 볶음밥을 먹었다. 그때 갑자기 박우희가 입을 열었다.

"금옥아, 혹시 네 신랑이 태림건설에 취직하기 전에 다른 데서 일자리 제안을 받은 적 있나?"

"아니요, 없었죠. 상습 절도범으로 평화유지군에 단단히 찍혀서……. 인력사무소에서도 안 받으려고 했는걸요. 그때는 그냥 장마당 돌아다니면서 알음알음으로 어느 건물 지하실에 물이 찼다거나 누구네 집에 배관이 터졌다거나 하는 일을 수리해주면서 살았어요."

문금옥이 더듬더듬 대답했다.

"그런데 왜 갑자기 태림건설에서 네 남편을 데려갔을까?"

박우희가 물었다. 은명화가 뭔가를 눈치챈 듯 고개를 들었다.

"금옥 언니 신랑이 꼭 필요했던 거죠. 협력공단 철책에 개구멍을 파서 도둑질을 한 전과에도 불구하고."

"그 전과에도 불구하고 필요했던 게 아니라, 그 전과 때문에 필요했던 거지."

박우희가 말했다. 장리철과 문금옥은 어리둥절한 표정이었다.

"무슨 이야기인지 하나도 모르겠어요. 언니, 설명 좀 해주시오."

문금옥이 말했다.

"이걸 여태까지 생각을 못 했다는 게 신기할 정도네. 내가 정신이 어떻게 됐었나 봐. 태림건설은 내 아들과 네 남편을 시켜서 교도소에 개구멍을 파고 있었던 거야. 땅굴을 파본 경험이 있는 기술자와 건축기사 한 명이 필요했던 거지. 그래서 한 달간 일을 시키고, 그 일이 끝나니 제거한 거야. 그런 다음 금고를 털어 도망쳤다는 누명을 씌운 거지."

박우희가 설명했다.

"그 정도 공을 들여야 할 이유가 있었던 거예요. 지금 토산교도소에 굉장히 중요한 인물이 있는 것 아닐까요? 그 사람을 탈옥시키려는 거죠!"

은명화가 흥분해서 말했다.

"아니면 굉장히 중요한 인물이 토산교도소에 들어갈 예정이라거나. 토산교도소에 탈출로가 있다는 사실을 알면 큰 사건을 저지를 수 있겠지."

박우희가 말했다.

"그 악질 사무소장 녀석, 사무소에 거의 도착했대요. 차 오는 게 보인대요."

문금옥이 휴대전화를 보며 말했다.

"생각보다 일찍 왔군요. 지금 갈까요?"

장리철이 말했다.

"해 질 무렵에 출발하는 편이 낫겠어요. 제가 데려다드릴게요."

은명화가 말했다.

*

"거기서 저한테 총을 겨누는 자세를 취해보세요."

말레이시아군 헌병 대위인 미셸 롱이 강민준에게 지시했다.

"이, 이렇게요?"

한국군 대위인 강민준이 엉거주춤 포즈를 잡았다. 그러자 미셸 롱은 손날로 강민준의 목을 긋는 시늉을 하더니 뒤로 돌아 반대 방향으로 총을 쏘는 시늉을 했다.

"오른손으로 칼을 휘두르고, 다시 오른손으로 총을 집어 오른손으로 총을 쏜다. 그때까지 표적들은 반격하지 않고 기다린다. 이럴 확률이 얼마나 될까요?"

롱이 물었다.

"총을 집어 드는 건 왼손으로도 할 수 있잖습니까?"

민준이 반론했다.

"저기 벽에 피가 튄 자국을 보세요. 칼은 왼쪽에서 오른쪽으로 휘두른 거예요. 그래서 핏줄기도 그런 방향으로 나 있죠. 공격자는 몸을 이렇게 돌리면서 칼을 휘둘렀을 거예요. 이 상황에서 테이블에는 오른손이 훨씬 가깝죠. 왼손으로 탁자에 놓인 총을 집어 들려면 몸을 반 바퀴 더 돌려야 해요. 오른손으로 칼을 휘두르고, 오른손으로 총을 집어서 오른손으로 쏘는 거나, 총을 드는 동작만 왼손으로 하는 거나, 시간 차이는 별로 없어요. 말이 안 되는 동작이에요."

롱과 민준은 살육전이 벌어졌던 백고구마의 마약 기지 안에 들어와 있었다. 민준은 고개를 끄덕이며 알았다는 시늉을 했다. 입을 벌릴 때마다 피 섞인 공기가 폐로 직접 들어가는 느낌이라 가능하면 말을 하고 싶지 않았다. 군무원은 구역질이 난다며 밖으로 나간 지 오래였다.

롱은 경비병들이 밖을 내다보는 창문, 창문 옆에 설치된 망원경, 그리고 벙커 한쪽 벽에 붙은 철문도 꼼꼼히 살폈다.

"최소한 이곳이 위장 시설이 아니라는 점은 인정해요. 정말 여기서 마약 운반을 하긴 한 것 같아요. 분계선 남쪽에는 삼중, 사중으로 경보장치가 있을 텐데 그걸 뚫는 길을 알아냈나 보군요. 아니면 내통자를 구했든지."

롱이 말했다.

"이게 다 가짜일 가능성까지 염두에 두고 계셨습니까?"

강민준이 물었다.

"마약조직은 뭐든지 할 수 있어요. 사람 네 명을 죽이는 일 따위는 아무것도 아니에요. 죽은 사람들이 정말 이곳 마약조직의 일원이었는지 아니었는지도 확실치 않잖아요."

롱 대위가 말했다.

"그러면 이제 출입국관리소나 검문소 사람들은 마약을 통과시켜주고 있다는 누명을 좀 벗는 겁니까?"

강민준은 짐짓 농담인 척하며 물었다. 물론 미셸 롱은 조금도 웃지 않았다.

"그렇진 않죠. 마약이 그쪽과 이쪽으로 동시에 내려가고 있는 거예요. 북한에서 남한으로 넘어가는 마약의 양은 어마어마해요. 이 정도 기지가 유통할 수 있는 양은 전체 흐름에 비하면 가는 시냇물이나 마찬가지예요."

"평화유지군은 마약과의 전쟁 의지가 정말 강한 것 같군요."

자기도 모르게 냉소적인 말을 내뱉은 뒤, 강민준은 속으로 '아차차' 하고 중얼거렸다. 롱은 민준의 은근한 비난을 못 들은 척 피하지 않았다.

"우리는 법 집행자들입니다. 당연히 마약에 맞서겠다는 의지가 강해야 하지 않을까요?"

"죄송합니다."

강민준이 대답했다. '법 집행자의 자리를 자원한 당신과 달리 나는 빌어먹을 국방의 의무 때문에 끌려왔다'고 항변하고 싶었지만 꾹 참았다.

유들유들한 강민준의 눈에는 자로 잰 듯 반듯하고 융통성 없는 모범생 과인 미셸 롱이 그다지 일을 잘할 것처럼 보이지는 않았다. 반면 롱의 눈에도 강민준이 꽤 한심하게 비치는 모양이었다. 부패한 다혈질 군인인 헌병대 중령보다는 낫다는 정도인 듯했다.

"가끔은 한국 사람들을 잘 이해하지 못하겠어요. 북한 문제에 제일 무관심한 사람들이 한국인들 같아요. 북한 문제에 일본이나 미국 언론이 관심을 기울이는 것과 비교해보면 한국 사람들은 성의가 없어 보일 지경이에요. 왜 그러죠? 바로 옆에 있는 나라이고, 유일하게 국경을 맞대고 있는 나라잖아요. 한 세기 전까지 같은 나라 아니었나요? 통일에 대해 여론조사를 하면 아직 그래도 찬성 여론이 더 높지 않나요?"

롱이 마약 기지 수색을 계속하면서 따졌다. 강민준은 처음에는 "아, 네, 저도 잘 모릅니다" 하고 웃어 넘겼지만 자기도 모르게 점점 답이 길어졌다.

"질려버린 거죠. 옆집 사람이 매일 롱 대위님 집 대문에 칼을 꽂고 욕설을 퍼부으며 살해 협박을 한다고 생각해보십쇼. 그러기를 수십 년인데, 그 옆집 사람이 진짜로 심각한 위협이 된 적은 별로 없다고. 그렇다고 이사를 갈 수도 없고 그 옆집 사람을 이사를 보낼 수도 없는 상황이라면 사람이 어떻게 될 것 같습니까? 그냥 지겨워지고, 그 사람에 대해 생각하는 일 자체가 싫어집니다. 짜증만 날 뿐이에요.

우리한테 북한이 그렇습니다. 제가 어렸을 때부터 2, 3년에 한 번씩 북한은 핵실험을 벌이거나 미사일을 쏘거나 했어요. 아주 어렸을 때에는 북한이 전쟁을 일으키겠다고 으르렁거리면 부모님이 집에 생수도 사고 라면도 사뒀던 기억이 납니다. 정말 옛날 일이에요. 그렇게 사놓고, 유통기한 지난 라면을 버리고, 다시 사고, 그러기를 수십 년을 하다가, 어느 순간에 그냥 생수도 라면도 안 사게 된 거죠. 북한은 대부분의 한국인들에게 신종 인플루엔자만큼도 위험하지 않은 존재예요. 실제로 얼마나 위험이 되건 말건, 다른 나라 사람들이 어떻게 받아들이건 말건."

"저 전망대 위에 서서 저한테 총을 겨누는 시늉을 한번 해보실래요? 여기서 조준할 만한 거리로 느껴지는지 알고 싶어요."

롱이 지시했다.

"아, 예."

강민준은 롱이 가리키는 곳으로 올라갔다.

"지금 북한의 위협은 미사일이나 원자폭탄이 아니잖아요? 북한산 마약이 물밀듯이 내려와서 남한을 휩쓸고 부산을 통해서 세계로 수출되고 있어요. 이건 충분히 경각심을 가져야 할 문제라고 보는데요."

계단을 올라가는 강민준을 향해 롱이 말했다. 민준은 뒤도 안 돌아보고 대답했다.

"그것도 다 똑같습니다. 이번에는 이런 비유를 들어볼까요? 롱 대위님한테 형제자매가 여러 명 있다고 쳐요. 그런데 그 형제자매가 정신이 제대로 박힌 사람이 아무도 없고, 다들 나가서 매일매일 대형 사고를 치는 거예요. 누구는 음주운전을 하고, 누구는 사람을 때리고, 누구는 터무니없는 빚을 지고, 누구는 물건을 훔치고……. 그러면 어느 순간부터 롱 대위님도 형제자매 소식은 더 듣고 싶지 않게 될 거예요. 마음에서 지워버리게 되는 거죠. 그 형제자매를 다 합해 놓은 게 북한이에요. 남한 사람들 대부분은 북한 소식은 듣고 싶지 않아 해요. 너무 지겹고, 감당이 안 되니까요. 하나님, 왜 저런 형제를 저에게 주셨나요, 그런 심정이에요."

"비유를 참 잘 드시네요. 시나 소설을 쓰신 적이 있나요?"

"아니오. 게임 개발자라서 게임 시나리오를 쓴 적은 있습니다."

롱과 민준은 그렇게 티격태격하면서 백고구마의 마약 기지 조사를 마쳤다. 사실 강민준 입장에서는 롱이 무엇을 조사하는지 정확히 알지 못했지만.

기지를 나오자마자 롱과 민준의 휴대전화에 부재 중 전화 메시지가 여러 건 찍혔다. 두 사람 모두 지하 기지 내부에서는 휴대전화 전파가 잡히지 않는다는 사실을 미처 몰랐다.

롱도 민준도 부재 중 전화 메시지에 나온 번호로 전화를 걸었다. 민준에게 전화를 건 발신자는 통화 중이었다. 롱은 상대와 연결이 되었다. 민준이 알아듣지 못하는 언어로 한참 통화를 하고 난 롱은 전화를 끊고 굳어진 얼굴로 말했다.

"헌병대장이 죽었어요."

*

장풍군 장마당은 잔가지가 많은 나무 형태였다. 일자형으로 길게 늘어진 중심 줄기가 동서로 뻗었고, 남북 방향으로는 작은 골목들이 나 있었다.

태림건설은 그 아래 하청업체를 여럿 두었고, 공사 현장도 여기저기 흩어져 있었다. 태림건설의 인력사무소는 장마당 양끝에 하나씩 있었다. 개중 상식적인 인간이 운영하는 사무실이 동쪽, 악질 소장이 운영하는 곳이 서쪽이었다. 개성시와 금천군 공사 현장은 서쪽에서, 강원도 공사 현장은 동쪽에서, 토산교도소와 토산희망교도소 현장은 양쪽에서 공동으로 담당한다고 했다.

은명화와 장리철은 서쪽 인력사무소의 길 맞은편 고지대에서 건물을 내려다보고 있었다. 오토바이를 몰고 가파른 오르막길을 오르는 게 쉽지는 않았지만 그럴 가치는 있었다. 위에서 내려다본 태림건설의 인력사무소는 남한 사람들이 봤다면 버스 회사의 차고지로 착각했을 구조였다. 새벽마다 사람과 차들이 모일 큰 공터가 있었고, 단층 건물 하나와 컨테이너가 몇 개 있었다. 컨테이너는 휴게실이나 탈의실로 쓰였고, 단층 건물은 인력사무소 사무실이었다.

그 사무실에는 불이 하나만 켜져 있었다. 소장실이었다.

"경리 언니가 메시지를 보내왔어요. 정문 입구와 건물 현관에 CCTV 카메라가 있대요. 그런데 고장 났기 때문에 신경 쓸 필요 없대요. 그 외에 다른 보안장치는 없대요."

은명화가 말했다.

"그래도 정문으로 들어가는 건 위험할 것 같습니다. 가로등 때문에 공터에 불이 너무 환해서요. 건물 뒤쪽 담을 넘어서 들어갈까 합니다. 여기서 건물 앞까지는 같이 가시고, 정문 근처에서 기다리십시오. 제가 들어가서 그 악질 녀석을 붙잡은 뒤 전화를 걸겠습니다."

장리철이 말했다.

"저 벽은 3미터는 돼 보이는데요. 넘을 수 있겠어요?"

"일없습니다."

그들은 언덕의 경사가 끝나는 즈음에서 오토바이에서 내렸다. 걸으며 오토바이를 밀고 가는 은명화에게 리철이 물었다.

"쭉 궁금했던 건데, 단체대화방의 여자들은 왜 그렇게 박우희 선생에게 협조적인 겁니까? 자기 사무실의 보안 상태를 알려주는 행동은 언뜻 이해가 가지 않는데요."

"얘기하자면 길어요. 저희들은 다 우희 언니에게 신세를 진 사람들이에요."

"박 선생이 예전에 높은 자리에라도 계셨던 모양이죠?"

"아니에요. 언니는 예전부터 그냥 장마당 상인이었어요. 하지만 어떤 높은 자리에 있는 사람도 해주지 못한 일을 해냈어요. 장 선생님은 남자고 싸움도 잘하니, 조선 여자들이 얼마나 힘들게 살아가는지 모를 거예요. 어두운 밤 골목을 걱정 없이 혼자 걸어갈 수 있는 공화국 여성이 몇이나 있을까요?

그래도 장풍군 여자들은 다른 지역보다는 걱정을 덜 해요. 우범지대 정보를 교환하고, 밤이나 새벽에 먼 길을 가야 하는 볼일이 있을 때 용무가 겹치는 사람들끼리 조를 짜기도 하고, 자동차나 오토바이를 빌려주기도 해요. 스마트폰이 보급되기 훨씬 전부터 우희 언니가 장마당 여성 상인들의 연락망을 조직했어요. 단체 구매를 하기도 하고, 돈을 제때 안 주는 거래처 정보를 공유하고, 급전이 필요하거나 다른 어려운 처지에 빠진 사람들을 도와주는 일도, 다 그 네트워크로 했어요. 여성 상인들 간에 갈등이 생겨도 그 연락망 안에서 대화로 해결했죠. 그런 조직을 만들고 운영한 게 우희 언니예요.

저도 몇 번이나 우희 언니의 방조(도움)를 받았어요. 우희 언니가 아니었더라면 지금 여기 이 자리에 온전한 모습으로 있지도 못할 거예요. 우희 언니의 하나뿐인 아들이 실종됐는데, 자기 일처럼 팔 걷고 나서지 않을 장풍 여자는 없어요."

"그렇군요."

리철은 고개를 끄덕였다.

장리철과 은명화는 건물 정문 앞 50미터쯤 되는 지점에서 갈라졌다. 은명화는 리철에게 전화를 걸라는 손짓을 해보였고 리철은 알겠다는 고갯짓을 했다.

은명화와 헤어진 뒤 장리철은 빠르게 어둠 속을 달렸다. 발소리는 거의 나지 않았고, 리철의 호흡도 전혀 거칠어지지 않았다. 인력사무소 건물과 공터를 감싼 담벼락은 세 면은 높이가 낮고, 건물과 접한 한 면만 높았다. 리철은 담장을 끼고 인력사무소 부지 외곽을 반 바퀴 돌아 불과 몇 분 만에 높은 벽이 있는 면에 도착했다.

그는 담을 세운 사람이 봤더라면 무안해했을 정도로 손쉽게 담을 넘었다. 두 발로 번갈아 벽을 차면서 그때마다 몸을 위로 띄웠는데 마치 눈에 보이지 않는 난간이라도 있는 듯했다. 손이 담벼락 위에 닿자 가뿐하게 몸을 끌어올리고 다리를 옆으로 모으더니 담을 넘었다. 그리고 건너편에 사뿐히 착지했다.

장리철은 재빨리 주변을 살핀 뒤 몸을 낮춘 채 건물 현관으로 이동했다. 게걸음을 걷는데도 속도가 굉장히 빨랐다. 현관문은 잠겨 있었으나 리철은 주머니칼로 어렵지 않게 문을 땄다.

어두운 사무실이 나왔다. 창문을 통해 들어오는 가로등 불빛으로 볼품없는 철제 책상과 의자가 세 개, 캐비닛이 보였다. 건너편 사무실 문틈으로 빛이 새어 나오고 있었다.

리철은 빛이 새어 나오는 방문으로 다가가 손잡이를 살짝 돌려보았다. 문은 잠겨 있지 않았다. 언덕에서 내려다봤을 때, 불이 켜져 있는 사무실은 불이 꺼진 사무실보다는 다소 작았지만, 그렇다고 아주 작지도 않은 크기였다. 악질이라는 인력사무소장이 앉아 있는 자리는 반대편 끝이었다. 문에서 4, 5미터 떨어진 곳에 앉아 있을 테고, 그렇다면 이 문을 열어 잠시 눈이 부시더라도 그 악질 녀석이 대비 태세를 갖추기 전에 먼저 공격을 할 수 있을 것이다. 단숨에 문을 열고 달려가서 생각할 겨를을 주지 않고 제압하는 게 낫다. 리철은 그렇게 생각했다.

리철은 문을 발로 걷어찼다. 한달음에 달려 나가려던 그는 그러나 발에 초강력 끈끈이라도 붙은 것처럼 멈춰 섰다.

악질 사무소장은 4, 5미터 떨어진 곳에 혼자 앉아 있지 않았다. 그는 불과 2미터 앞에 똑바로 서 있었다. 그리고 손에 권총을 쥐고 있었다.

"꼼짝 마. 움직이면 쏜다."

인력사무소장이 말했다.

6

"아, 이거 정말 웃기네. CCTV를 고치자마자 도둑이 들어오다니, 운이 좋은 날이라고 해야 하나, 안 좋은 날이라고 해야 하나? 제대로 작동이 되는지 안 되는지 보려고 화면을 연결하자마자 네 놈 모습이 떡 보이더라니까?"

어느 정도 여유를 되찾은 인력사무소장이 말했다. 리철은 상대가 시키는 대로 손을 들고 뒤로 돌았다. 리철은 자신의 몸을 수색하는 인력사무소장의 동작이 능숙한 데 놀랐다. 그런 마음을 알아채기라도 한 듯 인력사무소장이 말했다.

"허튼 짓할 궁리 말아. 나는 호위총국에 20년간 있었다. 금수산태양궁전에서도 일해봤지. 평양의 당 간부 놈들도 우리한테는 설설 기었어."

인력사무소장은 통일과도정부가 들어선 뒤에는 내세우는 게 사회

적 자살이나 다름없는 이력을 떠벌였다. 어지간히 자랑스러운 과거인 듯했다.

장리철은 여전히 인력사무소장에게 등을 돌린 채 문 쪽을 향해 서 있는 상태였다. 별안간 악질 소장이 권총 자루로 리철의 옆머리를 세게 때렸다. 악질 소장은 같은 자리를 한 번 더 때렸다. 이마의 피부가 찢어지면서 피가 흘렀다. 리철은 맞아서 아픈 것보다 눈에 피가 들어가는 일이 더 염려스러웠다. 두 눈을 제대로 뜨지 못하면 원근감이 약해지고, 그렇게 되면 싸움에서 크게 불리해진다.

"그대로 서 있어. 딴생각하지 말고."

인력사무소장이 말했다. 서랍이 열리고 뭔가를 부스럭거리며 찾는 소리가 났다. 잠시 뒤 악질 소장이 말했다.

"천천히 뒤로 돌아. 손은 든 채로."

리철은 악질 소장이 시키는 대로 했다. 그가 악질 소장을 마주 보게 되자 상대는 손에 들고 있던 가느다란 끈 같은 물건을 리철의 발아래에 던졌다. 공사장에서 전선 다발을 묶을 때 쓰는 플라스틱 케이블타이였다. 끈 한쪽에는 고리가 있고 다른 쪽 끝에는 톱니가 나 있어서 그 끝을 고리에 집어넣고 당기면 풀리지 않는다. 인력사무소장이 던진 케이블타이는 길이가 60~70센티미터쯤 되는, 큰 사이즈의 제품이었다.

"천천히 바닥에 앉아. 천천히. 그래, 그렇게. 케이블타이 하나를 집어 들고 두 다리를 묶어."

장리철은 악질 소장의 지시에 따랐다. 그 상황에서도 상대가 손보다 발을 먼저 묶으라고 지시한 것을 리철은 높이 평가했다. 양발을 묶는다는 것은 발차기와 같은 동작을 못한다는 것만을 뜻하지 않았다. 도망을 가는 것도, 공격을 피하는 것도 거의 불가능해졌다.

"이제 손을 묶어. 나한테 묶어달라는 개수작은 부리지 말고. 매듭을 먼저 만든 뒤에 손을 집어넣고 입으로 한쪽 끝을 잡아당겨."

악질 소장이 말했다. 잠시 뒤 리철은 두 손과 발이 모두 묶인 신세가 되었다.

"자, 이제 얘기 좀 해볼까? 넌 뭐 하는 놈이야? 그냥 좀도둑이야?"

악질 소장이 물었다.

"별로 얘기하고 싶지 않은데. 자세가 불편해서."

리철은 군대에서 배운 대로 대답했다. 심문을 받을 때는 고압적인 태도를 유지하라. 정보를 얻고 싶다면 포로를 대우해야 한다고 여기게끔 만들라.

리철의 대답에 인력사무소장은 웃음을 터뜨렸다. 그러다 그는 리철의 얼굴을 보고 놀란 표정을 지었다. 리철의 이마에서 나온 피가 눈 옆 흉터를 타고 내렸다. 그 바람에 문금옥이 리철의 얼굴에 해준 화장도 거의 지워졌다.

인력사무소장은 주머니에서 휴대전화를 꺼내 어딘가로 전화를 걸었다. 악질 소장은 손발이 묶인 장리철을 앞에 두고 통화를 했다.

"예, 부장님. 예, 그렇습니다. 그자가 지금 제 사무실에 있습니다. 흉터가 있습니다. 눈썹 아래에서부터 뺨 위까지. 그건 잘 모르겠습니다. 제가 한번 심문해볼까요? 예, 예, 알겠습니다."

장리철은 정치나 사회 문제에는 무지했지만 싸움꾼이나 폭력조직의 생리에 대해서는 본능적으로 알았다. 그는 인력사무소장이 자신을 죽일 수 없게 되었다는 사실을 깨달았다.

전화를 끊은 인력사무소장에게 장리철이 물었다.

"지금 계영묵과 통화한 건가?"

리철의 질문에 악질 인력사무소장은 '어쭈, 이것 봐라?'라는 듯한 얼굴이 되었다.

"계영묵 부장을 아나?"

인력사무소장이 물었다. 장리철은 뭐라고 대답하는 게 유리할지 판단이 안 서서 그냥 뚱한 표정만 짓고 있었다. 그 모습이 인력사무소장을 오히려 자극했다.

"묵비권을 행사하시겠다, 이거야? 우리 동무는 지금 어떤 상황인지 감이 잘 안 오나 보네. 혹시 눈썹 아래 그 흉터도 지금처럼 잔대가리 굴리다 난 거 아닌가? 그 옆에 바람구멍 하나 더 만들어줄까?"

인력사무소장이 장리철을 향해 권총을 쏘는 시늉을 했다. 리철은 잠자코 있었다.

"너, 계영묵이랑 아는 사이지? 어째 분위기도 비슷한데. 같은 부대에 있었나?"

인력사무소장의 눈치는 놀라울 정도였다. 장리철은 이번에도 침묵을 지켰으나 인력사무소장은 그 속에서 '그렇다'는 무언의 답을 읽었다.

"나는 호위총국에서 20년을 일했는데 태림건설에 들어온 지 몇 달 되지도 않은 자에게 서열에서 밀리게 됐어. 신천복수대가 그렇게 대단한 부대인가?"

인력사무소장이 물었다. 리철이 반응을 보이지 않자 악질 소장은 권총을 들어 총구를 상대의 머리 방향으로 향했다.

"말해, 이 새끼야. 대갈통을 날려버리기 전에."

그제야 장리철이 입을 열었다.

"별로 대답하고 싶지 않다고 했잖아."

탕!

악질 소장이 장리철에게 총을 쏘았다. 총알은 장리철의 머리 뒤 벽에 가서 박혔다. 리철은 여전히 뚱한 얼굴이었다.

인력사무소장은 총을 책상에 놓고 자리에서 일어났다.

"이 씨발 새끼……."

악질 소장은 욕을 내뱉은 뒤 장리철에게 걸어왔다. 리철을 두들겨패서 분풀이도 하고 정보도 얻어낼 심산이었다. 그러나 그것은 큰 실수였다.

인력사무소장이 적당한 거리에 왔을 때 장리철이 벌떡 일어났다. 리철은 허벅지와 장딴지에 온 힘을 주고 로켓처럼 자기 몸을 발사해 인력사무소장의 얼굴에 자기 머리를 갖다 박았다.

리철은 그 한 방에 인력사무소장이 정신을 잃기를 바랐지만, 일이 기대대로 풀리지는 않았다. 인력사무소장은 비틀거리며 버텼고, 리철은 펄쩍 뛰면서 다시 머리로 인력사무소장에게 박치기를 했다.

악질 소장은 맷집이 대단했다. 살짝 뇌진탕 증세가 온 것 같아 보였는데도 쓰러지지는 않았다. 인력사무소장은 술 취한 사람처럼 비틀거리며 리철에게 팔을 휘둘렀다. 리철은 상대가 주먹질을 제대로 할 수 없도록 엉겨 붙었다. 두 남자는 함께 쓰러졌다.

인력사무소장은 자기 몸을 올라탄 리철을 밀쳐내려 했지만 리철은 무릎으로 요령껏 상대의 허리를 누르며 자세를 잡았다. 인력사무소장이 팔로 리철의 머리를 치려 할 때 리철은 팔꿈치로 상대의 공격을 막았다. 리철은 손목과 양 팔꿈치를 삼각형으로 벌려 왼쪽 팔꿈치로는 인력사무소장의 오른 주먹을 막고 오른쪽 팔꿈치로는 상대의 목을 치려 애썼다.

그러다 리철은 상대의 무릎에 정통으로 옆구리를 얻어맞았다. 장리철은 적을 거의 놓칠 뻔했으나 자리에서 일어나려는 인력사무소장의 허리띠를 잡아 다시 땅바닥에 쓰러뜨리는 데 성공했다.

두 남자는 그렇게 추잡한 개싸움을 한참 벌였다. 마침내 육박전에서 승리를 거둔 사람은 인력사무소장이었다. 악질 소장은 리철의 어깨를 발로 밀다시피 여러 차례 걷어찼고 리철은 끝내 상대의 몸을 놓쳤다. 두 사람의 몸이 떨어지자마자 인력사무소장이 벌떡 일어났다. 그는 가래침을 뱉은 뒤 권총이 놓인 책상 쪽으로 몸을 돌렸다.

그때 사무실 방문이 벌컥 열렸다.

"움직이지 마."

은명화가 총을 들고 문가에 서 있었다. 인력사무소장은 몸이 얼어붙었다.

"여자니까 총을 못 쏠 거라는 허튼 생각은 하지 않길 바란다."

은명화가 천천히 방 안으로 걸어 들어오며 말했다. 그 순간 장리철이 가장 궁금한 것은 은명화가 총을 실제로 쏴본 적이 있을까 하는 문제였다. 그는 마지막 순간에 방아쇠를 당기지 못하는 사람들을 아주 많이 알았다. 어쨌든 은명화가 권총을 파지한 자세는 그럭저럭 봐줄 만했다.

"총소리가 나기에 들어와봤어요. 안을 살펴보길 잘했네요."

은명화는 인력사무소장에게서 눈을 떼지 않은 채 리철에게 말했다.

*

리철은 깡충 걸음으로 책상으로 가서 인력사무소장의 권총을 집어 들었다. 이제 인력사무소장을 향한 총구는 두 개가 되었다.

"시간이 없습니다. 곧 계영묵의 부하들이 이리 올 겁니다. 제가 저자 를 겨누고 있을 테니 저쪽 서랍에서 플라스틱 끈을 찾아주십시오. 저 자를 묶은 다음에 심문합시다."

리철이 말했다. 은명화는 총을 재빨리 내려놓고 케이블타이를 꺼내 인력사무소장에게 던졌다. 이번에는 몇십 분 전 장리철이 그랬던 순서 로 인력사무소장이 자기 발목과 손목을 묶었다.

인력사무소장이 몸을 묶는 걸 확인한 뒤 은명화는 사무용 가위로 리 철의 손과 발에 묶인 끈을 잘랐다. 리철은 손발을 한 번씩 털고 인력사 무소장에게 다가갔다. 은명화는 그동안 창문의 블라인드를 내려 밖에 서 안이 보이지 않도록 했다. 리철은 은명화의 그런 행동에 감탄했다. 총소리를 들었을 때 권총을 들고 사무실로 들어온 것이나, 계영묵의 부하가 들이닥칠지 모르는 상황에서 침착하게 해야 할 일을 찾는 것 모두 어지간한 머리와 배짱이 없다면 할 수 없는 일이었다. 은명화는 혹시 군사훈련을 받은 적이 있는 게 아닐까?

"이제 누군지 알겠다. 너, 최신주 도련님이 쫓아다니던 에미나이지? 남조선으로 유학을 갔다 돌아온."

인력사무소장이 은명화를 노려보며 말했다. 은명화가 뭐라고 말도 하기 전에 장리철이 악질 소장의 뒤에서 팔뚝으로 목을 감아 졸랐다. 레슬러들이 '리어 네이키드 초크'라고 부르는 기술이었다. 인력사무소장은 찍소리도 내지 못했다.

리철이 말했다.

"잘 들어라. 나는 아주 노련한 고문 전문가다. 어떻게 목을 조르면 사람이 죽는지, 어떻게 조르면 의식을 잃지 않으면서 죽도록 고통스럽게 되는지 아주 잘 안다. 여기서 맨손으로 너를 죽이는 건 나한테는 일도 아니다. 내 말이 무슨 뜻인지 알겠나? 알겠으면 고개를 끄덕여라. 소리는 내지 말고."

리철은 말을 하는 내내 인력사무소장의 기도를 꽉 누르고 있었다. 인력사무소장은 소리를 내려고 해도 낼 수 없는 처지였다. 그는 장리철의 팔에 목이 감긴 채로 필사적으로 고개를 끄덕였다. 피가 통하지 않게 된 얼굴이 터질 것처럼 붉어졌다.

리철은 잠시 팔에 힘을 풀었다. 인력사무소장은 사람 입에서 나오는 것 같지 않은 괴성을 지르고 격렬하게 숨을 들이쉬었다. 입에서는 거품과 침이 쏟아졌다. 인력사무소장은 마치 물고문을 당하는 사람처럼 보였는데, 실제로도 그런 처지였다. 인력사무소장은 다시 욕조에 머리를 처박히고 싶지 않은 전쟁 포로처럼 팔다리를 벌벌 떨었다.

"나는 사람을 심문하는 훈련도 수천 시간 동안 받았다. 목소리가 얼마나 떨리는지만 들어도 상대가 거짓말을 하는지 아닌지 안다. 이제부터 내가 묻는 말에만 정확히 대답해라. 답변이 늦거나 나를 속이려 들면 아까보다 더 오래 목을 조르겠다. 알겠나?"

리철이 팔에 살짝 힘을 주면서 물었다. 인력사무소장이 침을 흘리며 "네, 네!"라고 대답했다.

"좋다. 첫 번째 질문이다. 얼마 전 실종된 태림건설의 직원 두 사람이 있다. 태림건설에서는 그들이 회사 금고를 털었다고 주장했다. 그 사건을 아나?"

리철이 물었다.

"네, 압니다."

인력사무소장이 대답했다.

"그 두 사람은 원래 무슨 일을 했나?"

"모릅니다."

장리철은 대꾸하는 대신 팔뚝을 조였다. 은명화는 혐오감에 휩싸여 고개를 돌렸다. 잠시 뒤 리철이 팔에서 힘을 뺐을 때 인력사무소장은 입에서 침을 튀기며 악을 쓰다시피 말했다.

"그 둘이 뭘 했는지는 정말 몰라요! 다른 인부들이 하는 일은 제가 전부 아는데, 그 두 사람이 했던 일만 몰라요. 그 둘은 계영묵이 직접 관리했어요. 그래서 그 둘이 금고를 털다가 들켰다는 이야기를 들었을 때 처음부터 의심했습니다. 털렸다는 금고가 있던 현장에서 일하던 사람도 아니었으니까요. 그들이 뭔가 비밀스러운 작업을 했고, 그 작업이 끝나서 입막음을 하려고 제거했구나, 그 다음에 누명을 씌우는구나 하고 생각은 했어요. 하지만 무슨 일을 했는지는 모릅니다!"

"그 둘은 토산교도소 현장에서 일을 했지. 그렇지 않나? 정확히 어디서 일했지? 토산교도소, 아니면 토산희망교도소?"

리철이 물었다.

"둘 다 아니에요! 토산교도소 현장은 여기서 북쪽인데 그쪽에서 일하지 않았어요. 가끔 계영묵이나 조희순이 인력사무소에서 그 두 사람과 통화를 하다가 현장으로 가겠다면서 차를 몰고 갈 때가 있었어요. 그런데 북쪽이 아니라 남서쪽으로 갔습니다!"

인력사무소장이 절박한 얼굴로 털어놨다.

"남서쪽에는 어떤 현장들이 있지?"

"작은 공사장들이 여러 개 있어요. 태림건설이 단독으로 발주해서 짓는 연립주택이 두어 채, 평화유지군 창고 하나, 현대아산이 짓는 개성공단 관리자숙소의 체육관…… 그런 것들입니다. 별로 없어요. 서쪽으로는 개성공단이 있고, 남쪽으로는 분계선이 있으니까요."

어차피 인력사무소장이 아는 공사장으로 사라진 두 사람을 데려갔을 것 같지는 않았다. 리철은 다시 물었다.

"공사 현장들을 한곳에 표시한 지도가 있을 테지. 어느 서랍장에 있지?"

"책상 바로 옆에 있는 서랍장이요."

리철이 눈짓을 보내기도 전에 은명화가 서랍장으로 걸어갔다. 장리철은 은명화의 빠른 눈치와 행동력에 다시 한 번 감탄했다. 은명화가 도면들을 꺼내는 동안 리철은 심문을 계속했다.

"조희순은 배신자들을 산 채로 불태워 죽였다며 동영상을 보여줬다. 너도 그 동영상을 본 적이 있나?"

리철이 물었다.

"있습니다. 네 개? 다섯 개? 그 정도 본 적 있습니다."

인력사무소장이 대답했다. 그 대답을 할 때 악질 소장의 목소리는 전보다 확 줄었다. 자신에게 그런 운명이 닥칠 수 있음을 깨달은 것 같았다.

"그 동영상들은 공사 현장에서 촬영한 거다. 어느 현장에서 촬영한 거지? 시신들은 어디에 묻었지?"

"그건 모릅니다. 정말 몰라요."

"아무래도 네 녀석 뇌는 곤란을 겪어봐야 기억을 더 잘하는 모양이다. 이번에는 조금 더 길게 산소를 끊어주마."

"아니, 잠깐만요! 말을 끝까지 들어봐요! 정확히는 모르지만 북쪽에 있는 현장들은 아니에요. 그 현장들 중에는 태림건설이 단독으로 관리하는 곳이 없으니까요."

그때 밖에서 자동차 소리가 들렸다. 은명화가 놀란 눈으로 장리철을 쳐다보았다.

"옆방으로."

리철이 턱으로 문을 가리켰다. 은명화는 고개를 끄덕이고 얼른 옆 사무실로 건너갔다. 리철은 팔뚝에 힘을 줘서 인력사무소장을 기절시킨 뒤 은명화가 들어간 방으로 갔다. 쓰러진 악질 소장이 있는 방은 불이 켜져 있고, 은명화와 장리철이 숨은 현관 옆 사무실은 불이 꺼진 상태였다.

장리철은 책상 뒤에 몸을 가린 은명화를 발견하고 근처까지 다가가 작은 목소리로 물었다.

"총 잘 쏘나요?"

"사람한테 쏴본 적은 없어요. 총을 정말 쏠 건가요? 저 사람들한테?"

은명화가 속삭이는 소리로 되물었다. 장리철은 대답하는 대신 현관에서 잘 보이지 않는 책상 뒤에 자리를 잡고 몸을 웅크렸다. 리철은 신발을 벗고 맨발이 되었다. 그는 발바닥이 차가운 시멘트 바닥에 익숙해지도록 천천히 제자리걸음을 걸었다.

차 소리는 한 대만 났고, 계영묵은 부하를 두세 명 정도 보냈을 것 같았다. 그들이 현관으로 들어와 어두운 사무실을 가로질러 걸어갈 때 뒤에서 덮친다는 게 리철의 계획이었다. 적들이 총을 가지고 있을지 궁금했다.

차를 타고 온 사람은 모두 셋이었다. 현관문을 여는 소리가 들리고 "여기 전등 스위치가 어디 있나" 하고 중얼거리는 목소리가 들렸다. 리철이 문을 열어놓은 안쪽 사무실에서 빛이 새어 나왔기 때문에 실내가 아주 어둡지는 않았다. 계영묵의 부하들은 뭐라고 투덜대면서 사무실을 가로질러 걸어갔다.

제일 마지막에 선 사람이 사무실의 중간 지점에 이르렀을 때 리철이 소리 없이 뒤에서 걸어 나와 행렬을 공격했다. 가장 뒤에 서 있던 사내는 권총 자루로 뒤통수를 얻어맞고 바로 쓰러졌다. 중간에 서 있던 사내는 뒤를 돌아보는 순간 가슴에 총을 맞았다. 그 광경을 보고 있던 은명화는 자기도 모르게 입을 손으로 가렸다.

제일 앞에 서 있던 사내는 후다닥 안쪽 사무실로 뛰어 들어갔다. 그는 사무실 문 옆에 자기 몸을 숨기고 권총을 꺼내 들었다. 사내는 제대로 보지도 않고 손만 문밖으로 내밀어 리철이 있는 방으로 총을 난사했다. 리철도 응사했다. 양쪽 모두 제대로 겨냥하지 않고 총을 쏘았기 때문에 총알은 모두 엉뚱한 곳에 가서 박혔다.

리철은 숨을 고르며 상대가 다시 공격해오기를 기다렸다. 안쪽 사무실에서 총을 든 손만 나와서 방아쇠를 당겼을 때 리철은 적당한 크기로 가짜 비명 소리를 냈다. 잠시 뒤에 고통을 참는 듯한 신음 소리도 냈다.

1분쯤 뒤에 사무실 문밖으로 머리가 하나 튀어나왔다. 리철은 그 머리를 정확히 조준해 총을 쏘았다. 문 뒤 벽으로 피가 튀었다.

장리철은 상대가 쓰러진 것을 확인한 뒤 제일 처음에 쓰러뜨렸던 사내에게 다가가 머리를 발로 세게 걸어찼다. 그리고 은명화를 향해 말했다.

"이제 나와도 괜찮습니다."

은명화는 눈이 휘둥그레져 시체를 피해 걸었다.

"다 죽었나요?"

은명화가 물었다. 리철은 대꾸하지 않고 인력사무소장이 묶여 있는 안쪽 사무실로 다시 걸어 들어갔다.

인력사무소장은 그 사이에 정신을 차린 상태였다. 새파랗게 질린 얼굴은 땀범벅이었다. 장리철은 인력사무소장에게 다가가 그의 머리에 권총을 겨누었다. 평판이 안 좋았던 호위총국 출신 인력사무소장은 눈을 꽉 감았다.

"안 돼요!"

은명화가 리철을 향해 고함을 쳤다. 리철이 방아쇠를 당기려다 말고 은명화를 쳐다보았다.

"네?"

"꼭 죽일 필요는 없잖아요."

은명화가 말했다. 리철은 이해가 안 간다는 표정이었다.

"이미 저 밖에서 두 사람을 죽였는데, 셋은 안 된다는 말입니까?"

장리철이 물었다.

"이 사람은 몸이 묶여 있어요. 조금 전에는 우리가 죽느냐 사느냐 하는 상황이었고요."

은명화가 그렇게 말하고는 입술을 깨물었다.

"지금도 별로 다를 바 없습니다. 이자는 당신이 누구인지 압니다. 살려두면 최태룡이나 계영묵에게 침입자가 누구였는지 보고할 겁니다."

리철이 말했다.

"절대 그러지 않겠습니다! 정말, 진심입니다!"

인력사무소장이 실낱같은 희망을 발견하고 소리를 질렀다. 장리철은 무표정하게 은명화를 바라봤다. 몸이 결박돼 저항하지 못하는 사람을 죽여야 한다는 데 대한 압도적인 거부감과 이성적이고 합리적 판단 사이에 갈등하는 빛이 젊은 여자의 얼굴에 그대로 드러났다.

"그 말을 어떻게 믿지?"

은명화가 인력사무소장에게 물었다.

"어머니 무덤에 걸고 맹세합니다!"

인력사무소장이 악을 썼다.

"낭비할 시간 없습니다. 어차피 제 손을 더럽히는 거니까 당신은 신경 쓰지 않아도 됩니다."

리철이 말했다.

"아니오, 죽이지 말아주세요. 저자들과 똑같은 사람이 되고 싶지 않아요."

은명화는 인력사무소장에게 다시 한 번 다짐을 받았다. 악질 소장은 이번에는 어머니와 아버지, 살아 있는 자기 가족 전부를 걸고 맹세한다고 대답했다. 리철은 속으로 한숨을 쉬었다.

"CCTV는 어떻게 하지? 저장장치가 있을 거 아냐?"

장리철이 인력사무소장에게 물었다.

"저 검은 장치에서 카트리지를 뽑아내시면 됩니다! 그 카트리지를 밟아서 부수십시오! 총으로 쏴버려도 됩니다!"

인력사무소장이 대답했다. 리철은 그 말대로 한 뒤 악질 소장의 머리를 권총으로 한 대 쳤다. 악질 소장은 웃는 듯한 얼굴로 정신을 잃었다. 땀에 젖은 머리카락이 머리에 찰싹 붙고, 얼굴 피부는 붉게 달아올라 미소를 지은 채 기절한 악질 소장의 얼굴을 보며 은명화는 불교회화 속 나한들의 기괴한 모습을 떠올렸다.

남서쪽 공사 현장들의 도면을 챙긴 리철이 말했다.

"이자는 약속을 지키지 않을 겁니다. 아침에 제가 때린 얼간이 녀석은 입을 다물겠지만 이자는 똑똑합니다. 분명히 은명화 선생에 대해 계영묵이나 최태룡에게 보고할 겁니다. 그리고 은명화 선생이 관련돼 있다는 사실을 알면 박우희 선생이나 문금옥 선생과 연관성을 아는 것도 시간문제입니다. 지금 당장 연락해야 합니다. 숨을 곳을 찾아 도망치라고. 아니면……."

"아니면요?"

은명화가 물었다.

"이자를 죽일 수 있는 기회는 아직 있습니다."

장리철이 말했다.

은명화는 바닥에 쓰러진 사내들을 바라보았다. 가슴에 총을 맞고 죽은 젊은 남자. 머리에 총을 맞고 죽은 중년 남자. 권총 자루로 뒤통수를 얻어맞고 실신한 또 다른 젊은 남자. 그리고 기절한 뒤에도 상대를 비웃는 듯한 악질 인력사무소장.

장리철의 말이 옳았다. 인력사무소장은 정신을 차리자마자 그녀의 정체를 곧장 최태룡에게 보고할 것이다. 그게 그가 목숨을 건질 수 있는 유일한 길이니까. 그리고 저자가 목숨을 부지하는 대가로 자신과 아버지, 박우희, 문금옥의 생명이 위험해진다. 그런 위험을 무릅쓸 가치가 있을까? 저 사내를 죽이는 것은 일종의 정당방위 아닐까? 저자가 과연 그토록 결백한가? 알량한 죄책감에 시달리기 싫다는 이유로 가족과 친구를 사지에 몰아넣는 일이야말로 비겁하고 무책임한 짓 아닐까? 은명화는 마음이 흔들렸다.

은명화는 우뚝 선 채로 혼이 잠시 몸에서 분리되어, 몇 걸음 떨어진 장소에서 스스로를 지켜보는 듯한 착각에 빠졌다. 만 하루가 넘는 시간 동안 너무나 많은 일들이 그녀 앞에 몰아쳤다. 은명화는 그날 결정의 순간마다 매번 자신이 옳다고 믿는 선택을 하면서 오히려 점점 더 수렁에 빠져들었다.

아버지를 구해준 남자가 위기에 처한 사실을 알고 합숙소에 찾아갔다. 그게 도움을 받은 데 대한 도리라고 생각했기 때문이다. 박우희와 문금옥에게 도움이 될 것 같아 그 남자를 햄버거 가게로 데려왔다. 그것은 박우희에 대한 도리였다. 건달의 집과 인력사무소에 장리철을 태워다줬다. 오토바이를 몰 줄 알았고, 그저 데려다주기만 하면 될 줄 알았으니까. 그런데 인력사무소에서 총소리가 나자 자신도 총을 들고 사무실 안으로 들어오지 않을 수 없었다.

결국 이런 난감한 갈림길에 놓였다. 무방비인 사람을 총으로 쏴 죽이는 일을 묵인해야 하나. 아니면 쫓기는 신세가 되는 것을 각오해야 하나. 어느 쪽을 택하건 앞으로 그녀의 인생은 크게 달라지리라. 어떤 심술궂은 운명이 덫을 만들어놓고 오랫동안 이 자리에서 벼르고 있다가 드디어 그녀의 다리를 낚아채고는 장난스럽게 웃으며 묻는 것 같았다. '어떻게 할래?' 하고.

은명화는 고개를 저었다. 그녀는 총을 맞아 쓰러진 시체 앞으로 가더니 몸을 뒤지기 시작했다. 가슴에 총을 맞고 죽은 사내의 바지 주머니에서 자동차 열쇠가 나왔다.

"이자들보다는 저희한테 차가 더 필요하겠지요."

은명화가 말했다. 장리철은 고개를 끄덕였다.

"오토바이는 버리겠어요. 우희 언니나 금옥 언니를 태우기 위해서라도 차가 필요해요."

은명화가 스스로에게 다짐하듯 말했다. 그녀는 인력사무소장을 죽이지 않겠다고 결심했고, 이제 물러설 수 없다는 사실을 알았다. 최태룡과 계영묵, 조희순을 쓰러뜨리거나, 아니면 장풍군에서 모습을 감추고 다른 마을로 도망치거나 둘 중 하나였다. 갑작스럽게 그렇게 되어 버렸다. 그것이 운명에 대한 그녀의 답이었다.

"자동차 운전은 할 줄 알아요?"

사무실에서 나오며 은명화가 장리철에게 물었다.

"할 줄은 알지만, 잘하진 못합니다."

장리철이 대답했다.

"그러면 제가 우희 언니에게 전화를 하는 동안에만 운전대를 잡아줘요. 통화를 마치고 나면 제가 운전할게요."

은명화가 조수석에 올라타며 말했다.

*

"한 시간쯤 전에 인민보안부 긴급신고로 전화가 왔대요. 장풍군 골목에서 남한 군인이 칼에 찔려 죽었다고. 길거리에서 웬 남자와 남한 군인이 시비가 붙었는데, 남자가 칼을 꺼내서 군인을 찔렀대요. 인민보안부에서는 신고를 받자마자 평화유지군으로 연락을 했는데, 조금

250

뒤에 평화유지군 번호로도 남한 군인 시신이 발견되었다는 신고가 접수되었다는군요."

미셸 롱이 뒷좌석에서 말했다. 강민준은 차 조수석에 앉아 있었다.

"그게 헌병대장이었단 말입니까?"

강민준이 물었다. 그는 자기가 알던 사람이 폭력적으로 죽었다는 사실에 얼떨떨해서 머리가 잘 돌아가지 않았다. 그렇다고 애통하다는 감정은 들지 않았고, 그런 감정을 느끼지 못하는 자기 자신이 조금 무섭기도 했다.

"군복 명찰과 인식표가 있었대요. 키나 체형도 맞는 것 같고. 희망부대 헌병들이 지금쯤 확인하고 있을 거예요. 한국군 헌병들에게는 신원만 확인하고 저희가 갈 때까지 최대한 현장을 건드리지 말라고 전해주세요."

"네? 저희가 거기에 간다고요? 이걸 저희가 수사하나요?"

강민준이 깜짝 놀라 반문했다.

"네, 우리가 수사하죠. 당신과 내가."

롱의 목소리에서는 어쩐지 신이 난 듯한 기색마저 느껴졌다.

"저, 저는 뭘 어떻게 해야 할지도 모르는데요. 살면서 살인 사건 현장을 본 적이 없습니다."

강민준이 당황해서 말했다.

"제가 시키는 일을 하시면 됩니다. 기본적으로는 통역 업무예요. 제가 북한 인민보안원들에게 시키는 일을 중간에서 번역해주시고, 인민보안원들이 궁금해하는 일을 저한테 알려주시고요."

"어우, 씨……."

민준은 하마터면 '씨부럴'이라고 말할 뻔했다.

"헌병대장이 왜 죽었는지 모르겠어요? 오늘 우리에게 심문을 당하고 나서 바로 죽었잖아요. 그 사람이 뭐라고 말할까 봐 겁이 난 조직이 있었던 거예요."

롱이 단언했다.

"길거리에서 누군가와 시비가 붙었다면서요."

"목격자가 잘못 봤을 수도 있죠. 길거리 한가운데서 사람이 갑자기 다른 사람을 칼로 찌르면, 옆에서 지나가던 행인 눈에는 두 사람 사이에 시비가 붙었던 걸로 보이지 않겠어요?"

"아무리 그래도 제가 암살자라면 사람 죽이기 전에 근처에 목격자가 있는지 없는지를 살필 거 같습니다."

앞뒤로 앉은 민준과 롱은 그렇게 말다툼을 하며 사고 현장으로 갔다.

롱은 목격자가 전한 용의자의 인상착의를 민준에게 설명했다. 눈썹 아래 칼자국 같은 흉터가 있는 남자라고 했다. 그러면서 롱은 민준에게, 희망부대와 인민보안부에 연락해 '사고 현장 주변 모든 도로에 검문소를 설치해야 한다'고 설득하라고 지시했다.

"제가요?"

민준이 깜짝 놀라 되물었다.

"눈썹 아래 칼자국 같은 흉터가 있는 남자가 외지에서 온 청부 살인업자일 가능성도 있지 않겠어요? 흉기를 버리고 옷을 갈아입을 시간을 생각해보면 그리 늦지 않았을 수도 있어요. 개성이나 평양, 철원으

로 가는 주요 도로는 반드시 막아야 해요. 우리가 지시할 권한은 없으
니 업무 협조 요청을 해야죠."

"저…… 대위님, 죄송합니다만 제가 한 번도 해본 적이 없는 업무라
서요……."

민준이 기어드는 목소리로 말했다.

"희망부대에 절차를 아는 사람이 있을 겁니다. 지금 죽은 사람이 헌
병대장이 맞다면 거의 1년 만에 영관급 남한 장교가 살해당한 거예요.
굉장히 중요한 사건이에요. 가능하면 검문소를 1, 2차로 나눠서 설치
하고 싶어요."

롱은 단호했다.

민준은 얼떨떨한 표정으로 희망부대에 전화를 걸었다.

7

은명화와 장리철이 훔친 차를 타고 장풍버거에 도착했을 때, 박우희
와 문금옥은 짐을 꾸리던 중이었다. 차에서 내린 은명화는 달려가 박
우희를 껴안았다.

"미안해요, 언니. 저 때문에……."

"아니야, 명화야. 어차피 이렇게 될 일이었어."

전화로 사정을 전해 들은 박우희는 가게를 포기하고 문금옥과 함께
당장 장풍군 밖으로 달아나기로 결정했다. 그 신속한 결단에 장리철은
적잖이 놀랐다. 이 중년 여인이 어떻게 장풍군 여성 상인 네트워크를
세우고 운영했는지, 왜 다른 여성들로부터 존경을 받는지 갑자기 이해
되는 듯했다.

아마 박우희가 아니었더라면 문금옥은 우왕좌왕하면서 울음을 터
뜨리거나 혼란스러운 감정을 분노로 전환해 은명화를 타박했을지도

모른다. 그러는 대신 문금옥은 열심히 장풍버거에서 돈이 될 만한 물건들을 은명화가 가져온 차의 트렁크에 싣고 있었다. 장리철도 다가가 박우희와 문금옥을 도왔다.

"숨을 곳은 정했어요?"

은명화가 박우희에게 물었다.

"응. 우리 재작년에 여성 상인 한마음단합대회 했던 장소 기억나?"

"기억나요. 상주 아주머니네 비닐하우스가 있던 곳 말이죠?"

박우희의 말에 은명화가 고개를 끄덕였다.

"응. 상주가 복숭아를 하려고 했는데, 잘 안됐대. 그래서 하우스가 비어 있대. 거기로 가려고."

박우희가 말했다.

"언니, 그러면 먼저 가세요. 저는 나중에 그리 찾아갈게요. 아버지를 모셔 가야 해요. 최태룡 일당이 저희 아버지를 찾아갈지도 몰라요. 그 인력사무소장이 저를 알아봤어요."

은명화가 말했다.

"너희 아버지 손전화 없니?"

"없어요. 제가 몇 번이나 사드린다고 했는데……."

은명화가 고개를 흔들었다.

"집으로 전화하면 되지 않니?"

박우희가 물었다.

"오늘은 화요일이라 이 시간에 집에 안 계세요. 남조선 택배 회사 영업소의 야간 경비를 하시는 날이에요. 그 회사로 제가 직접 찾아가는 수밖에 없어요. 회사 이름도 모르고 그 앞을 한번 지나친 적밖에 없어서 위치를 설명할 수가 없어요. 다른 사람이 가면 아버지 성격상 설득이 되지도 않을 거예요."

은명화가 대답했다. 박우희는 잠시 생각에 잠겼다가 장리철에게 말했다.

"장 선생님, 우리 명화를 도와주십시오. 제가 가게를 하면서 모은 돈이 있습니다. 오늘 그 돈으로 장 선생을 사겠습니다. 경호원이 되어주세요. 얼마면 될까요?"

은명화는 동그래진 눈으로 박우희를 쳐다보고, 이어 눈길을 장리철에게 돌렸다. 리철은 묵묵히 있다가 입을 열었다.

"100달러를 주십시오. 그리고 제가 신천복수대 출신들을 찾는 일을 계속 도와주십시오."

거저해주겠다는 뜻이나 다름없었다. 박우희는 고개를 숙이며 "고맙습니다"라고 말했다.

박우희는 복대에서 지폐 뭉치를 꺼내더니 능숙하게 세어 순식간에 10달러짜리 지폐 열 장을 뽑아냈다.

"봉투가 없어서 미안해요."

장리철은 박우희가 두 손으로 내미는 돈을 받아 주머니에 넣었다. 박우희는 리철에게 준 돈보다 훨씬 두꺼운 지폐 다발을 만들더니 은명화에게 건넸다.

"이거 차비에 써라. 아버지가 있는 곳에 갈 때도 그렇고, 거기서 상주네 비닐하우스로 올 때도 돈이 필요하겠지."

"고마워요, 언니."

은명화가 말했다.

"이러고 있을 때가 아니다. 빨리 출발해라. 여기 짐은 나랑 금옥이가 쌀게. 우리 지금부터 다시 만날 때까지, 서로 두 시간마다 통화하기로 하자. 만약 네가 네 시간 동안 통화가 안 되면, 무슨 일이 생긴 줄 알고 조치를 취할게. 최태룡의 부하들이 보이면 그때도 나한테 전화를 걸어. 알았지, 명화야?"

"언니, 알았어요."

박우희와 은명화가 다시 한 번 포옹했다. 차 트렁크에 짐을 싣던 문금옥이 한마디 했다.

"누가 보면 영영 이별하는 줄 알겠소. 빨리 가라, 명화야."

은명화는 장풍버거의 여인들에게 목례를 하고 거리로 나왔다. 장리철이 물었다.

"어디로 가야 하는 겁니까?"

"여기서 북동쪽으로 4, 5킬로미터쯤 되는 곳이에요. 정확한 위치는 가면서 기억을 좀 더듬어봐야 해요. 그냥 뛰어가는 게 나아요. 차를 잡는 데 시간도 걸리고, 또 시내에서 길이 막힐 수도 있으니까요. 달리기 잘하나요?"

"그 정도 거리라면 문제없습니다."

장리철이 대답했다. 그는 스무 시간 이상 멈추지 않고 달린 적도 있었고, 백 시간 동안 자지 않고 걸은 적도 있었다. 훈련의 일부였다. 장리철이 물었다.

"은명화 선생은 잘 뜁니까?"

"고급중학교 3년 내내 육상 대표였어요."

은명화가 대답했다.

*

"그래서, 너는 손 놓고 꼼짝없이 당했단 말이야?"

조희순이 물었다.

"그자가 워낙 강했습니다. 전 최선을 다했습니다."

인력사무소장이 대답했다. 고개를 숙이지는 않았다. 그는 발목을 돌리며 손목에 난 끈자국을 주무르고 있었다.

인력사무소장의 사무실에는 계영묵과 조희순, 박현길, 그리고 정신을 차린 악질 소장이 있었다. 옆 사무실에서 계영묵의 부하들이 시체를 포대에 싸고 있었다. 장리철에게 머리를 얻어맞고 쓰러졌던 젊은 부하는 아직 완전히 제정신이 돌아오지 않은 듯 의자에 앉아 관자놀이를 주무르고 있었다.

"이 새끼야, 너도 산 채로 불 붙여줄까? 너도 입을 나불거렸잖아, 그 자식한테."

조희순이 인력사무소장을 향해 말했다.

"제가 겁먹은 모습을 보고 싶으신 거면, 얼마든지 보여드리겠습니다. 저는 계 부장님도, 조 부장님도 솔직히 죽도록 무섭습니다. 땅을 기라고 하시면 길 거고, 발바닥을 핥으라고 하시면 핥을 겁니다. 그런데

258

이런 저까지 처벌하시면 밖에 있는 부하들이 어떻게 생각할까요. 아까 같은 상황은 저로서는 불가항력이었습니다. 그 사내는 정말 저를 죽이려 했습니다. 저는 최대한 모른다고 대답했습니다. 만약 이런 저까지 죽이신다면 애들 사기가 많이 꺾일 겁니다. 다음에 저 같은 처지에 빠지게 되면 얼른 불어버린 뒤 도망치자는 생각마저 할지 모릅니다."

인력사무소장이 땀을 뻘뻘 흘리며 항변했다.

"너 이 새끼 지금 협박하는 거야?"

조희순이 악질 소장에게 다가갔다.

"그만둬. 그 녀석 말에 일리가 있어. 벌써 실전 경험 없는 애들이 동요하고 있다. 여기서 소장을 죽이면 우리가 당황하고 있는 것처럼 보일 거야. 우리가 지금 정예 병사들을 데리고 있는 게 아니라는 사실을 잊지 마."

계영묵이 조희순을 제지했다. 조희순은 코웃음을 쳤다. 계영묵은 인력사무소장에게 방에서 나가라고 지시했다. 악질 소장은 안도의 한숨을 내쉬며 자리에서 일어서다 비틀거렸다. 순간적으로 다리 힘이 풀렸던 것이다.

소장이 나가자 조희순이 책상을 내리쳤다.

"도대체 정체가 뭐야? 눈썹 옆에 흉터가 있다는 새끼는?"

"해결사나 청부업자일까요? 백고구마가 고용한 놈일까요?"

박현길이 물었다.

"그건 아닌 것 같아. 백고구마가 고용한 해결사라면, 최태룡 사장의 집이나 태림건설 사무실로 갔겠지. 어제 식당에서 그런 소란을 피우지도 않았을 거고. 내 생각에는 그냥 떠돌이가 맞는 것 같아. 죽은 인부들의 가족이 어제 식당과 합숙소 앞에서 벌어진 난동을 전해 듣고 떠돌이를 해결사로 고용한 것 아닌가 싶은데…….”

계영묵이 말했다.

“그년들이? 만약 그랬다면 죽은 목숨이지.”

조희순이 말했다.

“각자 흩어져서 흉터 난 놈을 쫓자. 희순아, 넌 그 흉터 난 놈과 같이 있었던 은명화라는 계집년 집으로 가라. 그 에미나이를 족치면 뭔가 나오겠지. 그 계집년 아버지가 밤에 태림건설과 거래 관계에 있는 남조선 택배 회사의 자재 창고에서 일한다. 현길아, 네가 그 창고로 가라. 그년 애비를 인질로 잡는 거다.”

계영묵이 말했다.

“너는 어디로 갈 건데?”

조희순이 물었다.

“나는 죽은 인부 중 한 녀석의 어미가 하는 가게로 가겠다. 해결사를 고용했다면 그 늙은 계집 짓일 거야. 인민보안부가 수사를 제대로 하지 않는다면서 평화유지군 부대 앞에서 시위를 벌이기도 했었지. 골치 아픈 년.”

계영묵이 대답했다.

“그러게, 내가 없애자고 했었잖아.”

조희순이 말했다. 계영묵은 웃기만 했다.

‘멍청한 놈, 평화유지군 부대 앞에서 시위를 한 년을 어떻게 바로 죽

이냐?'

계영묵은 조희순에게 욕설을 퍼붓고 싶은 심정이었다. 그러나 그는 이렇게만 말했다.

"조선해방군과 개성섬유봉제협회에서 내일 오후에 사람이 와. 가뜩이나 헌병대장이 죽어서 손바닥만 한 동네에 비상이 걸렸는데, 이상한 떠돌이까지 설치고 다니면 곤란해. 그 칼자국 났다는 녀석을 빨리 찾아 없애자. 최태룡 사장에게는 내가 보고하겠다."

*

장풍버거에서부터 은명화의 아버지가 일하는 택배 영업소까지는 쉬지 않고 달려서 30분 정도 걸렸다. 장풍군 번화가에서는 많이 벗어난, 외진 지역에 있었다. 도로 표지판도 없고, 주변에 비슷비슷한 창고 건물들이 여럿 있어서 뭐라고 설명하기 힘든 장소였다.

30분 동안 달리면서 은명화는 자신이 아무리 빠르게 달려도 장리철이 일정 거리를 유지하며 자신을 쫓아온다는 사실을 깨달았다. 달리는 동안 그가 입을 전혀 벌리지 않은 채 코로만 숨을 쉬고, 땀도 거의 흘리지 않는다는 사실도. 반면 은명화는 머리카락이 땀에 젖어 이마에 찰싹 달라붙은 상태였다.

아버지가 일하는 택배 영업소가 태림건설의 인력사무소와 분위기가 비슷해 은명화는 섬뜩한 기분이 들었다. 시멘트로 만든 벽, 크지도 작지도 않은 주차용 공터, 금욕적이라고 해야 할 정도로 전력을 아끼는 가로등, 흰색과 붉은색 띠가 둘러진 차량 차단기, 작동 여부를 알 수 없는 CCTV 카메라, 언뜻 보면 컨테이너 같아 보이는 단층 건물 두 채⋯⋯. 다른 것이 있다면 단층 건물들 앞에 있는 작은 초소와 초소 안의 볼품없는 50대 남자 정도였다.

그 남자는 막 손전등을 들고 초소에서 나오는 참이었다. 얼굴은 보이지 않았지만 엉거주춤한 자세만으로도 상대가 무척 당황하고 겁먹은 상태임을 은명화는 알 수 있었다.

짧은 순간 복잡한 생각들이 머릿속을 지나갔다.

아버지의 육체적 왜소함이 먼저 눈에 띄었다. 단순히 '몸집이 작다'는 새삼스러운 발견이 아니었다. 조금 전 인력사무소에서 은명화는 어쩌면 인생에 처음이었을 생사의 고비를 넘겼다. 그런데도 공포심에 짓눌리지 않았다. 어느 정도는 그녀 자신의 강한 의지 덕분이었지만, 주된 원인은 옆에 있는 남자의 힘을 믿었기 때문이었다. 엄청나게 성능이 좋은 살인기계로서의 능력을. 지금 은명화의 본능은 '앞으로 닥칠 상황에서 살아남으려면 아버지 옆이 아니라 장리철 옆에 붙어 있어야 한다'고 외치고 있었다. 그녀는 그 사실에 불편한 마음이 들었다.

'저렇게 약한 남자가 이 건물과 창고 전체를 지키고 있어. 얼마나 위태로운가. 무장 강도 두 사람, 어쩌면 그냥 힘이 센 한 사람이 마음만 먹는다면 손쉽게 아버지를 제압하고 영업소의 귀중품을 다 훔쳐갈 수 있을 거야. 하지만 아무도 그러지 않아. 경비와 초소가 있다는 사실, 저 제복, 저 CCTV가 상징적인 위력을 발휘하기 때문이야. 이곳이 적절한 통제와 감시하에 있음을 알리고 있기 때문이야. 나의 조국, 조선민주

주의인민공화국은 지금 그 단순한 일을 제대로 하지 못하고 있다.'

은명화는 거기서 생각을 멈추고 입을 열었다.

"아버지!"

경비는 당황하면서 은명화와 장리철에게 번갈아 손전등을 비췄다.

"명화냐? 네가 여기 웬일이냐?"

은명화의 아버지는 딸과 같이 있는 장리철을 보고 눈이 커졌다.

"아버지, 지금 당장 장풍군을 떠야 해요."

은명화가 빠른 어조로 자초지종을 설명했다. 장리철의 예상과 다르게 은명화의 아버지는 사태를 이해하는 데 시간이 오래 걸리지 않았고, 은명화에게 화를 내지도 않았다. 다만 이렇게 말했을 뿐이었다.

"알았다. 너는 저분과 함께 먼저 몸을 숨기렴. 나는 아침이 되면 업무 인수인계를 하고 가겠다."

"뭐라고요?"

은명화는 황당한 표정을 지었다.

"여기는 경비가 한 사람밖에 없다. 내가 자리를 뜨면 이 건물은 무방비 상태나 다름없게 돼. 저 CCTV도 실은 가짜다. 이 회사 직원들은 나를 믿고 퇴근한 건데, 그런 신뢰는 지켜야 되지 않겠니."

갑자기 은명화가 신경질적인 웃음을 터뜨리는 바람에 리철은 깜짝 놀랐다. 은명화는 웃음을 섞어가며 말했다.

"제발 그런 허세 좀 집어치우세요, 아버지. 이번엔 또 뭐가 두려우신 건데요? 고지식한 척하면서 또 어떻게 도망을 치시려고요. 누가 모를 줄 알아요? 이 회사 사장이 뭐라고 겁을 준 거예요? 아니, 아버지를 겁주는데 뭐 사장까지 나섰겠어요. 부장? 과장? 대리?"

장리철은 은명화의 아버지가 딸의 뺨을 때리거나 최소한 뭐라고 반박을 하리라 예상했다. 그러나 늙은 사내는 가만히 서 있었다. 그렇다고 딸의 말을 수긍하거나 무기력하게 물러나는 분위기도 아니었다. 은명화의 아버지는 얼굴에 서글픈 미소를 머금고 있었는데, 그런 비애감에서는 얼마간 기품마저 느껴졌다. 짐승 같은 인간들에 둘러싸여 평생을 살아오다시피 한 장리철은 그런 그의 모습에 살짝 충격을 받았다.

흥분한 은명화의 모습도 리철로서는 처음 보는 것이기는 했다. 부녀 사이에 깊은 애증이 쌓여 있는 모양이었다.

"월급 정산이라도 받으시려고요? 그거 얼마나 한다고요. 퇴직금이라도 있어요? 아니면, 장풍군을 벗어나면 일자리를 구할 수 없을까 봐 그러는 거예요? 실직할까 봐? 그래도 안 굶어 죽어요. 여태까지도 잘 버텨왔잖아요. 남조선 사람들은 매일같이 실업 걱정을 하면서도 잘만 산다고요."

"그런 게 아니다. 다음 교대자에게 사정이라도 설명하고 그만두고 싶어서 그래. 아무런 말도 없이 갑자기 모습을 감추는 건 그렇잖니. 내가 무책임하게 도망치는 아이도 아니고……. 최태룡의 부하들이 당장 나를 찾아 여기까지 올 리도 없고 말이다."

은명화의 아버지가 그 말을 마치자마자 멀리서 자동차 전조등이 보였다. 불빛의 방향이 택배 영업소를 향하고 있었다. 세 사람은 동시에 불길한 예감에 휩싸였다.

"이 시간에 올 사람이 있습니까?"

장리철이 물었다. 은명화의 아버지는 고개를 저었다. 겁에 질린 표정이었다.

"저 창고 열쇠는 갖고 계신가요?"

장리철이 다시 물었다. 은명화의 아버지는 이번에는 고개를 끄덕였다.

"일단 저 안에 함께 들어가 계십시오. 제가 초소에 있겠습니다. 차가 그냥 지나가거나 다른 용무로 이곳에 찾아온 사람인 게 확인되면 은명화 선생에게 전화를 드리겠습니다."

장리철이 말했다.

*

차량 차단기는 작동하지 않았다. 희고 붉은 바는 그대로 있었다. 기계 고장이 아니라 경비원이 차단기를 끄고 잠시 자리를 비웠든지 아니면 퇴근한 것 같았다.

박현길은 남조선제 아반떼를 차단기 앞에 세우고 차에서 내려야 하나 망설였다. 함정 같아 보이지는 않았지만, 조심해서 나쁠 건 없었다. 그는 차에서 내리지 않고 그냥 밀고 나가기로 결정했다. 차단기의 바가 차량 앞 유리창을 타고 휘어지다가 뚝 소리를 내며 부러졌다. 나무 재질이었다.

경보기는 울리지 않았다.

박현길은 초소 앞에 차를 댔다. 그는 품에서 권총을 꺼내 들고 차에서 내린 뒤 정석대로 좌우를 살피고 초소에 접근했다. 초소 창문 안쪽을 들여다보려 할 때 뒤에서 누군가 그에게 총을 겨누었다.

"총 버려."

박현길은 순순히 상대의 지시에 따랐다. 상대의 목소리는 어쩐지 낯설지 않았다.

"손들어."

상대는 전문가였다. 몸을 감추고 숨어 있던 솜씨나 지시하는 목소리에 담긴 확신으로 알 수 있었다. 박현길은 손을 들었다.

"이제 천천히 뒤로 돌아."

박현길이 뒤로 도는 순간 상대가 손전등을 켰다. 손전등의 빛은 박현길의 눈을 곧바로 향했고, 박현길은 손을 든 채로 눈을 끔벅거렸다. 그래도 상대가 누군지 알아볼 수는 있었다. 박현길은 입을 떡 벌렸다.

"상사님……이셨군요."

박현길이 말했다.

"자네였나."

장리철이 말했다.

손전등의 효과가 없지는 않았다. 박현길에게는 장리철이 어떤 표정을 짓고 있는지 잘 보이지 않았다. 지금 박현길 자신의 얼굴이 그러한 것처럼, 아마 장리철의 얼굴에도 놀라움이 어느 정도 섞여 있을 터였다. 또 어떤 감정이 그 얼굴에 드러나 있을까. 반가움? 아니면 증오심?

"살아 계신 줄 몰랐습니다. 그동안 어디 계셨었나요? 얼굴 흉터는 언제 생긴 겁니까?"

박현길이 물었다.

"여기저기 떠돌아다녔네. 얼굴은 돌부리에 걸려서 넘어지는 바람에 이렇게 됐어. 자네 말고 이리로 또 오는 사람이 있나?"

장리철이 말했다. 손전등을 든 손도, 총을 든 손도 전혀 떨리지 않았다.

"없습니다. 하지만 제가 한 시간 이내에 상황을 보고하지 않으면 다른 사람들이 이상하다고 생각할 겁니다. 상사님은 여기서 뭘 하고 계십니까? 누가 상사님을 고용한 건가요? 백상구 일당?"

"아무한테도 고용되지 않았어. 그냥 개인적으로 조사를 하고 있는 중이야. 자네는 태림건설에 취직한 건가? 거기에 취직했다는 다른 신천복수대원은 누구지? 신천복수대원 출신이 세 사람 있고, 이름이 각각 계영묵, 조희순, 박현길이라던데."

"제가 박현길입니다. 계영묵과 조희순은……."

박현길은 죽은 사람의 이름을 댔다. 만약 장리철이 "그 녀석들은 죽었잖아?"라고 되묻는다면 "알고 계셨군요"라고 둘러댈 참이었다. 만약 장리철이 아무 반응도 보이지 않는다면, 그것은 장리철이 101특작부대의 최후에 대해 잘 모른다는 의미였다.

박현길은 그런 심리전에 능했다. 장리철의 단순한 성품에 대해서도 잘 알고 있었다. 박현길의 예상대로 장리철은 정직하게 반응했다.

"자네가 원래 그 둘과 친했었나? 왜 셋이 함께 움직인 거지?"

리철은 어리둥절한 표정이었다.

"상사님, 마지막 천리행군 때 낙오하셨죠?"

박현길이 물었다.

천리행군은 신천복수대가 매년 한 차례씩 벌이는 강도 높은 훈련이었다. 그들은 완전군장을 한 상태로 자지 않고 400킬로미터를 주파했다. 남조선에 침입해 작전을 완료한 뒤 진돗개 상태에 들어간 한국군의 경계를 피해 산줄기를 타고 재빨리 귀환하기 위해서였다. 남조선 특작부대들이 봄과 가을에, 6일 만에 천리행군을 한다고 했기 때문에 신천복수대는 이를 혹한기에, 5일 만에 완주하는 걸 목표로 했다. 쓸데없는 자존심 경쟁이었다. 정예 중의 정예가 모인 신천복수대에서도 매년 낙오자가 생기고, 간혹 죽는 사람도 나왔다.

'낙오'라는 말에 장리철의 얼굴이 벌겋게 달아올랐다. 이 역시 박현길이 노린 바였다. 그는 장리철이 마지막 천리행군을 제대로 마치지 못했다는 사실을 이미 알고 있었다. 목숨을 잃지 않고 천리행군을 끝낸 101특작부대 대원은 그 길로 모두 조선해방군에 합류했으니까.

"밤에 발목을 접질렸어."

리철이 대답했다.

"상사님은 기적적으로 운이 좋았던 겁니다. 천리행군 후반부에 아주 끔찍한 일이 일어났습니다. 대원들이 엄청나게 죽어나갔지요."

박현길이 한 걸음 앞으로 걸어 나가며 물었다. 기억을 되살리며 흥분한 척했지만 실은 계산된 행동이었다. 박현길은 장리철이 이제 방아쇠를 당기는 일은 없을 거라고 예상했다.

"나도 알아. 시체들을 봤어."

리철이 말했다.

"그게 다 상사님 때문에 시작된 일이라는 건 아십니까?"

박현길은 한 번 더 미끼를 던졌고 장리철은 보기 좋게 걸려들었다.

리철이 질문의 의미를 파악하지 못해 멍해진 틈을 박현길은 놓치지 않았다. 박현길은 앞으로 돌진하면서 왼손으로 장리철이 들고 있던 총의 총열을 아래에서 위로 쳤다. 리철은 총을 쐈지만 총알은 하늘로 향했다. 박현길은 무릎으로 상대의 가랑이를 차려 했고, 리철은 허리를 뒤로 빼며 공격을 피했다.

박현길은 왼손으로 리철의 오른손 손목을 잡아 총구가 자신을 향하지 않게 움직임을 봉쇄했다. 그리고 다시 한 번 무릎으로 장리철의 가슴이나 배를 가격하려 시도했다. 리철은 공격을 피하면서 팔꿈치로 상대의 어깻죽지를 찍었다. 둘 사이 거리가 너무 가까워서 양쪽 다 주먹이나 발 대신 무릎과 팔꿈치를 쓸 수밖에 없었다.

장리철이 팔꿈치로 같은 공격을 되풀이했을 때 박현길은 피하는 대신 몸을 낮춰서 충격을 받아냈다. 박현길은 그 상태에서 상대를 몸으로 밀어붙였다. 장리철 역시 몸을 낮추며 넘어지지 않으려 했다. 두 사내는 양손을 맞잡았다. 그들은 마치 뿔을 맞대고 힘을 겨루는 두 마리 들소 같은 자세가 되었다. 리철은 별 도움이 되지 않는 총을 버리고 오른손을 꺾으며 반대로 박현길의 왼손 손목을 잡았다. 박현길과 장리철의 포즈는 조금 전과 정반대가 되었다.

장리철은 박현길이 했던 공격을 응용했다. 자신의 무릎을 들어 올리는 대신 박현길의 손을 잡아당겨 상대의 머리가 자신의 무릎에 떨어지게 했다. 박현길의 얼굴이 장리철의 무릎에 부딪힌 속도는 대단치 않았다. 하지만 리철은 일단 그 자세를 만들자마자 왼팔로 상대의 머리를 위에서 덮었다. 리철의 팔과 무릎 사이에 박현길의 머리가 끼었다.

장리철의 속셈을 깨달은 박현길은 필사적으로 머리를 빼려 애쓰며 이제 자유롭게 된 오른손으로 리철의 허벅지를 때렸다. 리철은 마치 맞물린 공작기계처럼 자신의 팔과 다리에 힘을 주며 비틀었다. 잠시 뒤 박현길의 목이 부러졌다.

박현길의 몸이 축 늘어지고도 몇 초가량 지난 뒤에야 리철은 몸을 풀고 일어났다. 얼굴이 땀으로 흥건했다. 그는 한때 자신의 부하였던 사내의 시체를 혐오스러운 눈빛으로 보았다. '그게 다 상사님 때문에 시작된 일이라는 건 아십니까?'라던 말이 계속 귓가를 맴돌았다.

'거짓말일 거야.'

그는 그렇게 생각하려 애썼다.

"이제 나오십시오, 괜찮습니다!"

장리철은 총을 주은 뒤 은명화 부녀가 숨어 있는 창고를 향해 외쳤다. 1분쯤 뒤에 은명화와 그녀의 아버지가 조심스럽게 밖으로 걸어 나왔다. 그들은 시체를 보고 아무 말도 하지 않았다. 부녀 모두 얼굴이 헬쑥했다.

"죽었나요?"

은명화가 시체를 보고 장리철에게 물었다. 리철은 고개를 끄덕였다.

"그러면 빨리 가요. 우희 언니랑 금옥 언니가 있는 곳으로. 이 사람 차를 운전하면 되겠어요."

은명화가 말했다. 이번에는 장리철이 고개를 저었다.

"두 분이 먼저 가십시오. 저는 장풍버거로 돌아가겠습니다. 거기서 볼일을 보고 전화를 드리겠습니다."

"장풍버거? 거기는 왜요?"

은명화가 물었다.

"장풍버거에도 지금쯤 최태룡의 부하가 한두 사람 왔을 겁니다. 신천복수대 출신일 가능성이 높습니다. 저는 그자들에게 꼭 들어야 할 이야기가 있습니다."

장리철이 말했다.

8

강민준은 살인 사건 현장을 이제까지 실제로 본 적이 한 번도 없었다. 영화와 TV 드라마로는 수백 번도 넘게 보았지만.

헌병대 중령 살해 사건 현장은 「CSI 과학수사대」 시리즈보다는 영화 「살인의 추억」 쪽에 더 가까웠다. 피살 현장인 좁은 골목은 사람들로 북적였는데, 누구도 상황을 제대로 통제하지 못하고 우왕좌왕하고 있었다.

북한 인민보안부에서는 수사관이 열 명쯤 나왔는데 시신 옆에서 쭈뼛대기만 할 뿐 뭘 하는 것 같지는 않았다. 섣불리 나섰다가 자신들의 전문성 부족을 들킬까 염려하는 것 같기도 했고, 평화유지군의 수사 지휘를 기다리는 것 같기도 했다.

희망부대 대원들도 10여 명이 와 있었다. 그들은 총을 든 채로 현장 주위에 서서 구경꾼들이 중령의 시신을 보지 못하게 했다. 굳은 표정으로 권위 있는 모습을 연출하려 했으나, 자신들이 무엇을 해야 하는 지 모른다는 사실이 눈에 너무 역력히 드러났다.

미셸 롱 대위는 현장 책임자를 찾았다. 근처에 서 있는 사람 중에 가장 계급이 높아 보이는 사람은 희망부대의 중령이었다. 롱은 강민준을 데리고 중령 앞에 섰다.

"중령님, 저는 평화유지군 사령부 마약수사팀의 미셸 롱 대위입니다. 헌병대 대위와 함께 장풍군 일대 마약조직 수사를 하고 있었습니다. 중령님이 이곳 책임자이신가요? 사망한 사람은 헌병대장이 맞나요? 무슨 일이 벌어진 건지 설명을 들을 수 있을까요?"

롱의 말을 강민준이 통역했다.

"저는 여기 책임자는 아닙니다. 희망부대 공병대대장인데, 헌병대에 마땅한 장교가 없어서 잠깐 현장 관리 차원에서 온 겁니다. 영관급이 한 명 와 있으면 인민보안부 애들의 태도가 달라지니까요. 곧 제대로 된 수사 인력들이 올 겁니다."

중령이 대답했다.

"수사 인력이요? 어디서요? 지금 저기 서 있는 사람들은 수사 인력이 아닙니까?"

롱이 인민보안원들을 가리키며 물었다.

"이 사건은 평화유지군 관할입니다. 사령부에서 헌병 수사관들을 직접 파견한다고 기다리라고 했습니다. 어차피 희망부대에는 인력이 모자라기도 하고, 죽은 사람이 헌병대장인 것 같기도 하고요. 희망부대 헌병대에는 대장을 제외하면 소위가 한 사람 있고 부사관 몇 사람과 일반 병들인데, 교통 단속이나 할 줄 알지 수사 경험은 다들 없습니다."

공병대대장은 헌병대장과 그리 친한 관계는 아니었던 듯했다. 그의 말에는 어쩐지 '이렇게 죽을 줄 알았다'는 뉘앙스마저 감지됐다.

"시신이 누구인지도 아직 확인 안 하신 건가요?"

"사령부에서 자기들 수사관이 도착할 때까지 절대 시신을 건드리지 말고 현장을 보존하라고 하더군요. 평화유지군 영관급이 살해당한 건 11개월 만이라면서요. 그래서 명령에 따르는 중입니다. 시체가 엎어져 있어서 뒤통수만 보고서는 신원 확인을 할 수가 없겠던데요. 헌병대장에게 전화를 거니까 저 시신 호주머니에서 벨이 울리긴 하더군요."

"사령부 수사관들은 왜 안 오는 거죠?"

"출발은 바로 했는데, 오는 길이 막힌답니다."

공병대대장과는 대화가 안 된다는 사실을 알아차린 롱은 사령부로 전화를 걸었다. 그녀는 사령부의 누군가와 길게 영어로 통화를 했고, 그녀의 주장을 강민준이 공병대대장에게 통역했고, 공병대대장은 확인을 요구했고, 공병대대장과 사령부의 누군가가 한국어로 다시 길게 통화를 했다. 그런 뒤에야 사령부의 수사관들이 현장에 오기 전까지 인민보안부의 검시관이 시신 확인과 간단한 조사를 해도 괜찮다는 허락이 떨어졌다.

"저 인민보안원들에게 가서 검시관이 누구인지 좀 알아봐주시겠어요?"

롱이 강민준에게 부탁했다. 민준은 인민보안원들과 이야기를 나누더니 황당한 표정으로 롱에게 말했다.

"검시관이 지금 없다네요. 잠적한 지 며칠 됐답니다. 범죄조직에 연루된 일은 아니고, 빚을 져서 사업 투자를 했다가 망하는 바람에 어느 날 도주했대요."

"아니, 세상에 검시관이 없는 경찰도 있나요? 그러면 살인 사건이나 자살 사건이 나면 여기서는 변사체를 누가 조사합니까?"

그렇게 묻는 롱의 뺨은 발그스름하게 달아올라 있었다. 강민준이 롱의 말을 통역했고, 인민보안원들은 히죽 웃으며 뭐라고 답했다. 강민준이 그 말을 영어로 옮겨주었다.

"그냥 먼저 본 사람이 조사한다고 합니다. 제 생각에는 잠적했다는 검시관도 법의학 학위가 있는 사람은 아니었던 것 같습니다만……."

롱은 한숨을 쉬었다.

희망부대 부사관 한 사람이 자기 휴대전화로 구경꾼들의 사진을 찍고 있었다. 강민준은 그에게 다가가 물었다.

"지금 뭘 하고 계신 거죠?"

"모인 사람들을 찍고 있습니다, 대위님."

"왜요?"

"범인은 범죄 현장에 다시 나타난다고 하잖습니까? 혹시 저 중에 범인이 있지 않을까 해서요. 나중에 사진이 필요하시면 보내드리겠습니다."

부사관이 대답했다. 옆에서 그 말을 듣고 있던 롱이 강민준에게 영어로 빠르게 속삭였다.

"무슨 코미디를 보는 것 같네요."

"제가 보기에도 그렇습니다."

강민준이 대답했다.

"이래서야 사령부 수사관들이 온다 해도 한동안은 난장판이겠어요."

"저도 그렇게 생각합니다."

강민준의 답을 롱은 다르게 받아들인 모양이었다. 강민준은 '별수 없지 않냐'는 뜻으로 말했는데, 롱은 '돌파구가 필요한 상황'이라는 데 민준 역시 동의한다는 의미로 해석한 듯했다.

"이 현장은 건너뛰고, 다음 현장을 찾아야 해요."

롱이 말했다.

"네?"

"수사는 생물이에요. 이렇게 미적미적 뒤만 쫓다가는 끝내 범인들을 따라잡지 못할 거예요. 앞질러 갈 필요가 있어요."

"네?"

강민준은 멍청하게 되묻기만 했다.

"여기 온 희망부대 헌병들을 세 팀으로 나눠서 한 팀씩 이리 불러주시겠어요? 서너 사람을 한 팀으로 묶으면 되겠네요."

롱이 말했다.

"헌병들을 조사하시려고요?"

"저는 저 시신이 헌병대장이고, 이 사건 배후에는 마약조직이 있다고 생각해요. 백상구 조직의 복수극일 수도 있고 다른 조직의 소행일 수도 있어요. 저는 헌병대장이 끄나풀이니 정보원이니 했던 말들이 믿기지가 않아요. 오히려 헌병대장이 누군가의 꼭두각시였을 수는 있죠. 어쨌든 시작은 헌병대장이 누구와 어울렸는지부터예요. 누구와 어울렸는지를 모른다면 최소한 어디를 자주 갔는지라도 알고 싶어요. 여자친구는 없었는지, 단골 식당은 어디였는지, 휴가나 외박 때에는 어디를 갔는지도요. 일단 헌병들에게 먼저 물어봐야 하지 않겠어요?"

"그런데 왜 세 팀으로 나눠서 물어보시는 거죠? 한 번에 다 부르지 않고?"

민준이 물었다.

"이런 문제는 여러 명이 모인 자리에서 오히려 말하기 부담스러워해요. 밀고자가 되는 기분이 드니까요. 또 저 사람들 지금 사체 옆에서 구경꾼을 막는 일도 하고 있잖아요? 한꺼번에 그 자리를 비우게 할 순 없죠. 그렇다고 개별 면담을 하는 건 그것대로 효과적이지 않고요. 취조받는 느낌이 들어 방어적으로 말하게 되죠."

저 여자가 말문이 막히는 모습을 언젠가 꼭 보고 말 테다, 라고 속으로 중얼거리며 강민준은 헌병들에게 다가갔다.

젊은 헌병들은 서너 명씩 묶어서 말을 붙여도 심문을 받는 듯한 기분을 피할 수 없는 모양이었다. 외국어를 사용하는 이방인의 질문이어서 더 그랬는지도 몰랐다. 민준이 보기에도 병사들은 소극적인 태도로 말을 흐리거나 자기 의견을 감췄다.

대장님은 저희들이랑은 별로 대화를 나누지 않으셨습니다.

대장님은 북한 음식은 못 먹겠다고 하시면서 시내 음식점은 잘 안 가셨습니다.

부대 밖으로 자주 나가긴 하셨는데 어디에 가셨는지는 잘 모르겠습니다. 보통 직접 운전하셨습니다.

건설업자들과는 두루 다 친하셨습니다. 전부 다 하고요.

통역을 하는 민준이 맥이 빠질 정도로 도움이 안 되는 답변들이었다. 꼿꼿하던 롱의 얼굴에도 낙담한 기색이 어렸다. 민준은 속으로 조금 고소해하며 롱의 표정 변화를 관찰 중이었다. 그때 병사 하나가 쭈뼛거리며 민준에게 다가왔다. 헌병대장을 위한 예상 문답을 함께 만들었던 병장이었다.

"저, 대위님······. 아까 대장님이랑 친한 건설업자 얘긴데 말인데요."

"왜? 혹시 뭐 할 얘기가 있니?"

강민준이 물었다.

"이게 제 얘기가 아니라 남의 얘기인데······ 기록에 남길 정도의 이야기는 아닌 것 같아서요."

"지금 무슨 이야기를 해도 전혀 기록에 남지 않아. 혹시 참고가 될 내용이면 어디서 누구한테 들었는지는 잊어버리고 내용만 참고하고, 참고가 안 될 내용이면 바로 잊어버릴게. 어차피 저기 롱 대위님은 한국어는 못하니까 그냥 편히 얘기하도록 해요. 무슨 말을 하고 싶은 건데?"

"예전에 저희 부대장님 앞으로 투서가 와서 대장님이 한번 꼭지가 뒤집힌 적이 있었습니다."

"투서?"

"예."

병사는 몹시 곤혹스러운 표정이었다. 강민준은 혹시 그 투서를 쓴 사람이 바로 이 병사가 아닐까 의심했다.

"투서가 어떤 내용이었는지는 모르고?"

"그건 모릅니다."

병사는 자신 있게 대답했다. 자기가 쓴 투서는 아니구나, 싶었다.

"하지만 그게 헌병대장님하고 상관있는 투서였다 이거지? 뭔가 헌병대장님에 대해 안 좋은 말이 쓰여 있는?"

"그러니까 그렇게 화를 내고 그러시지 않았겠습니까."

병사가 대답했다.

"그러니까 그 투서를 찾아보면……."

"네."

병사가 고개를 끄덕였다. 거기까지만 공개하고 자신은 빠지겠다는 속셈인 게 너무 티가 났다.

"저 병사는 그 투서에 대해 분명히 뭔가 알고 있어요. 투서를 보낸 사람이 누구인지 물어봐요."

어느새 강민준 옆에 선 미셸 롱이 민준의 귀에 대고 영어로 빠르게 속삭였다. 병사는 영어를 알아들은 것 같지는 않았지만, 두 대위가 자신에 대해 어느 정도 눈치를 챘는지에 대해 눈치챈 것 같았다. 병사는 '괜히 씨부렸네' 하고 후회하는 얼굴이었다.

"그 투서에 대해 뭔가 아는 게 더 있는 거지? 좀 들려주지 않을래? 지금 이게 워낙 중대한 사건이잖아. 수사가 설렁설렁 끝나지는 않을 거라고. 여기 나나 롱 대위님 말고 사령부에서 직접 수사관이 와서 관계자들을 전부 아주 강도 높게 조사할 테지. 지금 우리한테 그 투서에 관련된 정보를 미리 알려주면 그 수사관들한테는 내가 원래부터 알고 있던 얘기처럼 전달할게. 부대 안에서 다들 알고 있는 이야기인데 정작 누구한테 들었는지는 나도 기억을 못하는 걸로. 그게 훨씬 낫지 않겠어?"

민준은 자신의 장기인 살살 구슬리기 전법을 펼쳤다. 병사는 망설이다가 체념한 표정으로 고백했다.

"어제 저녁에 저희가 다랑어버거랑 광어버거를 시켜먹었잖습니까?"

"그랬지. 그런데?"

"그 북한식 햄버거 가게 아주머니가 정말 좋은 분입니다. 저희들에게 이것저것 얹어주시는 것도 많고…… 뭘 공짜로 많이 주셔서가 아니라 곁에 있으면 인품이 느껴지는 분입니다."

"그렇군. 그런데?"

민준은 맞장구를 치며 참을성 있게 기다렸다.

"그 아주머니 아들이 얼마 전에 실종됐습니다. 아주머니가 인민보안부에 신고를 했는데 북한 인민보안부는 그런 사건은 제대로 수사하지 않죠. 그래서 아주머니가 평화유지군에서 수사를 해달라며 저희 부대 앞에서 1인 시위를 며칠 하고 그랬습니다. 그러다가 저한테 부대장님 앞으로 편지를 하나 보내줄 수 있느냐고 부탁하시더라고요. 저희 부대 본부 건물에 보면 건의함이라고, 병사들이 부대장에게 직접 무기명으로 편지를 보낼 수 있는 함이 있거든요. 아무도 이용하지 않지만 말입니다."

"거기에 그 아주머니 편지를 넣은 거니?"

"그냥 평화유지군에서 자기 아들 실종 사건 수사를 해달라는 호소문인 줄 알았습니다. 그런데 그게 그렇지 않았던 모양이더라고요. 저도 편지 내용은 자세히 모릅니다. 하지만 대장님이 그 편지와 관련이 있는 건 분명합니다. 그 편지 때문에 괜한 의심을 사게 됐다, 편지를 넣은 사람을 찾아내겠다고 펄펄 뛰었으니까요. 한 달 동안 아무도 이용하지 않은 건의함에 외부인의 투서가 있었다, 거기에 자신을 음해하는 내용이 있었다, 그런 이야기를 대장님이 누군가에게 전화로 말씀하시는 걸 조금 떨어져서 들은 적이 있습니다."

병사가 말했다.

"그 햄버거 가게 위치는 어떻게 되지? 지금 이 시간에도 문을 열었을라나?"

강민준이 물었다.

"가게는 중앙장마당 입구에 있어서 찾기는 어렵지 않습니다. '장풍버거 ― 혁명적인 맛!'이라는 커다란 간판이 걸려 있어요. 몇 시까지 영업을 하는지는 잘 모르겠습니다. 아주머니가 그 가게에서 잠을 자기 때문에 어쨌든 계시기는 할 겁니다. 대위님, 설마 지금 이 시간에 가시려는 건 아니시죠?"

"설마. 그냥 물어보는 거지."

그렇게 대답한 뒤 강민준은 롱에게 상황을 설명하고 물었다.

"대위님, 설마 그 햄버거 가게에 지금 가시겠다는 건 아니죠?"

"당연히 지금 가야죠."

롱이 대답했다.

*

계영묵은 장풍버거 뒷골목으로 들어가 후문 위치를 확인한 뒤 다시 앞으로 돌아왔다. 가게는 영업 공간 외에도 따로 창고나 주거 공간이 있는 듯했다. 내부 불은 꺼져 있었고 경보기가 있는 것 같지는 않았다.

안에 있는 사람들이 에미나이 둘이라고 해서 계영묵은 방심하지 않았다. 어떤 순간에도 과신하거나 자만하지 않는 것이 그의 장점이고 능력이었다. 그게 여태까지 수없는 위기 속에서도 부상 없이 살아남을 수 있었던 비결이기도 했다.

에미나이 둘이라지만 총을 가지고 있을지도 모르고, 그 총을 머리맡에 두고 잘지도 모른다. 어쩌면 오늘 한 사람은 가게를 비우고, 다른 한 사람의 애인이 놀러왔을 수도 있다. 그 애인이 특등 사수 출신일 수도 있다.

알 수 없다.

하지만 중요한 작전은 언제나 정보와 자원이 충분하지 않은 상태에서 시작한다.

어떤 순간에도 위축되지 않고 신속하게 판단하고 과감하게 움직이는 것 역시 계영묵의 강점이었다. 수없는 위기를 돌파할 수 있었던 또 다른 비결이기도 했다.

계영묵은 장풍버거의 문짝을 발로 걷어찼다. 자물쇠가 달린 경첩이 문틀에서 떨어졌다. 그는 몸을 낮추고 총을 든 채로 가게 주방으로 들어갔다. 먹이를 발견한 늑대처럼 빠르고 조용한 동작이었다.

가게는 비어 있는 것 같았다. 계영묵은 가게 주인이 주거용으로 쓴 방까지 살펴본 다음에야 경계 태세를 풀었다. 이불과 옷가지까지 사라진 걸로 보아 그를 한 달 정도 골치 아프게 했던 에미나이는 짐을 챙겨 달아난 듯했다. 여자들이 겁을 먹고 완전히 장풍군에서 떠났다면, 계영묵은 굳이 그들을 쫓을 마음은 없었다.

불의의 습격을 받아서 그렇지, 상대의 전력은 대단치 않다. 기껏 해봐야 여자 몇 명에 떠돌이 한 놈이다. 떠돌이는 인력사무소를 습격할 때 최신주가 집적거리던 젊은 계집과 함께 왔다. 그 여자가 전력에 도움이 될 거라고 여기지는 않았을 것이다. 그는 혼자 움직이는 자다. 다른 동료가 없으니까 위기에 몰렸을 때 계집의 도움을 받은 것이다. 그 떠돌이가 싸움을 어느 정도 하는지는 모르겠지만, 똑똑한 녀석이 아닌 건 분명하다. 인력사무소장을 살려둔 걸 보면 알 수 있다.

어쩌면 여자들은 벌써 눈가에 흉터가 있는 떠돌이와 헤어졌을 수도 있다. 그 떠돌이는 낭인일 거라고 계영묵은 생각했다. 조선인민군이 무너진 뒤 새로 생겨난 직업이고, 범죄조직들이 북조선 땅을 빈틈없이 차지하면서 곧 사라질 직업이기도 했다. 그런 날품팔이가 고용주에게 큰 충성심을 품고 있지는 않을 것이다. 인력사무소에서 총격전을 벌인 뒤 떠돌이가 여자들을 버려두고 내뺐을지도 모른다고 계영묵은 생각했다.

'눈호랑이 작전과는 큰 관련이 없어 보이지만…… 그렇다고는 해도 타이밍은 정말 최악이군.'

조선해방군과 개성섬유봉제협회에서 보내올 참관인들 앞에서 작전을 본격적으로 개시할 일이 이제 스물네 시간 앞으로 다가왔는데, 누군가가 그들을 골탕 먹이려고 작정이라도 한 것처럼 골치 아픈 일이 연달아 터지고 있다. 큰 뇌물을 받은 헌병대장이 오히려 협박을 해오고, 소란을 일으킬까 두려워 살려둔 여자들이 거꾸로 해결사를 고용해 보복을 시도했다.

장풍버거 여인들이 숨었을 장소에 대한 단서를 찾기 위해 계영묵이 가게 물건을 뒤지고 있을 때 자동차 엔진음이 들리더니 곧이어 가게 앞에 차를 세우는 소리가 들렸다. 계영묵은 재빨리 창가로 가서 밖을 보았다. 승용차에는 평화유지군 군용 차량임을 알리는 마크가 붙어 있었다. 차에서 두 사람이 내렸다. 운전석에서 내리는 사람이 여자, 조수석에서 내리는 사람이 남자였다. 두 명 모두 군복 차림이었다.

계영묵은 미간을 찌푸렸다.

'뭐가 어떻게 돌아가는 거야?'

그는 조용히 뒷문을 열어놓은 뒤 주방과 뒷문 사이의 모서리에 몸을 숨겼다. 평화유지군 군복을 입은 사람들과 싸울 의향은 없었다. 그러나 그들이 무슨 이야기를 나누는지는 듣고 싶었다.

군인들은 계영묵의 관점에서는 성의가 없어 보일 정도로 부주의하게 가게로 들어왔다.

"어? 이미 누가 왔나 본데요? 자물쇠가 뜯겨 있어요."

군인 중 남자가 말했다. 그러자 여자가 뭐라고 대꾸했는데, 영어라서 계영묵은 알아들을 수가 없었다. 남자와 여자는 영어로 짧게 대화를 나누었다.

군인들은 가게를 제대로 살펴보지도 않고 불을 켰다. 바보 같은 짓이었다. 그들이 얼마나 경험이 없는지를 보여주는 징표였다.

계영묵은 조용히 뒷문으로 빠져나갔다. 그는 속보로 10여 미터를 걸은 뒤 가게 쪽을 돌아보았다. 조금 전까지 자신이 거기에 있었다는 사실은 아무도 알아채지 못한 것 같았다. 계영묵은 걸음걸이를 평범하게 바꿨다.

장풍버거에서 멀어지면서 계영묵은 박현길에게 전화를 걸었다.

신호가 갔지만 박현길은 전화를 받을 수 없었다. 목이 부러진 채 은명화의 아버지가 일하던 택배 영업소 마당에 죽어 있었기 때문이다.

*

강민준과 미셸 롱이 장풍버거에 도착했을 때, 장리철도 가게 앞에 이르렀다. 장리철도 강민준과 미셸 롱이 타고 있던 승용차의 평화유지군 마크를 알아보았으며, 차에서 내리는 사람들이 군복 차림인 것도 확인했다.

장리철은 그들이 최태룡의 사주를 받았다고 생각했다. 마약조직과 인민보안부가 유착한 사례는 얼마든지 있었으며, 평화유지군 장교 두 사람이 매수당하지 않았다고 볼 이유도 없었다.

강민준과 미셸 롱이 장풍버거 안으로 들어가 불을 켜고 서툴게 내부를 수색할 때, 장리철도 상대들이 초짜임을 알아차렸다. 리철은 계영묵만큼 조심스러운 성격은 아니었다. 그는 대담하게 가게에 다가가 남자와 여자가 나누는 대화를 엿들으려 했다. 그러나 군인들이 영어로 이야기를 하는 통에 알아들을 수가 없었다.

롱과 민준이 그 순간 하던 이야기는 이런 것이었다.

"제 눈에는 누가 여길 덮친 게 아니라, 원래 여기 있던 사람들이 도망친 거 같은데요? 중요한 물건 같은 거 챙기고요."

"그러면 왜 문의 자물쇠 경첩이 부서져 있죠? 그리고 아무리 급하게 도망을 치는 상황이라 해도 이렇게 서랍장 같은 걸 다 열어놓고 집을 떠날까요?"

"경첩은 그냥 부서질 때가 되어서 부서졌을 수도 있죠. 장롱 문이나 서랍장이 열린 건…… 음…… 정말 시간이 급해서 그랬을 수도 있고요."

장리철의 귀에는 두 사람이 다 한국어를 할 줄 모르는 걸로 들렸다. 그래서 그들로부터 이야기를 들을 가능성이 없다고 생각하고 장풍버거를 떠나려 했다. 그때 남자 군인이 안에서 한국어로 소리를 질렀다.

"아, 깜짝이야! 깜짝 놀랐네."

"왜요?"

이번에는 여자 군인도 한국어로 물었다. 또박또박한 한국어였다.

"아니, 저 모서리 뒤에 사람이 숨어 있는 줄 알았어요."

남자 군인이 이번에도 한국어로 말했다.

장리철은 권총의 안전장치를 풀고 장풍버거에 들어갔다. 평화유지군 장교들이 워낙 무방비였기에, 총을 겨냥하고 "손들어" 어쩌고 하면서 불필요하게 시간을 낭비할 필요도 없었다. 어차피 상대해야 할 사람이 둘이었으므로 리철은 그냥 행동으로 제압하는 편을 택했다.

장리철은 강민준의 낭심을 차서 고꾸라뜨린 뒤 총집에서 권총을 뽑으려는 롱의 팔을 잡고 꺾었다. 미셸 롱은 짧게 비명을 지르며 바닥에 쓰러졌고 리철은 상대의 총을 순식간에 빼앗아 입구 쪽으로 던졌다.

장리철은 한 손에 총을 들고 롱을 겨냥한 채로 강민준에게 다가갔다. 강민준은 두 팔을 가랑이에 넣은 볼썽사나운 자세로 신음하는 중이었다. 리철은 강민준의 엉덩이를 세게 밟으면서 상대의 총집에서 권총을 뽑아 역시 입구 쪽으로 던졌다. 그런 와중에도 리철이 든 총은 한 번도 흔들리지 않은 채 줄곧 미셸 롱의 머리를 향했다.

롱과 민준을 무장해제한 다음에야 리철은 입구 쪽에 서서 심문하는 자세를 잡고 입을 열었다.

"잘 들어라. 나는 아주 노련한 고문 전문가다. 어디에 총을 맞으면 사람이 바로 죽는지, 어디에 맞으면 의식을 잃지 않으면서 죽도록 고통스럽게 되는지 아주 잘 안다. 여기서 너희 둘을 쏴 죽이는 건 나한테는 일도 아니다. 내 말이 무슨 뜻인지 알겠나? 알겠으면 고개를 끄덕여라. 소리는 내지 말고."

롱과 민준은 바닥에 쓰러진 채로 고개를 끄덕였다.

"좋다. 이제 천천히 몸을 일으켜라. 땅에 무릎을 대고 엉덩이는 세운 채로 앉아라. 그리고 두 손은 깍지를 껴서 머리 위에 올려라."

롱과 민준은 지시에 따랐다. 민준은 심장이 너무 크게 뛴 나머지 맥박 소리가 밖으로 들릴 지경이었다.

장리철은 선반 위에 올려져 있던 청테이프를 롱에게 던져주며 민준의 손과 발을 테이프로 감게 했다. 두 시간 전에 박우희와 문금옥이 짐을 챙기며 박스를 포장할 때 썼던 테이프였다. 롱이 민준의 손발을 다 묶자 리철이 다가와 롱의 손과 발을 테이프로 감았다. 장리철은 그런 뒤 다시 입구 근처에 가서 섰다.

"나는 사람을 심문하는 훈련도 수천 시간 동안 받았다. 목소리가 얼마나 떨리는지만 들어도 상대가 거짓말을 하는지 아닌지 안다. 이제부터 내가 묻는 말에만 정확히 대답해라. 답변이 늦거나 나를 속이려 들면 총을 쏘겠다. 너희들 중 누가 상관인가?"

장리철이 물었다.

"딱히 상관은 없는데요."

"내가 지휘자다."

민준과 롱이 동시에 말했다. '내가 지휘자다'라고 말한 건 물론 롱이었다. 장리철은 그 상황을 두 사람 사이에 뚜렷한 상하 관계가 없는 걸로 받아들였다.

"최태룡이 너희를 보냈나?"

장리철이 물었다.

민준과 롱은 한동안 답을 못하다 이번에도 동시에 입을 열었다.

"최태룡이 누구죠?"

"그게 누구지?"

장리철은 강민준의 머리를 잡고 앞으로 거칠게 쓰러뜨렸다. 리철은 민준의 머리에 총구를 들이댔다. 리철은 강민준이 겁을 집어먹도록 빠르게 고함을 쳤다.

"어차피 둘이니까 네가 죽어도 저 여자한테 물어보면 돼! 다시 묻겠다! 이번에도 모른다고 하면 바로 골통을 날려주마! 최태룡이 너희를 보냈나?"

"아학! 쏘, 쏘지 말아요! 정말 몰라요! 그게 누군지 정말 모른다고요! 저희는 그냥 헌병대장님 사건을 조사하다가 이리 온 거예요. 제발요……."

탕!

장리철은 방아쇠를 당겼다.

강민준은 바닥에 엎드린 채로 온몸을 부들부들 떨었다. 총알은 강민준의 귀에서 3센티미터쯤 떨어진 바닥에 박혀 있었다.

장리철은 강민준을 일으켜 세웠다. 민준의 머리카락이 땀으로 젖어 이마에 찰싹 붙어 있었다. 눈은 반쯤 넋이 나가 있었고 안도감 때문인지 수치심 때문인지 뺨이 붉게 달아올라 있었다.

"헌병대장 사건이 뭐지?"

장리철이 물었다.

강민준은 헐떡이느라 대답을 하지 못했다. 뒤에서 롱이 입을 열었다. 롱은 장리철의 눈을 똑바로 바라보며 말했다.

"당신이 오늘 평화유지군 중령을 죽인 사건 말이다."

"난 평화유지군 중령을 죽인 적이 없어."

장리철이 대꾸했다.

"목격자가 있다. 당신이 중령을 죽이는 걸 본."

롱은 장리철을 노려보았다.

"개수작 부리지 마."

장리철은 강민준이 덤비지 못하도록 뒤로 한 걸음 물러나 롱에게 총을 겨누었다. 롱은 눈을 피하지 않았다.

장리철은 총을 거두고 다시 질문을 던졌다.

"너희들은 왜 여기에 온 거지?"

"이 가게 주인이 평화유지군으로 투서를 보냈다. 헌병대장이…… 강 대위님, 제 말 좀 통역해주실래요?"

롱은 자기 생각만큼 말이 빠르게 나오지 않는 게 답답한 듯 강민준을 불렀다. 민준도 어느 정도 정신을 추스른 상태였다. 롱이 하는 말을 민준이 옮겼다. 민준은 조금 전까지 자기가 하던 대로 존대를 쓰지 않고 평어체로 롱의 말을 통역했다. 어느 정도는 자존심 때문이었고, 또 어느 정도는 자포자기했기 때문이었다.

"이 가게 주인이 평화유지군으로 투서를 보냈다. 한국군 헌병대장을 고발하는 내용이었어. 그런데 그 헌병대장이 오늘 눈가에 흉터가 난 암살자에게 칼에 찔려 죽었다. 우리는 그 사건을 조사하다가 투서에 대한 정보를 제보 받아 확인하려고 여기에 왔다."

장리철이 미심쩍은 표정으로 롱과 민준을 바라보았다. 여성 장교가 뒤에서 영어로 말하고 남성 장교가 그걸 한국어로 통역하는 모습을 보고 있으려니 어쩌 그네들이 묘한 술책을 부리는 것 같았다.

롱이 말을 이었다.

"너는 북한 지역 치안을 담당하는 한국군 영관급 장교를 죽인 거야. 우리도 마찬가지로 헌병 장교들이다. 여기서 우리를 죽인다 해도 결코 쉽게 달아날 수 없을 거다.”

　장리철은 그 말에 대꾸하는 대신 가슴에서 휴대전화를 꺼내 박우희
에게 전화를 걸었다. 박우희는 리철의 전화를 받자마자 은명화의 안부
를 물었다. 리철은 군인들이 대화 내용을 들을 수 없도록 입을 가리고
작은 목소리로 은명화는 괜찮으며, 아버지와 함께 ‘목적지’로 가고 있
다고 대답했다. 그리고 박우희에게 목적지에 잘 도착했느냐고 물었다.
박우희는 얼른 목소리를 죽이고 자신도 ‘동행’도 잘 있다고 말했다.

　리철은 입을 가린 손을 떼고 군인들도 들을 수 있도록 또렷한 목소
리로 박우희에게 물었다.

　“선생님, 최근에 평화유지군에 투서를 보내신 적이 있습니까?”

　“있어요. 보름쯤 전에. 장 선생이 그걸 어떻게 알았죠?”

　박우희가 대답했다.

　“그 투서가 헌병대장이라는 자를 고발하는 것이었나요?”

　리철이 물었다.

　“비슷해요.”

　박우희가 대답했다.

　“잠깐만 아무 말씀 마시고 전화기를 들고 계셔주십시오.”

　장리철은 전화기를 켠 채로 선반 위에 올려놓고 룡과 민준을 향했다.

　“나는 헌병대장이라는 자를 죽이지 않았다. 내가 한국군 중령을 죽
이는 걸 봤다는 목격자가 있다면 그자가 거짓말을 하는 거야. 최태룡
에게 매수된 거다.”

　리철이 말했다.

"최태룡이 누구지?"

룽이 한국어로 물었다.

"이 일대 마약조직의 왕초다. 남조선 군인들은 그런 것도 모르나?"

"지방 소도시의 작은 조직 계보까지는 모른다. 저 사람은 장풍군에 온 지 며칠 되지도 않았고."

룽이 대답했다. '저 사람'이라고 할 때는 턱으로 강민준을 가리켰다. 룽은 말을 이었다.

"게다가 북한 주민들은 그런 정보를 평화유지군에 절대로 말하지 않잖나. '조선 사람 일은 조선 사람끼리'라면서."

그때 선반 위에 올려놓은 전화기에서 다급하게 리철을 부르는 소리가 들렸다.

"장 선생님! 장 선생님!"

스피커폰 모드가 아닌데도 워낙 상대방이 크게 고함을 쳐서 룽이나 민준까지 그 말을 알아들을 수 있을 정도였다.

"무슨 일이십니까?"

장리철이 전화기를 집어 들며 물었다.

"지금 남조선 군인들과 같이 계신 건가요?"

박우희가 물었다.

리철은 박우희에게 상황을 설명했다. 최태룡의 부하들을 찾으러 장풍버거에 와봤더니 평화유지군 대위 두 사람이 안을 뒤지고 있더라고. 그래서 그들을 제압한 뒤 가게에 온 이유를 물었더니 '장풍버거의 주인이 평화유지군에 투서를 보냈기 때문'이라고 말한다고. 그 투서에 언급된 한국군 중령은 오늘 살해됐는데 자신이 범인으로 몰린 것 같다고.

"장 선생님, 전화기를 끄지 마시고 화면을 눌러보면 기계를 귀에 갖다 대지 않아도 멀찍이서 통화를 할 수 있게 해주는 단추가 있을 거예요. 그걸 눌러주시겠어요? 남조선 군인들과 이야기를 하고 싶어요."

장리철은 서툴게 조작해 스피커폰을 켰다.

"안녕하세요. 저는 박우희라고 합니다. 장풍버거 주인이고, 보름 전에 평화유지군 희망부대장님 앞으로 투서를 썼어요. 희망부대 중령과 태림건설 최태룡 사장 간의 유착 관계에 대해 폭로하는 글이었습니다. 제가 지금 어떤 분들이랑 이야기를 나누고 있는지 알 수 있을까요?"

*

"저는 미셸 롱 대위라고 합니다. 평화유지군 사령부 직속 마약수사팀에서 일하고 있습니다. 장풍군 일대 마약조직에 대해 조사 중입니다. 저는 한국어가 서툴기 때문에 영어로 말해야 할 때도 있습니다. 그때는 강민준 대위가 통역을 해줄 겁니다."

롱이 무릎을 꿇고 머리에 손을 올린 채로 말했다.

"저는 강민준이라고 합니다. 한국군 대위고요, 어…… 여기 미셸 롱 대위랑 같이 일하고 있습니다. 롱 대위의 통역을 제가 맡고 있습니다."

강민준 역시 롱과 같은 자세로 앉아 말했다.

"헌병대 중령이 죽었나요? 어떻게 죽었나요? 그리고 그게 마약수사랑 무슨 관련이 있는 거죠?"

박우희가 물었다. 롱이 헌병대장 피살 사건에 대해 영어로 설명하고, 강민준이 통역했다. 롱은 사건의 상세한 정황은 일부러 설명하지 않았다.

"저희는 지금 우리 앞에 있는 이 남성을 주요 용의자로 보고 있습니다. 눈가에 칼자국 흉터가 있고 살인 기술에 능한 사람이 흔치는 않을 테니까요."

"롱 대위님과 강 대위님 앞에 있는 분은 장 선생님이라고 하고, 저의 오랜 친구예요. 우리 장 선생님이 평화유지군 헌병대장을 죽이지 않았다는 점은 제가 보장합니다. 조금 전까지 오늘 하루 종일 장 선생님과 저는 같이 있었어요. 최태룡 조직이 장 선생님에게 누명을 씌우려는 겁니다. 눈가에 흉터가 있는 남자를 봤다고 하는 목격자가 누군가요? 태림건설 직원 아닌가요?"

박우희가 물었다.

"목격자의 신상에 대해서는 말씀드릴 수 없습니다. 최태룡 조직은 왜 장 선생님에게 누명을 씌우려는 거죠? 최태룡 조직과 헌병대장은 무슨 관계인가요? 쓰셨다는 투서가 최태룡 조직과 헌병대장에 대한 것이었나요?"

"최태룡 조직은 신흥 세력이에요. 몇 년 전까지 이곳 마약 시장을 지배한 건 백상구 조직이라는 다른 세력이었죠. 최태룡 조직은 백상구 조직과 최근까지 경쟁을 벌였는데 얼마 전 평화유지군 덕분에 피 흘리지 않고 승리했어요. 평화유지군이 백상구 조직의 무기고 한 곳을 발견하고 수사를 벌여서 중간 간부 두 사람을 체포했어요. 또 백상구와 그 가족들에게 수배령을 내렸어요. 여기까지는 공개된 사실입니다.

그런데 이런 사건들이 있기 전에 평화유지군이 백상구 조직의 마약 기지를 먼저 발견했고, 그 과정에서 사람을 다섯이나 죽였다는 소문도 있어요. 장풍에서는 평화유지군이 백상구 조직의 마약 기지 정보를 최태룡으로부터 받았다는 이야기가 파다해요. 평화유지군과 최태룡 사이의 다리 역할을 한 게 헌병대장 아니었을까요?"

장리철은 복잡한 탐색전이 벌어지는 중이라는 인상을 받았다. 그가 서툰 분야였다. 그는 이 대화가 끝날 때까지 얌전히 서 있을 생각이었다. 평화유지군 장교들이 탈출할 기회를 노리거나 외부 지원을 기다리면서 시간을 끌지 않는지만 감시하면 될 것 같았다.

"지금 말씀해주신 이야기들에 증거가 있나요?"

롱이 물었다.

"증거들은 많이 있지만 조각조각이어서 저희가 엉뚱한 그림을 그리고 있을지도 몰라요. 어떤 부분은 당신들이 더 잘 알 테죠. 제가 드린 말씀 중에서 옳은 부분과 그른 부분을 알려주시면 필요한 물증을 찾아드릴 수 있어요. 평화유지군도 장풍군 밑바닥에서 돌아가는 일을 터무니없이 모르지만, 저희도 평화유지군 내부 사정을 모르기는 마찬가지예요. 특히 마약수사와 관련된 이야기라면. 워낙 비밀스럽게 일을 하시잖아요."

"지금 말씀하신 내용들을 제가 확인해드릴 위치에 있지는 않습니다. 하지만 흥미로운 이야기를 들려주셔서 감사합니다. 좋은 참고가 됐어요. 다른 질문에 대한 답은 들을 수 있을까요? 선생님과 최태룡 조직은 무슨 관계죠? 왜 최태룡 조직이 여기 있는 장 선생님에게 누명을 씌우려는 거죠?"

"저희는 다른 건으로 최태룡을 쫓고 있었습니다. 최태룡은 다른 회사에서 꺼리는 건설 기술자 두 사람을 몇 달 전에 채용했는데, 최근에 그 사람들의 행방이 묘연해졌어요. 그 기술자들을 부려서 떳떳치 못한 공사를 벌이고, 작업이 끝나자 헌병대장을 제거하듯 그들도 제거한 거겠죠. 태림건설은 그들이 회사 돈을 횡령했다고 주장하지만 저희는 그게 사실이 아니라는 증거를 갖고 있습니다. 저는 장 선생님과 그 일을 추적하고 있고, 최태룡도 그 사실을 압니다. 그래서 저희에게 헌병대장 피살이라는 누명을 씌우려는 거예요. 골치 아픈 일 두 가지를 한꺼번에 해결하려고요."

"선생님은 누구시죠? 정말 햄버거 가게 주인이신 게 맞나요?"

롱이 물었다.

"통화를 너무 오래한 것 같네요. 다음에 또 기회가 있겠죠. 혹시 전화번호를 알려주실 수 있나요?"

강민준은 자기도 모르게 안도의 한숨을 쉬었다. 전화번호를 알려달라는 요구는 다음에 또 통화를 하자는 뜻이니까. 롱과 박우희의 대화를 들으며 '어쨌든 지금 죽지는 않겠구나' 하는 생각은 했지만, 그래도 그런 예상이 확인이 되고 나니 가슴이 몇 센티미터가량 저절로 아래로 내려갔다.

롱과 강민준은 박우희에게 각각 자신의 전화번호를 불러주었다. 롱은 거기서 멈추지 않았다. 이어지는 롱의 말을 통역하는 동안 강민준은 다시 불안해졌다. 그냥 '정말 고마웠다'며 대충 얼버무리고 싶었지만 별 도리가 없었다.

"유용한 말씀 많이 들려주셔서 감사하지만, 아직 당신들을 완전히 믿을 수는 없습니다. 여기서 저희를 풀어주시고 무기를 돌려주신다면 선생님을 신뢰할 수 있을 것 같습니다."

통역을 마친 뒤 강민준은 입바람을 위로 내뿜었다. 땀으로 젖은 얼굴 위를 바람이 지나가자 서늘한 느낌이 들었다.

박우희가 뭐라고 대답하기 전에 장리철이 전화기를 들고 스피커폰 모드를 해제했다. 리철은 박우희와 이야기를 짧게 주고받은 뒤 전화를 끊었다. 리철은 총을 내려놓은 뒤 롱과 강민준에게 다가왔다. 그러나 그들을 풀어주기는커녕, 오히려 주머니를 뒤져 휴대전화와 자동차 열쇠를 빼앗아갔다.

장리철이 문가로 돌아가서 롱과 강민준에게 말했다.

"저 길 건너편에 도랑이 있소. 당신들 총과 손전화, 그리고 자동차 열쇠는 그 도랑에 띄엄띄엄 버리겠소. 잘 찾아보시오. 그 테이프는 이빨로 10분이면 끊을 수 있을 거요."

리철은 말을 마치고 장풍버거의 유선전화기 끈을 잡아 끊었다. 실내조명도 껐다. 그런 다음 롱과 민준을 남겨두고 깜깜한 가게를 나섰다.

*

도랑에 평화유지군 장교들의 물품을 차례로 던져 넣은 뒤 장리철은 박우희에게 전화를 걸었다.

"평화유지군 장교들은 아직 가게에 갇혀 있습니다. 저는 어디로 가면 될까요?"

리철이 물었다.

"최태룡 일당의 눈에 띄지 않을 곳에서 기다리고 계세요. 명화가 차를 몰고 가서 당신을 이리 데려올 거예요."

박우희가 대답했다.

"그 장교들에게서 뭔가 얻어낸 정보가 있었나요? 박 선생님 설명을 그자들이 곧이곧대로 믿는 것 같지는 않았습니다만."

리철이 말했다.

"아주 결정적인 정보를 하나 얻었어요."

박우희가 대답했다.

"그게 뭔가요?"

리철이 물었다.

"그 장교들은 투서를 읽지는 못한 것 같아요. 저는 투서를 희망부대의 부대장 앞으로 보냈는데, 아까 저와 통화한 장교들은 희망부대 소속이 아니라 사령부 마약수사팀 소속이라고 했어요. 그 장교들은 헌병대장이라는 사람을 수사하다가 투서의 존재를 알게 된 것 같았어요."

"그런데요?"

"저는 투서에 헌병대장에 대해 쓰지 않았어요. 그냥 희망부대 소속 중령 한 명이 최태룡 일당과 내통하고 있다고만 썼죠. 최태룡 일당이 개성까지 가서 호화 룸살롱에서 희망부대 중령 하나를 몇 번이나 접대했고, 같이 마약도 했다는 얘기들을 썼어요. 하지만 그게 누구인지는 몰랐어요. 최태룡과 손을 잡은 사람은 부대 안팎의 공사를 담당하는 공병대대장이라고 생각했어요. 최태룡이 건설업자니까.

그런데 사실은 그게 아니라 헌병대장과 손을 잡고 있었던 거죠. 적어도 아까 마약수사팀 장교들은 그렇게 보고 있었어요. 저는 최태룡이 누구를 매수했는지를 몰랐고, 그들은 헌병대장이 누구에게 매수됐는지를 몰랐어요. 그리고 헌병대 중령을 죽인 게 최태룡 일당인 건 분명해요. 가짜 목격자를 만들어둔 솜씨가 그 증거예요. 헌병대장이라는 사람의 용도가 다했거나, 그자가 최태룡을 협박했거나, 둘 중 하나였겠죠."

박우희가 설명했다.

"최태룡 조직 뒤에 다른 세력이 있다는 얘기는 뭔가요?"

"아까 보셨잖아요. 평화유지군은 공화국 사정에 대해 아무것도 몰라요. 백상구의 마약 기지 위치는 기밀사항 중에서도 기밀사항이었을 테고, 평화유지군은 절대로 알아낼 수 없어요. 최태룡이 파악해서 알려준 게 틀림없어요. 그런데 그 정도 계획을 최태룡 혼자서 추진할 수 있을까요? 최태룡은 도매상들의 승인 없이는 백상구를 함부로 치지 못해요. 이 마을까지 빙두를 공급해오는 자들에게는 백상구와 최태룡이 서로 판매 경쟁을 벌이는 편이 더 좋으니까요. 도매상에게는 최소한 백상구가 가져가던 물량 이상으로 최태룡이 더 팔아줘야 이윤이 유지되죠. 그런데 최태룡 혼자서는 그럴 수 없을 거예요."

장리철은 머릿속을 정리하느라 잠시 대답을 하지 못했다. 박우희가 말을 이었다.

"장 선생님은 옛 신천복수대 대원들을 찾아서 이곳에 왔다고 했죠. 신천복수대원들은 정예 중의 최정예라고 했고요. 그런데 그렇게 실력이 뛰어난 전직 군인들이라면 개성이나 평양의 큰 조직에서 충분히 한 자리를 차지할 수 있었을 텐데, 왜 장풍까지 왔을까요? 어떻게 작은 마을의 마약 소매상에 불과한 최태룡이 그런 에이스들을 세 명이나 고용할 수 있었을까요?

오히려 반대로 생각하는 편이 더 그럴싸하지 않나요? 더 돈이 많은 누군가가 그 세 사람을 고용해서 최태룡에게 보낸 거죠. 아무래도 최태룡 뒤에 더 큰 뭔가가 있는 것 같아요. 최고의 프로들을 세 사람씩 보내고, 마약 도매상까지 좌지우지할 수 있는."

9

은명화는 한 시간 정도 뒤에 박현길의 차를 몰고 약속 장소로 왔다. 차의 번호판에는 진흙이 튀어서 숫자를 제대로 알아보기 어려웠는데, 일부러 그렇게 꾸민 것인지 아니면 비밀 아지트를 다녀오다 보니 자연스럽게 그렇게 된 것인지 장리철로서는 알 수 없었다.

어쨌든 은명화가 위장의 필요성을 잘 알고 있는 것은 분명했다. 조수석에 올라탔을 때 장리철은 잠시 은명화가 아닌 다른 사람이 운전석에 앉아 있는 줄 알았다.

"저예요."

은명화는 장리철의 눈길을 피하며 퉁명스럽게 말했다.

"몰라볼 뻔했습니다."

리철이 말했다.

은명화는 머리를 남자처럼 짧게 잘랐다. 눈가에 화장을 아주 짙게 해서 무척 반항적으로 보였다. 옷도 여태까지 입은 것과는 전혀 다른 느낌이었다. 상의 위에는 검은 가죽 재질의 재킷을 입고 있었다.

"장풍군 밖으로 나가는 길마다 검문을 하고 있어요. 장 선생님도 흉터를 가려야 해요."

은명화는 그렇게 말하며 운전석과 조수석 사이 공간에 파우치를 놓고 화장 도구들을 꺼냈다. 장리철은 은명화가 건넨 물티슈를 받아 흉터 부근을 닦았다.

"전부 다 닦으세요. 그래야 색조 맞추기가 쉬워요."

은명화가 말했다. 리철은 시키는 대로 했다.

장리철의 얼굴에 손을 대기 전 은명화는 잠시 머뭇거렸다. 그녀는 헛기침을 하고는 딴청을 부리며 물었다.

"이 흉터는 어쩌다 생긴 거죠? 누구랑 싸우다 이렇게 된 건가요?"

"아닙니다. 돌부리에 걸려 넘어지는 바람에 그랬습니다."

장리철이 진지한 말투로 대답했다.

은명화는 문금옥보다 화장 기술이 서툴렀다. 어쩌면 장리철과 단둘이 가까운 거리에 있어서 긴장했기 때문인지도 몰랐다. 리철 역시 조금은 불편한 열기를 느꼈다.

"이걸 써요."

화장을 마친 뒤 은명화는 리철에게 얇은 털모자를 내밀었다. 흉터가 얼마나 잘 지워졌는지 보라고 화장용 거울도 빌려주지 않았다. 리철이 잠자코 모자를 쓰자 은명화는 시동을 걸었다.

"일단은 여성 상인 단체대화방에서 언니들이 어느 길에 검문 인력이 제일 많은지 정보를 올리고 있어요. 이 근처에 숨어서 좀 기다려보려고 해요."

은명화가 말했다.

"그러면 저희가 인민보안부에 쫓기고 있다는 사실을 대화방 회원들이 모두 알게 되는 것 아닙니까?"

"쫓기는 사람이 정확히 누구인지 아는 사람은 없어요. 그냥 회원 중 누군가가 방조가 필요하고, 그 사람이 우희 언니를 통해서 대화방에 글을 올렸다고 생각할 뿐이죠. 우리 대화방에서 오가는 정보가 밖으로 새어 나가는 일은 없을 거라고 생각하셔도 돼요. 다들 이런 문제에는 굉장히 입이 무거워요."

은명화의 말에 리철은 고개를 끄덕였다.

"장풍군 안에 있는 것도 위험할 수 있습니다. 저희는 죽은 사람의 차를 타고 있습니다. 최태룡 조직이 눈이 벌게져서 이 차를 쫓고 있을 겁니다."

장리철이 말했다. 이번에는 은명화가 고개를 끄덕였다.

"딱 30분만 기다려보죠. 그때까지 검문이 풀리지 않으면 다른 수를 찾아보기로."

너무 한적한 곳에 있으면 눈에 띄기 쉬웠고, 사람이 붐비는 지역에 있으면 그 역시 발견될 우려가 높았다. 적당히 트여서 사주경계를 하기 쉽고, 도주하기도 쉬우면서 으슥한 장소가 필요했다. 그들은 막매대가 늘어선 거리 직전의 한적한 골목에 차를 세우고 기다렸다.

은명화는 전화기를 계기반 위에 세웠다. 그녀는 대화방에 올라오는 메시지들을 보면서 앞 방향과 왼쪽 창문 밖의 풍경을 주의 깊게 관찰했다. 리철은 집중력을 잃지 않으려 애쓰며 군대에서 배운 대로 앞과 양옆, 백미러와 사이드미러를 돌아가며 지켜보았다.

"박우희 선생님은 원래 뭐 하시던 분입니까?"

리철이 불쑥 물었다.

"그건 왜요?"

은명화가 반문했다.

"아까 평화유지군 장교들과 대화하는 걸 옆에서 듣는데 장교들을 몰아세우는 솜씨가 보통이 아니었습니다."

"이런 거리에서 여자 혼자 장사를 하고 다른 상인들을 이끌려면 사람 주무르는 기술은 저절로 익히게 돼요. 우희 언니의 전직은 당신이 생각하는 그런 종류의 일들과는 아무 상관이 없어요."

"뭘 하셨는데요?"

"학교에서 력사를 가르쳤어요."

"력사?"

"고급중학교의 조선력사와 혁명력사 교사였어요. 통일과도정부가 들어선 다음에 혁명력사 과목은 전부 없애고, 조선력사 과목은 거의 다 뜯어고친 걸 아시나요?"

"잘 모릅니다."

"통일과도정부가 들어서자 남조선 당국이 학교 시설을 고치고 아이들 밥을 먹이는 데 쓰라고 어마어마한 돈을 지원해줬지요. 하지만 거기에는 조건이 있었어요. 김씨 왕조를 우상화하는 교육은 절대 안 된다, 교과서 내용을 고치고 교원들도 다시 시험을 치게 하라는 것이었어요. 영어나 수학 교사들은 상관이 없었지만 도덕, 력사 과목 교사들은 큰 타격을 받았죠. 사실은 남조선에서 두 과목 교사들은 전부 다 내쫓으라고 요구했대요. 그리고 남조선에는 일 없이 노는 늙은이들이 많으니, 그 노인들을 조금 가르쳐서 공화국에 보내 력사 교사로 일하게 만들려 했다는 거예요. 그 노인들의 봉급은 공화국이 주게 하고요."

"몰랐습니다."

"그게 남조선 사람들이 일을 처리하는 방식이에요. 늘 자기들의 진짜 의도를 숨기고 상대편에게도 기회가 있는 척 말하지요. 그러면서 시험이나 면접 같은 걸 치게 해요. 그걸 평가하는 위원들은 전부 다 자기편 사람들로 채워놓고요. 그리고 돈을 공짜로 줄 때에는 결국 그 돈이 자기들에게 돌아오게 만듭니다. 알아두세요."

은명화의 말에는 가시가 돋쳐 있었다.

"박우희 선생님도 시험을 치셨습니까?"

"력사 교사들은 전부 재임용 시험을 봐야 했어요. 아주 어려운 시험이었어요. 공화국 교사들은 자신들이 배운 적도 없는 내용을 벼락치기로 공부해야 했어요. 남조선의 국사 교과서와 참고서를 몇십 부씩 복사해서 서로 돌려 읽었죠. 그런데 교과서 내용이 너무 달라서 아예 처음부터 새로 배우는 사람보다도 더 힘이 들었다는 거예요. 조선 땅을 최초로 통일한 게 신라다, 이런 얘기도 그냥 받아들여야 했대요. 장 선생님은 한글을 누가 만들었는지 아나요?"

"리조시대에 봉건통치배들이 만든 것 아닙니까? 봉건사상을 전파하려고."

"남조선 사람들은 리조시대를 조선시대라고 불러요. 그리고 학교에서 그 시대를 굉장히 중요하게 가르쳐요. 한글을 만든 왕은 영웅처럼 모시고요."

"공부하기 굉장히 어려웠겠군요."

리철이 말했다.

"그래도 우희 언니는 열심히 학습했지요. 하지만 말씀드렸다시피, 력사 교사는 모두 내쫓는다는 지침이 있었어요. 도리가 없었습니다."

"그래서 학교에서 쫓겨나 장풍버거를 열게 됐다는 건가요?"

"요약하자면 그래요. 장풍버거 전에 이런저런 다른 일에 손을 대기도 했지만."

장리철은 은명화에게 좀 더 사연이 있는 것 같다는 느낌을 받았지만 캐묻지는 않았다. 은명화는 운전대를 두 손으로 잡으며 말했다.

"30분이 됐어요. 철원으로 가는 왕복 2차선 도로가 감시가 허술하대요. 인민보안원 두 사람이 있는데, 그중 한 사람은 그냥 놀고 있고 젊은 사람만 검문을 설렁설렁한대요. 차에 두 사람이 타 있거나 여자가 운전하면 보지도 않는대요."

"저는 괜찮습니다."

리철이 말했다. 은명화는 가속 페달을 밟았다. 숨어 있던 장소에서 나온 지 5분쯤 되었을 때 은명화가 가슴에 담아뒀던 이야기를 터뜨렸다.

"제 아버지도 력사를 가르쳤어요. 평양에서 가르쳤지요. 저희 아버지는 남조선 국사 공부를 같이 하면서 우희 언니를 알게 되었어요. 그리고 두 분 다 학교에서 쫓겨나셨습니다. 우희 언니는 장마당 경제에 적응하면서 고기겹빵 가게를 세웠는데, 저희 아버지는 그러지 못했죠."

짧은 머리의 은명화가 정면을 바라보며 말했다. 장리철은 대꾸하지 않았다.

통일과도정부가 들어서기 전 김씨 왕조 시절, 평양에서 학생들을 가르쳤다는 게 어떤 의미인지에 대해서는 그도 잘 알았다. 그것은 은명화도, 은명화의 아버지도 평양에서 살았다는 의미였고, 그들이 특권 계층이라는 의미였다. 그리고 통일과도정부가 들어선 이후 몇 년 사이에 그들 부녀가 사회 최상층에서 밑바닥까지 극적으로 몰락했다는 의미이기도 했다.

*

박현길의 시체는 택배 회사 영업소의 경비 초소 뒤에 숨겨져 있었다. 목이 부러졌고, 격투의 흔적이 있었다. 계영묵은 자신에게 선택의 순간이 다가왔음을 알았다.

박현길의 죽음은 조선해방군에 바로 보고해야 하는 사안이었다. 계영묵은 자신의 능력과 위치를 과신하지 않았다. 그는 조선해방군의 도구이고 장기말이었다. 도구와 장기말이 스스로 생각하고 판단하길 바라는 주인은 없다.

'불쑥 나타난 떠돌이가 최태룡 조직을 들쑤시고 다니다 박현길까지

죽였다, 떠돌이는 아직 잡지 못했고, 누구인지, 왜 그러는지도 모른다'
는 이야기를 들으면 조선해방군은 어떻게 반응할까? 그들은 최태룡의
능력에 대해 의문을 품게 될 것이고, 눈호랑이 작전을 함께할 수 있을
만한 파트너인지 한 번 더 고민하게 될 것이다. 어쩌면 지원군을 보내올
지도 모른다. 어쩌면 아예 최태룡을 제거하고 최태룡의 조직을 접수하
려 들지도 모른다. 계영묵으로서는 썩 반가운 시나리오들은 아니었다.

'어차피 조희순 녀석은 내가 하는 대로 따라올 테지. 생각이 없는 놈
이니까……'

어쩌면 지금이 도박을 걸어볼 기회인지도 몰랐다. 계영묵은 최태룡
에게 전화를 걸었다.

"잡았나, 그놈?"

최태룡이 대뜸 물었다. 자정이 넘은 시각이었지만 전화기 건너편 주
변은 소란스러웠다. 여자들이 흐느끼는 소리가 들렸다. 인력사무소에
서 부하 두 사람이 죽었다는 소식을 듣고 최태룡은 즉시 유가족들을
찾아갔다. 최태룡은 그런 수법으로 조직원들이나 장풍군 밑바닥 인생
들로부터 좋은 평판을 얻으려 했다. 그러면서도 조직에 막 들어온 계
영묵이 적이나 배신자를 산 채로 태워 죽이는 조선해방군의 처형 방식
을 도입했을 때 최태룡은 두 팔을 들어 환영했다. 최태룡은 자기 업계
에서 성공하려면 '관대하다'와 '잔인하다'는 두 종류의 평판이 다 필요
하다는 사실을 잘 알고 있었다.

계영묵은 최태룡이 앞으로 거물이 될 거라고 믿었다. 눈호랑이 작전
은 최태룡에게 날개를 달아줄 것이고, 그의 세력은 장풍군 밖으로 뻗

어나갈 것이다. 계영묵에게는 조선해방군의 말단보다는 최태룡의 옆자리가 더 비전이 있어 보였다.

"박현길이 죽었습니다, 사장님. 그 떠돌이한테 당한 것 같습니다."

계영묵은 택배 회사 영업소의 상황을 차근차근 설명했다. 부러진 차량 차단기, 사람 없는 경비 초소, 사라진 박현길의 차. 그리고 박현길은 누군가와 싸우다 목이 부러져 죽었다는 것.

전화기 저편에서는 한동안 응답이 없었다. 상대가 놀라서 넋이 나간 것인지 화가 나서 할 말을 잃은 것인지 계영묵으로서는 알 수 없었다.

'최태룡, 당신 그렇게 답답한 사람 아니잖아. 머리를 좀 굴려보라고.'

계영묵은 속으로 빌었다.

"조선해방군에는 뭐라고 보고했나?"

마침내 침묵을 깨고 최태룡이 물었다.

"아직 보고하지 않았습니다."

계영묵이 대답했다.

"왜?"

"뭐라고 보고할지 생각을 정리 중입니다."

"계영묵이, 너 지금 사람 재보는 거냐?"

최태룡이 물었다. 이번에는 계영묵이 침묵할 차례였다. 계영묵은 한동안 뜸을 들이다 입을 열었다.

"박현길은 목이 부러져 죽었습니다. 얼핏 보면 뺑소니차에 치인 것 같기도 합니다."

"요사이 뺑소니 문제가 심각하긴 해."

"죽은 사람이야 어쩔 수 없고, 저희들로서는 어차피 결과만 좋으면 되지 않겠습니까."

계영묵이 말했다.

"눈가에 흉터가 있다는 그 떠돌이는 도대체 누구야?"

"혼자 움직이는 놈입니다. 그건 확실합니다. 장풍버거 여자들이 고용한 해결사 아닌가 싶습니다."

"내일 작전에는 조선해방군에서 세 사람, 개성섬유봉제협회에서 세 사람, 그리고 우리 조직에서 세 사람이 참가하기로 했어. 세 조직이 서로 배신을 걱정하는 바람에 그렇게 아홉 사람이 모이게 된 거야. 각 조직마다 책임자 한 사람, 경호원 한 사람, 그리고 짐꾼 한 사람씩. 짐꾼이 움직이는 동안 책임자와 경호원은 자리에 남는다. 그런데 조선해방군에서는 우리 조직에서 나가는 세 사람 중에 경호원 역할은 네가 맡아야 한다더군. 너한테도 연락이 왔나?"

"아니오. 처음 듣습니다."

"전체 아홉 명 중 네 명이 실은 조선해방군 소속이 되는 셈이야. 그걸 개성의 도매상들만 모르는 거다. 짐꾼을 제외하면 내 편은 나 혼자, 개성 도매상 소속은 둘, 그리고 조선해방군 소속은 셋이 된다. 나나 개성 녀석들이 딴 궁리를 한다 쳐도 자기들이 머리가 더 많으니까 괜찮을 거라는 속셈이지. 하지만 실은 너는 내 편이라고 나는 믿는다. 내 말 무슨 뜻인지 알겠지."

"예, 알고 있습니다."

계영묵이 대답했다. 최태룡은 그를 실망시키지 않았다. 최태룡이 말을 이었다.

"내일 작전 현장에서 별일이 일어나지는 않을 거야. 조선해방군은 우리를 신경도 쓰지 않고 있어. 우리와 조선해방군은 이해관계가 잘 맞지. 그쪽은 제품이 있고, 우리는 판로가 있고, 그걸 서로 대체할 수가 없지. 누군가 일을 벌인다면 개성 놈들이다. 도매상은 대체할 수 있고 그래서 위치가 불안정하니까. 조선해방군이 자기 쪽 인원을 몰래 넷으로 늘린 건 개성 놈들을 견제하기 위해서다. 나는 조선해방군에게서 내가 꽤 신임을 얻고 있다고 판단한다."

"알겠습니다."

"너한테서도 신임을 얻게 된 것 같군. 그래, 우리 자본주의의 더러운 돈 한번 같이 신나게 벌어보자. 내일 작전 끝나면 내 아들들이랑 밤에 술 한잔하자. 단고깃집 종업원들이 퇴근하지 않고 기다리게 해놓겠다."

"감사합니다. 짐꾼은 누구를 데려가실 겁니까?"

"둘째 아들 녀석을 데려가려고 한다. 믿을 만한 놈을 데려가야 하고, 그 녀석도 배워놓을 게 많으니까. 첫째 녀석도 날이 밝으면 너한테 보내려고 해."

"부사장님을요?"

"지금 제일 중요한 건 조선해방군에게도, 개성 놈들에게도 우리가 장풍군을 확실하게 장악하고 있다는 믿음을 주는 거야. 웬 떠돌이 하나가 설치고 다니는 꼴을 보이면 안 돼. 그놈을 잡아라. 장마당에서 장사하는 여자들이 도망을 쳐봤자 어디로 치겠나? 떠돌이를 못 잡으면 그 여자들이라도 잡아. 친한 상인들을 줘 패면 금방 나올 거야. 조금 무리해도 괜찮아. 반드시 그 떠돌이나 여자들을 찾아내. 그러면서 내 아들놈한테도 사람 몰아세우는 요령을 가르쳐줘."

"알겠습니다."

계영묵이 대답했다.

전화를 끊은 계영묵은 박현길의 시체를 차 트렁크에 실었다. 계영묵은 북쪽으로 차를 몰았다. 주변에 지나다니는 차량이 없어야 했지만 그렇다고 너무 인적이 드문 곳도 곤란했다. 적당한 장소를 찾은 그는 차를 세우고 트렁크에서 박현길의 몸을 꺼냈다. 도로 한가운데 부하의 시신을 눕힌 계영묵은 다시 차에 올라타 페달을 밟았다. 전진, 후진, 그리고 다시 전진. 그는 일부러 차를 천천히 몰았다. 박현길의 몸을 확실히 누르고 뼈를 부수기 위해서였다.

*

자정을 넘긴 시각인데도 장풍군 외곽을 향하는 차들은 검문소 뒤로 길게 줄을 섰다. 차량들의 후미등이 켜졌다 꺼졌다 하며 붉은 점선을 그리고 있었다.

은명화가 단체대화방에서 들은 것과 달리, 그 좁은 도로에서도 인민보안원들은 꼼꼼히 차를 검문하고 있었다. 인민보안부 차량이 한 대, 검문 요원이 두 명이라는 얘기는 옳았다. 좀 더 계급이 높아 보이는 한 명이 몇 발짝 떨어진 곳에 앉아 담배를 피우며 시간을 보내고 있는 것도 사실이었다. 하지만 다른 한 사람은 모든 차를 세우고 일일이 차의 운전석 창문을 열어 탑승자들의 얼굴을 확인했다. 그냥 보내는 차는 한 대도 없어 보였다.

여자 둘이 탄 차인 것 같은데도 검문 요원이 차를 세우는 걸 보고 은명화는 한숨을 쉬었다. 자동차 방향을 돌리기에는 이미 늦었다. 앞뒤 차량을 치고받아 틈을 벌리고 유턴해서 달아난다? 할리우드 액션 영화에서처럼? 그 다음에는 추격전을 벌이면 되는 건가? 은명화는 고개를 저었다.

차 한 대가 검문소를 통과했고, 은명화는 5미터 정도 앞으로 나아갔다. 그녀는 브레이크를 밟으며 장리철에게 물었다.

"어떻게 하죠?"

"잘 모르겠습니다. 제가 소변을 보는 척하면서 내렸다가 눈치를 봐서 도망치면 어떨까요?"

"그건 오히려 더 눈길을 끌 것 같아요. 지금 화장도 잘됐고 비니 모자도 꽤 잘 어울리거든요. 도박해볼 생각 있어요?"

"들키면 어떻게 할 겁니까?"

장리철이 물었다. 차가 한 대 더 검문소를 지나갔고, 은명화와 장리철은 인민보안원들과 차 한 대 길이만큼 더 가까워졌다.

"저들이 눈치를 채고 신분증을 달라거나 차에서 내리라고 하면 얼른 제 머리에 총을 겨누세요. 저를 인질로 잡은 척하세요. 그러면 제가 차문을 열고 인민보안원들 쪽으로 뛰어내릴게요. 그러면 빗나간 것처럼 하늘을 향해 총을 한 발 쏘고, 운전석으로 와서 차를 몰고 달아나세요."

"인민보안원들이 쫓아올 텐데요."

"지금 검문 요원 두 사람 다 차에서 나와 있어요. 저를 챙기고, 무전으로 상황을 보고하고, 장 선생을 추적하기까지는 시간이 걸릴 겁니다. 저도 저 사람들을 최대한 훼방 놓을게요."

"알겠습니다."

장리철은 고개를 끄덕였다.

그들의 순서가 다가왔다.

"고개를 오른쪽으로 숙이고 자는 척해요."

은명화가 장리철에게 말했다. 리철은 시키는 대로 따랐다. 은명화는 망설이다가 자기 셔츠의 단추를 두 개 풀어 가슴 윗부분이 드러나 보이게 했다. 그녀는 자신도 모르게 얼굴을 붉혔다.

인민보안원이 차를 세웠을 때 은명화는 창문을 내리고 가슴을 창문쪽으로 돌렸다. 그리고 코맹맹이 소리를 내며 100위안짜리 지폐 한 장을 밖으로 내밀었다.

"선생님, 저희 따악 한 잔밖에 안 마셨는데 그냥 봐주시면 안 돼요?"

인민보안원은 코웃음을 쳤다. 그는 끈적끈적한 시선으로 은명화의 얼굴과 가슴을 훑었다. 은명화는 눈길을 피하지 않으려 애썼다.

인민보안원이 비아냥거리는 조로 말했다.

"사람이 두 사람인데 한 장만 내밀면 어떻게 하나."

은명화는 처음에 그 말이 무슨 뜻인지 못 알아들었다. 인민보안원이 담배를 피우고 있는 동료 쪽으로 고개를 잠깐 돌렸다. 은명화는 얼른 주머니를 뒤져 100위안짜리 지폐를 한 장 더 꺼냈다. 인민보안원은 그

동안 조수석 쪽은 쳐다보지도 않았다.

지폐 두 장을 잽싸게 주머니에 쑤셔 넣은 인민보안원이 건성으로 고개를 끄덕였다. 머리는 엉뚱한 방향을 향한 채였다. 지나가라는 신호였다.

10

도랑은 몹시 더러웠다. 폭은 1미터, 깊이는 1.5미터 정도였다. 반쯤은 자연적으로, 반쯤은 인공적으로 생긴 도랑이었다. 밭이었던 지역으로 시내가 확장되면서 길옆 밭고랑이 점점 깊어지고 넓어진 것 같았다. 도랑은 아스팔트 포장이 되어 있지 않았고, 바닥이나 둔덕을 이루는 흙조차 그리 단단해 보이지 않았다. 잘못 발을 디뎠다가 무릎까지 다리가 빠진다 해도 이상하지 않을 듯했다.

지금 도랑의 용도는 오수를 내려보내는 개방형 하수도이자 쓰레기통이었다. 노점에서 남은 음식물 쓰레기를 그리로 버리는 것 같았다. 근처에 가로등이 많지 않아 주변은 어두컴컴했고 도랑 밑바닥이 자세히 보이지는 않았다. 차라리 다행이라고 강민준은 생각했다. 이 바닥에 고여 있는 것들이 선명하게 보이면 입에서 토사물을 뿌리며 뛰쳐나가게 될지도 모를 테니. 그런데 어쩌면 그 토사물이 바닥에 있는 것들

316

보다 더 깨끗할 수도 있을 것 같은데…….

도랑에 고인 물은 아주 적었고, 표면은 무지갯빛으로 반들반들하게 빛났다. 희고 긴 끈 하나가 시궁창 밖으로 늘어져 있었다. 먹다 버린 우동 면발 같기도 했지만 회충 같아 보이기도 했다. 민준은 두어 번 심호흡을 하고 도랑으로 내려갔다.

도랑에서는 뭐라 말할 수 없는 역한 냄새가 올라왔다. 굳이 묘사하자면 쉰 김치에서 올라오는 매캐한 구린내에 땀 썩은 내, 곰팡이에서 나는 썩은 기운이 한데 섞인 냄새였다.

민준은 얼굴을 찌푸린 채 구역질을 참다가 자신도 모르게 미셸 롱을 훔쳐보았다. 롱은 왼손으로 코를 쥐어 막고 입을 벌린 채 숨을 쉬고 있었다. '저 사람도 어쩔 수 없구나' 하는 생각에 안심이 되기도 했고, 롱을 이렇게나 의식하고 있다는 사실 자체가 부끄럽기도 했다.

롱과 민준은 어두컴컴한 도랑에서 두 시간 정도를 보냈다. 초현실적인 풍경 속에서 기계적으로 몸을 움직이면서 민준은 정신과 육체가 분리되는 듯한 기분이 들었다. 그 덕분에 비로소 '살아났다'는 흥분이 완전히 가라앉았고, 역설적이게도 이번에는 조금 전까지와는 정반대의 격렬한 자기혐오감에 사로잡혔다. 강민준은 눈으로는 장리철이 던져 놓았을 자신의 소지품들을 찾으며 한편으로는 쉼 없이 장풍버거에서 일어났던 일을 복기했다.

그는 얼마나 추하고 비굴하게 겁에 질렸던가. 그에 비하면 롱은 얼마나 의연했던가. 공포에 떨며 비명을 지르던, 애처롭게 목숨을 구걸하던 그의 모습을 롱은 어떻게 봤을까.

도랑 위에서 지나가는 행인들 몇 명이 민준과 롱을 흘끗흘끗 보았다. 한 중년 여성이 도랑을 내려다보며 "거기 뭐 하는 거예요?"라며 경계하는 목소리로 묻기도 했다. 민준은 대답할 기분이 들지 않아 침묵을 지켰고, 여자는 "뭐 하는 거냐니까요?"라고 다시 물었다.

"조사 중입니다."

롱이 짧게 대답했다. 소리가 제대로 나지 않는 걸로 봐서 입도 손으로 반쯤 가린 상태인 것 같았다. 여자는 다시 "무슨 조사요?"라고 따지듯 물었다. 그러더니 도랑 쪽으로 머리를 내밀어 롱과 민준의 옷차림을 보고는 혼잣말처럼 "아, 군인들이셨구나……"라고 중얼거리고는 사라져버렸다.

제일 먼저 탄창 하나를 찾았고, 그 다음에 권총 두 정과 휴대전화 두 대를, 그리고 다시 탄창을, 마지막에 자동차 열쇠를 찾았다. 휴대전화는 다행히 두 대 다 제대로 작동되었다. 자동차 열쇠는 처음 탄창을 발견한 장소에서 50미터쯤 떨어져 있었다. 그 물건들을 다 찾을 때까지 그 50미터 구간을 세 번이나 왕복해야 했다. 북한에 평화유지군이 주둔한 이래 가장 굴욕적이고 불결한 수색이었을 작업을 하는 동안, 롱과 민준은 거의 아무 말도 주고받지 않았다. "여기 탄창 찾았습니다"라든가 "이제 자동차 열쇠만 찾으면 돼요"라는 대화가 전부였다.

그들은 시큼한 냄새를 풍기며 도랑에서 나왔다. 음식물 쓰레기가 썩으면 여러 냄새가 날 수 있을 텐데 왜 하필 매캐하고 시큼한 냄새인 걸까, 고춧가루와 김치 때문인가, 남북 모두 김치 하나는 열심히 먹어대는 민족이구나, 강민준은 그런 생각을 했다.

언제 바닥에 닿았는지 기억은 없지만 민준의 군복 바지는 엉덩이까지 시궁창의 구정물에 젖어 있었다. 민준은 차에 올라타기 전에 시트 위에 신문지나 박스라도 깔고 싶었지만 차 안이나 주변에는 딱히 쓸 만한 종이가 없었다. 그는 포기하고 그냥 젖은 바지를 입은 채로 의자에 앉았다.

'어차피 내 차도 아닌데 뭐.'

자리에 앉으니 구정물에 절은 천이 엉덩이와 허벅지에 찰싹 달라붙었다. 민준은 육신의 위생과 영혼의 자존감 양쪽 모두에 대해 체념하는 기분이 되었다.

롱을 쳐다보니 운전대에 양손을 올려놓은 채 멍하니 있는 게, 역시 반쯤 넋이 나간 듯했다. 시선을 의식한 롱은 강민준을 쳐다보더니 웅얼거리듯 말했다.

"총이요."

"네?"

"총을 손질해야겠네요. 부대에 돌아가면……."

"아……. 그, 그렇죠. 안에 물이 들어갔을지도 모르니까……."

민준이 대꾸했다.

희망부대로 돌아오는 길 내내 두 사람은 한순간도 입을 열지 않았다. 비행기에서 헤어진 옛 애인을 우연히 만나 나란히 이코노미클래스 옆자리에 앉게 되면 이 정도로 어색할까, 그래도 최소한 옛 애인에게서 썩는 냄새는 안 날 테지, 민준은 속으로 생각했다.

차에서 내릴 때 민준이 롱에게 물었다.

"오늘 일을 보고하실 건가요?"

"많이 각색해서요."

롱이 한숨을 쉬며 대답했다. 민준은 대꾸 없이 고개만 몇 번 끄덕였다. 그들은 나란히 장교 숙소까지 함께 걸어갔고, 목례를 한 뒤 각자의 방으로 들어갔다.

민준은 방에 들어오자마자 옷을 몽땅 벗고 샤워 부스로 들어갔다. 그는 뜨거운 물줄기를 맞으며 한동안 가만히 서 있었다. 장풍버거에서 일어난 일과 겁에 질렸던 자신에 대해 생각하지 않으려 애썼다. 그러자 대신 10대 시절부터 군에 입대하기 전까지 벌였던 온갖 자잘한 비행과 낯부끄러운 기억들이 떠올랐다. 민준은 유령처럼 텅 빈 얼굴로 거울을 보다가 이를 닦기 시작했다. 언젠가 인터넷에서 읽었던 괴담이 생각났다. 어느 술 취한 사람이 면도기를 칫솔로 착각해서 입에 넣고 문질렀다가 잇몸을 온통 갈아버렸다는 황당한 이야기였다. 민준은 자신이 물고 있는 것이 면도기가 아니라 칫솔임을 몇 번이나 확인했다.

샤워를 마치고 트레이닝복으로 갈아입은 민준은 시궁창 물에 절은 군복과 속옷을 들고 건물 복도 끝의 세탁실에 갔다. 아무 생각 없이 세탁실에 들어선 민준은 거기서 롱을 발견하고 화들짝 놀랐다. 롱은 막 자기 빨랫감을 세탁기에 넣는 중이었다. 롱도 민준을 보고 눈이 커졌다.

의사든 성직자든, 제복을 입는 사람은 그 옷이 주는 후광을 누린다. 그런 사람이 평상복 차림으로 나타났을 때에는 갑자기 친근해 보이고 더 연약해 보이기 마련이다. 롱도 민준과 마찬가지로 몸을 씻자마자 세탁실로 온 듯했다. 머리를 다 말리지 못한 채로 화장기 없는 얼굴에 흰 티셔츠와 반바지를 입은 롱의 모습은 낮에 봤던 모습과는 완전히 딴판이었다. 성격마저 변한 듯 롱은 민준을 보더니 어쩔 줄 몰라 하며 얼굴을 붉혔다. 민준도 함께 당황했다.

"머, 먼저 쓰시죠"

말을 더듬으며 빨랫감을 든 채로 세탁실을 나오려는 민준을 롱이 불러 세웠다.

"잠깐만요, 강 대위님. 대위님 옷도 그냥 같이 세탁기에 넣어요. 어차피 양이 많지도 않은데."

롱은 세탁기에서 한 발 물러났다. 사양하는 것도 이상해서 강민준은 쭈뼛거리며 세탁기에 자기 빨래들을 넣었다. 세탁조 안에는 롱의 군복과 함께 흰 빨래망이 있었다. 빨래망 안에 브래지어와 여성용 팬티가 있는 걸 보고 민준은 조금 전에 롱이 얼굴을 붉힌 이유를 알 수 있었다.

세제와 섬유유연제를 넣고 동작 버튼을 누르고 나서야 민준은 세탁기 위에 '오후 10시 이후에는 세탁을 삼가주시기 바랍니다'라는 문구가 붙은 걸 발견했다. 자정을 훌쩍 넘긴 시각이었지만 어쩔 도리가 없었다. 세탁 소요 시간을 나타내는 액정화면에는 '40분'이라는 글자가 떴다. 세탁조 안으로 물이 쏟아지는 소리가 유난히 크다고 생각하며 머리를 긁는 민준에게 롱이 불쑥 물었다.

"빨래 다 될 때까지 술 한잔할래요? 내 방에 위스키가 한 병 있는데."

*

  검문소를 지나 장풍군 중심가에서 멀어질수록 점점 가로등이 뜸해졌다. 콘크리트 도로가 끝나고 흙길이 나오면서부터는 주변이 칠흑처럼 어두워졌다. 은명화는 상향등을 켜고 천천히 자동차를 몰았다. 자칫하면 길 아래 밭으로 굴러떨어질 우려가 있었기 때문이다. 몇 미터 앞은 눈이 부시도록 밝게 비추는 강렬한 헤드라이트도 그 너머로는 점점 약해져서는 끝내 어둠에 먹히고 말았다. 빛이 사라지는 부근을 집중해서 보면 아주 조금 푸르스름한 기운이 있는 밤하늘과 시커먼 땅의 경계를 희미하게 구분할 수 있었다.
  길이 휘어질 때 빛 속으로 잠시 비닐하우스들이 들어왔다가 사라졌다. 그곳이 박우희가 마련한 은신처였다. 야트막한 산기슭의 밭 가운데 있었다. 뒤로 보이는 검은 언덕의 이름은 라복실고개, 멀리 보이는 산의 이름은 월양산이라고 은명화가 설명했다.
  가까이 가보니 비탈이 끝나는 곳에 검은 천을 덮은 비닐하우스가 세 동 있었고, 주변으로는 얼기설기 나무 울타리가 쳐져 있었다. 단순히 경계선의 기능만 할 뿐, 방어의 용도로는 전혀 쓸모가 없었다. 최태룡 일당이 이곳을 알아내 쳐들어온다면 비닐하우스를 버리고 월양산 쪽으로 올라가서 적을 따돌리는 게 가장 좋은 계책이 되리라고 장리철은 생각했다. 장풍군 방향으로는 별다른 장애물이 없어 최태룡도 기습을 해오기 어려울 것 같았다. 그러나 자세한 것은 날이 밝아봐야 제대로 알 수 있을 듯했다.

박우희와 문금옥은 비닐하우스 세 동 중 가운데 동의 앞마당에서 은명화와 장리철을 기다리고 있었다. 두 여인은 은명화가 차를 세우자 차량용 커버를 들고 나와 차 위에 씌웠다. 어디선가 은명화의 아버지가 나와 서툰 동작으로 여자들을 도왔다. 은명화와 노신사는 그 작업을 하면서 서로 눈을 마주치지 않았다.

"많이 고생했어. 일단 자고 내일 아침에 이야기하자."

어색한 분위기를 알아차린 박우희가 은명화의 어깨를 감싸 안으며 말했다.

"불침번을 서야 할 것 같습니다. 최태룡 일당이 언제 알고 올지 모릅니다."

장리철이 끼어들었다.

"꼭 오늘 밤부터 서야 하나요? 지금은 다들 지쳤고, 이곳이 어디인지는 최태룡 조직이라 해도 바로 알아낼 수는 없을 텐데요."

박우희가 말했다.

"최태룡이나 계영묵도 정확히 그렇게 생각할 겁니다. 저희가 한숨 돌리고 있을 거라고 여기겠죠. 제가 그들이라면 이곳 위치를 알아내자마자 사람을 보내겠습니다. 설사 동이 텄다고 해도 말입니다."

장리철이 말했다.

"제가 불침번을 서겠습니다."

은명화의 아버지가 나섰다. 사람들의 시선이 그리 쏠렸다. 은명화의 아버지가 말을 이었다.

"밤 근무를 서다 와서 별로 졸리지가 않고, 그런 일에 숙달이 돼 있어요. 장풍군 방향에서 차나 사람이 오는지 지켜보면 되는 거죠?"

"밖에 나와서까지 보실 필요는 없습니다. 어차피 외길이니까요. 실내에서 창으로 살펴보시다가 수상쩍은 차량이 온다 싶으면 저희를 깨워주시면 됩니다."

리철이 대답했다.

"밤이라 어느 차가 수상한지는 사실 알 수가 없을 텐데…… 차가 오면 무조건 사람을 다 깨워야 하나요?"

그래야 한다는 게 전직 특작부대원으로서 장리철의 생각이었다. 잠시 뜸을 들이다 그는 대답했다.

"저만 깨워주십쇼. 어차피 오는 차가 많지는 않을 겁니다. 장풍군 검문소에서 이곳으로 오는 동안 근처에서 앞뒤로 마주친 차는 한 대도 없었습니다."

"그러면 이제 다들 눈을 붙이러 가도 되는 거겠죠?"

박우희가 말했다. 비닐하우스 가운데 동에는 여자들이 거처를 잡았고, 은명화의 아버지와 장리철은 옆 동으로 안내되었다.

은명화의 아버지가 문 옆의 스위치를 올리자 천장에 띄엄띄엄 달린 형광등이 몇 개 켜졌다. 길이가 50미터 정도 되어 보이는 비닐하우스의 내부 대부분은 비어 있었다. 무언가를 심어보려 했으나 잘되지 않았던 듯했다. 바닥에서는 젖은 흙냄새가 났다.

비닐하우스 한쪽 끝에 신발을 벗고 올라가도록 만든 공간이 있었고, 그 안쪽으로 다시 비닐과 천을 씌운 나무 문이 있었다. 문을 열고 들어가니 온돌마루와 쪽방 두 개가 나왔다. 쪽방에도 각각 문이 달려 있었다. 비닐하우스 입구부터 쪽방까지 문이 세 개나 있는 구조였다. 장판을 깔아놓은 마루 아래로는 온돌이 있었던 듯한데, 지금은 열기라고는 조금도 없었다.

"이쪽 방 창문이 길 쪽으로 나 있어서 밖을 감시하기에 더 좋을 것 같은데…… 제가 이 방을 써도 되겠습니까?"

은명화의 아버지가 장리철에게 물었다. 정중하기 그지없는 태도였다. 노신사의 말과 행동에는 북한에서는 거의 볼 수 없는 고상함이 있었다. 애써 터프해 보이고 싶어 하는 은명화 역시 그런 기운을 숨기지 못하고 때때로 뿜어내곤 했다. 평양에서 특권 계층으로 산 사람의 몸에만 밸 수 있었던 품격이었다. 그것도 일종의 아름다움이라는 생각이 들었다. 그런 사람들이 야비한 악당에게 괴롭힘을 당하는 모습을 지켜보기는 힘들다. 본능적으로 그렇게 된다. 누구나 백조와 사슴을 응원하고 뱀과 멧돼지를 적대시한다. 처음 맛나식당에서 장리철이 최신주를 때려눕혔던 데에도 그런 본능이 분명 작용했을 것이다.

그러나 한편으로 장리철은 그런 아름다움이 공허하다는 생각도 했다. 저 노신사는 어떤 불리한 처지에서도 상황을 타개하려고 아등바등 애를 쓰거나 폭력을 휘두르지는 못할 것이다. 그저 고매하고 서글픈 느낌을 주며 끝없이 양보하고 물러나는 타입이다. 예술 작품 속 인물이라면, 또는 지나가는 구경꾼에게라면, 그런 모습이 강한 인상을 남길 수도 있으리라. 그러나 자신이 만약 저런 인물의 근처에 있다면 틀림없이 짜증을 낼 거라고 리철은 생각했다. 은명화가 자기 아버지에게 그러듯이.

은명화의 아버지는 리철의 대답을 기다리며 여전히 마루에 서 있었다. 리철은 은명화의 아버지가 가리킨 방으로 들어가 창의 방향을 살펴보았다. 방향은 확실히 길 쪽으로 나 있었는데, 창의 재질이 유리가 아니라 투명비닐이어서 밖이 선명히 보이지는 않았다. 북한의 시골에서는 여전히 유리와 새시 비용을 아끼느라고 비닐창을 많이 썼다.

"괜찮을 것 같습니다. 밖에서 차가 이쪽으로 오는 게 보이면 바로 저를 깨워주십시오. 밤새 여러 번 깨우셔도 괜찮습니다."

은명화의 아버지는 그 말에 "알겠습니다"라며 고개를 숙이고 쪽방으로 들어갔다. 장리철도 허리를 숙이고 반대편 쪽방으로 들어왔다.

리철은 자리에 눕자마자 즉시 잠이 들었지만, 잠 속으로 깊이 빠져들지는 않았다. 특작부대원 대부분은 잠이 든 상태에서도 경계 태세를 취하는 요령을 익혔다. 불시 집합 훈련을 몇 번 받으면 다들 그렇게 된다. 옆에서 들리는 소리의 크기와는 상관이 없는 문제다. 훈련을 반복하면 기차 기관실이나 공장 안에서처럼 귀가 멍해질 정도로 시끄러운 장소에서도 문제없이 잘 자다가, 천을 부비는 작은 소음에도 즉시 정신을 차리는 신경을 얻게 된다. 자신이 잠이 들어 있던 사이 시간이 어느 정도나 흘렀는지 제법 정확하게 가늠하는 감각도 함께.

장리철은 자리에 누운 지 한 시간 남짓 만에 눈을 떴다. 누군가가 조용히 방 바깥의 마루 옆 문을 열고 있었다.

*

"늘 이렇게 술을 들고 다니시나요?"

머그잔으로 롱이 따라주는 술을 받으며 강민준이 물었다. 라벨에 '군납'이라는 도장이 찍힌 스카치위스키였다.

"네. 출장 갈 때 꼭 한 병씩 챙기죠. 맥주나 와인을 더 좋아하긴 하지만 그런 술들은 부피가 많이 나가서요."

롱이 대답했다. '한 병씩 챙긴다'고 말했지만 민준은 롱의 찬장에 면세 코냑도 한 병 있는 걸 보았다. 별로 이름난 상표는 아닌 한국산 양주들이었다. 롱은 민준에게 술병을 건네지 않고 자기 잔에 직접 위스키를 따랐다. 머그잔의 반 이상을 채울 정도로 부었다.

"맛이나 향을 까다롭게 따지지는 않으시나 보네요."

어이가 없어진 민준이 말했다.

"스트레스를 풀려고 마시는 거예요. 싱글몰트니 숙성연도니 그런 건 몰라요."

"주로 혼자 드세요?"

"세계 어느 나라에서건 젊은 여자가 혼자 바에 들어가면 뜨거운 관심을 받죠. 특히 말레이시아는 무슬림이 많아서 더 그래요. 조선민주주의인민공화국도 예외는 아닌 것 같네요. 방에서 혼자 마시는 게 제일 편하고 좋아요."

롱은 꿀꺽꿀꺽 소리를 내며 위스키를 몇 모금 들이키더니 자리에서 일어났다. 그때까지 롱은 책상에 붙은 나무 의자에, 민준은 침대 모서

327

리에 걸터앉아 있었다. 롱이 똑바로 서니 자연스럽게 민준은 시선을 위로 향할 수밖에 없었다. 롱은 책상에 더플백을 올려놓고 민준에게는 몸을 돌린 채 가방에서 무언가를 찾았다. 그러지 않으려 했지만 민준은 계속 반바지 아래로 드러난 롱의 희고 미끈한 다리에 신경이 쓰였다.

가방에서 물건을 꺼낸 롱은 그걸 민준이 앉은 침대 옆에 올려놓았다. 육포와 일본 쌀과자들이었다.

"다 마시고 잊어버려요, 오늘 일들."

그러더니 롱은 민준의 잔에 자기 잔을 부딪치고 단숨에 비워버렸다. 기막혀하던 민준도 눈을 감고 잔에 있던 술을 삼키듯 마셔버렸다.

잠시 뒤 두 남녀는 터져 나온 말문을 주체 못하며 수다를 떨고 있었다.

"그런데 아까부터 묻고 싶은 게 있었는데요, 진짜 영어를 옥스퍼드에서 배우신 건가요? 왜 옥스퍼드까지 갔다 오신 분이 군에 입대하신 거예요?"

"당연히 농담이죠. 말레이시아는 영국 식민지였고, 지금도 영어가 공용어라고요. CNN 영어가 아닌 BBC 영어를 써요. 그런 나라 사람한테 영어를 어디서 배웠느냐고, 영국 악센트가 멋지다고 하면 한숨이 나오죠. 이 사람 뭐냐 싶어서."

"무식해서 죄송합니다. 용서하소서."

민준은 꾸벅 고개를 숙이면서 영국식 영어로 말했다.

"그런데 정말 옥스퍼드로 유학을 갈 수도 있었어요. 친척 중에 간 사람도 있고."

"그래요?"

"말레이시아에는 화교에 대한 차별이 많아서 중국계 학생들은 대학에 가기도 힘들어요. 제가 공부를 잘하자 아버지는 아예 저를 영국으로 유학을 보낼까 하는 생각을 했었죠. 저도 욕심이 있었고, 입학사정관까지는 만나봤어요."

"그런데 왜 안 갔습니까?"

"불리한 조건이 있어도 말레이시아에서 대학을 다녀보자, 유학은 학부를 졸업하고도 갈 수 있다고 생각했죠. 그때는 정치를 해보고 싶었어요. 집안이 정치 가문이거든요. 할아버지가 중국계 정당의 고위 간부였어요. 말레이시아에는 인종별로 정당이 있어요. 큰아버지는 할아버지와 다른 중국계 정당의 정치인이시죠. 저희 아버지는 무역업을 했는데, 한국인인 제 어머니와는 재혼한 거예요."

"혹시 군대도 그래서 오신 건가요? 나중에 정치에 입문하려고? 평화유지군에 배속된 것도 그래서인가요?"

"한 번에 질문을 너무 여러 개 하시네요. 강 대위님 얘기 좀 해봐요. 어디서 태어났고, 아버지와 어머니는 어떤 사람이었고, 군대에 오기 전에는 무엇을 하셨는지."

민준은 위스키를 홀짝홀짝 마시며 어린 시절부터 자신의 이야기를 시작했다. 태어나기는 한국에서 태어났고 초등학교에 입학하기 전까지 부산에서 자랐지만 그 시절 기억은 거의 없다는 것, 아버지가 한국에서 사업이 망했는지 불미스러운 일을 저질렀는지 지금도 알 수 없는 사연 때문에 어느 날 갑자기 괌으로 온 가족이 이주했다는 것, 아버지는 괌에서 교민을 상대로 한식당을 차렸지만 썩 잘되지는 않았다는 것, 괌에서 5년간 살다가 초등학교를 졸업할 무렵 다시 한국으로 돌아왔다는 것, 한국 학교에 적응하기 힘들었다는 것.

"그러니까 제 영어는 미국령에서 배운 정통 아메리칸 잉글리시라는 이야기입니다."

"그 다음에는요? 그 뒤로는 계속 한국에서 지냈어요?"

"중학교에 들어갔죠. 중학교에서도 저는 여전히 한국어가 서툴렀고, 교실에서는 잘 받아들여지지 않았고, 아버지의 사업운도 잘 풀리지 않았어요. 사업 같은 건 하면 안 되시는 분이었는데. 집이 한 번 더 망하고, 저는 거의 부모님이 방임한 거나 다름없는 상태로 학교를 다녔어요. 한번은 정말 전교 꼴찌를 했거든요. 그런데 아버지도 어머니도 아무 말씀을 안 하시더라고요."

그 시절에 품었던 암울했던 기분과 절망감이 생생하게 되살아났다. 집이나 학교보다 PC방에서 깨어 있는 시간이 더 길었을 것이다. 게임으로 친구를 사귀었고, 게임을 오래 같이할 수 있는 또래들과 어울리다 보니 어느덧 그 주변에는 학교 부적응자들만이 남았다. 중학생들이 할 만한 비행을 저지르기도 했는데, 심각한 청소년범죄 수준에는 이르지 않아서 부모나 교사의 눈에는 띄지 않았다. 감수성이 예민했던 어린 민준에게 '인생이 초장부터 꼬인 것 같다'는 불편한 예감만을 남겼을 뿐이었다. 그는 투명인간이나 다름없었다. 게임기획자라는 직업이 있다는 사실을 몰랐다면 어떻게 되었을까.

"제가 아직도 집에 소중히 보관해놓은 책이 있거든요? 앤드류 롤링스의 『게임 기획 개론』이랑 데이비드 커시너의 『둠』. 그걸 제가 중학교

3학년 때 읽었어요. 아마 중학교 입학한 뒤에 교과서 외에 처음으로 읽은 책들일 거예요. 『둠』은 게임을 전혀 모르는 사람이 읽어도 재미있는 책이에요. 롱 대위님도 나중에 한번 읽어보세요. 그 후로 공부를 시작했어요. 존 카맥처럼 훌륭한 개발자가 되어야겠다! 그러니까 나도 존 카맥이 프로그램 짤 때처럼 화장실 갈 때 말고는 자리에서 일어나지도 말아야지! 그렇게……."

술기운에 흥분한 민준이 열정적으로 지껄이다 갑자기 울음을 터뜨렸다. 롱이 차분히 말했다.

"게임을 정말 좋아하시나 보네요."

"대위님이 술 좋아하시는 것만큼이요."

민준이 손바닥으로 눈을 문지르며 대꾸했다.

"저는 술맛 좋다고 울지는 않는데요."

"그렇게 힘들게 대학에 가서, 저는 등록금도 전부 제가 벌어서 냈어요, 꼭! 졸업한 뒤에도 온갖 아르바이트 다 하면서 매일 밤새며 일하다가 겨우 원하는 회사에 들어갔다고요. 그런데 얼마 일해보지도 못하고 이런 똥통으로 끌려왔어요. 제가 무슨 잘못을 저지른 것도 아니고, 영어 좀 한다는 이유로 군대에 두 번 끌려오는 게 말이 되느냐고요.

그리고 북한에 온 지 두 달도 되지 않았는데 무슨 제이슨 본 같은 자에게 얻어맞고 몸이 묶여서 권총에 머리통이 날아갈 뻔했어요. 이런 일을 몇 번이나 더 겪어야 하는 거죠? 여기서 이렇게 죽으면 얼마나 개죽음입니까? 진짜 인생이 막 시작되려 할 때……."

"조국의 미래와 민족의 통일에 봉사하는 기회 아니고요?"

롱이 입술 한쪽 끝을 올리며 말했다.

"아, 개소리하지 말라고 하십쇼. 요즘 남한 젊은이들은 '이러느니 차라리 북한과 전쟁을 벌였어야 했다'는 이야기들을 공공연히 합니다. 인터넷 게시판 같은 데서 '전쟁터에서는 앞에 있는 적만 살피면 되는데, 평화유지군에 가면 사방에 숨은 적을 신경 써야 한다'고 불평합니다. 전쟁을 했더라면 섬멸전이 벌어졌을 거 아닙니까. 그렇게 북한을 완전히 불 지르고 처음부터 다시 시작하는 게 나았을 것 같지 않습니까? 무력통일을 하든, 아니면 남한 입맛에 맞는 괴뢰정부를 세우든, 지금보다 나쁘지는 않았을 거예요. 통일과도정부 같은 괴상한 정부도 없고, 부패한 관료도 없고, 마약조직도 다 소탕할 수 있었을 거예요. 북중 국경지대의 마약 공장들이 사라지지 않는 한 마약조직도 없어지지 않아요. 그리고 그 마약 공장들은 통일과도정부 때문에 사라지지 않는 거예요. 남미 마약 카르텔과 그 나라 정부들의 관계와 비슷해요."

"전면전이 벌어졌더라면 남한 측 피해도 꽤 있지 않았을까요?"

"그렇지 않았을걸요. 북한 군대는 제대로 가동되는 장비도 몇 없었고, 군인들도 오합지졸이었습니다. 사상자는 대부분 북한 쪽에서 발생했을 거예요. 비대칭 전력 이야기하는데, 북한이 진짜로 핵무기나 화학무기를 사용하지는 못했을 겁니다."

"그래서, 전쟁이 나지 않아 남한 사람들이 북한에서 평화유지군 활동을 하다가 몇 사람씩 죽는 건 안 되고, 전쟁이 나서 북한 사람 수천수만 명이 한꺼번에 많이 죽는 건 괜찮다?"

롱의 비아냥거림을 민준은 무시했다.

"대위님은 요즘 남한 젊은 남자들이 어떠신지 모를 겁니다. 북한에 와서도 얼굴에 흉터 날까 봐 걱정하고 피부 탈까 봐 선크림 꼬박꼬박 바릅니다. 좋아요, 냉정히 말할게요. 저희들로서는 이미 남한 사람이랑 북한 사람이랑 목숨값이 같다는 생각을 하기가 쉽지 않습니다!"

그렇게 말하고 민준은 롱의 눈을 피하며 잔에 남아 있던 위스키를 싹 비웠다. 갑자기 술맛이 쓰게 느껴졌다. 한참 뒤에 롱이 입을 열었다.

"한국 사람들은 왜 그렇게 꼭 통일을 해야 한다고 강박관념을 갖고 있는지 모르겠어요. 말레이시아는 화교가 많은 싱가포르를 억지로 분리시켰죠. 1965년에 싱가포르 주를 말레이시아 연방에서 쫓아냈어요. 싱가포르는 원치 않은 독립이었고, 분리 당시에도 심지어 싱가포르가 말레이시아보다 더 잘사는 나라였지만, 그렇게 갈라선 결과는 말레이시아에도 싱가포르에도 좋았어요. 한 나라로 있었다면 인구의 대부분인 말레이계가 싱가포르 화교 자본에 종속된 채로 중산층이 되지 못한 채 살았어야 했을 거예요. 말레이계와 화교 사이 갈등도 지금보다 훨씬 더 심했을 거고요. 두 나라로 떨어뜨려놓고 나니 싱가포르는 싱가포르대로 똘똘 뭉쳐서 선진국이 되었고, 말레이시아도 싱가포르 없이 자기 힘으로 선진국 문턱까지 왔어요."

"한국도 북한과 갈라서야 한다는 건가요?"

민준이 가라앉은 목소리로 물었다.

"남한의 통일론자들이 통일의 장점에 대해 이야기하는 걸 신문에서 몇 번 봤어요. 저로서는 납득할 수가 없더군요. 특히 남한과 북한이 합쳐지면 내수 시장이 커지고 북한의 싼 임금 덕분에 남한 기업들이 이

득을 볼 수 있다는 얘기. 그건 남한 자본이 북한 사람들을 노동자로, 소비자로도 이용해먹겠다는 얘기죠. 북한 주민들이 말레이시아 사람들보다 인내심이 더 많을까요?

그리고 북한에 이런저런 인프라 투자를 하면 몇십 년 뒤에 막대한 경제 효과를 낼 거라는 이야기도 눈 가리고 아웅으로 들려요. 다른 분야, 예를 들어 기초과학에 그만한 대규모 투자를 해도 막대한 경제 효과를 가져올 거예요. 어느 편이 더 수익이 높을지는 모르는 거죠. 게다가 누가 거둬 갈지도 모르는 몇십 년 뒤의 이익은 대부분의 보통 사람들에게 의미가 없는 거예요. 그런 사업에 투자를 하라고 하면 저는 사양하겠어요."

롱이 말했다.

민준은 한동안 대꾸하지 못했다.

*

장리철은 천천히 몸을 일으켰다. 눈을 뜨고 허리를 세우고 이불을 걷는 그의 동작에는 당황스러운 기색도, 낭비하는 움직임도 없었다. 소리도 전혀 나지 않았다.

리철은 한동안 문 옆에 서서 밖에 귀를 기울이고 있다가 한순간 갑자기 문을 확 열고 뛰쳐나갔다. 마루에 있던 은명화는 그런 장리철의 기습에 소스라치게 놀라며 거의 주저앉을 뻔했다. 너무 혼비백산한 나머지 소리를 지를 타이밍조차 놓친 것 같았다.

"아버지를…… 보러……. 아까 아버지에게 고아댔던(고함쳤던) 것이 마음에 걸려서요……."

은명화가 말을 더듬으며 설명했다. 아버지에게 사과하러 여기까지 왔지만 마지막 순간에 방에 들어가지 못하고 머뭇거리던 참이었다. 마루 천장에 걸어놓은 전구가 흔들리자 은명화의 그림자도 크게 일렁였다. 상황을 알아차린 장리철은 고개를 끄덕이고 자기 방으로 들어가려 했다. 그런 장리철에게 은명화가 물었다.

"혹시 담배 있어요?"

북한의 성인 남자 흡연율은 거의 100퍼센트라 해도 과언이 아니었다. 당연히 장리철도 담배를 갖고 있었다. 리철은 은명화와 함께 비닐하우스 밖으로 나왔다. 두 사람은 적당한 거리를 두고 떨어져 자세를 잡았다. 은명화는 실수 없이 담배에 불을 붙였지만, 연기를 빨아들이는 폼은 어딘지 어색했다.

공기는 축축했고 하늘은 3분의 1가량 구름으로 덮여 있었다. 리철은 그날 오후쯤에는 비가 올 것 같다고 생각했다. 조금 시간이 지나니 눈이 어둠에 익숙해지면서 구름에 덮이지 않은 쪽 밤하늘에 가득한 별들이 보였다. 장리철은 시간과 방향을 파악하는 데 도움이 되는 별들과 별자리를 무의식중에 찾았다. 오랜 습관이었다.

"안 좋은 꿈을 꾸었어요."

은명화가 말했다.

"꿈에서 생활총화라도 하셨습니까."

장리철이 말했다. 북한 주민들이 가장 흔하게 겪는 악몽이 생활총화였다. 김씨 왕조가 있던 기간에는 학교나 직장, 지역 등 단위 조직별로 일주일에 한 번이나 열흘에 한 번씩 모두 모여 그 짓을 해야 했다. 한 사람씩 일어나 '지도자께서 말씀하신 유일사상 10대원칙'을 지키지 못했다며 자아비판을 하고, 다른 사람의 잘못을 고발하고, 친구나 동료가 자신을 고발하는 것을 듣는 일이었다. 대부분의 북한 주민들은 통일과도정부가 들어서 가장 좋은 일로 생활총화 폐지를 꼽았다. 살림살이가 나아졌는지는 모르겠지만 총화가 없어진 것만으로도 발 뻗고 자겠다는 것이었다.

"아니오. 남조선에 있을 때 일이 꿈에 나왔습니다."

은명화가 말했다. 리철은 재촉하지 않고 은명화가 이야기를 계속하기를 기다렸다. 여자들이 그런 식으로 스트레스를 푼다는 것 정도는 리철도 알았다. 은명화는 담배를 다 피우고 꽁초를 밟아 끄고 나서야 다시 입을 열었다.

"북조선 대학생이 남조선으로 유학을 가는 데에는 두 가지 방법이 있어요. 하나는 교환학생이고, 다른 하나는 복수학위라는 제도예요. 둘 다 인기가 높지만 복수학위가 경쟁이 더 치열하지요. 4학년 때 복수학위로 유학을 가면 북조선과 남조선 대학 양쪽 졸업장을 얻을 수 있어요. 그리고 졸업 전에 남조선에서 취업을 하게 되면 체류 허가를 받을 수도 있어요. 저는 복수학위로 남조선에 다녀왔습니다."

"남조선에서 취업하려고 했습니까?"

"그게 모든 북조선 대학생들의 꿈이에요. 특히 여학생들은요. 이런저런 취업 관련 조언들을 달달 외우다시피 하고 갔지요. 그중에는 서

비스 업종에서 아르바이트를 많이 하라는 것도 있었어요. 공화국 학생들이 남조선 기업 면접장에 가면 꼭 이런 질문을 받는다는 거예요. '북한 출신은 서비스 마인드가 부족해서 고객과 마찰이 잦다고 하는데 어떻게 생각하십니까?'"

"그런데요?"

"그때 이런 식으로 대답하라는 거죠. '저도 그런 지적에 깊이 공감합니다. 그래서 저는 그런 마인드를 키우기 위해 일부러 서비스 업종에서 각종 아르바이트를 했습니다. 특히 예식도우미 아르바이트가 기억에 남습니다. 결혼식은 신랑 신부에게 일생에 한 번 있는 일이고, 양가의 경사인 만큼 예식도우미의 책임은 더없이 크다고 하겠습니다. 제가 일한 예식장은 강남의 고급 웨딩하우스로서, 한번 결혼식이 열리면 천 명이 넘는 하객이 방문하곤 했습니다……'"

은명화는 말하다 말고 짧게 웃음을 터뜨렸다.

"예식도우미 일을 하셨나요?"

"네. 석 달 정도요. 그거 말고도 온갖 아르바이트를 다 했지만요. 통일학사라고, 북한 출신 대학생들을 위한 기숙사가 있었거든요. 그래서 기본적인 숙식은 걱정하지 않아도 됐어요. 하지만 나머지 비용은 전부 제가 혼자 해결해야 했어요. 저는 아무것도 몰랐지요. 지하철에서 버스를 어떻게 갈아타야 하는지, 교통카드를 어떻게 쓰는 건지도 몰라서 한 달 동안 버스 몇 정거장 거리를 걸어 다녔어요."

교통카드가 뭔지는 장리철도 몰랐다. 그는 그냥 고개를 끄덕이며 아는 척했다.

337

"예식장에서 일을 할 때에는 고약한 손님을 꼭 하루에 한두 번은 마주치게 됐어요. 남조선 사람들이 '진상'이라고 부르는. 사람이 워낙 많이 오는 곳이라 그런지, 부자들 중에 인성 안 좋은 사람들이 더 많은 건지는 모르겠어요. 일행이 올 거라면서 빈자리를 여러 개 맡아놓고 내주질 않는다든가, 뷔페인데 특정한 요리 없느냐고 만들어오라고 요구한다든가 하는 사람들이에요. 그런 진상들이 오면 다른 도우미 동료들이 저를 그 테이블로 보냈어요. 그런 골칫덩어리를 대하는 건 북한 사람들이 더 잘하지 않느냐, 북한 사람들이 말도 더 잘하고 자기주장도 뚜렷하지 않느냐, 그러면서요. 저는 그것도 서비스 기술을 배우는 기회라고 생각했고 다른 동료들에게 도움을 주는 게 좋아서 그때마다 알았다고 했어요. 그런데 그 아이들은 제가 없는 자리에서 저를 '진상 처리 담당'이라고 부르면서 비웃더군요. 클럽에 가거나 남자애들을 만날 때에는 저를 찾지 않는다는 걸 나중에야 알았어요."

장리철은 땅에 침을 뱉고 두 개비째 담배를 입에 물었다. 그러나 불은 붙이지 않았다.

"남한 사람들은 앞에 있는 종업원이 남조선 출신일 때와 북조선 출신일 때 태도가 확연히 달라져요. 발음이나 억양을 열심히 남한식으로 연습했는데 어떤 단어 몇 개가 남한 사람들한테는 생소하게 들리나 봐요. 용법이 약간 다른 건지. 어떤 사람들은 막 화를 내요. 고급 예식장에서 왜 탈북자를 쓰느냐고. 탈북자가 아니라 유학생이라고 말해도 소용이 없어요. 다 같은 거 아니냐고, 외국인 노동자 아니냐고 해요. 물을 끼얹는 사람도 있었어요."

"그 일이 꿈에 나온 겁니까?"

"아니오. 오늘 꾼 꿈은 아주 좋은 꿈이었어요. 아름다운 꿈이었어요."

은명화는 갑자기 눈물을 흘렸다. 그러나 그녀는 뺨 위로 흐르는 눈물을 닦아내려 하지 않았다. 소리를 내거나 몸을 떨지도 않았다. 마치 그렇게 꼿꼿이 서 있으면 자신이 울고 있다는 사실이 부정되기라도 한다는 듯한 태도였다.

"꿈에 남자친구가 나왔어요. 지금 남조선에 있는. 남조선에서 나고 자란 사람이에요. 제가 취업에 실패해서 다시 북조선으로 돌아올 때 끝까지 기다리겠다고, 서로 전화랑 메신저로 연락하기로 했죠. 그런데 마지막으로 통화를 한 지 한 달이 넘었네요."

은명화는 눈물을 닦았다.

"교환학생 기간이 끝나갈 때, 취업 브로커들을 알아봤어요. 남조선에는 그런 위장 회사들이 있더라고요. 북조선 출신들이 세운 회사인데, 돈을 천만 원만 내면 정규직으로 채용을 해주고 재직증명서를 발급해서 체류 허가를 얻을 수 있게 해준다고 했어요. 알고 보니 그렇게 해서 남조선 체류 허가를 얻은 친구들이 꽤 많더라고요. 다들 당연한 거 아니냐고, 천만 원이면 오히려 싸지 않느냐고 했어요. 남조선도 청년들이 다 실업자인데 어느 정신 나간 회사가 정부 인센티브 몇 푼 받겠다고 북조선 출신을 채용하겠느냐고요. 먼저 돈을 빌려서 위장 취업을 하고, 체류 허가를 받은 뒤에 아르바이트를 해서 빌린 돈을 갚으면 되지 않느냐고요.

그래서 아버지에게 돈을 마련해달라고 했어요. 아버지는 그런 식으로 법을 어기면 안 된다고, 단칼에 거절하셨죠. 남조선에서 열심히 아르바이트를 해서 돈을 모았지만 천만 원은 어렵더라고요. 그래서 다시 공화국으로 돌아오는 수밖에 없었습니다. 다들 저더러 바보라고, 미쳤다고 했죠. 그런데 방법이 없었어요."

은명화가 말했다. 마른 목소리였다.

"왜 은 선생께서 그 남조선 남자 분에게 먼저 연락하지 않습니까?"

장리철이 순진하게 물었다.

"남녀 관계에 대해서는 아무것도 모르시는군요. 무슨 기계 같아요. 전투기계."

장리철은 대꾸를 못하고 우물쭈물했다. 은명화가 물었다.

"오늘 죽인 사람들에 대해 양심의 가책 같은 것은 없나요?"

"제가 먼저 손을 쓰지 않았더라면 그자들이 저를 죽였을 텐데요."

장리철이 조금 어리둥절한 표정으로 대답했다.

은명화는 잠자코 있었다. 장리철을 바라보거나 고개를 끄덕이지도 않았다. 그녀는 아버지가 있는 방으로 가지 않고 가운데 비닐하우스 동으로 돌아갔다. 장리철은 다시 자리에 누워 잠이 들었다.

이번에는 그가 뒤숭숭한 꿈에 빠졌다. 산길을 달리다가 돌부리에 걸려 비탈을 구르는 익숙한 악몽이었다. 꿈속에서 얼굴이 찢어지고 다리가 부러진 채 갑자기 어린아이가 되어버린 장리철 앞에 어머니가 나타났다. 장리철은 친어머니가 어떻게 생겼는지 기억하지 못했다. 그때까지 그를 안아준 꿈속의 어머니는 인민배우 조청미였다. 그런데 이번에 나타난 어머니는 박우희의 얼굴을 하고 있었다.

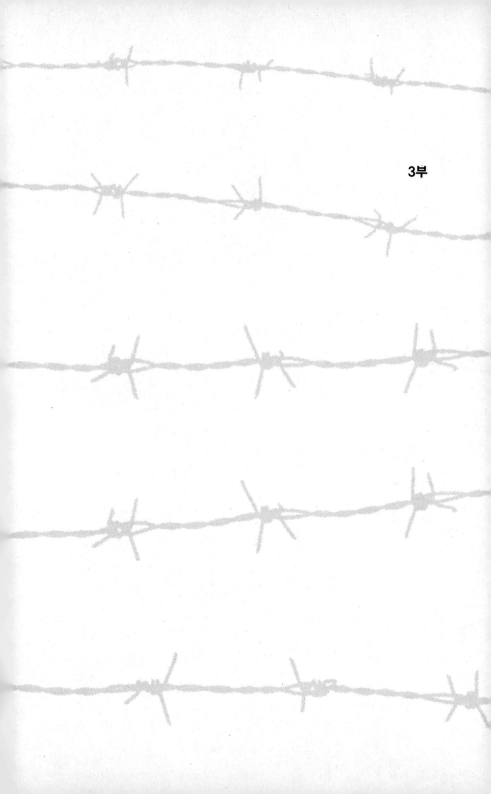

3부

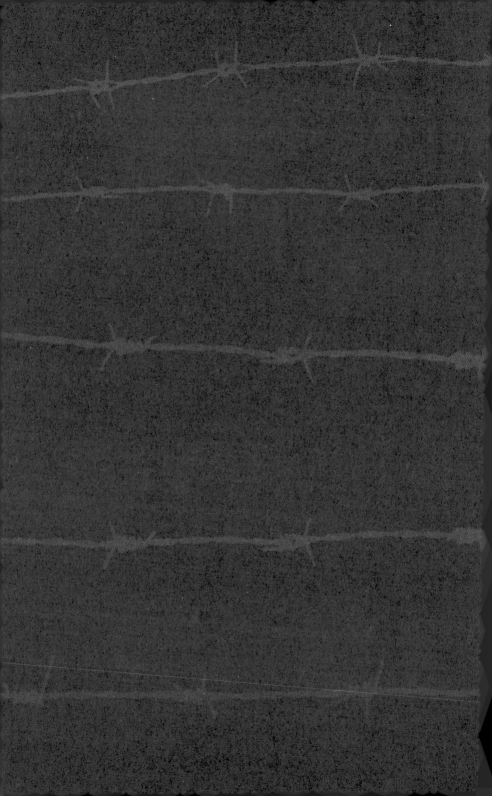

1

　　비닐하우스 가운데 동 앞에 식탁이 차려졌다. 박우희와 문금옥이 휴대용 가스레인지로 아침 식사를 준비했다. 그들은 요리는 엄연히 기술이고 할 줄 아는 사람이 해야 한다며 다른 사람들이 거들지 못하게 했다.

　　"재료가 없어서 이렇게밖에 못 만들었어요. 장풍버거 본점 맛만큼은 못하지만, 그래도 먹을 만은 할 거예요."

　　박우희가 김이 올라오는 접시를 탁자에 내려놓으며 말했다. 큰 접시에는 구운 빵과 양파볶음, 달걀볶음이 담겨 있었다. 고소한 냄새를 맡으니 갑자기 배가 고파졌다. 박우희는 같은 음식 접시를 사람 수만큼 내왔다.

　　"더 드시고 싶으시면 말씀하세요. 쫓기는 신세니까 속을 더 든든히 챙겨야죠."

　　박우희가 말했다.

은명화는 새벽에 장리철과 헤어지고 나서도 잠을 못 잤는지, 눈 아래가 꺼멨다. 은명화와 그녀의 아버지는 여전히 서로 눈을 피하고 있었다. 은명화는 장리철과는 어색한 눈인사를 나눴다.

장리철은 접시를 자기 앞으로 끌어당긴 뒤 단숨에 해치웠다. 커피에도 설탕을 듬뿍 넣어 꿀꺽꿀꺽 마셨다. 음식도, 커피도 모두 따뜻하고 맛있었다.

"천천히 드세요. 그러다 데이겠어요."

문금옥이 말했다.

"뜨거운 걸 마시니 속이 풀리는 기분입니다."

장리철이 순박하게 웃으며 말했다. 문득 박우희는 장리철이 길 잃은 어린아이나 짐승처럼 보였다.

"남이 들으면 커피가 아니라 해장국을 드시는 줄 알겠습니다. 그렇게 시원하시면 큰 뚝배기에 한 그릇 따라드릴까요?"

박우희의 농담에 장리철도 웃었다. 문금옥은 "그래봤자 인스턴트커피"라며 겸연쩍어했다. 리철은 인스턴트커피가 뭐가 나쁜지 이해하지 못했지만 다른 사람을 따라 고개를 끄덕였다.

"인스턴트도 잘 타는 사람이 타는 거랑 못 타는 사람이 타는 거랑 맛이 확 달라."

박우희가 그렇게 말하며 문금옥의 어깨를 살짝 쳤다.

"평양 출입이 자유롭게 됐을 때 친구들과 함께 놀러갔더랬지요. 해당화관(평양의 유명 쇼핑센터) 6층에 유명한 커피점이 있는데, 거기서 핸드드립 커피라는 걸 처음 마셔보고 그 맛에 아주 반했습니다. 나도 나중에 이런 커피 가게를 하나 열고 싶다 생각했지요. 지금도 꿈은 그래요."

문금옥이 말했다.

"그런 커피 가게를 여는 것이 목표라면, 아직 늦지 않았어요."

은명화가 불쑥 끼어들었다.

"응?"

"그런 목표가 있다면, 여기서 더 멀리 가야 해요. 여긴 최태룡이 있는 곳에서 너무 가깝잖아요. 오래 머물 순 없어요. 며칠은 숨어 있을 수 있겠지요. 하지만 일주일, 한 달 동안 여기에 머물 수 있을까요? 먹을 걸 사고 돈을 벌어야 하지 않아요? 그러려면 다시 장풍군으로 돌아가거나 개성으로 가는 수밖에 없을 테고요."

은명화가 말했다. 문금옥은 젓가락을 내려놓고 은명화와 박우희를 번갈아 보았다. 장리철은 물끄러미 그런 문금옥을 바라보았다. 은명화가 덧붙였다.

"어젯밤 내내 고민했어요. 고민해봤는데…… 우희 언니, 금옥 언니, 우리 같이 평양에 가요. 원산이나 함흥도 좋고요. 라선직할시에도 돈이 많이 돈대요. 그런 도시에 가서 햄버거 가게를 차리고, 커피점도 열어요. 장풍버거 음식들 되게 독특하잖아요. 가끔 외지인도 특이한데 맛있다고 엄지손가락을 세웠잖아요. 평양이나 함흥에서도 분명히 인기를 끌 거예요."

"최태룡은 어떻게 하고?"

문금옥이 물었다.

"아예 잊어버리자는 게 아니에요. 더 좋은 때를 기다리자는 거죠. 미안해요, 이런 말씀 드려서. 언니들의 마음의 상처가 얼마나 큰지 저는 짐작도 할 수 없어요. 하지만 먼저 우리가 살길을 찾고, 그다음에 힘을 길러서 다시 오면 안 되나요? 복수가 삶의 최종 목표가 될 수는 없어요. 무슨 일이 일어났는지 조사하는 작업도 그렇고요. 그런 건 다, 행복하게 잘 사는 과정에서 필요한 일종의 수단들일 뿐이에요. 그렇지 않나요?"

은명화는 자신이 사고뭉치 민폐덩어리로 보일 거라고 생각했다. 악질 인력사무소장을 죽이지 않고 살려둔 사람, 그래서 박우희와 문금옥, 아버지까지 한밤중에 부랴부랴 도망을 치게 만든 사람은 다름 아닌 자신이다. 그런 주제에 이제는 아예 장풍군을 떠나자고 한다. 최태룡에게 복수하는 일이 그렇게 급하냐면서. 얼마나 대단한 오지랖인가.

그러나 은명화는 자신의 주장이 단순한 합리화가 아니라고도 믿었다. 그녀는 예리하고도 비관적인 지성의 소유자였고, 그 우울한 능력을 남에게는 물론 자신에게도 휘둘렀다. 그녀를 포함한 다섯 사람의 운명은 위태로운 기로에 서 있었다. 실리적으로든, 윤리적으로든 옳은 선택을 할 기회가 아직은 남아 있다.

은명화가 보기에 박우희와 문금옥, 장리철은 그런 유불리나 옳고 그름에 대해서는 전혀 생각하지 않았다. 그들은 개인적인 은원(恩怨)에 따라 행동할 따름이었다. 처음에는 은명화 역시 은혜를 갚아야 한다는 생각에 박우희와 장리철을 도왔다. 폭력은 악당들을 몇 대 때리고 겁을 주는 수위의 비공식 수사라고 생각했다. 그러나 그 비공식 수사는

346

순식간에 처형까지 포함하는 작업으로 변질됐고, 박우희 일행은 그에 대해 아무런 위화감도 느끼지 않는 듯했다.

그녀는 점점 깊고 넓어질 수밖에 없을 피 웅덩이에서 벗어나고 싶어졌다. 가능하면 박우희와 문금옥도 데리고 나오고 싶었다.

"우리가 힘을 기르는 사이에 최태룡은 더 세력이 커질걸? 나중에는 건드릴 수도 없는 존재가 될 거야."

문금옥이 말했다.

"저는 그냥, 모든 게 엉망진창이 되어가고 있다는 생각이 들어요. 언니들이랑 제가 그 진창에 빠져들지 않았으면 좋겠어요. 간밤에 저희 때문에 세 사람이 죽었어요. 누군가의 아들인 젊은이들이었어요. 어쩌면 누군가의 남편이었을 수도 있겠죠. 어젯밤, 인력사무소장이 머리에 총을 맞기 직전에 제가 저분을 말렸어요. 그 바람에 지금 저희가 여기에 있죠. 죄송해요. 하지만 시간이 지나 돌이켜보아도, 그 악당이 죽는 것보다는 제가 도망을 치는 게 더 나은 일이라는 생각이 들어요. 특히우리가 그들 전부를 쓰러뜨릴 힘이 없을 때에는 더 그래요. 인정하기 힘들지만, 그게 진실이에요."

은명화가 말했다. 그녀는 이제 문금옥을 쳐다보지 않았다. 박우희를 바라보고 있었다. 박우희가 입을 열었다.

"처음에 백고구마가 장풍군에서 빙두를 팔기 시작했을 때, 그때 백고구마 일당은 고작 대여섯 명이었어. 백고구마와 그 아들들, 조카들이 전부였어. 그때 누군가가 나서서 목소리를 내고 빙두 판매에 맞서자고 사람들을 조직했더라면 어땠을까, 나는 그런 생각을 해. 그랬더라면 백고구마 조직이 이렇게 커지지 못했을 거고, 최태룡 일당도 나타나지 않았을 거야. 내 아들이나 금옥이 남편에게도 아무 일이 없었을 거야. 하지만 아무도 나서지 않았고, 결국 그 화가 이렇게 되돌아왔어. 명화야, 어제 죽은 사람들도 결코 무고한 사람들은 아니었다. 그자들은 자기 선택에 대가를 치른 거야."

"언니, 최태룡의 부하라고 해서 무조건 사형선고를 받아야 한다는 법은 없어요. 언니 아들도 최태룡의 부하였잖아요."

은명화가 반박했다.

"너는 어떻게 그런 말을 하니? 평양에서 가진 것 하나 없이 쫓기듯 장풍으로 내려왔을 때 너희 부녀를 거둬준 게 누군데? 우희 언니가 없었으면 네가 장풍군에서 이렇게 멀쩡히 자랄 수 있었을 것 같니?"

문금옥이 자리에서 일어나며 소리쳤다. 은명화는 고개를 숙인 채 듣고만 있었다.

"미안합니다."

그때까지 잠자코 있던 은명화의 아버지가 입을 열었다. 노신사는 그 말밖에는 할 말이 없는 것 같았다. 은명화를 노려보던 문금옥은 그 말에 당황해했다. 박우희가 문금옥을 다시 자리에 앉히며 말했다.

"우린 다 태어나서는 안 될 나라에 태어났다는 생각이 들어. 그동안은 막연히 그래도 참고 살아야 한다, 버텨야 한다고 생각했어. 그런데 명화야, 나는 여기까지가 한계인 것 같구나. 이대로는 억이 막혀 살 수가 없어. 나는 내 아들이 어떻게 죽었는지 꼭 진상을 알고 싶어. 그리고 내 아들을 죽인 자들에게 벌을 주고 싶어.

명화야, 네 뜻이 그렇다면 말리지는 않을게. 마지막으로 한 가지 부탁만 하자. 내가 급해서 그래. 그 일만 들어주고, 일 마치고 나한테 전화 한 통만 해주고, 그러고 나서 너는 아버지랑 장풍군을 떠나렴."

은명화는 잠시 아무 말도 하지 않다가 조심스레 물었다.

"어떤 부탁인데요?"

*

"씨발년아, 똑바로 얘기 안 해? 장풍버거 여자들 어디 갔어?"

최태룡의 장남이 여자의 얼굴을 후려쳤다. 장풍버거 옆 골목에서 곽밥(도시락)을 파는 가게의 여자였다. 여자의 남편은 정신을 잃고 바닥에 쓰러져 있었다. 조금 전에 혈기왕성한 최태룡의 장남이 가게 벽에 그의 머리를 갖다 박았기 때문이었다. 최태룡의 장남은 힘 조절을 하지 못했다. 어찌 보면 정신을 잃은 남자 처지에서는 그게 행운이기도 했다.

최태룡의 장남 뒤로 계영묵이 서 있었다. 계영묵은 과외 교사 같아 보이기도 했고 감시자 같아 보이기도 했다. 곽밥집 문 양옆에 최태룡의 부하 둘이 밖을 향해 서 있었다. 문지기로 세운 부하들의 덩치가 좋기는 했지만 안의 상황은 밖에서도 잘 보였다.

장마당 상인들은 몇 걸음 떨어진 곳에서 그 광경을 지켜보고 있었다. 부하들을 놔두고 최태룡의 첫째 아들이 직접 궂은일에 나섰다는 데 사람들은 놀랐다. 정확히 최태룡의 장남과 계영묵이 노리는 바이기도 했다. 최태룡이 지금 꼭지가 단단히 돌았다는 신호를 보내기 위함이었다.

"몰라요, 정말 모릅니다! 도망을 치면서 자기가 어디로 도망간다고 이야기하는 바보들이 어디 있겠어요? 저는 그 양반들이 밤새 날랐다는 얘기도 지금 들었어요!"

곽밥집 여자가 울면서 항변했다. 최태룡의 장남은 대꾸할 말이 생각이 나지 않았는지 머뭇거리다 여자의 얼굴을 한 번 더 때렸다.

"이년이 입만 열면 거짓말이네. 네년과 장풍버거 여자들이 제일 친한 짝꿍이라는 건 이 골목 사람들이 다 알아! 다시 한 번 묻는다. 장풍버거 여자들 어디 갔어?"

계영묵은 최태룡의 장남을 그냥 놔두었다. 계영묵이 보기에 최태룡의 장남은 속으로 겁을 먹고 있는 것 같았다. 자신이 폭력을 쓰고 있다는 사실 자체에, 그리고 그 폭력의 결과가 어떻게 될지 알 수 없다는 사실에 겁을 먹고 있다. 겁을 먹고 있기 때문에 필요 이상으로 행동이 번잡해졌다. 최태룡의 장남은 이러다 여자가 죽기라도 하면 어쩌나 우려하는 한편, 여자가 너무 잘 버텨서 뒤에 있는 아버지의 부하들이 자신을 속으로 비웃으면 어쩌나 걱정하고 있다.

그렇다고 그 선을 일일이 가르쳐줄 수도 없는 일이다. 폭력으로 다른 사람을 무너뜨리는 일은 수영이나 자전거 타기와 비슷하다. 자기 손으로 직접 실행하면서 어떤 감각을 익혀야 한다. 최태룡도 최태룡의 첫째 아들도 그 사실을 알았다.

"모른다니까요! 죽어도 모르는데 자꾸 두드려 패기만 패면 어쩌란 말이에요? 맞다 보면 제가 알게 된단 말이에요?"

얻어맞던 여자의 목소리가 날카로워졌다. 폭행이 오히려 역효과를 내고 있었다.

"아니, 이 쌍년이……."

"그렇게 자릿세 내고 삥 뜯기고 했는데 이게 뭐야? 해준 건 쥐뿔도 없으면서 왜 멀쩡한 남의 가게를 부숴? 이 가게가 얼마짜린데! 네가 알기나 해? 이 씨발놈아!"

최태룡의 장남도 화가 치밀어 오른 듯했다. 주먹으로 여자의 얼굴을 갈기자 여자가 벌러덩 뒤로 넘어갔다. 최태룡의 장남이 쓰러진 여자에게 달려들어 발길질하려는 것을 계영묵이 제지했다. 계영묵은 뒤에서 최태룡 첫째 아들의 양 겨드랑이에 재빠르게 자기 팔을 끼워 넣었다.

"사람이 죽으면 그것대로 곤란합니다. 정말 모르는 것 같으니 여기서는 그냥 물러나시죠."

최태룡의 장남은 몸을 거칠게 좌우로 흔들었지만 계영묵에게 잡힌 자세에서 꼼짝도 할 수 없었다. 오히려 계영묵이 가볍게 팔을 아래로 내리자 최태룡 장남의 무릎이 저절로 구부러졌다. 거대한 프레스가 누르는 것 같았다. 최태룡 첫째 아들의 몸속에서 들끓던 피가 빠르게 식었다. 눈 아래가 주먹 하나만큼 부풀어 오른 여자가 상반신을 일으킨 뒤 사람 살리라며 고래고래 악을 쓰기 시작했다.

인간이 그렇게까지 악한 존재로 태어나는 건 아니라고 계영묵은 생각했다. 누구나 사람을 상대로 처음 폭력을 휘두를 때에는 주저하게 된다. 자신이 구타하는 사람과 처음 눈을 마주칠 때 대부분의 가해자들은 움찔 놀란다.

그런데 인간이 그렇게 선한 존재로 태어나는 것도 아니다. 그 심리적 저항선을 넘는 게 그리 어렵지는 않다. 몇 번 하다 보면 어린아이도 능숙해진다. 어느 순간에는 자신이 구타하는 사람과 눈이 마주쳤을 때 생긴 짜증을 구타로 풀게 된다. 그래서 열한 살짜리가 열 살짜리를 죽을 때까지 괴롭히다가 결국 죽이기도 한다.

선을 넘는 게 어려운 게 아니라 적절한 지점까지만 선을 넘는 게 어렵다. 최태룡 장남을 풀어준 계영묵은 바닥에 쓰러진 채 악을 쓰고 있는 여자에게 다가갔다. 여자는 계영묵을 보자 왠지 모를 싸늘한 기운에 섬뜩했지만, 달리 방도도 없었기에 하던 대로 계속 고래고래 소리를 질렀다.

계영묵은 손을 뻗어 여자의 목을 잡았다. 여자의 비명이 갑자기 멈췄다. 계영묵이 손아귀에 힘을 주자 여자의 얼굴이 점점 자줏빛으로 변했다. 전날 밤 장리철이 인력사무소장에게 썼던 그 고문 기술과 흡사했다. 곽밥집 여자가 얼굴에서 땀을 흘리며 팔과 다리를 파닥거릴 때에도 계영묵은 손에서 힘을 빼지 않았다. 최태룡의 장남이 놀란 눈으로 계영묵을 쳐다보았다.

여자가 정신을 잃기 직전에 계영묵은 검지와 중지 손가락만 조금 풀었다. 여자는 입에서 흰 거품을 뿜었다.

"장풍버거 여자들과 친했던 사람은 누가 있지?"

계영묵이 부드러운 목소리로 물었다. 그가 손을 거두자 여자는 헐떡이며 작은 잔을 하나 채울 만한 양의 침을 바닥에 쏟았다. 계영묵이 다시 손을 들어 여자의 목을 향했다. 곽밥집 여자는 짐승처럼 펄쩍 뛰며 뒤로 물러났다. 그녀는 몇몇 이름들을 줄줄 토해냈다. 그중에는 계영묵이 이미 아는 이름도 있었지만 그렇지 않은 것도 있었다. 계영묵은 수첩을 꺼내 이름을 추가했다.

"지금은 그냥 간다. 집기를 부숴서 미안하고, 하루 장사를 공치게 해서 미안하네. 가게 수리비는 오후에 보내줄게. 그리고 이달이랑 다음 달 자릿세를 면제해주지. 그 대신 장풍버거 여자들에 대해 조금이라도 새로운 정보를 알게 되면 이리로 연락하는 거야. 알겠지?"

계영묵은 수첩을 한 장 뜯고 전화번호를 적어 여자에게 건넸다. 여자가 머리를 조아리며 종이를 받았다.

"만약 장풍버거 여자들에 대해 조금이라도 숨긴 사실이 들통나면, 다시 찾아오겠다. 그때는 이렇게 끝나지 않아. 너희 두 사람을 산 채로 태워 죽이겠다."

자리에서 일어나려는 계영묵을 곽밥집 여자가 불렀다.

"잠, 잠깐만요. 아까 빼먹고 말하지 못한 이름이 있어요."

여자가 이름을 몇 개 더 불렀다. 계영묵은 그 이름들도 수첩에 받아 적었다.

*

은명화는 식탁을 내려다보며 평양을 떠나기 전에 겪었던 일을 회상했다.

김씨 왕조가 무너지고 어느 날 밤에 폭도들이 평양으로 몰려왔다. '정의'와 '민족'이라는 단어가 들어간 무슨 단체 발대식을 마치고 술에 취한 청년들이었다. 그들은 몽둥이와 곤봉을 든 채 동네를 돌아다니며 집집마다 문을 두드렸다. 김씨 왕조 부역자들을 잡아낸다는 것이었다. 인민보안원들은 겁을 먹고 숨어서 나타나지 않았다.

어느 가족 하나가 거실에서 김씨 부자의 초상화를 떼어내지 않았다는 이유로 광장에 끌려 나갔다. 술 취한 청년들은 남편과 아내를 한밤중에 광장에 끌고 나가 자아비판을 시켰다. 아내가 제대로 말을 하지 못하자 성난 폭도 중 한 사람이 막대기로 그녀의 배를 찌르며 겁을 주었다. 남편이 아내의 앞에 나섰다가 반사적으로 막대기를 붙잡았다. 그 막대기를 부부의 열 살 정도 되어 보이는 아들이 제 아비와 함께 잡고 당겼다. 그 바람에 여자의 배를 찌르던 남자는 막대기를 놓쳐버렸다.

그러자 사람들이 달려들어 가족을 마구 때리고 찼다.

"혁명가 가족으로 몇 대를 배불리 먹고 살았으니 이것도 업보지!"

흥분한 사람들은 땅에 쓰러져 꼼짝 않는 남편과 아이, 그리고 미친 사람처럼 울부짖는 아내를 보고 그렇게 외쳤다.

그날 밤 은명화는 아버지와 함께 평양을 떴다. 그들은 개성의 외곽으로 갔다. 온 조선 천지의 부랑자들이 개성으로 향하던 때였다. 은명화의 아버지는 치열한 품팔이 시장에서 어떻게 하면 일자리를 얻는지 요령을 터득하지 못했고, 가지고 있던 돈은 달러로 환전을 하면서 사기를 당해 절반 이상을 날렸다.

그해 겨울을 바람도 제대로 막지 못하는 쪽방에서 보내면서 부녀는 손발에 심각한 동상이 걸렸다. 발톱이 다 빠질 정도였다. 그런 은명화 부녀를 발견하고 함께 력사 교사 시험공부를 했다는 인연만으로 허름한 방이나마 공짜로 내준 것이 박우희 모자였다. 아무 대가 없이 순전히 동정심에서 한 일이었다. 아직 박우희가 장풍버거를 열기 전이었고, 은명화가 고급중학교에 다닐 무렵이었다.

문금옥이 옳았다. 박우희 모자가 없었더라면 은명화는 그해 겨울에 살아남을 수 없었을 것이다. 그 이후에도 제대로 고급중학교를 졸업하고, 대학에 가서 남조선으로 유학을 갈 때까지 몇 차례나 박우희의 도움을 받았다.

그러나 은명화의 눈에 이제 박우희는, 평양에서 한 가족을 윽박지르던 폭도처럼 보이기도 했다.

"어떤 부탁인데요?"

은명화가 물었다.

"너, 군무원 황동오의 아내와 친하지 않니? 아주 딱친구였다고 들었는데."

"대학 입학 전까지만 그랬어요. 그 아이는 대학에 가지 않아서……"

"황동오가 그 아이를 몇 년이나 쫓아다녔다면서?"

"얼굴이 예뻤으니까요."

황동오의 아내는 학창 시절부터 쫓아다니는 남자가 수두룩했다. 조금 야심이 있었거나 의지력이 강했더라면 분명 장풍군을 떠나 평양이든 남조선이든 큰물에 가서 미모를 떨쳤을 것이다. 그러나 그녀는 그정도로 머리가 좋지 않았고, 장풍군에 주저앉아 일개 군무원과 일찌감

치 결혼했다.

"최태룡이 매수한 건 희망부대 공병대대장이 아니라 헌병대장이었어. 그런데 그 다리는 황동오가 놓은 것 같더라. 어젯밤에 단체대화방에서 수소문을 해보니 대충 그런 그림인 것 같아. 네가 황동오의 아내를 한번 만나주지 않겠니? 몇 년 전까지는 그 아이도 우리 대화방 멤버였는데, 이제는 연락이 끊겼구나. 네가 죽은 헌병대 중령이라는 사람과 최태룡의 관계에 대해 물어봐주지 않겠어?"

"그럴게요. 하지만 너무 큰 기대는 하지 마세요. 그리고 그 일이 끝나면……."

은명화가 박우희와 자기 아버지를 차례로 바라보았다.

"그래."

박우희는 고개를 끄덕이고 장리철을 향해 물었다.

"장 선생님은 어떻게 하시겠습니까? 저희와 계속 함께하시겠습니까?"

"저는 계영묵과 조희순을 만나야 합니다. 박 선생님과 함께 하겠습니다. 은명화 선생이 지금 장풍군으로 들어가신다면 제가 옆에서 호위하겠습니다."

장리철이 말했다.

"당신은 누구죠? 왜 그렇게 최태룡의 부하들을 만나려 하는 거죠? 무슨 원한이라도 있나요? 아니면 돈?"

은명화가 장리철에게 물었다.

"이제는 너랑 상관도 없지 않니? 우리랑 일하는 분인데."

문금옥이 은명화를 쏘아붙였다.

"저는 신천복수대 101특작부대 출신 탈영병입니다. 어제 제가 죽인 박현길은 제 동료였습니다. 아마 계영묵과 조희순도 제가 아는 얼굴들일 겁니다. 저는 신천복수대의 마지막 천리행군 중에 낙오했습니다. 낙오자는 탈영 처리됩니다."

장리철이 말했다.

*

그들은 함흥화물터미널에서 만났다. 출구가 여러 개인 데다 대합실이 엄청나게 혼잡해 접선 장소로는 안성맞춤이었다.

조선해방군 중좌(중령)는 이 계절에 입기에는 다소 두꺼워 보이는 점퍼 차림이었다. 그가 있던 량강도 기온이 함흥보다 훨씬 낮기 때문이기도 했고, 가슴에 9밀리미터 백두산 권총 두 자루를 숨기려면 두툼한 옷이 제격이기 때문이기도 했다. 여차하면 적은 물론이고, 동업자나 부하라고 해도 망설이지 말고 쏘라고 총참모장으로부터 직접 지시를 받았다.

조선해방군 중좌는 새벽에 민간인 차량을 얻어 타고 강계시까지 왔고, 거기서부터 화물버스를 타고 함흥화물터미널에 왔다. 시간은 아직 여유가 있었고 주변은 몹시 시끄러웠다. 그는 천천히 약속 장소인 시계 아래로 걸어가서 신문을 읽는 척했다.

"뭐 재미있는 거라도 났습니까? 뭘 그리 열심히 보십니까?"

30대 초반으로 보이는 남자가 중좌에게 다가와 아는 척을 했다.

"재미있기는 개뿔. 로동당은 없어진 지 오래인데 왜 「로동신문」은 안 없어지나 모르겠소."

중좌가 대꾸했다.

"조선기자동맹이 힘이 세지요. 그래도 「평양신문」이랑 「청년전위」 는 없어졌습니다."

30대 남자가 말했다.

"재미있기는 「새날신문」이 제일 재미있었는데."

중좌가 말했다. 거기까지가 그들이 정한 암구호였다. 30대 남자가 고개를 끄덕이고 터미널 역사 밖으로 나갔다. 중좌는 그를 따라 주차 장으로 걸어갔다.

중고 쏘나타 옆에 서 있던 남자가 고개를 끄덕이며 중좌를 맞았다.

"어서 오십시오, 중좌님."

터미널에서 중좌를 맞은 두 사람은 모두 계급이 소좌였다. 어차피 조선해방군에서 계급이라는 것이 별 의미가 없기는 했다. 조선인민군 전역 당시 계급과는 거의 관련이 없었고, 조선해방군에 얼마나 일찍 합류했느냐와는 약간 상관이 있었다. 이번 눈호랑이 작전에서는 각자 어떤 역할을 맡았느냐를 정리하는 정도였다. 말하자면 중좌라는 계급 은 태스크포스팀 팀장이라는 직책과 별다를 바 없는 호칭에 불과했다.

소좌 두 사람은 조선인민군에서는 상급병사(병장)로 전역했고, 량강 도에는 가본 적도 없는 자들이었다. 함흥의 중규모 마약조직이 조선해 방군과 합병하면서 소좌라는 계급을 얻었다. 중좌는 그 사실을 알았지만 언급하지는 않았다. 잘난 척을 하거나 기선을 제압하는 데 시간과 정력을 낭비하기에는 이번 작전이 너무 중요했다. 조선해방군 소좌 두 사람도 중좌의 과거에 대해서는 캐묻지 않았다. 배신당할 우려가 없고, 실전 경험이 풍부한 살인 기술자들과 한 팀을 이뤘다는 점이 중요할 뿐이었다.

그들은 차에 올라타자마자 바로 본론에 들어갔다.

"장풍군까지는 몇 시간 정도 걸릴까?"

중좌가 물었다.

"함흥 시내에서는 곧잘 검문을 하기 때문에 둘러 가야 합니다. 길이 막힐 수 있으니 넉넉잡아 여섯 시간 정도는 예상하셔야 합니다."

소좌가 대답했다.

"일단 약속 시간은 17시이지만 조금 늦어도 괜찮을 거야. 만나는 장소가 식당이니. 저녁을 먹고 나서 19시쯤에 작전에 들어가겠지. 점심은 가면서 적당히 해결하자고."

중좌가 말했다.

"만나기로 한 식당에서 작전 장소가 멉니까?"

"자동차로 20분 정도 거리야. 차는 아마 갈아타야 할 거야. 최태룡이 제공하는 차로."

"이 차 트렁크에 따발총(기관단총)이 몇 자루 있는데……."

"최태룡도 그걸 아니까 차를 바꿔 타게 하겠지."

"그자들이 몸수색도 할까요?"

"감히 그러진 못할 거야. 개성 놈들도 응하지 않을 거고. 최태룡 일당은 작전 장소에 얼마든지 무기를 숨겨놓고 우리를 기다릴 수 있어. 우리도 그걸 명분 삼아 몸수색을 거절할 수 있지. 그러니 몸에 권총 한두 자루는 지닐 수 있어. 대신 탄창은 넉넉히 준비하는 게 좋아. 칼도 꼭 챙기고. 다들 방탄조끼는 입었나?"

중좌가 앞자리를 향해 물었다.

"입었습니다."

운전석과 조수석에 앉은 소좌 두 사람은 고개를 끄덕였다. 조수석 사내가 물었다.

"작전에는 모두 아홉 명이 참가하는 거죠? 저희 셋, 최태룡 일당 셋, 그리고 개성 놈들 셋?"

"그래. 책임자 한 사람, 경호원 한 사람, 그리고 짐꾼이 한 사람씩, 3인 1조다. 자네들 중에 맨손 싸움은 누가 잘하나?"

"제가 좀 더 나을 겁니다."

조수석 사내가 말했다.

"그러면 자네가 짐꾼을 하게. 짐꾼은 따로 몸수색을 받을지도 모르니."

"알겠습니다."

"장풍군 놈들은 큰 걱정하지 않아도 될 거야. 하지만 개성 놈들은 유심히 살펴야 한다."

량강도에서 온 살인 전문가가 말했다.

"알겠습니다."

함흥에서 합류한 살인 전문가들이 대답했다.

*

"장 선생 같은 분이 낙오하다니…… 정말 힘든 훈련이었나 보네요."

문금옥이 말했다.

"정말 힘든 훈련입니다. 몸무게만 한 짐을 지고 5일 내내 길도 없는 산속을 뛰는 겁니다. 밤에 잠도 자지 않습니다. 하고 나면 몸무게가 몇 근씩 빠집니다. 그래서 마지막 천리행군 때에는 동요가 특히 심했지요. 그게 김씨 왕조가 막 무너지고 통일과도정부는 아직 들어서기 직전이었습니다. 조선인민군도 와해되던 때입니다. 거의 모든 부대에서 탈영이 발생했지요.

다만 신천복수대만큼은 워낙 군기가 세고 다들 자존심도 강했기 때문에 탈영자가 없었습니다. 부대장이 탈영자는 배신자니 즉결 처분하라고 지시했지요. 그래도 모두 불안해하고 이제 우리는 어떻게 되는 거냐며 뒤숭숭한 분위기였습니다. 곧 미군과 남조선 군대가 공화국에 들어올 것이다, 미군은 제일 먼저 녕변원자력연구소로 가서 핵연료를 확보할 거고, 남조선 특작부대들은 신천복수대인 우리를 다 죽일 거다, 그렇게들 이야기했습니다. 그런 상황에서 부대에서 정기 훈련 때가 됐다고 천리행군을 준비하라고 하니 대원들 불만이 이만저만이 아니었습니다. 그래도 어쨌든 행군을 시작했지요."

"무슨 일이 일어난 건가요?"

"나흘째 되던 날에 제가 다리를 접질렸습니다. 발을 헛디디며 비탈 아래로 굴러떨어졌지요. 눈가에 흉터도 그때 생겼습니다. 야간 행군 중이었고 제가 후미에 있어서 다른 사람들은 저를 보지 못했던 것 같습니다. 뒤처진 채로 나뭇가지로 다리를 묶고 부대를 쫓아갔습니다. 하루 정도 뒤처졌을 겁니다. 그런데 가는 길에 동료들의 시신이 하나씩 보이더군요. 등에 칼이 찔리거나 목에 끈이 감겨서 죽어 있었습니다. 시신을 세 구째 봤을 때 쫓아가는 걸 멈추고 뒤돌아서 산을 내려왔습니다."

"그건 왜죠?"

문금옥이 물었다.

"죽은 동료들도 다들 정예 요원인데 저항도 못하고 순식간에 당한 것 같았습니다. 그렇다면 적도 상당한 실력자들이라는 얘기가 됩니다. 저는 혼자였고, 또 부상까지 당한 상태였습니다. 적들과 맞닥뜨리면 개죽음당할 게 뻔했습니다. 그래서 도망쳤습니다. 최대한 흔적을 숨기면서요."

"누구라도 그랬을 거예요."

박우희가 말했다.

"산 아래로 내려와서 몸을 추스르고 다리를 치료했습니다. 제대로 걸어 다닐 수 있게 됐을 때 조선인민군으로 돌아갈까 잠깐 망설였지요. 하지만 군에 있는 사람들도 탈영하는 판에 제 발로 다시 군대에 돌아간다는 게 바보처럼 느껴지더군요. 저도 그 정도 머리는 있습니다. 얼마 지나지 않아 조선인민군이 해체를 발표했습니다. 이제는 돌아가고 싶어도 돌아갈 곳이 없게 되어버렸습니다."

"조선인민군이 해체된 것도 벌써 몇 년 전 아닌가요? 이후에는 어찌

사셨나요?"

박우희가 물었다.

"이름을 바꾸고 막일을 하면서 몇 년 살았습니다. 주로 철도 현대화 공사장에서 일했습니다. 철로를 따라 북에서 남으로 천천히 내려오면서 일을 하고 돈을 벌었습니다. 나쁘지 않았지만 좋지도 않았습니다.

그러던 어느 날 갑자기 궁금해지더군요. 신천복수대 101특작부대에서는 도대체 무슨 일이 일어났던 걸까, 누가 내 전우들을 죽인 걸까 하고요. 어떤 사람들이 표적이 되었는지, 그때 몇 사람이나 죽었는지도 모릅니다. 그 이유를 찾아 나서야겠다는 생각이 들었습니다. 그게 반 년 전입니다."

"그게 전부인가요?"

"처음에는 남조선 특작부대가 저희 부대를 습격했다고 생각했습니다. 그런데 나중에 찬찬히 다시 생각해보니 그건 말이 안 되는 얘기 같더라고요. 남조선 군인들이 저희가 있는 산을 어떻게 알고 찾아와서, 그렇게 적시에 뒤를 덮칠 수 있었겠습니까? 그건 불가능합니다.

결국 제가 내린 결론은 누군가 배신을 했다는 것이었습니다. 몇 명이 짜고서 반란을 일으킨 겁니다. 부대에 남아 있으면 안 되겠다고 판단한 병사들이 탈영을 결심하고 거사일을 행군 마지막 날로 잡은 것 아니었나 싶습니다. 교전 흔적 같은 건 없었습니다. 배신자들이 뒤에서부터 동료들을 해치우면서 앞으로 나간 거죠. 저는 낙오하는 바람에 운 좋게 살아남았고요.

박현길이는 죽기 전에, 그 모든 일이 저 때문에 비롯됐다고 하더군요. 저를 흔들어보려고 던진 거짓말인지 아니면 제가 알지 못하는 사연이 있었는지 모릅니다. 박현길이 배신자들 중 하나였을지도 모르겠고요."

"신천복수대에서 배신이 발생했던 게 맞다면, 그 배신자들을 찾으신다면 어떻게 하실 건가요? 죽이실 건가요?"

박우희가 물었다.

"예."

장리철이 1초도 망설이지 않고 대답했다.

박우희는 장리철이 커다란 개를 닮았다고 생각했다. 아주 사납고 충직한 사냥개. 주인이 명령하면 곰이나 호랑이 같은 맹수에게도 달려들고, "곧 돌아올 테니 기다려"라는 말에 사흘이고 나흘이고 한 장소를 지키다 굶어 죽는.

"복수를 다 마치고 나면 뭘 하실 건가요? 하고 싶은 일이 있으신가요?"

박우희가 순전한 호기심에 물었다.

"잘 모르겠습니다. 아까도 말씀드렸다시피 군대로 돌아갈 수는 없습니다. 설사 돌아갈 수 있다고 해도 이제는 그러고 싶지 않습니다. 어릴 때에는 먹을 것을 구하러 이리저리 다니느라 학교를 제대로 다니지 못했고, 군대에 와서는 사람을 때리고 죽이는 기술들을 배웠습니다. 조금 더 배급이 잘 나오고 이런저런 선물도 많이 지급되는 부대로 가려고 열심히 하다 보니 신천복수대까지 오게 되었습니다.

하지만 제가 거기서 배운 게, 좋은 것들은 아니었다고 생각합니다.

군대에서 나와서는 공사장을 돌아다녔지요. 그것도 오래 할 일은 아닌 것 같습니다. 흥이 나는 것도 아니고, 벌이도 시원찮습니다. 소개비나 안전화 대여비로 떼이는 돈이 너무 많습니다."

"장사는 어때요? 아니면 뭔가 달리 배우고 싶은 게 있으신가요?"

문금옥이 물었다. 그러자 장리철이 갑자기 얼굴을 붉히고 소년처럼 수줍게 웃었다. 그 바람에 그 자리에 있던 여자들은 모두 놀랐다.

"장풍군에 오기 전에 투계장에 갔었는데, 거기서 손풍금(아코디언)을 연주하는 악사를 봤습니다. 그 악사가 동전통을 들고 있었는데 보니까 돈을 꽤 버는 것 같았습니다. 저는 팔 힘도 세고 어깨도 튼튼하니까 배우면 잘하지 않을까요? 처음에는 그 악사처럼 거리에서 연주해야겠지만 실력을 쌓으면 나중에는 식당 같은 데서도 일할 수 있을 겁니다. 고급식당에서는 하루에 50달러, 잘하면 100달러도 벌 수 있다고 들었습니다."

장리철이 말했다.

"악기가 더 좋으신가요? 총보다?"

박우희가 미소를 지으며 물었다.

"예."

장리철이 대답했다. 조금이라도 다뤄본 악기는 하모니카가 전부였지만, 그래도 악기가 총보다 더 좋았다. 그는 자신이 좋아하는 것들에 대해 조금 더 생각했고, 불쑥 덧붙였다.

"고아원 같은 데서는 돈을 안 받고 연주할 겁니다."

이것은 장리철이 아이들을 퍽 귀여워했고, 또 그가 고아 출신이기

365

때문이었다. 그러나 그는 굳이 이유를 설명하지 않았다. 장리철은 이런 식으로 자신이 종종 뜬금없이 내뱉는 말들이 대화 상대를 당혹스럽게 한다는 사실을 몰랐다.

장풍군 여자들은 웃음을 터뜨리거나 어이없다는 표정을 짓지 않았다. 문금옥이 고개를 끄덕이며 이렇게 말했을 뿐이었다.

"나중에 제가 커피 가게를 열면 거기도 꼭 와서 연주해주세요. 연락할게요."

"그럼요."

장리철은 그렇게 말하며 머리를 숙였다.

*

조선치마저고리(북한식 여성 한복)를 입은 젊은 여자들이 무대 위에서 춤을 추고 있었다. 김씨 왕조 시절 만수대예술단 풍의 음악무용 공연이었다. 남한 기업인들이 북한에서 재미있어 하는 공연은 그런 것밖에 없었다. 무대 뒤로는 알쏭달쏭한 문구가 적힌 현수막이 걸려 있었다.

'경상남도경제투자단 개성섬유봉제협회 초청간담회'.

경상남도경제투자단이 개성섬유봉제협회를 초청한 것이 아니라 개성섬유봉제협회가 개성에 방문한 경상남도경제투자단을 초청했다는 의미였다.

경상남도경제투자단 소속 남한 기업인들을 만나려는 사람이 너무 많았기 때문에 개성섬유봉제협회 사무국은 공연을 오전 시간으로 택할 수밖에 없었다. 그래서 공연단 여자들이 아침부터 호텔로 불려 나왔다. 공연단원 중 몇몇은 그 자리의 남한 기업인들을 전날 밤 유흥업소에서 만나 접대한 처지이기도 했다.

여자들이 춤을 추는 동안 개성의 신흥 기업가들은 테이블을 돌아다니며 안면이 있는 남한의 기업인이나 공무원들에게 인사를 했고, 새로운 사람들을 소개받으려 애썼다. 양복을 입은 사람들은 가슴에 명찰을 달고 있었다.

아무런 명찰을 달지 않은 짧은 머리 남자는 주변을 두리번거리며 일행을 찾았다. 오늘 그의 대외용 직함은 개성섬유봉제협회 실장이었다. 그는 대외용 직함이 각각 조직국장과 조직국 차장인 부하들을 찾고 있었다. 가슴이 딱 벌어지고 눈초리가 위로 올라간 실장은 도무지 비즈니스맨 타입으로는 보이지 않았고, 그 점은 그가 찾고 있는 국장과 차장도 마찬가지였다.

본행사가 시작되자 사람들이 자리에 앉았다. 경상남도 부지사와 개성섬유봉제협회 회장이 연단에 올라 인사말을 했다.

"아직도 많은 공화국 인민들이 자본주의 시장경제에 대해 두려움과 반감을 품고 있는 것이 사실입니다. 많은 인민들이 완전한 통일이 되면 남조선 기업이 공화국의 자원을 싹쓸이하고 공화국 인민들은 그 아래에서 수발을 들 거라고 믿습니다. 그런가 하면 남조선에서도 통일이 되고 자유로운 왕래가 허락되면 공화국 인민들이 물밀듯이 남쪽으로 내려가 남조선의 일자리를 전부……."

개성섬유봉제협회 회장이 준비한 원고를 읽는 동안 실장은 행사장을 빠져나왔다. 그는 전화기를 꺼내 "어디야? 왜 행사장에 없어?"라고 묻더니 건물 뒤편으로 향했다. 골프 카트가 여러 대 주차돼 있는 공터에 국장과 차장이 서 있었다.

그 앞에는 피투성이가 된 젊은 남자 두 사람이 있었다. 한 남자는 코와 입에서 피를 흘리는 채로 무릎을 꿇고 앉아 있었고, 또 다른 남자는 아예 정신을 잃고 바닥에 쓰러져 있었다. 가까이 가서 보니 작은 피 웅덩이 앞에 부러진 이빨 조각이 몇 개 보였다.

"쟤들은 뭐야?"

실장이 물었다.

"이런 걸 뿌리려고 하더라고요."

차장이 실장에게 종이 한 뭉치를 건넸다. 조악하게 인쇄된 전단지에는 '범양어패럴은 노사 합의사항 이행하라! 기업사기꾼 범양 사장은 공화국 일꾼 앞에 무릎 꿇고 사죄하라!'라고 적혀 있었다.

"무릎 꿇고 사죄하라기에 무릎 꿇고 사죄하게 해주고 있습니다."

차장이 웃기지도 않은 농담을 했다.

실장은 구둣발로 꿇어앉은 남자의 얼굴을 내리찍었다. 발차기 속도가 워낙 빨랐던 탓에 앉아 있던 남자는 자신이 맞는 줄도 몰랐다. 실장의 발꿈치는 남자의 코를 완벽하게 박살냈다. 코가 부서진 남자의 상반신이 만화처럼 천천히 뒤로 넘어갔다. 국장과 차장의 얼굴에서 웃음기가 가셨다.

"긴장하라. 이따 장풍에 가서도 이따위로 굴면 가만 안 둔다."

실장이 말했다.

"예, 알겠습니다."

국장과 차장이 대답했다.

"눈호랑이 작전에 우리 조직의 생사가 걸려 있다고 생각하라. 우리 목숨도."

실장이 말했다.

"예, 알겠습니다."

국장과 차장이 대답했다.

그들 역시 함흥에서 내려오고 있는 세 남자 못지않은 살인 전문가들이었다. 조선해방군이 군 이름을 빌린 무장 마약세력인 것처럼, 개성 섬유봉제협회도 간판과 실체가 달랐다. 섬유봉제업보다는 돈세탁이 목적인 기구였다. 그 배후에는 개성 최대의 마약 도매조직이 있었다.

"실제로 전투를 벌일 수도 있는 겁니까?"

개성 최대의 마약 도매조직 중간 간부인 국장이 물었다.

"그럴 가능성이 높진 않다. 그놈들도 바보는 아니고, 눈호랑이 작전은 모두에게 유리한 사업이니까. 하지만 조선해방군 놈들과 장풍군 놈들이 우리 뒤통수를 칠 가능성을 배제해서는 안 돼. 일단 싸우게 되면 시체가 여럿 나올 거다. 누군가 총이나 칼을 뽑는다면 그 순간부터는 우리 빼고는 모두 적이다. 각 조직별로 세 사람씩만 작전에 참여하기로 한 것도 그런 이유에서다."

개성 최대의 마약 도매조직 고위 간부인 실장이 대답했다.

"사달이 벌어지면 우리 세 사람이 여섯을 상대해야 하는 거군요."

국장이 말했다.

"실제로는 여덟이나 아홉쯤 될 거다. 작전 장소에 경비랍시고 장풍군 놈들이 똘마니들을 두세 명 더 배치할 테니. 예정대로 15시에 출발한다. 17시에 장풍군의 식당에서 만나기로 했다. 연장들 단단히 준비하라. 품에 넣을 수 있는 총과 칼을 챙기고, 탄창도 넉넉히 갖추라."

봉제업계보다는 청부업계에 훨씬 더 길고 화려한 이력이 있는 살인 기술자가 자리를 뜨며 말했다.

"예, 알겠습니다."

같은 업계에서 만만치 않은 경력을 쌓은 살인 기술자들이 대답했다.

2

다시 은명화가 운전대를 잡고 장리철은 조수석에 앉았다. 군무원 황동오의 집은 장풍군의 교외에 있었다. 군무원의 집까지 가는 동안 차 안에는 거북한 침묵이 흘렀다.

은명화는 장리철에게 뭐라도 말을 걸어볼까 몇 번 망설였으나 포기했다. 먼저 입을 여는 게 어쩐지 나약해 보일 것 같기도 했고, 어떤 의미에서 그녀는 이제 박우희와 장리철로부터 쫓겨난 몸이었다. 지금 그녀가 할 수 있는 말이 무엇이겠는가? 자신의 선택에 대한 변명? 박우희를 비난하거나 장리철에 대해 더 캐묻는 것? 아니면 날씨 이야기?

결국 먼저 침묵을 깬 건 장리철이었다. 황동오의 집에 도착했을 때였다. 장리철은 태평한 목소리로 물었다.

"여기인가요?"

"네."

은명화가 고개를 끄덕였다.

"집이 무슨 요새 같군요."

장리철의 말에 은명화도 동의했다. 어른 키의 배는 될 듯한 높이의 벽돌담 때문에 안의 건물은 제대로 보이지도 않았다. 주변의 다른 단독주택 중에도 그렇게 담이 높은 집은 없었다. 벽돌담 위에는 뾰족한 철가시가 담장 안과 밖을 향해 이중으로 촘촘하게 박혀 있었다. 은명화의 눈에는 그 벽이 외부로부터 주인 부부를 지키기 위해 세워졌다기보다는 여주인의 바깥출입을 막기 위해 세워진 것 같아 보였다.

건물 대문은 척 보기에도 굉장히 두껍고 튼튼할 것 같은 베이지색 철문이었다. 철문 위에는 감시 카메라가 달려 있었다. 은명화는 차에서 내려 대문 옆의 인터폰 버튼을 눌렀다. 아무 대답이 없기를 바라는…… 그런 마음도 없지 않았다. 10여 분 정도 차에서 사람을 기다리는 척하다가 마침내 자리를 뜰 수 있도록. 박우희에게 전화를 걸어 '황동오의 집이 비어 있어 별 도리가 없다'고 평계를 댈 수 있도록. 그렇게 해서 아버지와 함께 영영 장풍군을 떠날 수 있도록.

그녀의 바람과는 반대로, 인터폰 스피커에서는 잔뜩 경계하는 목소리가 들렸다. 황동오의 아내 목소리였다.

"누구세요?"

"안녕? 나 명화야. 기억나? 고급중학교를 같이 다녔던……. 연락도 없다가 이렇게 불쑥 찾아와서 미안해. 한두 가지만 물어보고 싶은 게 있는데 잠깐만 얼굴 좀 볼 수 있을까? 미안해. 이렇게 찾아오는 게 실례인 건 아는데 네 전화번호도 바뀌었고 해서……."

볼 수도 들을 수도 없는데 상대의 놀라움이나 주저함을 느낄 수 있다는 사실이 신기했다. 10여 초쯤 시간이 지나고 인터폰에서 소리가 났다. 반갑다든가 어떻게 지냈느냐든가 하는 말은 없었다.

"뭐가 궁금한 건데?"

"직접 만나서 물어보면 안 될까?"

황동오의 아내는 다시 10여 초 정도 뜸을 들였다. 은명화는 상대가 왜 자신을 내쫓거나 단칼에 요청을 거부하지 않고 이런 식으로 질질 끄는 건지 궁금했다. 젊은 아내가 오래도록 요새 같은 집에 감금되어서 사는 바람에 남편 아닌 다른 사람과 대화를 나누지 못했다거나 하는 따위의 망상이 떠올랐다.

"너 혼자 왔니?"

은명화는 솔직하게 말하기로 했다.

"아니, 다른 사람이랑 같이 있어."

"남자야?"

"응."

"내가 모르는 사람이야?"

"응."

"너 혼자 들어오면 안 되니? 그럴 수 없는 처지니?"

"여기 이분이랑 같이 들어가는 게 나을 것 같아."

"나 지금 혼자 있거든. 명화야, 몇 년 만에 이렇게라도 네 목소리를 들으니 반갑지만 아무래도 낯선 사람까지 집에 들이기는……."

"정말 잠시라도 좋으니 얼굴 보고 이야기하면 안 될까? 우리 제일 친한 친구였잖아. 나 혼자만의 일이 아니야. 장풍버거 우희 언니 알지? 우희 언니도 같이 걸려 있는 일이야."

은명화는 거의 빌다시피 하는 어조로 말했다.

"얼마나 급한 거니?"

군무원의 아내가 물었다.

"아주 많이."

"위급할 정도니? 나중에 다시 찾아오지도 못할 정도로?"

"누구한테는 생사가 걸린 일이야."

철컹, 하고 전자식 자물쇠가 풀리는 소리가 났다. 철문이 좌우로 갈리며 열렸다. 은명화는 차에 다시 올라타 문 안쪽으로 들어갔다.

철문 안쪽은 별천지였다. 밖은 벌건 논밭인데, 높은 담장 안 정원에는 잘 다듬은 잔디가 깔려 있었고 썩 비싸 보이는 향나무도 몇 그루 심겨 있었다. 그 뒤에 선 본채는 1층짜리였는데, 정원을 향한 면이 거의 대부분 유리창으로 된 현대식 건물이었다. 사람 사는 집이라기보다는 고급 카페나 작은 미술관처럼 보였다.

은명화는 정원 구석에 있는 일광욕용 야외 베드 옆에 차를 세웠다. 검은 원피스를 입은 황동오의 아내가 통유리문을 옆으로 밀고 정원으로 나왔다. 위아래로 다른 무늬가 그려진 드레스는 피부 노출은 적지만 몸매가 잘 드러나는 깔끔한 의상이었다. 가격을 들으면 입을 떡 벌리게 되고야 말 비싼 브랜드 제품일 터였다. 집안일을 할 때에는 절대로 입을 수 없는 옷이었다. 머릿결도 오랫동안 공들여 다듬은 것처럼 컬이 부드러웠다. 남한에서 최신 유행하는 헤어스타일이었다. 학창 시

374

절 숱한 남자들을 흘렸던 묘한 백치미가 얼굴에 아직 남아 있긴 했지만, 전체적으로는 누가 봐도 젊은 부잣집 며느리의 모습이었다.

"명화야, 오래간만이다. 이게 몇 년 만이니? 머리는 왜 그렇게 남자처럼 짧게 잘랐니? 못 알아보겠다."

황동오의 아내가 로봇처럼 어색하게 다가오며 호들갑 떠는 시늉을 했다. 그녀는 서양 여자들처럼 명화와 양 볼을 살짝 맞댔다. 10대 시절에는 결코 그런 식으로 인사를 나눈 적이 없었다.

"이분이 네가 같이 다닌다는 분이니? 지금 장풍버거에서 같이 오는 거니?"

황동오의 아내가 장리철을 보며 말했다. 군무원의 아내는 활짝 웃는 척했지만 연기임이 너무 티가 났다. 가급적 장리철로부터 떨어지려는 자세에서 초조함과 적대감이 그대로 드러났다.

"집 구경할래? 이 집이 작아 보여도 있을 건 다 있다? 옥상에 바비큐 그릴도 있어."

손님들을 실내로 들이며 군무원의 아내가 물었다.

"아냐, 고맙지만 다음에 할게. 그보다 부탁이 있어서 왔어."

"잠깐만 기다려. 마실 것 좀 가져올게. 커피? 차? 아니면 그냥 음료수 마실래?"

"난 아무거나 괜찮아."

은명화가 말했다.

"저는 커피를 마시겠습니다."

음식을 사양하지 않는 장리철이 말했다.

"마침 잘됐네요. 저희 집에 캡슐 커피머신이 있어요."

군무원의 아내는 억지로 은명화와 장리철을 탁자 앞에 앉힌 뒤 주방으로 사라졌다. 실내는 너무 깨끗해서 위화감이 들 정도였다. 은명화는 직사광선이 드는 것도 아닌데 이렇게 내부가 환한 건물은 처음 보았다.

잠시 뒤 군무원의 아내는 커피 캡슐이 든 상자를 들고 나타났다.

"자, 골라봐. 이중에서 뭐 마실래?"

"저기, 미안한데…… 커피는 나중에 마시고 먼저 용건부터 이야기하면 안 될까? 지금 우희 언니가 내 연락을 기다리고 있을 거거든. 그래서……."

은명화가 군무원의 아내를 제지하고 말했다.

"그래, 얼마가 필요한 건데?"

군무원의 아내가 바깥을 내다보며 물었다.

"응?"

"얼마가 필요하냐고. 돈 빌리려고 온 거 아니야? 미리 말해두는데, 많이는 못 빌려줘. 우리 그이 몰래 내가 쓸 수 있는 돈이 그렇게 엄청나게 많은 건 아니니까. 그리고 이번 한 번뿐이야. 다음번에는 찾아와도 안 만나줄 거야. 돈 잃고 사람 잃는 것도 이제 지겹다."

그때서야 은명화는 군무원의 아내가 그들을 왜 그토록 경계했는지 깨달았다.

"그건 절대 아냐! 돈 때문에 온 게 아니야. 뭘 좀 물어보려고 온 거야. 너희 남편이랑 최태룡, 그리고 헌병대장에 대해서……."

은명화는 다급하게 말했다. 은명화가 간략하게 설명하는 상황을 군무원의 아내는 눈을 끔뻑이며 들었다. 어느새 군무원의 아내는 학창 시절 같은 순진한 얼굴이었다.

"그런 거라면 빨리 말하지 그랬어. 안 그래도 어제 웬 남자들이 여기까지 찾아와서 내가 그 앞에서 피아노까지 쳤다, 야. 그게 최태룡 부하들이라데? 그 인간들이 우리 그이를 어찌나 살벌하게 협박하던지 내가 그날 분해서 잠을 제대로 못 잤다니까. 해결사를 고용해서 그자식들 다 혼쭐 좀 내줄까 하는 생각도 했어."

군무원의 아내가 말했다.

"최태룡이 헌병대장이랑 친했니? 너희 남편이 두 사람을 연결해준 거니?"

은명화가 물었다.

"그런 건 잘 모르겠는데? 난 밖에 잘 나다니지도 않고 그이가 하는 일에도 큰 관심이 없어서……. 요즘은 그냥 집에서 드라마 보고 게임하고 그러는 게 낙이야."

"최태룡의 부하들이 남편 분께 뭘 물어봤습니까?"

장리철이 물었다.

"뭐라더라? 눈호랑이 작전? 그런 걸 물었어요. 눈호랑이 작전, 아니면 503호에 대해서 아는 게 있냐고. 우리 그이는 모른다고 했고, 그러니까 그 사람들 굉장히 화를 내더군요. 그런데 나중에 보니까 그자들은 자기들이 이미 알고 있는 걸 우리 그이한테 물어본 거였어요. 우리 그이가 얼마나 아는지 시험해보려고요."

"503호요?"

장리철의 말은 질문이라기보다는 탄성에 가까웠다. 놀라움에 '왜 그걸 여태 몰랐나' 하는 탄식이 섞여 있었다.

"그게 뭔데요?"

은명화가 리철을 보며 물었다. 장리철은 은명화를 무시하고 군무원의 아내에게 질문을 퍼부었다.

"그자들 말은 눈호랑이 작전이 503호라는 뜻이었습니까? 다른 이야기는 없었습니까? 남편 분은 그냥 모른다고 답한 게 전부였나요?"

"그러니까…… 잘 모르겠어요. 옆에서 듣기에는 눈호랑이나 503호가 같은 뜻인 것처럼 들렸는데요. 우리 그이는…… 그냥 자기 추측을 얘기했어요. 최태룡이 눈호랑이라는 걸 추진하려고 하는데 그 아들 중 하나가 반대하는 것 같다, 그래도 밀어붙이려고 하는 걸로 봐서 굉장히 짭짤한 사업 아니냐, 뭐 그런. 자기도 희망부대 회식 때 얼핏 들어서 정확치는 않다고. 저는 처음에는 그자들이 백고구마의 부하들인 줄 알았어요. 최태룡에 대해 정보 수집을 하거나 뭐 그런 줄 알았죠. 나중에 그이한테 들으니까 그자들이 바로 최태룡의 부하라고 하데요?"

"503호가 뭔가요?"

은명화가 다시 물었다.

"그건 잠깐 저쪽에서 말씀드리면 안 될까요?"

장리철이 정원 쪽을 눈짓으로 가리키며 말했다. 두 사람은 눈을 동그랗게 뜨고 있는 군무원의 아내를 남겨두고 자리에서 일어나 유리문 앞으로 걸어갔다. 군무원의 아내는 연기를 하는 것처럼 과장된 몸짓으로 고개를 저으며 일어났다.

"난 커피나 뽑아와야지. 그냥 제일 향 좋고 무난한 걸로 석 잔 내릴게요!"

군무원의 아내가 은명화와 장리철을 향해 소리를 쳤다. 자기를 대화에 끼워주지 않는 데 심통이 난 것 같았다. 이번에는 은명화가 어색한 미소를 지었다. 은명화는 군무원의 아내가 주방으로 사라지자마자 진지한 표정으로 돌변해 장리철을 바라보았다.

"503호는 신천복수대에서 사용했던 암호입니다. 500번대 작전들은 각종 침투훈련을 가리킵니다. 500호가 야간침투, 501호가 산악침투, 502호가 수중침투, 그런 식입니다."

장리철이 말했다.

"503호는요?"

"503호는 땅굴침투입니다. 1970년대에 판 남침용 땅굴이 수십 개가 있습니다. 그중 하나가 이 근처에 있는 겁니다. 그걸 최태룡이 발견한 겁니다."

"교도소로 들어가겠다는 게 아니었군요. 남조선으로 가겠다는 거였어요."

은명화가 입을 벌렸다.

"지뢰를 밟을 우려도 없고 감시원에게 뇌물을 먹일 필요도 없이 남조선을 들락날락할 수 있게 되겠죠. 마약, 무기, 위조지폐, 사람…… 뭐든 보내고 받을 수 있게 되는 겁니다. 아니, 이미 그러고 있을지도 모르죠."

장리철이 말했다.

"그게 도대체 어디 있는 거죠?"

은명화가 물었다.

*

하늘은 온통 흐렸고, 빗방울이 조금씩 흩날렸다. 조선해방군의 살인 전문가 세 사람은 사리원시 근처를 지나고 있었다. 운전을 맡은 조선해방군 소좌는 와이퍼를 켰다 껐다 했다. 다행히 함흥 개성 간 고속도로는 평소보다 길이 잘 뚫리는 편이었다. 남한 자본으로 남한 건설사가 시공한 이 고속도로는 포장 상태도 깔끔했다.

"뭐 하나 여쭤봐도 됩니까?"

조수석에 앉아 있던 소좌가 물었다. 눈호랑이 작전에서 짐꾼을 맡기로 한 자였다. 오늘 저녁에 실제로 지하 터널에 들어갈 사람이었다. 그가 땅 밑으로 분계선을 넘어 필로폰 10킬로그램을 남한으로 운반할 동안 책임자 역할을 맡은 중좌와 경호원 역할인 다른 소좌는 터널 입구에서 기다리기로 돼 있었다.

"물어보는 거야 얼마든 괜찮지. 내가 대답을 할 수 있는 질문인지는 별개 문제지만."

중좌가 뒷좌석 창문을 내리더니 담배를 꺼내 불을 붙이며 말했다.

"자네들도 피우고 싶으면 눈치 보지 말고 피우라고. 궁금한 거 있으면 다 물어보고. 음악도 틀고 싶으면 틀고."

380

몇 분 뒤 세 사내는 전부 다 창문을 내린 채 담배를 피우고 있었다. 카스테레오는 켜지 않았다. 차 안으로 들어온 바람 때문에 세 남자의 머리카락이 휘날렸다.

"장풍군 말고 다른 데에도 땅굴이 있는 것 아닙니까? 그것들은 지금 어떻게 된 겁니까?"

조수석의 소좌가 담배를 피우며 물었다.

"대부분 잊혔지. 몇십 년 동안 관리를 안 했으니 중간이 무너지거나 물에 잠기거나 하면서 쓸모가 없어졌어. 그러다 수풀 같은 걸로 입구가 덮이거나 흙이 쌓이면 바로 옆에서 봐도 그냥 지나치게 되는 거지. 나중에는 지도에는 표시가 되어 있는데 실물은 어디인지 모르게 되고, 아니면 지도까지 잊어버리게 되고."

중좌가 대답했다.

"땅굴을 수십 개나 팠다면서 까맣게 다 잊을 수가 있는 겁니까?"

"그 땅굴들을 만든 게 50년 전 이야기야. 정말 필요해서 판 것도 아니었어. '땅굴 하나는 수소폭탄 세 개와 맞먹는다'고 수령 교시가 내려오니까 전방 부대들이 서로 경쟁을 벌인 거지. 그때만 해도 일선 부대에 공사 장비도 있고 물자도 넉넉했으니까. 그러다 김일성이 뒈지고 그 아들놈 시대가 오니 그다음에는 누가 땅굴을 신경이나 쓰간니? 공사 다 접고 파놓은 건 방치하는 거지."

"땅굴 하나가 수소폭탄 세 개와 맞먹는다고요?"

운전석에 있던 소좌가 어리둥절한 목소리로 되물었다. 그는 '수소폭탄 개발에 성공하기만 하면 민족의 자주권과 생존권이 보장된다'는 선전을 귀에 못이 박이도록 듣고 자란 세대였다.

"허튼소리야. 김일성이가 그때까지도 전쟁 한번 다시 일으켜보려고 자기 혼자 망상을 했던 거야. 땅굴이 있으면 기습에 유용하지 않을까 하고. 하지만 굴을 제아무리 깊고 넓게 뚫어봤자 그걸로 병사를 몇이나 보낼 수 있겠나. 연대 하나를 한 줄로 세워서 걷게 하면 1킬로미터 통과하는 데에도 몇 시간은 걸리겠다. 그리고 미국 놈들이 개발한 지진폭탄을 남조선 군대가 수입하면서 대규모 작전용으로는 아무 의미도 없어졌어. 정예 요원 몇 사람 보낼 때에나 쓸모가 있는 물건이지. 그래서 특작부대 몇 곳만 땅굴침투 훈련을 받았어. 그런데 정작 전방에서는 그 침투에 쓸 땅굴 관리를 전혀 하지 않았고. 이런 얘기 익숙하지 않나?"

"그래서 땅굴 위치를 다 잊고 있었는데, 장풍군에서 최태룡 조직이 우연히 하나를 발견했다는 겁니까?"

조수석의 소좌가 물었다.

"설마. 우리가 알려준 거지. 너희들 근처에 땅굴이 있는데 콘크리트로 만든 거라 조금만 손보면 쓸 만하다고. 고쳐서 같이 쓰자고."

중좌가 대답했다.

"왜 우리가 직접 고치지 않고요?"

"머니까. 그런 공사를 남의 눈에 띄지 않게 하기도 어렵고, 우리가 처음에 가서 확인했을 때에는 중간이 완전히 물에 잠겨 있었거든. 배수 작업에 시간이 꽤 걸린다고 하더군. 다시 물에 잠기지 않게 침수 방지 공사도 해야 했고. 한두 번만 쓰고 말 것도 아니니까 발전기도 새로 설치하고, 터널에 전등도 달고, 중간에 환기 시설도 만들고. 그러다 보니 아예 현지에 있는 건설업자를 하나 잡는 게 낫겠다고 판단한 거지."

"하긴 땅굴 입구도 그런 곳이다 보니……."

짐꾼 역할 소좌가 말했다.

"그렇지. 그것도 영향을 미쳤지."

중좌가 고개를 끄덕였다.

*

경상남도경제투자단과 개성섬유봉제협회의 간담회가 끝난 뒤 허수아비 협회장은 사무국으로 돌아갔다. 협회에서는 실제로 아무 일도 하지 않는 날라리 직원이자 개성 최대의 마약 도매조직 간부들인 세 사내는 간담회 행사가 열렸던 호텔에 남아 자기들끼리 점심 식사를 했다.

공기는 다소 쌀쌀했지만 그들은 야외 테라스 파라솔 아래에 자리를 잡았다. 누가 엿들지 않을까 하는 걱정 없이 마음껏 대화를 할 수 있기 때문이다.

금연 표지판이 벽에 붙어 있었지만 세 사내는 아랑곳하지 않고 모두 담배를 꺼내 피웠다.

"날씨가 꾸물꾸물하네. 비가 올 것 같은데요."

개성섬유봉제협회 차장이 말했다. 개성 최대의 마약 도매조직에서는 그가 눈호랑이 작전의 짐꾼 역할을 맡기로 했다.

"든든히 먹어두라. 공기도 안 좋은 데서 한참 걸어야 하니."

실장이 말했다.

"길이는 고작 4킬로미터라고 하던데요. 왕복 8킬로미터입니다. 가서 남쪽 금고에 짐 부려놓고 돌아오는데 두 시간이면 충분할 겁니다. 쌀가마니 이고 가는 것도 아니고……."

차장이 말했다.

"나는 차라리 짐꾼을 하는 게 낫겠다. 최태룡 그자식이랑 두 시간 동안 멍하니 운반 작업 마치기만 기다리고 있어야 하다니. 영 껄끄러운데."

국장이 말했다.

"개인적인 건가, 사업이랑 관계가 있는 건가?"

실장이 물었다. 국장은 머뭇거리다 입을 열었다.

"최태룡이 본격적으로 건설업을 하기 전에 몸캠 장사를 했습니다. 몸캠이 뭔지는 아시죠?"

"뭔지 알고, 최태룡이 그 장사를 했다는 것도 안다. 최태룡이 자기네 술집 아가씨들을 빼가니까 백고구마가 꼭지가 돌았지. 그래서 여자 하나를 본보기로 토막 치지 않았나? 그때만 해도 최태룡이 힘이 없을 때라 꼬리를 내렸지."

"토막을 쳤던 건 아니고…… 칼로 좀 흉하게 베어서 최태룡 회사 정문 앞에 던져놨었죠. 그 다음에도 백고구마 일당이 최태룡이 운영하는 몸캠 스튜디오에 한번 쳐들어갔었죠. 그때 제가 밖에서 망을 봐줬습니다."

국장이 머리를 긁었다.

"왜?"

실장이 물었다.

"얼음 한 코 하고 살짝 취해 있기도 했고…… 그때는 제가 백고구마네 애들이랑 좀 친했습니다."

"망만 봐줬어, 깽판 치는 것도 같이 했어? 솔직하게 털어봐."

실장이 물었다.

"망만 봐줬습니다. 안에 들어가지는 않았습니다."

"네가 거기 있었던 걸 최태룡도 알아?"

"알 겁니다. 그게 백고구마의 속셈이었으니까요. 자기들 뒤에 개성이 있다, 그런 걸 과시하고 싶었던 겁니다."

"그 정도면 괜찮지 않을까요? 저희 도움 없었으면 백고구마를 무너뜨릴 수 없었을 텐데. 빙두 창고는 자기네들이 털었지만 무기고 위치를 평화유지군에 찔러준 건 저희였잖습니까."

차장이 끼어들었다.

"나도 같은 생각이다. 최태룡도 똑똑한 자니까, 옛날 일을 굳이 들추진 않을 거야. 지금의 최태룡은 조선해방군이랑 우리 개성 조직이 만든 거야. 최태룡도 그걸 아니까 우리 환심을 사려고 굳이 그 터널 보수공사를 한 녀석들을 죽이는 영상까지 우리한테 보낸 것 아니겠어?

눈호랑이 작전은 조선해방군도, 우리도, 최태룡도 그동안 각각 큰 투자를 한 사업이야. 이렇게 생각해봐. 조선해방군이랑 우리랑 최태룡이 똑같이 돈을 내서 함께 큰 식당을 열기로 했어. 땅을 사고 몇 달 동안 건물을 지어서 오늘이 드디어 장사를 개시하는 날이야. 그래서 그

공동 명의의 주인들이 한자리에 모여 인테리어는 제대로 달렸는지, 메뉴는 적당한지 점검하는 게 오늘 저녁 모임이야. 네 면상이 마음에 안 든다는 이유로 최태룡이 상을 뒤엎지는 않을 거야. 물론 오늘 최태룡이 상을 뒤엎고 우리를 다 죽이려 들 수도 있어. 하지만 그렇다 해도 그 이유가 너 때문은 아닐 거야."

실장이 말했다.

"최태룡은 건설업자고 백고구마는 양계업자니까 눈호랑이 작전의 파트너로 최태룡을 골랐다는 건 알겠습니다. 그런데 백고구마 조직을 뿌리 뽑을 필요가 있었나요?"

국장이 물었다.

"무슨 말이야?"

"남쪽으로 넘길 물량은 최태룡에게 보내고, 이전처럼 장풍군 일대에서 팔 분량만큼은 백고구마에게 팔게 할 수도 있었잖습니까?"

"머리에 큰 그림을 그려보라고. 공화국에 제대로 된 병원도 생기고, 사람들 의식도 깨이면서 빙두 중독자들이 서서히 줄고 있어. 량강도 기업들이 생산량을 조절해야 할 판이지. 조선해방군은 새 시장이 필요하다. 그래서 기를 쓰고 남조선으로 물건을 넘길 방법을 궁리했던 거고. 눈호랑이 작전이 성공하면 이 업계 전체가 바뀌는 거야. 장풍군에 거대 시장과 연결된 공항이나 항구가 하나 새로 생겼다고 상상해봐. 어마어마한 돈이 여길 흐르게 되는 거야. 그런데 그 공항이나 항구가 여기에 존재한다는 사실을 절대 들켜선 안 돼. 그러면 어떻게 해야겠나?"

"공항이나 항구 근처에서는 마약을 팔면 안 되죠."

국장 대신 차장이 대답했다.

"그거야. 이제 위험한 소매 거래는 줄이게 될 거야. 특히 장풍군에서 는 절대 금지다. 조선해방군은 앞으로 량강도 공장을 풀가동할 거야. 우리는 그자들이 생산한 마약을 함경남도에서부터 장풍군까지 운반 한다. 이전과는 비교도 안 될 많은 양을 절대로 들키지 않고 옮겨야 해. 그리고 최태룡이 그걸 남조선으로 넘기지. 남조선 인민들이 전부 빙두 에 중독되고 나면 부산을 거쳐 일본으로, 호주로, 미국으로 수출도 하 는 거지. 우리는 운송업체가 되는 거고, 최태룡은 항만공사 같은 조직 이 되는 거다. 여기에 백고구마 같은 보따리장수가 낄 자리는 없어."

실장이 말했다.

*

"이거라면, 이게 사실이라면…….'

은명화가 이야기를 하다 말고 손으로 이마를 짚었다. 이마 옆의 핏 줄이 팔딱팔딱 뛰는 것이 보였다. 그녀가 말을 이었다.

"이게 사실이라면, 최태룡 일당을 전부 몰아낼 수 있어요."

군무원의 아내가 커피가 준비됐다며 은명화와 장리철을 불렀다.

"어떻게 말입니까?"

장리철이 물었다.

"평화유지군에 알리면 됩니다. 평화유지군이 여기서 신경 쓰는 건

387

세 가지밖에 없다고 제가 저번에 말씀드리지 않았던가요? 자기들 부대원이 죽거나 다치는 문제, 불법 총기, 그리고 마약 거래라고요. 남조선으로 이어지는 마약 밀매용 땅굴이라면 그들도 당연히 최고 우선순위로 다룰 거예요."

은명화가 말했다.

"평화유지군이 그렇게 셉니까? 최태룡 일당도 만만치 않게 저항할 것 같은데요."

전날 평화유지군 장교 둘을 묶어놓고 심문했던 장리철은 고개를 갸웃했다.

"백고구마 일당이 일거에 제거된 것도 평화유지군이 나섰기 때문이에요. 평화유지군의 무력이 압도적이어서가 아니라, 평화유지군의 수사를 받는 군소 조직과는 아무도 거래를 하려 들지 않기 때문이에요. 어차피 대타는 많으니까. 그렇게 돈이나 물건이 마르다 보면 굳이 평화유지군이 나서지 않아도 경쟁 조직의 표적이 돼요."

"그런가요……?"

장리철이 입을 벌리고 고개를 끄덕였다.

"물론 신빙성 있고 구체적인 증거를 제시해야겠죠. 평화유지군이 백고구마 일당 제거에 나선 건 누군가가 백고구마의 마약 창고와 무기고 위치를 평화유지군에 직접 제보했기 때문이에요. 같은 정보가 인민보안부에 갔더라면 그냥 묻혔을 거예요. 오히려 제보자가 백고구마 일당에게 역으로 당했을 겁니다. 백고구마 일당이나 인민보안부나 다 한통속이었으니까요. 지금은 최태룡과 인민보안부가 그렇게 한 몸이고요.

그러니 우리도 땅굴 입구를 찾아야 해요. 평화유지군에게 직접 알려줘야 해요. 어설픈 정보를 알려줬다가 평화유지군이 인민보안부와 함께 알아보겠다고 하면 차라리 알려주지 않느니만 못한 결과가 될 거예요."

"커피 안 마실 거니? 이러다 다 식어!"

군무원의 아내가 리철과 은명화를 불렀다.

"땅굴 입구는 공사장으로 위장했겠군요. 일반인은 못 들어오게 하면서 이런저런 공사 장비는 들락거리기 좋도록."

장리철이 말했다.

"아주 큰 규모는 아닐 거예요. 다른 회사랑 컨소시엄을 이루지 않고 태림건설이 혼자 하는 공사겠죠. 어제 인력사무소에서 가져온 도면들이 차 트렁크에 있어요. 가서 같이 봐요. 미안해, 커피는 나중에 마실게. 갑자기 급한 일이 생겼어!"

은명화가 말했다. 마지막 두 문장은 리철이 아니라 군무원의 아내에게 한 말이었다. 볼이 부은 군무원의 아내를 거실에 남기고 장리철과 은명화는 타고 온 자동차를 향해 달려갔다.

"전화가 옵니다."

차 트렁크 앞에 섰을 때 장리철이 은명화에게 말했다. 은명화는 그때서야 비로소 전화벨 소리를 알아차렸다.

"여보세요?"

은명화가 전화를 받자마자 벨이 그쳤다. 화면에는 박우희의 전화번호가 떴다. 은명화가 고개를 갸웃할 때 다시 전화벨이 울렸다.

"은명화 선생님? 장풍버거 박우희예요. 자꾸 전화드려서 죄송해요. 지금 잠깐 통화 괜찮으신가요?"

박우희의 목소리였지만 말투가 이상했다. 뭔가 심상치 않은 상황임을 직감한 은명화는 박우희의 연기에 장단을 맞추었다.

"네, 사장님. 은명화입니다. 어쩐 일이신지요?"

그때 전화선 건너편에서 여자가 흐느끼는 소리가 들렸다. 문금옥의 목소리였다. 누군가 옆에서 겁을 준 듯 흐느낌은 갑자기 멈췄다. 상황을 이해한 은명화의 온몸에 소름이 쫙 돋았다. 박우희는 스피커폰으로 통화를 하고 있었다. 옆에서 누군가가 박우희와 은명화의 대화를 듣고 싶어 한다. 그 누군가는 문금옥이 우는 걸 강제로 멈추게 했다.

"은명화 선생님, 아직 해결사 양반이랑 같이 있습니까? 웃돈을 주고서라도 꼭 좀 다시 불러야겠는데요."

박우희가 물었다.

"장풍군에 들어오자마자 헤어졌는데요. 왜 그러시죠?"

은명화가 되물었다. 이마를 짚은 손이 살짝 떨렸다.

*

박우희는 다리를 떨고 있었다. 참으려 했지만 어쩔 수 없었다. 전화기는 아침 식사를 했던 테이블 위에 올려져 있었고, 그 뒤로 계영묵과 최태룡의 장남이 서 있었다. 그 외에 다른 부하 다섯 명은 박우희의 등 뒤에 서 있었다. 그중 두 사람이 각각 손을 머리 위에 올린 문금옥과 은명화의 아버지에게 총을 겨누고 있었다.

박우희는 자신이 죽으리라는 사실을 알았다. 계영묵이 활용할 수 있는 인질은 세 명이나 있다. 본보기를 보이기 위해서라도 최소한 한 명을 죽일 테고, 틀림없이 그녀가 될 것이다. 그건 어쩌면 바로 10분 뒤일지도 몰랐다.

지금 박우희가 몸을 떠는 것은 죽음의 공포 때문이 아니었다. 분함과 억울함 때문이었다. 여기서 최태룡에게 졌다는 분함과, 이 아지트가 안전할 걸로 믿었던 데 대한 억울함이었다. 자신이 겁을 먹은 것처럼 보이지 않았으면 좋겠다는, 위엄 있게 보였으면 좋겠다는 부질없는 욕망이 잠시 일었다가 사라졌다.

박우희는 머리를 흔들며 잡념들을 털어버렸다. 아지트의 위치를 계영묵 일당에게 실토한 사람이 누구일지도 고민하지 않기로 했다. 최대한 냉정해져야 했다. 지금 그녀가 해야 하는 일은 단 한 가지였다.

은명화와 장리철이 최태룡 일당에게 반격할 수 있도록 틈을 만드는 것. 그 '틈'은 같은 말을 하면서도 은명화에게는 정확한 정보를 전달하고, 최태룡의 아들과 계영묵은 오판하게 만드는 데 있다.

박우희는 테이블에 놓인 전화기에 대고 말했다.

"은 선생님, 혹시 그 해결사를 지금 바로 불러낼 방도가 있을까요? 헤어진 지 오래됐나요? 그 양반 손전화가 있나요?"

"없는 것 같더라고요. 자기가 저녁에 저한테 전화를 걸겠다고 했어요."

똑똑한 은명화는 이쪽 상황을 얼른 눈치챈 듯했다. 은명화가 하자는 대로 평양으로 갔더라면 어땠을까 하는 생각이 스쳤다.

갑자기 계영묵이 걸어오더니 박우희의 머리를 잡아 테이블에 내리쳤었다. 멀리서 문금옥이 비명을 질렀다. 박우희는 이마에서 피를 흘리며 신음 소리를 냈다.

"개수작 부리지 마. 흉터가 있는 남자랑 같이 있다는 거 다 알고 있다. 당장 그 남자한테 전화를 바꿔. 다섯을 셀 동안 전화를 넘기지 않으면 이 여자는 죽는다."

계영묵은 전화기를 향해 그렇게 말하고 총을 꺼내 총구를 박우희의 머리에 갖다 댔다. 박우희의 상반신은 테이블 위에 쓰러진 상태였다.

"다섯."

계영묵이 전화기에 대고 말했다.

"왜 사람 말을 안 믿어요! 같이 없다고 하잖아요!"

뒤에서 문금옥이 고래고래 악을 썼다.

"넷."

"거기 누구시죠? 전 거짓말하는 거 아니에요. 박 사장님한테 무슨 짓을 하시는 거예요?"

전화기 건너편에서 은명화가 말했다.

"셋."

계영묵이 박우희의 상반신을 들어 일으켜 세웠다가 바닥에 꿇어앉혔다. 그리고 박우희의 뒤통수에 총구를 댔다. 총을 쐈을 때 탄알이 테이블에 부딪혀 다시 튀어 오르는 걸 방지하기 위해서였다.

"은 선생님, 뒷일을 잘 부탁합니다!"

무릎을 꿇은 박우희가 이마에서 피를 흘리며 외쳤다.

"둘."

"잠깐, 잠깐, 기다려요! 그 해, 해결사를······."

은명화가 말을 더듬으며 소리쳤다.

"하나."

"그 해결사를, 데려오면 되잖아요, 이따 저녁에······."

탕!

계영묵이 총을 발사했다. 총알은 박우희의 후두골을 뚫고 들어가 뇌를 부수며 직진해 콧잔등으로 튀어나왔다. 최태룡의 장남이 총소리에 움찔 놀랐다. 박우희는 앞으로 쓰러졌다.

"언니이! 언니이! 언니이!"

문금옥이 실성한 사람처럼 몸을 뒤틀며 비명을 질렀다. 은명화의 아버지는 입을 벌리고 멍한 눈으로 박우희의 시체를 바라보았다.

"조용히 좀 시키라."

계영묵이 문금옥 앞에 있던 부하에게 명령했다. 부하가 권총 손잡이로 문금옥의 머리를 세게 내리쳤다. 문금옥은 정신을 잃고 쓰러졌다. 계영묵이 테이블에 놓여 있던 전화기를 손가락으로 톡톡 쳤다.

"계속 듣고 있나? 다음은 네년 아비 차례다."

계영묵은 날듯이 은명화의 아버지가 있는 곳으로 뛰어갔다. 눈 깜빡할 사이에 은명화의 아버지 앞에 선 계영묵은 아무런 예고도 없이 별안간 다리를 들어 발차기를 했다. 다리를 올렸다 내리는 속도가 하도 빨라 부하들도 어리둥절할 정도였다. 은명화의 아버지는 명치께를 맞은 듯 가슴을 움켜쥐고 앞으로 고꾸라졌다.

은명화의 아버지가 완전히 바닥에 쓰러지기 전에 계영묵이 그 어깨를 붙잡았다. 그러더니 질질 끌다시피 해서 테이블 앞으로 은명화의 아버지를 데려왔다.

반쯤 넋이 나간 은명화 아비의 뺨을 계영묵이 몇 대 때렸다. 은명화의 아버지가 뺨을 맞고 정신을 차렸다.

"뭐라고 말을 해."

계영묵이 은명화의 아버지에게 말했다.

"무, 무슨 말, 말씀입니까?"

은명화의 아버지가 겁에 질린 목소리로 물었다.

계영묵은 그 질문에 대답하는 대신 한 손으로 상대의 뺨을 잡아 강제로 입을 벌렸다. 그리고 거기에 총구를 밀어 넣었다. 은명화의 아버지가 우어어 하는 비명을 질렀다.

"지금 들었지? 네년 아비다. 다시 다섯을 세겠다. 다 셀 때까지 흉터 있는 남자한테 전화를 바꿔. 그렇지 않으면 아비가 죽는다."

계영묵이 달콤한 목소리로 말했다.

"정말 없어요. 믿어주세요. 저 혼자 있다고요!"

전화선 저편에서 은명화가 울부짖었다.

"다섯."

"그 해결사를 데려올게요. 그러면 되잖아요? 저녁에 통화를 하기로 했단 말이에요."

은명화가 빌었다.

394

"넷."

"시키는 대로 다 할게요! 제발 이러지 마세요. 네?"

"셋."

은명화의 아버지가 울음을 터뜨렸다. 은명화가 뭐라고 횡설수설했다.

"둘."

"이런다고 무슨 득이 돼! 안 되는 걸 어떻게 하란 말이야?"

은명화가 악을 썼다.

"하나."

"아아악! 안 돼!"

은명화가 비명을 질렀다.

계영묵이 남자의 입에서 총구를 뺐다.

"아버지! 아버지? 아버지!"

은명화가 계속 소리를 질렀다. 은명화의 아버지는 소리 죽여 울고 있었다.

"죽이지 않았어. 마지막 기회를 주겠다. 눈가에 흉터가 있는 남자를 붙잡아서 내일 아침 9시에 이 번호로 전화를 걸어라. 산 채로 붙잡을 자신이 없으면 죽인 다음 연락을 해도 좋다. 하지만 얼굴을 훼손하면 안 돼. 우리도 신원은 확인해야 하니까. 알았나?"

계영묵이 말했다.

"알, 알았어요."

은명화가 흐느끼며 대답했다.

"내일 아침 8시 55분에 네 아비와 저 여자 몸에 페인트 시너를 끼얹을 거다. 담배를 피우며 기다리고 있으마. 9시까지 연락이 없거나 네가 일을 제대로 처리하지 못했을 때에는, 두 사람에게 불붙은 담배꽁초를 던지겠다. 그러니까 늦지 마라. 시너에 한번 불이 붙으면 쉽게 끌 수 없으니까. 알겠나?"

"알았어요."

전화기 건너편에서 은명화가 대답했다.

3

"우희 언니가 죽었어요. 아버지와 금옥 언니도 최태룡의 부하들에게 인질로 잡혔어요. 그자들은 당신을 원해요. 내일 아침 9시까지 당신을 붙잡거나 죽여서 자기들에게 전화하래요."

은명화는 장리철에게 간신히 상황을 설명하고 차체에 양손을 대고 몸을 기댔다. 한 손에 여전히 전화기를 꼭 쥐고 있었다.

뜻밖의 소식에 놀란 장리철은 몸이 굳어져 잠시 아무 말도 하지 못했다. 1, 2초 정도 리철은 은명화가 자신을 최태룡에게 데려가겠다는 건 아닌지 경계하는 마음을 품었다. 그러나 은명화는 하얗게 질린 얼굴로 차에 이마를 대고 꼼짝 않고 서 있을 뿐이었다. 리철이 조심스럽게 다가가 어깨를 건드리자 은명화는 불에 데기라도 한 것처럼 펄쩍 뛰었다. 그녀는 전화기를 챙긴 뒤 리철로부터 몇 걸음 떨어지더니 곧 쪼그려 앉아 토하기 시작했다. 장리철은 그녀가 속을 다 게워낼 때까지 잠자코 옆에서 기다렸다.

은명화는 리철의 마음을 읽기라도 한 듯 토하다 말고 중얼거렸다.

"당신을 최태룡에게 파는 일은 절대 없을 테니 안심하세요. 어차피 장 선생을 데려가봤자 달라지는 일은 없을 거예요. 그자들은 우리를 전부 죽이려 들 테죠. 작전을…… 작전을 세워야 해요."

군무원의 아내가 건물을 나와 리철과 은명화가 있는 정원으로 달려 왔다. 군무원의 아내가 눈치 없이 은명화에게 말을 걸었다.

"속이 안 좋았던 거면 안 좋았다고 말을 하지 그랬니, 애. 너 혹시 임 신한 건 아니지?"

"아니야. 난 정말 괜찮아. 그런데 지금 좀 바로 나가봐야겠어. 진짜 진짜 미안해. 우리 다음에 다시 보자, 응?"

은명화는 손등으로 입을 닦으며 일어나더니 군무원의 아내를 와락 껴안았다. 그러고는 상대를 밀어내다시피 포옹을 풀고 차에 올라탔다. 군무원의 아내는 놀란 눈으로 은명화를 바라보았다. 장리철은 군무원 의 아내에게 어색하게 목례를 하고 조수석에 올라탔다.

"운전하실 수 있겠습니까?"

은명화의 손이 덜덜 떨리는 걸 본 장리철이 물었다. 은명화는 대답 하는 대신 시동을 걸고 출발했다.

요새 같은 군무원의 저택에서 200미터쯤 멀어졌을 때 은명화는 차 를 세웠다.

"장 선생님, 죄송하지만 잠시만 내려주실래요? 10분만 밖에 있어주 세요."

리철은 말없이 고개를 끄덕이고 차에서 내렸다. 장리철이 차에서 내리자 은명화는 운전석을 뒤로 뺀 뒤 고개를 무릎에 파묻고 울기 시작했다.

장리철은 장풍군 방향을 바라보며 담배를 한 대 물었다. 어떤 작전을 세우면 좋을지 궁리했지만 뾰족한 아이디어는 떠오르지 않았다. 담배 한 개비를 다 피우고 났을 때 차 안을 슬쩍 봤더니 은명화가 눈물을 펑펑 흘리며 짐승처럼 자기 가슴을 쥐어뜯고 있었다. 장리철은 담배를 한 대 더 피웠다. 그가 두 개비째 담배를 다 피웠을 때 운전석 문이 열렸다. 은명화는 얼굴이 붉었지만 울고 있지는 않았다.

"미안해요. 우희 언니 때문에 어쩔 수가 없었어요."

은명화가 가라앉은 목소리로 말했다.

"저는 괜찮습니다."

장리철이 대답했다. 그는 오히려 은명화의 침착함과 강인함에 놀라는 중이었다. 군인들조차 동료가 죽거나 인질로 잡혔을 때 이 정도로 제정신을 유지하는 사람은 많지 않았다.

"내일 아침까지 아버지와 금옥 언니를 꼭 구해야 해요. 그렇지 않으면……"

은명화는 주먹을 꽉 쥐었다.

"반드시 구할 수 있을 겁니다. 제가 생각을 해봤는데요, 눈호랑이 작전의 정체를 안다고 최태룡을 협박하는 건 어떨까요? 아니면 우리도 최태룡의 자식이나 손자 손녀를 납치하는 건 어떨까요?"

장리철이 말했다.

"그런데 왜 그자들은 저한테 내일 아침 9시에 전화를 걸라고 했을까요?"

은명화가 물었다.

"저를 어디로 데려오라고 말하기는 부담스럽지 않았을까요? 그 시각에 자신들이 어디에 있을 건지 알려줘야 하고, 또 아무래도 은명화 선생이 저를 어딘가로 강제로 끌고 가기는 힘들 테니……."

"아니, 제 말씀은 왜 내일 아침까지 시간 여유를 줬느냐는 거예요. 당장 오늘이 아니고요."

은명화의 지적에 장리철이 잠시 생각하다 입을 열었다.

"오늘 밤에 뭔가 바쁜 일이 있나 보군요."

"여성 상인 단체대화방에 상황을 알리겠어요. 우희 언니가 죽었고, 금옥 언니와 제 아버지가 최태룡에게 인질로 잡혀 있다고요. 지금부터 내일 아침까지, 최태룡과 그 아들들, 계영묵, 조희순의 위치를 실시간으로 쫓아달라고 부탁하겠습니다. 식당이나 술집 예약도 알아보고요. 무엇보다 금옥 언니나 제 아버지가 어디에 갇혀 있는지를 찾아야겠죠. 두 사람의 모습이 확인이 된다면 좋겠지만, 그게 안 된다면 후보가 될 만한 장소라도 알아봐야겠어요."

이제 은명화의 냉철함과 명민함은 어지간한 장교를 능가하는 수준이었다. 언뜻 박우희의 모습이 겹쳐 보이기도 했다.

"두 사람이 붙잡혀 있는 장소를 알게 되면 그다음에는 어떻게 하실 겁니까? 경비가 만만치 않을 텐데요."

장리철이 물었다. '경비들을 제압할 수 있지만 인질을 산 채로 구출하는 건 장담 못 한다'는 말은 덧붙이지 않았다.

"평화유지군에 맡길 거예요. 평화유지군이 정식으로 찾아가면 최태룡 일당도 대놓고 저항하진 못할 겁니다. 평화유지군이 총을 들고 어느 창고를 열어달라고 요구하면 전투를 벌이느니 인질 두 사람을 포기할 거예요. 자신은 없지만, 그나마 이 방법이 제일 가능성이 높아요."

은명화는 말을 마치고 두 손으로 얼굴을 감쌌다. 친구와 가족의 목숨을 걸고 도박을 벌이는 기분이 든 탓이었다. 아니, 실제로 그런 도박이었다.

"평화유지군에게는 눈호랑이 작전을 미끼로 던질 겁니까?"

장리철이 물었다.

"네. 눈호랑이에 대해 핵심 내용을 말해줄 수 있는 증인이 갇혀 있다든가 하는 식으로 꾀어야 할 거 같아요. 하지만 말만으로는 부족해요."

"증거를 보고 싶어 할 겁니다."

"일단 땅굴의 위치부터 찾기로 해요."

은명화는 주먹으로 눈을 비비더니 몸을 돌려 차 트렁크를 열었다. 장리철이 도면 뭉치를 꺼냈고 은명화가 트렁크 문을 닫았다. 그 순간 두 사람은 오랫동안 함께 활동한 2인조처럼 손발이 척척 맞았다. 은명화와 리철은 트렁크 위에 도면들을 올리고 반씩 나눠 검토하기 시작했다. 도면이 바람에 펄럭거렸다.

"인력사무소장은 우희 언니의 아들과 금옥 언니의 남편이 일했던 현장이 장풍군 중심에서 남서쪽 방향이라고 했어요."

도면을 살피며 은명화가 말했다.

"작은 빌라나 다세대주택 공사는 아니겠죠. 이웃에 사는 사람들이 금방 의심할 테니까요."

장리철이 덧붙였다.

"이거예요. 장풍 초대소(영빈관)."

은명화가 도면 한 장을 유심히 살피다가 따로 빼서 크게 펼쳤다.

"여기에 초대소가 있었습니까?"

장리철이 물었다.

"원래 개성과 장풍 사이에 초대소 건물이 있었어요. 서양 양옥처럼 생긴 건물이었는데, 제가 어릴 때부터 공사 중이었습니다. 원래 김정일 전용 특각(별장)으로 지었는데 다 지었을 때 김정일이 죽는 바람에 일반 초대소로 바꿨다고 했어요. 그래서 정원도 예쁘게 꾸미고 테니스장에 야외 수영장, 승마연습장까지 있었어요.

통일과도정부가 들어섰을 때 남조선의 유명한 호텔이 여길 사서 고급 리조트로 꾸민다고 했는데, 이후에 흐지부지됐습니다. 건물 몇 개를 헐고, 조경 공사 한다고 흙은 엄청 파헤쳐놨는데, 이후 계속 공사장이었어요. 김씨 왕조의 유산은 뭐든지 싹 다 철거해야 한다고 통일주의자 몇몇이 그 앞에서 끈질기게 시위를 벌여서 그것 때문에 공사를 중단한 줄 알았는데, 지금 생각해보니 다른 이유가 있을 수도 있겠다 싶네요. 장풍에서 남서쪽이고, 주변에 사람이 사는 주택은 없습니다. 이 도면을 보니 공사업체 자체가 바뀐 모양이에요. 처음 듣는 회사 이름으로 되어 있어요."

은명화가 설명했다.

"김정일 전용 특각으로 쓸 건물이었다면 분명 지하 벙커도 만들었겠군요. 그게 땅굴로 이어지는지 알 수는 없지만요."

장리철이 말했다.

"어린아이들 사이에서는 초대소 건물 아래 평양까지 이어지는 지하차도가 있다는 소문이 있었죠. 너무 황당해서 믿지 않았지만."

은명화가 말했다.

*

최태룡의 부하들이 박우희의 시체를 검은 비닐로 싸서 승용차 트렁크에 실었다. 부하들은 차에서 방향제 스프레이를 꺼내 거의 들이붓다시피 비닐 위에 뿌렸다. 계영묵은 그 시체를 하루 정도 승용차 트렁크에 넣어뒀다가 장풍 초대소에 가져가 태울 생각이었다. 부하 한 명은 삽을 들고 박우희의 피가 떨어진 땅의 흙을 팠다. 그리고 그 위에 나뭇잎과 천 조각을 올려놓은 뒤 불을 붙였다.

"저 두 연놈은 어떻게 하지? 지금 해치우는 게 나으려나?"

최태룡의 장남이 계영묵에게 걸어와 물었다. 겁먹지 않은 티를 내려애쓰는 게 훤히 보여서 우습기까지 했다. '두 연놈'은 정신을 잃은 문금옥과 반쯤 넋이 나간 은명화의 아버지를 가리키는 말이었다.

"내일 아침까지는 살려둬야 할 것 같습니다. 저랑 통화한 젊은 에미나이를 압박할 수단이 있어야 하니까요. 그 계집도 머리가 있다면 저희 말을 따르기 전에 인질들이 살아 있는지 확인하려 들 겁니다."

계영묵이 대답했다.

"계 부장은 그 에미나이가 거짓말을 했다고 생각하나?"

최태룡의 장남이 물었다.

"거짓말을 한 것 같지는 않지만, 우리 손 안에 있는 것도 아닙니다. 계집이 한 말이 모두 사실이라 해도, 이후에 어떻게 나올지는 모르지요. 그런 때를 대비하기 위해서라도 그 계집의 아비와 저 여자를 살려둬야 합니다."

계영묵이 말했다.

"정말로 그 젊은 계집이 떠돌이 놈이랑 같이 있지 않을 수도 있다고 생각해?"

"가능성은 반반일 것 같습니다. 그 떠돌이는 총이나 칼은 잘 쓰는데 뇌가 없는 유형일 겁니다. 그러니까 아무 조직에도 들지 못하고 저런 여자들한테서 용돈 벌이나 하고 있는 거겠죠. 일은 맡았는데 어쩌다 사람을 여럿 죽였고, 장풍군 뒷골목 돌아가는 사정도 알게 되어서 줄행랑을 쳤을 수도 있습니다."

시커먼 연기를 내며 타던 모닥불이 꺼져갔다. 핏자국은 재로 덮였고, 탄내 때문에 피비린내도 지워졌다. 부하 하나가 문금옥의 뺨을 때려 정신을 차리게 한 뒤 일으켜 세웠다. 부하들이 은명화의 아버지와 문금옥의 손목을 등 뒤에서 묶었다.

"인질들은 봉고에 태워야겠지? 승용차는 좁으니까……."

최태룡의 아들이 계영묵의 눈치를 보며 물었다.

"예, 그래야 할 것 같습니다. 제가 인질들과 함께 봉고에 타겠습니다."

계영묵이 대답했다.

"인질들은 내일 아침까지 어디에 둘 거지? 평소 같으면 초대소가 딱 인데, 오늘은 그리 데려갈 수 없잖아. 손님들도 오시는데."

최태룡의 장남이 물었다.

"동물은 산 채로 보관하는 게 참 힘들죠. 태림물산으로 가면 어떨까 싶습니다만. 주차장이 실내라 창고까지 다른 사람들 눈에 띄지 않게 인질들을 데려갈 수 있습니다."

계영묵의 말에 최태룡의 장남은 고개를 끄덕였다. 최태룡의 장남이 시체를 실은 승용차에 탔고, 계영묵은 인질들과 함께 봉고에 올랐다. 승용차는 태림건설로, 봉고는 태림물산으로 향했다.

문금옥은 봉고에서 정신을 차렸다. 그녀는 차에서 내려 건물로 들어 가는 내내 흐느끼면서 기도문을 중얼중얼 외웠다. 은명화의 아버지는 여전히 넋 나간 표정이었다.

계영묵은 부하들이 문금옥과 은명화의 아버지를 건물 안 창고로 데 려가는 것을 뒤에서 따라가며 지켜봤다. 그는 창고에 들어가 인질 두 사람을 결박한 노끈이 제대로 묶였는지 직접 점검하기까지 했다. 인질 이 제 몸을 묶은 밧줄을 풀고 달아나는 것은 영화에나 나오는 일로, 계 영묵이 그런 일을 당한 적은 없었다. 끈이 제대로 묶였는지 점검하는 데에는 1분도 걸리지 않는다.

"물을 달라고 하면 직접 입에 대고 따라주라. 먹을 것은 주지 말고. 하루쯤 굶어도 죽지 않으니까. 화장실에 가고 싶다고 해도 보내지 마

라. 가만히 두면 알아서 해결할 거다."

계영묵은 부하 두 사람을 태림물산에 남기며 지시했다. 재갈은 물리지 말고, 대신 인질들이 서로 이야기를 하거나 밖으로 고함을 치면 배를 한 방씩 걷어차라고 말했다. 재갈을 잘못 물렸다가 인질이 숨이 막혀 죽는 바람에 곤욕을 치른 경험이 있었다.

*

'은명화입니다. 모든 분들께 도움을 요청합니다. 조금 전에 우희 언니가 살해당했습니다. 최태룡 일당이 저지른 짓입니다. 최태룡 일당은 지금 금옥 언니와 제 아버지를 인질로 붙잡고 있습니다. 그자들은 지금 우희 언니의 친구 한 명을 내일 아침까지 데려오지 않으면 금옥 언니와 제 아버지를 죽이겠다고 협박하고 있습니다……'

은명화가 단체대화방에 메시지를 올리자 한동안 전화기에 불이 붙은 것처럼 쉬지 않고 전화가 걸려왔다. 그 소식이 사실이냐고 다시 묻는 여자들의 전화였다. 전화를 걸어온 장풍군 여성 상인들은 충격에 빠져 곡을 하듯 "이게 어찌된 일이니, 이제 어떻게 하니"라는 말을 반복했다. 그러면서도 그들은 박우희가 어떻게 죽었는지, 최태룡이 박우희의 '친구'를 왜 찾는지에 대해 집요하게 물었다.

정신없이 전화를 받던 은명화는 앞의 질문에 대해서는 결국 한 상인에게 자세히 털어놓고 다른 사람들에게 전해달라고 부탁했다. 하지만 뒤의 질문에 대해서는 끝까지 답을 흐렸다. 은명화는 자신이 계속 전화를 받을 수가 없으며, 지금 필요한 것은 최태룡 일당에 대한 정보라고 강조했다.

'죄송하지만 이제 제게 전화를 거는 건 삼가주십시오. 궁금하신 점들은 나중에 다 말씀드리겠습니다. 지금부터 많이 돌아다니게 될 것 같습니다. 전화기를 무음 모드로 해놓고 틈틈이 단체대화방에 올라오는 정보만 확인하겠습니다. 추적 중인 최태룡의 약점을 더 쫓으면서 평화유지군 인맥을 동원해 도움을 요청할 생각입니다. 이대로 최태룡 일당에게 무릎 꿇을 수는 없어요. 권한은 없지만 우희 언니 대신 비상을 요청합니다.

다들 오늘 하루만 시간을 내주세요. 태림건설과 태림물산 사무실, 주요 공사 현장, 인력사무소 두 곳, 최태룡의 집, 최태룡의 부하들이 잘 가는 단골 술집 주변에서 그 일당들이 어디에 있고 어디로 움직이는지를 파악해주셨으면 합니다. 특히 이번 일의 실무자인 계영묵을 쫓아다닐 사람이 서너 분 필요합니다. 큰 식당들의 예약 상황도 알아봐주셨으면 좋겠습니다.'

은명화가 휴대전화 액정을 거의 문지르듯이 누르며 엄청나게 빠른 속도로 긴 메시지를 작성하는 모습을 장리철은 감탄하며 보았다. 메시지를 올리고 난 은명화는 장리철에게 스마트폰으로 문자메시지를 주고받거나 사진을 찍어 전송하는 법을 아느냐고 물었다. 리철은 고개를 저었고 은명화는 방법을 설명해주었다.

"이따 필요하게 될지 모르니까……."

은명화가 말했다.

"무기도 필요할지 모릅니다. 지금 갖고 있는 총에는 총알이 몇 발 없습니다. 여성 상인들에게 총과 탄창이 있으면 빌려달라고 부탁해주십시오."

장리철이 요청했다. 은명화가 고개를 끄덕이고 메시지를 올렸다. 그 사이에 벌써 단체대화방에 글이 몇 개 올라와 있었다. 은명화가 그중 하나를 읽었다.

"평양냉면·단고기집에서 일하는 언니가 글을 올렸어요. 평소에 안 쓰는 별채가 있는데 태림건설 이름으로 열 명 오늘 5시에 예약했대요. 며칠 전부터 예약돼 있던 거랍니다. 종업원은 세 사람 이상 배치하고, 뭐든지 최고급으로 준비해놓으라고 신신당부가 있었다네요. 평소에는 최태룡이 와도 이렇게는 안 한대요."

"최태룡이 귀한 손님을 맞을 예정인 모양이군요."

장리철이 말했다.

"5시에 말이죠. 저녁밥을 일찍 먹고 할 일이 있는 거죠. 눈호랑이와 관련이 있는 걸까요? 오늘이 작전을 벌이는 날일까요?"

"모르겠습니다. 우연치고는 너무 맞아떨어진다는 생각입니다."

"같이 장풍 초소에 가요. 땅굴이 있는지부터 확인해야죠."

은명화가 차에 올라탔다. 장리철이 조수석에 타면서 물었다.

"만약 거기 땅굴이 없다면 어떻게 할 겁니까? 아예 어디에도 땅굴이 없다면? 저희가 지금 추측하는 게 모두 엉터리라면?"

은명화의 몸이 몇 초간 뻣뻣해졌다. 그녀는 입에 힘을 주고 말했다.

"상관없어요. 오늘 저녁에 평화유지군만 움직일 수 있으면 돼요. 이야기는 그럴듯하잖아요? 증거를 꾸며서라도 인질들을 구할 수만 있다면 저는 괜찮아요. 오늘만 그렇게 넘기고 나면 멀리 도망치겠어요."

은명화가 시동을 걸었다. 그리고 얼마 못 가 차를 세웠다.

"잠시만요."

주차 브레이크 레버를 당긴 은명화가 두 손을 이마에 대고 심호흡을 했다.

"죄송해요. 잠깐만 내려서 숨을 가다듬을게요."

차에서 내린 은명화는 다시 쪼그려 앉아 몇 번 토악질을 했다. 그녀는 눈물을 닦으며 장리철 쪽을 향해 말했다.

"미안하지만 와서 제 등을 좀 두드려주시겠어요? 속을 확실히 비우고 가는 게 좋을 것 같아요."

*

외부용 장부상으로 최태룡의 사업 중 비중이 가장 큰 것은 태림건설과 태림물산이었다. 최태룡은 태림건설과 태림물산 사장을 겸임했다. 최태룡의 장남은 태림물산 부사장, 차남은 태림물산 상무였다. 최태룡은 태림물산 경영에 아들들이 점점 더 참여하게 만드는 중이었다.

둘 다 경영을 엄격히 구분해야 할 정도로 큰 회사들은 아니었다. 아직까지는 직원도 수십 명 규모였다. 어차피 조선해방군과 개성 조직의 도움을 받아 본격적으로 마약 밀매에 뛰어들게 되면 두 회사는 진짜수입원을 가리는 포장지 역할만 할 것이었다.

그래도 두 회사는 건물은 따로 썼다. 태림건설은 장풍군 중심가에 있는 제법 번듯한 4층짜리 건물을 통째로 사용했다. 태림물산 건물은 거기서 자동차로 10분 정도 떨어진 곳에 있는 허름한 3층짜리였다. 최태룡이 몸캠 사업을 할 때 스튜디오로 썼던 건물이었다.

최태룡과 두 친아들, 조카이자 양아들인 최신주, 조희순은 태림건설 임원 회의실에서 도시락을 먹고 있었다. 헌병대장이 죽기 전에 찾아왔던 그 방이었다. 벽시계는 오후 1시 45분을 가리키고 있었다. 최태룡은 그날 오전에 처리해야 할 일이 굉장히 많았다. 다른 사람들은 모두 최태룡의 일정에 자기 식사 시간과 메뉴를 맞춰야 했다.

ㄷ자 형태의 테이블 가운데 자리에 앉은 최태룡은 식사를 하면서도 담배를 피웠다. 그는 잠시 뒤 조선해방군과 개성섬유봉제협회의 중간 간부들을 만나게 된다는 사실에 신경이 날카로워져 있었다. 그런 아버지의 심기도 못 읽고 최태룡의 장남은 그날 아침 장풍버거 여자들을 찾아낸 이야기를 늘어놓았다. 최태룡의 장남은 그 과정에서 자신의 역할을 은근히 부풀렸다. 최태룡이 한번 코웃음을 쳤지만 첫째 아들은 그걸 눈치채지 못한 것 같았다.

차남은 형에게 뒤지지 않겠다는 듯 태림물산의 사소한 사업 진행 상황들을 심각한 어투로 아버지에게 보고했다. 그러나 아버지의 눈빛을 보며 점점 말수가 줄어들었다.

최신주는 비굴한 얼굴로 최태룡과 두 형의 눈치를 보고 있었다. 며칠 전 바로 그 자리에서 최태룡의 불호령을 듣고 조희순에게 끌려 나가 토할 때까지 얻어맞았기 때문이다. 어떤 의미에서는 조희순이 계

410

영묵보다 더 두려운 존재였다. "병신 만들지만 말고 아주 흠씬 혼을 좀 내줘라"라는 지시를 최태룡에게 받는다면 계영묵은 실수 없이 그걸 이행할 사람이다. 하지만 멧돼지 같은 조희순은 같은 지시를 받더라도 그걸 완벽하게 해내지 못하고 사람을 불구로 만들거나, 심지어 죽일 수도 있는 사람이다. 정말 실수로.

조희순은 제일 문가에 앉아 불만스러운 표정을 짓고 있었다. 그 순간 그는 최태룡이나 그 아들들에 대해서는 생각지 않고 있었다. 도시락의 양이 너무 적은 것이 불만이었다. 조희순은 계영묵 자리에 놓인 새 도시락을 흘끔흘끔 쳐다보았다.

그때 계영묵이 임원 회의실 문을 열고 들어왔다. 막 인질들을 태림물산 창고에 가두고 온 참이었다.

"고생했다, 계 부장. 얼른 앉아서 식사해라. 최신주, 너는 이제 나가 있어라."

최태룡이 계영묵을 반기며 말했다. 최신주는 잽싸게 젓가락을 놓더니 '살았다'는 표정을 지으며 회의실을 나갔다. 안면기형으로 일그러진 얼굴이 간신히 조금 펴졌다. 계영묵은 꾸벅 인사를 하고 최태룡 옆자리에 앉았다. 계영묵은 닭튀김 몇 조각만 뚜껑에 덜어 자기 앞에 놓은 뒤 남은 도시락을 조희순에게 넘겼다. 조희순은 고맙다는 말도 없이 그걸 받아 바로 먹기 시작했다.

"그것만 먹어도 되겠나?"

최태룡이 물었다.

"오늘은 중요한 날이니까요. 많이 먹으면 몸이 둔해집니다."

계영묵이 대답했다.

"하긴, 이따가 단고기도 먹어야 하니까. 오늘 눈호랑이 작전에는 나와 계 부장, 그리고 최 상무가 나간다. 조선해방군과 개성 조직을 접대하는 자리에도 이렇게 세 사람만 간다. 부사장은 와서 인사만 하고 가라. 그리고 오늘 저녁에는 퇴근하지 말고 조 부장과 함께 사무실을 단단히 지키라. 인질과 눈가에 흉터가 있다는 그 해결사 건도 너희 둘에게 맡긴다."

최 상무는 둘째 아들을, 부사장은 첫째 아들을 가리키는 말이었다.

"눈호랑이 작전에 저를 데려가지 않으시겠다고요?"

최태룡의 장남이 믿기지 않는다는 표정으로 항의했다.

"회의 끝나고 따로 이야기하자. 이유가 있으니까."

최태룡이 담배를 재떨이에 비벼 끄며 대꾸했다.

*

"제 기억과는 다르네요. 저기가 다 그냥 공사판이었는데."

은명화가 중얼거렸다.

"좋게 생각하시죠. 저희 추측이 맞아떨어져 가는 분위기 아닙니까?"

장리철이 말했다.

"그렇긴 하지만……."

장풍 초대소가 있던 장소는 사방이 거대한 철제 가림벽으로 가려져 있었다. 가림벽 높이는 4미터 가까이 되어 보였다. 공사장 정문은 닫혀

있었고, 그 옆에는 경비 초소가 있었다. 초소에는 제복을 입은 사내가
두 명 있었다.

"한 바퀴 돌아볼게요."

은명화는 그렇게 말하며 운전대를 꺾었다.

가림벽은 위에서 내려다보며 자를 대고 그린 것처럼 정확한 직사각
형 모양으로 초대소가 있었던 자리를 둘러싸고 있었다. 긴 변은 200미
터, 짧은 변은 150미터 정도 되어 보였다. 강판 벽은 휘어지거나 우그
러진 곳 없이 튼튼하게 서 있었다. 안을 들여다볼 수 있는 빈틈이나 구
멍 따위는 없었다.

은명화가 말한 승마연습장이나 테니스장 터는 가림벽 밖에 있었다.
한때 연못이었는지, 흙이 깎여서 그렇게 됐는지 가림벽 아래가 깊이
팬 듯한 지점이 있었다. 그 부근만 잡초가 무성했다.

"저 아래가 뚫려 있지 않을까요?"

은명화가 천천히 차를 몰며 잡초가 있는 쪽을 손가락으로 가리켰다.
그 방향을 유심히 살피던 장리철이 고개를 저었다.

"아닐 것 같습니다. 가림벽을 그냥 세운 게 아니라 땅에 콘크리트로
지지턱을 만들었습니다. 저 수풀 밑으로 콘크리트 공사가 돼 있을 겁
니다."

"가서 살펴보면 어때요?"

"위에 카메라가 있습니다."

장리철이 손가락으로 하늘을 가리켰다. 가림벽 위에는 고정식 감시
카메라들이 달려 있었다. 한 변에 세 대씩, 모두 열두 대였다. 카메라의

방향은 모두 바깥쪽을 향하고 있었다. 일단 안으로 들어가기만 하면 카메라는 신경 쓰지 않아도 된다는 얘기였다.

그들은 차를 돌려 가까이 있는 언덕으로 향했다. 혹시나 땅굴은 확인하지 못하더라도 가림벽 안의 건물 배치를 알 수 있지 않을까 해서였다. 그러나 태림건설은 그 점까지 고려한 게 틀림없었다. 가림벽은 딱 적당한 높이로 안을 가리고 있었다.

"어떻게 하죠? 감독기관에서 나왔다고 거짓말을 해서 문을 열어달라고 해볼까요? 아니면 저 경비원들에게 뇌물을 써볼까요?"

은명화가 말했다.

"둘 다 잘 먹혀들 것 같지 않습니다만."

장리철이 대답했다.

"땅굴 입구처럼 보이는 사진은 몇 장 찍어야 해요. 그래야 평화유지군에게 사기를 쳐도 말이 먹힐 거예요."

"저 모퉁이에 있는 나무 보이시나요? 저 나무를 타고 올라가면 가림벽을 넘을 수 있을 것 같습니다. 은명화 선생님께서 그동안만 경비원들의 시선을 돌려주실 수 있을까요? 초소 안에 감시 모니터가 있을 것 같군요."

"해볼게요."

은명화가 고개를 끄덕였다.

"저는 한번 저 안에 들어가면 언제 나올 수 있을지 모릅니다. 밖에서 은명화 선생님 혼자 다녀야 한다는 겁니다. 그래도 괜찮으시겠습니까?"

"괜찮아요."

"무기를 들고 가는 게 좋을 것 같습니다. 단체대화방에 답이 왔는지 확인해주시겠습니까?"

장리철이 말했다. 은명화는 휴대전화를 꺼내 대화방에 올라온 글을 급히 읽었다. 그 사이에 수백 건의 메시지가 올라와 있었다. 잠시 뒤 은 명화가 입을 열었다.

"총은 두 자루, 총알은 스무 발 정도 구할 수 있을 것 같아요. 제가 시 내에 가서 받아올게요. 장 선생은 여기서 기다리고 있으세요. 시내에 서 눈에 띄어서 좋을 일은 없을 테니까요."

"알겠습니다. 이 근처에 숨어 있겠습니다."

장리철은 차에서 내렸다. 은명화는 가속 페달을 밟으려다 말고 리철 에게 말했다.

"그러실 분이 아니라는 건 알지만, 만약 장 선생이 이대로 도망친다 면 지구 끝까지라도 쫓아갈 겁니다."

"여기서 기다리고 있겠습니다."

"조심하세요."

은명화가 차를 장풍군 방향으로 향했다. 장리철은 언덕 위 적당한 장소를 찾아 누웠다. 배에서 꼬르륵 소리가 났다. 점심때는 한참 지나 있었고, 아마 오늘은 밤까지 굶어야 할 터였다. 어쩔 수 없었다. 그보다 는 은명화가 구해온다는 총과 총알이 신경 쓰였다.

전투가 벌어진다면 실탄 스무 발은 결코 충분치 않다. 아무리 조준 을 잘 해도 권총은 믿을 수 없는 무기다. 심지어 목표에 정확히 맞은 경우에도 그렇다. 적이 방탄조끼를 입고 있을 수도 있고, 몸집이 큰 상대는 구경이 작은 총알을 한두 발 맞고도 얼마간 버티기도 한다. 그래서 권총만으로 근접전을 벌일 때에는 몸통에 두 발을 먼저 쏜 뒤 머리에 한 발을 더 쏘는 게 정석이다. 그런데 기적적으로 운이 좋아 한 번도 빗나가지 않고 총알 세 발당 한 사람씩 쓰러트린다 해도 스무 발이라면 여섯 명, 기껏해야 일곱 명을 상대할 수 있을 따름이다.

단고기를 먹고 이리로 오는 자들은 몇 명이나 될까?

장리철은 전화기를 꺼내 서툴게 문자판을 두드렸다. 그는 은명화에게 날이 잘 들고 튼튼한 과도를 하나 사달라고 부탁했다. 메시지가 전송된 것을 확인한 뒤 그는 하늘을 보고 누웠다.

비가 한 방울 얼굴에 떨어졌다. 리철은 주머니에서 휴대전화를 꺼내 시간을 확인했다. 오후 2시 10분이었다.

*

둘째 아들과 계영묵, 조희순이 나가고 난 뒤 최태룡은 장남과 둘이 회의실에 남았다. 최태룡이 아들에게 담뱃갑을 내밀었다. 최태룡의 첫째 아들은 조심스럽게 담배를 한 개비 뽑아 불을 붙인 뒤 연기를 빨았다. 최태룡은 아무 말 없이 그런 아들을 지켜보았다.

"제가 뭘 잘못했나요? 왜 안 끼워주시는 겁니까?"

최태룡의 장남이 마침내 입을 열었다.

"한번 맞혀보거라. 내가 왜 초대소에 너를 데려가지 않는지."

최태룡이 말했다. 최태룡의 첫째 아들은 연기를 두 번 내뿜고 대답했다.

"이런 일에는 둘째가 더 믿음직스럽다고 생각하시는 것 아닙니까? 오래전부터 아버지께서는 저희 둘이 항상 서로 경쟁하도록 유도하셨고……."

"내가 오늘 너를 데려가지 않는 이유는, 나나 네 동생이 거기서 죽을 수도 있기 때문이다."

최태룡은 아들의 말을 잘랐다. 아버지의 말에 아들의 눈이 커졌다.

"네?"

"생각해봐라. 조선해방군에게 우리가 어떤 존재일지. 땅굴에서 물을 빼내고 보수하는 데에는 현지 조직의 역할이 결정적이지. 하지만 그 작업은 끝났어. 자신들이 직접 땅굴을 관리하고 싶다는 유혹을 느끼지 않을까? 이 최태룡이를 죽이고, 그 조직을 그대로 접수하겠다는 생각을 그자들이 한 번도 안 했을까?"

"미처 거기까지는 생각하지 못했습니다."

"너도 언젠가 사업을 물려받게 된다. 모든 가능성을 대비해야 해. 계영묵과 조희순은 조선해방군 소속이다. 죽은 박현길도 조선해방군이었다. 너, 나, 그리고 네 동생을 감시하기 위해 온 자들이야. 계영묵은 똑똑한 자라 양다리를 걸치고 있지. 하지만 조희순은 절대로 믿으면 안 돼. 조선해방군과 내가 서로 다른 명령을 내린다면 조선해방군을 따를 거다."

최태룡의 첫째 아들은 얼굴이 창백해졌다.

"몰랐습니다."

"만약 오늘 나한테 무슨 일이 생긴다면 곧바로 개성으로 가라. 개성 섬유봉제협회와 경쟁하는 다른 조직이 있다. 거기에 맡겨둔 돈과 물건들이 있으니 그걸 챙겨서 훗날을 도모해라. 그게 장남의 역할이다."

최태룡으로부터 연락처들을 받는 내내 젊은 후계자는 머리를 숙이고 있었다.

임원 회의실 한 층 아래서는 계영묵과 조희순이 자리에 앉아 담배를 피우는 중이었다. 그들 옆에 정수기가 있었다. 최신주가 쭈뼛쭈뼛 걸어와서 종이컵에 물을 받았다. 최신주가 자리를 뜰 때까지 기다렸다가 계영묵이 조희순에게 말했다.

"오늘 밤은 숙소에 들어가지 말고 태림물산에서 수고 좀 해줘라. 그렇다고 쓸데없이 인질들 괴롭히진 말고."

"누가 들으면 나한테 이상한 취미라도 있는 줄 알겠네. 그런 늙은이들한테는 관심 없어."

한 손에 담배를, 한 손에 이쑤시개를 든 조희순이 들으라는 듯 크게 콧방귀를 뀌었다.

"부하들은 2교대로 돌리는 게 좋을 거야. 밤에 눈가에 흉터가 있다는 그놈이 올 수도 있다. 그놈은 정체를 알 수 없어. 어쩌면 인질이나 태림건설과 관계없이 우리를 쫓는 걸지도 모른다."

계영묵이 말했다.

"그놈이 오면 이 몸한테 죽는 거지. 계 상사 역시 머리 좋은데? 인질들을 미끼로 쓰겠다는 거지?"

418

"마음대로 생각해. 사장님과 나는 눈호랑이 작전 중에는 연락을 못 받을 거야. 그때까지 인질들은 네 책임이다. 눈가에 흉터가 있는 놈을 잡으면 크게 칭찬을 듣겠지. 하지만 어떤 일이 더 우선순위에 있는지 잘 생각해보도록 해."

계영묵이 말했다.

"칭찬? 누구한테서? 최태룡한테서? 정신 차려, 계영묵이. 우리는 태림건설 직원이 아니야. 나는 태림건설이고 최태룡이고 죄다 망한대도 신경 안 써. 이 시궁창 같은 동네에는 마음에 드는 인간이 하나도 없어. 하청업체 주제에 거들먹거리는 태림건설 놈들도 재수 없고, 조선 땅에서 영어 씨부리는 평화유지군 놈들도 역겨워. 요즘은 거의 한계다. 누구든 수틀리면 다 죽여버리고 량강도로 돌아갈 거야."

조희순이 말했다. 계영묵은 엷게 미소만 지었다. 멍청한 소리를 듣고 있으려니 갑자기 열이 올라 상대의 목을 꺾어버리고 싶은 충동이 일었다. 하지만 그는 내색하지 않았다.

"알아. 나도 비슷한 심정이니까. 어쨌든 그런 이야기는 다른 부하들이나 최태룡 일가 앞에서는 하지 말라고. 우리 카드를 다 보여줄 필요는 없잖아."

계영묵이 말했다.

"이제 겨우 얘기가 통하나 보구만."

조희순이 계영묵의 어깨를 쳤다. 계영묵은 씩 웃었다. 언젠가는 네 놈을 내 손으로 직접 죽여주마, 라는 의미의 웃음이었다. 그렇게 결심한 이유는 조희순이 그의 어깨를 쳤기 때문이었다. 오후 3시 반이었다.

*

　다행히 비는 간간이 한두 방울 떨어지는 정도였다. 몸이 젖는 것보다 굳는 게 오히려 더 걱정이 되었다. 장리철은 팔과 다리 이곳저곳의 근육에 힘을 줬다 빼며 언제든 움직일 수 있게 대비했다. 머리로는 나무를 타고 가림벽을 뛰어넘는 상상 훈련을 계속했다. 큰 가지를 철봉처럼 활용해 도약력을 얻는다는 계획이었다. 어쩌면 30초 정도면 충분할 것 같기도 했고, 어쩌면 쉽지 않을 것 같기도 했다.

　은명화가 돌아온 것은 세 시간 정도 뒤였다. 언덕 위에 차를 세운 은명화는 조수석에서 묵직한 백팩을 하나 들어 올렸다.

　"열어보세요."

　차에 탄 리철에게 은명화가 말했다.

　가방 안에는 권총 두 자루와 탄창, 쇠갈고리와 나일론 밧줄, 단안 망원경, 이어폰, 손전등, 「로동신문」, 그리고 단검이 있었다. 권총은 조선인민군에서 64식이라고 불렀던 브라우닝 자동권총과 발터 PPK였다. 총알은 세어보니 모두 열일곱 발이었다. 갈고리는 굵은 스테인리스 발톱 세 개가 붙은 형태로, 밑에 밧줄을 묶을 수 있는 구멍이 있었다. 손전등은 보드 마커 정도의 굵기였는데, 머리 부분을 돌리면 제법 강한 빛이 나왔고 초점도 조절할 수 있었다. 단안 망원경도 손전등과 크기가 비슷했다. 꼭지를 돌려 렌즈 배율을 조절할 수 있는 제품이었다. 단검은 길이는 짧았지만 날이 대단히 예리한 폴딩 나이프였다. 칼끝이 뾰족한 것이 분명 주방용이 아닌 살상용이었다. 묵직하고 파지감도 좋왔다. 장리철이 감탄하며 물었다.

"이런 물건은 어디서 사셨습니까?"

"이곳저곳에서요. 필요하다 싶은 걸 마구잡이로 샀으니 쓸모없는 물건은 버리세요. 갈고리는 도움이 될까요?"

"물론입니다. 그런데 신문과 이어폰은 왜 필요한 거죠?"

「로동신문」은 그날 발행된 호였다. 딱히 주목할 만한 기사는 없어 보였다.

"땅굴을 발견하게 되면 사진을 여러 장 찍어서 저에게 보내주세요. 그때 이 신문을 옆에 놓고 땅굴 입구와 함께 찍어주세요. 보는 사람이 조작이 아니라는 사실을 확실히 알 수 있도록."

은명화가 설명했다. 장리철은 고개를 끄덕였다.

"이어폰은요?"

"손전화를 꺼내보세요."

은명화의 말에 리철은 휴대전화를 꺼내 운전석과 조수석 사이에 올려놓았다. 은명화는 이어폰을 그 전화기에 연결하고 소리가 나는 이어팁을 리철의 양쪽 귀에 꽂았다. 리철은 은명화가 자신의 귀에 손을 댈 때 조금 놀랐지만 잠자코 있었다. 은명화는 주머니에서 이어폰을 하나 더 꺼내 목에 감더니 자기 휴대전화에 꽂고 리철에게 전화를 걸었다. 은명화의 이어폰은 소형 마이크가 달린 제품이었다.

"제 목소리 들리나요? 그 이어폰으로 말이에요."

"잘 모르겠군요. 너무 가까이에 있어서."

"밖에 나가서 이야기해볼게요."

은명화는 손으로 가슴을 누른 채 문을 열고 차 밖으로 나갔다. 그녀는 우산 없이 비를 맞으며 10여 미터를 달렸다. 그리고 차의 반대 방향으로 서서 말했다.

"테스트, 테스트."

은명화는 계속해서 말했다.

"들렸나요?"

"들렸습니다. 테스트, 테스트, 하고요."

장리철이 말했다. 은명화는 차를 향해 걸어가며 말했다.

"제가 경비 초소에 가서 경비원들의 눈을 끌게요. 그러다가 경비원 두 사람이 모두 감시 모니터에서 눈을 떼고 저를 바라보게 되면 '지금'이라는 말을 자연스럽게 할게요. 제 입에서 '지금'이라는 말이 나오면 그때 갈고리줄로 가림벽을 넘으세요. 시간이 얼마나 필요할까요?"

"20초면 됩니다. 지금부터 따로 행동하는 게 낫겠습니다. 차에서 내려 저 나무 뒤에 숨어 있겠습니다. 10분 뒤에 출발하십시오."

장리철은 그렇게 말하고 권총과 탄창, 단검을 가방에 넣었다. 갈고리와 연결한 밧줄은 느슨하게 왼팔에 감았다. 은명화가 차에 도착했을 때 장리철은 조수석에서 내렸다.

뭐라고 작별 인사를 할 틈도 없이 장리철이 고개를 끄덕이고 언덕 아래로 뛰어 내려갔다. 은명화는 엉거주춤한 자세로 잠시 서 있다가 차에 올라탔다.

은명화는 정확히 10분 뒤에 가속 페달을 밟았다. 그녀는 적당한 속도로 경비 초소 앞을 지나쳤다. 그리고 50미터쯤 더 가서 차를 세웠다.

그녀는 셔츠 단추를 하나 풀고 머리를 매만지고는 차에서 내려 속보로 공사장 정문 방향으로 걸어갔다. 하늘에서 떨어지는 빗방울은 이제 가랑비 정도 되어 있었다.

"저기요, 죄송한데 제 차 좀 봐주시겠어요? 갑자기 시동이 꺼져서요."

은명화는 경비 초소의 창문을 두드리며 말했다. 자신이 남자들에게 그런 눈빛으로, 그런 말투로 말을 걸었다는 사실 자체가 신기했다. 자기가 아닌 다른 누군가가 몸 안에 들어와 있는 것 같았다.

"무슨 일이신데요?"

꺼벙하게 생긴 경비원이 호기심 반 경계 반인 얼굴로 물었다. 다른 경비원 한 사람은 대놓고 '심심한데 잘됐다'는 분위기였다. 두 사람 모두 감시 카메라 열두 대가 보내오는 흑백 영상 모니터에는 관심조차 없었다.

"달리는 중에 갑자기 차 시동이 꺼졌어요. 지금 제가 되게 급한데……. 두 분 중 한 분만 와서 잠깐만 봐주시면 안 돼요?"

은명화는 입술을 지그시 눌렀다가 고개를 갸우뚱하며 애처로운 표정을 지어 보였다.

장리철은 가방을 멘 채 나무 뒤에서 가림벽 앞까지 뛰어나왔다. 그는 왼팔에서 밧줄을 풀고 주의 깊게 겨냥해 갈고리를 위로 던졌다. 갈고리는 가림벽 위를 1미터가량 넘어가 벽면 반대편에 부딪혔다. 철판위에 돌을 던졌을 때처럼 터엉, 하는 쇳소리가 났다. 리철은 밧줄을 잡아당겼다. 갈고리 발톱이 가림벽 위에 걸렸다. 리철은 나일론 밧줄을 세게 잡아당겨 체중을 실어도 될 만한지 확인했다. 거기까지 걸린 시간은 7초 정도였다.

장리철은 5초도 안 되는 시간에 가림벽 제일 윗부분까지 올랐다. 그는 오른 다리는 가림벽 바깥쪽으로, 왼 다리는 가림벽 안쪽으로 걸친 채 상반신을 낮추었다. 먼저 가림벽 안쪽 공사장을 자신과 가까운 곳에서부터 먼 곳의 순서로 눈으로 예리하게 훑었다. 경비병이나 감시자는 보이지 않았다. 리철은 갈고리 발톱을 들고 아래로 늘어져 있는 밧줄을 끌어올렸다. 그런 다음 갈고리 발톱과 밧줄 뭉치를 가림벽 안쪽으로 던졌다. 가림벽에 올라 거기까지 걸린 시간은 5, 6초 정도였다.

리철은 가림벽 안쪽으로 뛰어내렸다. 그의 발은 소리 없이 땅에 닿았다. 그는 바닥에 내려오자마자 밧줄 뭉치를 들고 가까운 콘크리트 벽 뒤로 이동했다.

"아유, 됐어요, 됐어! 차 시동 꺼진 거 도와달라고 했지 그렇게 수작질을 하랬어요? 순 놀새들이 사람 바보로 취급하네!"

은명화가 경비원들에게 버럭 화를 냈다.

"우리가 이 초소를 오래 비우면 안 되니까 최대한 시간을 아끼려고 자세히 설명을 들어보겠다고 한 건데, 뭘 그렇게 예민하게 받아들이고 그러시나?"

경비원 한 사람이 히죽히죽 웃으며 말했다. 은명화는 대꾸하지 않고 몸을 돌려 시동을 꺼놓은 차를 향해 걸어갔다. 오후 5시 20분이었다.

4

한국의 개고기와 다른 평양 단고기의 특징은 개 한 마리로 다양한 요리를 만든다는 점이다. 장풍군의 평양냉면·단고기 식당에서 가장 비싼 메뉴는 한상차림이었는데, 여기에는 수육과 보신탕 외에도 등뼈찜, 삼겹살, 갈비살, 전골, 뒷다리토막찜, 무침, 죽 등이 있었다. 전부 개고기 요리였다.

최태룡은 식당 별채에 한상차림 10인분을 준비하도록 지시했다. 그것도 모자라 이곳에서조차 평상시에는 거의 요리한 적이 없는 즉석 통개구이까지 만들게 했다. 발과 내장을 제거하고 배 속에 쌀을 넣은 개를 그대로 구운 요리로 통돼지 바비큐와 흡사했다.

그 상 주변에 눈호랑이 작전의 관련자 열 사람이 앉아 있었다. 그중 최태룡의 두 아들을 제외한 여덟 사람은 자기 손으로 직접 타인을 죽인 경험이 있었다. 그 여덟 사람에게 목숨을 잃은 희생자는 100명이 넘었다. 바로 전날 죽은 사람도 있고, 박우희처럼 그날 아침에 희생된 사람도 있었다. 최태룡의 두 아들은 그런 자세한 사정까지는 몰랐지만 다른 사내들이 풍기는 동물적 위압감만큼은 확실히 감지했다. 솔직하게 말하자면 오금이 저릴 지경이었다.

다른 사내들도 겉으로는 웃고 떠드는 척했지만 자리에는 묘한 긴장감이 흘렀다. 조선해방군 소좌들은 장풍군의 평양냉면·단고기 식당이 평양의 원조 집들에 비해서도 맛이 뒤처지지 않는다며 엄지손가락을 추켜올렸다. 조선해방군 중좌는 덩달아 인자하게 웃는 표정을 지었지만 눈빛은 흔들리지 않았다.

"량강도에서 풀떼기만 먹다가 최 사장 덕분에 오늘 혀가 아주 호강합니다. 마음 같아서는 밤 늦게까지 여기 눌러 앉아서 술도 한잔 마시고 우리 우정을 다지고 싶은데, 아쉽습니다."

"언제든 연락주시고 놀러 오십시오. 그때마다 이 자리에서 똑같이 모시겠습니다."

조선해방군 중좌와 최태룡은 뻔한 덕담을 주고받았다. 중좌는 그날 함흥에서 장풍까지 오는 길에 한 번도 검문을 받지 않았다며 대단한 행운 아니냐고 자랑했고, 최태룡은 놀라는 시늉을 해보였다.

개성섬유봉제협회 실장은 다소 못마땅한 분위기를 노골적으로 내비쳤다. 그에게는 식사 자리가 지나치게 과시적이고, 최태룡이 조심성이 없는 걸로 보였다. 이런 성대한 연회는 멀리서도 눈에 띄며, 식당 종업원과 다른 손님들에게 깊은 인상을 줘서 오래도록 기억에 남는다. 게다가 그는 개고기를 좋아하지 않았다.

"어느 정도 허기는 가셨으니, 일 얘기를 좀 해볼까요? 종업원들은 그만 물리고요."

개성 마약조직에서 온 실장이 말했다.

"개성상인답습니다. 그럽시다."

개마고원의 마약 생산기지에서 온 중좌가 맞장구를 쳤다. 최태룡은 종업원들을 모두 본관으로 돌아가게 했다.

"우리 물건은 차에 있습니다. 패딩 조끼 샘플로 위장이 돼 있소. 물건을 꺼내려면 옷 안감을 다 뜯어야 합니다. 내 생각에는 그걸 일일이 뜯어내느니, 그냥 패딩 조끼 모양 그대로 운반하는 게 어떨까 싶습니다. 부피는 커도 가방에 넣어 가면 무겁진 않소. 이렇게 가져다주는 게 남조선에서도 편한 거 아니오?"

개성섬유봉제협회 실장이 말했다. 마약유통업에서 개성섬유봉제협회의 경쟁력은 물건을 잘 위장하는 데 있었다. 이런 포장 기술로 그들은 함흥에서 장풍까지 앞으로 엄청난 양의 마약을 빠르고 안전하게 실어 나를 것이었다.

"물건만 따지면 무게가 어떻게 됩니까?"

조선해방군 중좌가 물었다.

"9킬로그램이오. 중량은 틀림없소."

"겨우 9킬로? 더 가져오셔도 괜찮았는데. 길은 뻥 뚫려 있소."

최태룡이 말했다.

"일단 시작이니까. 오늘은 터널이 제대로 만들어졌는지 시험하는 날 아니오? 9킬로그램도 적은 건 아니오. 순도 98퍼센트인 고급 제품이고, 요즘은 개성 일대 단속이 뜸해져서 수요도 많소. 그냥 내다 팔아도 10만 달러어치는 될 거요."

"중량은 서울에서 제대로 확인할 겁니다. 말씀하신 게 틀림없겠지만."

조선해방군 중좌가 말했다.

"그래서 말인데, 우리 차를 타고 눈호랑이 입구까지 갈 수 있게 해주셨으면 좋겠소. 패딩 조끼가 총 서른 벌이오. 그중 열다섯 벌에 물건이 한 근씩 들어 있지. 그걸 다른 차로 옮기려면 무겁진 않아도 번거롭고, 이목을 끌어서 좋을 건 없잖소. 비도 오는데."

개성섬유봉제협회 실장이 요청했다.

"전 까다롭게 굴 생각 없습니다. 량강도 쪽 생각은 어떠십니까?"

최태룡이 말했다.

"전례가 없는 일을 하다 보니 우리가 만들고 정리해야 할 것들이 자꾸 생기겠죠. 지금 개성에서 오신 분들을 의심하는 건 아닙니다. 그러나 예외를 만들 때에는 신중해야 해요. 차에 든 짐은 바꾸지 않되, 사람은 바꿔 타면 어떻습니까? 저희가 개성섬유봉제협회 차를 타고, 저희가 타고 온 차를 개성 식구들이 타시고. 섞어 타도 상관없고요."

조선해방군 중좌가 말했다.

"섞어 타십시다. 내가 그쪽 차를 타겠소. 중좌께서 우리 차로 오시오."

개성섬유봉제협회 실장이 말했다. 조선해방군 중좌가 고개를 끄덕였다.

다음 주제는 땅굴에 들어간 짐꾼들이 예상 시간까지 돌아오지 않을 경우 어떻게 할지에 대한 내용이었다. 땅굴에서 이동 중인 동안에는 휴대전화도, 무전기도 사용할 수 없기 때문에 상당히 중요한 문제였다. 땅굴이 중간에 무너진다거나 환기구가 막히는 사고가 발생할 수도 있었다. 사내들은 진지하게 의견을 나눴다.

*

빗줄기가 조금 더 굵어졌다. 장리철은 콘크리트 구조물 뒤에 숨어 주변을 다시 살폈다. 눈으로 한번 훑고 의심스러운 부분은 망원경으로 재차 확인했다. 꼼짝 않고 눈과 목만 움직이는 동안 빗방울이 코끝에 맺혔다. 경비병은 적어도 건물 밖에는 없는 게 확실했다.

장풍 초대소는 작고 아담한 학교 교정 같은 분위기였다. 은명화로부터 '버려진 공사판'이라는 이야기를 들었을 때는 몹시 지저분하거나 황폐할 줄 알았는데 그와는 딴판이었다. 오히려 '버려진 정원'이라고 부르는 편이 더 어울릴 정도였다. 곳곳에 관목 덤불이 있었고, 나무도 몇 그루 있었다. 바닥에 흙이 많이 패여 있지도 않았다.

가림벽으로 둘러싸인 사각형 정중앙에는 원형 수영장의 흔적이 있었다. 스무 명 정도가 들어가서 물놀이를 해도 그리 혼잡하지 않을 듯한 크기였다. 깊이는 어린아이 키 정도 되어 보였지만 확실치는 않았다. 아래 진흙이 쌓여 바닥이 보이지 않았기 때문이었다.

수영장 뒤로 건물이 세 채 있었다. 가운데 있는 본관은 4층짜리 석조

건물이었는데, 담쟁이덩굴이 건물 외벽 전체를 감싸고 있어 제법 운치가 있었다. 그 좌우에는 본관을 축소한 듯한 2층짜리 건물이 서로 대칭을 이루며 마주해 있었다. 다만 왼쪽 건물은 2층 윗부분이 거의 허물어진 상태였다. 하늘에서 떨어진 빗방울이 벽과 지붕에 튀면서 건물들은 연한 빛을 내는 것처럼 보였다.

장리철은 나일론 밧줄을 감아 갈고리와 함께 가방에 넣고 대신 브라우닝 권총을 꺼냈다. 총을 장전한 뒤 먼저 본관을 향했다.

최고 권력자를 위해 지은 별장 아래 적국으로 가는 지하 터널이 있다니, 얼마나 괴상한 주장인가. 그러나 조선민주주의인민공화국은 그보다 더 괴상하고 이해가지 않는 일들을 수도 없이 저질렀다.

건물 안에 사람은 없는 것 같았지만, 장리철은 경계를 늦추지 않았다. 양손으로 권총을 잡은 채 허리를 숙이고 재빨리 달려가 입구 계단 옆에 몸을 숨겼다. 인기척이 없음을 확인한 뒤 계단을 올라 현관 옆으로 갔고, 거기서 숨을 고른 뒤 총을 들고 단숨에 건물 안으로 들어갔다.

본관 내부는 어둑어둑했다. 그러나 폐가와는 거리가 멀었다. 리철은 건물 외벽은 허물어져 있어도 실내는 말끔하게 청소가 돼 있고, 곳곳에 구조보강 공사도 돼 있음을 발견했다. 천장 조명도 새로 설치한 것 같았다.

좁은 로비를 지나 첫 번째로 보이는 방의 문을 조심스럽게 열고 들어가니 일반 주택의 거실 정도 되는 크기의 방이 나왔다. 바닥에는 깨끗한 카펫이 깔려 있었고, 가운데에는 새 나무 테이블과 고급스러워 보이는 가죽 소파가 있었다. 유리창은 새로 끼운 것이 분명했고, 창틀

옆으로 이중 커튼이 걸려 있었다. 심지어 테이블 위에는 뜯지 않은 양주 한 병과 음료수, 수입 과자도 놓여 있었다. 방구석에 있는 오디오 액정화면이 푸른빛을 내며 희미하게 빛나고 있었다. 전기가 들어온다는 얘기였다.

장리철은 조용히 그 방에서 나와 1층에 있는 다른 방들을 확인했다. 다른 방들은 그냥 텅 빈 상태였다. 창틀에 유리창도 끼워져 있지 않아 빗방울이 안으로 들어오고 있었다.

복도 끝에 계단이 있었다. 리철은 먼저 지하로 향했다. 창문이 있는 1층과 달리 지하는 완전한 암흑이었다. 장리철은 계단참에서 1분가량 꼼짝 않고 서서 기다린 뒤 가방에서 손전등을 꺼내 켰다. 그는 손전등의 클립을 가방끈에 끼운 뒤 총을 들고 아래로 내려갔다.

리철이 걸음을 옮길 때마다 손전등 불빛이 이리저리 춤을 추었다. 지하에는 거대한 기계와 책장 같은 물건들이 있었다. 가까이서 살펴보니 거대한 기계는 디젤 발전기였고, 책장 같은 물체는 발전기가 가동하지 않을 때에도 전력을 공급해주는 UPS(무정전 전원 장치)인 듯했다.

최태룡 일당이 이 건물을 리조트가 아닌 다른 목적으로 사용하기 위해 잘 관리하고 있다는 사실은 명백했지만, 지하실에 리철이 찾는 문이나 통로는 없었다. 혹시나 비밀 입구가 없을까 해서 벽을 따라 지하실을 한 바퀴 돌며 구석구석 살폈지만 결과는 마찬가지였다.

본관 2층에도 특이한 점은 없었다. 1층보다 청소가 덜 돼 있다는 점이 다를 뿐이었다. 리철은 3층으로는 올라가지 않고 건물을 나와 정면에서 봤을 때 본관 오른편에 있는 작은 건물을 향했다. 그 사이 빗줄기가 약간 더 굵어져, 옷이나 머리카락을 충분히 적실 정도였다.

이 건물은 입구에서부터 특이한 냄새가 났다. 젖은 연탄 냄새와 공사장 시멘트 가루 냄새가 섞인 듯한 악취였다. 장리철은 본관에서와 똑같은 순서로 수색을 개시했다. 이번에도 1층을 살핀 다음에 지하로 내려갔다.

계단을 내려가자 악취가 더 심해졌다. 장리철은 지하실에 내려가서야 그 이유를 알게 됐다.

지하실 한가운데 철제 테이블이 있고, 그 위에 대형 수조가 올려져 있었다. 처음에는 물이 다 말라 수조 밑에 쌓인 흙과 물고기 사체가 드러난 것인 줄 알았다. 손전등 불빛에 두 눈이 있던 자리가 뻥 뚫린 사람 머리가 드러나고 나서야 유리 수조의 정체를 알 수 있었다.

건물 밖 정원 어딘가에 처형장이 있는 듯했다. 최태룡 일당은 거기서 희생자들을 죽이고, 때로는 소문을 퍼뜨릴 목적으로 산 채로 불에 태우기도 했을 것이다. 그리고 그 잔해를 이 건물 아래로 가져와 유리 수조에 넣고 전시한 것이다. 부하들이 가끔 볼 수 있도록.

두꺼운 고기를 구워본 사람이라면 누구나 동물의 살덩어리를 속까지 익히는 게 쉽지 않다는 사실을 안다. 사람이나 짐승의 근육과 지방을 깨끗이 태워 가루로 만드는 것은 그보다 몇 차원 더 어려운 문제였다. 그냥 몸에 휘발유나 시너를 끼얹고 불을 붙이면 겉으로는 새까맣게 타도 깊숙한 뼈 근처 살점은 그대로인 채 불길이 꺼지는 경우가 많다. 몸뚱이를 절단하거나 살을 미리 발라두더라도 그렇게 된다. 화장로에서 나오는 유골 같은 상태를 얻으려면 뼈가 계속 타도록 외부 연료와 산소를 오랫동안 공급해야 한다.

최태룡 일당은 그런 시설을 갖추지는 않았다. 게다가 온몸에 불이 붙은 사람이 울부짖으며 죽음의 춤을 추는 광경이 필요했다. 까맣게 탄 시신 위에 시너를 한 차례 더 끼얹었고 불을 붙여도 깨끗하게 흰 뼈만 남지는 않았다. 그들은 그냥 그렇게 살점이 붙어 있는 희생자들의 뼈를 이곳으로 가져와 수조 안에 넣었다. 그리고 냄새를 막기 위해 그 위에 횟가루를 뿌렸다.

도대체 몇 명이나 이렇게 태워 죽인 걸까? 스무 명? 서른 명?

장리철은 손전등 불빛으로 수조를 들여다보면서 혹시 박우희의 아들이나 문금옥 남편의 유해가 그 안에 있음을 알려줄 물건이 없을지 살폈다.

완전히 타 없어지지 않은 잇몸 사이로 금니가 몇 개 반짝였다. 겨드랑이나 가랑이인 듯한 부위에, 꺼멓게 썩어가는 피부에 타다 만 털이 몇 가닥 붙어 있었다. 여자의 유방처럼 보이는 살덩이도 있었다. 아주 작은 머리통과 시신 일부가 장리철의 눈길을 끌었다. 네다섯 살 정도 되어 보이는 아이가 타다 남은 상반신이었다. 그 잔해는 등과 허리 부분에서 다른 사체와 한 덩어리로 이어졌다. 그렇게 이어진 다른 시신은 토르소처럼 머리나 팔다리 없이 몸통만 남아 있었다. 그 몸통의 어깨는 좁았고, 긴 머리채 일부가 거미줄 무늬를 인쇄한 것처럼 타고 남은 살 속에 박혀 있었다.

젊은 어머니는 산 채로 불에 타면서도 아이를 꼭 껴안고 있었던 것 같았다.

어린 아이 시신의 눈이 있던 자리에서 손가락 한 마디 길이 정도 되는 송장벌레 한 마리가 밖으로 튀어나왔을 때 장리철은 도저히 참지 못하고 고개를 옆으로 돌렸다. 광택이 나는 검은색 등껍질에 빨간 문양이 있는 송장벌레가 혐오스러운 동작으로 더듬이를 움직였다.

장리철은 신음하듯이 혼잣말을 중얼거렸다. 누구인지는 아직 알지 못하지만, 자신의 옛 동료였음이 틀림없는 누군가를 향해.

"이건 좀 아니지 않나, 동무?"

호흡을 고르는 동안 리철의 머릿속에는 은명화와 박우희가 했던 말들이 떠올랐다.

'오늘 죽인 사람들에 대해 양심의 가책 같은 것은 없나요?'

'태어나서는 안 될 나라에 태어났다는 생각이 들어.'

'이대로는 억이 막혀 살 수가 없어.'

장리철은 권총을 허리춤에 집어 넣었다. 리철은 휴대전화와 신문을 꺼내 수조와 함께 사진을 찍었다. 「로동신문」 1면과 거의 백골이 된 누군가의 머리가 한 화면에 나오게 했다. 신문을 가방 안에 넣은 리철은 벽 쪽으로 눈길을 돌렸다.

그러나 이 지하실에서도 땅굴이나 비밀 통로의 입구는 찾을 수 없었다. 장리철은 위아래로 벽을 살피면서도 때때로 미친 사람처럼 혼잣말을 중얼거렸다.

"이건 좀 아니지 않나, 동무?"

　은명화는 장풍군 시내에서 조금 떨어진 공터에 자동차를 주차시키고, 운전석에 앉아 있었다. 앞 유리창에 물방울이 점점이 맺혀 있었다. 물방울들은 미끄러운 경사면에 위태롭게 매달려 있다가 어느 임계점을 넘는 순간 물줄기로 변해 아래로 흘러내렸다.

　그녀는 자신의 인생도 몇 시간 전에 임계점을 넘었다고 생각했다. 이제 그녀는 미끄러지는 중이었다. 그 중력을 거부할 수 없었다. 얼마나 잘 미끄러지느냐의 문제만이 있을 따름이었다.

　10여 분 간격으로 메시지 수신 신호음이 울렸다.

　'태림건설 교도소 건설 현장은 비 때문에 일찍 시마이했음. 잡부들만 남아서 실내 청소를 하는 중. 여긴 보는 눈이 많고 카메라도 있어서 금옥 언니나 명화 아버지를 데려와서 가두긴 힘들 것 같아. 그래도 구석구석 살펴볼게.'

　'토산군 쪽 인력사무소 수상해 보임. 아까부터 시끌벅적함. 이유 알아볼게.'

　'최태룡은 자기 집에는 없음. 집에는 사모랑 재수 없는 가정부랑 같이 있는데 사모가 가정부에게 뭐라고 소리를 지르는 것 같음. 치매 걸린 할머니는 방에 있는 듯.'

　박우희의 죽음을 들은 장풍군 여성 상인들은 헌신적으로 은명화를 도왔다. 몇몇은 아예 그날 장사를 접고 조를 이뤄서 최태룡 조직의 간부들을 쫓기도 했다. 그럼에도 아직까지 뚜렷한 성과는 없었다. 문득

옥이나 은명화의 아버지를 봤다는 사람은 나오지 않았다.

'최태룡은 여기 있어. 지금 두 아들과 평양냉면·단고기에 있음. 계영묵도 여기 있지만 조희순하고 박현길은 잘 모르겠어. 별채에 다른 손님들이랑 함께 있는데 하나같이 얼굴들이 살벌해 보이는 남자들. 별채에 들어갔던 종업원들 이야기 들어보고 다시 문자 남길게.'

'최신주는 동네 건달들과 같이 있음. 비가 오니까 술 생각이 난 듯. 파전집에 와서 막걸리 마시고 있는 중.'

'조희순, 박현길은 식당에는 확실히 없어. 별채에는 모두 열 명이 있는데 서로 친해 보이진 않다고 함. 술도 무술주(개고기 삶은 물로 담근 전통주) 딱 한 잔씩만 마셨다네. 식당 메인홀에는 최태룡 졸개 몇 명이 있는데 별채 손님들이랑 상관없는 척하는 게 너무 티가 남.'

지금 인질들을 관리하는 건 조희순인 듯했다. 그러나 어디 있는지 알 수 없었다.

어떻게 미끄러져야 하지? 어디로 미끄러져야 하지?

은명화는 휴대전화를 들었다. 그녀는 최신주의 위치를 알려준 여성 상인에게 전화를 걸었다.

"언니, 명화예요. 최신주는 아직 거기 있나요?"

은명화가 물었다.

"그래, 명화야. 고생이 많다. 최신주는 벌써 막걸리 두 병째야. 기분이 안 좋은가 보네. 저 화상이 기분 좋아 보인 적도 없었지만."

"언니는 어디세요? 혹시 최신주가 움직이면 쫓아가실 수 있으세요?"

"나는 지금 가게에 있어. 우리 어묵 가게가 바로 파전집 건너편에 있거든. 저 얼굴 병신을 쫓아야 하는 거니?"

"그럴 것 같아요. 언니가 아니면 다른 사람이라도 필요해요."

"내가 갈게. 나 가게에 스쿠터 있어. 저 화상이 움직이면 바로 뒤쫓을게. 가게는 남편이랑 시어머니가 보면 돼."

정말 고맙다고 대답한 뒤 명화는 다음 사람에게 전화를 걸었다. 자신이 먼저 연락하게 되리라고는 한 번도 상상해본 적 없는 남자였다.

신호음이 네 번 울리고 최신주가 전화를 받았다.

"음……, 어."

최신주는 놀라지 않았다. 그녀가 전화를 걸어올지도 모른다는 생각을 하고 있었던 게 틀림없었다.

"최 선생님, 저 좀 도와주세요. 저희 아버지가 어디에 붙잡혀 있는지 알고 계시죠?"

최대한 애처로운 소리로 은명화가 말했다.

"몰라. 나도 도와주고는 싶은데, 정말 모른다고."

"저희 아버지와 금옥 언니를 풀어주세요. 제발 부탁할게요. 최 선생님, 그러실 수 있죠? 최태룡 사장님의 아들이잖아요."

"친아들도 아니고 양아들인데. 그리고 내가 뭐하러?"

이제 미끼를 던질 차례였다.

"저희 아버지 몸이 다치지 않게 풀어주시기만 하면 뭐든지 다 할게요. 뭐든지."

"…… 뭐든지라고 했겠다. 지금 자기가 무슨 말을 하는지 알고 있는 거야?"

최신주는 바로 반응했다. 목소리에 흥분이 잔뜩 묻어났다. 은명화는 기가 막혀 하마터면 헛웃음을 칠 뻔했다.

"분명히 뭐든지라고 말씀드렸어요. 제가 무슨 이야기 하는지는 제가 제일 잘 알아요."

"남조선에 있는 남자친구는 어쩌고?"

"그 인간하고는 이미 오래전에 끝났어요. 그 사실을 제가 받아들이지 못한 것뿐."

전화선 건너편에서 잠시 침묵이 흘렀다.

"안 돼, 그건 안 돼. 사업이라는 게 말이야, 하다 보면 가끔 손에 오물도 묻혀야 하는 거라고. 전에도 이런 일이 있었어. 하지만 우리 큰아버지가 나쁜 사람은 아니야. 정도를 넘진 않아. 내가 보증할게."

최신주는 개소리를 한참 늘어놓았다. 은명화는 적당히 맞장구를 쳐주었다. 최신주의 개소리는 마침내 "나라는 남자를 이참에 한번 믿어보는 게 어때?"라는 말로 끝났다.

"그럼 부탁 딱 한 가지만 할게요. 저희 아버지가 고혈압이 심하시고 풍도 좀 있으세요. 약국에서 청심환 한 알만 사다가 먹여드릴 수 없어요? 갑자기 쓰러지지 않을까 너무 염려가 되어서 그래요. 이거 하나만 들어주시면 평생 은혜 잊지 않을게요. 오빠만 믿을게요."

최신주가 우물쭈물할 때 은명화는 "들어주실 거죠?"라고 한 방 날렸다. 그다음에는 전화를 끊고 기다리는 수밖에 없었다.

어묵 가게의 사장이 전화를 걸어왔다. 최신주가 파전집에서 술을 마시다 말고 나와 약국에 들어갔다는 내용이었다. 은명화는 어묵 가게 사장에게 조심해서 미행해달라고 당부했다.

약국에서 나온 최신주는 약봉지를 들고 차에 올라탔다. 음주운전이 일상화된 그는 이제 최소한의 경각심조차 없는 상태였다. 어묵 가게 사장이 스쿠터를 타고 천천히 최신주의 차를 쫓았다. 그 차는 태림물산 사무실로 향했다.

*

장리철은 정문에서 바라봤을 때 본관 왼쪽에 있는 별관으로 들어갔다. 2층이 허물어진 건물이었다.

본관 왼쪽 건물은 오른쪽 건물과 서로 대칭인 구조로 보였다. 그러나 장리철은 안심하지 않고 다른 건물을 수색할 때와 똑같이 시간을 들여 사방을 경계하며 계단을 내려갔다.

손전등 불빛 뒤로 거대한 그림자가 일렁였다. 이곳 지하실에는 사람 뼈를 담은 유리 수조가 아닌, 더 거대한 뭔가가 있었다. 가까이 다가간 리철은 대형 배수펌프와 그 위아래로 이어진 파이프를 발견했다. 작은 가정용 제품이 아니라 하수처리장이나 발전소 같은 곳에서 써야 할 큰 물건이었다.

배수펌프 옆으로 정사각형 모양의 철판이 있었다. 장리철은 철판과 바닥 사이에 눈에 보이지 않는 전선이 없는지 주의 깊게 관찰했다. 부비트랩은 아닌 것 같았다. 철판 한쪽을 잡고 당겼더니 삐딱하게 들어 올려졌다. 철판을 옆으로 걷어내자 어른 두 사람이 동시에 내려갈 수 있을 크기의 구멍이 나왔다. 손전등으로 이리저리 비춰 보니 구멍의 밑바닥은 최소한 4미터 정도 아래에 있는 것 같았다. 구멍 옆에는 사다리 모양으로 일정 간격을 두고 철근이 박혀 있어서 발을 디딜 수 있었다.

리철은 권총을 가방에 넣고 손전등 클립을 허리띠에 끼운 채 철근을 밟고 밑으로 내려갔다. 한 단 한 단 내려갈수록 손전등이 바닥에 만드는 빛의 원이 작아지면서 뚜렷해졌다. 바닥에는 물이 약간 고여 있는 것 같았다. 손전등 빛이 유난히 밝게 반사되는 부분이 있었고, 그의 몸에서 빗물이 떨어질 때 아래에서 물방울 튀는 소리가 나기도 했다.

장리철은 발이 바닥에 닿았을 때에도 지반이 충분히 튼튼한지 확인한 뒤에야 손에서 힘을 빼고 다리에 체중을 실었다. 바닥에 고인 물은 신발 밑바닥을 간신히 적시는 수준이었다. 퀴퀴한 곰팡이 냄새가 올라왔다.

장리철은 손전등으로 주변을 비추었다. 수직갱 아래 공간은 위에서 내려다볼 때 한 면이 뚫린 정팔각형 모양이었는데, 수직갱 단면적의 세 배쯤 되었다. 작은 집의 거실만 한 넓이였다. 간이 사다리가 있던 수직갱의 벽은 정팔각형의 한 변에 해당했다. 콘크리트 벽면 아래에는 무성의한 녹색 우레탄도료로 방수 코팅이 되어 있었다. 팔각형 방의 뚫린 면으로는 미약하지만 공기가 천천히 빨려 들어가는 것이 느껴졌다.

리철은 손전등을 들고 그 구멍으로 향했다. 엉성하게 만든 계단이 아래로 이어져 있었다. 몇 걸음 내려가니 그가 찾던 것이 나왔다. 뜻밖에도 철문이나 자물쇠 같은 장치는 없었다.

수직갱 아래 팔면방에서 뻗어 나온 계단은 긴 터널의 중간 부분과 연결되어 있었다. 폭 2미터, 높이도 2미터 남짓한 터널이었다. 천장은 암벽을 다듬지 않은 상태였으나 양옆과 바닥은 반듯하게 포장되어 있었다. 바닥 한쪽에는 물이 빠질 수 있는 배수로까지 있었다.

터널에는 띄엄띄엄 전등이 매달려 있었다. 땅굴은 굽은 곳 없이 직선으로 뻗어 있었다. 리철은 전등 덕분에 길이를 가늠할 수 있었다. 땅굴의 한쪽은 50미터쯤 되는 곳에서 전등이 끝났고, 반대쪽은 시야가 미치는 한에서는 전등이 계속 이어져 있었다. 그 방향이 남쪽인 듯했다. 리철이 발을 옮길 때마다 발소리에 둔탁한 메아리가 따라왔다.

입구와 달리, 정작 땅굴 안쪽의 공기는 그다지 탁하지 않았다. 어딘가에 환기 시설이 있고, 그게 제대로 작동하는 모양이었다. 리철은 가장 가까이에 있는 전등을 확인했다. 싸구려 형광등이 아닌 할로겐등이었고, 상태도 새것이었다. 땅굴의 최근 인수자들이 암벽 천장에 앵커 볼트를 박아 전등을 걸고, 그 사이를 케이블로 연결한 것이다. 아마도 박우희의 아들과 문금옥의 남편이 그 작업을 했으리라. 리철은 그토록 강직한 여인의 아들이 어쩌다 이런 일에 뛰어들게 되었는지 궁금했다. 큰돈을 벌 수 있으리라 생각했을까? 협박을 받고 있었을까? 어머니와는 품성이 다른 아들이었을까?

장리철은 가방에서 「로동신문」을 꺼내 터널과 함께 사진을 찍었다. 사진을 찍으며 땅굴 안에서는 휴대전화가 전파를 전혀 잡지 못한다는 사실을 확인했다. 리철은 내려왔던 순서와 반대로 수직갱을 따라 올라갔고, 수직갱의 사진도 찍었다. 그런 다음 철판을 원래 위치대로 되돌려 놓고 은명화에게 서툴게 사진을 전송했다.

'해내셨군요. 이제 빨리 빠져나오세요. 최태룡 일당이 식당에서 나와 차 세 대에 나눠 타고 장풍군 남서쪽으로 가고 있습니다. 그리로 가는 게 분명해요.'

은명화가 답신을 보내왔다.

'모두 몇 명입니까?'

장리철이 물었다.

'아홉 명이에요. 원래 열 명인데, 최태룡의 장남은 식당에서 나와 혼자 장풍군으로 갔어요.'

'그중에 계영묵도 있습니까?'

'있어요. 조희순은 없고요.'

은명화가 대답했다.

'아버지와 문금옥 선생이 어디에 갇혔는지는 알아냈습니까?'

'그런 것 같아요. 이제 평화유지군에 연락해볼 참이에요. 이 사진을 가지고.'

그 메시지에 장리철은 답장하지 않았다. 그는 휴대전화를 끄고 가방에 집어넣었다.

그는 최태룡 일당을 기다릴 계획이었다.

왜냐하면 그들이 박우희를 죽였기 때문이다. 은명화의 아버지와 문금옥을 납치했기 때문이다. 박우희의 아들과 문금옥의 남편에게 땅굴 보수 작업을 시키고 일이 끝나자마자 제거했기 때문이다. 장풍군에서 수많은 범죄를 저지르고, 사람을 수십 명이나 불에 태웠기 때문이다. 어린아이와 어머니까지 죽였기 때문이다.

그자들은 벌을 받아야 했다.

이전까지 장리철은 길 잃은 한 마리 개와 같았다. 그의 시야는 자신이 한때 소속되었던 작은 조직에 고정되어 있었다. 그는 미친 나라에서 태어났고, 어린 나이에 내면이 황폐해졌다가, 군대에서 새로운 도덕을 얻었다. 새로운 무법천지에서는 제대로 작동하지 않는 도덕이었다. 그래서 그는 노인이 날로 변해가는 세상을 대하듯이 시큰둥하게 통일과도정부 시대를 대했다. 신천복수대의 최후를 쫓는 그의 추적도, 첫사랑의 행방을 수소문하는 노인의 정열과 닮은 데가 많았다. 본질적으로는 자신의 처지에 대한 부정이었고 과거로의 퇴행이었다. 자기를 버린 주인을 찾아가는 개들의 마음 역시 마찬가지 아니던가?

그런데 이제 장리철의 마음속에서는 새로운 행동 원리가 조잡하게나마 꿈틀거리며 솟아나 모습을 갖추는 중이었다. 그의 시야가 비로소 수백 명 규모의 집단 경계 바깥으로 넓어지고 있었다. 공동선이나 사회정의 같은 추상적인 개념들이 그의 세계관 중심에 들어설 자리를 찾는 중이었다. 자신이 옳다고 믿는 바를 위해 손해를 감수한 은명화의 결단이나, '누군가 나섰어야 했다'며 개인의 책임을 거론하던 박우희의 모습이 천천히, 자신도 모르게 리철에게 영향을 끼쳤다.

그러나 교육을 깊이 받지도 못했고, 세련된 사고훈련 경험도 거의 없는 리철이 품게 된 새 행동 원리는 무척 거칠고 원시적이었다. 그것은 함무라비 법전과 흡사했다.

장리철은 땅굴이 있는 별관을 나와 본관으로 향했다. 그리고 2층에 올라 장풍군으로 이어지는 도로를 살폈다. 해는 거의 졌고, 비는 추적

추적 계속 내렸다. 하늘은 어두운 푸른빛으로 보였다. 최태룡 일당이 타고 오는 차는 헤드라이트를 켜고 올 것이었다. 연속으로 오는 차량 세 대가 목표물이다.

'차 세 대에 아홉 명이 타고 있다. 틀림없이 모두 무장했을 것이다. 정문 옆 초소에는 경비원 두 명이 있다. 모두 열한 명이다. 그중에는 신천복수대 출신도 한 사람 있다.'

총알은 열일곱 발이었다. 전술 교관이 알았다면 미쳤다면서 길길이 뛸 일이었다. 설사 리철에게 저격용 소총과 조준경이 있다 해도 절대적으로 불리한 상황이었다. 그는 그 장소에 익숙지 않았고, 적들의 무장 상태를 정확히 알지 못했으며, 보조 사수도 없었다. 다만 그들에게 벌을 주고 싶을 따름이었다.

*

미셸 롱과 강민준은 저녁 식사를 막 하려던 참에 발신자 정보가 없는 전화를 받았다. 평화유지군은 북한의 인민보안부와 함께 합동수사본부를 차려 헌병대장 살인 사건을 수사했다. 백고구마의 마약 창고를 급습한 사건과 헌병대장 죽음의 연관성 때문에 미셸 롱과 강민준도 합동수사본부에 참여했다. 강민준은 쏟아지는 통역 업무와 숙취로 점심을 제대로 먹지 못했고, 장교 식당 테이블에 앉았을 때에는 배에서 꼬르륵 소리가 우렁차게 몇 번 난 참이었다.

그는 짜증스럽게 전화를 받았으나 곧 표정이 싹 바뀌었다. 그는 손짓으로 롱을 부른 뒤 수화기를 막고 작은 목소리로 말했다.

"장풍버거 사람이래요. 최태룡이 남한으로 마약을 넘긴다는 증거가 있대요."

롱이 자리에서 일어서자는 시늉을 했다. 강민준이 자리에서 일어나며 휴대전화를 귀와 어깨 사이에 끼우고 상의 주머니에서 수첩과 펜을 꺼내려다 잠시 모든 동작을 멈추었다.

"그 말씀을…… 입증할 자료가 있나요?"

놀란 얼굴로 강민준이 물었다. 그 순간 전화가 끊겼다.

"여보세요? 여보세요?"

강민준은 낭패라는 듯이 휴대전화 화면을 보았다. 롱이 강민준을 거의 끌다시피 식당 밖으로 데리고 나갔다.

"뭐래요? 무슨 이야기인데 그래요?"

식당 막사 뒤편까지 온 롱이 더는 참지 못하고 물었다.

"잠시만요. 지금 뭐가 들어오고 있어요."

강민준의 휴대전화로 전송되는 메시지는 모두 사진이었다. 사진들을 확인하는 강민준의 입이 점점 벌어졌다.

"강민준 대위, 지금 상황을 설명해주세요."

롱이 강민준을 쏘아보며 말했다.

"여기서 남한까지 지하 땅굴이 있다고 합니다. 그걸 최태룡 조직이 얼마 전에 발견했답니다."

롱을 쳐다보지도 않은 채 사진들을 살피며 강민준이 빠르게 대답했다. 이번에는 롱이 입을 떡 벌릴 차례였다.

"사진 보여줘요."

롱이 거의 뺏다시피 강민준에게서 휴대전화를 넘겨받았다. 액정화면을 들여다보는 롱의 손이 부들부들 떨렸다.

"조작일까요?"

강민준이 물었다.

"모르겠어요. 알아봐야 돼요. 그런데 이 터널이 어디에 있다는 거죠?"

롱이 되물었다.

"얘기 안 했습니다. 자기가 5분 뒤에 다시 걸겠다고 했어요."

"어제 저희와 통화했던 그 사람인가요? 박우희?"

"목소리가 좀 더 젊은 여자 같던데요."

그때 전화벨이 울렸다. 강민준은 롱과 눈을 한번 마주친 뒤 전화를 스피커폰 모드로 돌려서 받았다. 민준과 롱은 휴대전화를 사이에 두고 거의 이마를 맞대다시피 가까이 섰다.

"방금 보내드린 사진은 절대로 조작이 아닙니다. 그러나 그 땅굴이 어디에 있는지는 저도 모릅니다. 정확한 위치를 아는 두 사람은 지금 태림물산 사무실에 붙잡혀 있어요. 최태룡 조직은 그 두 사람을 내일 새벽에 죽일 겁니다. 그 두 사람을 구하면 땅굴의 위치도 알 수 있어요. 당장 태림물산 사무실로 가십시오. 절대 인민보안부에는 알리지 마세요. 최태룡 조직과 한통속이니까요."

전화기 속의 목소리가 말했다.

제일 첫 차에 최태룡이 탔다. 픽업트럭인 코란도 스포츠였다. 쌍용차의 이 모델은 남한보다 북한에서 더 많이 팔렸다. SUV처럼 생겼으면서도 트럭이라 큰 짐도 적재할 수 있고 견인력도 괜찮았기 때문이다. 도로 사정이 나빠도 믿음직스럽게 잘 달리기 때문에 특히 도시가 아닌 지역에서 인기가 높았다. 운전은 개성섬유봉제협회의 차장이, 조수석에는 조선해방군 소좌가 앉았다.

두 번째 차는 조선해방군 중좌와 소좌가 함흥에서 타고 온 중형 세단이었다. 운전은 계영묵이 맡았고, 조수석에는 다른 조선해방군 소좌가 앉았다. 두 사람은 똑같이 조선해방군 소속이었지만 서로 안면은 없었다. 뒷좌석에는 개성섬유봉제협회 실장이 앉았다. 마지막 차는 SUV였다. 개성 조직이 가져온 차였다. 최태룡의 차남이 운전했다. 조수석에는 개성 조직의 국장이, 뒷좌석에는 조선해방군 중좌가 앉았다.

경비원들이 최태룡이 탄 차를 확인하고 장풍 초대소 공사장의 문을 열었다. 경비원 한 사람은 주 전원을 켰다. 본관과 두 별관의 복도에 불이 들어왔다.

차량 세 대가 천천히 공사장 안으로 들어왔다. 최태룡이 탄 차가 먼저 2층이 무너져 내린 별관 앞에 섰다. 나머지 두 대도 차례로 그 뒤에 섰다. 차에서 내린 사내들이 들어서자 크지 않은 로비는 꽉 찬 느낌이 들었다.

"여기요? 생각보다 작은데."

개성섬유봉제협회 실장이 건물을 위아래로 훑어보며 말했다.

"금테 두른 문이라도 기대했나?"

조선해방군 중좌가 이죽거렸다.

"입구는 이 지하에 있습니다. 먼저 짐을 이리 부려놓는 게 어떨까요?"

최태룡이 말했다.

개성섬유봉제협회 실장이 부하인 차장에게 "가져오라"고 지시했다. 차장이 가장 뒤에 선 SUV로 달려갔고, 조선해방군 소좌 한 명도 그 뒤를 따랐다.

"너도 가야 하는 거다. 짐꾼이니까. 계 부장은 내 옆에 있어야 해."

최태룡이 둘째 아들에게 지시했다. 최태룡의 차남은 무안한 표정을 지으며 다른 짐꾼들에게 뛰어갔다.

그들은 SUV 트렁크에 실려 있던 패딩 조끼 서른 벌을 두 차례에 걸쳐 로비로 가져왔다. 조끼는 납작하게 눌려 비닐 포장이 되어 있었다. 최태룡의 차남은 자기 차에서 가져온 백팩 세 개를 패딩 무더기 옆에 내려놓았다.

"엑스라지 라벨이 붙은 옷은 위장용이고, 라지 사이즈 열다섯 벌이 진짜요. 한 사람이 다섯 벌씩 나눠 들고 가면 될 거요."

개성섬유봉제협회 실장이 말했다. 각 조직의 짐꾼들이 옷을 비춰 보며 라지와 엑스라지 사이즈를 분류했다.

"퍼부으려면 퍼붓고 개려면 개지, 비가 아주 짜증나게 오는구먼."

조선해방군 중좌가 투덜거렸다.

"설마 작전 끝날 때까지 차에서 기다려야 하는 건 아니겠지."

개성섬유봉제협회 실장이 혼잣말처럼 중얼거렸다.

"응접실은 따로 마련해놨습니다. 시간 보낼 거리들도 몇 가지 준비했소. 계집애들은 못 불렀지만, 정히 아쉽다면 이따가 밤에 내가 장풍군 최고 에이스들을 구해다줄 수 있습니다. 혹시 이중에 마작 할 줄 아는 분 있습니까?"

최태룡이 말했다. 그러나 그 말에 호응하는 사람은 아무도 없었다.

최태룡의 둘째 아들과 조선해방군의 짐꾼 역할 소좌, 개성섬유봉제협회 차장은 위장용 옷들이었던 엑스라지 사이즈 패딩 조끼를 다시 차에 실었다. 그리고 라지 사이즈 패딩 조끼들을 다섯 벌씩 가방에 담았다. 백팩은 제법 컸으나 패딩 조끼 다섯 벌로 꽉 찼다.

"이제 밑으로 내려가시죠. 우리의 미래를 보여드리겠습니다."

최태룡이 말했다.

그들은 계단을 따라 아래로 내려갔다. 최태룡이 제일 앞에 서고, 각 조직 대표들의 1인자와 그 경호 역할을 맡은 2인자들이 뒤를 따랐다. 짐꾼들은 맨 뒤에 섰다. 최태룡이 계단참의 스위치를 올리자 지하실 바닥이 한눈에 보였다.

"여깁니다."

최태룡이 배수펌프 옆 철판을 발로 가볍게 내리찍자 둔탁한 메아리가 들렸다. 아래가 비어 있다는 의미였다. 최태룡의 둘째 아들과 계영묵이 철판을 들었다.

"다들 내려가 보실 거죠? 짐은 짐꾼들이 옮기더라도."

최태룡이 물었다.

"물론이오."

개성섬유봉제협회 실장이 대답했다.

"직접 봐야지. 우리 최 사장이 얼마나 멋지게 공사를 마쳤는지. 위에 보고도 해야 하고."

조선해방군 중좌가 말했다.

수직갱 아래로 내려갈 때에도 책임자와 경호원이 먼저 내려가고 짐 꾼들이 뒤를 따랐다. 아홉 명이 순서대로 내려가려니 시간이 걸렸다. 수직갱 아래 팔면방도 성인 남자 아홉 사람이 다 서 있기에 썩 쾌적한 공간은 아니었다. 책임자들이 다 내려온 걸 확인한 최태룡은 팔면방에 서 땅굴로 이어지는 계단으로 먼저 걸어갔다.

짐꾼 세 사람 중 앞장을 선 최태룡의 둘째 아들이 팔면방에 내려왔 을 때에는 최태룡과 조선해방군 중좌, 개성섬유봉제협회 실장은 이미 땅굴 주 통로에 도착한 상태였다.

최태룡의 둘째 아들 다음으로 내려간 짐꾼은 조선해방군 소좌였다. 그는 최태룡의 차남을 따라가려다 자신의 뒤에 있던 개성섬유봉제협 회 차장이 아직 내려오지 않았음을 발견했다. 조선해방군 소좌는 무슨 일인가 싶어서 사다리를 타고 위로 올라갔다.

수직갱 위 지하실 배수펌프 옆에 개성섬유봉제협회 차장이 앉아 있 었다. 차장의 상의가 피로 흥건했다. 차장의 목은 칼로 깨끗이 베어져 있었다. 그 순간에도 베어진 자국을 따라 피가 여러 줄기로 목을 타고 흐르고 있었다.

시체를 확인한 조선해방군 소좌가 가슴의 권총집에서 권총을 뽑으려는 순간 위에서 45도 각도로 총알이 한 발 날아왔다. 발터 PPK의 총구에서 날아온 총알은 조선해방군 소좌의 머리 측면을 정확히 뚫고 들어갔다. 총알의 속도는 초속 900미터로, 음속보다 빨랐다. 그래서 조선해방군 소좌는 총소리를 듣지 못했다. 자기 몸뚱이가 바닥에 쓰러질 때 나는 소리도.

잠시 뒤 지하실의 불이 꺼졌다.

5

장풍 초대소 공사 현장의 정문 초소에 있던 경비원 두 사람은 총소리를 들었다. 그들은 서로 얼굴을 마주 보았다.

"지금 총소리 맞죠?"

좀 더 젊은 경비원이 물었다. 중년 경비원은 잠시 고민하다가 말했다.

"네가 앞장서라."

그들은 총을 뽑아 들고 초소를 나와 정문으로 걸어갔다. 공사장 안에 있는 사람들과 달리 제대로 된 군사훈련을 받지 못한 그들은 내키지 않는 걸음으로 문틈에 가까이 갔다. 권총을 든 손은 젊은 경비원이고 중년 경비원이고 할 것 없이 두 사람 모두 덜덜 떨렸다.

철문은 가운데가 좌우로 병풍처럼 접히면서 열리는 구조였다. 경비원들은 소리가 나지 않게 조심하며 사람 한 명이 지나갈 수 있을 정도의 폭으로만 공사장 정문을 열었다. 빗물에 젖은 철문은 몹시 미끄러왔다. 목을 약간 들이밀고 흘끗 문틈 안쪽을 들여다보았지만 온통 암흑뿐, 아무것도 보이지 않았다.

"그냥 우리는 밖에서 기다리는 게 낫지 않을까요? 안의 상황이 어떤지 모르는데……."

문틈 앞에서 젊은 경비원이 뒤를 돌아보며 물었다.

"들어가. 잔말 말고."

뒤에서 중년 경비원이 어서 걸어가라는 시늉을 했다. 총을 든 손도 위협적으로 한 번 흔들었다. 그는 수칙대로 일을 하지 않았다며 나중에 최태룡에게 문책을 당하는 일이 두려웠다. 어중이떠중이 건달들을 부하로 긁어모은 최태룡은 조직 기강을 잡기 위해 간혹 본보기 사례를 만들곤 했다.

젊은 경비병은 덜덜 떨며 문틈을 향해 걸어갔다. 그는 정문 건너편에서 무슨 소리가 나지 않는지 온정신을 집중해 귀를 기울였다. 가는 비가 땅에 떨어지는 소리 외에는 아무것도 들리지 않았다.

'괜찮겠지, 괜찮을 거야, 하나님 아버지 도와주세요. 총소리를 들었을 때 처음부터 그냥 모른 척할걸.'

젊은 경비병은 속으로 생각했다.

"이얍!"

그는 우스운 기합 소리를 지르며 문틈 안으로 달려 들어갔다. 게다가 방향을 잘못 잡는 바람에 무릎을 철문 옆면에 호되게 부딪혔다. 그 바람에 문틈을 지난 다음에 곧장 미끄러져 넘어진 것 같았다. 다리를 다쳤는지 "스읍"하고 이를 벌리지 않은 채 숨을 들이쉬는 소리가 났다.

"인마, 괜찮아?"

중년 경비원이 문 너머로 물었다. 돌아오는 답은 없었다.

"사람이 물었으면 대꾸를 해야지."

중년 경비원이 말했다. 여전히 답이 없었다. 어쩌면 문을 넘어가서 건물 쪽으로 이미 한참 걸어간 걸지도 모른다. 중년 경비원은 망설이다 문틈으로 몸을 들이밀었다. 젊은 경비원과는 다르게, 조심조심 천천히 건너편으로 걸어갔다.

그리고 그는 젊은 경비원이 왜 답을 할 수 없었는지 알게 됐다. 본관과 두 별관에서 나오는 불빛 외에는 아무런 조명이 없어 윤곽이 뚜렷하지는 않지만, 문 안쪽에 한 사람의 몸뚱이가 쓰러져 있었다. 그의 목 부근에서 검붉은 액체가 흘러나와 빗물에 섞이고 있었다.

그때 중년 경비원의 뒤통수를 차갑고 딱딱한 재질의 물체가 찔렀다. 연이어 날카로운 날붙이가 소리 없이 그의 목울대 위에 닿았다. 그 날이 어쩌나 예리하던지, 벌써 살갗이 베여 핏방울이 한 줄기 흐르는 게 느껴졌다.

중년 경비원은 속으로 기도했다.

'목이 잘리지만 않게 해주세요. 그냥 총에 맞았으면 좋겠습니다.'

그러나 뒤에 서 있는 사내는 중년 경비원과 전혀 생각이 달랐다. 장리철은 소리를 내고 싶지 않았다. 총알도 아끼고 싶었다.

총소리는 땅굴의 주 통로에서도, 팔면방에서도 똑똑히 들렸다. 터널 안에서 총소리는 몇 번이나 메아리를 치며 멀어졌다. 눈호랑이 작전의 참가자들은 대부분 숙련된 살인자들이었다. 몇몇은 잽싸게 바닥에 엎드렸고, 몇몇은 벽에 몸을 붙이며 총을 꺼냈다.

배수펌프가 있는 지하 1층은 불이 꺼졌지만 팔면방과 땅굴의 조명은 그대로였다. 팔면방에 있던 사내들은 총을 든 채로 슬금슬금 땅굴로 이어지는 계단 쪽으로 걸어갔다. 땅굴에 있던 사람들은 반대로 팔면방 쪽으로 천천히 올라왔다. 그들은 계단에서 만났다.

"뭐가 어떻게 된 거야?"

조선해방군 중좌가 작은 목소리로 말했다.

"여기 일곱 사람이 있고, 두 사람이 아직 위에서 내려오지 않았습니다. 총소리는 한 발만 들렸고, 위의 불이 꺼졌습니다."

계영묵이 재빨리 상황을 요약했다.

"저 위에 우리가 모르는 누군가가 있는 거라면 아래에 있는 우리가 절대적으로 불리하오."

개성섬유봉제협회 실장이 말했다. 누구도 입 밖으로 꺼내지는 않았지만 모든 사람의 머릿속에 폭약이나 가스에 대한 생각이 스쳤다.

"일단 땅굴 쪽으로 가서 잠시 지켜보는 게 낫겠습니다."

최태룡이 말했다.

사내들은 그런 상황에 처한 사람들치고는 제법 질서 있게 땅굴로 이

동했다. 그리고 몇 분간 조용히 다음에 벌어질 일을 기다렸다.

"지금 무슨 일이 벌어지고 있는 거지?"

개성섬유봉제협회 실장이 물었다.

"모르겠습니다."

최태룡이 솔직히 시인했다.

"그냥 단순 오발 사고일 수도 있잖아요? 저 위에서 방아쇠를 잘못 당겼다든가 해서……."

최태룡의 둘째 아들이 끼어들었다. 그 말에는 아무도 대꾸하지 않았다.

"제가 올라가서 보고 오겠습니다."

계영묵이 말했다. 최태룡이 고개를 끄덕였다. 조선해방군 중좌가 소좌에게 "네가 엄호하라"고 지시했다.

계영묵은 한 손에 총을 쥔 채로 수직갱의 간이 사다리를 올랐다. 그는 사다리의 가장 위에 있는 단에 손을 올렸을 때 몸을 멈추고 고개를 들어 눈이 암흑에 완전히 익숙해지게 했다. 그리고 미리 빼놓은 총알 한 알을 위로 큰 호를 그리며 날아가게 던졌다.

총알이 벽에 부딪힌 뒤 바닥에 떨어져 굴러가는 소리가 났다. 그러나 지하 1층에서는 아무런 인기척도 들리지 않았다. 계영묵은 순식간에 몸을 올려 지하 1층의 바닥에 앉았다. 그 과정에서 그는 전혀 소리를 내지 않았다. 계영묵은 목이 베인 개성섬유협회 차장과 머리에 총을 맞은 조선해방군 소좌의 시체를 보았다. 그는 살금살금 계단참까지 걸어가 불을 켰다.

엄호 역할을 맡은 조선해방군의 다른 소좌 한 사람이 수직갱에서 올라왔다. 계영묵은 손가락으로 계단 위를 가리켰다. 소좌가 고개를 끄덕였다.

양손으로 총을 잡은 계영묵이 앞장을 서고 소좌가 뒤따랐다. 로비로 올라가 적이 없다는 사실을 확인한 뒤 소좌는 그 자리에 남고 계영묵은 다시 지하로 내려왔다.

"올라오셔도 괜찮습니다."

계영묵이 수직갱으로 머리를 내밀고 아래를 향해 외쳤다. 밑에 있던 다섯 사람이 올라왔다.

개성섬유봉제협회 실장은 최태룡의 둘째 아들 다음으로 사다리를 올랐다. 그는 지하 1층에 와서도 최태룡의 둘째 아들 뒤에 서 있었다. 바닥에 쓰러진 시체를 확인한 개성 조직의 실장은 재빨리 앞에 있는 어린 녀석의 뒤통수에 총구를 갖다 댔다. 그와 동시에 개성 조직의 국장이 조선해방군 중좌에게 총을 겨누었다.

"무슨 짓이야!"

최태룡이 소리쳤다.

"그건 내가 할 말이지. 너희들 무슨 짓을 벌이고 있는 거야?"

개성섬유봉제협회 실장이 말했다. 그는 한 손으로 최태룡 차남의 상의 뒷부분을 잡아끌면서 배수펌프 앞으로 갔다. 어느 각도로도 자신을 쏘기 어렵게 하기 위해서였다.

"나도 궁금한데. 최 사장, 지금 도대체 뭐가 어떻게 돌아가는 거요? 우리 짐꾼과 개성 조직의 짐꾼을 죽인 게 누구요?"

조선해방군 중좌가 최태룡에게 물었다. 자신을 향한 개성 조직 국장의 총구는 신경 쓰지도 않는 분위기였다.

"백고구마의 소행 같습니다. 그 잔당들이 해결사를 하나 고용했는데, 여기까지 따라온 것 같습니다."

계영묵이 최태룡 대신 말했다.

"내가 그런 개소리를 믿어야 할 이유가 있나?"

개성섬유봉제협회 실장이 물었다.

"상대는 한 명입니다. 무기도 총하고 칼뿐이고요. 여기까지 따라와서 두 사람만 죽이고 물러난 걸 보면 알 수 있습니다. 기다리면서 올라오는 사람들을 공격할 수 있었는데 그러지 않았습니다."

계영묵이 말했다.

"혼자여도 기다리는 건 할 수 있었을 텐데. 왜 내뺀 거지?"

조선해방군 중좌가 물었다.

"초소의 경비원들이 신경이 쓰였을 겁니다. 여기서 총소리가 나면 그들이 올 테고, 앞뒤로 적을 상대하기는 부담스러웠을 테니까요. 지금쯤 아마 경비원들을 처리하고 정원 어딘가에 숨어 있을 겁니다."

계영묵이 대답했다.

"잘잘못을 가릴 때가 아닌 것 같소. 빨리 올라가서 그놈부터 처리해야 하오. 나는 일단 이 말을 믿어보려는데 개성 쪽은 어떻게 하려오?"

조선해방군 중좌가 개성섬유봉제협회 실장에게 물었다. 개성 조직의 실장은 한참 동안 답을 하지 않다가 혀를 한번 차더니 최태룡의 아들을 풀어주었다. 조선해방군 중좌를 겨냥하고 있던 개성 조직 국장도 총구를 내렸다.

"해결사? 일을 이 따위로 하다니."

개성 조직의 실장이 중얼거렸다.

"그건 나중에 따질 문제요. 일단 급한 것부터 처리합시다. 설마하니 일곱 명이 한 놈은 잡을 수 있겠지."

조선해방군 중좌가 말했다. 그는 보일락 말락 하게 계영묵에게 고개를 끄덕여 보였다. 계영묵도 눈빛으로 답례했다.

"우리 차에는 따발총이 있소. 그쪽은 무기 없소?"

개성 조직의 실장이 물었다.

"돌격소총이 세 자루 있소. 꺼내오자고."

조선해방군 중좌가 그렇게 말하면서 위로 올라갔다. 뒤를 소좌와 계영묵이 따랐다. 최태룡은 둘째 아들을 다독이는 척하며 일행의 뒷줄에 섰다. 다른 사람들이 계단을 오를 때 그는 주머니에서 몰래 휴대전화를 꺼냈다. 최태룡은 첫째 아들에게 빠르게 문자메시지를 보냈다.

'눈호랑이는 글렀다. 빨리 도망쳐라.'

*

"북한 남자들은 무뚝뚝해 보여도 진중한 맛이 있고, 남한 남자들은 사근사근하지만 너무 가벼워 보인다고 하셨잖아요. 그러면 본인의 매력은 북한 남자들한테 더 잘 통한다고 생각하세요, 아니면 남한 남자들에게 더 어필한다고 보세요?"

"저의 매력은 백두에서 한라까지, 온 겨레 남성들에게 두루 다 통합니다!"

리포터의 말을 젊은 여자가 그렇게 받아쳤다. 화면에는 '김일성종합대학생의 자신감'이라는 자막이 떴다.

최태룡의 장남과 조희순, 그리고 최태룡의 부하 두 사람은 태림물산 건물 2층에서 TV를 보고 있었다. 네 사람이 모두 담배를 피우고 있었기 때문에 방은 담배 연기로 가득했다. 재떨이에는 꽁초가 작은 산처럼 쌓여 있었다. 그 아래에는 조금 전에 주문해서 먹은 청요리를 담았던 빈 그릇이 놓여 있었다.

최태룡의 장남은 전화기를 꺼내 방금 온 문자메시지를 확인하고는 부하 한 사람에게 지시했다.

"야, 가서 인질들 잘 있나 보고 와라. 계 부장이 한 말은 들었지? 목마르다고 하면 물은 줘. 그 외에는 다 안 된다."

가장 서열이 낮은 부하가 허리를 펴고 창고로 갔다.

"한 시간 전에 확인했잖아. 뭘 또 보러 가?"

조희순이 핀잔을 줬다.

"또 보면 안 돼?"

최태룡의 장남이 되물었다. 직급상으로는 엄연히 최태룡의 장남은 부사장이고 조희순은 부장이었지만 두 사람은 서로 반말을 썼다. 최태룡의 아들들과 계영묵이 서로 존댓말을 쓰는 것과는 딴판이었다.

"안 될 거야 없지. 하고 싶은 대로 해."

조희순이 담배를 비벼 껐다.

"그런데 방금 전에 남한에서 남자친구를 사귄 적은 없다고 하셨잖아요. 그건 왜 그래요?"

TV에서 리포터가 과장된 말투로 물었다.

"그거야 남한 남자들이 겁이 많아서 저한테 대시를 하지 않기 때문이죠!"

김일성종합대학을 휴학하고 남한에 와서 경영학을 배우고 있다는 젊은 여자가 TV 화면 속에서 말했다. 여대생은 그렇게 말하더니 까르르 웃었다. 남한에서 생활 중인 북한 출신 젊은이들을 스튜디오로 불러 시시껄렁한 대화를 나누고 장기자랑을 시키는 그렇고 그런 예능 프로그램이었다.

"역겨워서 못 봐주겠네, 진짜."

최태룡의 장남이 일어났다.

"어디 가는 거야?"

조희순이 물었다.

"속이 안 좋아서."

최태룡의 장남이 대꾸했다.

"똥 싸러 가는데 자동차 열쇠는 왜 챙겨가?"

조희순이 물었다.

"누가 화장실 간다고 했나? 속이 안 좋으니 나가서 맥주 몇 병 사 들고 오겠다 이거야. 좋아하지도 않는 단고기를 눈치 보면서 잔뜩 먹고 쓰레기 같은 TV 보고 있으려니 아주 더부룩해 죽겠어. 좀 꺼트려야 돼."

"너 혼자?"

"왜, 손잡고 같이 갈까?"

조희순은 최태룡의 장남이 나가는 걸 내버려두었다. '저 새끼 아비만 아니었으면 아주 아작을 내는 건데'하고 생각은 했지만 그로서는 딱히 뾰족한 도리도 없었다. 최태룡의 아들들에게 겉으로는 깍듯하게 굴면서 실제로는 그 애송이들이 자신을 넘볼 생각도 못하게 만드는 계영묵의 교묘한 재주가 부러울 따름이었다.

그러나 조희순은 얼마 지나지 않아 그런 불쾌함을 까맣게 잊어버렸다. 그는 대신 다른 충동에 휩싸여 최태룡의 장남에게 전화를 걸었다. 자신이 마실 맥주도 사다달라고, 대동강맥주 말고 룡성맥주를 사다달라고 부탁하기 위해서였다.

최태룡의 장남은 전화를 받지 않았고 조희순은 욕을 하면서 전화기를 내려놓았다. 그리고 2분 뒤에 정확히 같은 행동을 반복했다. 그러고는 1분 뒤에 그 짓을 한 번 더 했다. 씨발, 이 새끼가 존나 건방지게 전화를 씹네, 라고 중얼거린 뒤 조희순은 부하에게 지시했다.

"야, 아까 나간 놈한테 기왕 사올 거 맥주 한 궤짝 사오라고 문자 좀 보내라."

조희순은 문자메시지를 전송하는 법을 몰랐다.

"부사장님한테 말씀입니까?"

부하가 물었다.

"아까 나간 놈이 그놈 말고 또 있냐?"

조희순의 말에 부하가 고개를 수그리고 휴대전화 액정화면을 두드렸다.

잠시 뒤, 조희순은 부하에게 다른 명령을 내렸다.

"야, 그냥 네가 나와서 술 좀 사와. 대동강 말고 룡성으로 한 박스."

연달아 명령을 받은 부하는 기분 나빠하기는커녕, 오히려 기다렸다는 듯이 "예!" 하고 외치며 자리에서 일어났다. 마침 그러고 앉아 있는 게 어지간히 지겨운 참이었던 듯했다. 부하는 계단이 있는 쪽으로 걸어가다 말고 조희순에게 물었다.

"부장님, 저…… 그런데 돈은요?"

"일단 네 돈으로 사와. 나중에 내가 줄게."

"아, 예……."

"빨리 갔다 와."

부하를 보내고 난 조희순은 다시 TV에 몰두했다. 이제는 북한 출신 여대생들이 스튜디오에서 춤 대결을 벌이고 있었다. 젊은 여성들은 가슴과 골반을 흔들며 남한 걸그룹 흉내를 냈다. 저런 건 언제 배웠을까, 남조선에 가서 배운 걸까 아니면 북조선에 있을 때부터 연습한 걸까, 하고 조희순은 생각했다. '남조선 여자들은 지나치게 노골적이어서 매력이 없다'는 게 평소 그의 지론이었다. 그런데 정작 옆자리에 앉은 부하 녀석은 그와 정반대로 생각하는 모양이었다. "북조선 에미나이들은 안 돼, 안 돼"라며 고개를 저었다. '웨이브'가 어색하다는 것이었다. 어색하긴 뭐가 어색하냐고 조희순이 호통을 쳤고 부하는 금세 기가 죽어 꼬리를 내렸다.

되지도 않은 이유로 부하를 꾸짖고 나니 입맛이 썼다. 조희순은 괜한 역정을 내며 자리에서 일어나 창가를 내다보았다.

"술 사러 간 새끼들은 어디 양조장에서 맥주를 만들어 오나, 왜 이렇게 안 와?"

해가 지고 비가 내리고 있어서 바깥은 제대로 보이지 않았다. 그럼에도 길 건너편 건물 옥상의 뭔가가 눈길을 끌었다.

머리가 둔하다고 눈썰미까지 둔한 건 아니다. 조희순 역시 각종 전술 교본을 몸으로 달달 외운 신천복수대 출신이었다. 건너편 건물 옥상에 있는 것은 비닐로 몸을 덮은 저격수였고, 옥상 울타리 밖으로 약간 삐져나온 막대기는 소총의 총구였다.

조희순은 얼른 사무실 반대편 창가로 가서 다른 건물의 옥상도 확인했다. 거기에도 저격수로 보이는 그림자가 있었다. 자세히 관찰하니 건물 모퉁이 옆에도 작전 개시를 기다리고 있는 군인들의 실루엣이 언뜻 보이는 듯했다.

"야, 아까 술 사러 간 놈한테 전화 걸어봐."

조희순이 부하에게 명령했다. 부하는 잠시 뒤 "안 받는데요"라고 말하며 조희순을 바라보았다.

조희순에게 든 생각은 '최태룡이 나를 팔아넘겼다'는 것이었다. 최태룡의 장남이 문자메시지를 받고 갑자기 술을 사겠다며 밖으로 나간 것도 이해가 되었다. 최태룡이 자신을 팔아넘겨서 얻는 이득이 무엇인지에 대해서는 생각이 미치지 않았다. 평화유지군이 그를 체포할 마음이 있다 해도 이런 식으로 태림물산에 쳐들어오는 것보다 식당이나 술집 같은 장소에서 덫을 쳐놓고 기다리는 게 훨씬 나을 거라는 생각도 들지 않았다. 조희순의 마음속에서는, 이 모든 상황에 모순이라고는 전혀 없었다. 터질 때만 기다리고 있던 음모가 이제 겨우 현실화되는 것에 불과했다.

오래전부터 그가 의심해왔던 시나리오.

최태룡과 그의 아들, 그리고 평화유지군이 손을 잡고 자신을 잡으러 오는 것.

"우리 포위됐다."

조희순이 부하에게 말했다.

"네?"

부하는 무슨 소리냐는 듯 어안이 벙벙한 얼굴이었다.

"최태룡과 그 자식새끼한테 속았다. 지금 저 밖에 평화유지군이 있어. 옆 건물 옥상에 총잡이가 둘 있다. 여기를 치려는 거 같다. 지나가는 사람이 안 보이지? 저 위에서 길을 통제하는 게 틀림없어."

상황을 이해한 부하는 얼굴이 파랗게 질렸다.

"부장님, 어떻게 하죠?"

부하가 물었다.

"무기 가져와. 있는 대로 다. 단단히 마음먹어라. 호랑이굴에 잡혀가도 정신만 차리면 산다."

조희순이 대답했다.

부하는 자신의 상사가 압도적인 수의 적과 싸우지 않고 몰래 탈출할 궁리를 해줬으면 하는 마음이었다. 조희순의 의도를 자신이 잘못 파악했을 수도 있다고 여긴 부하는 미약한 희망을 품고 다시 물었다.

"지금 저놈들하고 한판 붙어보시려는 건가요? 도망치지 않고?"

"그래, 전쟁이다. 죽든지 살든지 한번 해보는 거다."

조희순이 대답했다. 부하는 난감한 표정으로 조희순의 얼굴을 올려다보았다.

*

2층이 허물어진 별관 로비에는 따로 문이 없었다. 앞으로 튀어나온 현관에는 기둥이 네 개 있었다. 계영묵과 조선해방군 소좌가 각각 기둥 뒤에 숨어서 밖을 내다봤다. 뒤에 개성 조직의 국장과 최태룡의 차남이 섰다. 마지막 줄에는 최태룡과 조선해방군 중좌, 개성섬유봉제협회 실장이 있었다.

그들은 별관의 조명을 껐다. 자신들이 움직인다는 신호가 될 수도 있었지만 빛을 등지고 움직이는 것은 너무 위험하다는 판단이었다. 아주 강렬한, 태양빛 같은 조명이라면 모를까.

바깥은 조용했다. 적은 아마 정원 어딘가에서 비를 맞으며 기다리고 있을 것이었다. 적은 무장 수준이 대단치 않은 것 같았고, 저격용 소총이 없다면 본관과 별관 건물은 그들을 노리기에는 너무 멀었다. 반대로 로비 앞에 세워져 있는 차량 세 대는 너무 가까웠다. 계영묵은 자동차들 뒤에 사람이 숨어 있지 않은지 유심히 살폈다.

최태룡의 둘째 아들로부터 자동차 열쇠를 넘겨받은 계영묵은 헛소리를 내서 조선해방군 소좌를 불렀다. 계영묵은 세 손가락을 펴 보이고 자동차를 가리켰다. 숫자 셋에 자동차 앞까지 뛰어가자는 수신호였다. 조선해방군 소좌가 고개를 끄덕였다.

하나. 둘. 셋.

그들이 로비 앞 계단으로 달려 내려가자마자 총소리가 났다. 총소리는 왼쪽에서, 그러니까 본관 방향에서 들렸다. 모두 네 발이 날아왔고, 계영묵은 아무 곳도 맞지 않았다. 주차된 차량 세 대 중 가장 뒤에 있던, 조선해방군이 타고 온 승용차 옆에 몸을 붙이고 선 다음에야 그는 로비 방향을 바라보았다. 계단 앞에 조선해방군 소좌가 쓰러져 있었다. 한 손으로 배를 감싸 안은 걸로 봐서 복부에 총을 맞은 듯했다. 몸을 꿈틀대며 차량 쪽으로 기어가려고 했지만 이미 전력으로서는 의미가 없어졌고 살 가능성도 별로 없어 보였다. 적의 사격술이 뛰어났다기보다는 총에 맞은 사람이 억세게 운이 나빴다고밖에 할 수 없었다.

조금 전까지 계영묵과 조선해방군 소좌가 서 있던 기둥 뒷자리에 최태룡의 차남과 개성 조직의 국장이 섰다. 그들은 각각 권총을 빼들고 총소리가 난 방향으로 엄호사격을 했다. 정확한 위치 따위는 모른 채 어둠에 대고 총질을 하는 것이나 다름없었다. 계영묵은 그 사이에 주머니에서 차 열쇠를 꺼내 승용차의 트렁크를 열었다.

개성 조직이 타고 온 SUV에는 체코제 기관단총인 스콜피온이 세 정 있었다. 조선인민군이 남파 간첩들에게 지급하는 총이었다. 개머리판을 접으면 길이가 30센티미터도 되지 않았고, 무게가 1.5킬로그램도 되지 않아 들고 다니기 편했다. 반동도 기관단총치고는 굉장히 적었다. 계영묵이 선호하는 총 중 하나였다.

총알은 충분했다. 스무 발짜리 탄창이 잔뜩 있었다. 계영묵은 스콜피온 한 정을 들고 장전한 뒤 자동으로 놓고 적이 있을 것 같은 방향으로 총알을 퍼부었다. 탄창 하나를 다 쓴 뒤 새 탄창을 끼우고, 이번에는 한 발씩 본관 방향으로 쏘았다. 그러면서 스콜피온 두 정과 탄창 몇 개를 별관 로비로 던졌다.

로비에 있던 최태룡의 차남과 개성섬유봉제협회 국장은 무사히 총과 탄창을 받은 모양이었다. 잠시 뒤 로비에서도 기관단총 총소리가 요란하게 났다. 그들이 일제사격을 벌이는 동안 계영묵은 탄창을 주머니에 가득 집어넣고 가운데 있는 중형 세단으로 몸을 옮겼다.

계영묵은 세단의 트렁크를 열고 조선해방군 소좌가 일러준 대로 트렁크 안쪽 깊은 곳에 있는 스위치를 눌렀다. 그러자 트렁크 아래 숨겨져 있던 비밀 서랍이 열렸다. 거기에는 AK-74를 개량한 88식 자동보총 두 정과, 88식을 다시 개량한 98식 한 정이 있었다. 모두 개머리판이 접히는 제품이었다. 88식과 98식은 조선인민군이 썼던 소총으로, 조선인민군이 해체된 뒤에 암시장에 어마어마하게 쏟아져 나왔다.

최태룡의 차남과 개성 조직의 국장은 어둠을 향해 띄엄띄엄 총을 발사했다. 응사는 없었다. 계영묵은 소총 세 자루를 품에 안고 로비로 달려갔다.

땅에 쓰러져 있던 조선해방군 소좌가 다리를 잡는 바람에 계영묵은 거의 넘어질 뻔했다. 이미 죽은 줄 알았는데, 최후의 힘을 짜낸 것 같았다. 소좌가 계영묵을 향해 뭐라고 중얼거렸지만 제대로 들리지 않았다. 듣고 싶지도 않았다. 계영묵은 그 손을 뿌리치고 로비로 달려갔다.

소총을 최태룡과 조선해방군 중좌, 개성섬유봉제협회 실장에게 한 자루씩 건넨 뒤 계영묵은 본관 방향이 아닌 자동차가 주차된 쪽을 향해 섰다. 그는 스콜피온으로 바닥에 쓰러진 조선해방군 소좌를 쏘았다. 소좌의 몸이 위로 몇 번 들썩였다. 조선해방군 중좌는 그 모습을 지켜보면서도 아무 말도 하지 않았다.

계영묵은 최태룡의 차남 뒤에 가서 한쪽 무릎을 꿇고 앉았다. 기관단총의 개머리판을 펴서 어깨에 붙이고 본관 쪽을 유심히 살폈다.

그때 수영장 터 옆의 관목이 움직였다. 바람 때문에 흔들린 게 아니었다. 무게가 꽤 나가는 무언가가 나무줄기를 부주의하게 건드린 것이었다. 계영묵과 개성섬유봉제협회 국장, 최태룡의 둘째 아들은 누가 먼저랄 것도 없이 관목을 향해 기관단총을 갈겼다. 뒤에서 최태룡과 조선해방군 중좌, 개성 조직의 실장도 소총을 쏘아댔다. 격발 소리와 탄피 떨어지는 소리가 한참이나 요란하게 이어졌다.

사격을 멈추자 화약 연기 때문에 앞이 흐릿하게 보일 지경이었다. 무지막지한 총알 세례에 관목은 윗부분이 거의 다 날아가버리다시피 했다. 뒤에 코뿔소가 숨어 있었다 해도 걸레가 되었을 게 분명했다.

"네가 가서 보고 와라."

최태룡이 아들에게 지시했다.

"제가요?"

최태룡의 둘째 아들이 쭈뼛거리며 아버지에게 물었다.

"그래. 넌 짐꾼 주제에 아까부터 한 게 없다."

최태룡의 목소리는 단호했다. 그렇게라도 아들에게 역할을 주기 위한 말이었으며 그 자리에 있는 다른 사람들도 그런 의도를 알았다. 그런 배려를 읽지 못한 사람은 당사자뿐이었다. 최태룡의 차남은 주사를 맞으러 가는 어린애 같은 표정을 짓고 윗부분이 날아간 관목으로 걸어갔다.

덤불 속에는 사람도, 사람의 잔해도 없었다. 나일론 끈에 연결된 쇠갈고리가 하나 있을 뿐이었다. 갈고리 발톱이 관목 그루터기에 걸려 있었다. 멀리서 끈을 잡아당기면 작은 나무가 움직이도록.

그러니까, 이건 다 함정이었다.

최태룡의 차남이 '젠장, 이건 다 함정……'이라고 생각했을 때, 생각지도 못한 방향에서 총소리가 들렸다.

*

"대단한 정보를 요구하는 게 아니야. 안에 몇 사람이 있는지, 몇 층에 있는지 그런 걸 얘기해주면 되는 거야."

롱의 말을 강민준이 통역했다. 롱의 태도는 깍듯했지만 그런 내용을 존댓말로 옮기면 이상할 것 같아서 반말을 썼다.

롱과 민준은 태림물산 건너편 건물 옆에 서 있었다. 포장이 안 된 도로와는 수직을 이룬, 건물과 건물 사이의 좁은 틈이었다. 바닥에는 오래된 쓰레기와 담배꽁초가 수북했다. 거기에 평화유지군 한 분대가 숨어 있었다. 그들은 비를 맞으며 서 있었다.

방금 전에 태림물산 사무실에서 나온 젊은 사내도 그 자리에 있었다. 조희순에게서 돈도 받지 못한 채 술을 사오라는 명령을 받고 속으로 투덜거리며 건물을 나온 막내 부하. 그는 길을 건넌 뒤 건너편 건물 모퉁이쯤에서 자기에게 돈이 얼마나 있는지 확인하려고 주머니에서 지갑을 꺼냈다. 그 바람에 평화유지군이 그를 덮칠 때 저항다운 저항은 전혀 하지 못했다.

그 사실이 분하기라도 한 듯, 최태룡의 젊은 부하는 입을 꽉 다물고 있었다. 평화유지군은 우의를 걸치고 있었지만 최태룡의 부하는 그렇지 않았다. 겉옷이 조금씩 젖어서 몸에 달라붙는 중이었다. 들고 있던 우산은 멀찍이 내동댕이쳐져 있었다. 그는 등 뒤로 수갑을 찬 채 고집스럽게 입을 다물고 있었다. 평화유지군 병사 두 사람이 그에게 총을 겨누고 있었다.

"보복은 두려워하지 않아도 돼. 최태룡 조직은 이제 끝난 거나 다름없으니까. 백고구마 조직 와해된 거 못 봤어? 최태룡 조직도 그렇게 될 거라고. 게다가 우리한테 저 안 상황을 이야기해준 사람이 당신이라는 걸 누가 알겠어? 그냥 털어놔."

강민준이 구슬려봤지만 최태룡의 부하는 요지부동이었다. 이제는 아예 눈까지 감았다. 그렇게 하면 상대의 소리가 들리지 않기라도 하는 듯이. 강민준은 그냥 총구를 들이대고 싶은 충동을 느꼈다. 전날 눈썹 아래로 흉터가 있던 남자가 자신을 협박했던 그대로 말이다.

롱은 강민준과 정반대 전략을 썼다. 롱의 말을 민준이 다시 통역했다.

"아니면 이건 어때. 우리한테 협조하지 않으면 네가 배신자라고 소문을 낼 테다. 어차피 우리는 저 건물 안으로 들어갈 거야. 네가 우리를 안내해줬다고 할 거야. 저 건물 안에 있는 사람한테도, 밖에서 구경하는 사람들한테도."

소용이 없었다. 어떻게 해야 하나, 정말 폭력을 휘둘러야 하나, 고민하던 강민준 옆에서 롱이 휴대전화를 꺼내 남자의 얼굴 사진을 찍었다. 스마트폰이 플래시를 터뜨렸다. 민준이 의아한 표정으로 그런 롱을 보았다.

"제보자의 번호를 알려주세요. 이 사진을 보내게요."

롱이 영어로 말했다.

"제보자에게 저 남자 얼굴을 보낸다고요?"

민준이 물었다.

"네. 그런 다음 제보자에게 전화를 걸어요. 제보자가 이 동네 사정이나 최태룡 조직에 대해 우리보다 더 잘 알고 있는 것 아닌가요? 저 남자의 약점이 뭔지 알 수도 있겠죠."

강민준은 롱과 최태룡의 부하로부터 몇 걸음 떨어져 사진을 제보자에게 전송했다. 그런 뒤 롱의 지시대로 제보자에게 전화를 걸었다.

"강민준 대위입니다. 지금 태림물산 건물 앞에 다른 대원들과 함께 있습니다."

전화기 건너편에서 제보자가 응답했다. 민준이 말을 이었다.

"건물에서 젊은 남자가 한 명 나오는 걸 붙잡았어요. 심문해서 내부 상황이 어떤지 듣고 싶은데, 이자가 말을 하지 않습니다. 혹시 이 사람을 아시나요? 압박할 수단이 없을까요?"

전화기 건너편에서 제보자가 막힘없이 조언을 했다. 민준은 약간 놀란 목소리로 되물었다.

"그걸로 될까요? 아, 그렇게……. 네, 알겠습니다."

강민준은 전화를 끊고 롱과 최태룡의 젊은 부하 앞으로 걸어왔다. 민준은 제보자가 전해준 이야기를 롱에게 귓속말로 전했다. 롱은 반신반의하는 눈빛이었지만 고개를 끄덕였다. 강민준이 최태룡의 젊은 부하에게 가서 말했다.

"너, 아주 예쁜 조카가 있다며? 소학교에 다니는. 장마당에서 두부밥을 파는 네 누나가 키운다며?"

그 말에 최태룡의 젊은 부하가 처음으로 반응을 보였다. 젊은 남자는 고개를 들고 불안감이 가득한 눈으로 강민준을 쳐다봤다.

"그 애가 사실은 네 조카가 아니라 친딸이라며?"

강민준이 말했다. 질문이 아니었다.

"그게 이거랑 무슨 상관이오?"

최태룡의 젊은 부하가 드디어 입을 열었다. 어쩐지 투정을 부리는 듯한, 선한 느낌의 목소리였다.

"우리가 그 아이를 찾아가서 친아버지가 누구인지 알려주면 어떨까. 꼬마야, 실은 네 큰아버지가 네 아빠란다, 너는 네 아빠가 어릴 때 사고를 쳐서 얻은 사생아란다, 네 친엄마는 지금 어디에 있는지도 모른단다, 하고 말이야. 그리고 이렇게 덧붙이는 거지. 그런데 네 친아빠는 평화유지군에 잡혀서 언제 풀려날지 모른단다, 범죄조직에서 일하면서 사람을 가두고 협박하고 나쁜 짓을 많이 저질렀기 때문에 우리로서도 어쩔 수 없단다, 라고. 참, 이제까지 네 어머니라고 알고 있었던 고모가

473

하는 노점도 따지자면 허가 안 받은 불법이니까 문을 닫게 될…….”

“그러기만 해봐, 끝까지 쫓아가서 복수할 테다.”

젊은 남자가 눈에서 레이저 빔이라도 내뿜을 기세로 강민준을 노려보았다. 강민준은 예상 밖의 반응에 놀랐다.

“그러니까 처음부터 벌어지지 않게 해야지. 잘 생각해보라고. 최태룡 조직은 이제 너한테 도움도 안 되고 위협도 안 돼. 태림물산은 조금 전에 문을 닫은 거야. 지금 너한테 중요한 게 뭐야? 너랑 네 딸이라고. 우리는 그걸 확실하게 망칠 수 있다. 최태룡은 할 수 없지만 우리는 할 수 있어.”

강민준은 ‘내가 이렇게 야비한 사람이었나’ 하고 속으로 혀를 찼다. 어쨌든 위협은 먹혀든 것 같았다.

“원하는 게 뭡니까?”

젊은 아버지가 물었다.

“저 안에 몇 명이나 있나? 그리고 인질은 어디에 있지?”

“안에는 두 사람이 있어요. 2층에, 대로변 쪽으로 사무실이 있어요. 반대쪽에 자재 창고가 있는데 거기에 인질이 있고요. 창고 선반에 몸을 묶어놨어요.”

최태룡의 젊은 부하가 고개를 떨구고 말했다.

“두 사람뿐이라고? 무장은 했나?”

“권총 한 자루씩 들고 있을 거예요. 그런데 다른 방에 무기들이 많아요. 그 둘 중 하나는 특작부대 출신이고요.”

상대해야 할 적은 두 사람뿐이고, 인질들이 그들과 다른 방에 갇혀 있다는 소식에 침투조 대장은 눈에 띄게 얼굴이 부드러워졌다. 최루가스를 쓰자는 이야기도 나오고, 병력을 둘로 나누어 정면으로 본진이 들어가는 동안 특공대원 몇 사람이 사다리를 이용해 창고로 들어가자는 제안도 나왔다. 침투조가 작전을 짜는 동안 강민준은 수갑을 찬 최태룡의 부하 옆으로 갔다.

10대 때 사고를 쳐서 아이를 낳았다 해도, 어머니가 떠난 상황에서도 포기하지 않고 여태껏 잘 키웠다면 대단한 일 아닌가 하고 민준은 생각했다. 북한에서는 그게 엄청나게 수치스러운 일인가? 아무리 으름장을 놔도 굴하지 않다가 딸 이야기가 나오니 비로소 협조에 나선 모습은 사뭇 감동적이기까지 했다. 그러나 그런 말을 건넬 수는 없었다.

강민준은 바닥에 내팽개쳐져 있던 우산을 들고 와 수갑을 찬 사내의 어깨에 얹어 주었다. 그리고 담뱃갑을 툭 쳐서 한 개비를 사내에게 내밀었다. 이제는 최태룡의 부하도 아니게 된 젊은 남자는 입술을 벌려 그 담배를 물었다. 강민준은 사내의 담배에 불을 붙여주고 자신도 옆에 서서 사내와 함께 발암물질을 폐로 깊이 빨아들였다.

*

쇠갈고리를 관목 줄기 아랫부분에 건 뒤 장리철은 포복으로 5미터 정도를 이동했다. 덤불숲과 별관 앞에 주차된 차량 중간 지점쯤이었다. 최태룡 일당이 서 있는 별관 로비와 장리철 사이에는 아무것도 없었다. 모험을 시도하는 수밖에 없었다. 그 이상 멀어지면 아무리 나일론 끈으로 연결이 되어 있다 해도 쇠갈고리가 제대로 당겨지지 않을 것 같았다. 권총 사격으로 그보다 더 먼 거리에서 명중을 기대하기도 어려웠다.

비가 온다는 게 다행이었다. 빗줄기는 이제 꽤 굵어져 있었다. 빗소리 때문에 최태룡 일당은 평상시 같은 주의력을 발휘하지 못하고 있었다. 장리철은 그렇지 않았다. 포복을 멈춘 리철은 별관 로비를 보며 사람들의 수와 위치를 확인했다.

적은 모두 여섯 명이었다. 지하에 남은 사람은 없는 모양이었다. 리철은 그들에게 번호를 매겼다. 왼쪽부터 1, 2, 3, 4, 5, 6번.

1, 3, 4번은 소총을 들고 있었고, 비교적 나이가 든 편이었다. 4번은 앉아쏴 자세를 취하고 있었다. 2번은 자세가 엉성하고 행동이 불안정해 보였다. 5, 6번은 날렵한 몸집에 움직임도 빈틈없었다.

2, 5, 6번은 기관단총을 들고 있었다. 장리철은 그들이 들고 있는 스콜피온에 대해 잘 알았다. 휴대성을 강조한 무기라 의외로 화력이 약하다. 7.65밀리미터 탄환을 쓴다. 총알 한 발의 위력만 따지면 리철이 들고 있는 발터 PPK보다도 약하다. 발터 PPK는 9밀리미터 파라벨럼을 쓴다. 스콜피온이 쏘는 7.65밀리미터 탄환은 자동차 강판을 한 겹은 몰라도 두 겹은 절대 뚫지 못한다.

스콜피온의 또 다른 단점은 탄창에 들어가는 총알 수가 적다는 것이다. 탄창은 두 종류인데 열 발짜리와 스무 발짜리가 있다. 2, 5, 6번이 어떤 탄창을 쓰는지 지금 당장은 알 수 없지만 사격전이 벌어지면 상대가 탄창을 갈아 끼우는 타이밍을 눈치챌 수 있을 것이다. 연사가 이런 때에는 단점이 된다.

　결론 : 소총을 든 1, 3, 4번을 제거하면 자동차를 엄폐물 삼을 수 있다. 그렇게 되면 유리창을 통해 쏠 수 있으므로 자동차에 붙어 있는 쪽이 더 유리해진다.

　장리철은 마음속으로 조준을 해보았다. 현관 정면에서 기습을 한다면 두 사람까지는 제대로 맞출 수 있을 것 같았다. 잘하면 세 명까지. 몸통에 두 발, 머리에 한 발을 쏘는 정석을 따를 수는 없다. 다른 세 사람, 또는 네 사람에게 기회를 너무 많이 주게 된다. 게다가 총알도 별로 없다. 한 사람을 쏘고 나서는 바로 다음 표적으로 총구를 돌려야 했다. 리철은 오른손잡이였고, 자연스러운 근육의 움직임이나 총의 반동을 고려한다면 1번을 제일 먼저 겨냥하는 게 옳았다. 다음에는 3번, 4번. 두 발은 눈높이로, 적의 머리를 겨냥해서. 다음 세 번째는 조금 낮춰서. 1, 3번이 계속 서 있고 4번이 앉아쏴 자세를 고집한다면.

　리철은 쇠갈고리에 연결된 끈을 잡아당겼다. 멀찍이서 관목이 크게 흔들렸고, 최태룡 일당은 그 속임수에 넘어갔다. 여섯 명이 다른 방향은 신경도 쓰지 않은 채 덤불이 있는 곳을 향해 일제사격을 가했다. 그 사이 장리철은 무사히 별관 로비 앞에 주차한 차량 뒤까지 이동했다. 그는 픽업트럭의 적재함 뒤에 숨었다.

　사격이 멈췄다. 2번이 어리바리한 자세로 덤불숲으로 걸어갔다. 리철은 픽업트럭 옆에 서서 자세를 잡았다. 관목 앞에서 2번이 쇠갈고리를 발견했을 즈음 리철은 공격을 개시했다.

　리철은 1번의 목과 가슴 사이를 겨냥해 방아쇠를 당겼다. 약간 조준이 빗나가더라도 치명상을 입힐 수 있는 자리였다. 그러나 총알은 정확히 표적에 가서 맞았다. 권총 탄피가 리철의 발등에 떨어졌다.

총소리를 듣고 3번이 고개를 돌렸다. 그는 장리철을 바라보았다. 곰 같은 체구에, 교활해 보이면서도 묘한 위엄을 내뿜는 중년 사내였다. 리철은 그가 최태룡일 거라고 생각했다. 장리철은 3번의 얼굴 정중앙을 향해 쐈다. 사내는 코가 있던 자리에 생긴 구멍에서 피를 뿜으며 뒤로 쓰러졌다.

4번은 앉아 있는 자세였던 데다 소총의 개머리판을 어깨에 붙이고 있던 터라 몸을 돌리는데 애를 먹었다. 5번과 6번이 그보다 동작이 빨랐다. 5번이 장리철을 향해 기관단총 탄창 하나 분량의 총알을 쐈고, 그중 한 발은 리철의 귀 바로 옆을 지나갔다. 장리철은 4번을 향해 총을 발사했지만 방아쇠를 당기자마자 이번에는 총알이 과녁을 한참 빗나갔다는 사실을 알았다.

장리철은 픽업트럭 뒤에 몸을 숨겼다. 5번과 6번이 이번에는 자동차를 향해 총알을 퍼부었다. 둘 중 하나는 아주 영리했다. 총을 서너 발씩 끊어 쏴서, 탄창을 언제 갈아 끼우는지 알아차리지 못하게 했다. 4번도 사격에 가세했다. 픽업트럭의 유리창이 모두 터져 나갔다.

리철은 깨진 유리창 안으로 손을 넣어 조수석 문을 활짝 열었다. 그리고 그 문을 방패 삼아 섰다. 서 있을 수 있는 공간에 조금 더 여유가 생겼다. 시야도 그만큼 넓어졌다. 덤불숲을 확인하러 로비 현관에서 걸어 나간 2번이 아직도 원위치로 돌아오지 않은 게 보였다. 갑작스러운 사격전에 몸이 얼어버린 듯했다. 장리철은 2번에게 총알을 세 발 발사했다. 배에 두 발, 머리에 한 발. 2번이 땅에 쓰러졌다.

이제 남은 적은 세 명이었다. 소총을 든 4번과 기관단총을 든 5, 6번. 그들은 각각 별관 현관의 기둥을 하나씩 잡고 기둥 뒤에 숨어 있다가 이따금 몸을 내밀어 장리철에게 총을 쐈다. 리철은 세 사람이 총을 쏘기를 기다렸다가 빈틈이 생기면 응사했다. 장리철은 상대방이 그런 식으로 자신의 탄환을 소진시키려 한다는 사실을 알았다. 시간이 지날수록 불리해질 상황이었다.

2번이 땅에 떨어뜨린 기관단총이 눈에 띄었다. 픽업트럭의 주차 브레이크를 풀고 조수석 문을 밀면 차를 저곳까지 끌고 갈 수 있을까? 리철은 그 계획을 잠깐 검토했다가 기각했다. 그러기에는 너무 멀었고, 바닥이 진창이라 차는 나아가지 않고 바퀴만 헛돌 우려도 있었다.

장리철은 반대 방향으로 고개를 돌렸다. 차라리 그쪽이 더 가능성이 있어 보였다. 장리철은 적들의 사격이 멈추길 기다렸다가 픽업트럭 뒤에서 중형 세단 뒤로 뛰어갔다. 총을 쏘는 위치를 바꾸면 적들 입장에서의 사각도 변할 것이었다. 상대 역시 리철을 향해 사격하려면 위치를 다시 잡아야 할 것이고, 그러다 보면 허점을 드러낼 수도 있다. 어쨌든 판을 흔들어야 했다.

세단의 조수석까지 뛰어온 리철은 자동차 후드 위로 총을 몇 발 쐈다. 최태룡 일당은 잠시 멈칫했으나 곧 태세를 갖추고 응사를 해왔다. 허점은 보이지 않았다. 오히려 몸을 가리는 부분이 적어져 장리철 쪽이 불리해진 듯했다.

그 순간 장리철도, 최태룡 일당도 전혀 예상하지 못한 일이 일어났다. 전세를 한순간에 뒤집을 수 있는, 말도 안 되는 그런 일이. 하늘에서 총격전을 내려다보고 있던 초월자가 심심풀이로 잔인한 농담을 아래로 던진 것 같았다.

번개가 쳤다.

어마어마한 번개였다. 아주 가까이에 떨어졌다. 섬광과 굉음이 거의 동시였다.

사방이 온통 밝아지는 가운데에서도 장리철은 자신의 그림자가 선명하게 앞에 드리워지는 걸 똑똑히 보았다. 번개는 그의 등 뒤에 떨어졌다. 경비 초소 위에 피뢰침이 있는 것 아닐까 싶었다. 잠시 눈을 멀게 할 정도로 강렬한 빛을 적들은 정면으로 맞았다는 의미였다.

리철은 고민하지 않았다. 그는 별관 현관으로 단숨에 달려갔다.

98식 자동보총을 들고 있던 4번은 제대로 대응하지도 못했다. 리철은 계단에 잠시 멈춰 서서 4번에게 총알을 발사했다. 복부에 두 발. 상대의 육체가 바닥으로 허물어졌다.

5번은 몸을 돌렸고 총을 쏘았다. 하지만 그때까지 시력을 완전히 되찾지 못했던 듯 총구는 엉뚱한 방향을 향해 있었다. 리철은 4번이 숨어 있던 기둥을 끼고 한 바퀴 돌아 5번 바로 옆에 섰다. 리철과 5번은 서로 얼굴을 마주 보았다. 5번은 '제기랄, 이게 무슨······'이라는 표정이었다. 장리철은 상대의 눈에 총구를 갖다 대고 총을 쏘았다.

가장 멀리에 있던 6번과 장리철은 거의 동시에 상대를 향해 총을 쏘았다. 6번이 쏜 총은 장리철을 맞혔다. 7.65밀리미터 탄환이 장리철의 왼쪽 쇄골을 부쉈다. 총알이 5센티미터만 오른쪽으로 들어왔다면 리철은 즉사했을 것이었다. 어쨌든 이제는 왼팔을 쓸 수 없게 됐다. 총을 제대로 조준할 수 없다는 뜻이었다.

장리철이 쏜 9밀리미터 총알은 상대의 기관단총 몸통에 박혔다. 탄창 삽입구 바로 윗부분이었다. 총열을 받치고 있던 왼손과 손잡이를 쥐고 있던 오른손으로 충격을 느끼면서 6번은 보지 않고도 무슨 일이 일어난 건지 상황을 파악했다. 6번은 이제 자신의 총은 쓰지 못할 거라고 판단했다. 격발장치에 이상이 없다 해도 지금 끼운 탄창이 빠지지 않거나 새 탄창을 끼우지 못하게 된 것 같았다.

계영묵은 총을 버리고 장리철에게 돌진했다. 장리철도 재빨리 권총 방아쇠에서 손가락을 빼고 주먹을 쥐었다.

*

몽골군으로 구성된 특공대는 태림물산 2층 로비에 서 있었다. 강민준을 비롯한 한국군 헌병들은 1층과 2층 계단참에 서 있었다. 롱은 무전기를 들고 1층에 있었다. 방독면을 쓴 몽골군 특공대 소총수 두 사람이 다리를 벌리고 서서 문을 향해 총을 겨눴다. 다른 특공대원이 철문을 걷어차고 연막탄을 사무실 안으로 던졌다. 강민준은 M-18 연막탄은 흰 연기가 아니라 자줏빛 연기를 내며, 거기서 달큰한 냄새가 난다는 사실을 처음 알았다.

대한민국 헌법에 따르면 북한 땅도 엄연히 한국 영토이고, 국가의 안전보장과 국토방위의 신성한 의무가 국군의 사명이지만, 그리고 대한

민국은 통일을 지향하지만, 그 순간만큼은 강민준은 몽골군이 나라를 대신 지켜줬으면 하는 마음이었다. 죄책감이 들어도 어쩔 수 없었다. 저 달큰한 냄새를 맡으며 앞이 보이지 않는 연기 속으로 들어가 특작부대 출신 총잡이를 제압하고 인질을 구출할 자신이, 솔직히 없었다.

처음에 자줏빛 연기는 수도꼭지에서 물이 나오듯이 일직선으로 나왔다. 잠시 후 같은 연기 꼬리가 문 안쪽에서 밖으로도 빠져나왔다. 연막탄을 두 발 던졌기 때문에 연기 꼬리도 두 줄기였다. 그러다 어느 순간 엄청나게 많은 연기가 사무실 안에서 뭉게구름처럼 가득 찼다.

몽골 특공대원들의 체격이 건장하고 표정도 아주 엄숙했기 때문에, 그리고 자줏빛 연기도 꽤 그럴싸했기 때문에, 강민준을 비롯한 한국군 헌병들은 '별일 있겠나' 하는 생각이었다. 그랬기에 잠시 뒤 굉음이 울리면서 사무실 벽이 통째로 박살 나는 광경에 모두 혼비백산했다.

연기를 본 조희순이 특공대원들이 문 안으로 들어오기를 기다렸다가 로켓포를 발사한 것이었다. 조선인민군에서 '7호 발사관'이라고 부르는 대전차 무기였다.

강민준은 무슨 일이 벌어진지도 몰랐다. 총소리라기에는 너무 큰 발사음이 들렸고, 거대한 쇳덩이가 날아오는 소리가 들렸으며, 다음 순간 나무 파편, 시멘트 조각, 흙먼지가 충격파와 함께 날아왔다.

계단참에 서 있던 한국 군인들은 모두 흰 먼지를 뒤집어썼다. 다친 사람은 없었지만 뜻밖의 상황에 얼이 빠져 누구도 움직이지 못하고 있었다. 2층으로 올라가 특공대원을 도와야 할지, 아니면 아래로 퇴각해야 할지도 몰랐다.

2층 사무실 안에서 총소리가 들리는데 이상하게 감이 멀었다. 실은 한쪽 고막이 터져서 그런 것이었다.

큰 달걀처럼 생긴 검은 돌멩이가 먼지와 연기를 뚫고 날아왔다. 돌멩이는 벽에 한 번 부딪히고 계단을 따라 굴러 내려와 한국군이 서 있는 계단참에서 움직임을 멈췄다.

자세히 보니 돌멩이는 돌멩이가 아니었다.

"수류탄이다!"

누군가 소리쳤다. 그 소리도 멀리서 들리는 것 같았다. 강민준은 병사들과 눈이 마주쳤다. 시멘트 가루를 뒤집어써 가부키 배우 같은 얼굴을 한 젊은이들의 눈에 충격과 공포가 선명하게 서려 있었다. 그 눈빛들이 민준에게 뭔가를 호소하고 있었다.

'저희는 아직 젊어요, 이렇게 죽을 순 없어요'

그들은 비명을 눈동자로 내지르고 있었다. 그들은 이런저런 자유를 제한당한 채 열악한 내무실에서 먹고 자며 장교와 부사관들의 지시를 받는 사병들이었고, 자신은 장교 식당에서 밥을 먹고 장교 숙소에서 잠을 자는 간부였다.

0.1초도 안 되는 찰나에 엄청나게 많은 생각들이 강민준의 머릿속을 스쳐갔다.

이걸…… 걷어찰 수 있을까?

들고 던질 수 있을까? 영화에 보면 그런 거 나오던데…….

하지만 어디로?

창문도 없고 위아래 모두 사람이 많은데?

어떻게 하지?

어떻게 하지?

어쩌지?

이제 곧 터질 텐데!

민준은 몸을 던져 수류탄을 자기 가슴으로 덮었다.

나도 이렇게 죽고 싶지는 않았는데 말이지.

젠장…….

강민준은 눈을 감았다.

*

다시 번개가 쳤다.

계영묵이 전력으로 장리철에게 달려들었다. 너무 가까운 거리였기에 피할 새도 없었다. 장리철은 등을 구부리고 자세를 낮추며 오른쪽 어깨로 상대의 가슴을 받아냈다. 왼팔은 들 수가 없었다. 육중한 충격이 전해져왔다. 리철은 상대가 엉겨 붙는 걸 막으려 했다.

계영묵은 장리철에게 달라붙는 대신 옆구리에 훅을 날렸다. 방어를 제대로 할 수 없는 왼쪽 옆구리였다. 두 사람의 몸이 너무 가까이 있는 바람에 팔을 제대로 휘두르지 못해 타격은 크지 않았다. 리철은 처음 한 방은 그대로 맞았고, 같은 공격이 되풀이될 때 무릎을 들어 다리로 상대의 주먹을 받았다. 장리철은 상대가 몸을 빼기 전에 허리를 크게 돌리며 팔꿈치로 상대의 얼굴을 내리찍다시피 휘갈겼다. 이 공격은 정통으로 먹혀들었다.

두 사람의 몸이 떨어졌다.

계영묵은 쓰러지지 않으려 애쓰며 재빨리 한 발 물러나 몸의 균형을 잡았다. 리철도 얻어맞은 옆구리를 오른손으로 감싸며 뒤로 물러났다.

장리철과 계영묵은 그때서야 서로 얼굴을 확인했다.

"희한한 곳에서 만나네."

계영묵이 어이가 없다는 듯이 웃었다.

장리철은 웃지 않았다. 대답도 하지 않았다. 그는 속으로만 중얼거렸다.

이건 좀 아니지 않나, 동무?

그들은 조선인민군 최고의 정예 요원을 모아놓은 특작부대에서 각각 별명이 '늑대'와 '군견'이던 사내들이었다.

늑대 대 군견.

장리철은 주머니에서 은명화가 사온 폴딩 나이프를 꺼내 폈다. 미국 벤치메이드 사의 제품을 베낀 중국제 짝퉁. 그러나 강철 날만큼은 틀림없었다. 조선해방군 소좌와 경비원 두 사람의 목을 베면서 성능 시험은 마쳤다. 믿을 만한 물건이었다.

계영묵은 허리에 달린 파우치에서 칼을 꺼냈다. 벤치메이드의 라이벌 회사인 마이크로텍에서 만드는 정품이었고, 장리철의 칼과는 달리 버튼을 누르면 날이 튀어나오는 자동 나이프였다. 칼날도 길었다.

"죽은 줄 알았는데. 흉터는 마지막 천리행군 때 생긴 건가? 너 그때 낙오했지?"

계영묵이 부드러운 목소리로 물었다.

"그래. 돌부리에 걸려 넘어지는 바람에."

장리철이 대답했다.

"산길에서는 항상 주변을 잘 살펴야지."

계영묵이 말했다.

그들은 느린 춤을 추듯 스텝을 밟았다. 장리철은 계영묵의 칼뿐 아니라 왼손도 주의 깊게 살폈다. 칼싸움을 할 때 사람들은 종종 상대에게 다른 손이 있다는 사실을 잊어버린다. 그 점에서는 계영묵이 유리했다. 리철은 왼팔을 쓰지 못했고, 계영묵도 그 사실을 알아차렸다.

계영묵이 먼저 장리철의 왼쪽을 치고 들어왔다. 리철은 몸을 돌리며 공격을 피한 뒤 상대의 복을 향해 날을 대각선으로 내리그었다. 계영묵이 왼팔을 들어 리철의 나이프 손잡이를 친 뒤 재빨리 몸을 뺐다. 계영묵은 반대 방향으로 돌진할 것처럼 속임수를 썼지만 장리철은 넘어가지 않았다.

"박현길 말로는, 천리행군 후반부에 나 때문에 끔찍한 일이 생겼다던데."

장리철이 물었다.

"너 때문에? 네가 그렇게 대단한 존재라고 생각해?"

계영묵은 손가락으로 칼 손잡이 끝을 잡았다. 칼날에 힘을 주지는 못하지만 공격이 가능한 범위가 그만큼 더 넓어진다. 그 몇 센티미터의 차이가 때로는 치명적이다. 계영묵은 몸의 무게중심을 왼쪽 오른쪽으로 옮기면서 상대의 눈을 끌다가 칼을 날리다시피 팔을 홱 뻗었다.

칼날은 장리철의 이마에서 불과 몇 밀리미터 앞을 지나갔다. 바람이 느껴질 정도였다.

　장리철은 계영묵이 칼자루를 세 손가락으로만 잡을 때부터 그런 공격이 오리라는 것을 예상하고 있었다. 이마를 그으면 즉각적으로 피해를 주지 못해도, 이마에서 흘러내리는 피가 눈으로 내려오면 상대의 움직임은 점차 느려진다. 오래된 수법이다.

　"무슨 일이 일어났던 거지? 단체로 탈영을 하려고 선수를 친 건가?"

　"그 반대다, 머저리야. 절대로 안 따라올 것 같은 고지식한 놈들을 몇 놈 솎아낸 거야. 101특작부대는 천리행군을 마치고 바로 조선해방군에 합류했다."

　"조선해방군에 합류했다고? 왜?"

　장리철이 놀라 되물었다.

　"왜긴 왜야. 그냥 있으면 다 죽을 처지였으니까 그랬지."

　계영묵이 코웃음을 쳤다.

　이제 두 남자의 목소리는 조금씩 헐떡이고 있었다. 그들은 의식하지도 못한 채, 십수 년 전에 훈련받은 대로 끊임없이 페인트 모션을 취하고 발의 위치를 바꾸었다.

　그들은 서서히 부주의해지면서 베테랑다운 면모를 조금씩 잃었다. 계영묵은 장리철만 제거하면 오랜 시간 공을 들여온 눈호랑이 작전을 아직 살려낼 수 있을 거라는 희망에 냉정을 잃었다. 장리철은 왼쪽 어깨의 출혈 때문에 조바심이 들었다.

　계영묵이 역수로 칼을 바꿔 쥐고 엉덩이를 확 낮추면서 한 걸음 치고 들어와 상대의 가슴을 앞으로 찍으려 할 때 리철은 칼을 든 오른손을 뒤틀어 상대의 손등을 쳐내며 공격을 막아냈다. 장리철은 그와 동시에 발바닥으로 계영묵의 허벅지를 강하게 찍었다. 계영묵은 주저앉지는 않았지만 몸이 휘청 흔들렸다. 장리철은 그때를 놓치지 않고 칼손잡이를 쥔 주먹을 그대로 앞으로 질러 계영묵의 얼굴을 때렸다. 힘은 강하게 실리지 않았지만 정통으로 들어맞았다. 계영묵은 양 콧구멍에서 코피를 터뜨리며 뒤로 물러났다.

"남조선 특작부대가 와서 우리를 다 죽일 거라는 헛소문을 믿었던 거야? 그거 다 개소리였어! 너도 알았잖아!"

장리철이 소리쳤다.

"이 멍청한 놈아, 우리를 노린 건 남조선 부대가 아니었어. 통일과도정부가 우리를 몰살시키려 했단 말이다. 반인권범죄를 조사한다는 위원회로 보내서 말이야!"

계영묵이 대꾸했다. 코에서 피를 쏟는 바람에 목소리가 이상하게 들렸다. 계영묵이 칼자루를 제대로 잡고 찌르는 듯 베는 공격을 해왔다. 장리철이 그 모습을 따라하듯이 팔을 뻗어 상대의 칼을 자신의 칼로 막았다. 쨍그랑, 하고 금속이 부딪히는 소리가 났다.

번개가 세 번째로 쳤다.

"통일과도정부가?"

장리철이 물었다.

"그래! 통일과도정부는 미국과 남조선의 승인이 필요했지. 그래서 김씨 왕조의 반인권범죄를 어느 정도 들춰내고 책임자에게 벌을 줘야 했다. 하지만 높은 자리에 있는 사람들을 대상으로 수사를 할 수는 없었어. 통일과도정부 고위 인사들이 김씨 왕조 때에도 다들 한자리씩 하던 인간들이었으니까! 만만한 희생양이 필요했고, 그게 신천복수대 같은 조직이었던 거다."

계영묵이 악을 썼다.

"거짓말 마. 우리가 한 게 뭐가 있다고?"

장리철이 계영묵의 품을 파고들며 칼을 휘둘렀다. 코 아래가 피범벅이 된 계영묵은 팔을 벌리며 물러났다.

"너는 누굴 상대로 맨손 살인 실습을 했나? 도망가는 표적을 쏘는 훈련은 어디서 받았나? 정치범수용소에서 죄수들을 상대로 했지 않나! 미국이 듣고 싶어 하는 이야기가 그런 거였다!"

계영묵은 그렇게 말한 뒤 기침을 하다 가래침을 뱉듯 피를 뱉었다. 그는 장리철의 목을 겨냥하고 뱀이 혓바닥을 날름거리는 것처럼 칼을 빠르게 앞뒤로 움직였다.

"그래서 조선해방군으로 갔나? 대대장님도 그런 계획을 알고 있었나?"

장리철이 물었다.

"멍청이. 그게 다 대대장님의 머리에서 나온 거다. 지금은 조선해방군 총참모장이시지."

장리철이 그 답에 할 말을 잃고 멍해 있는 틈을 계영묵은 놓치지 않았다. 계영묵은 칼에 체중을 실어 정면으로 돌진했다. 미사일처럼.

장리철은 무용수처럼 제자리에서 몸을 빙글 돌렸다. 계영묵의 칼이 옆으로 선 장리철의 가슴을 살짝 찢었다. 계영묵의 머리는 장리철의 코를 스쳤다. 계영묵의 엉덩이가 장리철의 허벅지를 쓸면서 앞으로 지나갔다.

장리철은 계영묵의 뒤에 섰다. 장리철은 연인을 껴안듯이 뒤에서 한 팔로 계영묵을 안았다. 그리고 짝퉁 벤치메이드의 강철 날로 계영묵의 배를 그었다. 내장이 순식간에 쏟아져 나올 정도로 길게. 어떤 의사가 와도 봉합하지 못할 정도로 깊이.

그 정도로 강하게 가슴을 찌르거나 그으면 갈비뼈에 칼날이 걸려 부러지는 경우가 간혹 있었다. 장리철은 정치범수용소의 죄수들을 대상으로 그런 실습을 여러 번 했었다. 그때는 그 죄수들이 조국에 도저히 용서받지 못할 죄를 저지른 악질 반역자들이라고 믿었었다.

다시 번개가 쳤다.

배에서 피를 흘리며 죽어가는 계영묵을, 장리철은 한 팔로 오래도록 껴안고 있었다.

미셸 롱이 병실에 들어서자 의무병이 자리에서 일어나 경례를 했다. 장교 병실에는 병상이 네 개밖에 없었다. 그중 복도 쪽에 있는 병상 두 개는 비어 있었고, 창가 안쪽 병상에는 머리가 희끗희끗하고 배가 나온 백인이 앉아 있었다. 환자복을 입은 백인 장교가 롱을 보고 무슨 생각을 하는지 묘하게 기분 나쁜 표정을 지었다.

문에서 가까운 창가 병상에는 흰 커튼이 쳐져 있었다. 롱이 그 병상을 손가락으로 가리키며 의무병에게 속삭이듯이 물었다.

"강민준 대위?"

"네, 그렇습니다."

의무병이 대답했다.

롱은 그 병상 앞에 서서 헛기침을 했다. 그러나 안에서는 아무 반응이 없었다. 롱은 주저하다가 커튼을 조금 걷었다. 그때서야 강민준이 얼굴을 찌푸리며 고개를 들었다. 강민준의 팔 한쪽에 수액 호스가 연결돼 있었다.

"뭐해요? 어디 아파요?"

롱이 물었다.

"속이 안 좋아서 죽을 거 같습니다. 어제 밤에 술을 너무 많이 마셨나 봐요. 대위님 가신 다음에도 한참 더 마셨습니다."

강민준은 몸을 일으켰다.

"그러다 큰 코 다쳐요. 복권에 당첨된 다음에 신세 망친 사람 많아요. 복권 1등에 당첨되면 어떻게 해야 하는지 알아요? 복권에 당첨됐다는 사실을 숨기고, 평소대로, 성실하게 살아야 하는 거예요."

롱이 말했다.

"사람들이 하도 그 얘기를 많이 해서 제가 복권 당첨 확률을 찾아봤어요. 로또 1등에 당첨될 확률이 대략 800만 분의 1이라고 하더라고요. 그런데 수류탄이 불발이 될 확률은 1만 분의 1이래요. 그러니까 이건 로또 1등 당첨보다 800배 더 흔한 일인 거죠. 그런데 로또는 매주 1등 당첨자가 나오잖아요? 어떤 때에는 여러 사람이 나오기도 하고요."

강민준이 대꾸했다.

사실 옛 조선인민군의 수류탄이 불발될 확률은 1만 분의 1보다 훨씬 높을 거라고 강민준은 생각했다. 해체 직전 조선인민군은 워낙 장비가 낡아서 항공기나 전차는 제대로 작동하는 물건이 드물 정도였다.

총기는 예외였다. 북한군의 소총이나 권총은 소련이나 체코의 총을 개량한 것들이었는데, 원본들이 튼튼하고 고장이 없기로 정평이 난 제품들이었다. 또 총은 제대로 작동하는지 아닌지 확인하기도 쉬웠다. 한번 쏴보면 되니까. 하지만 수류탄은? 실제로 안전핀을 뽑아 던져보기 전에는 불량품인지 아닌지 알 수가 없다. 게다가 폭약류는 보관할 때 온도나 습도를 철저히 관리해야 수명이 유지되는데, 전기도 기름도 극심하게 모자랐던 조선인민군이 그런 일을 제대로 해냈을 리가 없다.

"어쩐 일이세요? 요즘 서류 작업 때문에 바쁘시다면서요."

강민준이 물었다.

"전출을 가게 됐어요. 함흥으로요. 방금 전에 연락을 받았어요. 먼저 인사를 드리려고요."

롱이 머리를 귀 뒤로 쓸어 넘기며 대답했다.

"함흥에 뭐가 있나요? 개성이나 평양으로 가셔서 중요한 자리를 맡으셔야 하는 거 아닙니까? 대한민국을 집어삼키려는 '필로폰 고속도로'를 발견하신 분인데."

강민준의 말투는 비아냥이라기보다는 쾌활한 쪽이었다. '필로폰 고속도로'는 롱이 발견한 땅굴에 대해 언론이 붙인 별명이었다. 평화유지군은 땅굴의 위치나 발견 과정에 대해서는 자세히 발표하지 않았다. 옛 땅굴을 이용해 마약과 물자를 남한으로 밀수하려 했던 범죄조직을 검거했다는 사실만 짧게 공개했다. 통일과도정부와 평화유지군의 의견만 일치한다면 북한에서 발생하는 뉴스는 아직 통제가 가능했다.

"기밀이라는 말을 아직 못 들었으니까 해주는 얘기인데, 평화유지군이 조선해방군을 잡을 전담 태스크포스를 만들기로 했어요. 마약 유통이 본격적으로 시작되는 게 함흥이니까, TF 사무실도 함흥에 꾸릴 예정이에요. 거기에 차출됐어요."

롱이 강민준을 향해 눈을 흘기며 말했다.

"이별 파티를 할 시간도 없는 겁니까?"

"아시잖아요. 본부에서 일을 어떻게 처리하는지…… 잠깐, 그거 그렇게 뽑으면 안 돼요."

팔에 꽂힌 주삿바늘을 뽑으려는 강민준을 롱이 말렸다. 롱은 의무병이 앉아 있는 자리에서 알코올 솜을 가져오더니 한 손으로 강민준의 손목을 잡았다. 그리고 다른 손으로 솜씨 좋게 주사 바늘을 뽑으면서 피가 나오지 않게 그 위에 솜을 눌러주었다.

"문지르지 말고 그냥 누르고만 있어요."

롱이 말했다. 강민준은 롱이 시키는 대로 10초 정도 있다가 솜에서 손을 뗐다. 그리고 상의를 챙겨 입었다.

"병실에서 헤어지기는 싫은데요. 나가자고요."

롱이 의무대대 건물 현관에 있는 자동판매기에서 음료수 캔을 두 개 뽑았다. 그들은 희망부대 건물 사이를 걸으며 이야기를 나눴다. 표면적으로는 자신들이 수사하던 사안이 어디까지 진척됐는지 재차 확인하는 내용이었다.

태림물산에서 벌인 총격전의 결과, 몽골 특공대원 세 사람이 죽고 한 사람이 크게 다쳤다. 조희순과 또 다른 최태룡의 부하는 현장에서 사살되었다. 잡혀 있던 인질 두 사람은 무사히 구출되었다. 그러나 그들은 땅굴에 대해서는 처음부터 아무것도 몰랐던 것으로 판명되었다. 정보 제공자가 인질을 구출하는 데 평화유지군을 이용한 것이었다.

정보 제공자는 남한에서 유학한 경험이 있는 젊은 여성으로, 이름은 은명화라고 했다. 땅굴은 실제로 있었다. 평화유지군은 은명화의 말을 따라 장풍 초대소 리모델링 공사 현장에 갔고, 황해북도 장풍군에서 경기도 연천군으로 이어지는 길이 4.1킬로미터의 지하 터널을 발견했다. 오랫동안 침수돼 있다가 최근에 보수한 흔적이 남아 있었다. 평화유지군은 장풍 초대소 공사 현장에서 최태룡과 그 아들을 비롯해 열한 명의 남성 시신도 발견했다. 격렬한 교전이 벌어졌던 듯했다. 희망부대가 태림물산 사무실을 급습하던 바로 그 시각에.

은명화는 땅굴에 대한 정보를 어떻게 알게 됐는지에 대해 처음에는 입을 굳게 다물었다. 그러다가 나중에는 최태룡의 둘째 아들로부터 들었다고 말했다. 그러나 최태룡이 어떻게 땅굴의 위치를 알게 됐는지, 무슨 목적이었는지에 대해서는 아무것도 모른다고 주장했다. 공사 현장에서 벌어진 총격전이나 시체들의 신원, 누가 그들을 죽였는지에 대해서도 아는 바가 없다고 말했다.

정작 태림건설의 하급 조직원 중에는 땅굴에 대해 아는 사람이 아무도 없었다. 이제 지하 터널의 배후를 들려줄 거라 기대를 걸어볼 만한 사람은 최태룡의 첫째 아들 정도였다. 그러나 평화유지군이 조선민주주의인민공화국 전역에 수배령을 내렸음에도 최태룡의 장남은 흔적도 보이지 않았다. 어쩌면 그자가 이미 죽어서 어디에 묻혀 있는 게 아닐까 롱은 생각했다.

"그 젊은 아가씨는 틀림없이 뭔가 더 아는 게 있어요. 잘 감시하세요. 인질로 잡혀 있던 여인도 수상해요. 문금옥이라던 사람. 그 사람도 우리한테 뭔가 숨기는 게 있어요."

롱이 강민준에게 말했다.

"저도 그렇게 생각합니다. 그런데 그 젊은 아가씨는 곧 우리 감시를 벗어날 거 같습니다. 남한에서 취업 허가를 받았다던데요? 다음 달에 창원으로 간답니다."

강민준이 대답했다. 롱은 은명화가 남한으로 가기 전에 아무 핑계라도 대고 희망부대로 불러서 압박을 해야 한다고 주장했다. 강민준은 건성으로 고개를 끄덕였다.

"그런데, 나 뭐 하나 물어봐도 돼요?"

롱이 갑자기 발걸음을 멈추고 말했다. 강민준도 옆에 섰다. 드디어 올 게 왔구나, 싶어 민준은 긴장했다.

"뭐든지 물어보십시오, 대위님."

민준이 말했다.

"수류탄을 몸으로 덮을 생각은 어떻게 한 거예요?"

롱의 질문에 강민준은 한숨을 내쉬었다. 기대했던 내용이 아니었다.

"수류탄이 정말 제 바로 앞에 떨어졌거든요. 어차피 터지면 죽을 처지였습니다. 도망을 갈 곳도 없었고요. 이렇게 죽으나 저렇게 죽으나 마찬가지잖아요? 기왕이면 다른 장병들을 살리는 길을 택해야겠다고 생각했죠."

"정말요? 그 짧은 시간에 그걸 다 생각한 거예요?"

롱이 물었다.

"아니오."

강민준이 말했다. 롱이 웃음을 터뜨렸다.

"그럼 뭐예요?"

"그냥 창피했거든요. 저는 장교이고, 주변에 있는 다른 사람들은 젊은 사병들이었어요. 장교 옷을 입고 이럴 때 도망쳐서는 안 된다고 생각했어요."

롱이 고개를 끄덕였다.

강민준은 자신이 겪은 일이 보다 큰 상황에 대한 비유가 된다고도 생각했다. 그는 이전까지 군복이나 계급장에 길바닥에 떨어진 낙엽만큼도 의미를 부여한 적이 없었다. 군인으로서의 책임감을 자각해본 일도 없었다. 그런데도 결정적인 상황이 되자 그에 따라 행동했다. 타고난 개인주의자로서, 민준은 군인정신, 충성심 같은 단어나 '군인은 군인답게, 학생은 학생답게' 따위의 구호에는 여전히 거부감을 느꼈다. 그러나 그런 강요된 의무감 없이 다시 수류탄 앞에 섰을 때 자신이 막연한 인류애와 냉철한 이성만으로 용기를 끌어낼 수 있을지는 솔직히 자신이 없었다.

민족이라든가 통일이라는 개념은 어떨까. 북한 주민을 향해 책임감을 불러일으키는 데에는 유용하지 않을까. 이웃 사람이 굶거나 부당한 이유로 괴롭힘을 당할 때 내야 할 용기를 발휘하는 심리적 도구로써 말이다. 같은 언어를 쓰고 같은 역사를 공유하면서 훨씬 부유하게 사는 사람들이 바로 제 옆에 있는 못 사는 사람들을 외면하는 것은 창피한 일 아닌가.

민준이 거기까지 생각이 이르렀을 때 롱이 손을 내밀며 말했다.

"시간 나면 놀러 와요, 함흥에. 냉면 살게요. 거기 냉면이 유명하다면 서요?"

'그래, 우리가 서로 거수경례를 하는 사이는 아니지, 악수를 할 정도 로는 친하지' 하고 생각하며 민준은 롱의 손을 잡았다.

"함흥냉면은 별로예요. 평양냉면이 맛있어요. 면이나 국물이 밍밍해 서 익숙해지는 데 시간이 좀 걸리지만요. 평양냉면에 한번 맛들이면 두고두고 찾게 된다니까요."

민준이 그 시간을 길게 끌고 싶어 롱의 손을 잡은 채로 아무 말이나 지껄였다.

"강민준 대위, 당신은 바보예요."

롱이 한숨을 쉬며 한국어로 말했다.

*

사우나에서 나온 최태룡의 장남은 샤워 가운만 걸친 채로 개인용 안 마실로 들어갔다. 사우나와 안마실을 잇는 복도는 어두컴컴했다. 안마 실에서 종종 성매매가 이뤄지기 때문이었다. 그래도 명색이 개성 외곽 의 고급 호텔이니만큼 '여기서 불건전한 일 합니다'라고 동네방네 소 문내는 듯한 음침한 붉은 전등을 쓰지는 않았다. 은은한 간접 조명을 썼다. 벽에는 양쪽으로 그리스 조각을 흉내 낸 석고 부조가 있었는데, 가짜 티가 너무 심하게 나서 도리어 의도가 있는 현대예술처럼 보일 지경이었다.

그 복도를 지날 때마다 장풍군의 땅굴이 생각나서 화가 끓어올랐다. 수백억 원, 어쩌면 수천억 원의 가치가 있는 사업이 성공 직전에 물거품이 되어버렸다. 아버지는 마지막 순간에 그에게 살길을 알려주고 총에 맞아 죽었다. 동생도 마찬가지였다. 그의 것이 될 예정이었던 회사는 공중분해가 되었다.

화가 배에서 머리로 올라오면서 몸을 망가뜨리는 걸까. 목과 어깨가 자주 결렸고, 머리도 종종 지끈거렸다. 아버지 최태룡이 숨겨놓았던 비자금 덕분에 돈 걱정은 없었지만 언제까지 이렇게 도망자 신세로 지내야 할지 알 수 없는 노릇이었다. 몸이 아플 때마다 최태룡의 장남은 호텔 사우나에 와서 땀을 빼고 마사지를 받았다.

복도 끝에 있는 안마실로 들어갔다. 방 안쪽에 있는 거울에 스치듯 자기 얼굴이 비쳤을 때 그는 흠칫 놀랐다. 성형수술을 한 지 석 달도 지났건만, 달라진 얼굴에 좀처럼 익숙해지지 않았다.

안마실 가운데 고무 매트가 깔린 침상이 있었다. 침상의 머리 부분에는 고객이 편히 엎드려 누울 수 있도록 손바닥만 한 크기의 구멍이 뚫려 있었다. 그리로 얼굴을 내밀고 엎드리면 등과 목 뒷부분을 안마하는 중에도 편히 숨을 쉴 수 있었다. 최태룡의 장남은 침상에 엎드려 눈을 감았다. 가운이 벌어지며 성기가 고무 매트에 닿았지만 그는 신경 쓰지 않았다. 피곤했다.

사람이 들어오는 소리가 들렸다. 최태룡의 아들은 이미 반쯤 잠에 빠진 상태로 말했다.

"어깨하고 목 위주로 주물러줘. 두피 마사지도 추가."

그는 맹인 안마사의 부드럽지만 강한 손길이 목에 닿을 것을 기대했다. 아니면 어깨에. 그러나 방에 들어온 여자는 남자의 옆구리 쪽으로 팔을 뻗었다. 사실 그녀는 안마사 복장을 입고 있었을 뿐, 안마사가 아니었다. 그녀의 손에는 암시장에서 구입한 전기충격기가 들려 있었다. 카메라 플래시를 개조해 만든 물건이었다. 방출하는 전기의 세기와 양은 일반 호신용 제품과는 비교도 되지 않았다.

전기충격기로 옆구리를 두 차례 지지자 최태룡의 장남은 바로 축 늘어졌다. 여자는 정신을 잃은 도망자의 몸을 뒤집어 얼굴을 한참 들여다보았다. 팔 안쪽에 새겨진 문신도 확인했다.

조금 뒤에 안마실로 호텔 직원 복장을 한 남자가 들어왔다. 그 남자는 정말 호텔 직원이었다. 남자와 여자는 최태룡 아들의 몸을 양쪽에서 붙잡고 일으켜 세웠다. 호텔 직원이 가짜 그리스 조각상 옆에 있는 직원 전용 통로의 문을 열었다. 아래로 이어지는 계단이 나왔다. 안마복을 입은 여자와 호텔 직원은 실신해 흐느적거리는 최태룡의 첫째 아들을 끌고 한 층 아래로 내려갔다.

계단 끝의 문을 열자 지하주차장이 나왔다. 직원 전용 통로 바로 앞에 차창에 검게 틴팅을 한 미니밴이 세워져 있었다.

미니밴 운전석에서 문금옥이 나왔다. 미니밴은 7인승이었고, 뒷좌석이 두 줄이었다. 문금옥은 호텔 직원과 안마사 복장을 한 여자를 도와 최태룡의 첫째 아들을 제일 뒷줄의 좌석에 눕혔다. 그들은 그때까지도 최태룡의 장남이 걸치고 있던 샤워 가운을 벗긴 뒤, 알몸 위에 꼼꼼하게 덕트테이프를 감았다. 몸을 다 묶고 나서야 문금옥은 최태룡 장남의 얼굴을 주의 깊게 들여다보았다.

"어째 이상하다 싶었더니 성형수술을 한 거구만. 뺨이랑 이마에 뭘 잔뜩 넣었네."

"등잔 밑이 어둡다더니 우리가 정말 까맣게 속았죠, 언니."

안마사 복장을 한 어묵 가게 사장이 말했다. 그녀는 몇 달 전부터 장풍군 여성 상인 네트워크에서 2인자 역할을 하고 있었다. 1인자는 문금옥이었다.

문금옥이 호텔 직원에게 돌돌 말은 달러 뭉치를 건넸다. 직원은 돈을 세어보지도 않고 주머니에 쑤셔 넣었다. 그리고 고개를 꾸벅 숙이더니 아무 말 없이 직원 전용 통로로 들어가 사라졌다.

문금옥과 어묵 가게 사장은 밴에 올라탔다.

"마지막으로 한 번만 더 고려하면 안 될까요? 꼭 평화유지군에 넘겨야 돼요? 이 개자식이 한 일을 생각해보라고요. 제대로 된 벌을 받게 해야죠."

어묵 가게 사장이 조수석에서 말했다.

"제대로 된 벌이 뭔데? 산 채로 불태우는 거? 그걸 동영상으로 찍어 놓는 거?"

문금옥이 물었다. 어묵 가게 사장은 대답하지 않았다.

"우린 최태룡 일당 같은 패거리가 아니야. 그렇게 되어서도 안 되고. 나도 지금 남편 얼굴이 눈앞에 어른거린다."

문금옥의 말에 어묵 가게 사장은 입을 다물었다.

"그럼, 갈까?"

문금옥이 차에 시동을 걸었다.

＊

"취업 허가를 얻어 남한에서 일하는 북한 국적 근로자 수가 20만 명이 넘었죠. 그런데 이들을 고용한 사업주들이 임금을 체불하는 수법도 점점 교묘해지고 있다는 지적이 나왔습니다. 1일 고용노동부가 북한 국적 근로자들의 상반기 상담 내용을 분석한 결과, 전체 5,000여 건 중 절반 이상이 임금체불과 관련한…….."

공항버스 운전석 뒤에 달린 액정TV에서 뉴스가 나왔다. 은명화는 김해공항에서 창원시로 가는 중이었다. 그녀는 내려야 할 정류장을 놓치게 될까 봐 두려워 운전기사 바로 뒷자리에 앉았다. 김해공항은 은명화가 밟아본 가장 남쪽 땅이었다.

교환학생 기간이 끝나갈 때 은명화는 절망적인 심정으로 남한 기업 수백 곳에 입사지원서를 냈다. 취업사이트에 구인 공고를 올린 기업에는 모두 다 지원했다. 초봉이나 근무지 같은 조건은 따져보지도 않았다. 남한 기업이라면 어디든 좋았다. 그럼에도 한 군데에도 합격하지 못했다.

은명화가 북한에 돌아간 사이 대한민국의 법이 바뀌었다. 북한 출신 청년을 고용하는 지방 기업에게 남한 정부와 지자체가 주던 보조금 액수가 확 뛰었다. 그러자 창원의 한 정밀기계 제작업체가 은명화에게 지원서를 낸 지 열 달 만에 서류 합격 통보를 보내왔다. 원서를 냈는지 기억도 나지 않는 기업이었다.

면접 평가는 인터넷 화상전화로 치렀다. 면접관이 중요하게 생각한 질문은 두 가지였다. 첫째, 숙식은 정규직에게만 제공하게 되어 있는데 괜찮은가. 은명화가 망설이자 면접관은 인턴도 기숙사와 구내식당을 이용할 수 있으며, 다만 그 액수만큼 급여가 깎인다고 보충 설명을 해주었다. 은명화는 그렇다면 상관없다고 대답했다. 둘째, 사무직으로 채용하지만 영업이나 현장 업무를 하게 될 수도 있는데 그래도 괜찮은가. 은명화는 기꺼이 그러겠다고 대답했다.

TV에서는 뉴스가 계속 이어졌다.

"북한 근로자들이 남한의 임금제도에 어둡다는 사실을 악용해 각종 수당을 지급하지 않는 겁니다. 일부 사업주들은 인터넷 메신저나 SNS를 통해 이런 노하우를 공유하기도 하는 것으로 나타났습니다. 북한 근로자에게는 노사합의가 적용되지 않는다며 임금을 인상하지 않거나, 보험공단에 가입시키지 않고 보험금을 공제한 사례도……."

정밀기계 제작업체에서 최종 합격 통보를 받은 날, 은명화는 고민하다 남한의 남자친구에게 전화를 걸었다. 메시지나 메일을 보낼 수도 있었지만, 그 순간에는 목소리가 너무 듣고 싶었다. 남자친구는 은명화의 취직 소식에 너무 기쁘다며, 정말 축하한다고 말했다. 은명화의 가슴이 부풀어 올랐을 때 남자친구가 덧붙였다.

'그런데 명화야, 내 마음이 예전 같지 않아. 미안해. 내가 아직 어린가 봐.'

그게 무슨 뜻이냐고 은명화는 물었다. 북한 사람들은 부드럽게 돌려 말하는 남한의 대화 기술에 익숙하지 않다고. 거짓말이었다. 북한 사람들이 그런 건 사실이지만, 은명화는 아니었다. 은명화는 남자친구가 무슨 말을 하려 했던 건지 알고 있었다. 그래도 혹시 잘못 짐작하는 것일 수도 있었기에, 꼭 남자친구의 입으로 확인을 받고 싶었다. 그리고 남자친구는 '전 남자친구'가 되었다.

"…… 한편 지난달에는 경기도에서 임금을 몇 달 동안 받지 못한 북한 근로자 10여 명이 사장 가족을 납치해 인질극을 벌이다 끝내 사장 부부를 살해한 사건이 발생하기도 했습니다."

TV 뉴스 아래로 다음 정류장이 은명화가 내려야 할 곳이라는 자막이 나왔다. 은명화는 버스기사에게 그 정류장이 맞느냐고 물어보았다. 옷가지를 넣은 트렁크는 너무 커서 은명화의 힘으로는 제대로 들고 서 있기도 어려울 정도였다. 버스에서 내릴 때에는 시간 끌지 말고 빨리 내리라고 독촉을 받지 않을까 겁이 났는데, 기사는 오히려 자리에서 일어나 은명화를 도와주었다.

택시 승강장은 버스에서 내린 자리에서 10여 미터 정도 떨어져 있었다. 은명화는 트렁크를 끌고 갔다. 차도와 구분이 된 보도가 널찍하고 포장이 잘 되어 있어서 바퀴 달린 트렁크를 끄는 것은 어렵지 않았다. 은명화는 울퉁불퉁하고 지저분한 장풍군의 거리를 떠올렸다. 그녀는 태림물산 수색 작전 중에 사망한 몽골군 병사들과 최태룡의 부하들에 대해서도 생각했다. 죽은 사람들에 대해 생각할 때마다 죄책감이 들었고, 가끔은 출구가 없는 지하 땅굴에 갇힌 것처럼 숨이 막혀왔다.

택시 승강장 광고판에는 공익광고협의회의 포스터가 붙어 있었다.

구릿빛으로 얼굴이 그을리고 주름살이 진 남자와 흰 피부에 긴 생머리를 한 여자, 그리고 깜찍하게 생긴 남녀 어린이, 그렇게 네 사람이 얼굴을 맞대다시피 바싹 붙어서 나란히 앉은 자세로 웃고 있었다. 그 위에 '통일, 제2의 희망입니다'라는 문구가 적혀 있었다.

누군가 포스터가 들어 있는 투명 플라스틱 광고판 위에 붉은 마커로 낙서를 해놓았다.

빨갱이 꺼져라.

포스터 속의 남자 눈도 붉게 칠해져 있었다.

은명화는 포스터 앞에 트렁크를 세우고 빈 택시를 기다렸다. 먼지바람이 불었다.

*

강계시를 벗어나자 도로 사정이 확연히 안 좋아졌다. 운전사는 트럭이 덜컹거릴 때마다 "하, 이놈 봐라?"라든가 "어쭈?"와 같은 탄성을 내뱉었다. 그는 귀엽다는 생각마저 드는 노인이었다. 머리가 온통 허옇고 몸집은 왜소하며 행색마저 추레했지만, 표정이 시종일관 밝고 말투가 시원시원했다. 모르는 행인을 옆에 태운 사실만 봐도 그가 얼마나 낙천적인 사람인지 알 수 있었다.

노인은 아마도 자식 자랑을 하고 싶어서 행인을 태운 것 같았다. 딸과 아들 자랑을 한참 늘어놓은 다음에는 사위와 며느리의 장점까지 시시콜콜 늘어놓았다. 그는 내릴 때가 되어서야 옆자리에 앉은 히치하이

커에게 물었다.

"나는 이제 다 와가는데, 선생은 어떻게 할 거요? 정말 량강도로 들어갈 거요?"

"예. 저는 편하신 데서 내려주시면 또 다른 차를 얻어 타고 가겠습니다."

조수석에 앉은 사내가 대답했다. 그는 보는 사람에게 운전사와는 정반대의 느낌을 줬다. 어깨가 딱 벌어진 데다 온몸이 근육질이고 눈빛이 날카로웠다. 셰퍼드 같은 이미지였다. 게다가 눈가에는 칼자국으로 보이는 흉터까지 있었다. 그런 인상으로 차를 얻어 탈 수 있었다는 사실 자체가 기적에 가까웠다.

"조심해야 될걸. 거기는 조선해방군이 꽉 잡고 있거든. 조선해방군이라는 조직이 말이오, 바깥 사람들한테는 있는지 없는지 보이지가 않아요. 하지만 열흘만 살아보면 알게 되지. 자강도와 량강도를 지배하는 건 통일과도정부도 평화유지군도 아니고, 조선해방군이라는 사실을. 뭐랄까, 어둠의 정부인 거지."

운전사가 말했다.

"예전에 알던 사람이 거기에 있습니다. 같이 일을 했던 사람입니다."

장리철이 대답했다.

"믿을 만한 사람인가? 내 말은, 잘나가는 사람이냐고. 이렇게 먼 길을 찾아왔는데 도리어 그자가 뭘 부탁하고 그러면 곤란하잖아."

"꽤 높은 위치에 있고, 돈도 잘 번다고 들었습니다. 그래도 가봐야 알겠지요."

리철의 말에 노인은 고개를 끄덕였다.

노인은 흙먼지로 뒤덮인 고물 트럭을 화평군이라는 이정표가 보이는 도로변에 세웠다.

"이런 데서 내리게 해서 미안해요. 그래도 잘될 거요. 왜냐하면, 선생은 보니까 우리 아들놈이랑 눈빛이 닮았어. 근성이 있는 눈이거든."

"여기까지 태워주신 것만으로도 감사합니다. 조심해서 가십시오."

장리철은 떠나는 트럭을 향해 허리를 숙여 인사했다.

개마고원의 공기는 싸늘했다. 입에서는 입김이 나왔다. 해가 좀 더 솟아오르면 나아지리라. 날이 밝아지고 공기가 따뜻해지면 사람들의 긴장도 풀려서 히치하이커를 한번쯤 태워주겠다는 마음이 일지도 모른다.

장리철은 양손을 비벼 녹인 뒤 주머니에 넣었다. 겨울이 아니라고 장갑을 챙기지 않은 것을 후회했다. 그는 조선해방군이 점령하고 있다는 땅을 향해 한 걸음 한 걸음 발을 옮겼다.

얼마 지나지 않아 뒤에서 승용차가 한 대 달려왔다. 자동차의 배기음을 들은 장리철이 제자리에 서서 엄지손가락을 세운 손을 올렸다. 그러나 자동차는 조금도 속도를 줄이지 않고 빠른 속도로 리철의 옆을 지나갔다.

그래도 장리철은 지나간 차를 통해서 한두 가지 의미 있는 정보를 얻었다. 지나간 차는 메르세데스 벤츠의 SUV였다. 그런 차량이 굴러다닐 정도로 이 지역에 돈이 돌고 있고, 치안도 나쁘지 않다는 얘기였다. 설사 그 돈이 마약 대금이고, 질서를 유지하는 역할은 조선해방군이 말고 있다 해도 말이다. 게다가 그 차는 아주 반질반질하게 왁스 코팅이 되어 있었다. 적어도 바퀴 윗부분은 그랬다. 근처에 주유소나 세차장이 있는 게 틀림없었다. 오늘 밤 그가 묵을 거리는 꽤 번화한 곳일지도 모른다. 그리고 번화한 곳에는 정보가 모여든다. 량강도에서 꽤 높은 위치에 있고, 돈도 잘 번다는 리철의 지인에 대한 정보도 얻을 수 있을지 모른다.

한때는 신천복수대의 대대장이었고 지금은 조선해방군의 총참모장 자리에 있는 남자에 대한 정보를.

장리철은 그 남자를 찾아 죽일 계획이었다. 상대가 아무리 멀리 있어도, 아무리 깊은 곳에 숨어 있어도 리철은 그를 찾아낼 것이었다.

장리철은 흙먼지가 날리는 길을 들개처럼 터벅터벅 걸어갔다.

『우리의 소원은 전쟁』의 배경이 되는 설정에 대해 몇몇 북한 전문가들에게 "이 정도면 가장 이상적인 급변 사태 시나리오라고 봐도 되느냐"고 여쭸습니다. 어떤 분은 "그렇다"고 단언하셨고, 어떤 분은 "이상적인 시나리오 중 하나라고 표현하면 좋을 것 같다"고 조언해주셨습니다. "불가능하지는 않지만 너무 낙관적인 전망"이라고 지적하신 분도 계셨습니다. 다소 이견이 있을 수 있겠지만, 소설 속 표현이라는 점을 감안해 저는 프롤로그에서 이 설정을 '통일 전문가들이 가장 이상적이라고 평가했던 시나리오'라고 썼습니다.

북한은 2016년 6월 인민보안부를 '인민보안성'으로 이름을 바꿨습니다. 이 조직의 명칭은 과거에도 인민보안성이었는데, 한동안 인민보안부였다가 이번에 다시 인민보안성으로 돌아갔습니다. 조직명은 또 바뀔 수도 있고, 한국 독자들에게 이쪽이 좀 더 익숙한 용어일 거라는 판단에서 이 소설에서는 '인민보안부'로 표기했습니다.

초고를 꼼꼼하게 읽고 많은 조언을 주신 감수자 두 분께 감사 말씀을 드립니다. 북한군 출신으로 비무장지대에서 근무하다 휴전선을 넘어 한국에서 최연소 탈북자 박사가 된 주승현 박사님(통일학)과, 북한대학원대학교에서 북한 경제를 공부하고 『신동아』에서 북한·통일 문제를 꾸준히 기사로 써온 송홍근 기자님입니다. 두 분 덕에 초기 원고의 각종 고증 오류를 바로잡을 수 있었습니다. 그럼에도 여전히 잘못된 서술이 남아 있다면 전적으로 작가인 저의 책임입니다.

북한인권운동과 통일준비활동을 하는 청년단체 '나우'(www.nauh.or.kr)의 지성호 대표님은 북한 주민들의 삶을 자세히 설명해주셨습니다. 탈북자인 지 대표님은 저에게 북한 인권 문제를 처음 일깨워주신 분이기도 합니다. 아울러 나우가 주최한 '북남살롱' 행사를 통해 요즘 북한 젊은이들의 의식이나 '생활총화'와 같은 기이한 제도를 제대로 이해할 수 있었습니다.

이 소설을 쓰면서 많은 자료를 참조했습니다. 그중 일부만 여기에 적습니다.

최은석의 논문 「통일 후 북한지역 주민의 남북한 경계선 이탈과 거주·이전의 자유 및 제한에 따른 법적 문제」(『남북법제연구보고서』, 2011) 덕분에 소설 초기에 대략적인 틀을 잡을 수 있었습니다. 이준태의 「남북한 역사교육 분석을 통한 역사의식 통합 방안모색」(『아태연구』 제16권 제2호, 2009)은 역사 교사 출신 등장인물들을 묘사하는 데 참고가 되었습니다.

북한의 문물이나 각종 군사·무기 관련 정보, 게임업계 분위기에 있어서는 인터넷 위키 사이트인 나무위키(namu.wiki)와 리그베다위키(rigvedawiki.net) 문서를 수백 건 이상 참고했습니다. 특히 통일 이후 여러 분야에서 벌어질 각종 혼란상에 대한 집단토론 문서들이 굉장히 도움이 되었습니다.

북한의 장마당 경제와 마약 중독 실태, 늘어나는 폭력조직에 대해서는 데일리NK(www.dailynk.com)와 자유조선방송(www.rfchosun.org), 자유아시아방송(www.rfa.org), 북한전략센터(www.nksc.co.kr)의 기사들을 참고했습니다. 소설 배경이 되는 장소의 이름과 위치를 확인할 수 있었던 것은 북한지역정보넷(www.cybernk.net) 덕분입니다.

소설에 나오는 '땅꼬마'의 사연은 '아시아프레스 북한보도'의 기사[1]와 북한인권정보센터(www.nkdb.org)에서 운영하는 북한인권기록보존소의 리포트 두 건[2]을 토대로 구성했습니다.

소설 구상에서 집필까지 내내, 이응준 작가님의 『국가의 사생활』(민음사, 2009)로부터 많은 영향을 받았습니다. 함께 어울려 살게 된 남북한 주민들이 상대에 대한 반감을 극복하지 못하는 묘사나, 북한의 전직 특수부대원들이 폭력조직으로 대거 흡수된다는 설정이 특히 그렇습

---

1 www.asiapress.org/korean/all/agriculture-protest
2 nkdb.org/2012/upload/report/nkdb_20121214171252.html, nkdb.org/2012/upload/report/nkdb_20130128140137.html

니다.

북한에서 앞으로 나타날 신흥 기업의 모습은 한국경영학회 통일경영연구포럼 회원들이 쓴 『통일, 기업에 기회인가 위기인가』(알에이치코리아, 2013)에서 아이디어를 얻었습니다.

2010년대 북한의 모습과 조선인민군의 실체, 한국에 대한 북한 주민의 복잡한 감정을 파악하는 데에는 옛 직장 동료인 「동아일보」 주성하 기자의 책이 더없이 유용했습니다. 『서울에서 쓰는 평양 이야기』(기파랑, 2010), 『북한의 진짜 군사력』(리디북스, 2015), 『김정은 시대』(리디북스, 2016), 『탈북자는 삼등 시민인가』(리디북스, 2016), 『화려한 평양 그늘진 북한』(리디북스, 2016)과 같은 책들입니다.

격투와 추격 장면을 묘사할 때에는 오픈하우스에서 출간된 리 차일드의 '잭 리처 시리즈'가 교과서나 다름없었습니다. 그중에서도 『악의 사슬』(시골 동네를 지배하는 악당 가족과 그에 맞서 비상연락망을 운영하는 마을 사람들이 나옵니다), 『61시간』(부하의 신체를 훼손하고 이를 과시하는 악당 두목과 수수께끼의 지하 건축물이 등장합니다), 『사라진 내일』(잭 리처가 적의 아지트에 단신으로 침입하고, 멋진 나이프 파이팅을 벌입니다)에 빚진 바 큽니다.

장리철이라는 인물 역시 잭 리처에서 영감을 얻었습니다. 이름도 일부러 '잭 리처'와 비슷하게 들리도록 지었습니다. 전직 군인이고 떠돌이라는 점, 무적의 인간 병기라는 점, 운전에 서툴고 히치하이킹으로 여행한다는 점, 먹성이 좋다는 점 등이 두 캐릭터의 공통점입니다. 그러나 장리철은 잭 리처와 달리 그다지 총명하지 못하고, 정의감이 강한 편도 아니며, 여성을 사로잡는 마력도 없고, 커피에는 꼭 설탕을 넣어 마십니다.

마약 카르텔 내부의 역학 관계와 폭력 묘사에는 제임스 엘로이의 『아메리칸 타블로이드』(알에이치코리아, 2015)와 돈 윈슬로의『개의 힘』(황금가지, 2012)이 큰 참고가 되었습니다. 모두 제가 아주 좋아하는 소설들이기도 합니다.

평양시 외곽의 투계장을 묘사할 때에는 할 헤르조그의『우리가 먹고 사랑하고 혐오하는 동물들』(살림, 2011)을 참고했습니다. 이 책에는 미국 노스캐롤라이나 주에서 열리는 파이트콕 더비 르포가 나옵니다. 박우희가 백상구의 양계 사업을 설명하는 대목에서는 정은정의『대한민국 치킨전』(따비, 2014)을 참고했습니다.

유희경 시인님이 아니었더라면 아마 글을 시작할 수도, 마칠 수 없었을 거예요. 처음 출간 제안을 해주시고 미완성 원고를 보낼 때마다 격려와 조언을 아끼지 않은 시인님, 정말 고맙습니다. 새로운 도전도 진심으로 응원합니다!

위즈덤하우스의 이지은 편집자님, 김은주 분사장님, 연준혁 대표님께도 감사드립니다. 편집자님은 꼼꼼히 원고를 봐주셨을 뿐 아니라, 유난히 질문이 많은 제게 늘 유쾌하고 친절하게 답해주셨지요. 분사장님과 대표님, 처음부터 끝까지 전폭적으로 저를 믿고 힘을 실어주신 덕분에 든든한 마음으로 긴 글에 도전할 수 있었습니다.

소설 앞부분은 한국문화예술위원회의 지원을 받아 '레지던스 변산바람꽃'에서 썼습니다. 기찻길 옆에서 살다 보니 부안의 조용한 바다가 가끔 무척이나 그립습니다. 변산바람꽃의 서융 원장님, 오시우 사장님, 늘 건강하십시오. 정영효 시인님, 잘 지내시나요?

  그리고 언제나 저의 든든한 조력자이자 첫 번째 독자인 HJ에게, 고마워. 사랑해.

2016년 가을

장강명

우리의 소원은 전쟁

초판 1쇄 발행 2016년 11월 14일 **초판 5쇄 발행** 2022년 2월 14일

지은이 장강명
펴낸이 이승현

편집1 본부장 배민수
에세이1 팀장 한수미
디자인 이세호

펴낸곳 ㈜위즈덤하우스 **출판등록** 2000년 5월 23일 제13-1071호
주소 서울특별시 마포구 양화로 19 합정오피스빌딩 17층
전화 02) 2179-5600 **홈페이지** www.wisdomhouse.co.kr

ⓒ 장강명, 2016

ISBN 978-89-5913-077-1 03810